明代陶诗
接受与批评研究

王征 著

知识产权出版社
全国百佳图书出版单位
——北京——

图书在版编目（CIP）数据

明代陶诗接受与批评研究 / 王征著 . -- 北京：知识产权出版社，2021.2

ISBN 978-7-5130-7371-4

Ⅰ . ①明… Ⅱ . ①王… Ⅲ . ①陶渊明（365-427）—古典诗歌—诗歌研究

Ⅳ . ① I207.227.372

中国版本图书馆 CIP 数据核字（2020）第 263669 号

内容提要

本书采用接受美学理论与文学思想史相结合的研究方法，立足明代文人丰富的涉陶诗歌、诗论等文献，力图还原和构建明人陶诗接受与批评的心路历程。明代各个时期均有较为重要的文学现象与文学流派，对各种文学艺术体式的回顾与整理成了有明一代文士们的重要任务，他们对陶诗的评价也有阐释自己所在诗派诗学主张的任务。本书结合明代各个时期的社会政治背景、文化思潮以及诗歌美学等方面，深入剖析明代文人的心态及其陶诗接受的期待视野，对明代各个时期的陶诗接受与批评进行深入的探究，并以期从陶诗接受与批评的角度探讨明代诗学思想的发展。

责任编辑：卢媛媛　　　　　　　　责任印制：刘译文

明代陶诗接受与批评研究
MINGDAI TAOSHI JIESHOU YU PIPING YANJIU

王　征　著

出版发行：知识产权出版社 有限责任公司	网　　址：http://www.ipph.cn
电　　话：010-82004826	http://www.laichushu.com
社　　址：北京市海淀区气象路 50 号院	邮　　编：100081
责编电话：010-82000860 转 8597	责编邮箱：luyuanyuan@cnipr.com
发行电话：010-82000860 转 8101	发行传真：010-82000893
印　　刷：北京建宏印刷有限公司	经　　销：各大网上书店、新华书店及相关专业书店
开　　本：787mm×1000mm　1/16	印　　张：23.5
版　　次：2021 年 2 月第 1 版	印　　次：2021 年 2 月第 1 次印刷
字　　数：330 千字	定　　价：86.00 元

ISBN 978-7-5130-7371-4

序一

断断续续读了十余天，读完了王征《明代陶诗接受与批评研究》书稿，觉得此书体大思精，取材弘富，条分缕析，完整地描述了元末至明末三百年间陶诗接受与批评的漫长图卷，有波澜起伏、烟霞明灭的壮阔气象。作者花费的功夫与智力，可想而知。

自 20 世纪 80 年代以来，西方接受美学理论传入中国，受影响最大的是中国古代文学研究领域。传统的陶渊明研究成了接受美学的"试验田"，绽放出色彩奇异的花，结出了滋味不同的果。本世纪初，先有钟优民《陶学发展史》问世，系统梳理与评述刘宋至当代的陶学发展与研究的历史。其研究方法，仍以传统的评述为主，故是书不以"接受史"命名。以后，受西方接受美学浸染的陶学研究者增多，陶学接受史研究著作与论文不断出现。例如李剑锋《元前陶渊明接受史》、刘中文《唐代陶渊明接受研究》、戴建业《澄明之境：陶渊明新论》等。这类陶学研究著作的出现，表明接受美学理论拓宽了研究者的视野，成为陶学研究的新方法。

王征的新著，填补了明代陶诗接受与批评研究的空白。此书视野开阔，通过考察元末及明代各个历史时期的社会与政治文化背景、文学思潮、诗学思想史，深入剖析一个漫长历史时期的现实与精神世界对士人心态、精神、审美影响的各种因素，并如何影响到陶诗的接受与批评；评述明代出现的各个时期的文学集团和文学思潮，引起陶诗接受与批评的变化。

西方接受美学特别重视文本受者（读者）的参与，甚至提出读者中心论。这个问题放在后面再说。这里要指出的是，历史上陶诗的读者是具体的而不是抽象的，他们是士大夫文人、隐士、官员、富人、致仕者、诗人、学问家、前朝的遗老、新朝的新贵……各个时代的各色各样的受众，生活在不同的人文背景中，处境也各各不同，这就决定了对于陶渊明及其诗文的接受也各不相同。明代的陶诗读者就如上述，形形色色。王征的新著把这些读者描述出来——或是个人，或是数人，或是一个群体，显示他们怎样读陶、和陶、评陶、效陶，细致又具体，宏观又微观。这里只能选择其中的部分，来看这部著作的贡献和成就。

中国历代隐士及隐逸文学，鲜有不受陶渊明影响的。钟嵘《诗品》称陶是"古今隐逸诗人之宗"，诚为千古不易之论。我们读中国诗史，很容易发现元中期之后的隐士实在是多，吟唱隐逸的诗（包括元散曲）举不胜举，陶渊明的形象及陶诗的风韵，触目皆见。这是为什么？从前的解释是元朝统治者断了汉族士子的仕进之途，后者愤恨而无奈，纷纷走进山林，故隐逸诗风特盛。王征新著作出了与旧说不同的解释：元朝统治全国之后，能充分尊重儒士对其文统与道统的坚持，南宋遗民不愿出仕新朝，得以优游乡里，或隐居自放，并不因为不与元朝合作而遭迫害。元末明初的文士，在元末尚能在优游唱和中过着闲适的自由生活。入明后，朱元璋残酷迫害文士，许多著名的文人惨遭诛杀，隐逸文学才发生根本性的变化。作者肯定元末统治者对江南文士的宽容，使他们得以优游山水田园，由此诗文表现出强烈的归隐意识，陶诗的接受出现前所未有的高潮。作者的新见解，证明朱元璋对文士的杀戮和思想钳制，比异族的统治更可怕。同时也说明，陶诗的接受，与隐逸风气的高涨有着因果关系；而文士可以隐逸，能相对自由的栖迟山林田园，当时的政治和思想的宽容是关键因素。如果某个时代，连隐居也成奢望，则和陶、效陶失去现实的土壤，陶学的接受必然式微。

王征新著最值得称赞的地方，是详尽地、井井有条地描述元末及有明一代先后出现的文学流派及诗学思想，还有著名的文学批评家，如何读陶、和陶、效陶、评陶，复原了三百年间陶诗接受与批评的漫长历程。这样的历程，与明代诗学理论的嬗变，两者紧密结合为一体。众多的文学集团、诗学流派，诸如台阁体、茶陵派、前七子、后七子、公安派、竟陵派……所持的诗学理论和审美尺度不同，必然会造成陶诗接受与批评观点有异。其间差异的辨析、传承与转变，呈现出极其繁复的图景。描述这个诗学史的进程，陶诗接受史的嬗变，必须得熟悉明代的政治思想史、诗学批评史、士人精神生活史、美学史，多读浩瀚的文史资料、诗人别集、文学批评著作，否则难以措手。本书作者博览有关文献，把明代的陶诗接受与批评的历史描述得非常完整与清晰，并指出历史何以如此，何以有此种种变化。这是很不容易的。

例如描述和评论明代中期"前七子""后七子"的陶诗接受与批评。以李梦阳、何景明为代表的"前七子"，普遍具有强烈的社会使命感，诗学思想多重视道德，强调诗歌的入世精神和美刺、写志功能。他们的诗歌艺术审美倾向于复古主义，推崇汉魏古诗，轻视陶诗，以致何景明认为"诗弱于陶"。当然，他们对陶渊明的人品还是很推崇的，也有一些平淡质朴如陶诗的作品。"后七子"兴起于明嘉靖中期。当时政治生态恶劣，而"后七子"大多正道直行，不慕权贵，遭受打压，产生浓重的隐居心态，所作诗多有陶诗的意象和韵味。"后七子"的诗学倾向既重汉魏古诗，也不废六朝诗歌，诗文创作颇受陶渊明的影响。以王世贞为代表，对陶诗的评价越来越高。

如以上那样书写陶学接受史，就有深度和广度，给人以真实的、立体的、随时变化的感觉。一部千年以上的陶学接受史，是由许多世的无数读者（以士人为主）的阅读和审美推进的。每个历史时期的社会状况不同，政治生态有异，文学流派的文学思想不同，每个读者的人生经历、生命体验、审美尺度殊异，才有陶学接受史的丰富多彩，才有连续不断的嬗变。王征新著，正努力重现这一宏伟的历史，取得了可喜的成绩。

如上所说，陶学接受史是非常复杂的。推崇陶渊明的高洁人格是接受，贬低和轻视他则属于另一种接受，尽管后者在历史上是非主流的。再有一种并不少见的所谓接受：读者本人品格不高，或是贪恋权势，或是追名逐利，或是跪舔王者，或是变节成新贵，或是灵魂本来就龌龊，也在推崇陶渊明的崇高，标榜始终与古贤契合，经常唱着向往山林清趣的歌，借此掩饰自己的卑劣和低下。对于这样一种接受，期待陶学接受史研究者透过现象，认清本质，指出他们和陶、效陶的背后的意图，还其本来面目。

历史上的隐士太多，声称慕陶学陶者不胜枚举。但如渊明那样一旦告别官场，坚持隐居田园的真隐士少之又少。苏轼独爱陶诗，第一个作和陶诗，多达一百又九篇。他爱陶诗，更爱渊明之为人，说："然吾于渊明，岂独好其诗也哉，如其为人，实有感焉。渊明临终疏告俨等：'吾少而穷苦，每以家弊，东西游走，性刚才拙，与物多忤，自量为己，必贻俗患，僶俛辞世，使汝等幼而饥寒。'渊明此语，盖实录也。吾真有此病，而不早自知，半生出仕，以犯世患，此所以深愧渊明，欲以晚节师范其万一也。"（苏轼《与苏辙书》，《东坡续集》卷三）晚年的苏轼，欲师范渊明其万一，然终究不能决然辞别仕途。伟大的苏轼尚且如此，何况与苏轼相比，如蹄涔之与江海者乎？许多隐士在山林中读着陶诗，心里却盼望机遇来临，货与帝王家。或者反过来，住在官舍，拿着俸禄，写几首和陶诗，表示身在魏阙，心向江海。诗中固然有许多陶诗的意象，比如五柳、东篱、秋菊、桃源，但只是一种心理的慰籍而已。后世的和陶诗不计其数，其所以作，不排除借此表现诗才，与前人一竞高低之目的。有些和陶诗甚至歪曲陶公形象。比如明天顺间台阁体诗人李贤，作和陶诗一百二十余首，把陶公塑造成思君爱国、为国分忧的人物。又比如桂彦良于元末隐居时，作和陶诗。明兴，被诏为晋王府右傅。谢肃为桂氏和陶诗作序，说：公以布衣入仕，可谓富贵尊荣矣。"是则公与靖节亦何同而和其诗耶？""公乃切切焉以靖节之诗是和，靖节与公何所同耶？"富贵中人与靖节何所同，而切切焉和陶？这是"作秀"吗？但这些人自有说辞，云："同其心不同迹也。"意谓我心与渊明同，只是形迹不同罢了。这种话，虚伪令人作呕。谢肃序最后说：“其视和陶集，直公曩时一韵事哉。”所谓韵事，直白地说，就是附庸风雅。后世的许多和陶诗，说几句慕陶的话，采几丛黄菊，饮几杯清酒，说说对隐居生活的向往，其实都可以看作一时之韵事。

王征的新著论及明代和陶诗，不放过桂彦良的和陶诗，是忠于历史真实的。由此，我们会认识到陶学接受史非常复杂，对于和陶诗的评价应该持谨慎的态度，辨别和陶是否出于真情，抑或仅仅是附庸风雅，以一时的所谓“韵事”来掩饰自己对于富贵尊荣的不舍。

陶渊明研究史已经长达千年以上，而以西方接受美学理论研究陶渊明，称之为“陶渊明接受史”研究，还不过短短的一二十年。我想在这里对陶渊明接受史研究谈几句看法，同研究者商讨。

我以为西方的文学或美学新理论或新思潮，必须要同中国的传统学术相结合，才能正确认识和解释中国的学术史。陶渊明接受史研究也是如此。西方接受美学以读者为中心，以为排除了读者的阅读和理解，文本就不成其为作品。又以为文本有“空白”和“未定性”，只有经过读者的阅读和诠释，文本才能成为作品，才能有自身的价值和意义。这种理论，正如讨论何为美一样：美是客观的？主观的？还是主客观的统一？同样，陶渊明诗客观存在的？是真实的，还是由后世读者不断解读、塑造，然后才有了价值和意义？陶诗作为文本，是否在无人阅读之前，就充满了“空白”和“未定性”？这是值得讨论和研究的问题。我赞同“真相是唯一的”。陶渊明是真实的，唯一的。他的人生及精神世界早就存在于天地之中。后世如何评价陶渊明，各个时代赋予陶渊明新的意义，那是后人的事。不因为后世读者的不同，评价有差异，就得出结论：真实的陶渊明是不存在的，他是个“空白”。事情不可颠倒，先有真实的陶渊明，才有史书记载的陶渊明，才有后世理解的陶渊明。陶诗接受也是一样。陶诗最初的文本，就已经是具足圆满的精神世界，是一种客观存在。犹如一个鸡蛋，已是具足圆满的生命体。不因为人没有食用，就说它是“空白”，毫无营养价值。

并说只有人食用了才有营养价值。再说，我们理解的文本，指业已公开流通的思想、感情、精神的产品，在古代以甲骨、竹简、帛、纸为物质载体。文本的问世，一般来说总是读者的阅读之始。例如当年陶渊明偶有名酒，无夕不饮，既醉之后，辄题数句自娱，并命故人书之，以为欢笑耳（见《饮酒》诗序）。可见，渊明刚写出来的诗笺，便是文本，即为故人阅读。没有经过读者阅读的文字，比如记录诗人咏唱的一叠纸，锁在抽屉里，自然不称其为文本。所谓文本中的"空白"和"未定性"，那是读者解读不出作者的意图，或者是臆测作者的意图。以作者而言，他对自己创作的作品，意图是确定的，表达什么，赞美与反对什么，隐射与讽刺什么，都是明确的，不存在"未定性"。后世读者解读出作品的"言外之意"，其实与作者无关。后人解读《红楼梦》五花八门，最能说明问题。

事实证明，也必将继续证明，过分强调读者参与的重要，甚至以读者为中心，实际上有害的。固然有"期待视野"，但必须不脱离客观的文本。不细读文本、研究文本，预先就有了某种期待，就必然与文本产生严重的偏差。比如你先有了陶渊明是虚伪的"期待"，则在你眼中的陶集文本便有许多的虚伪。海外有少数陶渊明研究者，以西方接受美学和解构主义接受陶渊明，得出了令人诧异的结论：陶渊明的高洁形象，乃是通过陶集手抄本的异文虚构出来的。这明显是"读者中心论"产生的恶果。有鉴于此，我以为对于西方文学理论及美学新潮，应该结合中国传统学术的"国情"，加以谨慎的取舍，不能完全拿来，更不可奉为金科玉律。我赞成读者在阅读与诠释作品过程中的积极参与及创造性思维，但不必信从读者为中心的说法。归根结蒂，原始的文本是第一位的，是解读与诠释的基础。文本才是中心。以文本为中心，必然会把求真作为学术研究的基本原则与方法。

中国学术史有二千年以上的积淀，深厚无比。许多文学、美学的术语与观念，凝固为坚硬的原则，难以改易。譬如"诗言志""赋比兴""风骨""豪放""婉约"等等。以陶渊明研究而言，诸如"平淡自然""任真自得""旷达""高逸""淡远""韵味"等等，同时也是中国传统的人格审美与文艺审美的精华。离开了这些最具"中国特色"的审美观念，只依靠西方的理论，那就无法进行严肃的陶渊明研究。

以上关于西方接受美学的看法，不过是鄙人的一得之见，绝不是给运用这种外来理论的研究者泼冷水。我欢迎外来的新理论、新思潮，只是强调异质文化必须与本土学术相融合，避免生搬硬套。至于学术研究的最高原则乃是求真，不管何种新理论，皆须经这一原则的检验。

可喜的是，王征这部新著，借鉴了西方接受美学的合理部分，十分重视明代士人对陶渊明的推崇和仿效，十分重视明代陶诗读者的阅读和批评。同时，又继承了中国学术重实证的优良传统。例如书稿的附录一"明代陶集刊刻盛况"，引用他人的相关研究成果，详细列出明代陶集刊刻的种类。附录二"明代汉魏六朝总集与古诗选本选陶诗概况"，罗列十种古诗选本，统计其中选录陶诗的篇目和数量。两种附录，显示了明代陶诗接受的盛况。我说这部著作体大思精，此为有力证据。总之，我以为作者描述的明代陶诗接受与批评，运用西方接受美学的原则，与运用传统的"知人论世"的批评原则和方法，两者并行不悖。还原明代陶渊明接受史的场景是真实的，并不故作新奇之论。简言之，这部新著既是创新的，也是传统的，更是求真的。

2020 年初秋于沪上

（龚斌先生为中国陶渊明学会名誉会长、华东师范大学教授）

序　二

欣闻王征《明代陶诗接受与批评研究》即将付梓，邀我为序。这本著作是在他的博士论文基础上完善形成的，作为其论文指导教师，曾目睹其论文由选题到定稿的整个过程，如同目睹一座建筑由夯实地基到最终落成，十分熟悉，故为其作序乃顺理成章，水到渠成。当此动笔之时，首先想到的不是书的内容本身（因为内容读者都可以看到），而是王征三年寒窗为此付出的辛劳、所表现出的勤奋及学术能力。

初见王征，感觉其为人也真诚淳朴，并且很低调，一看就是一位耐得住寂寞、虚心向学的谦谦学子。他自言根底尚浅、一事无成，不太会写文章，其实他入学之前，已有较好的中国古代文学专业的训练与积累，曾有多篇论文发表，从事古代文学的教学工作多年，有很好的思维能力和文笔表达。这些，都是一位古代文学博士生候选人必备的素养，为其厚积薄发准备了条件。记得师生见面的一次长谈中，谈到了未来论文的选题。此前，我的博士生选题的时段大致定在清代，选题的对象大致是研究一个文学流派或一种文学现象，文学形式大致是诗歌与散文。

记得谈论交流中，说到了近几年"影响研究"和"接受研究"很热，且时代越往后，越是具备"影响"和"接受"的条件，诗歌领域尤其如此，其原因不外是"一代有一代之文学"的历史事实，明清两代，民间文学崛起，传统诗文已很难再居于"一览众山小"的位置。于是谈到：能不能选择一个清代文坛的一种"接受"或"影响"现象来研究。王征此时已经阅读了部分明代有关陶渊明诗歌的接受与批评的材料，并说自己已基本掌握了晚明时期的材料，近几个月将其写出来问题不大。于是他建议能否将研究时段提前至明，把"明代陶诗接受与批评"作为自己博士论文的题目。这样看，对于这样一个题目，王征不仅有局部的谙熟把握，还有全局的整体思考，应该是一个成功率较高的博士论文选题。但除了晚明之外，明代其他时段是否有足够的材料支撑？其次，这个话题前人研究到了什么程度？另外，如果明代的"陶诗接受"能够独立成为一个研究对象的话，其与众不同的特点是什么？还有，除了陶渊明诗歌的接受，对陶诗的评论应该如何处置？最后，有明一代陶诗接受与批评现象中所反映出的带有共性的理论问题是什么，等等，都需要考虑其中。总之，这次长谈明确了选题的定位和目标，也是他三年寒窗的努力方向。常言说：《文选》烂，秀才半。这里要说：选题定，论文半。王征通过自己的读书积累所发现的这个选题，不仅奠定了一篇较为优秀的博士论文的基础，也奠定了摆在读者眼前这本书的基础。

　　整体性、系统性无疑是这本书的一个长处，选题之初，就曾谈到这个话题是否有人做过，王征经仔细的资料梳理发现：总体上看，历史上每一时段的陶诗接受研究用力不均，唐、宋时期的陶诗接受研究较为深入，明代之前陶渊明接受研究也有几部专著，如萧望卿的《陶渊明历史的影像》、李剑锋的《元前陶渊明接受史》、刘中文的《唐代陶渊明接受研究》等。但他发现，明代陶渊明及其诗文接受与批评研究，与其他朝代比如隋唐、宋代等相比，显得非常薄弱。且有明一代，目前陶渊明诗文接受研究没有专著出现，研究论文也大多属于个案研究，没有进行系统的论述。通过这样的文献调查和梳理，前人止步之所，就是后人起步之处；前人的终点，就是研究者的起点。于是就构成了本书的一个鲜明的创新点：在有明一代陶诗接受与批评研究缺乏系统性、呈现碎片化的现状下，本书的出版面世本身就具有填补空白的意义。

　　"影响研究"和"接受研究"虽然很热，但并非能够操斛率尔而为之，因为这种研究是一种双重研究：它要求研究者不仅要对接受客体要有深入了解，还要求对接受主体有全面的把握。以本书为例，这个客体对象无疑是陶诗，接受主体无疑是明代各个时段接受陶诗的文人。换言之，如果没有对明代文学的娴熟把握与深入了解，是很难做好这篇大文章的。所以，在某种意义上，本书又是从某一特定角度出发的对于明代文学的研究。本书的章节设置中多体现出这种特色。例如在对元末明初的陶诗接受描述中，就涉及到了江右诗派、闽中诗派、岭南诗派、越中诗派、吴中诗派等五个诗歌流派；而在永乐至弘治中期的陶诗批评中，又涉及了明代前期台阁诗风、陈献章风韵诗学与茶陵派于"格调"外论陶诗；在明代中期陶诗接受与批评中，涉及到了前七子"古诗宗汉魏"、嘉靖前期六朝派、后七子派的陶诗接受与批评；在晚明陶诗接受与批评中，涉及公安派以及陆时雍、胡应麟、许学夷、钟惺、谭元春、黄文焕、陈龙正、张岱等著名学者，而涉及的论诗著作则有《古诗镜》《诗源辩体》《古诗归》《陶诗析义》《陶诗衍》等。当然，王征还想把明代陶诗的接受研究范围进一步扩大，也颇有特色，例如第五章《明代书画对陶诗的接受》，这方面当有较大研究空间。

　　关于有明一代陶诗的接受与批评状况，本书已做了细致的梳理、展示与评析，此不赘言。这里要多说几句的是：凡是"接受研究"或"影响研究"，除了上面所说的是一种双重研究之外，还要注意到一个现象：凡是某一时代的某种较为热门"接受"或"影响"研究，无疑还有一种指向，即负责"接受"的那个时代也会呈现一种双重现象：一方面，这个时代可能会在接受前人精华的过程中吸取了足够的营养，以补充、壮大自己；另一方面，这个时代也可能会在"接受"中萎缩而缺乏创造力和原创动能，从而凸显出那个时代相关原创力的不足。陶渊明作为中国诗歌史上少见的几座奇异峰峦，其雄伟超拔，值得后人敬仰、崇拜、追随、模仿，但要注意的是：在这种敬仰、崇拜、追随、模仿之中，也往往会"走失"自己。当然，这已经明显超越了本书的范围，意到笔随，姑妄言之吧。

　　王征还年轻，充满朝气，前程远大。谨以数语祝贺他的这本学术专著的出版：志存高远，脚踏实地；湖深水静，穗饱头低。

　　是为序。

2020 年冬于津门寓所

（刘畅先生为南开大学文学院教授）

目　录

绪　论

陶渊明是汉魏六朝八百年间的一位伟大诗人，因其影响深远而成为中国文化史上的一大文化符号。从古至今，历代文人学者都给予其高度评价。苏轼向来仰慕渊明人品及诗品，认为在中国诗史上，"曹、刘、鲍、谢、李、杜诸人皆莫及" ❶。近人王国维也曾指出："屈子之后，文学上之雄者，渊明其尤也。" ❷ 王瑶说："中国诗人中除杜甫外，几乎再没有像他这样为历代人们所注意的了。" ❸ 朱光潜的评价综合了王国维和王瑶的说法，他说："渊明在中国诗人中的地位是很崇高的。可以和他比拟的，前只有屈原，后只有杜甫。" ❹ 陶渊明没有屈原那宏伟悲壮的汨罗一跳，也比不上杜甫那民胞物与的大爱思想，那么，他究竟凭借什么在中国诗史占据了如此崇高的地位呢？笔者认为有如下几个方面的原因。

第一，陶渊明少怀济世之志，但生逢易代之际，政治混乱、政局动荡，其理想和现实的极大冲突，致使他不再留恋仕途而向往并实现了隐居生活。陶渊

❶ （宋）苏轼《与子由书》，《苏轼文集》（第六册），中华书局 1986 年版，第 2155 页。
❷ 王国维《文学小言》，《人间词话》，中国人民大学出版社 2004 年版，第 127 页。
❸ 王瑶《陶渊明集·前言》，人民文学出版社 1957 年版，第 10 页。
❹ 朱光潜《诗论》，三联书店 1984 年版，第 277 页。

明在其诗文中表现出的强烈的忠于晋室的精神，已然成为后世易代之际文人学习的榜样。沈约《宋书·隐逸传》说渊明"所著文章，皆题其年月，义熙以前，则书晋氏年号，自永初以来，唯云甲子而已"❶。这种说法深入人心，虽然后世文人考之渊明诗文，认为沈约此说"几无复理，俱足喷饭"❷，但陶公尊晋黜宋、匡扶世道之形象已被多数学者所接受。

第二，陶渊明"不为五斗米折腰"的高尚节操，也被后人所景仰。史载，陶公为彭泽令，"郡遣督邮至，吏白应束带见之。潜叹曰：'我不能为五斗米，折腰向乡里小人！'即日解印绶去职，赋《归去来》。"❸陶渊明宁肯躬耕于田园也绝不于官场向小儿折腰。而且，归隐后也绝不接受来自高官的馈赠。桓道济曾馈之以粱肉，渊明麾而去之，表现出了一个隐士应有的骨气。陶渊明的这种节操和骨气为后世文人树立了一个道德标杆，被他们歌颂之，崇尚之。

第三，陶渊明任真洒脱、不屈己徇人的人生态度，也是令后世文人景仰不已的因素。笔者认为，陶渊明之所以隐居，大概只是因为能在淳朴之风逐渐式微的混乱时节，寻找到一个守护自身真性的安静环境。在这样一个安静的环境里，可以参悟人生的意义，明了人生的价值。陶渊明做到了，他摆脱了世俗社会里一切贫富、功利、成败直至生死所带来的束缚与忧惧。"宁固穷以济意，不委曲而累己。既轩冕之非荣，岂缊袍之为耻。诚谬会以取拙，且欣然而归止。"（《感士不遇赋》）在他看来，外在的荣华富贵皆不如内在的人格来得重要。李泽厚先生对此曾有精彩的论述，他说只有陶渊明"算是找到了生活快乐和心灵慰安的较为现实的途径。无论人生感叹或政治忧伤，都在对自然和对农居生活的质朴的爱恋中得到了安息。陶潜在田园劳动中找到了归宿和寄托。他把自《十九首》以来的人的觉醒提到了一个远远超出同时代人的高度，提到了寻求一种更深沉的人生态度和精神境界的高度"❹。也只有具备这种深沉的人生态度

---

❶ （梁）沈约《宋书》卷九十三《隐逸传》，中华书局 1974 年版，第 2288-2289 页。

❷ （清）毛先舒《诗辩坻》卷二，郭绍虞编选《清诗话续编》，上海古籍出版社 2016 年版，第 31 页。

❸ （梁）沈约《宋书》卷九十三《隐逸传》，第 2288 页。

❹ 李泽厚《美的历程》，生活·读书·新知三联书店 2009 年版，第 108-109 页。

和高度的精神境界的人，才能达到"纵浪大化中，不喜亦不惧"（《形影神·神释》）等级的超脱！这样，陶渊明就进入了一个纯"真"的超高境界。苏轼对此理解极为深刻，且表述也相当到位。他说："陶渊明欲仕则仕，不以求之为嫌；欲隐则隐，不以去之为高，饥则叩门而乞食，饱则鸡黍以延客。古今贤之，贵其真也。"❶苏轼此处所谓"真"的评价是指渊明本身存在状态而言的，换句话讲，渊明本身就是"真"的存在。这个"真"，是渊明对人生、社会乃至宇宙的深刻而细微的体悟，其外在表现就是渊明超旷的人生态度与洒落的生命境界。龚斌先生说："渊明委运自然的人生观最具独创性，表现为既不同于传统的儒家人生哲学，又不同于神仙家和佛家，在中国思想史上独标一帜。"❷笔者认为，陶渊明这种游离于儒家、神仙家和佛家思想之上的人生观，实际上就是其超旷人生态度的表现。

第四，陶渊明诗中"有忧勤语，有自任语，有知足语，有乐天安命语"❸。陶诗内容的丰富性为后世学陶者提供了最基本的底本。中国古典诗歌中所涉及的几个重要主题，陶诗几乎都具备，如回归主题、饮酒主题、固穷安贫主题、农耕主题以及生死主题。❹这些主题表现了陶渊明对人事的关怀与超越、对生命意识及自我的深刻体认。所有这些主题及其所表现出的诗歌精神，为后世文人的诗歌创作提供了一种借鉴。

最后，陶诗风格的多样性也是其崇高诗史地位形成的一个重要因素。单就陶渊明田园诗对唐诗风格的影响就表现在多个方面。对此，清人沈德潜曾说："陶诗胸次浩然，其中有一段渊深朴茂不可到处。唐人祖述者：王右丞有其清腴，孟山人有其闲远，储太祝有其朴实，韦左司有其冲和，柳仪曹有其峻洁，皆学焉而得其性之所近。"❺王维、孟浩然、储光羲、韦应物与柳宗元等人能各自从

---

❶　（宋）苏轼《书李简夫诗集后》，《苏轼文集》（第五册），第 2148 页。
❷　龚斌《陶渊明集校笺·前言》，上海古籍出版社 2018 年版，第 7 页。
❸　（清）沈德潜《说诗晬语》卷上，人民文学出版社 1979 年版，第 202 页。
❹　参看袁行霈《陶诗主题的创新》，《陶渊明研究》，北京大学出版社 2009 年版，第 93-102 页。
❺　（清）沈德潜《说诗晬语》卷上，第 207 页。

陶诗中得其精髓，确实可以看出陶诗的"渊深朴茂"。明代胡应麟以"清"论陶，指出陶诗"清而远"的特点，单就"清"之风格对后世的影响也非常大，胡氏曰："靖节清而远，康乐清而丽，曲江清而澹，浩然清而旷，常建清而僻，王维清而秀，储光羲清而适，韦应物清而润，柳子厚清而峭，徐昌谷清而朗，高子业清而婉。"❶此外，陶诗于平淡风格外，也颇具豪放之风，这一点经苏轼指出，后人也颇为激赏，乐于学习。

但是，即便如此，陶诗在渊明生前及其死后相当长的一段时间内，都没有得到应有的重视，人们还只是就其人格精神与人生态度给予高度的评价，而较少言及其诗文。从晋至唐，人们一直视渊明为高雅旷达的隐士。如果说有接受的话，也只是表现在诗歌创作上的接受，至于对陶诗的全面批评则是从宋朝开始的。钱锺书说"渊明文名，至宋而极"❷，实为笃论。宋人在诗歌理论上提倡平淡美，追求老成的诗境，陶诗正命中宋人此脉，从理论上多予以探讨，文名于宋代遂盛。❸如果说北宋文士还只是较多地认同渊明的诗文之美，那么到南宋，渊明的人格之美也被一并确认。朱熹、陆九渊、叶适、真德秀等人对陶渊明安贫乐道、超脱旷达的人生态度多有赞誉，视之为人格典范。可以说，至宋代，陶渊明人品、文品、诗品得到了统一的高度评价，遂为后世文士做人、为文、作诗之高标。元、明、清文士对陶渊明的接受与批评也大都沿此理路，或者景仰其人品，或者摹习其诗歌，抑或二者兼而有之。但是，不可否认的是，从明代开始，无论是一般诗人还是诗论家，大都能从自己的审美要求和期待视野去和陶、评陶，而较少依循旧说，并且能结合具体陶诗篇目，对前代旧说中的不合理成分予以评判与纠正。而且，明代的陶诗批评也改变了前代评陶主观性概

---

❶ （明）胡应麟《诗薮·外编》卷四，周维德集校《全明诗话》本，齐鲁书社 2005 年版，第 2617 页。

❷ 钱锺书《陶渊明诗显晦》，《谈艺录》，生活·读书·新知三联书店 2008 年版，第 217 页。

❸ 周远斌《陶渊明在宋代被空前接受原因之探究》一文，认为陶渊明在宋代被空前接受的原因有四：作为享乐性文化气候之"反动"的淡泊精神、复古革新运动中产生的平民心态及高风绝尘之诗风追求、思想感情上的禅定和老大心态、诗歌审美上推尊萧散简远之趣。（《文史哲》2003 年第 4 期，第 145-149 页）周文论述细致，可以参看。

括的方式而走向更加细致化、客观化的诗论路径。因此，明代文人对陶渊明及其诗文的评价就具有了较之前代比较新颖而独到的理解与感悟。

明代属于中国封建社会的晚期，长达270余年，一般分为明代前期、中期及晚期。各个时期均有较为重要的文学现象与文学流派，对各种文学艺术体式的回顾与整理成了有明一代文士们的重要任务，他们对陶诗的评价也有阐释自己所在诗派诗学主张的任务。

陶渊明及其诗歌接受研究，一直以来都是陶学研究领域的重要论题。钟优民先生《陶学发展史》（吉林教育出版社，2000年版）一书，是目前所见第一部对陶学发展作全面概述的著作。作者以历代大量的陶渊明及其诗文研究资料作为支撑，全面概述了从南北朝时期一直到20世纪90年代的陶学研究发展过程。其中第五章"含英咀华新论新证"以三节的篇章介绍了明代陶诗接受概况，指出了陶学在明代不可或缺的历史地位。戴建业先生的《澄明之境：陶渊明新论》（上海古籍出版社2012年版）一书的第十章"由冷落到推尊——陶渊明接受史片论"和第十一章"由伦理到存在——陶渊明接受史再论"，也有不少明代陶渊明接受与批评的介绍。有关明前陶渊明接受研究的论著，有萧望卿的《陶渊明历史的影像》❶、李剑锋的《元前陶渊明接受史》（齐鲁书社，2002年版）、刘中文的《唐代陶渊明接受研究》（中国社会科学出版社，2006年版）等著作。至于明代陶诗接受与批评研究，目前还没有研究专著出现，研究论文也大多涉及个案研究，缺少系统论述。本书拟结合明代各个时期的社会政治背景、文化思潮以及诗歌美学等方面，深入剖析明代文人的心态及其陶诗接受的期待视野，对明代各个时期的陶诗接受与批评进行深入的探究，以期在明代诗学思想发展过程中，展现明人陶诗接受与批评的概况。

本书将以文学思想史的原理，结合接受美学理论进行深入的探析。接受美学是19世纪60年代在德国康士坦茨大学兴起并迅速在欧美各国产生重大影响的一种美学思潮，由文学美学家姚斯和伊泽尔提出。他们认为文学研究应集中

---

❶　萧望卿《陶渊明历史的影像》，见氏著《陶渊明批评》，北京出版社2014年版。

在读者对作品的接受、反应、阅读过程和读者的审美经验以及接受效果在文学的社会功能中的作用等方面，通过文本阐释的方法，去研究作者、作品、读者之间的动态关系，要求把文学史从实证主义的死胡同中引起来，把审美经验放在历史—社会的条件下去考察。姚斯说："一部文学作品的历史使命如果没有接受者的积极参与是不可思议的。因为只有通过读者的传递过程，作品才进入一种连续性变化的经验视野。"❶ 伊瑟尔也说："本文与读者的结合才形成文学作品。"❷ 接受美学特别重视文本受众（读者）的作用，提出了读者中心论。他们认为文本中的"空白""未定性"，只有经过读者阅读过后才能确定下来，作者的文本才能真正成为作品。文本的这种"未定性"也造成了后世读者阐释的多样性，因为不同时代、不同环境、不同美学视镜中的读者，其期待视野是不同的。所以，他们对同一作品的解释也是不一样的。因为"读者在阅读过程中，永远不停地发生着从简单接受到批评性的理解，从被动接受到主动接受，从认识的审美标准到超越以往的新的生产的转换。"❸ 明代陶诗接受与批评就是走过了这样一条接受与批评的道路。

接受美学作为一种方法论，较好地解决了对文本单纯的理论分析和演绎所带来的空泛之弊，在其指导下，可以清晰地梳理对被接受对象的理解及阐释过程，并进而加深对被接受对象的认识，从而能够获得理论上的启示。利用接受美学理论，结合明代诗学发展状况，进行陶渊明及其诗歌的接受研究，可以将对陶渊明的研究引向历时的、动态的路径上来，可以清楚地看出陶渊明及其诗歌在明代的发展、阐释与批评，从而更好地对其人其诗作出理性认识与审美感受。

---

❶ （德）姚斯《走向接受美学》，见周宁、金元浦译《接受美学与接受理论》，辽宁人民出版社 1987 年版，第 24 页。

❷ （德）伊瑟尔《阅读过程：一种现象学的论述》，转引自朱立元《接受美学导论》，安徽教育出版社 2004 年版，第 79 页。

❸ （德）姚斯《走向接受美学》，见周宁、金元浦译《接受美学与接受理论》，辽宁人民出版社 1987 年版，第 24 页。

第一章　元末明初五诗派陶诗接受

接受美学理论讲究读者中心论。由于不同读者的知识结构、美学趣味、身份地位、审美观念等不同，导致他们的期待视野也有较大差异，从而对文学作品的解读会出现较大差异。同时，接受美学也极为重视接受环境，也就是导致读者期待视野存在差异的社会、政治、经济以及社会意识等原因。姚斯指出："文学和读者间的关系，并不仅仅是每部作品都有自己的特性，他历史地、社会性地决定了读者；每一个作者都依赖于他的读者的社会环境、观点和意识。" [1] 明初五诗派所处的社会环境以及由此而形成的隐逸心态，都使他们对陶诗表现出浓厚的性情。关于明初五诗派所生存的环境及其士人心态，下面略作概述。

第一节　概　述

本书所谓元末明初，大概是指元顺帝至建文朝的七十余年时间。朱元璋元末起兵，经过二十余年的战争，终于建立朱明王朝。元明易代，虽然把其时士

---

[1]　（德）姚斯《走向接受美学》，见周宁、金元浦译《接受美学与接受理论》，辽宁人民出版社 1987 年版，第 32 页。

人从异族统治的民族压迫中解救出来，但并没有使他们心悦诚服地归顺新朝。或者，换句话说，我们今天看来的民族压迫，在元末士人那里或许没有那么严重，甚至出现了较多为元朝死节的士人。清人赵翼《廿二史札记》"元末殉难者多进士"条中所列为元朝死节的 40 余名进士中，汉人占大多数。同书"明初文人多不仕"条所提文人亦多由元朝过渡而来。关于元明之际士人的这种心态，试略作探论。

对于宋元之交的汉族士人来说，蒙古族入侵所造成的血腥杀戮及野蛮屠城，给他们的心灵带来深深的震撼，他们对此愤恨不已，在其诗文中多有表现。元人统治对南宋遗民影响较大的就是，剥夺了南宋政府给予他们的免除徭役和赋税的特权。元朝政府将儒者杂于编户，称为"儒户"，一度担任"杂泛徭役"，儒者也成为元政府剥削的对象，这引起了南宋遗民的强烈不满。后情况逐渐改观。《元史·雷膺传》载："太宗时，诏郡国设科选试，凡占儒籍者复其家。"❶元朝统治者开始尊重南宋遗民的道统与文统，以换取他们在政统上对元朝政府的支持，这种办法是行之有效的。元世祖时就开始征聘南宋旧吏授予新职，以笼络江南文化精英。元政府对南宋皇室后裔赵孟𫖯的优抚可见一斑。元仁宗时，有人上书言国史所载"不宜使孟𫖯与闻者"，仁宗说："赵子昂，世祖皇帝所简拔，朕特优以礼貌，置于馆阁，典司述作，传之后世。"❷仁宗的这种做法实际上是出于稳定江南文士的需要，因为元朝统治者逐渐认识到，只有平复这些江南儒士对元朝政权的抵触情绪，才能真正完成对全国的统治。因此，统治阶层逐渐通过复学田、崇学校、蠲儒役等措施来缓解他们与江南儒士的矛盾。开科取士是笼络文士最好的政策。皇庆二年（1313），仁宗要求中书省议行科举，次月仁宗即下诏恢复科举。次年，也就是延佑元年（1314）乡试，共取 300 人。延佑二年（1315）大都会试取中选者 100 人，举行殿试（廷试），56 人及第。护都答儿、张起岩分别为左右榜状元，著名学者黄溍、杨载、欧阳玄等赐进士及第。

---

❶（明）宋濂等《元史》卷一百七十《雷膺传》，中华书局 1976 年版，第 3991 页。

❷（明）宋濂等《元史》卷一百七十二《赵孟𫖯传》，第 4022 页。

从此可以看出，元代实行的科举考试已经初见成效。元统治者成功地以尊重汉人文统与道统的代价换取汉人对他们政统的认可。元末明初之际文士多为元殉节而又多不就任明初政权的原因，大概由此可以得到较为合理的解释吧。

除此之外，元朝政府在实现了全国统治之后，能够充分尊重江南儒士对其文统和道统的坚持。南宋遗民不愿出仕新朝，亦能够优游乡里，或隐居自放，或兴办私学，或沉溺学术。如对后世学术影响较大的金履祥、许谦、王应麟、刘辰翁、胡三省与周密等人，都能够优游卒岁，并没有因为不与元朝统治者合作而遭到刁难与诛杀。不管后世怎样评论这些遗民人物，但至少他们在精神层面上保持了士大夫应有的自由与尊严。这种情况一直到元末都没有改变。本书后面将着重介绍的宋濂、刘基、戴良等元末明初文士，他们都是在悠游唱和中过着闲适放旷的自由生活，进入明代，他们的生活环境发生了翻天覆地的变化。

本章所介绍到的明初五诗派就是在这样的社会环境中逐渐形成的。钱穆对此时期文士的生活曾经作过精彩评述，他说："元明之际，江浙社会经济丰盈，诗文鼎盛，元廷虽不用士，而士生活之宽裕优游，从容风雅，上不在天，下不在地，而自有山林江湖可安，歌咏觞宴可逃，彼辈心理上之不愿骤见有动乱，亦宜然也。"❶ 元末从容自适的江南文士，在各自区域也恰好遇见能宽以待之的地方统治者。诸如张士诚之于吴中文士、何真之于岭南文士以及陈友谅之于浙东文士。他们在各自区域能够相安无事，亦为元末一大幸事。文人雅会、诗词唱和成了他们日常生活中的重要活动。

元末动乱，朱元璋逐步崛起于众义军之中。在灭元过程中，朱氏虽也得到了以宋濂、刘基为代表的诸文士的支持，但也不乏为元死节者，赵翼所言40位进士大概只是其中一小部分吧。朱明王朝建立之初，士人多不出仕，亦是为元死节进士们之心态在新朝的延续。随着国家的稳定与巩固，朱元璋推行了历史上罕见的极端专制的文化政策，杀戮成了他对付不愿与之合作的文人的主要

---

❶ 钱穆《读明初开国诸臣诗文集》，《中国学术思想史论丛》（第6册），生活·读书·新知三联书店，2009年版，第87页。

手段，"寰中士夫不为君用，其罪至抄札。"❶苏州处士姚润、王谟征而不至，皆遭极刑。朱氏为政统而弃道统、文统而不顾之极端心态，于此可见一斑。自由散漫、狂放自适的元末士人是很难适应新朝极端专制之政策的。所以，明初文人或多不仕，或仕而乞退，或身在朝廷而心隐田园。诸种情况皆可看出明初文士与洪武政权的离心力。

以上对元末明初政治环境的变化以及由此而对其时士人心态的影响作一简要概述，以便展开明初五诗派陶诗接受与批评的论述。

关于明初诗文之盛，清末陈田在《明诗纪事•甲签序》中曾说：

> 凡论明诗者，莫不谓盛于宏、正，极于嘉、隆，衰于公安、竟陵。余谓莫盛于明初，若犁眉、海叟、子高、翠屏、朝宗、一山、吴四杰、粤五子、闽十子、会稽二萧、崇安二蓝，以及草阁、南村、子英、子宜、虚白、子宪之流，以视宏、正、嘉、隆时，孰多孰少也？且明初诗家各抒心得，隽旨名篇，自在流出，无前、后七子相矜相轧之习。❷

陈田对明初诗歌繁盛情况作了简要概括。据王学泰先生统计，陈田编纂的《明诗纪事》所收洪武一朝诗人 375 人（甲签三卷至三十卷），收建文朝 26 人（乙签一至二卷），两朝共 401 人。❸由此可见明初诗歌之盛。陈氏所提到的文士多是处于元明易代之际，如果按地域来分的话，他们又各自可以归属明初五大诗派。胡应麟说：

> 国初吴诗派昉高季迪、越诗派昉刘伯温、闽诗派昉林子羽、岭南诗派昉于孙蕡仲衍、江右诗派昉于刘崧子高。五家才力，咸足雄踞一方，先驱当代。❹

---

❶ （清）张廷玉等《明史》卷九十三，中华书局 1974 年版，第 2284 页。

❷ （清）陈田《明诗纪事》甲签，续修四库全书本。

❸ 王学泰《以地域分野的明初诗歌派别论》，《文学遗产》，1989 年第 5 期。

❹ （明）胡应麟《诗薮•续编》卷一，周维德集校《全明诗话》本，齐鲁书社 2005 年版，第 2732 页。

五诗派成员皆生活于元末明初，他们已习惯于元末宽松的政治环境，即便不出仕为官，没有功名富贵之实，却也能优游卒岁，获取地方令名，这对他们来说已经足够。但元末明初之战乱以及洪武朝之苛政，打断了他们的这种生活方式。其中有些士人跟随朱元璋征战天下，出谋划策，当然也获取了位极人臣的高位。然而，鸟尽弓藏、兔死狗烹，如刘基、宋濂等开国功臣亦难逃厄难，其他人可想而知了。在这种情况下，五诗派大多数成员皆表现出对山水田园的向往，表现出强烈的归隐意识。

隐逸是一个复杂的社会文化现象，无论是"身隐""心隐"，还是"朝隐""中隐"的隐者，他们之所以隐逸，都与其时社会状况有较大的关系。关于隐者的隐逸心态，《后汉书·逸民列传序》曾经概括说："或隐居以求其志，或回避以全其道，或静已以镇其躁，或去危以图其安，或垢俗以动其概，或疵物以激其清。"❶明初五诗派诗人的隐逸心态大概涵盖了班固所概括的所有隐逸心态类型。他们在隐逸生活中，大多接受了陶诗恬淡的闲适情趣，并在诗歌创作中多隐括陶事陶典、渊明字号，诗歌亦多有陶诗风韵。下面对明初五诗派陶诗接受情况具体论述。

第二节　我思陶征君——江右诗派陶诗接受

江右诗派，又称西江诗派，是元末明初五大诗派之一。其领袖人物为刘崧，代表人物有陈谟、刘永之、梁兰、梁寅、王沂、王佑等。作为江右诗派的乡邦先贤，陶渊明对江右派的影响是较为全面的。从生活方式到诗歌风格，从人生境界到诗学观念，陶渊明都给予江右文人们以深远的影响。明人郑之玄在《熊公远诗序》中曾援引豫章人士之言说："江右诗派肇自渊明。"❷陶氏"文体省净，

---

❶ （南朝宋）范晔《后汉书》卷八十三《逸民列传序》，中华书局1965年版，第2755页。
❷ （清）黄宗羲《明文海》卷二百七十三，文渊阁四库全书本。

殆无长语，笃意真古，辞兴婉惬"❶之诗风，给江右诗派之诗风奠定了基调；陶氏不慕荣利、高隐古雅之生活态度与方式，深深地影响了他的这些隔代乡邦的文人们。

法国文学评论家丹纳（James Dwight Dana）曾说："艺术家本身，连同他所产生的全部作品，也不是孤立的。有一个包括艺术家在内的总体，比艺术家更广大，就是他所隶属的同时同地的艺术宗派或艺术家族。"❷作为江右这个同地的艺术宗派代表的陶渊明，对其乡邦文人的影响可以追溯至宋代江西诗派。江西诗派巨擘黄庭坚有诗云："拾遗句中有眼，彭泽意在无弦。"❸说杜甫之诗眼在句中，如陶渊明之琴意在弦外，对陶渊明的推崇可见一斑。黄庭坚追求一种用功精深而又"无斧凿痕"的"简易平淡"之境，盖皆从陶诗中得来。黄庭坚《论诗》一文说："谢康乐、庾义城之于诗，炉锤之功，不遗力也。然陶彭泽之墙数仞，谢、庾未能窥者，何哉？盖二子有意于俗人赞毁其工拙，渊明直寄焉耳。"❹他指出陶渊明诗歌"直寄"的特点对后人诗论影响较大。山谷《书陶渊明诗后寄王吉老》说："血气方刚时读此诗，如嚼枯木，及绵历世事，如决定无所用智，每观此篇，如渴饮水，如欲寐得啜茗，如饥啖汤饼。"❺可谓深得读陶诗之法。黄庭坚晚年作有大量和陶诗，❻直逼陶诗无意为诗之境。

号称元诗四大家的虞集、杨载、范梈、揭傒斯，除杨载外，其他三人都是江西人，他们对其乡邦前贤陶渊明的追慕亦不减山谷。王祎《练伯上诗序》曾说："大江之西，近时言诗者三家，曰文白范公德机，文靖虞公伯生，文安揭公曼硕。范公之诗圆粹而高妙，虞公之诗严峻而雅赡，揭公之诗典雅而敦

---

❶ （南朝梁）钟嵘《诗品》，《历代诗话》本，中华书局 2004 年版，第 13 页。
❷ （法）丹纳《艺术哲学》，傅雷译，人民文学出版社 1986 年版，第 5 页。
❸ （宋）黄庭坚《赠高子勉四首》（其四），《山谷集》卷十二，文渊阁四库全书本。
❹ （宋）黄庭坚《山谷集·外集》卷九。
❺ （宋）黄庭坚《山谷集·外集》卷九。
❻ 有关黄庭坚和陶诗的研究，可参见郑永晓《论黄庭坚学陶诗》，《文学遗产》，2006 年第 4 期。

实，皆卓然名家者也。"❶ 指出了虞、范、揭诸氏诗风的雅正与高妙，他们诗风的形成，当与他们对陶渊明的仰慕与仿效不无关系。如虞集"早岁与弟盘同辟书舍为二室，左室书陶渊明诗于壁，题曰陶庵，右室书邵尧夫诗，题曰邵庵，故世称邵庵先生"❷，可见其对陶氏的景仰。在诗风方面，虞集推崇淡泊舒迟，其《杨叔能诗序》说："舒迟而淡泊，暗然而成章，是以君子贵之。"❸因此，虞集于前代诗人特推崇陶、王、韦、柳诸家。其在政治生活中的屡遭排挤与打击，使其不再留恋朝政之事，更进一步把他推向了归隐的道路。虞集归田后作有较多的恬淡诗歌，如《家茶》："万木老空山，花开绿萼间。素妆风雪里，不作少年颜。"❹ 表达了其归隐山野的孤高情趣，也隐约流露出其对早年出仕的悔意。

一、刘崧

元诗四家的诗歌创作虽然风格多样，但大都追求淡雅之风。他们的诗歌上承陶渊明，下启明初江右诗派诸家，在陶诗传承过程中起着承前启后的作用。

江右诗派领袖刘崧在《自序诗集》说自己年十九岁时，"会有传临川虞翰林、清江范太史诗者，诵之五昼夜不废，因慨然曰：'邈矣，余之于诗也，其犹有未至已乎。'乃敛蓄性真，涮涤故习，尽出初稿而焚之。益求汉魏而下盛唐诗以来号为大家者，得数百家，遍览而熟复之。因以究其意之所在，然后知体制之工，与夫永声之妙，莫不隐然天成，悠然川注，初不在屑乎一句一字之间而已也。"❺ 刘崧青年时期得虞集、范梈诗，诵读五昼夜不息，并尽焚自

❶（明）王祎《王忠文集》卷五，文渊阁四库全书本。
❷（明）宋濂等《元史》卷一百八十一，中华书局 1976 年版，第 4181–4182 页。
❸（元）虞集《道园学古录》卷三十一，文渊阁四库全书本。
❹（元）虞集《道园学古录》卷二十九。
❺（明）刘崧《槎翁文集》卷十，四库存目丛书本。

己旧稿,可见受其影响之大。江右布衣名家刘永之也曾亲炙虞集和揭傒斯。❶
由此可见,明初江右诗派之冲淡好古诗风的形成,从近的承袭方面来看应该是
元四家的影响,但从远的方面看,他们对陶渊明的仰慕与诗歌上的模仿应该还
是越过了元四家,直接受陶诗影响。

刘崧在其写给刘永之的《题渊明像寄刘仲修》一诗中说:"斯人管乐俦,
而分山泽槁。岂无园中菊,念此霜露早。……鼎鼎百世师,遗荣以为宝。"❷ 把
陶渊明比作管仲、乐毅,以之为百世师,足见他对陶渊明的敬仰。从刘崧的生平、
志向与道德操守来看,陶渊明对他的影响应该是伴其一生的。他曾不止一次地
在其诗中直接涉及陶渊明及其所用诗歌意象,除上文所提《题渊明像寄刘仲修》
之外,其他诗歌如《题杨补之六七十岁时所画渊明像并写归去来辞后》:"长怜
放笔写梅真,何幸披图识故人。晚岁亲临欧褚法,清风却扫宋齐尘。杖藜独去
斜川晚,野服微吟五柳春。尚友交情千载上,为公再拜一沾巾。"❸《余归自南
京承永新欧阳子韶寄书辄赋奉答》:"白发萧萧两鬓疏,越南蓟北困驰驱。归田
已落渊明后,惭对林间一纸书。"❹《题墨菊图为杨员外公辅赋》:"道人滴露调
香墨,写出秋花一两枝。愁绝渊明愁未醒,短篱沽酒月明时。"❺ 因其人而喜其
诗,或因其诗而仰其人,我们已不得而知。但是如此这般地在诗歌中一直标榜
对陶渊明其人其诗的喜爱,亦足见陶渊明对他的影响之深远。

刘崧早年诗歌多描写寄情田园生活的闲适情趣,那种对躬耕田园的恬静自
适,与邻里的和睦来往,都在述说着诗人宁静悠闲的清澄心境,无论从诗歌语
言还是诗人心境都与陶诗极为相似。如《六月晦日山下观稼归》:

---

❶ (明)杨士奇《题刘仲修书虞揭诗后》说刘永之"尝亲炙二公"。见杨士奇著,刘伯涵、朱海点校《东
里文集》卷十,中华书局 1998 年版,第 148 页。
❷ (明)刘崧《槎翁诗集》卷二。
❸ (明)刘崧《槎翁诗集》卷六。
❹ (明)刘崧《槎翁诗集》卷七。
❺ (明)刘崧《槎翁诗集》卷八。

东日出未熹，我兴事晨稼。苒苒逾广阡，悠悠至山下。良苗各已实，载获纷穤稏。流泉荫余亩，束稭归南舍。柴门日向夕，鸟雀喧已罢。老翁携壶至，言笑相慰藉。春作幸有成，明当戒秋社。❶

诗人以轻盈的笔调将悠闲的田园劳作写得那么细致入微：早晨出门观稼，悠闲愉悦的心情油然而生，看禾苗充实，听流泉叮咚；傍晚归来，柴门日夕，鸟雀喧罢；有老翁携酒相与言笑慰藉。一派诗情画意，直如陶渊明田园诗歌。开头两句实即陶渊明"晨兴理荒秽"之意，"柴门日向夕，鸟雀喧已罢"二句意即渊明"带月荷锄归"（《归园田居》其三）。"老翁携壶至，言笑相慰藉"二句与渊明"故人赏我趣，挈壶相与至"（《饮酒二十首》其十四）一般无二。

刘崧出身寒门，但性兼廉慎，元末曾被荐龙溪山长，拒不赴任，作《与周伯宁书》，有"性疏简奢酒，不善与人俯仰""久处草野，短衣芒鞋"之句，极显隐逸之风，表现其对个性自由的追求，相对地保持了精神上的独立。刘崧明初入仕，内心却一直处于出处两端，向往自由却又不敢辞官。其实，从其诗文中的这种矛盾心情也可以看出，刘崧主要还是表现了他对自由生活的向往。在明初极为严酷的政治环境中，刘崧只有在内心、在梦中保持一种田园之思。"我今欲归归未得，时时梦绕溪南北。"❷"抽毫晨趋北省署，归梦夜绕东山麓。"❸令他魂牵梦绕的是那清澈的溪水、巍峨的东山。但在当时的情况下，回归田园是要冒着杀头的危险的，刘崧没有高启的胆识和决绝，他只有隐忍地生活在朱氏的强权政治高压之下。他的这种矛盾心情主要集中表现在他《题耕读轩为吏部主事顾硕赋》一诗中：

我从前年改初服，冒荣坐请公家粟。寻章摘字勘科律，压几堆床披案牍。文深有害心愈惕，食饱无功颜自恧。常怀战栗趋府署，岂有游歌

---

❶ （明）刘崧《槎翁诗集》卷二。
❷ （明）刘崧《题刘一清清溪图歌》，《槎翁诗集》卷三。
❸ （明）刘崧《樵隐诗为北平检校书吏朱廷玉赋》，《槎翁诗集》卷三。

到庠塾。实忧惝惘饥欲死，复恐荒嬉昧所属。今晨览君田庐咏，往日嗟余去从卜。君才特达当庙堂，我志依微渐朴樕。何由放斥遂归休，扶耒朝耕仍夜读。❶

据诗中所述，刘崧入仕不久就已困倦了倾轧的官场生活，案牍劳形，惕栗伤神，虽如此，但仍要忠于职守，尽心报效朝廷。"君才特达当庙堂，我志依微渐朴樕"二句将自己与顾硕作对比，说顾硕当于庙堂之上大展宏图，而自己则宜归隐山林之下幽居了事，朝耕夜读才是自己最为合适的生活方式，无奈朝廷拘系得紧，他幻想着被放逐山林，以遂己志，但也只是幻想而已！

朝耕夜读的生活方式既然追求不到，刘崧只有在诗歌中书写那种生活的种种美好。观其《槎翁诗集》中的诗歌题目，也可以看出刘崧对田园生活的热爱是多么的强烈，如《园居杂兴八首》《田家》《晨兴》《过刘氏废圃阮生携酒共酌》《六月自流江返林居》等。园居、饮酒与访友，高情迹似渊明，诗笔亦极为相类。兹举《园居杂兴八首》（其一）如下：

启窗面修竹，下荫方池幽。兹晨微雨至，其气飒以秋。芳时如佳人，徂矣安可留？草木性已定，禽鱼狎其俦。披襟纳良风，掩卷睇崇丘。所欣城郭遥，归哉此优游。❷

启窗对青竹，清晨飘微雨。飒飒秋日，草木性定，禽鱼狎俦，披衣迎风，掩卷望丘。该诗好像一幅明丽的园居图画，一层层地展现在我们面前。这是作者为自己在田园诗歌中寻找到的一处安宁的精神避风港湾。该诗风格典雅高古，极类渊明。

刘崧雅正质朴的诗风，历来为人们所注意。同时代的刘永之说刘崧的古体

---

❶ （明）刘崧《槎翁诗集》卷三。
❷ （明）刘崧《槎翁诗集》卷二。

诗"如三代彝器，虽简质而极温润"❶。四库馆臣评刘崧诗为"平正典雅，实不失为正声。"❷钱谦益《列朝诗集小传》甲集"刘崧"条："国初诗派，西江则刘泰和……泰和以雅正为宗。"❸都看中了刘崧诗歌的雅正高古之风，这种风格的形成，除了与彼时的社会政治环境与统治者的提倡有关之外，❹在很大程度上应是其学陶的结果。明人张应泰说刘崧："翁生末造，俗渐于夷，顾能振响天衢，一还大雅，讵不谓难？大江以西，陶元亮而后，弘绍宗风定当以翁为适矣。"❺堪为的评。

二、陈谟、梁兰

江右诗派诗人多为布衣，陈谟和刘永之就是其中重要的两位。从二人的诗学思想和诗歌创作来看，陶渊明对他们的影响可谓深刻。陈谟久居林野，永之嬉游林壑，生活方式都颇类渊明；陈谟与永之在学陶拟陶方面亦不逊于刘崧。此目论陈谟，附论梁兰，下目论刘永之。

陈谟，字一德，号心吾，一号海桑散人，世称海桑先生。江西泰和人。陈谟自幼聪颖，能诗文。后学《周易》《诗》《书》，通三礼诸传，旁及子史百家。洪武初年应征，朱元璋给予较高的礼遇，赐茶议礼，学士宋濂、待制王祎交章请留为国子师，但陈谟却引疾归家，教书为业。多次被征聘为江广考官，所拔

---

❶ （明）刘永之《刘子高诗集序》，《刘仲修先生诗文集》卷七，续修四库全书本。

❷ （清）纪昀等《四库全书总目》卷一百六十九《槎翁诗集》提要，中华书局1997年版，第2266页。

❸ （清）钱谦益《列朝诗集小传》，上海古籍出版社1983年版，第89页。

❹ 明开国初，万象更新，朱元璋倡导一种简质文风为其在思想领域的统治需要服务。明人叶盛《水东日记》卷一"太祖御制文集"条谓：《太祖皇帝御制文集》共若干卷，奇古简质，悉出圣制，非词臣代言者可及。"（中华书局1980年版，第7页）《明太祖实录》卷39也载其批评臣属之语，说他们所上奏议"颂美之辞过多，规戒之言未见，殊非古者君臣相告以诚之道。今后笺文只文章平实，勿以虚辞为美也"。

❺ "国立中央图书馆"编《国立中央图书馆善本序跋集录》（集部第2册），"国立中央图书馆"出版，1994年版，第261页。

之士往往知名，如罗性、赵德容、周渊、孙蕡等人。陈谟事亲至孝，其于弟友爱尤笃，于族党中颇有影响。

陈谟常年隐居不仕，有"书隐""雪隐""壶隐""渔隐""菊隐"之说。陈谟"菊隐"说出自《跋萧寿椿菊隐说后》一文，该文对渊明性格与爱菊之品性做了较为详细的描述，他说：

> 夫渊明之爱菊，无间于幽显。观其自癸巳为州祭酒，乙未距庚子为镇军参军。乙巳为彭泽令，在官八十余日自免去职。始终官途，才十三年尔，显之日岂多于隐之年哉！性极冲淡有大志，官居何尝野处，悠悠然万物之表，慕荣启期之能贫，田子泰之能侠，扬子云之能酒，而尤慕诸葛亮王佐之才，惜无其时耳。视州县劳人直何足道，斯诚真隐也已。故周子云菊花之隐逸者也。又云菊之爱，陶后鲜有闻。殆谓菊抱幽人之姿，惟陶有之似之，故深爱之。非陶而爱者宜亦众矣，第不知菊视之如陶否乎？ ❶

在陈谟看来，渊明爱菊是不分为官与隐居的；渊明性格冲淡而又有大志，但只可惜生不逢时，以故隐居；隐居就为真隐。何谓真隐？在此文中，那就是渊明爱菊、菊则抱幽人之姿，菊与渊明已融为一体，换作他人，则未必然。由此看来，陈谟真可谓渊明之隔代知音。

陈谟引渊明为知音，对渊明思想的理解极为深刻。他在为郑某所作的《自然堂记》一文中对渊明的自然观做了全面而深刻的阐述。该文首先界定了自然的含义："士有不乐于时，弃轩冕珪裳，外托于黄冠草服，而内存其忧世之心者，因别字曰自然。"在陈谟看来，隐居要心怀忧世之念才称得上"自然"。他具体论述道：

> 且子尝奔走于名利之区，颠倒于是非之数，今而得养真于韶石，正渊

---

❶ 钱伯城等主编《全明文》（第2册），上海古籍出版社1994年版，第676页。

明所谓返自然者。内观静照可也，槁木其形、死灰其心不可也。静亦定、动亦定可也，静而无动、动而无静不可也。卧起云为顺适其常，黑白熏莸不迷乎中，坎止流行无系乎外，如是而已。老氏盖无为而无不为，此自然之至也。❶

陈谟认为渊明所谓"返自然"就是一种心灵内观静照的修炼，是一种静亦定、动亦定的臻妙状态。这种状态反对槁木其形、死灰其心，反对静而无动、动而无静。这是深得渊明思想精髓的。渊明归隐之后的创作也还"忧时念乱，思扶晋衰，思抗宋禅，经济愤肠，语藏本末，涌若海立，屹若剑飞"❷，表现出了其对国家社会的高度关注。其《停云》《岁暮和张常侍》《读山海经》等诗一再表明，渊明虽然归隐，但他对国运兴衰、国家治乱仍是非常关切的。由此观之，陈谟对渊明虽幽隐而忧世的理解是深入其心的。❸ 其实陈谟本身的做法也一如渊明，清人沈佳说："（陈谟）虽不愿仕，而时务一一筹诸胸中，有叩如响。尝谓学必敦本，莫加于性，莫重于伦，莫先于变化气质，若礼乐、刑政、钱谷、甲兵、度数之详，皆所当讲，一时经生学士靡然从之。"❹ 一个乡野隐士，礼乐、刑政、钱谷、甲兵、度数诸时务一一藏于胸中，有叩如响，这本身就是对社会极大的关注。由此可见，陈谟绝非一腐儒。

在陶渊明的影响下，陈谟对世事、生活等方面表现得较为通达真率。他作有著名的《真率论》和《通塞论》。其《真率论》有曰："君子之为道，或出或处，或默或语，从吾天性之自然，安吾素履之坦然，如是而已。从吾天性之自然，则自耕桑渔钓，达之圭冕轩裳，各一其天，不必齐同，而各极其趣，皆有可悦。"

❶ 钱伯城等主编《全明文》（第2册），第616页。

❷ 黄文焕《陶诗析义》卷首，四库存目丛书本。

❸ 陈谟有关幽隐而又忧世的思想在其《海桑集》中有多处表现，又如《熊克庸归耕序》说："士君子方穷居独善，尝辍耕垄上，太息以俟时。虽夷均亦然，其言均'恐美人之迟暮'，又曰'恐修名之不立'。岂独为身利耶，亦忧世而已。"（《全明文》卷七十二，第597页）

❹ （清）沈佳《明儒言行录》卷一，文渊阁四库全书本。

又说："真与率，固君子之道也。"❶陈谟认为只要顺从一己之自然本性，无论出与处都可以各极其趣，表现出真率的个性。

如果说《真率论》还只停留在论述为人处世层次的话，那么《通塞论》则论及元明鼎革之际，士子该如何面对现实的问题。陈谟引历史上微子、箕子反复申明，元明革代之际不必死节，表现得更为通达。陈谟也因此遭到批评。四库馆臣说：

> 《通塞论》一篇，引微子、箕子，反复申明，谓革代之时，不必死节，最为害理。故其客韶州时，为太祖吴元年，元尚未亡，已为卫官作贺表。而集中颂明功德不一而足，无一语故君旧国之思。其不仕也，虽称以老病辞。然其孙仲亨跋其墨迹，称："太祖龙兴，弓旌首至。先生虽老，犹舆曳就道。一时老师俗儒，曲学附会先生之论，动辄矛盾。是以所如不合，遂命驾还山，拂衣去国"云云。则与"柴桑东篱"之志固有殊矣。❷

四库馆臣作为满人统治的喉舌，站在传统的儒家忠君爱国的立场上，对陈谟进行严厉批评，但是他们忽视了陈谟作为汉人，生活在元人统治的末期，怀夷夏之辨，其饱经兵患，势必极为向往一个开明的政治环境，这也是其通达的一个表现。陈谟与渊明生活的政治环境不一样，不能一概而论。其实，如果细绎之，其与"柴桑东篱"之志并不矛盾。

"我思陶征君，养素傲樊圃，黄菊绕柴桑，清风满窗户。"❸除了在思想上受渊明影响之外，陈谟在诗学上也极力推尊渊明。其《郭生诗序》一文中极力称诗之轨范盖有两种，一种是以陶、韦为代表的寂寥短章，另一种是以李、杜为代表的舂容大篇。他说：

---

❶ 钱伯城等主编《全明文》（第 2 册），第 525 页。

❷ （清）纪昀等《四库全书总目》卷一百六十九《海桑集》提要，中华书局 1997 年版，第 2279 页。

❸ 全明诗编纂委员会编《全明诗》（第 1 册）卷二十七，《读五贤传偶成五首》之五，上海古籍出版社 1990 年版，第 581 页。

称诗之轨范者，盖曰寂寥乎短章，春容乎大篇。短章贵清曼缠绵，涵思深远，故曰寂寥，造其极者，陶、韦是也。大篇贵汪洋闳肆，开阖光焰，不激不蔓，反复纶至，故曰春容，其超然神动天放者，则李、杜也。❶

由此可见，陈谟对陶诗的平淡自然的短章极为欣赏。他认为，陶诗把平淡自然与涵思深远融合得天衣无缝，即在平淡的外表下，蕴含着深厚而又炽热的情感，流露出浓郁的生活气息，能以朴实的语言、流畅的笔法，构筑醇美之意境。陈谟也有较多此种寂寥短章，兹引两首如下：

山欲收屏障，云偏曳葆縿。水侵杨柳渚，帆倚夕阳桥。
夏绿团空翠，秋云盛麦苗。携书归隐处，不待太冲招。❷

小隐清江上，无心竞白鸥。蓊云团竹屋，芦雪点羊裘。
放鹤归何晚，看花醉即休。底须终日苦，三百六鱼钩？❸

这两首诗，有"花"有"实"，❹无论从用语还是意境上都十分接近陶诗，这是其学陶拟陶的结果。如"夏绿团空翠，秋云盛麦苗""蓊云团竹屋，芦雪点羊裘"等句中的动词，与陶诗"蔼蔼堂前林，中夏贮清阴"（《和郭主簿》（其一））之"贮"字用法何其相似。这种用法还有许多：

夏馆榕阴满，秋篱菊芷稠。❺

---

❶ 钱伯城等主编《全明文》（第 2 册），第 588 页。
❷ （明）陈谟《江桥晚景》，《全明诗》（第 1 册）卷二十七，第 595 页。
❸ （明）陈谟《清江钓隐》，《全明诗》（第 1 册）卷二十七，第 598 页。
❹ 陈谟曾提出作诗要"贵乎有实"的观点，他说："诗道如花果，谓其天葩纷敷，必贵乎有实也。"（《全明文》卷七十一《缙云应仲张西溪诗集序》，第 578 页）
❺ （明）陈谟《寄韶州段同知菊圃》，《全明诗》（第 1 册）卷二十七，第 591 页。

移床分竹影，扫壁散芸香。❶

由此可见，陈谟《海桑集》中大量描写隐居生活与咏菊诗歌的出现不是偶然的，是他积极拟陶的结果，这也造成其整体诗风的典雅。只是由于能力不及渊明，在境界上略输一筹。四库馆臣说陈谟"在明初固沨沨乎雅音也"❷，亦为知言。不过陈谟比起他所批评的明初那些"崇短章之促促者、掇陈言之靡靡者"，满篇风月花草、江山鱼鸟的刻意模仿要优秀得多。陈谟在黄茅白苇之间开辟出一条拟陶之路，师法渊明之义格，模拟其气体，揣摩其意境，在明初诗坛影响较大。

陈谟弟子、江右派晚期代表人物梁兰（1343—1410），与乃师一样，也深受陶渊明的影响。梁兰字庭秀，又字不移，泰和人。早岁失怙，设帐乡里，教授为生。长子梁潜官至右赞善，次子梁混官至蜀府纪善。梁兰性嗜恬淡，不愿就养，"仍归休柳溪濠梁之间，有畦数亩，可耕、可桑、可渔、可酿、可濯、可荫，独辟一轩，日督诸孙问学。"❸永乐年间卒，年六十八。著有《畦乐集》。梁兰具体行状，可从杨士奇《梁先生墓志铭》《畦乐诗集原序》与梁潜《先君畦乐先生行实》等文章得知。杨士奇少从梁兰学诗，其记载大体不差；梁潜为梁兰子，其文应亦为信实。二人都详细记载了梁兰心志高明、耿介自守、安乎俭约、委命自信之性格。我们不能肯定地说梁兰这些性格都是受渊明的影响，但从其对生活的率真行为和所作诗文来看，渊明对他有较大影响则应是不争的事实。仅举一个微小细节为例：梁兰归隐后，"既得疾，即谢医药，曰至此命矣。"❹渊明有诗曰："纵浪大化中，不喜亦不惧。应尽便须尽，无复独多虑。"（《形影神·神释》）梁兰病而不医的从命心态或许是对渊明此诗最好的注脚。

杨士奇为梁兰编《畦乐诗集》一卷，并为之作序，即《畦乐诗集原序》。该序先称赞渊明诗歌冲和雅淡，他说："诗以道性情，诗之所以传也。古今以

---

❶ （明）陈谟《题吕仲善营丘山房图》，《全明诗》（第1册）卷二十七，第604页。

❷ （清）纪昀等《四库全书总目》卷一百六十九《海桑集》提要，中华书局1997年版，第2279页。

❸ （明）杨士奇《畦乐诗集原序》，见梁兰《畦乐诗集》卷首，文渊阁四库全书本。

❹ （明）杨士奇《梁先生墓志铭》，见《东里集·续集》卷三十九，文渊阁四库全书本。

诗名者多矣，然《三百篇》后，得风人之旨者，独推陶靖节。由其冲和雅淡，得性情之正，若无意于诗，而千古能诗者卒莫过焉。"然后叙及梁兰诗歌："志平而气和，识远而思巧，故见诸篇章，汎汎焉，穆穆焉，简寂者不失为舒徐，疏宕者必归于雅则，优柔而确，讥切而婉。先生之于诗，可谓至矣。"❶从杨氏的这种叙述逻辑来看，他当是把握住了梁兰和渊明诗歌的某些关联。所以他在《梁先生墓志铭》里就直接说梁兰："为文简而婉，诗驰骋魏晋，而冲淡自然，有陶靖节之趣。"❷四库馆臣在梁兰《畦乐诗集》提要中因袭东里说法，亦不再做别种评论。

梁兰《畦乐集》中的诗歌特别是其五古，我们细细读来，确能在脑海中形成一幅田园美景。我们仿佛能看到一位策杖蹑屐的隐者，于新雨初霁，晴日和煦之时，深入竹树之间，牵蔓引竿，欣然自得。梁兰《西畦自适》一诗写道：

> 守拙一圃间，衡从五亩余。艺麻在高丘，杂以果与蔬。春至百草生，趁晴聊荷锄。筋力岂不劳，芜秽亦已除。家人会知我，慰以酒满壶。偶坐斟酌之，日落西山隅。归来北窗下，我心一事无。❸

该诗应为写实。杨士奇《梁先生墓志铭》说梁兰："既归，日与故人朋友寻山水之乐，命酒赋诗，任意所适。于邑西柳溪之上，辟畦莳蔬，杂植花竹，引泉灌注，而筑室其中，游焉息焉，观道玩微，逍遥自得。作畦乐诗数篇，时歌以自适然。"❹梁潜《先君畦乐先生行实》也说其父"筑室城西溪上，环植美竹数万竿，中为蔬畦，浅堤近坞，曲折蔽亏，引泉为渠，萦纡町疃之间，土沃壤润，桑麻蔚然，先君日笑傲其中"❺。此诗无论从意象还是从意境上来看，都颇有渊明遗风。《明诗综》卷一六《梁兰》条引："王希范云，先生养高丘园，

---

❶ （明）杨士奇《畦乐诗集原序》，见梁兰《畦乐诗集》卷首。

❷ （明）杨士奇《梁先生墓志铭》，见《东里集·续集》卷三十九。

❸ （明）梁兰《畦乐诗集》，文渊阁四库全书本。

❹ （明）杨士奇《梁先生墓志铭》，见《东里集·续集》卷三十九。

❺ （明）梁潜《泊庵集》卷八，文渊阁四库全书本。

摅悠远之思，著为诗歌，旷然有古高士之节。王达善云，畦乐先生之诗，出于自然，默契靖节于千载之上。胡若思云，诵先生之诗，萧散闲淡之趣，悠然于篇咏之间。邹熙仲云，梁君隐居乐道，其诗冲澹闲雅，有自得之致。"❶ 朱彝尊所引四人的评价，皆着重于对梁兰隐居乐道的景仰以及对其诗高远冲澹风格的肯定，王达善甚至指出梁兰与千载之上的陶渊明有默契之感，指出了梁兰诗歌的风格及其渊源。

三、刘永之

前文提及刘永之也曾亲炙元诗大家虞集和揭傒斯，其诗风追求古雅冲淡。由此可见，永之也是近习虞、揭而远绍渊明的。

刘永之，字仲修，清江（今属江西）人。家富于赀，但泊然布素，多为施舍。早年学业不精，为妇翁所轻，后发愤就学，日夜不懈，遂成大家。洪武初应聘，一年后以重听辞归，隐居田园，以诗酒为乐。以其子奉获罪县官，没其家，被徙东莱，客死桃源，后人常哀之。❷ 永之尤精《春秋》，兼重书法，诗文清丽古雅，为世所宗。时人王沂《答清江刘仲修》一诗云：

> 青春词翰蚤蜚英，白首林泉更负名。好古独怀韩吏部，交欢曾枉范云卿。沧江逝水金川净，锦树浮云玉笥清。远忆瑶琴谐雅操，敢辞击节和新声。❸

---

❶ （清）朱彝尊《明诗综》卷十六，文渊阁四库全书本。

❷ 解缙《跋金幼孜所藏刘仲修书》云："恨其命与时违，卒陷非辜，如陈子昂之幽没，而天下少知者，甚可痛惜！"（《文毅集》卷十六，文渊阁四库全书本）郭钰《挽清江刘仲修》云："奋笔清江追二刘，奈何垂老入西州。儿痴竟累张彝死，母老谁为禹锡谋。风雨魂归金石晚，江山恨满玉关秋。词林顿尔成憔悴，目送飞云双泪流。"（《静思集》卷九，文渊阁四库全书本）清人施闰章云："然卒以其子奉获罪县官，没其家，且被徙客死。何天报之酷邪？……又以知文人高士之难也。"（《刘仲修山阴集序》，《学余堂文集》卷六，文渊阁四库全书本）

❸ （明）王沂《伊滨集》卷七，文渊阁四库全书本。

王沂说刘永之好古，忆古雅而辞新声，大抵不错。清人施闰章也说自己一日在舟中尽读永之诗，"然后知先生殆古之逸民也，诗诸体楚楚，五言古恬淡冲厚。"❶兹引永之《杨弘中药室》一诗如下：

> 秉志慕冲淡，息迹在丘园。闲庭遍芳草，高窗见远山。
> 采苓陟松径，煮术散榆烟。董生乘往躅，嵇子有遗编。
> 神宇谢氛浊，天倪谅斯全。惟当振尘服，与子共清言。❷

作者志慕冲淡，息迹丘园，芳草满庭，远山自见，采苓煮术，手握古编，与友清言。此诗绝世俗，去尘嚣，天然自现，一派化机，极类渊明。永之常自言"吾志太冲淡，久欲辞尘嚣"（《题匡山石室》）、"不为好爵縻，独秉冲霄志"（《云鹤巢》）、"素志安冲淡，中心恒晏如"（《和答真上人》）。我们从他的诗歌中能够强烈地感受到其高古之志。又如《野老看云图》：

> 文湍激幽涧，白云流远山。偃仰长松下，延眺一怡颜。清风拂素服，
> 瑶花落树间。拾薪青烟际，煮苓供晚飧。耽此丘中赏，竟日未言还。❸

该诗前八句与《杨弘中药室》极为相似，后两句即渊明"此中有真意，欲辨已忘言"之意，拟陶而不着痕迹。拟古是有层次的，陈谟曾指出："拟之而不近，未也；拟之而甚近，亦未也。初若甚近，则几矣；其终也甚不近，而实无不近，则神矣。"❹在陈谟看来，拟古的上乘诗歌，是那种表面上看不出模拟的痕迹，而实际上已完全无限接近于所模拟对象的作品。永之大多数诗歌尤其五古，大概能归入陈谟所谓拟古之"神"品吧。

洪武五年，永之应聘至南京。宋濂极畏服之，盛相推服，作诗赠之，一

---

❶ （清）施闰章《刘仲修山阴集序》，《学余堂文集》卷六，文渊阁四库全书本。

❷ （明）刘永之《刘仲修先生诗文集》卷一，续修四库全书本。

❸ （明）刘永之《刘仲修先生诗文集》卷一。

❹ 钱伯城等主编《全明文》（第2册），上海古籍出版社1994年版，第674页。

曰："多少缙绅求识面，江南文价为君低。"再曰："相逢未久还相别，恨不随君结草堂。"❶宋濂当时身居高位，虎视文坛，能对刚刚征聘来的永之出此语，大概不只是恭维，应实为永之人品与文品所征服。明人敖英对此深有所感，他说："夫潜溪（宋濂）在当时独步木天，虎视文苑，顾于翁推逊如此，夫岂阿所好哉？盖翁必有犁然受其心者矣。"❷敖英所论，堪为的评。

永之既已应聘，缘何一年之后又"翩然辞帝乡"（《经采石望太白墓》）呢？这是一个耐人寻味的问题，但也可以从此看出永之的真性情。他本来就不为仕隐所限制，他在《拟古》一诗中说："梁栋固有待，用舍乃需时"❸。朱明王朝的建立使其看到一线光明，于是乘此见"用"之机应聘出山。然而永之毕竟是一山野散人，出仕后不适应官场生活，"厌彼鸡鹜群"（《云鹤巢》），不愿为尘世所侵，于是"舍"世之意便油然而生。清人施闰章说："（仲修）先生征赴阙下，宋学士潜溪盛相推服。固宜出其所学，乘时见用，乃以重听辞归，其果老病邪？观其平生咏歌，大抵幽居自适。至答宋学士诗，有预结茅屋、待公跨鹿之语，殆将招潜溪归隐，其肯自出邪？"❹所论极是！"预结茅屋、待公跨鹿"之语，即永之《酬别宋赞善大夫景濂四首》之四"预从山顶结茅屋，待得先生跨鹿来"二句。

从上面的论述中，我们可以清楚地看出永之心迹极类渊明。苏轼说："陶渊明欲仕则仕，不以求之为嫌；欲隐则隐，不以去之为高。"❺永之庶几近之。他们都随性所为，不为世俗所羁。唯一不同的是，渊明的出仕是因为其"家贫，耕植不足以自给"（《归去来兮辞》）；而永之则家富于赀，不为贫穷所困。

---

❶ （明）刘永之《刘仲修先生诗文集》卷六附录宋濂《临江刘仲修先生辞章翰墨，诚为双绝，近至南京，士大夫无不愿见之，求文卷轴森如束笋，濂虽不敏，而慕艳之心为尤切，于其别去，不能忘言，仅赋二诗以饯》。

❷ （明）刘永之《刘仲修先生诗文集》附录敖英《书重刻山阴集后》。

❸ （明）刘永之《刘仲修先生诗文集》卷一。

❹ （清）施闰章《刘仲修山阴集序》，《学余堂文集》卷六，文渊阁四库全书本。

❺ （宋）苏轼《书李简夫诗集后》，《苏轼文集》（第五册），中华书局1986年版，第2148页。

渊明辞归时依然贫困，但誓不为五斗米折腰，境愈穷志愈坚；永之辞归后也陷入穷困之中，"踪迹年来逐转蓬，万事惊心旧业空"（《山园幽隐图》），但即使如此，他仍然"家空不为千金璧，战胜甘从百结衣"（《和完彦明韵》），像陶渊明一样，坚持操守，不为世事所困。由此也可见二人的真性情较为相似。永之同时人王恽有和永之诗说"无事在家贫亦好，有心行道古来难"❶，堪为知言！渊明辞归，有"误落尘网中"之叹，永之辞归有"误蒙曲台招"之语，何其相似！其诗《初发秣陵，夏潦新涨，烟水弥漫，舟行芦苇间，晚霁眺望，援笔抒怀》云：

> 孱劣罕世用，久随麋鹿踪。误蒙曲台招，秉笔从诸公。议论既无补，之乎非素攻。长揖谢书阁，拂衣返荆蓬。……樵牧欣时泰，耕稼愿年丰。从兹掩关卧，那听景阳钟。❷

诗中解释自己应征而又辞归的原因，就是于世事无补，虽是谦辞，亦为心语。既然如此，那么翩然辞归、重返荆蓬便是最好的选择。我们从该诗题目即可看出永之辞归的愉悦心情，舟行于烟水弥漫的芦苇间，远眺晚霁，心底一片澄澈，再无世事所扰。永之归隐后作有《和完彦明韵》一诗，中有"山阴栖息又忘机，回首江湖旧梦非"之语，是对自己应征的否定。"回首江湖旧梦非"句颇有渊明"觉今是而昨非"之意。

刘永之五言古颇类渊明，这大概是他不断学习陶诗的结果。时人梁寅《仲修宅春日分韵得园字》一诗记载了他们共同拟作陶、谢诗歌的情况，其中有云："群俊题诗拟陶谢，且同烧烛坐东轩"。❸ 这样积极地学习、模拟陶诗，也是江右诗派受陶渊明影响深远的一个明证。

---

❶（明）王恽《和刘仲修见示十一首》其十一，《秋涧集》卷二十八，文渊阁四库全书本。

❷（明）刘永之《刘仲修先生诗文集》卷一。

❸（明）梁寅《石门集》卷四，文渊阁四库全书本。

四、小结

陶渊明对江右派的影响是广泛的，除了上述几个代表性人物之外，江右派的其他成员也多受其影响。被徐泰称为"一时老将"的梁寅，❶ 其《石门集》四卷诗歌，多具陶韦风致。如《归醴溪》一首：

> 久厌都市喧，俯思山岩静。归饮醴溪泉，怡我淳朴性。神峰杂树蓊，石门翠崖并。萝悬晨露滋，巘秀夕霞映。攀陟谐樵牧，候谒悔奔竞。褰裾荫云松，脱屣悦风磴。悠然遁客心，迭出野人咏。方期谷口耕，毋诮终南径。❷

吴元年（1367），梁寅以六十余岁之高龄应征修礼乐，后以老病辞，结茅石门山，终老于此，享年八十七岁。此诗盖其归隐后所作。开头"久厌都市喧"句即习渊明"久在樊笼里"语，"候谒悔奔竞"句近渊明"觉今是而昨非"之意。该诗对大自然的热爱，对仕途生活的厌恶，对曾经出仕的悔意等交织在一起，颇具陶诗风致。其他如《拟古十二首》《初夏十绝》《为王仲义题雪梅》等诗皆清丽典雅，气味冲淡，颇具自然风致。江右乐集，为人刚毅有节，终生隐居不仕，笃志为学。他在整个江右诗派中对渊明生活方式的体认可谓是独特的，其高隐古雅之思多表现于诗歌中。如《渊明归来图》："目极山河典非午，手栽黄菊自东篱。飘然不作归来赋，谁信风流是义熙？"❸ 江右"王氏二妙"王沂、王佑，"正学笃行，高风直节，表表乎大江之西。"❹ 他们从德行到诗歌都颇受

---

❶ 徐泰《诗谈》说："临江梁寅、盱江黄肃，俱一时老将"，周维德集校《全明诗话》（第二册），齐鲁书社 2005 年版，第 1205 页。

❷ （明）梁寅《石门集》卷二。

❸ （清）王琨辑《泰和诗征》卷四，萧氏闲馀轩刻本，清光绪三十年（1904）。

❹ （明）杨士奇《王竹亭先生墓志铭》，杨士奇著，刘伯涵、朱海点校《东里文集》卷十八，中华书局 1998 年版，第 258 页。

渊明影响，王沂其人"冲澹莹洁"，其诗"温厚和平，出于自然"，❶《春江静钓》
《江行》等诗在一片春水青山、杨柳依依美景之间表达其高隐之情趣，诗风清
丽自然，不假雕饰，可谓得陶诗真味。

　　综上所述，明初江右派对陶渊明的接受是较为全面的。无论从人品气节、
生活态度，还是诗学观念、诗歌意象等各个方面，陶渊明的这些隔代乡邦文人
们都深受其影响。陶氏不慕荣利的气节、高隐古雅的生活态度与方式，使得江
右派诗人们往往与社会政治疏离。对陶氏生活方式的羡慕，使得他们即便是身
不由己，也心向往之。特别在诗风方面，江右派醇正雅淡之诗风与渊明真醇淡
远的美学追求一脉相承。江右派这种雅正的诗风，使其在入明之后，因契合了
明初开国气象的需要，得到朱元璋的重视而声势日大，相比较明初其他几个诗
派的日益没落而显示出强大的生命力。江右派诗人不单单强调渊明诗歌自然淡
远的一面，还较为重视其"经世致用"一面。比如陈谟对渊明"返自然"观念
的深度理解便是一个明证，前文已详，兹不赘述。明初诗人的这种认识，对明
代中后期诗人比如何孟春、黄文焕等人评陶有着较大的影响。也开启了清代诗
人评陶重视"经世致用"这一新视角的先河。刘永之《刘子高诗集序》一文说
陶渊明、李白、杜甫、孟浩然、韦应物等人皆魁垒奇杰之士。清人伍涵芬《读
书乐趣》就引而论之，说"可知文字有豪气者，未有不从旷爽得也"❷，指出了
陶渊明豪杰的一面。陶渊明历来被称为隐逸之宗，清人吴崧则认为"渊明非隐
逸流也，其忠君爱国，忧愁感愤，不能自已"❸。沈德潜也说"渊明以名臣之后，
际易代之时。欲言难言，时时寄托，不独《咏荆轲》一章也"❹。后，李调元给
沈氏之论予以支持。❺都是从陶渊明"经世致用"之角度展开论述的。

---

❶　（明）梁潜《竹亭王先生行状》，《泊庵集》卷八，文渊阁四库全书本。

❷　北京大学、北京师范大学中文系编《陶渊明资料汇编》（上册），中华书局 1962 年版，第 188 页。

❸　北京大学、北京师范大学中文系编《陶渊明资料汇编》（上册），第 187 页。

❹　（清）沈德潜《古诗源》卷八，中华书局 1963 年版，第 182 页。

❺　李调元说："沈确士（德潜）云：'渊明以名臣之后，际易代之时，欲言难言，时时寄托，不独《咏
　　荆轲》一章也。'是为确论。"（陶渊明资料汇编上册，中华书局 1962 年版，第 213-214 页）

第三节　纵酒爱五柳——闽中诗派陶诗接受

元末明初闽中诗派为其时五大诗派之一，一般认为其主要成员是被称作"闽中十子"的林鸿、郑定、王褒、唐泰、高棅、王恭、陈亮、王偁、周玄、黄玄，此外，还有林鸿弟子林敏、赵迪、林伯景等人。如果从林鸿本身再上溯的话，那么还应当包括张以宁、林弼、蓝仁、蓝智等人。由此可见，闽中诗派队伍相当庞大。不独于此，该诗派为后人所看重，还因林鸿的宗唐诗论和高棅的《唐诗品汇》的影响。《明史·文苑传》称"闽人言诗者率本于鸿"，称《唐诗品汇》"终明之世，馆阁宗之" ❶。林、高二氏诗论不独为闽中诗派的诗学纲领，也为此后以前、后七子为主的宗唐复古理论奠定了基础。《四库全书总目·唐诗品汇提要》曾指出："厥后李梦阳、何景明等摹拟盛唐，名为崛起，其胚胎实兆于此。" ❷

明初闽中诗人大多跨元、明两朝，从元入明，对他们来说，不只是朝代的更替，而是朝代更替给他们带来的不适感。李日华《紫桃轩杂缀》云："元季，士君子不乐仕，而法网宽，田赋三十税一，故野处者，得以货雄，而乐其志如此。" ❸ 由此可见，在元朝，文人不愿出仕为官，亦可隐居乐志，这是因为彼时法网宽、田税少，有隐逸的政治经济环境。明初情况大变，朱元璋以重典驭臣下，揭臣民罪由，制《大诰》诸篇，以致"人心惴凛，吏畏民训。其时征辟之士，有司督趋如捕醉囚，士于朝者多诈死、佯狂，求解职事" ❹。鸟尽弓藏、兔死狗烹的做法为开国帝王所惯用的伎俩，明代也不例外。具体到闽中派文人，则有王偁因解缙案所牵连而下狱死。出仕为官，即使没有性命

---

❶ （清）张廷玉等《明史》卷二百八十六，第 7336 页。

❷ （清）纪昀等《四库全书总目提要》卷一百八十九《唐诗品汇提要》，中华书局 1997 年版，第 2640 页。

❸ （清）陈田《明诗纪事》甲签引，续修四库全书本。

❹ （明）何乔远《名山藏·刑法纪》，江苏广陵古籍出版社 1993 年影印，第 2707—2708 页，

之虞，也多案牍劳形。明人陈洪绶曾一针见血地指出："一行作吏，百苦逼人。"❶
元末临安老儒钱宰，于洪武初被征同诸儒修纂《尚书》，会选《孟子》节文，
曾吟唱道："四鼓冬冬起着衣，午门朝见尚嫌迟。何时得遂田园乐，睡到人
间饭熟时。"❷钱氏因官场中的劳累自然而然地想到田园之乐，亦是人之常情。
"后七子"之一的宗臣曾于《报陆长庚》一文中指出官场与田园生活的截然不
同，他说："一抵燕便作案牍中人，群吏环趋，如对魍魉，百苦攻人，肌骨欲
痛。此状不能缕报，恐百花樵客闻而笑之。"对陆长庚的隐居生活表示艳羡：
"足下龙卧沧江，云深雾远，丹经在握，白日难欺。……顷者春水渐深，鱼虾可网，
足下箕踞独嚼，散发长吟。"❸参照明初钱宰所述之情况，宗臣所描述的情景，
移评明初，亦为允当。在这种情况下，闽中派文人大多选择隐居家乡，啸傲
江湖，悠游以终。

一、闽中派早期成员

闽中诗派多以林鸿为代表的十子为宗，但早期成员还应有张以宁、林弼以
及蓝仁、蓝智兄弟，他们生活在元末明初，入明后，有的出仕为宦，备受礼遇，
如张以宁、林弼；有的隐逸山林，悠游以卒。出仕者亦畏宦途，渴望隐去；隐
逸者，浮沉乡间，傲睨林泉。他们都表现出对陶诗的喜爱，在一定程度上表现
出了宗陶倾向。

张以宁（1301—1370 年），字志道，古田人。家居翠屏峰下，因号为翠
屏山人。元泰定四年（1327）以《春秋经》举进士第，由黄岩判官进六合县尹，
坐事免官，滞留江淮十余年，后征为国子助教，擢翰林侍读学士，知制诰。洪

❶　（明）陈洪绶《致良卿书》。陈氏此语，此前亦多见。如嵇康曾云："游山泽、观鱼鸟，心甚乐之，
　　一行作吏，此事便废。"（《晋书》卷四十九《嵇康传》）宋人郑刚中也曾说："一行作吏，尘埃逼人。"
　　（《北山集》卷二十《又与何倅》）
❷　（明）叶盛《水东日记》卷四，中华书局 1980 年版，第 39 页。
❸　（明）宗臣《宗子相集》卷十四《报陆长庚》，台北伟文图书出版社有限公司 1976 年版。

武元年，与危素等一起征至南京，因奏对称旨，授翰林院侍讲学士。二年，奉使安南，次年五月卒于途中。《明史》本传称其："为人洁清，不营财产，奉使往还，补被外无他物。"❶临终自挽云："一世穷愁老翰林，南归旅榇越山岑。覆身粗有黔娄被，垂橐都无陆贾金。稚子啼饥忧未艾，慈亲蒿葬痛尤深。经过相识如相问，莫忘徐君挂剑心。"❷年逾七十，临终之言，感慨颇多，其中既有一生清白的自许自慰，也有愧对稚子慈亲的内疚，尽显作者深情。

张以宁颇为自负，其一生自觉志高才大却壮志难酬，"微官与志违，空负圣明时。"(《途中次子炟韵》)时常以李白自喻，但其在元朝仕途坎坷，所以常有归隐意识。其《严子陵钓台》一诗云：

> 故人已乘赤龙去，君独羊裘钓月明。鲁国高名悬宇宙，汉家小吏待公卿。天回御榻星辰动，人去空台山水清。我欲长竿数千尺，坐来东海看潮生。❸

此诗赞扬并向往严光隐居的高节，张以宁希望自己能像鲁国孔丘那样立德存言，名悬宇宙，而不愿做汉家小吏依附于帝王。但是志不得舒，所以想要归隐，"我欲长竿数千尺，坐来东海看潮生"二句则言自己也要像严光一样洒脱隐居，不为俗世所羁绊。其《题海陵石仲铭所藏渊明归隐图》一诗有云：

> 昔无刘豫州，隆中老诸葛。所以陶彭泽，归兴不可遏。凌烟燕功臣，旌旗蔽辒辌。一壶从杖藜，独视天壤阔。风吹黄金花，南山在我阔。萧条蓬门秋，稚子候明发。岂知英雄人，有志不得豁。高咏荆轲篇，飒然动毛发。❹

---

❶（清）张廷玉等《明史》卷二百八十五，第7316页

❷（明）张以宁《翠屏集》卷二，文渊阁四库全书本。

❸（明）张以宁《翠屏集》卷二。

❹（明）张以宁《翠屏集》卷一。

在陶渊明接受史上，第一次将陶与诸葛亮并提的是黄庭坚。黄氏《宿旧彭泽怀陶令》一诗云："潜鱼愿深渺，渊明无由逃。彭泽当此时，沉冥一世豪。司马寒如灰，礼乐卯金刀。岁晚以字行，更始号元亮。凄其望诸葛，抗脏犹汉相。"❶ 其后，陈与义在《题酒务壁》一诗中视陶渊明为英雄："当时彭泽令，定是英雄人。"❷ 黄、陈二氏都认为陶渊明抱负非凡，其之所以归隐只是因为大道不行，无有施展才华的平台。张以宁此诗与黄、陈二诗所抒发的感情较为接近，如果没有刘备的三顾茅庐，诸葛亮就会老死隆中，不会有施展才华的机会。张氏认为陶渊明一如诸葛亮，怀才不遇，所以归隐。诸葛亮、陶渊明都是作者眼中的英雄人，都"有志不得豁"，作者又何尝不是呢？

入明之后，张以宁奉命出使安南。此次安南之行，以宁颇为重视，中夜抒发壮怀，以为大隐三十载，今终可折冲万里外，一吐虹霓气。❸ 只可惜，其年已老朽，病死归途，令人唏嘘！左东岭先生说，闽中诗派的灵魂是"山水隐逸的高情远趣"❹。张以宁作为闽中诗派的开山鼻祖，即便在如此重大的出使过程中，也作有许多向往田园生活的诗歌，表达了强烈的归隐意识。如《二十七日晚到万安县》："木绵庵畔瘴云愁，犹恋湖山一壑秋。从道黄粱俱一梦，几人解上五湖舟？"❺ 以宁暮年出使安南，面对重重瘴云，其深深悲愁油然而生，思恋湖山秋壑，所谓功名富贵，直如黄粱一梦。即使看透，又有几人能够真正归隐？自己也没有做到，只是徒增伤感而已。

陶渊明作为"千古隐逸诗人之宗"，无论其诗歌意境还是意象都被后人反复引用。以宁《翠屏集》诗歌中也不乏陶诗意象。如：

---

❶ （宋）黄庭坚《山谷集》卷四，文渊阁四库全书本。

❷ （宋）陈与义《简斋集》卷三，文渊阁四库全书本。

❸ 张以宁出使安南有《南京早发》一诗："大隐金门三十载，壮怀中夜每闻鸡。今朝一吐虹霓气，万里交州入马蹄。"先生自注云："苏老泉云：丈夫不得为将，得为使，折冲万里外足矣。(《翠屏集》，卷二)

❹ 左东岭主编《中国诗歌通史·明代卷》，人民文学出版社 2012 年版，第 211 页。

❺ （明）张以宁《翠屏集》卷二。

五柳门前秋叶衰，南山佳气满东篱。白衣人到黄花外，正是先生述酒时。（《渊明送酒》）

曩予步屟东篱下，采采黄花不盈把。即今却似雾中看，老眼摩挲忽惊诧。……（《赤盦为肃慎贵族于今为清门希曾其字者读书为诗善鼓琴且工墨菊有新意为予作四幅留其二征诗为赋此云》）

微官与志违，空负圣明时。对酒怀彭泽，题诗愧渼陂。遥天和树尽，断岸逐舟移。杨柳黄金色。随春入砚池。（《途中次子烜韵》之二）

这些诗歌或直接用陶诗意象，如五柳、东篱、菊花、桃源等；或化用陶诗篇名，如《述酒》《桃花源诗并序》等，表达了作者对田园生活的热爱和超然的隐居意识。张以宁曾作《山隐记》，将隐士比作玉，玉有优劣，则隐士亦有优劣。作者认为只有"粹然至温之玉"，投之烈火中，至于千日夜而不变色。意即真正的隐士面对出仕的诱惑才能显示出隐逸的本色来，才能不为势利名位所动。可见，成为真隐士之难，张以宁也没有做到，他的学陶大概只能得以心理慰藉罢了。

林弼（1325—1381 年），福建龙溪人，元至正八年（1348）进士。宋濂曾为其《使安南集》序，称其文辞尔雅。王祎亦赠之诗，与之酬唱。其诗文皆雄伟轶宕、清俊洒脱。《四库全书总目提要》："盖明初闽南以明经学古、擅名文苑者，弼实为之冠也。" ❶ 因正统儒家思想之故，他对其时隐居的童冀有些许不满，《跋童中州和陶诗后》说：

金华童君中州善为诗，而独于陶爱其萧散冲淡，有类于古人，所谓温柔敦厚之教者。又因苏诗篇数之旧而重和焉。盖其尚友古人，百世上下犹神交焉，非特于陶于苏为然也。嗟夫！陶、苏二公之诗，旷情达视，而能委顺以乐其天者也。黄鲁直谓其出处不同，气味相似，君子以为知言。中

---

❶ （清）纪昀等《四库全书总目提要》卷一百六十九《林登州集》，中华书局 1997 年版，第 2266 页。

州蕴深发茂，方将为世笙镛，以鸣治世之盛。顾乃以山林枯槁自居，夫苟得二公之所以乐，则无人不自得于出处。奚择焉？《衡门》《考盘》之咏，尚毋为太早计也。❶

林弼《林登州集》中有诗七卷，多有颂世鸣盛之作，亦可视其为台阁诗人。所以，他在这篇序文中，认为童冀善诗而独好陶，是因爱陶诗的萧散冲淡。从此角度出发，林弼认为童冀归隐之计为时尚早，应该为盛世吹笙击镛，以鸣治世之盛，而不能和陶之归隐诗。语虽委婉，责备之意在焉。

林弼虽如此说，但其心中的田园归隐意识也颇为浓厚。其《金陵赠友人》一诗云：

> 玉帛征贤出草莱，孝廉船向北风开。纵然车马争驰逐，何似田园归去来。菽水堂前衣戏彩，鸡豚社里酒盈杯。白头谁念思乡客，强写新诗对凤台。❷

林弼在元为漳州路知事，为元朝旧臣，洪武二年（1369）夏被征入京。林弼入京心态在该诗中一览无余，"纵然车马争驰逐，何似田园归去来"二句写尽心中对征召的不情愿，所以要"强写新诗对凤台"。他怀念的还是"菽水堂前衣戏彩，鸡豚社里酒盈杯"的田园生活。诗中化用陶渊明《归去来兮辞》之意，表现了对渊明田园归隐生活的羡慕。又如其《西村隐居为绕城罗时用题》一诗：

> 西村竹树净朝晖，万事闲来总息机。一夜小溪春雨过，半篙新水白鸥飞。草堂作就资谁寄，彭泽归来愿未违。最忆衡门凝望处，平畴十里豆花肥。❸

此诗应为其隐居时期所作。作者隐居西村，竹树明净朝晖，万事闲来息机，一夜春雨而过，明日便是新水飞白鸥，如此明媚的春光美景，作就草堂，虽然

---

❶ （明）林弼《林登州集》卷二十三，文渊阁四库全书本。
❷ （明）林弼《林登州集》卷六。
❸ （明）林弼《林登州集》卷五。

简陋，但可资渊明归来之愿，衡门凝望，便是十里肥美豆花。此诗虽难达陶诗物我两忘之境，但也展现出一派化机。文辞闲雅，意境高远，当为《林登州集》中少有之佳作。

林弼《归乐轩记》是为其邑人范孟伟之归乐轩所作。范氏被举荐入京铨曹，四十余日即乞归，得以自适于肥遯之乐，以"归乐"名其读书之室。林弼有感于此，于文末言："顾余发已种种，而归未有期，闻孟伟之归乐，不觉怦怦心动矣。"❶此种表达当为作者最为真实心态之发抒，因为此文是为朋友之轩室而记，不是什么公文，用不着隐藏自己的真实想法。

闽中诗派早期成员中，除了张以宁、林弼，还有崇安的蓝氏二兄弟——蓝仁和蓝智。蓝仁（1315—？）❷，字静之，崇安人。元时与其叔弟蓝智俱往武夷师事清江杜本，获授四明任士林诗法，遂谢科举，一意为诗。后辟武夷书院山长，迁邵武尉，不赴。明初内附，后例徙濠梁，数月放归，隐居而卒。

蓝仁早岁隐居家乡，与蓝智一起"浮湛里间，傲睨林泉"，作有不少隐逸诗歌。如：

> 凉叶堕微风，秋山正萧爽。天寒独鸟归，日夕百虫响。偶从桂树招，遂有桃源想。石磴阒无人，山猿自来往。❸

> 暮归山色昏，濯足月在涧。衡门栖鹊定，暗树流萤乱。妻孥候我至，明灯供蔬饭。伫立松桂凉，疏星隔河汉。❹

---

❶（明）林弼《林登州集》卷十五。

❷陈广宏先生考证蓝仁生卒年为1315—1386年，生年尚可，但卒年似有误。陈先生引蓝仁《丙寅正月三日作二首》，知蓝仁洪武十九年（1386）年尚在世。又引《用韵自述》证蓝仁年寿在七十一岁以上。（见陈广宏《山林别响闽派先声——元明之际蓝仁、蓝智诗歌创作论》，《闽江学院学报》2007年第6期）但蓝仁《蓝山集》卷三有一首《立春偶书》，其中有云："八八衰年只缊袍，闭门春日自歌骚"，盖为其八十八岁所作；卷五有一首《病起偶成》，其中有云："春来春去总匆匆，九十光阴卧病中"，可证蓝仁当年九十后卒，实属高寿。所以蓝仁当卒于1406年之后。

❸（明）蓝仁《西山暮归》，《蓝山集》卷一，文渊阁四库全书本。

❹（明）蓝仁《暮归山中》，《蓝山集》卷一。

这两首诗对自己的隐居生活作了较为细致的描述，语言质朴，意境高远，有陶诗风味。元末大乱，作者早年累经险阻，面对如此之乱世，他想寻得一片乐土，幻想着自己也能拥有一处如陶渊明描写的桃花源，日出而作，日入而息，尽享天伦之乐。作者后来有《舟中望长洲田家》一诗：

> 积流会澄川，浮沙亘长洲。上有佳树林，下有良田畴。渔樵自成村，桑麻翳榛丘。犬吠林巷深，鸟鸣田舍幽。落日负未归，凉飙荡轻舟。斯人亦何为，乐哉以优游。羁怀迫道路，怅望徒淹留。❶

此诗当为作者入明后所作。作者对长洲田家的生活进行了具体细致的描写，与陶渊明《归园田居》（其一）诗中描写的田园生活如出一辙，有些诗句直接化用陶诗，如"犬吠林巷深，鸟鸣田舍幽"二句即由渊明"狗吠深巷中，鸡鸣桑树颠"而来。但从整首诗的感情来看却与之迥异，陶诗有"复得返自然"的轻松与愉悦，而此诗却显得极为迫促，"羁怀迫道路，怅望徒淹留"二句道出作者心中无限的哀伤与无奈。

蓝仁有《拟贫士二首》，当为拟陶渊明《咏贫士七首》之作。其一云：

> 蟏蛸网我户，蟋蟀号我壁。被褐不掩胫，采薇岂充食。岁有饥寒忧，巷无车马迹。岂知旷达观，不以贫病迫。昔闻孔颜圣，亦有陈蔡厄。澹然忘世虑，弦歌自朝夕。❷

陶渊明晚年非常贫困，他有专咏贫士的《咏贫士七首》组诗。渊明所咏贫士包括荣启期、原宪、黔娄、袁安、张仲蔚、黄子廉等，他们都是古代安贫乐道的典型人物，不戚戚于贫贱，不汲汲于富贵，求仁而得仁，求义而得义，渊明引为知己。后世和陶者亦取此意。如唐代唐彦谦《和陶渊明贫士诗七首》等诗。蓝仁《拟贫士二首》亦不脱陶诗此意。该诗前六句具体描写贫

❶（明）蓝仁《蓝山集》卷一。
❷（明）蓝仁《蓝山集》卷一。

士贫困的境况，但贫士虽贫，却有旷达观，不为贫所迫，所以能够做到"澹然忘世虑，弦歌自朝夕"。蓝仁入明之后，被迫远徙临濠，放归后隐居而终，当尝尽贫困滋味。但作者依然保持着自己高尚的道德操守，就如他在迁徙途中所唱的"秋山满目悲摇落，只有松筠傲岁寒"（《滁州书怀》），说自己就如满目秋山中的松树一样，能够于岁寒天气傲然挺立，对自己的人格给予了相当程度的肯定。

陶渊明爱菊，蓝仁亦爱菊。《蓝山集》中有多首描写菊花的诗歌，无论是题画诗还是直接描写菊花的诗歌，都能看出蓝仁孤芳自赏之素心。如《九月晦日见菊》：

> 一夜秋香未必衰，两旬冷蕊苦开迟。非关独立超流俗，自是孤芳不入时。岁暮结交松柏友，天寒谢绝蝶蜂知。无心更待陶潜酒，有感惟吟郑谷诗。❶

菊花的孤芳即为作者之孤芳，菊花岁末与松柏结友，谢绝蜂蝶，亦为作者晚年心态之写照。作者饮陶潜酒，追渊明之踪迹；吟郑谷诗❷，慕守愚之气度。又如《对菊》一诗也颇有味道："懒与时芳作并妍，西风篱落意萧然。自从屈子歌骚后，也共陶潜到酒边。消瘦只宜秋色好，耐交唯有晚香传。南山长在幽人眼，开早开迟不必怜。"❸从以上几首诗歌来看，蓝仁历经风霜之后，对生活已完全勘破，无论其心境还是诗境都已走向冲淡一途，从而使其诗歌显得更有耐人寻味之情韵。

蓝仁叔弟蓝智（1321—1373），字性之，又作明之。元末习举子业，与仁俱有诗名，存有《蓝涧集》六卷。入明后，于洪武三年（1370）以才荐举，授

---

❶ （明）蓝仁《蓝山集》卷五。

❷ 郑谷，字守愚，晚唐诗人。有《菊》一首："王孙莫把比荆蒿，九日枝枝近鬓毛。露湿秋香满池岸，由来不羡瓦松高。"（《云台编》卷中，文渊阁四库全书本）

❸ （明）蓝仁《蓝山集》卷五。

广西金宪❶。蓝智少有大志，但生逢元末，战乱四起，志不得骋，但他坚守道德节操，入明前隐居十余年。明王朝建立，蓝智以才被荐，授广西金宪。他认为，压抑已久的壮志终于有了施展的平台，此时也创作了较多充满大快平生之气的长篇大章。但是，蓝智金宪广西，官职极低而又远处边荒之地，其内心情感之复杂非当事人不能体认，我们只能从其诗歌中感受到他细微而真实的苍凉与悲慨。蓝智在广西任上三年，颇有廉名，但最使他魂牵梦绕的却是隐居的草堂，作者希望早日回到草堂，"何时自剪阶前竹，遍写仙经静处看。"❷他早已不把富贵看得那么重要了：

> 昔我南涧来，遂谋西园居。萧萧桑柘阴，下有比屋庐。交枝啭黄鸟，澄波跃文鱼。花香入户牖，草色连阶除。衡门闭白日，高咏古人书。目送远山云，心游天地初。贫贱固可乐，富贵将焉如。❸

> 凤凰翔千仞，鹪鹩巢一枝。达士志常高，鄙夫怀其卑。富贵非所愿，贫贱亦所宜。圣贤有中道，千载谁与期。采采东篱菊，哗哗南山芝。我酒日已熟，我杯时一持。醉来望白云，朗咏贫士诗。❹

上一首，蓝智言贫贱可乐，富贵又如何呢？下一首"富贵非所愿，贫贱亦所宜"道出其真实心声，显然已勘破贫富。这两首诗颇有陶诗风味，显示出浑朴自然的五古风貌。此类结体高雅、意境超然的五言古诗，是蓝智最为擅长的。又如《庐山》：

---

❶ 关于蓝智授广西金宪时间众说不一。徐𤊹《徐氏笔精》说是永乐年间辟为金宪，《全闽诗话》卷六《蓝智》条也持同样的观点。清人陈田《明诗纪事》甲签卷十六给予修正，陈氏说应在洪武十年，《明史》本传也说是洪武十年。蓝智《蓝涧集》卷四有《书怀十首寄示小儿泽》，诗后有云松樵者（张榘）跋，时间为壬子（1372）季冬，说蓝智"庚戌秋以才贤荐授广西金宪"，庚戌即洪武三年（1370），张氏为蓝智好友，其言应当可信。

❷ （明）蓝智《蓝涧集》卷三，全国图书馆文献缩微中心，2004。

❸ （明）蓝智《书怀十首寄示小儿泽》（其一），《蓝涧集》卷一，文渊阁四库全书本。

❹ （明）蓝智《饮酒》，见（清）陈田《明诗纪事》甲签卷十六，续修四库全书本。

何年李谪仙，读书石床下。云巢双青松，秋色正潇洒。时登五老峰，独酌壶中春。举杯问渊明，谁是羲皇人。鸾凤望赤霄，蛟龙卧空谷。苍崖簌飞泉，咳唾成朱玉。颠倒云锦袍，酣歌漫挥毫。文光一万丈，更比庐山高。一落五湖上，秋风怨华发。千古不归来，长庚夜如月。❶

蓝仁、蓝智兄弟的作品集中为何多有隐逸诗歌？笔者认为，除了他们所生存的社会政治大环境之外，还与他们的师承有关。蓝氏二兄弟早年师事杜本，本字伯原，号清碧，曾三次被朝廷征召入翰林院，皆不就，长期隐居武夷山中，为元代著名隐逸诗人，曾编选《谷音》二卷，所收乃"宋亡元初，节士悲愤幽人清咏之辞"❷，由此可见，《谷音》实为隐逸诗歌集子。蓝仁在《题清江碧嶂集追怀清碧杜先生》一诗中，表达了对杜本的真挚情感，也体现了他们师徒间的深厚情谊。其中"平生不受天子禄，老向名山空著书"二句就赞扬了杜本隐逸的高尚情怀。蓝仁大约作于明初的《放歌一首效苏仲简》一诗中有"我生不豫功名期，先朝未壮今衰羸"二句，与其盛赞乃师同一声口。前文已提及，杜本授二蓝以四明任士林诗法。士林字叔实，号松乡，奉化人，以郝天挺荐授安定书院山长。任士林为元代著名学者，《浙江通志》只记载其曾为安定书院山长，别无他职。即使此书院山长之职也是大初间中书左丞郝天挺举荐而得，并且为时不长，俄而得呕疾，卒于杭之客舍，年五十七。由此可见，亦可视任为隐士。任士林曾分"隐士"为"身隐"与"心隐"两类，并加以厘清，他在《瓢湖小隐诗序》一文中说："隐者之道有二：其身隐，其道为天下后世用而不可泯也；其心隐，其迹在朝市进退间而不可窥也。"❸可见其对隐士有独到的见解。二蓝由杜本而得士林诗法，亦当受士林隐逸思想之影响。

---

❶ （明）蓝智《庐山》，见（清）陈田《明诗纪事》甲签卷十六。
❷ （明）张榘《谷音》跋，杜本《谷音》卷后，文渊阁四库全书本。
❸ （元）任士林《松乡集》卷四，文渊阁四库全书本。

张榘《蓝山集序》评蓝仁诗说：“静之之诗，居平时则优柔而冲淡，……
不蹈袭以掠美，不险怪以求奇，丽则而不苟，隽永而有余。”❶元尚书张昶曾
为《蓝涧集》作序说：“崇安蓝明之长于诗，古体仿佛魏晋，律似盛唐，长句
豪健，五言温雅。”❷四库馆臣《蓝涧集》提要评蓝智说：“智诗清新婉约，足
以肩随其兄。五言结体高雅，翛然尘外，虽雄快不足，而隽逸有余。”❸上述
评价皆看重了二人五言古诗的和平雅淡、隽永高雅。蒋易《蓝山集序》合评
二蓝，也是着重于这一点，他说：“及既定交，则知昆仲切磨，埙篪迭奏，和
平雅淡，词意融洽，语不雕馊，气无脂粉，出乎性情之正，而有太平之风。”❹
合评二蓝的还有清人汪端，她说：“静之昆季诗和粹冲逸，既正体裁，复灭蹊
径。”❺上述评价大都是针对二蓝五言古体，真实反映了他们隐逸诗歌的艺术
取向。

二蓝作为元末明初闽中第一辈诗人中的佼佼者，和张以宁等人一起奠定
了明初甚至整个明代闽中诗歌创作的基础。清人朱彝尊说：“盖十子之先，闽
中诗派，实其昆友倡之。”❻四库馆臣也说：“闽中诗派，明一代皆祖十子，而
不知仁兄弟为之开先，遂没其创始之功，非公论也。”❼他们是从闽中诗派的总
体诗歌成就着眼的，如果单从隐逸诗歌的创作上来看，也未尝不可。换句话说，
就是二蓝和张以宁等人对其后闽中诗人的隐逸诗歌创作有较大影响，他们效陶
也深深影响了后人。从诗歌宗尚来说，张以宁和二蓝宗唐倾向也为其后以林
鸿为代表的闽中十子的学唐奠定了基础。所不同的是，闽中十子明确提出学

❶ （明）张榘《蓝山集序》，《蓝山集》卷首，明嘉靖刻本。
❷ （元）张昶《蓝山集序》，《蓝山集》卷首，明嘉靖刻本。
❸ （清）纪昀等《四库全书总目提要》卷一百六十九《蓝山集》，中华书局 1997 年版，第 2272 页。
❹ （元）蒋易《蓝山集序》，《蓝山集》卷首，明嘉靖刻本。
❺ （清）汪端《明三十家诗选》二集卷三下，清刻本。
❻ （清）朱彝尊《明诗综》卷十一，文渊阁四库全书本。
❼ （清）纪昀等《四库全书总目》卷一百六十九《蓝山集》提要，中华书局 1997 年版，第 2272 页。

盛唐 ❶，而张氏和二蓝则不完全囿于学唐，他们上溯至魏晋，甚至齐梁。比如，张以宁曾指出，善学杜者应该"本之于二《南》《风》《雅》，干之于汉魏乐府古诗，而枝叶之以晋宋齐梁众作，而后杜可几也。盖必极诸家之变态，乃能成一家之自得" ❷。在他看来，无论宗唐还是学宋，抑或上溯至学汉魏，都应该把各家之优长兼融于己胸，成一家之自得。作为汉魏六朝大家的陶渊明也是其宗法对象。

二、闽中十子之首林鸿

林鸿字子羽，福清人。洪武初，以人才荐授将乐县训导，历礼部精膳司员外郎。林鸿性脱落，不善仕，年未四十自免归。闽中善诗者，称十才子，鸿为之冠。闽中派山水隐逸的高远情趣在林鸿身上表现得最为突出。他的诗集虽名为《鸣盛集》，但在所有540余首诗歌中，鸣盛的作品并不多，大都抒发自我情志，其真挚的感情、凛然的风骨多有表现。左东岭先生说："林鸿尽管有一部分作品有追求盛唐诗风及鸣国家之盛的倾向，但实际上作为闽中诗派的代表，他更多表现出的是隐逸的人生态度与超然冲淡的诗风。" ❸ 笔者尽读林鸿《鸣盛集》诗歌，认为此论允恰。林鸿本有的隐逸人生态度和他对陶诗意象与风格的不断模习，形成了其超然冲淡的诗风。我们从林鸿诗歌中可以看到，林鸿年轻时也具有高远的志向，但无奈生于元末战乱之中，壮志难伸。即便如此，

---

❶ 高棅《唐诗品汇·凡例》："先辈博陵林鸿尝与余论诗，上自苏李，下迄六代：'汉魏骨气虽雄，而菁华不足，晋祖玄虚，宋尚条畅，齐梁以下，但务春华，殊欠秋实。唯李唐作者，可谓大成。然贞观尚习故陋，神龙渐变常调，开元天宝间，神秀声律，粲然大备，故学者当以是楷式。'予以为确论。后又采集古今诸贤之说，及观沧浪严先生之辩，益与林之言可征，故是集专以林为编也。"高氏所引林鸿语是专学盛唐的，他又予以确认，认为林言可征。后，李东阳也说："林子羽《鸣盛集》专学唐"，（《怀麓堂诗话》）《四库全书总目》卷一百六十九《鸣盛集》提要也指出："其论诗惟主唐调，所作以格调胜。"

❷ （明）张以宁《马易之金台集序》，《翠屏集》卷三，文渊阁四库全书本。

❸ 左东岭《论林鸿的诗学观念与诗歌创作》，《中国文化研究》2010年秋之卷，第86页。

他也不会屈身而求全。他自视甚高，把自己看作潜龙凤凰，看作贞玉幽兰，并表示要保持自己的节操。其《拟古七首》其二云：

> 神龙潜深渊，不在尺水池。飞凤将铩羽，亦择梧桐枝。玉以贞自珍，兰以幽见奇。君子莫屈身，身屈道乃卑。❶

神龙应潜于深渊，凤凰非梧桐不栖，美玉以贞而珍，兰花以幽见奇，接连的意象排比，是自况，也是自警，提醒自己不能屈身于世，应保持品行的正直高洁，这该是一个儒者在战乱社会中的最后底线吧。所以，他"南山既啸傲，击节聊自娱"❷，过起了隐居读书的儒士生活：

> 空谷有隐士，服食常不周。藿羹笑钟鼎，短褐轻王侯。樵渔有时闲，但与麋鹿游。持身岂不隘，安命固无忧。我愿见其人，欲往道无由。迷途谅未远，反策营吾丘。❸

隐居的生活是贫苦的，但作者认为隐居能够保持自尊，享受着隐士的自由，因此，在迷途未远之际，"反策营吾丘"。但林鸿此时的隐居和陶渊明有些不同，陶氏的隐居是彻底与世事隔绝，而林鸿此时还在等待出仕的合适时机，"君看文毛豹，隐雾南山陲"（感秋十九首》其十七）一语道尽其心中之企向。所以，我们认为林鸿在元明之际的感情是颇为复杂的，虽然他一直在调节自己的内心，"鸿鹄横九霄，鹪鹩安一枝。物类同如此，子心何所疑"（《感秋十九首》其十九），然而却难除心中的疑惑。

洪武元年，林鸿被荐为家乡将乐县训导。没有离开家乡，而且官位较低，林鸿虽没有将此次任命视为真正入仕，但还是表现了深深的不情愿，"顾兹升斗禄，遂与田园疏"，感叹"失路已窘步，孤生叹多虞"，愧对田园生活中的飞

---

❶　（明）林鸿《鸣盛集》卷一，文渊阁四库全书本。

❷　（明）林鸿《送尚抱灌往闽南采诗》，《鸣盛集》卷一。

❸　（明）林鸿《感秋十九首》其十六，《鸣盛集》卷一。

禽游鱼，"仰惭南枝禽，俯愧同队鱼"。即便这样，作者还是以一种较为悠闲的心态来对待这次任命，"举头望飞云，清兴与之俱"（《酬外兄林大见寄》），表现了一位隐者固有的情怀。其《征书后呈冶城同志》一诗，亦是同样的情怀：

> 青门初税驾，紫陌罢鸣珂。野兴看山尽，花时中酒过。同心难契阔，失路易蹉跎。又欲羁尘绶，幽期可奈何。❶

该诗写自己带着依依不舍的心情离开家乡和朋友，作者将出仕视为一种羁绊，游山赏花、饮酒赋诗的日子将要结束，无可奈何之情油然而生。

林鸿在任将乐训导期间，虽然不情愿，但还是一直保持着隐者的生活习惯，饮酒赋诗，畅游田园，以超然淡远的情怀冰释出仕的无奈，写了不少冲淡闲远格调的五言古诗，颇具陶诗之风致。如《春日同诸生野饮效陶体》：

> 始春风日嘉，出门竟何之。所欣携诸生，驾言陟嶔崟。谷风已嘘萌，好鸟亦鸣枝。蔬果属时新，有醪已载后。中筵发意气，列坐各言诗。悠悠天壤间，斯乐希浴沂。❷

题目标明效陶，内容也极为相似。和畅的春日里，与诸生出游，小鸟在徐徐的春风中畅快地鸣叫，蔬果时新，美酒满杯，师生列坐谈诗，一派清新自然之景中的闲适心态表露无遗。但作者毕竟是训导，担任着讲习儒学的任务，与陶渊明田园诗中的心境有些不同。此诗最后两句"悠悠天壤间，斯乐希浴沂"，用孔子"吾与点也"典故，直是儒者心境。

林鸿在京城任职三年期间，虽也创作鸣盛的台阁诗篇，也得到了后人诸如"摽格华秀"❸"气色高华，风骨遒爽"❹的赞赏，但为数不多。因其性格脱落，

---

❶ （明）林鸿《鸣盛集》卷二。

❷ （明）林鸿《鸣盛集》卷一。

❸ （清）王夫之《明诗评》卷二，周维德集校《全明诗话》本，齐鲁书社 2005 年版，第 2019 页。

❹ （明）胡应麟《诗薮·续编》卷一，周维德集校《全明诗话》本，第 2733 页。

不善为官，所以，在京期间还时刻想着回到家乡，千里归心勃然而发：

> 萍踪无蒂数分携，海国羁魂易惨凄。千里归心逢腊尽，乱山残雪望乡迷。荒村落叶浑成雨，极浦寒潮亦到溪。遥想石桥梅发处，何由缩地一攀跻。❶

京城对有些人来说可能非常具有吸引力，但是在林鸿看来，却满眼荒村落叶与乱山残雪，他的内心深处还是家乡石桥边初发的梅花最美，幻想自己能够即刻归去。该诗反映出林鸿内心深处浓重的乡土情结与隐逸企向。洪武十三年，诗人年近不惑，终于自免而归。明初峻法酷治，多数士人难以自全，何况性格脱落而不善仕的林鸿。所以，对于三年的"京城薄宦"，诗人没有任何的留恋，他是带着较为欢快的心情离开京城的：

> 君门乞得此身闲，野树烟江一棹还。收拾旧时诗酒伴，远寻僧舍入秋山。（《放归言志》）

"收拾旧时诗酒伴"，即是对三年京城仕宦生涯的终结，也是对未来隐居生活的期许。作者终于可以与旧时诗酒好友饮酒赋诗，畅游家乡美丽山水，享受安闲自适的隐居生活了。所以，林鸿归隐后的诗歌一再抒写其闲适恬淡的心境，特别是其五七言古诗，细细品味，确有陶诗风韵，且看其以下二诗：

> 久为泉石人，了与世尘绝。朝飧清碉霞，夜弄碧萝月。扫石奏吾琴，寻泉饭胡麻。长谣古苔篇，似是仙人家。陶令归栗里，安石栖东山。心将槁木灰，迹与浮云闲。有时穷跻攀，落日更吟眺。碧草藉醉眠，玄猿引长啸。冥栖笑流俗，何用寰中名。千秋放意气，永极云霞情。（《泉石清逸》）

---

❶（明）林鸿《寓秦淮寄冶城知己》，《鸣盛集》卷三。

凤性抱高致，端居厌华簪。寻泉凿石壁，结宇依云林。经锄有时闲，班荆坐柽阴。清飙引长啸，白云劝孤斟。处默谢流俗，任真旷冲襟。惟应同调者，听我丘中琴。（《云林清隐》）

回到家乡，诗人畅游山水，依远山而卧碧萝，望白云而引长啸，这才是他所向往的生活。林鸿归隐后的闲适和澹然已然完全融入自然山水之中，过着一种随遇而安、心往云间的舒心日子。"冥栖笑流俗，何用寰中名"，诗人向往的是陶归栗里、谢栖东山的生活，这是对过往仕宦生涯的否定，亦是对当下隐逸生活的期许。"清飙引长啸，白云劝孤斟。处默谢流俗，任真旷冲襟"，已然有陶渊明"采菊东篱下，悠然见南山"的物我交融之高境了。

从林鸿诗歌中，我们比较容易看出他对陶渊明的喜爱。这种喜爱不只是对陶渊明诗风的追求，林鸿诗歌中还经常运用陶诗意象甚至直接引用渊明诗句，如《拟古》其五：

翩翩双白鹤，久在樊笼中。刷毛向朝日，举翅伤秋风。虽蒙惠养恩，自比鸡鹜同。叹息此珍禽，默默伤余衷。放之烟霞表，饮啄讵见踪。❶

"久在樊笼中"为陶诗《归园田居》（其一）中的原句，林鸿此诗借希望翩翩双飞之白鹤能够放归烟霞，表达了渊明"复得返自然"之诗旨。所以，无论从意象的运用还是诗歌主旨方面，都较为接近陶诗。又如《拟古》其七：

千金买骏骨，宁与驽骀同。乃知陶潜翁，避俗甘固穷。纵酒爱五柳，折腰若为容。葛巾漉春酿，庭柯响青璁。怡然日为乐，自视村野农。而我颇疏散，失身尘网中。翘首企高步，遥遥安可从。❷

该诗对陶渊明固穷安贫的性格、不为五斗米折腰的高洁情操给予了赞扬，

---

❶ （明）林鸿《鸣盛集》卷一。
❷ （明）林鸿《鸣盛集》卷一。

并表达了对其葛巾漉酒生活的向往。作者自视性格疏散却失身尘网中，希望能够跟从渊明之高步，归隐而去。"失身尘网中"化用渊明"误落尘网中"诗句，诗风诗意一如渊明。有时，作者在诗中还表达出远没有达到渊明境界的愧疚之情。"不到寺已久，入门篱菊开。山容带红叶，鸟迹遍苍苔。卧掩维摩室，吟登般若台。惭非陶靖节，谁送一樽来。"（《九日登临》）表达了对陶渊明高洁的人品及其归隐心境的崇敬之情。因此，我们认为林鸿五言古诗，诗法陶、韦，❶并与自身隐逸生活密切结合，形成超然冲淡的诗风，具有较高的水平。

三、闽中十子其他成员

闽中诗派，大家林立，除林鸿外，还有高棅等人。有人认为高棅在闽中诗派的地位仅次于林鸿，但也有人认为高棅当在林鸿之上。明人周瑛说："闽十才子诗皆祖林膳部子羽，而王皆山、高漫士其最高者。"❷周氏大概是从诗歌理论建设上着眼的，论诗歌创作的整体实绩，高棅还达不到林鸿的高度。

高棅（1350—1423），字彦恢，后更名廷礼，别号漫士。永乐初，以布衣召入翰林，为待诏，迁典籍，性善饮，工书画，"其草书甚为学士解缙所称许"❸，尤专于诗。其所选《唐诗品汇》《唐诗正声》，终明之世，馆阁宗之。高棅诗歌可以明显分为两个时期，山居时所作名《啸台集》，入京后所作名《木天清气集》。前者存诗八百首，稍见风骨。但后者六百六十余首诗，大多为应酬冗长之作，四库馆臣称之为"覆瓿"之作。钱谦益亦持此调，谓其"不中与宋元人作奴，何况三唐"❹。与此同时，有关高棅诗歌创作成就的评价还有另外一种声音。清人俞汝成说："漫士意兴俱佳，而歌行犹胜。"❺沈德潜则盛赞其五古：

❶ 林鸿有标明效韦应物诗一首，题《寄龙大潜效韦体》，见《鸣盛集》卷一。
❷ （明）周瑛《题王皆山白云樵唱后》，《翠渠摘稿》卷四，文渊阁四库全书本。
❸ （明）陈道、黄仲昭《八闽通志》，四库存目丛书本。
❹ （清）钱谦益《列朝诗集小传》乙集，上海古籍出版社 2008 年版，第 181 页。
❺ （清）朱彝尊《明诗综》卷十，文渊阁四库全书本。

"典籍诗以五言古为胜，俞汝成盛推歌行，非笃论也。"❶ 从高棅的实际创作成就来看，其五言古诗成就应该最为突出，尤其是《啸台集》中的五古诗歌。

《啸台集》为高棅未出仕前的诗集。高棅早年是在元末动乱的年代中度过的，其父早逝，家境贫寒，科举无望，他立志做一名隐士，而闽中远离中原战争，相对和平的环境，也使得高棅隐士之志较易达到。所以，高棅此时的隐逸诗歌较多，大多写得清新超逸，平和雅淡，颇有陶诗风致。如《赋得罗浮霜月怀郑二逸人》：

> 海国梅始白，飞霜动鸣钟。寒空一片月，挂在罗浮峰。夜色不映水，清光与之同。百里皆瑶华，千里闭幽风。萧条岩际叶，嘹唳云边鸿。远客起遥念，沧波思千重。梦回明镜没，寂历闻幽蛩。❷

高棅诗、书、画兼善，是一位卓有成就的艺术家。苏轼评价王维"诗中有画，画中有诗"之断语亦可用于高棅身上。上面这首诗对南国冬天的景物描摹极为细致：寒梅始发，钟鸣飞霜，寒月悬挂罗浮山上，月水一色，相映成趣，百里一片瑶华。在这样凄冷的景色中，作者念及朋友，无限思念之情油然而生。自己为隐士，所思念的朋友也为逸人，惺惺相惜，钟情无极。又如《水竹居》：

> 清溪入云木，隐处林塘深。微月到流水，泠泠竹间琴。虚声起遥听，天影澄远心。余亦鸾鹤侣，将期此投簪。❸

在八闽美丽的山水之景中，作者自愿与鸾鹤为侣，其傲世心态一览无余。明王朝建立，作者的隐士心态也没有发生变化，依然与王恭、陈亮等人傲然林下。其《赠友渔樵歌》有云：

---

❶ （清）沈德潜、周准编《明诗别裁集》卷三，上海古籍出版社 1979 年版，第 53 页。
❷ （明）袁表、马荧编《闽中十子诗》卷十，文渊阁四库全书本。
❸ （清）朱彝尊《明诗综》卷十一，文渊阁四库全书本。

我本渔樵者，结交青云人。朱门华馆不下士，青山白屋归来贫。闻君爱与渔樵友，每逐渔樵在林薮。两屐松风万壑间，孤舟萝月双溪口。朝与渔者亲，暮与樵者邻。❶

作者自称渔樵者，过着"朝与渔者亲，暮与樵者邻"的生活，虽然贫寒，却了不在意，一派隐士风度。

永乐元年秋，作者以五十五岁高龄被征入京。次年入翰林，为典籍。高棅入朝为官，虽在翰林，却只为典籍，负责典藏，官职较低。但不管怎么说，入朝为官，就没有了隐居时的那份闲情。所以，其诗歌风格的转变也势在必然。高棅在京曾写过不少应制之作，也为后世诗评家们留下了批评的口实。但是，高棅本来就是一位山水隐逸诗人，其隐逸心态不会因为出仕而发生变化。具体表现就是他在京所作诗歌与以"三杨"为代表的台阁体诗歌有较大的区别。如高棅的一组《澹斋诗》❷：

天京佳丽地，甲第竞豪奢。爱此广文馆，幽幽寂不哗。图书敦雅好，水木含清华。澹然万事足，宁羡五侯家。（其一）

门外轮蹄声，门里喧嚣寂。几榻有余清，笑谈无俗客。颜生只一瓢，马卿徒四壁。吾亦爱吾庐，悠悠安所适。（其二）

从这两首诗中，我们可以看出高棅一直以来的隐逸心态没有发生改变。身居典籍，本为闲官，并不处于权利中心，没有"三杨"等台阁重臣的权势，当然可以"澹然万事足"了。高棅母于其入京的第三年去世，高棅回乡丁忧，乡居三年，与家乡众多好友诗酒唱和，创作了较多描写山水的七言歌行，表达了他对隐居生活念念不忘之深情。如《龙山图歌留别林一用礼》中有云："忘机鱼鸟来相舍，相对翻成去住悲。醉歌龙山吟，手挥龙山别。白头早晚赋归来，

---

❶ （明）袁表、马荧编《闽中十子诗》卷十一。

❷ （明）高棅《木天清气集》卷三，四库存目丛书本。

期尔山中弄明月。"❶ 该诗的前半部分描写闽中美丽的山水，后半部分寄托了作者的隐逸情怀。高棅后卒于官，始终没能再次回乡归隐，但这些已不重要，重要的是其心中自有一处宁静的隐居田园，他心中始终都保有一份山水情怀。

王恭，字安中，闽县人，自称皆山樵者，为闽中十子之一。《明史·文苑传》附载《林鸿传》中，极为简略。成祖初，以儒士荐修《永乐大典》，授翰林院典籍。❷ 时人林志《漫士高先生墓铭》认为王恭和高棅齐名，给予了较高的地位，他说："先生与皆山王恭起长乐，颉颃齐名，至今闽中推诗人五人，而残膏剩馥，沾溉者多。"❸ 清人陈田也持此种观点，《明诗纪事》甲签卷十"王恭"条云："安中诗亦是唐调，设色选声，妙极镕匠，与王虚舟（王偁）可抗行。二人品次在子羽（林鸿）下，漫士（高棅）上。"❹ 朱彝尊甚至认为，王恭诗在某些方面超过闽中诗派开山者林鸿，他说："安中整练不及子羽，而风华跌宕，多缥缈之音，固似胜之。"❺

王恭诗凡三集，一曰《凤台清啸》，为官翰林以后作，今已不存。《白云樵唱》为入京前所作，《草泽狂歌》为归隐后所作。王恭死后，《白云樵唱》湮没不传，成化间，南京户部尚书黄镐搜集王恭遗稿始得之。《四库全书总目·白

---

❶ （明）高棅《木天清气集》卷六。

❷ 永乐四年（1406）秋，王恭以布衣征入翰林，此时，其年已六十余。林慈《皆山樵者传》云："今季秋，皆山亦以儒士被荐来京，预修书于文渊阁。"林慈自署作于永乐丙戌腊月，即永乐四年腊月。曾棨《皆山樵者辞》云，王恭"事毕，告老而归，过予言别，作《皆山樵者辞》以送之。"曾棨自署作于"永乐五年（1407）龙集丁亥季夏立秋日"，是年六月二十五日立秋。由此可见，王恭在朝从永乐四年秋到五年立秋，还不足一年时间。但高棅《送四彦归闽州诗》序文称："永乐六年冬十二月，《大典》书成，择日表进。与纂修者三十人，咸蒙赏赉而恩荣遣归者三之二……乃相与酌酒言别，发为歌咏，以壮其行，典籍王公安中首歌五阕。"按高棅所说，王恭应该是永乐六年冬十二月遣归的。不知孰是，待考。李圣华《初明诗歌研究》一书说："洪武七年后不久，王恭辞归，不复出。"（第229页）"洪武"大概是"永乐"之笔误，"七年"不知何据。

❸ （明）程敏政编《明文衡》卷八十九，文渊阁四库全书本。林志此处所说五人是指永乐末宣德初的林鸿、高棅、周玄、黄玄、王恭等五人。

❹ （清）陈田《明诗纪事》甲签卷十，续修四库全书本。

❺ （清）朱彝尊《静志居诗话》卷三，人民文学出版社1990年版，第79页。

云樵唱集提要》说王恭与同邑高棅齐名，同以布衣征入翰林，"然棅出山以后诗，应酬潦倒，无复清思，恭则历官未久，投牒遽归，迹其性情，本耽山野。此集又作于田居之日，故吐言清拔，不染俗尘，得大历十子之遗意，其格韵远在棅上。"❶除四库馆臣把王恭描述为一个隐者形象外，王恭时人也几乎一样以隐者视之。林环《白云樵唱集原序》云："余家居时，闻吾闽之长乐有王先生恭者，以诗鸣。先生时遁于樵，自号为皆山樵者，不欲与世接，予以故未及见。……永乐四年，朝廷方开石渠，广延天下士。先生以荐至，相见于玉堂之署，观其神清体癯，须鬓如雪，葛巾野服，翛然如孤鹤振鹭，知为风尘表物，得造化清气盖多也。"❷曾棨《皆山樵者辞》序说王恭"幅巾鹤发，风骨癯然，翛翛乎似非尘世中人也"❸。解缙《皆山樵者赞》云："闽士王恭，自谓皆山樵者。善为诗，有唐人风格，盖博学隐者云。赞曰：'葛天之民，太古之音，越唐过汉，戛玉铿金，布衣萧然，不慕宠荣，强之而起，朝阳凤鸣。'"❹王偁《皆山樵者传》言之甚详：

> 当其披云岑，履月磴，砺斧清涧之滨，弛担中林之野，仰观孤云，俯听群籁，油然兴发。拊石而歌之。歌曰："朝采吾樵兮，庶无累于我心。"又歌曰："陟彼西山，言采吾樵。幽幽长林，可以息劳。尧舜之世，岂不美兮！邈西山之莫招。我思古人，于焉逍遥。"歌以长啸，声若鸾凤，山鸣谷答，林树振动，修然若将蜕污浊而超鸿濛者。既而乃曰："夫环吾闽皆山也，山皆可樵也，顾何必于是乎？"于是复持其斧斤，东采海上诸峰，西登武夷，造九曲之深，往来于幔亭、仙掌间。又将道三衢，入烂柯山，求古人陈迹而览之，以候安期、羡门于烟萝云径之表。冀有所遇，因自号曰皆山樵者云。❺

---

❶ （清）纪昀等《四库全书总目》卷一百六十九，中华书局 1997 年版，第 2275 页。

❷ （明）王恭《白云樵唱集》卷首，文渊阁四库全书本。

❸ （明）王恭《白云樵唱集》附录。

❹ （明）王恭《白云樵唱集》附录。

❺ （明）王恭《白云樵唱集》附录。

通读王恭现存诗歌，我们感受最深的是他表现其隐逸情怀的诗歌，而非其台阁体诗歌。王恭友人邓定说其"凤台争诵《白云》篇，应制三时在御前"❶，应有所夸张。王恭有一首著名的《独酌言怀》：

> 林居绝轮鞅，独酌形亦忘。百年会衰朽，一室任荒凉。寤寐友千古，游心见羲皇。所以陶潜翁，颓然卧柴桑。❷

该诗言自己隔绝世俗，林居独酌，杳然忘形。人生百年，贫穷何妨？作者上溯千载，直慕羲皇。因陶渊明曾自谓羲皇上人，所以又忆及此翁，言其于柴桑颓然而卧，享受无忧无虑、恬淡闲适的田园生活。渊明晚年曾作有《与子俨等疏》一文，谓"常言五六月中，北窗下卧，遇凉风暂至，自谓是羲皇上人"。羲皇即远古时期的伏羲氏，又名太昊。伏羲时代一直被道家认为是至德之世，也是后来隐士们所向往的时代。庄子曾说："子独不知至德之世乎？昔者容成氏、大庭氏、伯皇氏、中央氏、栗陆氏、骊畜氏、轩辕氏、赫胥氏、尊卢氏、祝融氏、伏羲氏、神农氏，当是时也，民结绳而用之，甘其食，美其服，乐其俗，安其居，邻国相望，鸡狗之音相闻，民至老死而不相往来。若此之时，则至治已。"（《庄子·胠箧》）庄子称伏羲时期是至德之世、至治之世，就是为了反对阶级社会的压迫、不公、虚伪等种种弊端。渊明晚年称自己为羲皇上人，也有庄子之意。王恭此处"游心见羲皇"，应该也如庄、陶意同。王恭身经元末战乱，一心归隐，向往没有杀伐压迫的至德之世也是人之常情。该诗真实地表达了王恭的生活态度和人生感悟，诗风古朴自然，颇具陶诗风致。

王恭应征入京前曾作有一首《题龙山归隐卷》，较为具体地表达了其隐士情怀：

---

❶ （明）邓定《送王安中典籍赴阙》，《耕隐集》卷上，明刊本。
❷ （明）王恭《白云樵唱集》卷一。

　　山人在山心自闲，偶逐无心云出山。云飞飘飘落江海，忽讶山人何得还。山人旧是霜台吏，曾与绣衣掌书记。八州郎吏揖清芬，三尺儿童识名字。万事人间转眼非，山人大笑拂衣归。昔时猿鹤今无恙，别后杉松又几围。林泉未胜功名好，羡君忘机一何早。每因京使买琴弦，屡向词人借诗稿。兴来蹑履到僧家，竹里焚香白日斜。合岈壶山落天镜，五峰百丈横秋霞。我昔逃禅此山里，日坐灵花咽潭水。夜半龙鸣万籁声，四五沙门忽惊起。几年奔走愧尘颜，欲借金梯复再攀。愿留十日与君饮，醉倒白云秋半间。❶

　　作者自称山人，勘破人间万事，所有事情转眼即非，不如拂衣而归。终日与山水相伴，看秋霞横飞，灵花潭水，赋诗饮酒，其乐融融。作者自具此种心态，所以诗中经常出现表达其羡慕渊明人格、生活的诗歌，如：

　　束带何须见督邮，宁辞五斗便归休。秋风几度黄花酒，醉看飞鸿过石头。（《题陶靖节图》）

　　带印何如漉酒闲，五株残柳旧乡关。石头城下秋烟冷，正是东篱采菊还。（《渊明》）

　　王恭对陶渊明不为五斗米折腰的高洁人格给予确认，羡慕其漉酒采菊的隐居生活，作者没有停步于羡慕的阶段，他实际上也在践履着这种生活，无论是在现实生活中，还是在诗歌中。"还归理吾稼，宁用竞华簪"（《题闽清林中叔默林耕隐卷》）、"却厌青楼曲，商音摅暮林"（《山行闻樵歌》）、"唯应鹿门隐，可以谐我心"（《樵父词》），无一不在诉说着作者的隐居情怀。

　　王偁（1370—1415），字孟扬。父翰仕元，终官潮州路总管，后弃官走闽，隐居永泰山中十余年。洪武十一年（1378），朱元璋闻其贤，欲强征之，翰或

❶ （明）王恭《白云樵唱集》卷二。

耻为二臣，或为保持自己的节操，抗节自决死，王偁年方九岁，为父友吴海抚教之。洪武二十三年（1390），王偁中乡试，后入国学，不久上表陈情养母。母殁，庐墓六年。这段时间是王偁隐居闽中时期，与闽中文人诗酒唱和，作有大量吟咏山水闲居的诗歌。永乐元年（1403），用荐授翰林检讨，与修《大典》，为副总裁。王偁学博才雄，最为解缙所重。关于王偁之死，大概与解缙失势有极为密切的联系。王偁当初也曾"屡预国家大事，入侍讲筵，身亲礼文之盛"，后竟入狱死，可怜可叹！清人钱谦益与朱彝尊都曾提及王偁死与解缙有关。钱氏说王、解"两人者最相得，交相推许，亦竟同祸"❶。朱氏说："孟杨才名，与解大绅相伍，其获罪亦同。"❷ 王偁存诗集《虚舟集》，录其诗 480 余首。《闽中十子诗》录 310 余首，编为《王检讨诗集》5 卷。在王偁所有诗歌中，古体占近一半，达 250 余首。

　　综观王偁一生，虽有十年的翰林生活，但其老庄之隐逸思想最为浓重。其诗集名为《虚舟集》，"虚舟"一词是其老庄思想的集中概括。王偁有《虚舟》一诗曰："剡桂破昆玉，刌兰移楚芳。济深良可凭，横浅徒自伤。偶值蒙庄叟，无心寄大荒。"❸ 由此可见，王偁颇为自负，认为自己是剡桂刌兰所制成的大舟，可以用来渡过深水，但是却被搁浅，只有独自哀伤而寄于无用之地——"大荒"。解缙曾说："孟扬之为人也，眼空四海，壁立千仞，视余子琐琐者不啻卧之地下，以是名虽日彰谤亦随之。余每拟荐以自代，不果，且孟扬视功名泊如，每有抗浮云之志，期在息机，与物无竞，故其集以'虚舟'名，亦可见其志焉。"❹ 解缙"眼空四海，壁立千仞"之论堪称窥透王偁内心。王偁淡泊功名，与物无竞，其情怀之超然可见一斑。王偁这种老庄超然情怀的形成，除了与其所处时代环境有关外，其父王翰与父友吴海对其影响也不可忽视。王翰今存《友石山

❶ （清）钱谦益《列朝诗集小传》乙集，上海古籍出版社 1983 年版，第 179 页。

❷ （清）朱彝尊《静志居诗话》卷三，人民文学出版社 1990 年版，第 79 页。

❸ （明）王偁《虚舟集》卷二，文渊阁四库全书本。

❹ （明）解缙《王孟扬太史虚舟集序》，《文毅集》卷七，文渊阁四库全书本。

人遗稿》一卷，为王偁所缉，有诗84首，多为抒写隐逸闲居情趣之作。如《送别刘子中二首》其一：

> 幽兰抱贞姿，结根岩石中。猗猗泛丛碧，及此春露浓。君子每见取，众草羞与同。当为王者香，扬芳待清风。抚琴起长叹，曲尽情未终。❶

王翰诗歌中也经常表现出对陶渊明"视世如浮云，出处得所宜"情操的赞扬和对其归隐生活的向往，如《与和仲古心饮酒分韵得诗字》一诗云：

> 渊明归去时，不作儿女悲。视世如浮云，出处得所宜。有酒但欢饮，戚戚欲奚为。斯人不可见，载歌《停云》诗。❷

此诗说陶渊明归隐时没有作儿女悲态，该隐则隐，没有表现出对世俗社会的留恋。吴海为王翰好友，在后者抗节自裁后，担负起抚养照顾其子王偁的重任，王偁也颇受其影响。吴海，字朝宗，闽县人。元末以学识品行获称四方，元至正末乱起，他绝意仕进。洪武初，守臣欲荐诸朝，力辞免，既而征诣史局，复力辞，入《明史·隐逸传》。从吴海传记中可以看出他与世隔绝的隐逸心态。吴海今存《闻过斋集》八卷，为王偁所辑。其中《心远堂记》《集芳堂记》《悠然轩记》等文章借为人轩室作记之机表达了对隐逸生活的向往，《悠然轩记》有云：

> 夫渊明晋之高士，知时之不可而去之，与世相忘久矣。彼其外物不足以动其中，故无欲而自得。方其采菊东篱之下，悠然而见南山，非山能令人悠然也，悠然者见山耳。故静而观之，见其安然不可动之象焉，见其苍然不可犯之色焉，见其四时，有契于中，其趣因之而发，初不待睹，夫崔崔岩岩者，然后为有得也。嗟夫，开辟以来，乃有此山，独渊明得其趣。❸

---

❶（元）王翰《友石山人遗稿》，文渊阁四库全书本。
❷（元）王翰《友石山人遗稿》。
❸（元）吴海《闻过斋集》卷三，文渊阁四库全书本。

　　文章对陶渊明与世相忘、无欲自得的情怀给予了极高的评价，并举渊明"采菊东篱下，悠然见南山"之句进行论析，认为自鸿蒙开辟以来即有南山，唯渊明能唱出如此诗句，也唯渊明能得此之高趣。吴海诗歌也表现了其隐逸之思，具有陶诗之风致，如其《夏日燕东皋亭》：

　　　　展席俯清池，倚槛盼层巘。苗绿满平畴，草秀被长坂。风度荷气清，日移树阴转。长笑天为高，泛观心自远。良时会岂易，莫待岁华晚。❶

　　该诗风格清新，"苗绿满平畴，草秀被长坂。风度荷气清，日移树阴转"数句确得陶诗风韵，作者对天长笑，泛观心远，隐士心态一览无余。

　　王偁作为王翰之子、吴海之门人，耳濡目染，深受他们的影响。❷故其诗文中也颇显隐逸之高趣与陶诗之风韵。如《题畦乐处士成趣园》四首其二：

　　　　远生贵忘我，守静体自然。外物苟不荣，取乐无过愆。鼎食岂不甘，轩裳讵匪贤。大功难久居，盛名难久全。淮阴登将坛，条侯寄重边。宠辱一朝异，殒替谁能怜。宁兹远世氛，寄身在中圃。闲濯鱼父缨，时诵老氏篇。旷志适古初，冥心超至玄。知止幸不殆，胡必夸轻儇。嗤彼当世人，碌碌随货迁。端居有真趣，此意谁能传。❸

　　该诗以"远生""守静"等老庄思想为本，通过对汉代历史上淮阴侯韩信与条侯周亚夫的荣衰经历，表达了"大功难久居，盛名难久全"之历史规律，从而悟出宁远俗世、寄身田园为最正确的选择。接下来，作者对田园生活进行了较为细致的描写，并且对"碌碌随货迁"的当世人进行了讽刺，最后化用陶诗"此中有真意，欲辨已忘言"，表示闲居真趣无法言传。全诗体现出陶诗冲

---

❶　（清）顾嗣立编《元诗选·二集》卷二十四，文渊阁四库全书本。
❷　王偁与吴海关系颇深，其《自述诔》言："俛以为终身之憾者訑失所怙，哭吾父几不能生，初知学，而哭吾师如哭吾之父焉。"（《虚舟集》卷五）
❸　（明）王偁《虚舟集》卷二。

淡自然的诗境，也表达了王偁旷达的情怀。此组诗第一首中的"荣辱不我干，忧患岂我虞。闲心托浮云，不知卷与舒"、第三首中的"劳生厌喧市，养疴闭幽樊。角巾念何从，孤兴寄南园"与第四首中的"神行趣已恬，理惬心自足。闲情适虚旷，空籁时断续"等诗句，无不一再表达着作者远离世俗生活的心旷理惬、神恬意足的高情远趣。

诚然，王偁作为一位极为自负的文人，眼空四海，壁立千仞，认为自己济深可凭，他也希望"与君一见即倾倒，握手相欢情颇厚"（《醉歌行贪郑五迪》）。所以，永乐元年（1403），因荐被授翰林检讨，他也能够接受，并且与修《大典》，为副总裁。此后十年间，王偁身居翰林，也创作了不少台阁体诗，但从其诗集中我们可以看出，他的台阁体诗不大引人注目，因为仕途的坎坷，作者内心深处还是想着归隐，想着回到自己日夜思念的田园。于是，"君行好觅赤松子，余亦将纫薜荔衣"（《西亭夜送林六敏还山》）、"何当凌九万，并驾青云归"（《送张谦》）、"何日南湖上，春云满棹归"（《朝退怀南湖草堂寄舍弟及旧社诸游好》）等羡归、言归的诗句就比较多见，表达了对隐居生活的向往。

王偁因解缙案而牵连入狱，虽曾求救于人，但于事无补。临终有《自述诔》一文，其中有云：

> 少锐志于有为，毅乎思准古以驭今，而用弗以施。学虽服群圣、猎百家、穷幽明，亟于闻道而质沦惷杌。遇登高吊古，慨然发其悲壮愉乐，一寓于文若诗，而辞媿土苴。其为人则似愿而容，似傲而恭，家贫而心乐，身困而处裕。然疾恶太过，遇权贵不能俯首下之。任情以直，不能觥以徇人成功。此其见短于世也。见人善不啻若已有之，虽匹夫问未尝不竭以尽，与人交内外不敢携。此则自以为长焉。❶

王偁临死之前对自己的认识颇为清醒，此处言及自己的长处和短处。为人

---

❶ （明）王偁《虚舟集》附录。

"似戆而容，似傲而恭"，有傲气也有正直，人格高尚。家贫心乐，身困处裕，不为世俗生活所困，但疾恶太过、任情以直，不能苟容于当时，可谓将死之善言。陶渊明临终有《自挽诗》，桑悦说王偁此诔文与陶诗意同，"孟扬临终有《自诔词》一篇，与陶渊明、秦少游自挽诗意同，得陶之旷达兼秦之凄怆，读之至今使人泪下。"❶ 明初峻法严苛，非王偁之类所见容。清人王夫之对王偁之死给予深深的同情，他说："偁诗如尘中车，但取驰骋，未辨所解，较之解生，近似小胜。竟以恃才傲横，罹谗口盆，死囚狱，良可伤也。"❷

长乐人陈亮，诗歌也具陶、韦风致。元末大乱，生灵涂炭，陈亮以诗纪事，颇有诗史之意。朱明王朝建立，朝廷征召遗逸，或推陈亮，不应，作《观陈抟传》诗，以见其志。该诗云：

> 寰宇方板荡，有道在山林。矫首云台馆，悠悠白云深。五姓若传舍，戈鋋日相寻。虽怀癫额忧，终作大睡淫。世运岂终穷，大明已照临。乘驴闻好语，一笑归华阴。区区谏大夫，富贵非我心。❸

陈抟为五代至宋初的著名隐士，历来为后世隐士所景仰。陈亮也希望如陈抟一样，做一个真正的隐士，而不愿汲汲于富贵。后遂其愿，终生不仕，成为闽中诗人隐逸之典型。既为隐逸诗人，其诗也如其心态一样，冲淡自然，和粹真朴，有陶诗风致。如《田园感兴二首》：❹

> 近宅数亩田，种秫仍种秔。三时力农事，幸见秋禾登。大儿能了官，输租先入城。小儿方能学，稍长还愿耕。不喜儿孙多，不愿仓廪盈。所愿薄税敛，庶几家业成。（其一）

---

❶ （明）桑悦《重刊虚舟集序》，王偁《虚舟集》卷首。
❷ （清）王夫之《明诗评》卷二，周维德集校《全明诗话》本，第 2016 页。
❸ （明）袁表、马荧编《闽中十子诗》卷六。
❹ （明）袁表、马荧编《闽中十子诗》卷六。

近宅一亩园，种果复种蔬。果以荐佳宾，蔬以充中厨。桃李种成蹊，瓜芋亦有区。华实与时新，足为心目娱。我本灌园人，宁学董仲舒。所愿适其乐，带经时荷锄。（其二）

陈亮有一首《赋采菊东篱下悠然见南山分得南字》一诗，从诗题来看，他与家乡好友应该时常聚会，饮酒赋诗，陶诗也是他们常常唱和的选择，该诗就是赋陶渊明《饮酒》诗的，诗曰：

散疴衡门步，睇目南山南。天高气候肃，林壑敛氛岚。手种篱下菊，繁花已毵毵。览物念流景，吾年竟何堪。岂无一壶酒，发我衰颜酣。赖兹达生趣，可以齐彭聃。归鸟托乔木，潜鱼志深潭。嗤彼当世士，日晏犹清谈。❶

诗中有对自己年华逝去的感慨，有对老庄达生之旨趣的追求，有对当世士的鄙视，感情较为复杂。但作者一直以归鸟、潜鱼自托，享受着美好的田园生活，天高气爽，漫步南山，亲手种植的菊花已经满园，天气晚了还有朋友一起清谈，还有什么比这更舒心的吗？作者自称一"野夫"❷，宁静的田园生活才是他的理想所在。陈亮《沧浪清隐》一诗可以看成他的隐居宣言："我爱沧浪水，千寻见底清。月明三岛近，风定一波平。清隐将遗世，垂竿不钓名。何时歌鼓枻，相就濯尘缨。"❸

综上所述，元末明初闽中十子在其时严苛的政治环境及闽中隐逸传统的影响下，大多具有较浓重的隐逸心态，他们内心深处与现实政治生活保持或多或少的疏离，要么隐居不仕，要么辞官归隐，要么身在官场而心归田园，表现出浓厚的归隐意识。因此，他们对"千古隐逸诗人之宗"的陶渊明表现出了浓厚

❶（明）袁表、马荧编《闽中十子诗》卷六。
❷ 陈亮在写给好友王恭的《赠皆山隐者兼寄良箴》诗中说自己"食粟不为农，学书不为儒。青年蹭蹬无名士，白首蹉跎一野夫"（《闽中十子诗》卷七）。
❸（明）袁表、马荧编《闽中十子诗》卷八。

的兴趣，从陶渊明的人格精神到陶诗意象风神等方面作了较为全面的接受。以往对闽中十子的研究较多地关注了他们的馆阁职志，大多停留于对他们远比其隐逸诗歌逊色的台阁体诗歌的研究。笔者认为只有对其进行全面的关照，才能更加深入地了解闽中十子，进而更加深入地了解闽中诗派。

第四节　采采东篱菊——岭南诗派陶诗接受

岭南为今广东之古称。广东，古为百粤之地，因地处五岭以南，故称"岭南"。岭南地区为古越族聚居地，早在商周时期就已与中原地区有了经济文化交流。秦汉以降，南北方交流更加频繁，岭南地区的文化也日渐繁荣。但其毕竟地处偏远海隅，唐宋之前文献散佚，诗歌流传极少。❶ 所以，屈大均认为"粤人以诗为诗，自曲江始；以道为诗，自白沙始"❷。曲江为唐代张九龄，白沙为明人陈献章。张九龄诗对时人与后学影响较大。胡应麟《诗薮》云："唐初承袭梁、隋。陈子昂独开古雅之源，张子寿首创清澹之派。盛唐继起，孟浩然、王维、储光羲、常建、韦应物，本曲江之清澹，而益以风神者也；高适、岑参、王昌龄、李颀、孟云卿，本子昂之古雅，而加以气骨者也。"❸ 唐代以诗著称的岭南人除了张九龄之外，还有晚唐的邵谒和陈陶，宋代有余靖、崔与之与李昴英等人。元代岭南诗人罗蒙正诗格颇高，亦为一时风雅人物。

元末明初岭南诗派，是指以孙蕡为首活跃于广州及其周边地区的一个诗派。除孙蕡外，其他核心成员还有李德、黄哲、王佐与赵介，此五人被称为"南园五先生"。比他们稍晚的黎贞为孙蕡门生，诗风亦颇相近。元代末年，中原战

---

❶ 欧大任《百越先贤志》载，汉惠帝时，番禺人张买曾"侍游苑池，鼓棹能为越讴，时切规讽。"（《百越先贤志》卷一，文渊阁四库全书本）可惜未传。东汉时南海人张孚作《南裔异物志》，文中"赞"语多为四言韵语，颇类诗歌。据史记载，南朝时期，新会人冯融、桂阳（今连州）人廖冲、曲江人侯安都、南海人刘删俱能为诗，然多不传。（据黄佐《广州人物传》、李延寿《南史》等）

❷ （清）屈大均《广东新语》卷十二，中华书局 1985 年版，第 346 页。

❸ （明）胡应麟《诗薮》内编卷二，周维德集校《全明诗话》本，齐鲁书社 2005 年版，第 2509 页。

乱不已，岭南因五岭之隔而暂得安宁。岭南之安宁，还有赖于广东分省参政何真。何真于元末力保岭南，洪武元年又顺利归降朱元璋，使岭南地区免遭战火洗礼。史载何真"在官颇著声望，尤喜儒术，读书缀文"❶。不独如此，他对文士亦颇为礼遇，"士皆馆谷，凡以一艺名者，真不弃也。"❷曾聘请孙蕡、王佐等人为掌书记。此种安宁的环境，使得孙蕡等人能够在广州南园结社吟诗，狂歌纵酒，吟曲作乐，逍遥自在。但是，入明之后，在朱明王朝的重典高压之下，他们再也难寻此种自在状态。他们诗中的南园业已成为其精神家园，他们一再在诗中回忆南园唱和的美好生活。由此观之，他们在明初的生活当极为不顺。事实上也是如此。孙蕡虽登进士第，然久居下僚，于平原主簿和苏州经历任上两次坐累，后谪戍辽东，竟因为蓝玉题画，坐蓝党死。朱元璋以吏用儒，李德不惯为吏，乞归乡里。黄哲明初任职山东，极有政绩，但终未逃脱明初峻法。王佐结局较好，洪武六年出仕为官，仅两年后即乞归乡里，赐钞五十千，得以善终，当是南园五子中结局最好者。最可惜的是赵介，一介隐士，竟也未能幸免于难。

　　"南园五先生"明初仕宦生涯如此凄惨，与明初洪武政权的严苛有关，他们在元末养成的自由自在的生活方式，很难适应明初的苛政与峻法，他们难以调和内心深处的隐逸情怀与现实政治的暴虐无常。因此，在现实政治生活面前，他们选择的不是勇往直前，而是归隐田园。在五先生的心中，南园好似他们的"桃花源"，是他们的精神避风港，只有在那里，他们才能无拘无束地饮酒赋诗，享受人生的安乐。明初的苛政剥夺了五先生南园结社饮酒赋诗生活的权利，他们再也无法诗意地栖居于此。于是，五先生不管在何地，无论是奔竞于宦途还是隐居于他方，都能经常忆起南园，他们曾经狂歌赋诗的南园。《广州府志》释"南园"云："在城南二里，中有抗风轩，明初孙蕡、黄哲、王佐、

----

❶ （清）张廷玉等《明史》卷一百三十《何真》传，第3835页。
❷ （明）黄佐《广州人物传》卷十二，续修四库全书本。

李德、赵介辈结诗社于此。"❶孙蕡与王佐的《琪林夜宿联句一百韵》、孙蕡的《南园》《南园怀李仲修》《寄王给事佐》《过东阿怀雪蓬》《寄王彦举》，黄哲的《喜故人孙仲衍归》，李德的《济南寄孙仲衍》《寄孙典籍仲衍》《忆南园》等诗都曾对南园幽静之美景、饮酒赋诗之欢会进行过多次描写。从这些诗歌中，我们可以非常清晰地看出他们真实的心态，那就是对官场政治的疏离与对隐居生活的向往。所以，他们的生活以及诗歌创作中，多受陶渊明的影响。下面予以分说。

一、南园五先生之首——孙蕡

孙蕡（1334—1390），字仲衍，广东顺德人。洪武三年（1370）举于乡，旋登进士，授工部织染局使，迁虹县主簿，召入为翰林院典籍，出为平原主簿，坐累逮系，旋释之。起为苏州经历，复坐累，戍辽东。既而以尝为蓝玉题画，坐玉党论死。孙蕡有《西庵集》九卷，其中诗八卷，文一卷。是其死后门生黎贞所编，收诗凡 550 首。清人黄虞稷《千顷堂书目》卷十七还载有孙蕡《和陶集》，惜今不存。

孙蕡有作于洪武十一年的《祭灶文》，❷此年，他由平原主簿任上被谪归乡。该文述说他"远祖颜孟，近师程朱"的儒生底色与"致君尧舜，还俗雍熙"的旷绝之志，然即便如此，还是"一入词林，旋罹斥逐"，以至于落到"论输左校，亲忝板筑"的境况，作者"心摧意沮，魄畔神促"，作有《和归去来辞》，以效陶渊明之归隐，兹录如下：

---

❶ （清）戴肇辰等《广州府志》卷十，清光绪五年刻本。关于赵介结社南园，时间应该较晚。孙蕡《琪林夜宿联句一百韵》一诗中提到的十二人中，无赵介。最早提及赵介参加南园诗社的是孙蕡门生黎贞，他为赵介所作《临清先生行状》中言及此事。具体考证可参见汪廷奎《关于孙蕡、王佐等结社南园的时间》一文，载《广东社会科学》，1997 年第 6 期。

❷ （明）孙蕡《西庵集》卷九，文渊阁四库全书本。

归去来兮，离家十年今始归。返故园之初服，抱去国之余悲。慕古人之远引，高风邈其难追。嗟弱龄之昧道，及暮齿而知非。回独轸于修途，振江海之轻衣。望松楸其匪远，睇桑梓之依微。爰憩我马，自兹惊奔，复扫花径，重开荜门，朋旧载过，宗族具存。既列琴瑟，亦罗鲍樽。俯清泉以濯足，荫嘉树而怡颜。喜尘缘之静尽，觉灵府之闲安。挹凉风以抗牖，延素月而开关。极林野之清娱，纵卉木之奇观。岁将阑而独往，日既夕而忘还。感风霜之交集，立桧柏之桓桓。归去来兮，罢吴楚之宦游，抚四方者倦矣。获素愿兮奚求，穷岁时以静赏。摅夙昔之烦忧，侣渔樵于山泽，服稼穑于田畴。心淡止水，身如虚舟。慰佳辰以雅集，散遐瞩于高丘。慨吾年之日迈，阅逸景之星流。守穷间以待尽，依先陇之余休。已矣乎！人生会遇良有时，丹崖绿墅不少留，世路如此将安之？心与造物游，全归以为期。问桑麻于井里，课僮仆之耘耔。饮柴桑之薄酒，咏秋菊之新诗。信流行与坎止，达生委运其何疑！❶

郭棐《粤大记》曾说孙蕡"（洪武）十一年，罢归田里，遨游云林中，益肆力于问学，所见益深，有轻生死、齐物我之意。尝和陶潜《归去来辞》以写其情。"❷。郭氏所指即这篇《和归去来辞》。与陶渊明《归去来兮辞》相比，无论思想、行文以及语言都极为相似。作者明言"饮柴桑之薄酒，咏秋菊之新诗"，向渊明隐逸生活看齐，表达了孙蕡追求闲适生活的恬淡心境。孙蕡具有强烈的隐逸心态，其《南园怀李仲修》是写给在外做官的李德，对南园幽静美景的描述，对与李德等人一起饮酒赋诗的生活的描绘，无一不在述说着诗人的企望，"何能此会合，宴乐舒我颜"❸二句，正是其隐逸心态的表达。其《渔父词》一诗最后两句云："网罗疏疏钩曲直，老翁取鱼兼取适。"❹我们仿佛

---

❶（明）孙蕡《西庵集》卷九。

❷（明）郭棐著，黄国声等点校《粤大记》卷二十四，中山大学出版社1998年版，第710页。

❸（明）孙蕡《西庵集》卷一。

❹（明）孙蕡《西庵集》卷二。

看到一位老翁疏网直钩垂钓的情景，取鱼事小，取适为要。

孙蕡洪武十一年的此次遭贬回乡，以为是全身归隐，能够重回南园唱和之状态，一口气创作有《幽居杂咏》❶74首，中有"渊明千载我知音"语，可知陶潜为其精神寄托之一。整组诗野吟天成，似渊明《饮酒》等组诗风致，兹录其中几首如下：

> 厌看桃李媚春阳，最是秋来乐意长。千点黄花数行柳，幽居人道似柴桑。
> 卯酒初醒午梦余，南风入户北窗虚。闲身已在羲皇上，到此令人悔读书。
> 渊明千载我知音，纵有冰弦不鼓琴。闻说商于寻绮角，寂寥谁识古人心。
> 黄菊花开贫不厌，茅柴酒熟醉相呼。平生最爱陶彭泽，风味全然似老夫。

渊明以五古发抒情怀，孙蕡代之以七绝，然避世归隐之情一也。作者幽居中与四邻关系和睦，烹鸡饮酒，相问桑麻。作者直言"平生最爱陶彭泽"，不独爱彭泽隐逸之生活，诗风也颇为相近。该组诗风格清丽自然、含蓄深沉，颇受后人好评，明末清初的王夫之曾评仲衍七绝为"小诗正宗"，"王江宁而后，一人而已。"❷虽有溢美，但也指出了其七绝的不凡。

黄佐曾指出，孙蕡诗"初若不甚经意，而气象雄浑，兴喻深致，骎骎乎魏晋之风"❸。欧大任也指出孙蕡诗有"荡荡魏晋风"❹。四库馆臣称"蕡当元季绮靡之余，其诗独卓然有古格。虽神骨隽异不及高启，而要非林鸿诸人所及"❺。朱彝尊也注意到孙蕡五古诗歌"远师汉魏"❻的特点。孙蕡诗汉魏三唐兼重，于魏晋学陶较多。孙蕡诗歌大体可分为两大体类，一为其入朝后的台阁

---

❶ （明）孙蕡《西庵集》卷七。

❷ （清）王夫之《明诗评选》卷八评孙蕡《寄高彬》语，河北大学出版社2008年版，第456页。

❸ （明）黄佐《广州人物传》卷十二，续修四库全书本。

❹ （明）欧大任《五怀诗》（其一），见中山大学中国古文献研究所编《全粤诗》（第九册）卷三百二十一，岭南美术出版社2008年版，第823页。

❺ （清）纪昀等《钦定四库全书总目》卷一六九《西庵集》提要，中华书局1997年版，第2275页。

❻ （清）朱彝尊《静志居诗话》卷三，人民文学出版社1990年版，第70页。

体诗，一为隐居时期的山林诗。在孙蕡的山林诗中，陶诗风神特为突出。如其《溪山小隐》：

> 日出景更好，流青入窗户。木落叶上霜，泉添夜来雨。策驴过石桥，傍舟向沙渚。遇此休正期，何须羡簪组。❶

整首诗流畅自然，语言质朴，毫无艰涩之感。"遇此休正期，何须羡簪组"二句直写作者的隐逸心态。

孙蕡诗歌中也大量运用渊明故事及陶诗意象。如"谁云清致不兼得，更对浊酒开东篱"（《题杨笔初墨菊图》）、"罗浮清赏如堪载，同赋陶潜归去篇"（《题黄万户德清罗浮图》）等诗句中的"东篱"意象以及渊明归去意。兹录其《题陈隐君菊庄卷后》一诗如下：

隐君种豆南山陲，清晨荷锄薄暮归。余闲更学树丛菊，茅屋前头花作围。
此花不比桃与李，万木凋零方吐蕊。耀日黄金浅浅红，凌霜白玉深深紫。
孤芳似与九九期，落英不落长满枝。嫣然羞作儿女艳，高洁独抱幽人姿。
此时隐君徐步屟，晨光熹微风猎猎。晚圃寒花语断蛩，东篱冷露留残蝶。
洛阳金谷盛繁华，江渚芙蓉照馆娃。歌台舞榭岂不好，淡烟芳草令人嗟。
岁华将暮衡门里，寄傲羲皇时隐几。见月开笯放白鹇，穿林采药寻黄绮。
平生嗜酒仍嗜书，诗比渊明差未如。还开三径望俦侣，亦有五柳临庭除。
素琴抚弦惟袖手，葛巾且漉柴桑酒。莫劳更赋归去来，惹得声名满人口。❷

该诗隐括陶渊明《归园田居》（其三）以及《归去来兮辞》诗意，运用东篱、羲皇、三径、五柳等陶诗中常用的意象以及素琴抚弦、葛巾漉酒等渊明故事，表现出作者对陶渊明及其诗歌的喜爱。"平生嗜酒仍嗜书，诗比渊明差未如"二句是在评陈隐君，似乎也是对自己平生的写照吧。

---

❶（明）孙蕡《西庵集》卷一。
❷（明）孙蕡《西庵集》卷四。

二、广州四先生

李德、王佐、黄哲与赵介，人称"广州四先生"。《四库全书》收有《广州四先生诗》，其中包括李德的《易庵诗选》、王佐的《听雨轩集》、黄哲的《雪篷詩选》以及赵介的《临清诗选》。四先生入明道路虽有不同，但其隐逸之思却相通，他们多景仰渊明之高洁人格，诗中多有表达对渊明隐逸的向往。王佐喜欢隐居生活，喜欢陶渊明羲皇式的天然和乐。其《龙山》一诗有云："陶潜笑傲羲皇上，谢朓文章伯仲间。"❶王佐隐逸心态甚重，时人也视之为隐士。"吴中四杰"之一的徐贲曾与王佐有来往，作有《题王彦举听雨轩》："高竹覆南荣，寒蕉满前渚。萧闲此中意，适对清秋雨。疏当帘外飘，密向窗前聚。声闻俱两忘，悠然坐无语。"❷黄哲也有《王彦举听雨轩》一诗："辋川给事才且奇，自我相亲童冠时。高谈甚爱风雨夕，世上闲愁都不知。"❸二诗都针对王佐的听雨轩而发，对王佐所隐居之听雨轩的幽静风景及听雨活动作了细致入微的描写，而且皆视王佐为隐士。黄哲性好自然。黄佐《广州人物传》载黄哲"始北上时，倚篷听雪，常自诧曰：'天下奇音妙韵，出自然者莫是过也。'归构一轩，名'听雪篷'"❹。赵介孤愤读书，无仕进意。植二松于所居轩，扁曰"临清"，其意取渊明《归去来兮辞》"登东皋以舒啸，临清流而赋诗"二句，大概以渊明隐居不仕而自拟。此三人所存诗歌较少表现出陶诗影响的痕迹，但他们的隐逸心态却颇受渊明影响。四先生中，李德诗多受陶诗影响。下面详述之。

李德，字仲修，自号采真子，世称易庵先生，番禺人。他博览群籍，尤邃于经学。洪武三年（1370）以明《尚书》荐至京师。朱元璋以吏用儒，遂授洛阳长史，继迁济南、西安二郡幕。此非李德所好，既而乞归，遂授湖广汉阳与粤西义宁教谕。后拒绝升职，归乡后卒于家。著《易庵集》，今不传。《广州四

❶ 《全粤诗》（第三册）卷六十五，第236页。
❷ （明）徐贲《北郭集》卷二，文渊阁四库全书本。
❸ 《广州四先生诗》卷一《雪篷诗选》。
❹ （明）黄佐《广州人物传》卷十二，续修四库全书本。

先生诗》卷二收《易庵诗选》一卷，凡59首。

岭南诗派相较于同时其他诗派来说，其诗不专学唐，于魏晋诗亦多有所好。李德五古就颇具陶诗风致。其诗融情于景，质朴自然，颇有韵外之旨。不过，李德诗初学李白、李贺，曾受到孙蕡的批评。"德为诗多效长吉、太白。孙蕡笑之曰：'子真浑元皇帝孙也。'德乃力追古作。"❶孙蕡以为李德诗歌专学二李，唐者唐矣，然诗法范围过窄，不足以独树一帜，故予以批评。李德听从孙蕡的建议，力追古作。由李德后期诗歌创作来看，其所追古作中，陶诗当为其诗法重点，改变了专学二李的做法，以致清人朱彝尊说李德："其诗实与长吉相远。"❷从其现存诗歌可以看出，五古诗确具陶诗风致，质朴自然，恬淡有味，情景交融。清人何藻翔曾论李德诗曰："短篇炼气归神，静穆而淡远。"❸"静穆淡远"一词常用来评价陶诗，何氏以之评价李德诗歌，确乎看出李诗宗陶倾向。如其《闲居》一诗：

> 北窗林影寂，南湖水气凉。园荷始泛绿，丛兰渐吐芳。抚节迹犹滞，神闲机已忘。无论喧与寂，缅心即羲皇。❹

该诗首先写景，林影的静寂与湖水的沁凉，渲染出一派宁静清新的氛围。园荷泛绿，丛兰吐芳，将初夏的勃勃生机表现得无比自然。后四句转入抒情，作者认为，只要做到神闲忘机，那么，无论在喧闹还是寂静中，都能体悟到羲皇式的悠然自得。整首诗一路写来，自然无碍，音节流美，颇有渊明五古之风。

李德学陶，自然会对渊明的人品及生活方式予以赞美并表示神往。其《题陶渊明像》一诗就表达了李德对渊明的仰慕：

---

❶ （明）黄佐《广州人物传》卷十二，续修四库全书本。
❷ （清）朱彝尊《静志居诗话》卷三，人民文学出版社1990年版，第77页。
❸ 引自陈永正《岭南历代诗选》，广东人民出版社1985年版，第147页。
❹ 《广州四先生诗》卷二《易庵诗选》，文渊阁四库全书本。

渊明节概士，远慕羲皇风。荣名奚足道，甘分固其穷。得酒即为欢，箪瓢常屡空。朝出山泽游，暮归衡宇中。豪华非所贵，但愿岁时丰。秋菊或盈园，栖栖谁与同。浊醪共斟酌，日入会田翁。此士不再得，吾生焉所从？ ❶

李德认为渊明为守节之士，远慕羲皇，固守贫贱而不慕荣名。对渊明以酒为欢、箪瓢屡空，以及朝出暮归、秋菊盈园的隐逸生活，作了细致的描绘。"此士不再得，吾生焉所从"二句表达了作者对渊明的极度仰慕之情。

清人陈田评李德诗说："仲修诗长于古体，短篇音节流美。"❷今观李德短篇可知陈田评语大体不错。兹举几首如下：

春阳舍我去，四序无时停。郁郁当轩柳，珍禽时一鸣。素琴寓我适，浊酒陶我情。颜鬓虽云改，寸心有所凭。偃仰东窗下，聊以寄吾生。（《孟夏五日感兴》）

众壑忽已暝，远近响清湍。山中对僧定，疏雨掩柴关。柳暗猿狖集，气交风露寒。揽衣中夜起，萝月在岩端。（《宿栖云庵》）

石室凝紫烟，空洞悬石乳。阴崖含风泉，终日洒飞雨。临流结精舍，六月不知暑。道人养清虚，适与高僧处。垢净俱已忘，孰为舍与取。诸幼既远离，白云日相与。何当谢时人，来作尘外侣。（《栖云庵》）❸

---

❶ 《广州四先生诗》卷二《易庵诗选》。

❷ （清）陈田《明诗纪事》甲签卷九，续修四库全书本。

❸ 此三首诗均见《广州四先生诗》卷二《易庵诗选》。按：《广州四先生诗》卷二《易庵诗选》中有《宿栖云庵》和《栖云庵》二诗，明曹学佺编《石仓历代诗选》卷三百四与清朱彝尊编《明诗综》卷十一皆收录二诗。而中山大学中国古文献研究所编《全粤诗》（第三册）卷五七《李德》，于此二诗只收一首，且题目是《宿栖云庵》，内容却是《栖云庵》一诗内容。当是一误。见该书第31页，岭南美术出版社2008年版。

从上述诗歌中可以看出李德力学古作的努力与成就，确如陈田"音节流美"之评价。上引诸诗无论从内容、语言还是意境来看，都能看出李德学陶的痕迹。

陶渊明有《形影神》组诗，李德作《神释》以效之：

大哉浑沦妙，橐钥自无穷。细缊一已构，畀付出至公。灵台本无物，而我处其中。清虚为我体，昭明为我庸。僭忽入无间，忽来归寂空。既作百骸长，蔚为万世宗。毋从众形扰，顺适与天通。❶

李德还有《杂诗》一首，其意亦与《神释》相通：

人生更代谢，阖辟为之机。盛衰无常理，生死乃其宜。始来本自无，终往奚足悲。扰扰依形立，百岁以为期。黾勉返吾初，俟命复奚疑。❷

渊明《神释》诗认为无论贵贱贤愚，人人都营营惜生，故极论形影之苦，而以神释以消解人生之惑，认为神为最灵，人应该顺适于此生。李德此二诗颇有渊明《形影神》之意，认为人人在宇宙间，不要为众形所扰乱，"顺适与天通"为人生之真谛。人之盛衰、生死皆为正常之代谢，百岁为期，应该努力归返吾之初心。放达之语与陶诗一般无二。

三、明初岭南派后期代表黎贞

明初岭南诗派诗人，除南园五先生外，后期最有代表性的诗人当属黎贞。黎贞诗也多受陶诗影响。

黎贞（1346？—1405？）字彦晦，晚号秫坡，世称秫坡先生，新会人。洪武八年（1375）以明经荐至京师，贞托疾而独不往，赋诗出郭而归。《出郭二律》其一云："疏病岂堪供笔札，蓬莱宫阙入云高。"其二云："睿霄补衮诸

❶ 《广州四先生诗》卷二。
❷ 《广州四先生诗》卷二。

公在，容我狂吟天一涯。"❶后举邑训导，不就，退筑钓台，以诗酒自乐。故后坐事戍辽东十三年，归乡里，声名益著，为一时儒宗，学者从之，远近毕至，特出者有陈献章等人。

黎贞以隐士自居，向往汉之高士严子陵，而立之年筑钓台，称之为严濑，高唱："自有江湖烟景在，执鞭富贵亦何求？"❷渊明为古之隐逸之宗，黎贞亦心向往之，"彭泽因陶令，清风播千古。"❸因慕渊明千古清风，遂自号陶陶生。有《渊明归庄图》诗，云：

> 富贵不苟得，贫贱亦自荣。俯仰群化中，澹泊乃其情。生理随分足，去就一毛轻。结庐虎溪侧，南山当前楹。采采东篱菊，灿灿黄金英。折之既盈把，有酒一时倾。陶然太古意，妙契夷齐清。焉知尘世上，奔竞日营营。❹

诗人勘透富贵名禄，以贫贱为荣，澹泊适意。陶公以酒名，黎贞亦常倾。厌恶喧嚣之尘世，嘲笑奔竞之营营。整首诗纯以真语质语胜，后世文人论宗陶诗者常以"隔"字讥之，今观黎贞此诗，未见有"隔"意。黎贞《龙溪清隐图》（为赵小庵题）一诗亦以渊明与贾谊、宋玉、韩信等人做对比，抒写归来之意：

> 长笑宇宙间，寓形复几时。贾傅空太息，宋玉徒伤悲。彭泽洁身者，清风百代师。淮阴功盖世，不免三族夷。得失既如此，斯人竟何为。……论心来鲍叔，听琴有钟期。不学屠龙术，不学歌采薇。纵容处斯世，岂逐

---

❶《全粤诗》（第三册）卷六十九，第 321 页。该诗前有小序："洪武乙卯，天下士由荐辟至者数百人，例赴部考。予病不赴。使者促之曰：'若以老成明经荐，得非耻与后进校末艺耶？'予笑而不答，出郭赋此呈馆阁诸公。"由此可见，黎贞从一开始就不愿进入宦途，其隐士心态显见。

❷《全粤诗》（第三册）卷六十九，第 319 页。黎贞颇为看中此钓台，《胡秋厓方伯顾钓台》一诗亦咏之：雨过台阶长绿衣，行人驻马扣柴扉。清风结彩留莺语，白日钩帘许燕归。眼底桑田随处变，人间沧海任尘飞。京华知己如相向，便道垂竿老钓矶。（《全粤诗》（第三册）卷 69，第 319–320 页）

❸（明）黎贞《舜井歌》，《全粤诗》（第三册）卷六十七，第 276 页。

❹《全粤诗》（第三册）卷六十七，第 274 页。

浮云移。讷子性嗜酒，陶陶日如痴。远游感知己，看山伤别离。濡毫作图画，聊写长相思。结庐此山下，赋我归来辞。❶

诗人认为，人生世上，洁身为贵。黎贞所谓洁身者，即归隐也。世事混乱，稍不留意，就会如贾谊般空叹息，如宋玉般徒伤悲，如韩信般夷三族。《樵隐歌》亦笑朱买臣汲汲于富贵，"堪笑当时会稽老，五十富贵何足道。"❷

黎贞怀情山水，深知"独有幽禽知我意，野花丛里尽情啼"。(《应征北上，道经青溪驿》)《澄溪清隐图》为隐居澄溪的李夫子所作，诗中回忆自己年少时随父游冈州的快乐情景，继而表达"归来城市惟梦想，寸心长挂金山涯"的留恋山水之思。接下来描写李夫子所隐居澄溪的美景，最后表示要"共期泛扁舟，直抵金山曲"，要求李夫子开轩扫屋，"烦报澄溪清隐翁，早为开轩扫书屋"❸。《行路难》也表达了作者意欲托身与鸂鶒，逍遥蓬蒿下之隐逸之思："岭南狂客孤且贫，常将青眼待时人。岂知此道不足贵，翻使皋鹤俦难群。不如托身与鸂鶒，蓬蒿之下同逍遥。"❹

黎贞戍居辽东十三年，一旦放还，便呼酒登钓台，此种心情颇有渊明《归去来兮辞》之欢愉。《午夜还乡呼酒先登钓台书二绝于壁》：

十年戎马不离鞍，沙漠长城万里寒。今日归来浑未老，青山还许白头看。

忆昔边城夜未归，臂悬弓箭趁雕肥。杀心今觉消磨尽，鸥鹭从教自在飞。❺

戍居辽东十三年，此时归来犹曰未老，盖隐心未老罢。"鸥鹭从教自在飞"，

---

❶《全粤诗》(第三册)卷六十七，第270页。
❷《全粤诗》(第三册)卷六十七，第281页。
❸《全粤诗》(第三册)卷六十九，第281页。
❹《全粤诗》(第三册)卷六十七，第284页。
❺《全粤诗》(第三册)卷六十八，第304页。

消磨尽作者十三年辽东戍居之杀心，是可喜还是可悲？抑或是可喜吧，因为作者终生厌恶喧嚣，向往宁静，虽误落"尘网"十三年，然一旦放归，亦是满心欢喜。高尚之士，屈戍辽东，得复遂初，心乐应当如此。黎贞《养拙轩》（为伍谛广作）一诗可视为其内心之宣言：

> 鸿蒙世已远，浇俗丧天真。东家喜奔竞，西邻悦华芬。斗坡有良子，宛如羲皇人。鞭心入太朴，怀宝韬其文。举世尚智巧，子以拙自珍。举世重才佞，子以讷自存。纵横舌如剑，毕竟陨厥身。谨厚本强者，千载称名臣。夫君抱德隐，俯仰和光尘。一庵仅容膝，盎然天地春。至宝贵不琢，至乐贵不闻。忘形尔汝交，陶陶如饮醇。卜邻永乐居，共作葛天民。❶

综观黎贞生平及其思想，我们认为他仰慕渊明，自号陶陶生，是在用自己的生命与心灵对渊明及其诗歌进行解读、体认与接受。渊明辞官归隐，赋《归去来兮辞》《归园田居》等诗文，是对功名的主动放弃，道尽了归田之乐，也道尽了依违本性的尘网牵绊。黎贞彼时之所为与诗歌创作也表达了对淡泊、宁静、高旷的人生境界的追求。高士黎贞，对其乡之后学有较大影响。白沙先生陈献章自幼仰慕黎贞高风，后遂私淑之，于宗陶方面亦颇似乃师。关于白沙陶诗接受情况，后文论之。

第五节　陶潜诗酒欢——越中诗派陶诗接受

一、越中派文人的思想根源及政治生态

元末明初越中派亦称浙东派，主要是指元末明初以婺州（今金华）、浦阳、义乌等地为中心的浙东地区的许多文人所组成的一个文学流派。其主要成员有

---

❶ 《全粤诗》（第三册）卷六十七，第269—270页。

宋濂、刘基、王祎、戴良、苏伯衡、胡翰、方孝孺等。

　　"浙东"起初实为一行政区划，《旧唐书》卷三十八《地理志》："浙江东道节度使，治越州，管越、衢、婺、温、台、明等州。"❶宋代改称浙江东路。浙东作为文化概念起始于宋代。其时有所谓浙东学派，由以吕祖谦为代表的金华学派、以叶适为代表的永嘉学派和以陈亮为代表的永康学派所组成，"浙东"已然成了一个文化概念。这三个理学学派中，与越中派关系最为密切的是金华学派。金华之学为朱熹嫡传，金华人何基师从朱熹弟子黄干，何基传门人王柏、王相、张润之、金履祥等。此后，王柏传门人王城、周敬孙、黄超然、闻人诜等。金履祥传门人柳贯、许谦等，与许谦有"学侣"关系的还有兰溪吴师道、金华张枢。吴莱、黄溍也是此系著名理学家。其后，许谦门人更为繁多，元末明初浙东派的许多文人都与许谦有师承关系，如胡翰、叶仪、叶琛、章溢、朱右、陶凯、许元等人。此外，宋濂师从闻人诜之子闻人梦吉、柳贯、吴莱、黄溍；王祎从黄溍学；戴良学于黄溍、吴莱、柳贯；方孝孺是宋濂门人。从以上理学的传承上，我们可以清晰地看出元末明初浙东派文人的理学渊源。当然，理学（道）与文学（文）从本质上来说是两个不同的概念。在从理学（道）向文学（文）发展的过程中，许谦似为一个转折点。清初黄宗羲子黄百家曾说："金华之学，自白云（许谦）一辈而下，多流而为文人，夫文与道不相离，文显而道薄耳。"❷"文显而道薄耳"一语可谓说出了理学向文学转变的渐进过程。全祖望《宋文宪公画像记》说宋濂等人之"道""未有深造自得之语"❸，可为黄氏"道薄"一语之注脚。

　　即便如此，宋濂诸子毕竟是金华学派之嫡传，他们的学术依然纯正，受传统儒家思想影响深远，用世思切，为朱明王朝的建立与发展大多数都起过重要的作用。刘基于天命之年入朱元璋幕，为其剪除江南群雄、北定中原立功无数，

❶　（后晋）刘昫等《旧唐书》卷三十八，中华书局1975年版，第1391页。

❷　（清）黄宗羲《宋元学案》卷八十二《文宪宋潜溪先生传》附，中华书局1986年版，第2801页。

❸　（清）全祖望《宋文宪公画像记》，《全祖望集汇校集注》，上海古籍出版社2000年版，第1098页

被誉为"渡江策士无双，开国文臣第一"，以功封诚意伯。朱元璋曾称宋濂为开国文章之首臣❶，与王祎同任《元史》总裁，岿然为一代之望。苏伯衡、胡翰都曾与修《元史》。许元入明后为第一任国子祭酒，吴沉官至东阁大学士。张孟兼盛负才名，被刘基称为文章第三。❷但朱元璋登基后，情况骤变。朱氏以重典驭臣下，人心惴凛，吏畏民驯。具体到浙东文人，情况亦不容乐观。宋濂于洪武三年（1370）既已陷入朱元璋的淫威之网，该年七月，宋濂以失朝参，降为编修。四年，濂迁国子司业，坐考祀孔子礼不以时奏，谪安远知县，旋召为礼部主事。后，因其孙宋慎涉胡惟庸案，全家连坐，子宋璲、孙宋慎被处死，宋濂徙茂州，自裁于途中。刘基因与胡惟庸抵牾，被毒死。王祎也因得罪胡惟庸而被排挤出朝，往西北招谕吐蕃，后又前往云南招降元梁王，不屈被杀。苏伯衡在处州教授任上，坐表笺误，下狱死。二子恬、怡，救父，竟一同被杀。张孟兼为官刚正廉明，疾恶如仇，惩治奸吏，决不宽贷。政声上闻朝廷，升为山东按察司副使。因指责山东布政使吴印违制，反被所诬，明太祖下诏书押京论罪弃市。吴沉被太子宫人陷害，下狱而死。童冀半世漂泊，后调北平，竟坐罪死。戴良拒绝出仕，于洪武十六年忧惧自裁。朱元璋对浙东文人的打压于此可见一斑。

　　浙东文人以积极的用世心态辅助朱元璋平定天下、建立朱明王朝，却换来如此可悲的下场。他们进已无望，退亦有惧，处于一种进退两难的境地。在这样一种困厄的境遇中，他们大多心系田园，试图抛开现实的忧惧与困厄，在精

---

❶ 洪武九年《授宋濂翰林承旨诰》："然文者，翰林院尚未有首臣。朕于群儒中选，皆非真儒，人各虚名而已。独宋濂一人，侍朕左右，十有九年，虽才不兼文武，博通经史，文理幽深，可以黼黻肇造之规，宜堪承旨，弘灿明文，壮朕兴王。"（钱伯城等主编《全明文》（第1册）卷三十四，上海古籍出版社1994年版，第834-835页）时人孙蕡曾有诗论及宋濂在明初备受朱明王朝重视，诗云："海内才名五十年，圣恩荣许晚归田。金华父老如相问，曾是瀛洲第一仙。""头白勋庸列上卿，君王岂是重文名。朝廷礼乐新寰宇，半是先生撰次成。"（见孙蕡《西庵集》卷七《送翰林宋先生致仕归金华二十五首》其一，其七）

❷ 刘基尝为太祖言今天下文章，说："宋濂第一；其次即臣基，又次即孟兼。"太祖额之。（张廷玉等《明史》卷二百八十五《文苑传一》，第7320页）

神上得到一些慰藉罢了。我们可以称之为精神的归隐。饶龙隼称之为望乡心态，认为"这心态游移于朝廷与乡园之间，以仕途困厄和乡园适意相对照"❶。这种归隐虽然不如陶渊明的归隐真实，但是，如果从精神层面上来看的话，其实质是一样的。对他们的诗文创作，如果细加梳理，就会发现他们对陶渊明是那么的熟悉、喜欢。他们对陶渊明其人其诗评价都非常高，善于在诗歌创作中化用陶典、陶事，抑或是在整体诗风上向渊明学习。越中诗派中还有以"和陶诗"著称者——童冀与戴良。

二、宋濂隐逸心态与陶诗接受

宋濂（1310—1381），字景濂，其先金华之潜溪人，至濂乃迁浦江。濂幼英敏强记，就学于闻人梦吉，通五经，复往从吴莱学。又游柳贯、黄溍之门，两人皆亟逊濂，自谓不如。元至正中，荐授翰林编修，以亲老辞不行，入龙门山著书十余年。太祖取婺州，召见濂。以李善长荐，与刘基、章溢、叶琛并征至应天，除江南儒学提举。洪武二年与王祎一起任《元史》总裁，除翰林学士。明年七月，濂以失朝参，降为编修。四年，坐考孔子祭礼不即上，谪安远知县，寻还朝，任礼部主事。五年，迁太子赞善，六年，升侍讲学士。九年擢学士承旨，十年致仕，朱元璋赐绮帛曰"藏此绮三十二年，作百岁衣可也"❷。可见对其之器重。十三年因长孙慎获罪，几被杀，后安置茂州，次年五月卒于夔州。

从宋濂生平来看，早年在元朝时就以亲老辞所授翰林编修，表现出其根深蒂固的隐逸情结。戴良曾叙及宋濂所说："余之所安，乃在于山林而不在于朝市，使其以此而易彼，有大不可者一，决不能者四。"其中一不能者谓："啸歌林野，或立或行，起居无时，惟意之适，而欲拘之以佩服，守之以卒吏，使不得

---

❶ 饶龙隼《元末明初浙东文人择主心态之变衍及思想根源》，《文学遗产》2008 年第 5 期，第 76 页。

❷ （清）张廷玉等《明史》卷一百二十八《宋濂传》，第 3787 页。

自纵。"❶此种表述，我们当不陌生。嵇康在《与山巨源绝交书》中有与世相违的同样宣言。后朱元璋欲召其为五经师，宋濂有《答郡守聘五经师书》一文，读来颇能窥见其此时之心态。宋濂在此文中以多病、亲老、性懒、朴憨固辞，特别是其对性懒之描述，可见其平日高散。他说："濂以轻浮浅躁之资，习懒成癖，近益之。以疏顽不耐修饬，乱发被肩，累日不冠，时同二三友徒跣梅花之下，轰笑竟日，不然则解衣偃卧看云出岩扉中，有类麋鹿，然见人至辄惊遁。"❷此次征聘从至正十八年十一月开始，一直到明年五月，宋濂才接受了这一职位。由此可见其此时之迁延隐逸之心态。宋濂此时给世人一种隐士形象。时人郑涛《宋濂先生小传》给我们描述了宋濂的隐士形象，他说："（先生）性尤旷达，视一切外物瀄如也。年三十即以家业授子侄，朝夕唯从事书册，间稍有余暇，或支颐看云，或披发行松间。遇得意时，辄击缶浩歌，声振林木，翛翛然为尘外人。"❸我们当然不能否认他的用世心态，但其骨子里的高散是怎么也掩饰不住的，这种高散心态一直伴随着宋濂终生，尤其仕途不遂时。

宋濂在《刘彦昺诗集序》中说学诗"必历谙诸体"。宋濂最擅长的当然是歌行，但是其五言古写来也尽显风采。宋濂深谙学诗理路，从其诗论与部分五言古诗来看，他对陶诗的爱好和学习不容忽视。他在《答董秀才论诗书》一文中论及诗史时说：

> 三百篇勿论已，姑以汉言之苏子卿、李少卿非作者之首乎。观二子之所著，纡曲凄惋，实宗国风与楚人之辞。二子既没，继者绝少。下逮建安、黄初，曹子建父子起而振之，刘公干、王仲宣力从而辅翼之。正始之间，

---

❶ （明）戴良《送宋景濂入仙华山为道士序》，戴良著，李军、施贤明校点《戴良集》卷六，吉林文史出版社2009年版，第58页。

❷ 罗月霞主编《宋濂全集》，浙江古籍出版社，1999年版。本节所引宋濂诗文皆出此本，不再注。宋濂同门友王祎所作《宋太史传》所言应本于此。王祎说宋濂"性疏旷，不喜事检饬，宾客不至，则累日不整冠。或携友生仿徉梅花间，索笑竟日；或独卧长林下，看晴雪堕松顶，云出没岩扉间，悠然以自乐。世俗生产作业之事，皆不暇顾"（见《王忠文集》卷二十一，文渊阁四库全书本）。

❸ 罗月霞主编《宋濂全集》，浙江古籍出版社，1999年版。

嵇、阮又迭作。诗道于是乎大盛，然皆师少卿而驰骋于风雅者也。自时厥后，正音衰微。至太康复中兴，陆士衡兄弟则仿子建，潘安仁、张茂先、张景阳则学仲宣，左太冲、张季鹰则法公干。独陶元亮天分之高，其先虽出于太冲、景阳，究其所自得，直超建安而上之，高情远韵，殆犹大羹充铏，不假盐醢，而至味自存者也。

宋濂该序对《诗经》之后的诗歌做了较为全面的评述，认为自魏之后，太康复兴，但其时诗人大多模拟魏代诸家，唯独陶渊明天分之高，诗法有自得之处，直超建安诸子而至味自存。此种至味，具体情况到底如何？宋濂在《题张泐和陶诗》一文给出了答案：

陶靖节诗如展禽仕鲁，三仕三止，处之冲然，出言制行，不求甚异于俗而动合于道。盖和而节，质而文，风雅之亚也。他人欲效之者虽众，然乐淡泊则荡而弛，慕平易则野而秽，惟苏子瞻兄弟以雄迈之才，气势可与之相敌。然其辞旨则亦远矣，岂不诚难乎哉！

此处说陶渊明诗歌处之冲然，出言制行，和而节，质而文，为《诗经》之流亚，确实把陶诗抬高到一个相当高的水平。纵观诗史，随着陶诗的逐渐被接受，其艺术水平也被诸多学者逐渐抬高，宋濂也起了推波助澜的作用。宋氏在此还指出，陶诗是不易学的，学陶之淡泊则不免荡而弛，学其平易则又趋野而秽，即使如苏轼兄弟，虽气势可与陶诗相敌，但辞旨又相去太远。

除了对陶渊明诗歌的历史地位与风格多有论述外，宋濂对陶渊明的高洁人格也多有涉及，认为"世之人学元亮者多矣"❶。从宋濂所处的时代环境来看，其时士人们学习陶渊明最多的应是其清节之人品。宋濂曾为龙眠居士所画渊明

---

❶　（明）宋濂《菊坡新卷题辞》。关于《菊坡新卷题辞》和《题渊明小像卷后》二文的写作目的，邓绍基先生曾撰文指出皆是出自实用目的。邓先生说两文都是借以维护和称赞朱元璋盛世"明君"形象的，也是在借此招募当时的"隐士"们。此为一说。邓文《考订与实用：宋濂论陶渊明》见《常熟高专学报》，2003年第1期。

小像卷题辞，即《题渊明小像卷后》，其中有云：

> 有谓渊明耻事二姓，在晋所作皆题年号，入宋之诗惟书甲子，则惑于传记之说，而其事有不得不辨者矣。今渊明之集具在，其诗题甲子者，始于庚子而迄于丙辰，凡十有七年，皆晋安帝时所作，初不闻题隆安、元兴、义熙之号，若《九日闲居诗》有"空视时运倾"之句，《拟古》第九章有"忽值山河改"之语，虽未敢定于何年，必宋受晋禅之后所作，不知何故，反不书以甲子耶？其说盖起于沈约《宋书》之误，而李延寿着《南史》、五臣注《文选》皆因之。……呜呼！渊明之清节，其亦待书甲子而后始见耶？

该文对陶渊明入宋后诗歌惟书甲子一事做了较为深入的辩论。宋濂认为，陶渊明之清节不独表现在题甲子之诗。这也暗中回应了此前苏轼之说法，不论是在晋出仕还是入宋归隐，陶渊明都表现了其内心的真实，这种清节也只有陶氏才能为之。前文已述，与越中派关系最为密切的是金华学派，而金华之学为朱熹嫡传。宋濂作为明初越中诗派代表诗人，他对陶渊明的看法当然深受朱子理学的影响。该文所谓清节，显然是指渊明耻事二姓一事所言，是从儒家伦理的道德规范层次着眼的，这与朱熹对陶渊明的评价是一致的。朱熹曾说：

> 陶元亮自以晋世宰辅子孙，耻复屈身后代，自刘裕篡夺势成，遂不肯仕。虽其功名事业，不少概见，而其高情逸想，播于声诗者，后世能言之士，皆自以为莫能及也。盖古之君子，其于天命民彝、君臣父子、大伦大法之所在，惓惓如此。是以大者既立，而后节概之高，语言之妙，乃有可得而言者。如其不然，则纪逡、唐林之节非不苦，王维、储光羲之诗非不翛然清远也，然一失身于新莽、禄山之朝，则其平生之所辛勤而仅得以传世者，适足为后人嗤笑之资耳。❶

---

❶ （宋）朱熹《向芗林文集后序》，《晦庵集》卷七十六，文渊阁四库全书本。

朱熹首先肯定渊明不肯出仕刘宋王朝，是符合儒家所讲究的天命民彝、君臣父子、大伦大法等道统的，然后与失身于新莽、禄山之朝的纪逡、唐林、王维、储光羲等人作对比，认为后者为人所嗤笑就是因为没有明于君臣大义，其做法不符合"大伦大法"。宋濂从对陶渊明入宋后诗歌惟书甲子一事辩论的角度入手，指出渊明之清节不独于此，进而肯定了其耻事二姓历史行为的道统性。

宋濂在诗歌创作上深受陶渊明的影响。苏轼说："陶渊明欲仕则仕，不以求之为嫌；欲隐则隐，不以去之为高。"❶前文已提及，洪武时期的文人们，在朱明王朝的淫威之下，非常向往归隐，但是却难以做到，他们不可能如渊明一样真正弃官归隐，只能从精神上寻求一些寄托和慰藉，除此之外，别无他法。因为他们身为朝廷命官，有公务在身，虽尽享恩宠，却不得半时休闲。明人叶盛《水东日记》曾录明初钱宰诗云："四鼓冬冬起着衣，午门朝见尚嫌迟。何时得遂田园乐，睡到人间饭熟时。"❷由此可见明初官员们日常生活的紧张程度，所以有"得遂田园乐"之感慨，他们对悠闲的田园生活的向往于此也可见一斑。宋濂于洪武五年（1372）九月十五日，曾访张孟兼，与临川熊鼎、泰和刘崧、庐陵周子谅等人欢会，作诗文、饮醇酒，但"逮鸡再号，风雨凄迷，仆夫载涂，官事有程，皆不告而散"。宋濂"亦骑驴去朝天矣"（《玉兔泉联句》）。当宋濂脱却官场，致仕还乡，其闲适之情却从心底而发，与此截然不同。洪武十二年（1379）秋，应浦江郑涛之邀，宋濂与胡翰、苏伯衡、朱廉等燕集赋诗，同得诗酒之欢。宋濂作有《和郑奉常先生燕集诗韵》，有云：

> 探珠赤水欣同调，结屋青萝得所依。泉石要为中世托，姓名岂料九重知。
> 东西御馔尝分赐，出入天门更不疑。虎籞秋严威闪闪，龙楼日转影祁祁。
> 年华自觉随流水，造化谁言类小儿。别梦屡形分讲席，归田一似旧游时。
> 常随采药衣沾雾，几度寻花屦带泥。投老幸知同臭味，此生端不慕轻肥。

---

❶　（宋）苏轼《书李简夫诗集后》，《苏轼文集》（第五册），中华书局1986年版，第2148页。
❷　（明）叶盛《水东日记》卷四，中华书局1980年版，第39页。

芳筵夜秩杯行数，绛烛春融客醉迟。一代耆英都在坐，百年文献欲还谁。
独怜邺下支离叟，莫斗长安绝妙辞。赖有西风吹酒醒，搔头向月谩赓诗。

该诗一路读来，我们可以清晰地感觉到，宋濂在述说自己往年离开隐所青萝，出仕朱明王朝时备受煎熬的心情。"归田一似旧游时"❶，有陶渊明"羁鸟恋旧林，池鱼思故渊"之意。"此生端不慕轻肥"，则说自己再也不贪恋官场之荣华富贵，亦有渊明"觉今是而昨非"之慨。由此看来，宋濂在经历了官场的摸爬滚打、荣辱升降之后，希望自己能够和满座耆英饮酒作赋、向月赓诗，过着田园般的生活。

宋濂的归隐之思，从其与江右名家刘永之、刘崧等人的交往中也能略窥一二。洪武五年，刘永之应聘至南京。宋濂极畏服之，盛相推服，作诗赠之，有"多少缙绅求识面，江南文价为君低"之叹。刘永之离开南京时，宋濂曾作诗二首相赠，其二有云："相逢未久还相别，恨不随君结草堂。大秀峰前双凤下，共听法乐奏琳琅。"❷同年，江右派刘崧曾作《青萝山房诗为金华宋先生赋》，诗云："岂无京华乐，只念山房好。恒恐归来迟，青萝笑人老。"❸元至正二十七年，宋濂病归，迁居浦江青萝山房，曾作《萝山迁居志》。刘崧此诗可谓看透宋濂的心思。宋濂同门戴良也曾多次作诗与之，劝其早日归来，"游子与家别，来归何不早。"戴良何出此语？盖因其早就看透仕途的危险，"云路多鹰隼，烟波有虞机。"❹由此可见，在洪武初年，宋濂就已表现出不能归隐之遗憾。经历

---

❶ 宋濂早年多有隐居经历，元至正十七年三月曾隐居龙门山，明年六月避兵句无山，至正二十七年，病归迁居浦江青萝山房，作《萝山迁居志》，只是大概居此无多。洪武五年，泰和刘崧曾作《青萝山房诗为金华宋先生赋》，其中有云："岂无京华乐，只念山房好。恒恐归来迟，青萝笑人老。"（《槎翁诗集》卷二）

❷ 刘永之有题为《酬别宋赞善大夫景濂四首》之诗，其四有句云："预从山顶结茅屋，待得先生跨鹿来。"以回应宋濂之意。宋诗与刘诗皆见《刘仲修先生诗文集》卷六，续修四库全书本。

❸ （明）刘崧《槎翁诗集》卷二，文渊阁四库全书本。

❹ （明）戴良《寄宋景濂三首》其二，戴良著，李军、施贤明校点《戴良集》卷一，吉林文史出版社2009年版，第7页。

仕途的困厄，宋濂亦变得冷峻了一些。他有写给戴良的《寄答戴九灵古诗十首》，其一云：

> 伊谁施网罟，生致来轩墀。赴蹈绝汤火，奋触无完肌。亦知天地间，久安岂其宜。□恐栖长林，庶可免祸机。祸机既弗脱，死生一任之。

其二云：

> 仅存气半丝，养此一朝命。命岂复在吾，乘化共归尽。方州罗夹巷，百龄寓几姓。大运既如斯，何须苦心竞。

由此可见，宋濂仕途的困厄之苦及无奈之感如此深切。如前文所述，其致仕后，确也过了两年悠闲的乡居生活，但很快便因其孙慎涉及胡惟庸案而遭遇不幸。宋濂临死之前还在念着他的乡居生活："平生无别念，念念只麟溪。生则长相思，死当复来归。"(《别义门》)

我们知道，陶渊明以"自然"为美，追求一种自在的状态，更以"自然"去化解现实人生中的苦恼。陶氏质性自然，"久在樊笼里，复得返自然"一句渐已成习语。从上文中，我们可以想见，宋濂所处的恶劣政治环境何尝不是一只禁锢的樊笼呢？如果从陶、宋二氏所处的环境来看，宋濂要比渊明差得远了。陶渊明还能做到像苏轼说的那样，欲仕则仕，欲隐则隐。宋濂则不然，洪武政权是不允许士人们随便归隐的。因此，宋濂虽有强烈的归隐之思，但却不能实践之，只能在其诗中表现出其对"自然"的憧憬。如《忆山中》一诗：

> 平生绝俗尚，幽期在一壑。衔厄周曲汜，班坐荫兰薄。日媚花欲笑，风迅燕飞弱。疏峰挺飞茎，平楚下饥鹤。崖倾石似行，涧折泉如约。何时脱尘鞍，赋归蹑棕屩？

该诗首先说自己"平生绝俗尚"，有渊明自谓"质性自然"之意味。接着对山中美景做了详细的描写。然而，笔锋一转，美景如此，何时能够摆脱世间尘鞅？作者幻想着穿着棕鞋，漫步山中，于曲折的泉间，坐于兰荫之下，看鲜花盛开，赏风中飞燕。又如《还潜溪故居》："自入潜溪住，超然绝世氛。懒寻书相伴，长与鹤为群。千虑净于水，一身闲似云。梅花领幽赏，疏雪隔窗闻。"作者忘却世事，以一身闲似云的心态，超然地在潜溪以书相伴，以鹤为群，赏梅听雪，何等悠闲。此种自然之状态，又岂能是备受煎熬的官场所能比的呢？至于其《浩怀》一诗，则直接抒写"澹泊返自然"的渴望；《游览杂赋》（其一）发出"泯泯忘世机"的感叹。这或许是他"位高知身危，退藏保其终"（《拟古》其一）思想的一种自然表现吧。

除了"自然"之外，陶诗中经常提到的另一个重要哲学概念是"大化"。"大化"一词始出自《荀子·天论》："四时代御，阴阳大化。""化"即是"变"，《列子·天瑞》："人自生至终，大化有四：婴孩也，少壮也，老耄也，死亡也。""大化"一词又引申为宇宙之意，如陶渊明"人生大化中，不喜亦不惧"中的"大化"。陶渊明由此生发出其"顺化"思想，因为他认识到既然"我无腾化术"（《形影神·形赠影》)，那就"应尽便须尽，无复独多虑"了。宋濂诗歌中也经常出现"大化"意象，其思想也非常接近陶渊明。如《始衰》："人生大化中，飘萧风中花。百年终变灭，感慨欲如何。"既然人生百年终会结束，感慨又如何呢？《镊白发二首》其一云："人生须知会有尽，紫马驮钱沽酒倾"，与陶氏"在世无所须，唯酒与长年"（《读山海经十三首》其五）何其相似？其二云："人身一如花，何为长苦辛？古今富贵皆黄土，唯有青山解笑人"，与陶氏"客养千金躯，临化消其宝"（《饮酒二十首》其十一）亦为同义。

综上所述，宋濂虽然标榜自己追求事功的壮志，但其内心深处的隐逸心态却根深蒂固。关于这一点，宋濂同门王祎看得极为透彻，他在《宋景濂像赞》中说宋濂："外和而神融，内充而面睟。衣冠虽晋人之风，气象实宋儒之懿。夫其知言以穷天下之理，养气以任天下之事，隐则如虎豹之在山，出则类凤麟之瑞世。"❶ 由此可见，宋濂的双重心态是较为明显的。当他自认为没能实现其平天下的志向时，便会想到归隐，如虎豹之在山，怡然于山水，高唱"我生素有山水癖，向之不觉开心颜"，反复感叹："吁嗟乎，吾将终老山之间。吁嗟乎，吾将终老山之间。"（《画山水图歌》）

洪武三年，许时用还归越中，宋濂作有《送许时用还郊》，其诗云：

> 尊酒都门外，孤帆水驿飞。青云诸老尽，白发几人归。风雨鱼羹饭，烟霞鹤氅衣。因君动高兴，予亦梦柴扉。

该诗对许时用能够归隐家乡羡慕不已，"风雨鱼羹饭，烟霞鹤氅衣"二句对隐士形象进行了极为细致的摹写，这也引起作者想要归隐的美梦，幻想着能够回归田园，即使没有"鹤氅衣"，一副"柴扉"就足以慰藉自己惊惧的灵魂，"青云诸老尽，白发几人归"二句道出了作者对其时政治的恐惧和对官场的厌倦。

要之，我们虽不能说宋濂全部的隐逸心态都来自陶渊明的影响，但从前文所论，他对陶氏从人品的赞美、诗品的标榜到对陶诗意境的学习、对陶诗意象的运用来看，作为"千古隐逸诗人之宗"的陶渊明对宋濂的隐逸心态及隐逸行为当有极为重要的影响。

三、童冀与戴良的"和陶诗"

元末明初，大力创作和陶诗的诗人有童冀和戴良。二者都是越中派著名学者兼诗人，但他们的人生道路则有较大差异。童冀入明后，为朱明政权所驱使，漂泊半生；戴良则誓死不为洪武所用，表现出极高的气节，被后人看作遗民诗人。童冀漂泊半生，思念家乡，遂效渊明归隐田园；戴良誓不仕明，洁身自守，故崇渊明忠贞之节。二人皆表现出对陶诗的喜爱与重视，下面对他们的和陶诗

---

❶　（明）王祎《王忠文集》卷十五，文渊阁四库全书本。

分别论述。

童冀字中州，金华人。洪武九年（1376）征入书馆，后为湖州府教授，调北平，坐罪死。❶有《尚絅斋集》五卷。明初，童冀与宋濂、张羽、姚广孝等人相唱和。元末明初，童冀及其诗歌应当占有一席之地，对此，清人曾多次予以肯定。四库馆臣评其诗曰："词意清刚，不染元季绮靡之习。虽名不甚著，而在一时作者之中，固亦足相羽翼也。"❷陈田也曾说："金华明初作家林立，往往以古文擅长，若中州之诗，与数子角立于坛坫之间，当亦不多让也。"❸他们对童冀于明初诗坛的地位都给予相当高的评价。

黄虞稷《千顷堂书目》卷十七载有童冀《和陶集》，盖由其前、后和陶诗组成。童冀在《后和陶诗》自序中说："余往年尝一和陶靖节诗，俯仰垂四十年，浮云世事，何所蒂芥？及来河朔，触事感怀，间用其韵，积日既久，辞无诠次，因哀而目之曰《后和陶诗》。然余前和者，多因其事而寓己意，今所和者，第用其韵，不复用其事云。"❹为其书写《后和陶诗》的姚广孝也曾提及童冀的《前和陶诗》，他说："其所和者，因岁月久远，不一而成，故有前后之说耳。前和者金华苏先生平仲书，后和者先生与余同客于燕，而欲余书。余于先生之作而甚爱之，不容不书也。遂拭老眼，勉录于简。"❺苏平仲即苏伯衡，为童冀好友，也是明初越中诗派的中坚力量。由此可见，童冀从早年起就已非常喜爱陶诗、唱和陶诗。由童冀序文可知，其《前和陶诗》多因陶事而寓己意，而《后和陶诗》则第用陶诗韵，不复用陶诗事，属触事感怀、有感而发之作。

姚广孝所书童冀《后和陶诗》凡99首，纸本，高九寸六分，通长丈有五

---

❶ 关于童冀的生卒年，徐永明与邓富华都有所考证，具体可以参见徐著《明前期诗作者及其别集考录》（复旦大学博士后论文，2004年）与邓文《明初诗人童冀及其"和陶诗"考论》（《中国韵文学刊》2014年第3期）。邓文考证，童冀在洪武九年（1376）征入书馆之前就与朱元璋有着较为密切的关系，早在元至正十八年（1358）十二月就被征聘，为朱"进讲经史，敷陈王道"，后又担任金华训导。

❷ （清）纪昀等《四库全书总目》卷一百六十九《尚絅斋集》提要，中华书局1997年版，第2271页。

❸ （清）陈田《明诗纪事》甲签卷九，续修四库全书本。

❹ （清）莫友芝《郘亭书画经眼录》附录卷上，中华书局2008年版，第366页。

❺ （清）莫友芝《郘亭书画经眼录》附录卷上，第390-391页。

尺二寸，蝇头楷书，现藏故宫博物院。后为晚清学者莫友芝录入其《郘亭书画经眼录》一书。钱谦益《列朝诗集》录有其中 20 首，另录有《读山海经》2 首、《杂诗》2 首，非《后和陶诗》之作，当属《前和陶诗》。邓富华又从《永乐大典》中辑得童氏《和神释》与《和影答形》2 首和陶诗。❶ 这样算来，今天所能够看到的童冀和陶诗就有 105 首。

童冀在其和陶诗中表达了对陶渊明的无比推崇，或称与之"神契"："缅怀庐山远，神契栗里陶"❷；或视渊明为师："此志已弗遂，渊明良可师"（《拟古九首》其六）；或对渊明辞官归隐、寄迹醉乡的隐逸行为予以称扬："渊明半世中，寄迹醉乡里""彭泽解印归，三征遂不起"（《止酒》）、"渊明亦辟世，未觉与道乖"（《丙辰岁八月中于下潠田舍获》）。既视渊明为师，渊明对生活的恬淡自适、对富贵贫贱的勘透、对功名利禄的蔑视都深深地影响着童冀，他在和陶诗中予以多次表达：

> 端居淡无虑，默以观我生。穷达贵自适，忧乐真强名。（《九日闲居》）
>
> 劳生尽百年，能免化去否。不如饮美酒，息心以天游。（《酬刘柴桑》）
>
> 达人解绂天，旷士谢尘鞅。（《归园田居六首》其二）
>
> 人生岂不足，一饱便有余。穷达非所校，天地有盈虚。（《归园田居六首》其四）
>
> 金帛一时尽，妻孥各异方。富贵自可乐，也复可怜伤。（《拟古九首》其四）

童冀晚年对生命的感悟，对穷达的勘透，使其对自己一生走向仕途颇感后悔，这应是童冀的真实心态。因为作者曾说"穷达亦有命，出处亦偶然"（《连雨独饮》），或许是其偶然的机遇，使得他一生奔波于仕途，疲态倍显。作者有

---

❶ 邓富华《明初诗人童冀及其"和陶诗"考论》，《中国韵文学刊》2014 年第 3 期。

❷ 童冀《己酉九日》，见莫友芝《郘亭书画经眼录》附录卷上，中华书局 2008 年版，第 374 页。下文所引童冀《后和陶诗》均出于此本，不复注，只在引诗后注明所引诗名。

时也认为名位显荣，但不愿为文法所拘，他说："名位岂不荣，乃为文法拘。独羡衡门士，终身守田庐。"（《始作镇军参军经曲阿》）作者志在丘岑与林坰，早年作有《题凝清轩三首》，其二标明"效陶靖节"，诗云：

> 少无簪组念，雅志在丘岑。结庐古涧阿，栖迹嘉树林。南轩纳朝阳，北牖延夕阴。踵门无深辙，入室有鸣琴。良朋以时至，清坐谈古今。秫田秋向熟，浊醪行可斟。倾筐撷园蔬，持竿钓清浔。欢饮聊共适，过满非所钦。❶

童冀《云林书舍》亦题"效陶靖节"，诗云：

> 少微轩冕累，雅志在林坰。读书三十年，乃为尘事婴。束装去京国，遥遥抵南荆。疾风吹单舻，五月凌洞庭。东还岂不乐，尚阻千里程。永怀园田芜，岁月忽屡更。披图觇斯境，依依念平生。云山谅悠邈，缅焉起深情。❷

这两首诗一再强调自己的志向在丘岑、在林坰，对田园风光与生活表现出极大的兴趣。结庐古涧，栖迹树林，面南轩而纳朝阳，开北牖以延夕阴。良朋时至，可清谈古今；秫田秋熟，能浊醪自斟。但作者却"读书三十年，乃为尘事婴"，欲东还而寻其乐，却又千里阻隔，其无奈之情，非亲身经历者难以体会之。童冀早年欲归隐田园而不得的无奈之感，在其晚年所作的《后和陶诗》中有较为集中的表达。从童冀生平来看，从其于元至正十八年（1358）34 岁时被征为朱元璋进讲经史，到洪武二十二年（1389）65 岁时被调北平任教职，人生由壮年到老年、从江南到北平，半世漂泊仍备受猜疑，作者哀叹"岁月如飘风，百年真过客"（《杂诗十一首》其七），这是他最为真切的感受，可见其

---

❶ 童冀《尚絅斋集》卷四，文渊阁四库全书本。《御选宋金元明四朝诗·御选明诗》卷十九名该诗为《效陶彭泽》。

❷ 童冀《尚絅斋集》卷四。

内心深处之悲痛。因此，其归隐之思颇为浓重，借着和陶喷薄而发：

故山不可见，忧来忽无方。世事讵有涯，且复陶一觞。(《杂诗十一首》其八)

俯视南雁飞，缅焉怀故乡。吴葛已十暑，楚砧亦三霜。宁知衰暮年，转觉归路长。(《杂诗十一首》其十一)

鸿雁已南乡，问我何当归。北风天早寒，游子叹无衣。平生首丘念，此志愿无违。(《归园田居六首》其三)

天公如佚老，言归遂耕绩。击壤乐余年，箪瓢敢求益。(《归园田居六首》其六)

去乡五千里，往往劳梦思。秋风旧茅屋，来归岂无时。独念篱下菊，能复留今兹。天道每好还，斯语良不欺。(《移居二首》其二)

愁来谁与语，有酒聊自挥。故乡岂不怀，我行尚迟迟。(《和胡西曹示顾贼曹》)

由此可见，童冀晚年极为渴望归隐田园，但事与愿违，后竟在北平府教授职上坐罪而卒，没能实现其回归丘岑的愿望。渊明思归而得归，此为幸事；童冀思归而未得，实为憾事。童冀于此耿耿于怀：

渊明乐闲旷，未老遄归休。而我衰暮年，栖栖事远游。(《游斜川》)

君看陶彭泽，到官即遄归。百年能几何，况乃齿发衰。徒有忧世心，时事每相违。(《饮酒诗二十首》其四)

童冀与渊明的人生愿望之所以出现如此大的差异，这在很大程度上是因为他们所处的政治环境的不同，前文已论，此不赘述。

渊明晚年虽贫病交加，但还有稚子俟门，其《责子》诗即使有"虽有五男儿，总不好纸笔"之叹，亦能享受天伦之乐。而童冀老而无子，其将之喻为果树不能结实，实属哀叹之事。童冀67岁时和渊明《责子》诗云：

人生老无子，何异果不实。渊明五男儿，叹息盈满纸。而我惟一身，异乡寡俦匹。万里行将影，未见卫生术。甲子已一周，流年又加七。俯仰愧古人，内省恒战栗。来日知几何，委顺付造物。

作者老而无子，俯仰之间，深愧古人，内自省察，时常战栗，远不如渊明有五男儿之乐。其晚年凄凉之境可想而知。

童冀《后和陶诗》，触事感怀，完全借用和陶之形式表达内心真实之感情，毫无矫揉造作之态。语言质朴自然，选字命语，直追晋人。因此，其诗颇能显本色真味，遂获时人高评。胡翰《童中洲和陶诗后跋》云："陶征士之高节，非晋宋人比也。读其诗者，未尝不悠然想见其萧散冲淡之趣，故世慕之，如韦应物之拟作，苏子瞻之和篇，往往不绝。余意欲与之角，顾縻于世之尘鞿，敝于末习之覈积，未能脱去。今中洲是集，何其骎骎逼人若是哉？盖兼取二家而窫寐乎，柴桑栗里之间者，可谓好之笃而思之精矣。其有不合于古者乎，抑古之比兴，非以能言为妙、以不能不言者之为妙也，此所谓发乎情也。"❶胡翰认为童冀和陶诗兼取韦应物、苏轼二家，称其好笃思精，诗乃发乎情也。给予极高的评价。姚广孝亦云："中州先生以陶靖节诗多寓己意而和其韵，其辞如茧抽泉决，略不见其艰窘，矧有牵强者耶？读之使人歆艳无已。愚尝谓靖节人品卓绝，志趣闲远，况其于诗得《三百篇》之遗意，所以不假雕琢，自然成章。后世虽有拟效之者，皆仿佛想象，岂能企及者哉？今先生寓以己意，而特和其韵，不亦难乎？盖先生才力老成，问学淹贯，二十年来，奔走北南，虽涉历世故，乐天知命，有合于靖节之志趣，故其所和之诗，与前人之拟效者，大有径庭也。"❷姚氏认为童冀和陶诗语言如茧抽泉决，顺畅而自然。其之所以能够达到此种高境，实因其才力老成、问学淹贯，志趣又合于靖节。姚氏指出，童冀和陶诗属"多寓己意而和其韵"者，是童冀"触事感怀"之

---

❶ （明）胡翰《胡仲子集》卷八，文渊阁四库全书本。
❷ （清）莫友芝《郘亭书画经眼录》附录卷上，第390页。

物,故于感情之真实方面与前人之拟效者大相径庭。童冀和陶诗以质朴的语言、真实的感情获得极高评价,在明初甚至整个明代陶诗接受史上都有着不可替代的地位。

相比于童冀入明出仕新朝,戴良则选择远离之。其实,在明初高压的政治环境下,出仕以及拒绝出仕大都没有好的结局。可以说,洪武一朝是中国历史上文人最受煎熬的时段之一。

戴良(1317—1383),字叔能,号九灵山人,浦江人,有《九灵山房集》30卷。戴良早年学于黄溍、柳贯与吴莱等人,得金华之学嫡传。❶ 又师从余阙学诗。时与宋濂、王祎、胡翰等并称四先生,为越中派早期中坚人物。朱元璋初定金华,命与胡翰等人进讲经史、陈治道,第二年,用良为学正,与宋濂、叶仪辈训诸生。后,忽弃官逸去。曾短暂出仕元朝,任江北行省儒学提举,见时事不可为,避地吴中,曾依张士诚,及见士诚将败,挈家泛海抵登、莱。洪武六年,始南还,变姓名,隐四明山。洪武十五年,召至京师,欲官之,以老疾固辞,忤旨。第二年四月暴卒,盖自裁也。从戴良生平来看,第一,他师从名家,学问淹贯,为越中派代表人物;第二,无论在元朝还是入明之后,他都不以仕进为务,与政治保持着一定的距离;第三,戴良于明初的暴卒,抑或是自裁,是其感受到来自洪武政权压力的最终选择。

戴良诗歌于明初颇受好评。时人王祎《九灵山房集序》曰:"昔者浦阳之言诗者二家焉,曰仙华先生方公,乌蜀先生柳公。……继其学而昌于诗者,又得吾戴九灵先生焉。九灵之诗,质而敷,简而密,优游而不迫,冲澹而不携。庶几上追汉魏之遗音,其复自成一家者欤?"❷ 王祎此序文中所谓方公是指方凤,柳公是指柳贯,戴良师事柳贯,柳贯又师事方凤。所以,王祎说浦阳诗家自方、

---

❶ 黄宗羲《宋元学案·北山四先生学案》载黄百家云:"北山一派,鲁斋、仁山、白云既纯然得朱子之学髓,而柳道传、吴正传以戴叔能、宋潜溪一辈,又得朱子之文澜,蔚乎盛哉!"(《宋元学案》卷八十二,《黄宗羲全集》(第六册),浙江古籍出版社2005年版,第217页)

❷ (明)戴良著,李军、施贤明校点《戴良集》附录,吉林文史出版社2009年版,第384页。

柳二公之后，戴良继之。并指出戴良诗歌有质而敷、简而密，优游冲澹等特点。四库馆臣也说："良诗风骨高秀，迥出一时。眷怀宗国，慷慨激烈，发为吟咏，多磊落抑塞之音。"❶

戴良生逢元明易代之际，社会的混乱以及不愿践二姓之庭的忠贞心态，使得他对陶渊明表现出无比的钦慕，直言"平生慕陶公"；对陶诗也表现出了极大的兴趣，《和陶渊明饮酒二十首》序文称爱陶诗"语淡而思逸"。入明后，更是创作了大量的和陶诗。戴良与渊明同生乱世，人生境遇亦极为相似。戴良战乱时期的归隐与避难，入明后与政治的疏离，皆保持有对前朝的忠贞。因此，戴良从元末开始就对陶诗表现出了浓厚的兴趣，作有《丁酉除夕效陶体》《还旧居》《咏怀三首》《治圃四首》等或标明效陶或有陶诗风味等多首诗歌。如作于 41 岁时的《丁酉除夕效陶体》：

> 矗矗冬春易，悠悠时运倾。一岁只今宵，胡能不心惊。我观寰宇内，谁非爱其生。其生竟几何，倏忽已颓龄。长风向夕起，寒雪没前庭。绿竹且就压，芳草岂复青。万事尽如是，何须动中情。儿女方在侧，尊酒亦既盈。今我不为乐，后此欲何成。笑歌东轩下，且遂陶性灵。❷

又如《咏怀三首》其一：

> 结庐在西市，艺藿仍种葵。谓将究安宅，何意逢乱离。三年去复还，邻室无一遗。所见但空巷，垣墙亦尽隳。久行得荒径，披拂认门基。我屋虽仅存，藿悴葵亦衰。本自住山泽，此悔将何追。

这些诗歌，明确表明自己隐居避世之心态，其对时空的感悟、对田园的喜爱、对元末明初战争给人们带来破坏的愤慨，似都有陶诗的影响。语言平淡

---

❶ （清）纪昀等《四库全书总目》卷一百六十八《九灵山房集》提要，中华书局 1997 年版，第 2254 页。

❷ （明）戴良著，李军、施贤明校点《戴良集》卷一，吉林文史出版社 2009 年版，第 12 页。本节再引戴良诗文皆出此本，不再注。

自然，意境悠远，颇有陶诗风致。

入明后，戴良作有《和陶诗》（或名《和陶集》）一卷。时人谢肃曾为之作序称："其流离颠顿，寒饥苦困，忧悲感愤，不获其意者，莫不发于诗。诗之体裁音节浑然天出者，又绝似渊明，非徒踵其韵焉而已，因名之曰《和陶集》。"❶赵友同《故九灵先生戴公墓志铭》也称戴良所著述有《和陶诗》一卷、《九灵山房集》三十卷以及《春秋经传考》三十二卷。由此可见，戴良《和陶诗》一卷应不在三十卷《九灵山房集》中。四库馆臣对此曾作猜测曰："其集曰《山居稿》，曰《吴游稿》，曰《鄞游稿》，曰《越游稿》。跋又云：集外有《和陶诗》一卷。今检集中，《越游稿》内已有《和陶诗》一卷。而其门人赵友同所作《墓志》亦云《和陶诗》一卷、《九灵集》三十卷，不在集目之内。或本别有《和陶诗》一卷，而为后人合并于集中者未可知也。"❷今检《九灵山房集》卷二十四《越游稿第一》集中收录有戴良 51 首和陶诗以及一篇《和陶渊明归去来兮辞》，四库馆臣的猜测有一定的道理。这 51 首和陶诗具体是：《和陶渊明杂诗十一首》《和陶渊明拟古九首》《和陶渊明饮酒二十首》《和陶渊明移居二首》《和陶渊明连雨独饮一首》及《和陶渊明咏贫士七首》。

戴良的这 50 余首和陶诗（辞）大概可分为以下几方面内容。

第一，表达归隐之思与故国之念。

陶渊明作为千古隐逸之宗，其归隐田园为后世无数文人所钦羡。戴良在其诗文中也表达了一己之归思。戴良作有《和陶渊明归去来兮辞》一文，序文称："余客海上，追和渊明《归去来词》。盖渊明以既归为高，余以未归为达。虽事有不一，要其志未尝不同也。"渊明辞官归隐，戴良留寓他乡，和陶辞，乃师其意而已。此意大概是指戴良序文之"志"，就是远离新朝官场，保持对前朝的忠贞之志。除此之外，作者深感此生如寄，年已及老，迷途已远，愧对前贤。期望自己能够早日结束漂泊，回归田园。当然，戴良于辞中所描写的回归只能

---

❶（明）戴良著，李军、施贤明点校《戴良集》附录，吉林文史出版社 2009 年版，第 371 页。

❷（清）纪昀等《四库全书总目》卷一百六十八《九灵山房集》提要，中华书局 1997 年版，第 2254 页。

是想象之情景:

> 望东南之归路,想儿女之牵衣。顾迷途之已远,愧前贤之知微。缅怀故山,若蹲若奔。郁乎松楸,拥我衡门。田园故在,图书尚存。散襟颓檐,亦有一尊。无嚣声之入耳,无忧色之在颜。比鹪鹩与蝘蜓,固无适而不安。

于此之际,作者希望自己能放浪遐游,反观内足,于世无求,勘透荣辱忧乐,超越富贵利达。"逐猿鹤以长往,俯陇亩而耘籽。歌接舆之古调,和渊明之新诗。为一世之逸民,委运待尽盖无疑。"元亡明兴,作者"恋国心空赤,忧时发已华"(《除夜客中二首》其二)。一介文人,无力救国,做一世之逸民,是作者在新朝的最终理想,也是对故国的坚贞表白。

《和陶渊明饮酒二十首》中,作者不止一次地写到希望回到家乡,享受天伦之乐的愿望:

> 我卜山中居,柴门林际开。湖光并野色,一一入吾怀。勿言此居好,殆与素心乖。越鸟当北翔,夜夜思南栖。蛟龙去窟宅,常怀蛰其泥。此土固云乐,我事寡所谐。(其九)
>
> 大男逾弱冠,粗尝传一经。小男年十三,玉骨早已成。亦有两女子,家事幼所更。女解事舅姑,男可了门庭。悉如黄口雏,未食已先鸣。此日不在眼,何以慰吾情。(其十六)

作者卜居山中,虽湖光山色一一入怀,但与素心相乖,只因此地非故乡。想起家乡的儿女,一一进行描述,但却不在眼前,无以慰其情,表达了作者真挚的思乡念亲之至情。

元亡,戴良变更姓名,隐居四明。赵友同《故九灵先生戴公墓志铭》:"四明多佳山水,耆儒故老往往流寓于兹。先生每相与宴集为乐,酒酣赋诗,击节歌咏,闻者以为有黍离秀麦之遗音焉。"❶ 可以说,"黍离秀麦之遗音"成为戴良晚年诗歌的主调。如《秋兴五首》《岁暮偶题二十二韵》《雉子班》等多首诗歌悲叹故国沦亡,表明自己隐名避世之忠贞。戴良和陶诗中也有同样表达,如《和陶渊明拟古九首》其八:

> 故国日已久,朝暮但神游。谁谓相去远,凤昔临九州。此计一云失,坐见岁月流。岁月未足惜,恐遂忘首丘。在昔七人者,抱节去衰周。不遇鲁中叟,履迹将安求。

对故国朝暮神游,表达了死必首丘之心志。眷怀故国,慷慨悲凉。和陶原不必局限于字模句拟,师其意其境者亦可。戴良有感于陶渊明入宋诗歌唯书甲子,不纪年号,视其为忠义之士,诗云:"纪晋惭陶令,依刘误祢衡。世偏欺逆旅,天亦薄遗氓。"(《岁暮偶题二十二韵》)又云:"天地裨忠孝,云山获隐沦。陶潜犹纪晋,黄绮肯归秦?"(《哭汪遯斋二十四韵》)谢肃《和陶诗集序》说戴良:"其豪放之气,猛烈之志,寓于高雅闲澹之辞,足以使人嗟叹咏歌之者,不但与靖节异世同符,而《离骚》之怨慕、《出师表》之涕泣,亦莫不具在其间也。"❷ "异世同符"一语指出了戴良与陶渊明之间的精神契合。谢肃进而将戴良对故国的眷顾之情上比于屈原之于楚国、诸葛亮之于蜀汉之忠贞。苏伯衡亦有相似之语:"其跋涉道途也,类子房之报韩;其彷徨山泽也,犹正则之自放。"❸

第二,表达安贫固穷之志。

陶渊明坚守儒家安贫固穷思想,其《咏贫士七首》是这种思想在其诗歌中的集中表现:

> 贫富常交战,道胜无戚颜。(《咏贫士七首》其五)
> 谁云固穷难,邈哉此前修。(《咏贫士七首》其七)

---

❶ (明)戴良《九灵山房集》卷三十,文渊阁四库全书本。
❷ (明)戴良著,李军、施贤明点校《戴良集》附录,第371页。
❸ (明)苏伯衡《九灵先生像赞》,戴良《九灵山房集》卷三十,文渊阁四库全书本。

袁行霈先生指出："和陶，在不同程度上代表了对某种文化的归属，标志着对某种身份的认同，表明了对某种人生态度的选择。"❶陶渊明安贫固穷之节为后世文人所认同，常被作为追和对象。戴良晚年生计日落，一日三餐尚不得保，其境况之苦可想而知。但他坚守安贫固穷之志，寄高情于笔端，追和渊明，作有《和陶渊明咏贫士七首》，其序文称："余居海上之明年，适遭岁俭，生计日落。饥乏动念，况味萧然。乃和此七诗以寄鹤年，且邀同志诸公赋。"如：

> 乌鹊失其群，栖栖无所依。岂不遇良夜，谁共星月辉。两翮已云倦，何力求奋飞。遥见青松树，决起一来归。孤危正自念，复虑岁晚饥。苟遂一枝托，安知沟壑悲。（其一）
>
> 陶翁固贫士，异患犹不干。公田足种秫，亦且居一官。我无半亩宅，三旬才九餐。况多身外忧，有甚饥与寒。委怀穷檐下，何以开此颜。清风飒然至，高歌吾掩关。（其五）

戴良于亡国之际，如乌鹊失群，栖栖无依，孤危自念，复虑饥劬。其贫困之境远超渊明。虽然如此，戴良与渊明一样，坚守着固穷之节。《和陶渊明拟古九首》其二写道："举世嘲我拙，我自安长穷"，其六写道："介然守穷独，富贵非所思。岂不瘁且艰，道胜心靡欺"，《和陶渊明咏贫士七首》其三写道："固穷有高节，谁见昔贤心"，都表达了作者固穷守节之志。

第三，领悟生命哲理。

随着文人生命意识的觉醒，他们越来越意识到生与死的重要性。东汉文人的《古诗十九首》可以说是文人们对生命意识的第一次诗性表达。"人生非金石，岂能长寿考。奄忽随物化，荣名以为宝""生年不满百，常怀千岁忧""浩浩阴阳移，年命如朝露"。阮籍在《达庄论》中明确指出："至人

---

❶　袁行霈《论和陶诗及其文化意蕴》，《陶渊明研究》，北京大学出版社 2009 年版，第 170 页。

者，恬于生而静于死。"❶ 从陶渊明对生死问题的表述中，我们可以称其为"至人"。近一半的陶诗抒写了对生死的感悟，无论是节序的变化、草木的荣枯，还是亲人的离世，都能引起陶渊明的一番生死之念。由自然的生死问题上升至生命的哲理，在陶渊明的《形影神》组诗中得到了理性的总结："甚念伤吾生，正宜委运去。纵浪大化中，不喜亦不惧。应尽便须尽，无复独多虑。"（《神释》）

戴良钦慕渊明，其和陶诗中对生命的感悟也与渊明极为接近。其《和陶渊明杂诗十一首》其五云：

> 去就本一途，何用独多虑。但虑末代下，事事古不如。从今便束装，移入醉乡住。醉乡固云乐，犹是生灭处。何当乘物化，无喜亦无惧。

此诗无论语言还是哲理的表达，都与陶诗同一声口。作者认为去就一途，无复多虑，但虑事不如古，遂借酒消愁，但酒乡虽乐，犹自生灭，所以，只有委运顺化，方能无喜无惧。作者曾言"万事付元造"（《贱生》），既然如此，那么万事万物最终还是要委付大化。渊明曾说："人生似幻化，终当归空无"（《归园田居》其四）、"运生会归尽，终古谓之然"（《连雨独饮》）。戴良对渊明生命哲理的领悟可谓深刻。《和陶渊明杂诗十一首》其一写道：

> 大钧播万类，飘忽如风尘。为物在世中，倏焉成我身。弟兄与妻子，于前定何亲。生同屋室处，死与丘山邻。彼苍无私力，宵尽已复晨。独有路旁堠，长阅往来人。

世间万类皆由大钧所造，即便亲如兄弟夫妻者亦如是。"弟兄与妻子，于前定何亲"之问真可谓达观。达观之心态必有达观之吟咏：

---

❶ （晋）阮籍著，陈伯君校注《阮籍集校注》卷上，中华书局 1987 年版，第 144 页。

尊中有美酒，胡不饮且歌。我观此身世，变幻一何多。（《和陶渊明拟古九首》其七）

此生如聚沫，忽忽风浪惊。沉醉固无益，不醉亦何成。（《和陶渊明饮酒二十首》其三）

有酒且欢酌，何用叹此生。（《和陶渊明饮酒二十首》其七）

若复不醉饮，此生端足惜。（《和陶渊明饮酒二十首》其十五）

酒至且尽觞，余事付默默。（《和陶渊明饮酒二十首》其十八）

酒为消忧物，陶诗满篇皆酒，戴良虽性不解饮，然喜与客酌。《和陶渊明饮酒二十首》诗序曰："余性不解饮，然喜与客同倡酬。士友过从，辄呼酒对酌，颓然竟醉，醉则坐睡终日，此兴陶然。……行游之暇，辄一举觞，饮虽至少，而乐则有余。"饮少乐多，真如此乎？笔者认为这只是戴良故作旷达语吧。从其人生遭遇来看，其诗中之酒传达更多的还是诗人无尽的悲愁。

元末明初和陶大盛，戴良依韵和陶，堪称大家。友人谢肃将戴氏和陶拔高于韦、柳、白、王、苏诸家之上，赞其有自然之趣，并预言"当与陶诗并传于后世无疑矣"❶。夸谀之辞，稍失公允。然戴良和陶亦有其特色，依韵和陶，抒写故国之思，坚守固穷之节，勘透生死之义。意韵冲淡，笔调苍浑，在和陶诗史上应占有一席之地。

四、小结

明初越中文人喜陶、和陶蔚然成风，刘基诗歌也多受陶诗影响。刘基早年仕元，但目睹元朝政治的腐败，加上不为元统治者所重用以及元朝所实行的民族歧视政策，遂放浪绍兴间，诗酒自娱。诗人赞陶公节义士，笑捻东篱菊，俨然一派隐士风范，其《次韵和石末公无题之作》诗云：

---

❶ （明）谢肃《和陶诗集序》，（明）戴良著，李军、施贤明点校《戴良集》附录，第372页。

秋风袅袅作商音，落叶枯菱日夜深。已为抵乌投白璧，徒劳点铁冀黄金。轩辕未必迷襄野，夸父终当死邓林。笑捻东篱菊花蕊，天寒岁晚尔知心。❶

其《题李伯时画渊明归来图》又云：

江左昔溃乱，桓卢递相寻。刘裕起寒微，长驱扫氛祲。秋草虽未枯，霜雪已骎骎。陶公节义士，素食岂其心。我才非管葛，谁能起沦沉。所以歌去来，归卧五柳阴。悠悠多感激，怆恨寄讴吟。哲人贵知几，芳名留至今。展图三叹息，怀古一何深。❷

鉴于元末明初的军事政治形势，加之朱元璋的盛情邀请，刘基接受朱元璋的聘用，出仕朱明王朝。被封诚意伯的第二年正月，刘基便告老还乡。朱元璋作《赠刘伯温》："妙策良才建朕都，亡吴灭汉显英谟。不居凤阁调金鼎，却入云山炼玉炉。事业堪同商四皓，功劳早贱管夷吾。先生此去归何处。朝入青山暮泛湖。"❸朱元璋此诗道出了刘基的去处——归隐山林。归隐之后的刘基依然"篱下旧存彭泽菊，林间新长首阳薇"❹，饮酒赋诗，口不言功，邑令私访，惊起谢去，遂不复见，全为隐士做派。

刘基长孙刘廌，虽世袭诚意伯、光禄大夫，但无心仕途，归隐故里盘谷。其诗多抒发归隐之情趣，称渊明为逸士，愿效之：

渊明乃逸士，李白诚谪仙。高吟见真趣，浩饮勿复言。(《夜雨酌酒》)
有时一高歌，歌竟无人闻。山中泉石味，知者能几人。愿效陶彭泽，终为陇亩民。(《盘居即事》)

---

❶（明）刘基《诚意伯文集》卷五，文渊阁四库全书本。
❷（明）刘基《诚意伯文集》卷三，文渊阁四库全书本。
❸ 全明诗编纂委员会编《全明诗》(第1册)卷五，上海古籍出版社1990年版，第49页。
❹（明）刘基《次李子庚韵》,《诚意伯文集》卷五，文渊阁四库全书本。

援笔赋新诗，举觞对明月。高歌鬼神惊，长啸天地阔。彭泽千载人，百世谁能越。高山与流水，此兴不可遏。❶（《孟春赠徐仲成》）

张翰鲈莼兴，陶潜诗酒欢。时携二三友，坐石共观澜。❷酌酒且宽陶亮饮，新诗空有杜陵吟。（《和耿介生冬日三首》其一）❸

继承浙东"正学"的方孝孺，有时也沉浸于自己个体情感的审美体验之中，只有此时，他才能在一定程度上远离政治漩涡与经世之情，向往真情佳趣，暂时寻得一处精神的避风港。但凡向往真情者皆不忘述及渊明之"真"，方孝孺也不例外，他说"魏晋至隋，流丽淫靡，浮急促数，殆欲无文。惟陶元亮以冲旷天然之质，发自肺腑，不为雕刻，其道意也达，其状物也核"，说渊明具有冲旷天然之质，其情其意皆发自肺腑，无有任何雕刻。方孝孺也常以陶诗风格评价时人。"往居京师，从潜溪先生学，得勾曲张君彦辉之文而览焉，其语疏爽类陶元亮，善持论类李元宾，意其人必雅饬和易君子人也。"❹方孝孺《菊趣轩记》为会稽张思齐所作，文曰："吾尝于陶渊明有取焉。渊明好琴而琴无弦，曰但得琴中趣，虽无音可也。嗟乎！琴之乐于众人者，以其音耳，渊明并其弦而忘之，此岂玩于物而待于外者哉，盖必如是而后可以为善用物。……渊明之属意于菊，其意不在菊也，寓菊以舒其情耳。乐乎物而不玩物，故其乐全；得乎物之趣，而不损己之天趣，故其用周。尝试登公之轩诵渊明之遗言，而纵谈古人之所乐。"❺指出渊明借菊抒发真情，意非在菊。在陶诗的影响下，方孝孺诗歌常有真趣，《巾山晨夜望束钱克温》一诗云：

❶ 以上三诗俱见刘鹰《盘谷集》卷一，全国图书馆文献缩微中心，2001 年。

❷ （明）刘鹰《丽水李氏东山十爱诗并序》其七，《盘谷集》卷三。

❸ （明）刘鹰《盘谷集》卷四。

❹ （明）方孝孺《张彦辉文集序》，《逊志斋集》卷一二，文渊阁四库全书本。

❺ （明）方孝孺《逊志斋集》卷一六。

月落江水明，疏钟发林杪。蒙蒙山气合，历历川光晓。妙静玄化机，纵意群动表。悠然悟真趣，忽觉天地小。是身本无累，万事相纷扰。愿释经世情，于兹共幽讨。❶

我们无意强调方氏隐逸心态，但其诗中也偶尔流露出其无奈之情。其《立春偶题二首》（其一）云："万事悠悠白发生，强颜阅尽静中声。效忠无计归无路，深愧渊明与孔明。"❷

义乌人王祎，与宋濂同为黄溍门生，二人同为明初一代文宗。元末乱世中，隐居山中，高唱"功名实外物，山林乃吾事"❸。其《练伯上诗序》论诗有三变，谓陶诗超建安而上之。其文曰："三百篇勿论已。汉以来，苏子卿、李少卿，实作者之首，此诗之始变也。迨乎建安，接魏黄初，曹子建父子起而振之，刘公干、王仲宣相为倡和。正始之间，嵇、阮又继作，诗道于是为大盛，此其再变也。自是以后，正音稍微，逮晋太康而中兴。陆士衡兄弟、潘安仁、张茂先、张景阳、左太冲皆其称首。而陶元亮天分独高，自其所得，殆超建安而上之，此又一变也。"❹给予陶诗以极高的诗史地位。

临海人朱右，为梵琦禅师所作《西斋和陶诗序》一文也高评陶诗，他说："陶渊明当晋祚将衰，欲仕则出，一不获志，则幡然隐去。夫岂有患得失之意与？故其发于言也，清而不肆，澹而不枯。"❺"清而不肆，澹而不枯"之语可谓勘透陶诗精髓。

总之，明初越中派文人早年因元末动乱，多隐居田园山林，对陶渊明及其诗歌表现出较大的兴趣，常给渊明及其诗歌以高评。越中派文人所作诗歌也多清雅可观，颇有陶诗风致。入明顺命，表面上看来是身遇明主，但朱元璋的所

---

❶ （明）方孝孺《逊志斋集》卷二十三。

❷ （明）方孝孺《逊志斋集》卷二十四。

❸ （明）王祎《杂赋》其六，《王忠文集》卷一，文渊阁四库全书本。

❹ （明）王祎《王忠文集》卷五。

❺ （明）朱右《白云稿》卷四，文渊阁四库全书本。

作所为令他们心灰意冷，再加上淮西集团在政治上对他们的打压，其政治生存空间之险恶可想而知。在这种情况下，"他们反悔早先的选择，想放弃这位人君；但又欲罢不能，惟恐遭朱氏报复。他们只能身困朝廷，而心系乡园，寻求些许精神寄托，以示对政争的怨憎。这就形成深沉的望乡心态。"❶ 这种望乡心态的本质就是对山水田园生活的向往，对自由的向往。他们借助诗歌表达这种心态，则多受陶诗的影响，陶事陶典以及陶诗意象多出现于他们的诗歌中。同时，他们也多对陶诗做整体上的评价，显示了陶诗接受的多样性。

第六节　自是柴桑伦——吴中诗派陶诗接受

明初吴中诗派以高启、杨基、张羽和徐贲为代表，此四人被称为"吴中四杰"。该诗派形成于元至正年间，开始于"北郭结社"，延续至明初永乐年间。吴中派文人因处于元明鼎革之际，面对其时混乱的社会局面，自然而然地萌生了浓重的隐逸思想。他们在诗文创作中自然也就经常表现出对隐逸诗人之宗陶渊明的企慕与对渊明诗文的摹写，对陶公人品与诗品作了较为全面的接受。

一、吴中派文人的政治生态与隐逸心态

吴中历来山川清淑，人杰地灵，诗文创作亦渊源有自。朱彝尊曾说："汉之《五噫》，晋之《吴声十曲》，迨宋而益以《新歌三十六》，当时至为之语曰：'江南音，一唱直千金。'盖非列国之所能拟矣。汴宋南渡，莲社之集，《江湖》之编，传诵于士林。其后顾瑛、偶桓、徐庸所采，大半吴人之作。北郭十友、中吴四杰，以能诗雄视一世。降而徐迪功，颉颃于何、李，四皇甫藉其七子之前，海内之言诗者，于吴独盛焉。"❷ 此为清人观点。明代士人谈及吴中诗歌源

---

❶ 饶龙隼《元末明初浙东文人择主心态之变衍及思想根源》，《文学遗产》2008 年第 5 期。

❷ （清）朱彝尊《曝书亭集》卷三十八《张君诗序》，文渊阁四库全书本。

头，则多推重晚唐皮日休、陆龟蒙以及宋代范成大等人。弘治间文人张习曾说："吾吴之诗，自唐皮、陆唱和为一盛，再盛于元季。自王元俞、郑元佑、张伯雨、龚子敬、陈子平、宋子虚、钱翼之、陈敬初、顾仲瑛辈，各出所长，以追匹乎古者；继而张仲简、杜彦正、王止仲、杨孟载、高季迪、宋仲温、徐幼文、陈维寅、丁逊学、王汝器、释道衍辈附和而起，故极天下之盛，数诗之能，必指先屈于吴也。"❶ 张习此文对吴中诗歌的渊源作了较为全面的论述。其中，元末明初的杨基、高启、徐贲、释道衍等人对吴中诗歌贡献较大，尤其高启，后人许之为"明三百年诗人之首"❷。

明初吴中派诗人大多经历元明鼎革的过程。元末至正间，他们结社于吴城北郭，饮酒赋诗，互相唱和，于乱世中自放于江湖，追求逍遥自适。高启《娄江吟稿序》云："今天下崩离，征伐四出，可谓有事之时也……余生是时，实无其才，虽欲自奋，譬如人无坚车良马，而欲适千里之途，不亦难欤……若夫衡门茅屋之下，酒熟豕肥，从田夫野老相饮而醉，拊缶而歌之，亦足以适其适矣！"❸ 王行《跋东皋唱和卷》对结社具体情况描述较细："初，吴城文物，北郭为最盛。诸君子相与无虚日，凡论议笑谈，登览游适，以至于琴尊之晨，茗茗之夕，无不见诸笔墨间，盖卷帙既富矣。"❹

北郭结社的兴衰与吴城的实际统治者张士诚有较大关系。元至正十六年（1356）二月，张士诚占领平江，后又占有湖州、常州、松江等路。第二年，张氏降元，封太尉。吴中文士多集于此，饶介、高启、徐贲、张羽、余尧臣、唐肃等皆一时名士。吴中富庶和平的环境和张氏集团雅好文士的趣尚，再加上其时文士中兴元朝的心愿，促使了北郭诗社的形成。元至正二十三年（1363）九月，当张士诚自立为吴王时，文士们方看透士诚野心，他们中兴元朝的心愿

❶ （明）张习《静居集后志》，张羽《静居集》附录，《四部丛刊》三编，商务印书馆1936年版。

❷ （清）陈田《明诗纪事》甲签卷九，续修四库全书本。

❸ （明）高启《凫藻集》卷三，《高青丘集》，上海古籍出版社2013年版，第892-893页。

❹ （明）王行《半轩集》卷八，文渊阁四库书本。

随之破灭。于是，大多文士逐渐散去。四年之后，朱元璋攻陷吴城，众文士中，杨基、徐贲等被谪临濠，高启、张羽遁隐山林。后，徐贲放归，亦隐于蜀山。北郭诗社由此式微。

吴中派文人也有用世热情，他们有中兴元朝之愿望。但是，张士诚降元不久，旋即复叛，文士们的愿望落空，再加上张士诚所据吴城被朱元璋攻陷，他们赖以生存的政治环境和生活环境都已失去，于是，遁隐山林成为他们的主要选择。高启《送二贾君序》云：“夫麒麟、凤凰，天下之瑞物也。出必当国家之治，不治而出，非瑞矣。”❶ 并劝二君先隐居大野之外，不要急于出仕。高启曾名其室曰“槎轩”，作《槎轩记》以记之。文中有云：“槎虽寄于水，而无求于水。水虽能使槎，而无意于槎。其漂然而行，泊然而滞，随所遭水之势尔。”“若予，天地间一槎也。其行其止，往者既知之矣，来者吾何所计哉？亦安乎天而已矣。”❷ 把自己比作一浮木而已，表现了任性自然的品性。杨基也不甘尘俗，认为于国家混乱之际，隐居以善其身为正确之选择，表现了遗世独立之精神。杨基《耕渔轩说》假设与耕渔子的对话，指出：“羲农之耕渔，所以教天下；虞舜之耕渔，所以化天下；伊尹吕望之耕渔，所以待天下。教天下者立其极，化天下者变其俗，待天下者避其乱。是数圣人者，或以教民，或以善身，虽穷达不同，而皆有事于耕渔者也。”❸ 此种表达与儒家“穷者独善其身，达者兼善天下”❹ 之意相同。杨基认为于国家混乱之际，为了躲避战乱而隐居是无可厚非的。他说：“逃兵革，避乱祸，或耘于高，或钓于深，以待天下之清者，皆伊尹吕望之遗风也。”❺ 杨基自号眉庵，取意深刻。友人王行云：“今杨君号眉庵，是以无用自处也。”❻ 高启亦云：“盖众体皆有役，眉安于其上，虽无有

---

❶ （明）高启《凫藻集》卷二，《高青丘集》，第875页。

❷ （明）高启《凫藻集》卷一，《高青丘集》，第861页。

❸ （明）杨基著，杨世明、杨隽校点《眉庵集》附录，巴蜀书社2005年版，第367页。

❹ （清）焦循《孟子正义》，中华书局1987年版，第891页。

❺ （明）杨基《耕渔轩说》，杨基著，杨世明、杨隽校点《眉庵集》附录，第367页。

❻ （明）王行《眉喻》，《半轩集》卷一，文渊阁四库全书本。

为之事，而实瞻望之所趋焉，其有类乎君子者矣。"❶ 王、高二氏作为杨基好友，是深知其眉庵之命意的。所以，杨基也常高唱"富贵非我愿，文章非我能""贫贱何足恤，功名非可夸"❷，始终保持着独立的人格精神。于朝代鼎革、世事纷乱之际，张羽依然能够闹中取静，自号菁山静者，名室曰"静者居"。友人高启《静者居记》说其："抱廉退之节，慎出处之谊，虽逐逐焉群于众人，而进不躁忽，视世之挥霍变态倏往倏来者，若云烟之过目，漠然不足以动之，子谓其果非静者乎？"称其："人能静则无适而不静。"❸ 王行亦以隐逸为尚，曾作《隐居赋》❹曰："大道邈乎其寥阒兮，何斯世之多遭。始局蹐而错遻兮，卒纷纶而纠缠。肆浇风之弥竞兮，朴兹离而不完。懿夫人之孤矫兮，抗灵风而高骞。""甄雨风之可待兮，乃形躯之是休。""道可静悟而不可躁得兮，时可安而不可为。"王彝洪武初以布衣召修元史，史成当入翰林，以母老乞归养，筑归养堂，自号妫蜼子。高启为作《妫蜼子歌》有"不诘曲以媚俗，不偃蹇而凌尊"❺ 之评价。王彝思欲归隐，追求适然。《跋陶渊明临流赋诗图》："陶渊明临流必赋诗，见山则忘言。殆不可谓见山不赋诗，临流不忘言。又不可谓见山必忘言，临流必赋诗。盖其胸中似与天地同流，其见山临流，皆其偶然；赋诗忘言，亦其适然。"❻ 由此可见，吴中派文人大多不甘为尘世所羁，追求自适之生活，爱好山林之清净。

二、高启的陶诗接受

高启（1336—1374），字季迪，号青丘子，又号槎轩，吴县人。元末，天下大乱，张士诚据吴称王，淮南行省参知政事饶介守吴中，礼贤下士，闻启才名，

❶ （明）高启《跋眉庵记后》，《凫藻集》卷四，《高青丘集》，第 926 页。
❷ （明）杨基《庚戌元日立春试笔二首》，《眉庵集》卷五，第 121-122 页。
❸ （明）高启《静者居记》，《凫藻集》卷一，《高青丘集》，第 857 页。
❹ （明）王行《半轩集》卷一。
❺ （明）高启《高青丘集》卷十一，第 449 页。
❻ （明）王彝《王常宗集》卷三，文渊阁四库全书本。

邀为上宾，招为幕僚。不久，高启隐居于吴淞江畔的青丘，故自号青丘子，曾作有《青丘子歌》。洪武初，以荐参修《元史》，授翰林院国史编修官，受命教授诸王。擢户部右侍郎，不久即辞官归隐。归乡后，与苏州知府魏观交好，魏观在张士诚宫址改修府治，获罪被诛。高启曾为之作《上梁文》，有"龙蟠虎踞"四字，获罪连坐腰斩，年仅 39 岁。

高启一直都极为向往自由，不愿受官场束缚，早年于饶介处即因此离开。张士诚据吴为王，高启也与之保持着一定的距离。胡翰《缶鸣集序》云："方吴郡未入版籍，不幸为僭窃者据之，擅其利者十年矣。士于是时，孰不苟升斗之禄以自活鬻釜间，季迪日与之处，曾不浼焉，顾乃率其俦类，倡和乎山之厓水之涘，取世俗之所不好者而好之，含毫伸牍，吟声咿咿，及其得意，又自以为天下之乐举不足以易其乐焉。"❶ 其《青丘子歌》所言也蕴含了他对精神自由的追求与热爱。该诗有云：

> 青丘子，臞而清，本是五云阁下之仙卿。何年降谪在世间，向人不道姓与名。蹑屩厌远游，荷锄懒躬耕。有剑任锈涩，有书任纵横。不肯折腰为五斗米，不肯掉舌下七十城。但好觅诗句，自吟自酬赓。❷

诗人把自己的形象从嗜好、理想以及奇异的才能等各个方面做了较为全面的介绍。作者超然脱俗之人格理想与对精神自由的迷狂追求，使其视己为五云阁下之仙卿，绝然于世俗社会。"不肯折腰为五斗米，不肯掉舌下七十城"，表明了自己与外在世俗社会特别是官场的隔绝，旨在向陶渊明看齐，不为贫穷而损志。这就是高启最真实的心态，不论是元末的张氏政权还是明初的洪武政权，他始终保持着与统治者的疏离状态。所以，高启短暂的一生大多处于隐居状态，其诗歌也多言隐逸生活，特别是其五言古诗，颇得陶公之致。

---

❶ （明）胡翰《缶鸣集序》，见高启《高青丘集》附录，第 979 页。
❷ （明）高启《高青丘集》卷十一，第 433-434 页。

清人汪端《明三十家诗选·凡例》说高启"五言古得柴桑之真朴，辋川之雅淡"❶。当为知言。

高启五言古诗能得陶诗真朴特质，得自他"兼师众长，随事摹拟"的自觉学习态度。其《独庵集序》云："诗之要，有曰格、曰意、曰趣而已。格以辩其体，意以达其情，趣以臻其妙也。……夫自汉、魏、晋、唐而降，杜甫氏之外，诸作者各以所长名家，而不能相兼也。学者誉此诋彼，各师所嗜，譬犹行者埋轮一乡，而欲观九州之大，必无至矣。盖尝论之，渊明之善旷而不可以颂朝廷之光，长吉之工奇而不足以咏丘园之致，皆未得为全也。故必兼师众长，随事摹拟。待其时至心融，浑然自成，始可以名大方而免夫偏执之弊矣。"❷高启的这种深入全面的学习是成功的。友人谢徽说："始季迪之为诗，不务同流俗，直欲趋汉、魏以还及唐诸家作者之林，每一篇出，见者传诵，名隐隐起诸公间。"❸王彝也说："吾固观夫季迪之诗，而不敢以为季迪之诗，且以为汉、魏、晋、唐作者之诗也。"❹四库馆臣因袭王氏之说，言"启天才高逸，实据明一代诗人之上。其于诗，拟汉魏似汉魏，拟六朝似六朝，拟唐似唐，拟宋似宋，凡古人之所长，无不兼之，振元末纤秾缛丽之习，而返之于古，启实为有力"❺。

因强烈的隐逸情怀与长期的隐居生活，高启于所学前代诗人中，对陶渊明情有独钟，引为知己。"更拟长夏眠，风期结陶叟"❻，以渊明为同道，流露出对渊明的仰慕之情。高启既已引渊明为知己，那么，对陶诗也便会一往情深，以赋诗继陶公为己任。《因病不饮》一诗便言："从此便可止，赋诗继陶公。"❼此二句化用陶渊明《止酒诗》"始觉止为善，今朝真止矣"诗意。

---

❶ （明）高启《高青丘集》附录，第1034页。

❷ （明）高启《凫藻集》卷二，《高青丘集》，第885页。

❸ （明）谢徽《缶鸣集序》，见高启《高青丘集》附录，第982页。

❹ （明）王彝《高季迪诗集序》，见高启《高青丘集》附录，第982页。。

❺ （清）纪昀等《四库全书总目》卷一百六十九《大全集》提要，第2272-2273页。

❻ （明）高启《初开北窗晚酌》，《高青丘集》卷六，第241页。

❼ （明）高启《因病不饮》，《高青丘集》卷四，第171页。

渊明爱菊，高启随之。其《菊邻》云：

> 菊本君子花，幽姿可相亲。清秋发孤艳，似避东风尘。采采霜露余，繁英正鲜新。车马不过赏，相看但幽人。幽人苦爱菊，自是柴桑伦。闲园谁与语，丛栽四为邻。入径朝摘远，循篱暮观频。一壶每对酌，折花插盈巾。殊胜处俗里，歌呼醉遭嗔。❶

菊花在陶诗中已然成为高洁坚贞品性的象征，所以高启开篇就说"菊本君子花"，表现出作者对高洁品性的向往与坚守，也表现出对陶渊明的仰慕之情。"幽人苦爱菊，自是柴桑伦"，"幽人"是作者自指并把自己归为陶潜一类人。作者以菊为邻，对菊酌饮，折花插巾，此种生活超然出尘，也殊胜俗里。

高启《池上雁》诗云："野性不受畜，逍遥恋江渚。"❷高启明初入洪武朝与修《元史》，授翰林院国史编修官。今读其此时诗歌，能感觉到他与整个洪武政权的疏离。他的《咏隐逸十六首》就是借对古代隐士的向往而表达自己隐逸之情的，同时，也有对圣主拘束隐者的反感与质问。古之隐者，"雅志在隐居"，他们能够克服贫穷与寂寞，坚守清节与隐志。这在作者看来是极为正确而合意的选择，也是作者一生所追求的。《咏隐逸十六首》开篇咏汉代隐士向长：

> 子平谢累辟，雅志在隐居。家贫或有馈，取足反其余。读《易》深自悟，谓贱贵不如。敕言嫁娶毕，家事无关余。同好有禽生，肆意相与娱。茫茫五岳去，孰得回其车？❸

作者借咏古之隐士而抒发自己不能归隐之苦闷，以及身在官场的惊惧之感："鸾凤不隐羽，安能免置�],"（（《咏隐逸十六首·陈留父老》））作者自叹"嗟

❶ （明）高启《高青丘集》卷七，第277-278页。
❷ （明）高启《高青丘集》卷四，第151页。
❸ （明）高启《高青丘集》卷三，第114页。

我胡为在尘网，远望高峰若天壤"❶，一如陶公，他同样把官场看作是扼杀人天性的罥罜、尘网，他是海鸟、野马❷，野性难驯，怎能于此翱翔奔跑呢？《咏隐逸十六首》最终指向了自己渴望隐逸的内心，是其内心的省察与写照，与陶公《咏贫士》《咏二疏》《扇上画赞》诸诗有异曲同工之妙。陶公《咏贫士》组诗所咏亦全为古人，叹世无知己，追古之贫士为同道。《咏二疏》言二疏出而知返，与己之不出，其志一也。《扇上画赞》所咏荷蓧丈人、长沮、桀溺，也都是古之隐者。该诗结尾"翳翳衡门，洋洋泌流。曰琴曰书，顾盼有俦。饮河既足，自外皆休。缅怀千载，托契孤游"❸八句，可以看作陶公自己的写照。清人方宗诚《陶诗真诠》言："《扇上画赞》，盖渊明心所向往之人。"❹高启《咏隐逸十六首》组诗，无论写法、意义，还是诗风方面，都有陶诗痕迹。

洪武三年（1370）秋，当朱元璋擢其为户部右侍郎时，其力辞不就，获准归隐。高启不愿为官场所羁，一方面是因其野性难驯的独立个性，他曾高唱"我身本是江湖客，偶堕黄尘晓行役"❺。另一方面当是看透了朱氏政权的严苛。高启《我昔》一诗有"发言恐有忤，蹈足虑近危"二句，表达出身在官场如履薄冰之感。高启获赐白金放还，重获自由，作有《江上看花》一诗：

> 两年京师不见花，青衫白马驱尘沙。今年江边偶无事，狂醉烂漫寻春华。游蜂飞蝶日妍暖，红紫正发纷交加。穿蹊每入邻媪圃，叩门或到山僧家。渐老都无少年乐，底用箫鼓随行车。攀条绕树对吟咏，不忍归去至日斜。花应得我相慰赏，似笑欲舞争矜夸。我如无花亦寂寞，闭户有酒谁能赊？夜来茅屋卧闻雨，晓起走看成咨嗟。飘英堕萼不可缀，余

---

❶（明）高启《赠金华隐者》，《高青丘集》卷十一，第445页。

❷（明）高启《喜家人至京》诗："海鸟那知享钟鼓，野马终惧遭笼羁。"《高青丘集》卷九，第390页。

❸（晋）陶渊明著，逯钦立校注《陶渊明集》，中华书局1979年版，第177页。

❹北京大学中文系编《陶渊明诗文汇评》，中华书局1961年版，第371页。

❺（明）高启《晓出城东门闻橹声》，《高青丘集》卷十，第396-397页。

艳只似销残霞。明知春色不久住，岂料便去难留遮。野莺啼罢一回首，恨与芳草盈天涯。❶

作者重获自由身，结束"两年京师不见花"的拘束生活，于春日游蜂飞蝶、红紫正发的美好景色中，入邻媪圃，叩山僧家，攀条绕树，不忍归去。这种从内心深处生发出的快乐，也只有真正亲身经历者方能体会，与渊明辞官"乃瞻衡宇，载欣载奔"（《归去来兮辞》）之喜悦有异曲同工之妙。

渊明归隐，作有《归园田居五首》，高启仿之，作《始归田园二首》，其一云：

> 辞秩还故里，永言遂遐心。岂欲事高骞，居崇自难任。清晨问田庐，荒蹊尚能寻。秋虫语左右，翳翳桑麻深。别来几何时，旧竹已成林。父老喜我归，携榼来共斟。闻知天子圣，欢然散颜襟。相期毕租税，岁暮同讴吟。❷

该诗与渊明《归园田居五首》一样，都写归隐田园，皆表达对田园生活的热爱以及与父老邻居的和睦。但是，从高、陶所处的政治环境的不同可以看出，高启虽然表达了归隐的快乐，但也表达了因隐居而对圣上皇恩的忧惧，以致告诫朋友"相逢勿称隐，不是东陵侯"（《始归田园二首》其二），洪武政治之严苛于此可见一斑。陶公归隐，却是彻底的归隐，他在诗中能够畅快地表达老死牖下、得安正命之真实心情。"一世异朝市，此语真不虚"（《归园田居》其四）；"欢来苦夕短，已复至天旭"（《归园田居》其五）等，确与"相逢勿称隐，不是东陵侯"诗意迥异。虽然如此，高启还是在诗中描绘了他所向往的隐居生活，对乡间生活的描写与陶诗并无二致，皆采用白描的手法，以质朴的语言，流露出浓郁的农村生活气息，表现出作者的恬然淡泊心境与隐逸生活图景。

高启《出郊抵东屯五首》❸是一组从诗意到诗风都十分接近陶诗的作品：

---

❶ （明）高启《高青丘集》卷八，第 315 页。
❷ （明）高启《高青丘集》卷七，第 292 页。
❸ （明）高启《高青丘集》卷三，第 141-142 页。

> 我本东皋氓，偶往住州城。兹来卧农舍，顿惬田野情。如鱼反故渊，
> 悠然乐其生。临去谢主媪，重来自藜羹。我非催租吏，叩门勿相惊。（其三）
> 坐久体不适，卷书出柴关。临流偶西望，正见秦余山。野净寒木疏，
> 川长暝禽还。此中忽有得，怡然散襟颜。遂同樵牧归，歌笑落日间。（其五）

作者朝服久解，躬耕田园，重获自由，"如鱼反故渊，悠然乐其生"。作者
自言万钟难称，只有归隐田园，甘与野人相狎。第五首中的"此中忽有得，怡
然散襟颜"二句确与渊明"此中有真意，欲辨已忘言"（《饮酒》其五）神似。"遂
同樵牧归，歌笑落日间"的旷达与田园之乐也直追陶公。

高启对个体生命意识的重视也一如陶公。《寓感》其八云：

> 志士徇功业，贪夫诧轻肥。亦有逃群子，矫矫与时违。彼此更共笑，
> 不知谁是非？达人体自然，出处两忘机。浮云游天表，舒卷有余辉。❶

作者对志士、贪夫及逃群子都予以否定，唯独肯定"达人"，因为也只有
"达人"能体自然、两忘机。他们表现出对生命的重视，有强烈的生命意识。
该组诗第十七首具体描写达人："达人贵全生，外物等秋草。顾此七尺躯，即
为万金宝。"❷ 由此可见高启心态之超然。"人生处宇内，行止无定依"，人生宇
宙中，行止没有一定的规定性，应当怎么做才是正确的呢？作者接着做出回答：
"唯当乘大化，逍遥随所归。"这是陶公的答案："聊乘化以归尽，乐夫天命复
奚疑。"（《归去来兮辞》）高启这种超然心态不只是对传统儒家思想的消解，
亦是对其时严苛的政治环境的否定与疏离，同时也表现出对个体生命的珍视
与尊重。作者心态如此，其自视亦如此。作于洪武六年的《槎轩记》一文说：
"若予，天地间一槎也。其行其止，往者既知之矣，来者吾何所计哉？亦安乎

---

❶ （明）高启《高青丘集》卷三，第109页。
❷ （明）高启《高青丘集》卷三，第112页。

天而已矣。"❶ 作者自视为一浮木，安于天而已。

高启学习陶诗是多方面的。陶渊明有《咏三良》《咏荆轲》等展现其豪放一面的诗歌，高启亦有同题之作：

> 殉葬古所禁，秦国固戎风。穆公临弃朝，要此三臣从。三臣百夫良，不与亲昵同。一旦使俱毙，无人国将空。捐生岂不难，忠义感素衷。长恐先朝露，无由奉君终。遗命凛在耳，焉能惜微躯。但惧嗣主孤，谁当共成功？高坟荆棘间，玄云闭幽宫。壮魄同此归，冥冥路安通。国人痛莫赎，洒泪呼彼穹。伤哉《黄鸟》诗，流衰竟无穷！（《咏三良》）❷

> 劫盟非义举，曹沫已可羞。燕丹一何愚，区区祖遗谋。千金养荆卿，誓将报强仇。奉图使入关，心知绝回辀。宾客尽白衣，相送易水头。酒酣涕难落，筑声和悲讴。猛气激苍旻，长虹为西流。行行造秦庭，陛戟卫甚周。临机失始图，利锋竟虚投。豪主一按剑，社稷倏已丘。先王礼乐生，破齐震诸侯。苟能得此贤，伯业犹可修。胡为任轻易，自趣亡灭忧。徒令后世人，叹惋余千秋。（《咏荆轲》）❸

陶渊明《咏三良》为三良之死而悲愤伤感，同时也为他们的忠情而遗憾不已。高启该诗与陶诗意同，"流衰竟无穷"一语非常真切地表达了其真实情感。陶公《咏荆轲》一诗，历来被认为是刘裕篡晋后渊明思欲报仇之作。袁行霈先生认为只是陶公读《史记·刺客列传》以及王粲咏荆轲诗，有感而作，并非有前人报仇说之意。但也可看出渊明的豪放来。❹ 高启《咏荆轲》也一如渊明之豪放，同时，也对荆轲"任轻易""自趣亡"之鲁莽行为叹惋不已。

---

❶ （明）高启《凫藻集》卷一，《高青丘集》，第 861 页。

❷ （明）高启《高青丘集》卷四，第 165 页。

❸ （明）高启《高青丘集》卷四，第 165–166 页。

❹ 袁行霈《陶渊明集笺注》卷四，中华书局 2003 年版，第 392–393 页。

三、杨基、徐贲、张羽对陶诗的接受

吴中派除高启外，杨基、徐贲、张羽等人隐逸思想也较为浓重，其诗宗陶倾向虽没有高启明显，但也在诗歌创作中化用陶事、陶典，有些诗歌也能表现出陶诗的平淡朴实特质。

杨基，字孟载，号眉庵。先世蜀之嘉州（今四川乐山），生于吴中（今江苏苏州）。元末，曾入张士诚幕。明初为荥阳知县，累官至山西按察副使，后被谗夺职，供役卒于工所。

史载，杨基少时曾著《论鉴》十万余言，又于杨维桢席上赋《铁笛》诗，为维桢所激赏，遂扬名吴中，与高启、张羽、徐贲为诗友，时人称为"吴中四杰"。由此可见，杨基不仅才华横溢，而且亦胸怀大志，但生不逢时，处于元明鼎革之际，身为汉人，不为元廷所重，入明又遇凶残之暴君，遭徙临濠，仕途蹭蹬。世事如此，遂自号"眉庵"，作无用之用，勘透功名贵贱，视富贵如浮云，思欲归去，与云松相娱，直至终老。其《渔樵问话图》言："世上功名贱如土，何须了了文兼武。"●《寄诸葛同知彦飞》一诗对隐居生活做了较为详细的描绘："白发慵梳步屧迟，老于田野最相宜。每当酒熟花开日，正值身闲客到时。"洪武龙兴，杨基始谪临濠，开启其十余年极为坎坷的仕宦生涯，饱经忧患而欲思远离之，其"他年得遂归田计，多种墙阴十亩桑"（《寄题水西草堂》）、"得遂归田计，殊恩感圣朝"（《沙河舟中》）、"他时解绶归故里，相期结屋吴江皋"（《忆昔行赠杨仲亨》）等诗句，无不表现其强烈的归隐之心。

杨基诗歌创作虽没有表现出如高启那样宗陶的痕迹，但因其坎坷的一生以及多年的隐居生活，使得其诗歌多有隐逸之趣。杨基隐居，痛饮渊明酒，采采东篱菊，在紫桃红杏中，白发慵梳，步屧迟迟，颇显隐士之风。观其《并州对雪》《鹅翎菊》等诗，可以看出他对渊明隐逸生活的向往：

● （明）杨基著，杨世明、杨隽校点《眉庵集》卷五，巴蜀书社2005年版，第115页。本节引杨基诗文皆出此本，不再注。

春风雪花大如手，匼匝襕襫扑窗牖。入水消融鸭绿醅，随莺点缀鹅黄柳。人谁能来剡溪棹？我独痛饮渊明酒。白发沙头罢钓翁，睡觉蓑衣频抖擞。（《并州对雪》）

曾随沤鹭浴沧浪，又对芙蓉试浅妆。露冷有香栖晚圃，月明无梦到寒塘。绿波春草当时雨，黄叶秋风此夜霜。莫道渊明最怜惜，右军应为写千行。（《鹅翎菊》）

陶公饮酒、爱菊等隐逸行为一再出现在其诗中，颇能看出他平日对陶诗的喜爱。《自题宜秋轩》为其去官后于秦淮附近结小轩自适所咏之作，诗云：

我轩南山下，绿水围绕之。四时非不佳，独与秋最宜。秋风入我轩，便觉景物奇。红树照西崦，黄花满东篱。夜深明月来，荡漾轩东池。池光与月色，上下相逶迤。我时坐轩中，浊酒聊自持。微饮不及醉，陶然咏陶诗。人言秋可伤，我觉秋可怡。至洁如屈平，至清如伯夷，爱彼洁与清，竟忘摇落悲。斯意独领会，但恐秋风知。

作者于宜秋轩中，看西照红树，东篱黄花，于池光月色逶迤之中，自持浊酒，欣咏陶诗，顿觉秋怡。《送吴居易》一诗亦云："着我茅茨一二间，悠然醉把东篱菊。"作者不耐宦途，心往岩壑，病居江宁，直把笠泽作彭泽，定拟金川是辋川，表现了对陶渊明、王维等隐居生活的神往。《寓江宁村居病起写怀十首》（其七）：

醉舞狂歌四十年，老来参得一乘禅。东风未湿墙腰雪，细雨微添石眼泉。无数白鸥闲似我，一江春水碧于天。莫言笠泽非彭泽，定拟金川是辋川。

不言自己闲似白鸥，反言无数白鸥闲似己。作者醉舞狂歌四十年，追求的仍然是渊明之于彭泽、王维之于辋川的隐逸生活。其言"富贵非吾愿，文章非我能"，盖非虚言！

高启五言古宗陶倾向明显。朱彝尊摘杨基诗语类词者至数十联，评之为"绝妙好辞"后，转而谓其"五言古诗，足与季迪方驾"❶，独推重其五言古体，足以与高启并驾齐驱。沈德潜等编《明诗别裁集》录杨基《岳阳楼》，推之为"五言射雕手"，❷也推重其五言古诗。今综观杨基五言古，虽难说都有高启五言古之质朴风格，然《自题宜秋轩》等诗亦不减高诗风味。杨基对陶诗的宗尚与模习盖是其诗质朴风格的主要因素。

张羽，字来仪，后以字行，更字附凤。本浔阳人，侨居吴兴，隐居戴山。元末领乡荐为安定书院山长，再徙于吴。洪武初，征授太常寺丞，寻坐事窜岭南，未半道，召还。羽自知不免，洪武十八年（1385）投龙江死。

张羽喜静，自号菁山静者，名其室曰"静者居"。友人高启与王行都曾作有《静者居记》，前者言其"抱廉退之节，慎出处之谊，虽逐逐群于众人，而进不燥忽"❸；后者说其"沉厚冲默"、"无欲故静"❹。高启另有《春日怀十友诗》描绘张羽："端居养恬素，独咏圣人篇。夕景临池酌，春寒掩阁眠。芳药初翻雨，新筱稍披烟。累日亏幽访，惭余尘务牵。"❺在高启眼中，张羽是一位在混乱的社会中保持着独立气节和人格的隐者，咏圣贤书，酌隐者酒，远离纷乱的尘世。张羽《杂言》（其十一）有云："抱拙衡门下，久已忘鸣琴……吾亦忘吾耳，何事有声音。"❻言己"抱拙""忘耳（形）"，一派隐士风范。

自视为隐士的张羽对隐逸之宗的陶渊明亦极为仰慕，曾作《陶靖节赞》曰：

彭泽秋风，弦歌徒劳。盍归乎来，田园蓬蒿。寄傲南窗，展啸东皋。

---

❶　（清）朱彝尊《静志居诗话》卷三，人民文学出版社1990年版，第66页。

❷　（清）沈德潜、周准编《明诗别裁集》卷一，上海古籍出版社1979年版，第24页。

❸　（明）高启《凫藻集》卷一，《高青丘集》第857页。

❹　（明）王行《半轩集》卷三，文渊阁四库全书本。

❺　（明）高启《高青丘集》卷三，第135页。

❻　（明）张羽《静居集》卷一，文渊阁四库全书本。

挂酒寒柯，浊酒自陶。我非遗世，世不我遭。荆卿之咏，微见其豪。谁疵闲情，鄙哉儿曹。我怀若人，云汉之高。❶

此赞高度概括了陶渊明的隐逸生活及诗文，指出渊明《咏荆轲》的豪放，讽刺了嘲笑渊明《闲情赋》之人，认为陶公无论诗品还是人品都高若云汉。由此可见张羽对陶公人品与诗文的喜爱。张羽又曾作《题渊明白衣送酒图》，诗云："几回笑把菊花枝，遥望南山自咏诗。不值白衣人送酒，岂堪怀抱独醒时。"❷此诗用《宋书》《南史》"隐逸传"所载"白衣送酒"的故事，将陶渊明对菊、酒的喜爱与适然心境全然揭出，也暗涵着诗人自己对淡泊生活的追求。张羽有《刘伶谢安陶潜王羲之像》一诗，其中写陶潜云"五儿长大翟妻贤，解绶归来只醉眠。篱下黄花门外柳，秋光不似义熙前。"❸亦表达了对陶公隐居生活的向往。

徐贲（1335—1379），字幼文，其先蜀人，后徙常州，再徙平江。元末张士诚辟为属官，不久辞去，与张羽俱避居湖州之蜀山。朱元璋平吴，被谪临濠。放归后再隐蜀山。洪武七年（1374）被荐至京，授给事中，历官至河南左布政使，会征洮岷兵过其境，坐犒劳不时，下狱死。

徐贲不喜元末动乱，隐士情怀颇重。赋《蜀山》曰："喧嚣厌已久，闲居喜兹遂""溪山故可娱，风雨亦足庇。"❹诗人能够勘透富贵名禄，祈念康乐，其《答张来仪嘉予见过之作》云："荣贵岂衷慕，所蕲乐时康。"❺向往陶公归隐田园，作有《归去来辞》画卷，顾起元评曰："幼文独兼工点染，为无声之诗，其风格尤可慕向也。此图十六帧，烟峦水石，玄澹高逸，多王晋卿、米元章、

---

❶ （明）张羽《张来仪文集》，见吴文治主编《明诗话全编》（第 1 册），凤凰出版社 1997 年版，第250 页。

❷ （明）张羽《静居集》卷四。

❸ （明）张羽《静居集》卷四。

❹ （明）徐贲《北郭集》卷二，文渊阁四库全书本。

❺ （明）徐贲《北郭集》卷二。

倪元镇之风。"❶徐贲工画，亦以诗题画，《题画》三首❷：

> 岞鸟鸣孤影，汀苹淡素香。晓来江上树，叶叶是新霜。（其一）
> 隔浦秋鸿小，当江夕照空。扁舟不觉重，却载荻花风。（其二）
> 路入桃源近，门藏竹户深。孤云同隐迹，老鹤识闲心。（其三）

三诗皆疏宕高旷且又淡而有味，路入桃源，门藏竹户，幽境自出。

四、小结

在元末明初的动乱中，吴中派文人虽有高涨的用世热情，但面对张氏集团的"羡中道而改路"，他们大多选择归隐山林。洪武龙兴之际，本是吴中文人大显身手之时，但朱元璋这样一位强主所设定的严苛政治环境，又与他们独立拔俗的精神相左。因此，吴中文人在明初大多显示出较重的隐逸心态。他们希望远离混乱的社会、政治生活，远离朱氏政权的残忍暴戾，寻找一方安静的田园，与朋友诗酒唱和，追求一种适意的生活。他们在元末形成的屏伏山林的做法以及隐居避乱的心态，并没有因为新王朝的建立而有所改变。无论是在元末还是明初，他们皆自视颇高，幻想着能如陶渊明一样，采采东篱菊，痛饮渊明酒，表现出浓厚的隐逸意识。因此，以高启为首的吴中四杰对陶渊明的隐士精神都表现出浓烈的兴趣，"幽人苦爱菊，自是柴桑伦"（高启《菊邻》）、"我怀若人，云汉之高"（张羽《陶靖节赞》）。吴中四杰的诗歌创作也多用陶诗意象、颇具陶诗风味，前引清人汪端谓高启"五言古得柴桑之真朴"亦可移评其他三人。清初费经虞《雅伦》卷二《体调》论中国诗歌发展史中出现的各种体调，有"四大家体"，费氏注云："明初杨基、高启、张羽、徐贲之诗。"同时，费氏引王子克评高启诗云"隽逸而清丽……不假雕饰，倏然尘外"，引谢

---

❶（清）孙岳颁等撰《御定佩文斋书画谱》卷八十六《历代名人画跋六》，文渊阁四库全书本。
❷（明）徐贲《北郭集》卷八。

徽评高启诗云"体制雅醇""思致清远",引程嘉燧评张羽诗云"张来仪五言古诗,学杜学韦,各有神理"❶。张羽学韦,由韦应物上溯便是学陶。李圣华认为"'四大家体'不只指四杰诗,故可称'吴中体'。"进而指出,吴中体"与元明诸体相比,其尚才、尚意、尚趣,独特处在于讲求各、意、趣浑成,呈现出深情自然、风神隽逸的风貌"❷。这种诗歌风貌的形成与吴中文人提倡兼采汉、魏、晋、唐的诗学路径有较大关系。陶渊明作为魏晋诗坛上的代表诗人,对吴中体的形成当有较大的影响,深入探讨明初吴中派对陶诗的接受,能够从此角度了解明初吴中派士人的心态和诗歌创作倾向。

第七节　元末明初五诗派陶诗接受的诗学基础

元末明初五诗派成员对陶诗的喜爱与接受,与他们所生活的时代密切相关,元末明初的社会政治氛围是他们陶诗接受的社会性基础。朱立元先生说:"文学的接受虽以个体阅读的方式进行,但从阅读活动的主客观双方而言,又都是具有社会性的。……文学接受实质上是一种社会性的认识活动,阅读中形成的审美认识归根结底也是一种社会性的认识。"❸明初五诗派成员对陶诗的接受,除了这种对社会趋同的认识原因之外,还与他们的诗学思想有紧密的关系。五诗派主要成员都重视诗歌的抒情性,强调"诗缘情"之功用,追求平淡自然之诗风,成为此时期诗学思想的一个重要方面。

越中派宋濂虽强调诗发乎情止乎礼义,但也承认并重视诗歌的抒情功能。他说:"诗乃吟咏性情之具,而所谓风、雅、颂者,皆出于吾之一心,特因事感触而成,非智力之所能增损也。古之人其初虽有所沿袭,末复自成一家言,

---

❶ （清）费经虞《雅伦》（卷二）,周维德集校《全明诗话》本,齐鲁书社 2005 年版,第 4489-4490 页。

❷ 李圣华《初明诗歌研究》,中华书局 2012 年版,第 90 页。

❸ 朱立元《接受美学导论》,安徽教育出版社 2004 年版,第 235 页。

又岂规规然必于相师者？"❶此观点与陆机《文赋》"诗缘情"说相似。由此可见，宋濂诗论在一定程度上偏离了"诗言志"的轨道。在《刘兵部诗集序》中，宋濂直接说："诗缘情而托于物者也"，强调诗歌应发挥诗人"性灵"❷。所有这些都表明了宋濂有尊情尚趣的诗学倾向，因此，他能充分认识到陶诗的"高情远韵"，在诗歌创作中较多接受陶诗的影响。

江右派干将陈谟，论为人与作诗皆主张自然真率。陈谟《真率论》强调君子为道，"或出或处，或默或语，从吾天性之自然，安吾素履之坦然，如是而已。"❸此为论为人之自然，诗论主自然方面，他说：

> 诗道如花果，谓其天葩纷敷，必贵乎有实也。诗兴如江山，谓其波涛动荡，冈峦起伏，毕陈乎吾前，然后肆而出之也，必贵乎有实，则绮丽奢靡者举不足矜。必肆而后出之，则搜抉肝肠者，皆非自然也，此诗之至也。❹

陈谟在此喻诗道为花果，喻诗兴如江山，主张"贵乎有实"。这样的诗歌才会"不浮不淡，有颂有规"，才会接近于自然的状态。

闽中派先驱张以宁论诗追求"气完趣诣"，倡言性情。其《李子明举诗集序》一文有云："诗者，性情之发也。"❺《草堂诗集序》又说："声由人心生，协于音而最精者为诗，缙绅于台阁而诗者，其神腴其气缛。布韦于草泽而诗者，其神槁其气凉。"❻此论言明，性情不同者，发之于诗也不尽相同，台阁诗人神腴而气缛，草泽诗人则神槁而气凉。诗人虽有差异，但都应追求"气完趣诣"的境界。他在《刘可与纪行诗序》一文中直接提出："诗与画相类，在乎气之完、

---

❶（明）宋濂《答章秀才论诗书》，《文宪集》卷二十八。

❷（明）宋濂《文宪集》卷六。

❸ 钱伯城等主编《全明文》（第 2 册），上海古籍出版社 1994 年版，第 525 页。

❹（明）陈谟《缙云应仲张西溪诗集序》，钱伯城等主编《全明文》（第 2 册），第 578 页。

❺（明）张以宁《翠屏集》卷三，文渊阁四库全书本。

❻（明）张以宁《翠屏集》卷三。

趣之诣。"❶ 怎样才能达到这种境界呢？张氏认为，首先诗人能入"妙悟"之境，心手之间之诗趣，应是浑然而得的，而非摹拟摽掠而来的。其《山林小景诗序》一文于此论述较详：

> 夫为诗者非模拟摽掠以为似也，非琢雕剞劂以为工也，非切摩声病组织纤巧以为密且丽也。必也涣然而悟，浑然而来，趣得于心手之间而神溢于札翰之外，是则诗之善也。❷

张氏所谓"诗之善"者，亦即其所谓"气之完、趣之诣"之境也。此种境界不易达到。《钓鱼轩诗集序》论述学李、杜者，"闯其藩篱者，只见其不同。而窥其阃奥，则谓其气格浑完，骨肉匀称，浩浩乎若元气塊扎，充两间，周万汇，而厚且重者，适两相埒。"❸ 由此可见，即使模仿学习李、杜也不能浮于表层，而要窥其阃奥，要"妙悟"，只有这样才能习得李、杜气格浑完、骨肉匀称之诗风。张以宁认为，做到"气完趣诣"，要求诗人保持"心纯"，只有"心纯"，才能做到性情之正，才能写出好诗。他说："其心纯，则其性情正。其性情正，则其发于诗也，不质以俚，不靡以华，渊乎其厚以醇。"❹ 从以宁的诗论中我们可以清晰地看出，其"气完趣诣"之追求，也应该包括他对淡雅诗风的推崇和对富贵鄙俗诗风的厌弃。其《论诗》一诗云："富贵辞夸奈俗何，清虚趣胜亦诗魔。白云瑶草红尘外，终胜黄莺绿柳多"。❺ 摒弃鄙俗，追求清虚之趣一直是他的诗学追求。四库馆臣评其诗云："五言古体意境清逸"❻，洵为的评。这都是他诗学追求所带来的结果。在此种诗论影响下，张以宁对陶诗的自然清逸独有领悟，于诗歌创作中多学习陶诗也是顺其自然的事情。

---

❶ （明）张以宁《翠屏集》卷三。
❷ （明）张以宁《翠屏集》卷三。
❸ （明）张以宁《翠屏集》卷三。
❹ （明）张以宁《李子明举诗集序》，《翠屏集》卷三。
❺ （明）张以宁《翠屏集》卷二。
❻ （清）纪昀等《四库全书总目》卷一百六十九《海桑集》提要，第2264页。

　　张以宁之后林鸿、高棅等人虽然提倡诗宗盛唐声律之美，但也不忘澹雅神秀之风。高棅《唐诗品汇·凡例》引林鸿论开元天宝间诗即以"神秀""声律"并举。而且，与洪武政权的逐渐疏离，也使得他们他们的诗歌创作走向山水田园一途，诗歌多澹雅清幽、平淡自然之风。陶渊明所开创的田园诗备受他们的喜爱，也是理所当然的事情。

　　以高启为首的吴中派论诗也主张自然。北郭十子之一的王行曾说："盖工非诗之所必取，而拙非诗之所必弃。工而矜庄，是未免夫刻画；拙而浑朴，是不失其自然也。苟弃其拙而取其工，则是遗自然而尚刻画，岂足与言温柔敦厚之教也哉。"❶主张诗歌不应弃其拙而取其工，诗歌拙而浑朴是不失自然之表现。高启五言古诗能得陶诗真朴特质，也与其诗学思想讲究格、意、趣的结合有关。"格以辨其体，意以达其情，趣以臻其妙也。"❷兼师众长，随事摹拟，方可时至心融，浑然自成。

　　总之，明初五诗派诗学蕴含着重视抒情、追求自然、讲究诗趣的思想，加之各诗派成员与洪武政权的疏离，使得他们向往山林田园的隐逸生活。虽有不能实至者也心向往之。所有这些因素，都促发了明初五诗派成员对陶诗的喜爱与接受。他们运用陶诗隐逸符号、追求自然平淡诗风，甚而追和、模拟陶诗，都在一定程度上表现出宗陶倾向。

---

❶　（明）王行《唐律选诗序》，《半轩集》卷六，文渊阁四库全书本。
❷　（明）高启《凫藻集》卷二，《高青丘集》第885页。

第二章　永乐至弘治中期诗学思想
与陶诗批评

　　本章主要论述明代永乐至弘治中期陶诗接受与批评的情况。此时期台阁体诗歌受陶诗影响较大，他们虽以理学思想评价陶渊明其人，但他们的诗歌创作尤其是他们平淡的诗风，颇受陶诗影响。陈献章对陶诗的接受也较为明显，杨慎在《升庵诗话》中说"白沙之诗，五言冲淡，有陶靖节遗意，然赏者少"❶，即指出了陈献章诗歌与陶诗的关系。陈献章及其门生有强烈的隐逸意识，其诗也多显陶诗风致。以李东阳为首的茶陵派成员大都是较为清醒的政治家，面对明前期内忧外患所造成的社会混乱以及理学思潮式微的局面，他们越来越倾向于向山水田园寻找自己的精神避风港。作为"古今隐逸诗人之宗"的陶渊明，自然成了他们所喜爱并模仿的对象。茶陵派批评诗歌的俗化与理化，讲求诗歌真情，使他们把诗歌从明初理学思想的统治下解救出来，恢复了古典诗歌的审美特征。他们否定了台阁诗人从理学角度批评陶诗的做法，对陶诗的审美特征有了深入的把握，使陶诗批评逐渐脱离理学思想阴影的笼罩，重新走向诗学正路。

---

❶　（明）杨慎《升庵诗话》卷七，丁福保辑《历代诗话续编》本，中华书局 2006 年版，第 779 页。

第一节　明代前期台阁诗风与陶诗批评

建文四年（1402）十一月，燕王朱棣夺取了他的侄儿建文帝朱允炆的帝位，历史开始进入永乐王朝。文学史上通常所说的台阁体文学，虽可上溯至宋濂及其门生方孝孺等人，❶但成熟与极盛时期当属永乐朝，并延续至正统年间，其后虽还有台阁体文学观念的言论，已不甚著，属台阁体消退期。朱棣立朝，即命解缙、黄淮人直内阁，后又选杨士奇、杨荣、金幼孜、胡俨、胡广入阁。台阁体文学的代表人物就是这些首入内阁的大臣。除了上述七人，朱棣又于永乐二年（1404）录取第一批472名进士，第二年（1405）从中选取曾棨、王直、王英、周述、李时勉等28人入阁读书，他们也成为台阁体文学的主要代表人物。他们大多秉承并宣传程朱理学思想，以之为王朝政教服务，传圣贤之道，鸣国家之盛，颂君主功德，多为治世之音。台阁体诗风多温厚平和，"性情之正"的观念深入人心。在这种文化环境及正统思想的影响下，台阁大臣们对陶诗的接受与评价也大多受理学思想的影响。他们将陶渊明归隐田园的真实隐逸心态理解成对前朝的忠贞，认为陶诗的平淡自然诗风也是由"性情之正"观念所致。这些都是对陶渊明及其诗歌的误读。不过，陶诗的平淡风格对台阁体诗风的形成确有较大影响。

一、台阁体诗人陶诗接受与批评的理学影响

关于陶渊明思想归属的问题，历来争论不休。最早将渊明视为儒家之士的当为萧统，他在《陶渊明集序》中称陶公："贞志不休，安道苦节，不以躬耕为耻，不以无财为病，自非大贤笃志，与道污隆，孰能如此者乎！"❷萧氏眼中的陶渊

---

❶ 因此，本书所论台阁体文人，有些上溯至洪武、建文时期。

❷ （梁）萧统《陶渊明集序》,（清）严可均辑《全梁文》卷二十一，商务印书馆1999年版，第221页。

明形象俨然一位儒士。南宋著名理学家陆九渊也曾疾呼"渊明有志于吾道"❶。这可看作将渊明思想理学化的最早表述。其后的真德秀针对朱熹"渊明所说者庄老"❷的观念，极力批评之，他在《跋黄瀛甫拟陶诗》一文中说：

> 予闻近世之评诗者曰："渊明之辞甚高，而其指则出于庄、老；康节之辞若卑，而其指则原于六经。"以余观之，渊明之学，正自经术中来。故形之于诗，有不可掩。《荣木》之忧，逝川之叹也；《贫士》之咏，箪瓢之乐也。《饮酒》末章有曰："羲农去我久，举世少复真。汲汲鲁中叟，弥缝使其淳。"渊明之智及此，是岂玄虚之士所可望邪？❸

真德秀在此文中，明确提出"渊明之学，正自经术中来"的观点。由此，他将陶诗之旨上溯至《三百篇》，直接《诗经》温柔敦厚之旨。他说："渊明之作宜自为一编，以附于《三百篇》《楚辞》之后，为诗之根本准则。"❹后世沿此理路论陶者大有人在。元人倪瓒《谢仲野诗序》云："《诗》亡而为《骚》，至汉为五言，吟咏得性情之正者，其惟渊明乎？韦、柳冲淡萧散，皆得陶之旨趣，下此则王摩诘矣。"❺倪瓒认为陶诗得性情之正，而性情之正正是理学家们竭力提倡的观念。因此，倪氏将得陶诗旨趣的韦、柳置于王维、李白、杜甫、韩愈之上。

明初，理学蒸蒸日上。明初台阁馆臣大都以儒士面目示人。《明史·儒林传序》曰："原夫明初诸儒，皆朱子门人之支流余裔，师承有自，矩矱秩然。"❻今人杨东莼先生也说："明初诸儒，如正学方孝孺、月川曹端、敬轩薛瑄、康

---

❶（宋）陆九渊《象山全集》卷三十四，《四部丛刊》本。
❷（宋）黎靖德《朱子语类》卷一百三十六，文渊阁四库全书本。
❸（宋）真德秀《西山文集》卷三十六，文渊阁四库全书本。
❹ 北京大学、北京师范大学中文系编《古典文学资料汇编·陶渊明卷》（上编），中华书局 1961 年版，第 104 页。
❺（元）倪瓒《清閟阁全集》卷十，文渊阁四库全书本。
❻（清）张廷玉等《明史》卷二百八十二，第 7222 页。

斋吴与弼、敬斋胡居仁，都笃守宋儒矩镬，至白沙出，始别树一帜，而为阳明的先驱。"❶ 明人陶望龄甚至说："我朝别无一事，可与唐、宋人争衡，所可跨跱其上者，惟此种学问，出于儒绅中，为尤奇伟耳。"❷

理学强调纲常伦理的神圣性，强调等级秩序的不可逾越性，给予统治者以强大的支撑，故而深得统治者的喜爱。另外，在理学取得官学地位的过程中，众多的馆阁大臣也起到了不可忽视的作用。洪武年间，大学士解缙"见陛下好观《说苑》《韵府》杂书与所谓《道德经》、《心经》者，臣窃谓甚非所宜也。《说苑》出于刘向，多战国纵横之论。《韵府》出元之阴氏，抄辑秽芜，略无可采"，所以建议，"陛下若喜其便于检阅，则愿集一二志士儒英，臣请得执笔随其后，上溯唐、虞、夏、商、周、孔，下及关、闽、濂、洛，根实精明，随事类别，勒成一经，上接经史，岂非太平制作之一端欤？"❸ 解缙的建议得到皇帝的称赞。也许是受了解缙的启发，明太祖"即位之初，首立太学，命许存仁为祭酒，一宗朱氏之学，令学者非五经孔孟之书不读，非濂、洛、关、闽之学不讲"❹。永乐六年（1408），成祖北巡，命杨士奇与蹇义、黄淮留宫中辅佐太子。"太子喜文辞，赞善王汝玉以诗法进，士奇曰：'殿下当留意六经，暇则观两汉诏令，诗小技，不足为也。'太子称善。"❺ 杨士奇劝谏太子留意六经与两汉诏令，表现出了其时馆阁儒臣们对理学的重视。

明初，以理学为主要内容的科举制度，选拔了一大批经学之士。永乐二年（1404）殿试，拔取曾棨等427人，次年从中擢取曾棨、王直、王英、周述、李时勉等28人，入文渊阁读书。这些馆阁大臣推尊理学，遂使理学在明初近百年间一直处于官学统治地位。在这样的背景下，处于政权中心的馆阁大臣们，一直恪守儒家伦理本位主义立场，树纲纪、正人心，尊经崇圣，修持德行。当

---

❶　杨东莼《中国学术史讲话》，东方出版社1996年版，第241页。

❷　（清）黄宗羲《明儒学案》卷三十六，中华书局2008年版，第870页。

❸　（清）张廷玉等《明史》卷一百四十七，第4115-4116页。

❹　（清）陈鼎《高攀龙传》，《东林列传》卷二，文渊阁四库全书本。

❺　（清）张廷玉等《明史》卷一百四十八，第4132页。

然,这是政治的需要。但是,由于这些馆阁大臣们身兼文人身份,以他们为中介,理学的影响也由政治领域向文学领域推衍渗透,"可以说,理学实现了对文学的全面掌控。"❶ 在这种背景下,台阁馆臣们对陶渊明的接受与评价自然脱不了理学思想的影响。这种影响主要表现在以下三个方面。

(一)以"性情之正"的标准评价陶诗

台阁体"性情之正"诗学观,盖指诗歌的感情平和、节制、合理,受制于道德。提倡诗歌要考见王政得失、治道盛衰;要止乎礼义、辅于世教;要有意趣,具藻饰。同时,诗人涵养要端正,学问要充实,才识要超卓,这样才能达到性情之正。台阁文人认为,只有守持性情之正的诗歌才能具有典丽婉约、冲和雅淡之风格。

翻检明初台阁馆臣的文集,"诗以道性情""性情之正""诗本性情"等语句处处皆是。由此可见,台阁体诗学体系中的"性情之正"概念显得尤为重要,台阁体诗人几乎人人都有所叙述。杨士奇论诗尝引朱熹论诗观点,并以之为标准评价时人诗歌。他在《胡延平诗序》中说:"昔朱子论诗必本于性情言行,以极乎修齐治平之道,诗道其大矣哉。"❷ 杨氏认为诗本于性情,与修齐治平关系密切,这样诗道才大、才正。其《玉雪斋诗集序》一文说:"诗以理性情而约诸正而推之,可以考见王政之得失,治道之盛衰……(虞伯益)古近体总若干首,皆思致清远,而典丽婉约,一尘不滓,如玉井芙蕖,天然奇质,神采高洁,又如行吴越间名山秀水,而天光云影使人应接不暇者,而皆得夫性情之正。"❸ 杨士奇认为虞谦(字伯益)的诗,无论古体还是近体,都能做到典丽婉约,一尘不滓,主要得益于其性情之正。在《读杜愚得序》中,杨士奇说杜甫的诗雄

---

❶ 张德建《明初理学与政治话语下的文道关系》,《文化与诗学》,2011 第 1 期,第 126 页。

❷ (明)杨士奇著,刘伯涵、朱海点校《东里文集》卷四,中华书局 1998 年版,第 46 页。

❸ (明)杨士奇著,刘伯涵、朱海点校《东里文集》卷五,第 63 页。

深闳伟，浑涵精诣，天机妙用，也是由于得性情之正。❶他在为自己诗集所作的《题东里诗集序》中说："余何足以言诗也，古之善诗者，粹然一出于正。"❷由此出发，杨士奇认为陶渊明诗歌也具性情之正之特点。他在为梁兰《畦乐诗集》所作的序文中说："诗以道性情，诗之所以传也。古今以诗名者多矣，然《三百篇》后得风人之旨者，独推陶靖节，由其冲和雅淡，得性情之正，若无意于诗，而千古能诗者卒莫过焉。"❸杨士奇指出陶诗得性情之正的特点，看中了陶诗温厚和平的风格。

　　永乐时有"东王"之称的王直也有多处论及性情之正。其《虞邵庵注杜工部律诗序》论杜诗说："粹然出于性情之正，而足以继风雅之什。至其触事兴怀，率然有作，亦皆兴寄深远，曲尽物情，非他之所能及。"❹王直认为杜诗得性情之正，能够与《诗》之风雅媲美。在《菊窗十景诗序》中，王直又提到陶渊明好菊、周敦颐爱莲皆出于性情之真，"盖以适夫性情之真云耳，晋陶渊明独好菊，而濂溪周子则爱莲花，此其中盖有契焉也。"❺台阁诗人认为，得性情之正的陶诗，可直接《三百篇》之风雅传统，这与真德秀的看法完全吻合。正统间进士倪谦云："由其被先王教化之深而发乎天性之真者，自然而成音也。后世之为诗者，养之未至，而欲模拟古作，极力驰骋，排偶声律，风云月露以为工，牛鬼蛇神以为奇，而古意索矣。惟陶、韦之冲逸，李、杜之典则，脍炙人口，世争传诵之，以至于今。岂不以其音节自然，有得于风雅之遗者乎？"❻倪谦认为，冲逸之陶诗是发乎天性之真者，陶诗音节自然，得风雅传统。此前，洪武间春坊大学士林右《北郭集序》云："古人谓置心平易始知诗，况为诗乎！浩然欲立万物之表，藏于无端之纪，是慕虚空耳，非平易也。屑屑然与世俗是非相胜

---

❶ （明）杨士奇《东里集》续集卷十四，文渊阁四库全书本。

❷ （明）杨士奇《东里集》续集卷十五。

❸ （明）梁兰《畦乐诗集》卷首，文渊阁四库全书本。

❹ （明）王直《抑庵文集》后集卷十一，文渊阁四库全书本。

❺ （明）王直《抑庵文集》后集卷十七。

❻ （明）倪谦《盘泉诗集序》，《倪文僖集》卷十九，文渊阁四库全书本。

负，囿之而莫脱，是恒陋民耳，非平易也。惟高不绝俗，近不遗理，喜怒在物，死生优游，廓之通造化，敛之存方寸，始为得之。若晋之陶渊明是也。故其诗澹然无作，随意而成，言不离乎人世，而与至理相涵，若风之鼓物，虚实相应，自成律吕，识者听之，谓不异《韶濩》。"❶ 林右认为，陶诗平淡风格是其内在性情修养的自然流露，那么陶诗即是"与至理相涵"之澹然之作，是其性情之正的外在表现。胡翰《童中洲和陶诗后跋》一文也表现出其典型的陶诗批评的理学化路径，指出陶诗"发乎情也大"之特点。该文云：

> 陶征士之高节，非晋宋人比也。读其诗者，未尝不悠然想见其萧散冲淡之趣，故世慕之，如韦应物之拟作，苏子瞻之和篇，往往不绝。余意欲与之角，顾縻于世之尘鞅，敝于末习之纂积，未能脱去。今中洲是集，何其骎骎逼人若是哉？盖兼取二家而窬寐乎，柴桑栗里之间者，可谓好之笃而思之精矣。其有不合于古者乎，抑古之比兴非以能言为妙、以不能不言者之为妙也？此所谓发乎情也大，音在天地，流被万物，前者唱于，后者唱喁，果孰使之中洲之发乎情者亦将若是乎？虽尚友千载可也。❷

胡翰少从吴师道、吴莱学古文，后又师从许谦，入明曾与宋濂等与修《元史》。胡翰诗学观也讲究性情之正，其为乌伤刘刚所作《方润斋记》曾说"《诗》以道性情之正"❸。其《古乐府诗类编序》曰："盖诗之为用，犹史也。史言一代之事，直而无隐；诗系一代之政，婉而微章。辞义不同，由世而异。……其或好乐而无主，困敝而思治，亦随其俗之所尚，政之所本，人情风气之所感。故古诗之体，有美有刺，有正有变，圣人并存而不废。"❹ 胡翰认为，诗歌之功用犹如历史，强调诗歌关系一代之政，政之所本，人情风气之所感，再一次论

---

❶（元）许恕《北郭集》卷首，文渊阁四库全书本。
❷（明）胡翰《胡仲子集》卷八，文渊阁四库全书本。
❸（明）胡翰《胡仲子集》卷六。
❹（明）胡翰《胡仲子集》卷四。

述了诗歌为人们性情之正的产物。胡翰为童冀和陶诗所作跋文，指出了陶诗以及童冀和诗发乎性情乃大的特点。

（二）从忠君爱国的角度阐释陶诗

沈约在《宋书·隐逸传》中说渊明"所著文章，皆题其年月，义熙以前，则书晋氏年号，自永初以来，唯云甲子而已"❶。这种说法深入人心，虽然后世文人考之陶公诗文，认为沈约此说"几无复理，俱足喷饭"❷，前文所引宋濂之文对此也做了深刻的批判，但陶公尊晋黜宋、匡扶世道的爱国形象已被多数学者所接受。❸

朱棣篡权，本与儒家忠君爱国思想大相违背，但其继位后却大力提倡本已遭其践踏的儒家之纲常名教。永乐元年（1403）九月，他敕谕群臣，曰："惟欲举贤材，兴礼乐，施仁政，以忠厚为治。"❹台阁体文人对此深有所得，多次在文章中有所表达。因此，他们在陶诗接受与阐释中也多从忠君爱国的角度着眼。

洪武间福建按察司金事谢肃为桂彦良所作《和陶诗集序》一文称："盖靖节乃晋室大臣之后，豪壮廓达，有志事功，遭时易代，遂萧然远引，守拙田园。故其赋咏多忠义，所发激烈慷慨。然《读山海经》诸篇，有屈大夫《远游》之志；《咏荆轲》一首，有豫国士吞炭之心，其他未易悉数也，第其寻常措辞雅顺而

---

❶（梁）沈约《宋书》，中华书局1974年版，第2288-2289页。

❷（清）毛先舒《诗辩坻》卷二，郭绍虞《清诗话续编》本，上海古籍出版社2016年版，第31页。

❸ 俞启崇《陶诗"忠愤"说新证——陶渊明爱国主义思想的探索》一文认为，"只有从爱国主义精神这个方面来理解陶渊明'忠愤'这一部分，我们才能专研出这些诗真正思想性之所在。""陶渊明爱国主义思想是他思想中的重要组成部分。"（见《文史哲》1957年11期，第28页）袁行霈先生在《陶渊明与晋宋之际的政治风云》一文说："陶渊明忠于晋室之说是难以成立的"，"他的感叹不是出于对晋朝的愚忠，而是出于对国事的忧虑"（见《陶渊明研究》（增订本），北京大学出版社2009年版，第88、90页）。

❹（明）杨士奇等纂《明太宗实录》卷二十三，台湾"中央研究院"历史语言研究所1962年版，第418页。

人不觉焉。"❶谢肃认为，陶渊明为晋室大臣之后，有志事功。因此，其赋咏激烈慷慨，多忠义之心。将《读山海经》诸篇理解成屈原《远游》之志；认为《咏荆轲》一诗有豫让吞炭报恩之心。屈原、豫让皆爱国之士，谢肃将陶渊明与他们相提并论，显然是着眼于渊明忠贞于晋室的。谢肃也曾为戴良作过《和陶诗集序》，序曰："古之君子，苟秉忠义之心，虽或不白于当时，而必显暴于天下后世者，是固公议之定，亦其著述有所于考也。若楚三闾大夫屈原、汉丞相诸葛亮、晋处士陶潜者，非其人乎？……若夫陶潜，乃晋室大人之后，耻事异代，超然高举，安于义命，虽无益于国，而其心则见于《归去来辞》与诸诗赋焉。"❷综观两篇序文，谢肃将陶渊明《读三海经》《咏荆轲》《归去来兮辞》《读史述九章》等诗篇皆看作陶渊明忠晋思想之表达，将陶视为与屈原、诸葛亮同样的爱国志士。在《和陶诗集序》中，谢肃甚至将陶渊明置于屈原、诸葛亮之上，他说："然余又以谓，大夫、丞相皆尝列位于朝，其行事故易考而知也。若处士则徒以一县令在官不久，寻复归田，其迹甚隐，宜与屈、葛若不相似然。"❸谢肃认为，屈原作为国家大夫，诸葛亮作为国家丞相，列位于朝，忠于国家，理所当然。而陶渊明以处士出任一县官，不久即隐去，耻事二姓，表现出比作为国家重臣的屈原、诸葛亮等人更加强烈的爱国之情。将陶渊明爱国之情置于屈、葛之上，谢肃为陶渊明接受史上第一人。也有将陶渊明比作李清照的。建文右副都御史茅大芳❹《和缪先生见贻诗韵》诗云："风物谩将诗句写，客怀应藉酒杯宽。学如贾傅陈匡济，意拟陶公适易安。"❺将陶渊明比为李清照，也是以爱国为标准的。

---

❶ （明）谢肃《密庵集》卷七，文渊阁四库全书本。

❷ （明）谢肃《和陶诗集序》，戴良《戴良集》附录，吉林文史出版社 2009 年版，第 371 页。

❸ （明）谢肃《和陶诗集序》，戴良《戴良集》附录，第 371 页。

❹ 茅大芳忠孝伦理等正统思想异常突出。建文四年，朱棣兵破南京，即帝位，逮大芳入狱责问并劝其投降，大芳不屈，与其子顺童、道寿、文生等一并论死，二孙死于狱中。（《明史》卷一百四十一《茅大芳传》）

❺ （明）茅大芳《希董先生集》，沈乃文主编《明别集丛刊》第一辑第 25 册，黄山书社 2013 年影印本。

成化年间进士黄仲昭《题陶渊明诗集》一文，更是将陶渊明与留侯张良相提并论。他说："或疑靖节累世仕晋，留侯三世相韩，大致相似，而留侯始终为韩报仇，靖节则托于酒而逃焉，虽终身不仕宋，清节可尚，视留侯终有不能及者。予谓不然。留侯得汉高为之依归，故终能灭秦、项以遂其报韩之愿；靖节遭时无汉高者可托，以行其志，是以适意于酒，以终身也。然其疾宋祖之弑夺，闵晋室之陵迟，忠愤激烈之气，往往于诗焉发之，观其《咏荆轲》者，可见矣。靖节之与留侯，迹虽不同，而心则未始不同。"❶黄仲昭认为，陶渊明痛恨刘裕篡夺晋朝政权，哀闵晋室，其忠愤激烈之气借助诗歌抒发之，其与张良报韩之愿没有什么不同。唐颜真卿有《咏陶渊明》一诗，曰："张良思报韩，龚胜耻事新。狙击苦不就，含生悲拖绅。呜呼陶渊明，奕叶为晋臣……"❷颜真卿首次将陶渊明与张良相提并论，是从忠君爱国之角度着眼的。朱熹曾说："陶公栗里，前贤题咏，独颜鲁公一篇令人感慨。"❸朱氏此评，当是看中了颜真卿视陶为爱国志士之说。黄仲昭批判了认为陶渊明不能比之于张良者，继承了颜真卿的观点，将陶、张并提。成化年间，与黄仲昭并称"翰林四谏"的章懋，也从忠君爱国的角度评价陶公其人其诗。他认为，只以文章不群、词采精拔冲淡论陶者，是"未为深知渊明者"，他感叹说："呜呼！若渊明岂徒诗人逸士云乎哉？吾不意两晋人物有若人也。"❹认为陶渊明不只是隐逸诗人，同意朱熹等人称渊明耻事二姓的观点。成化二年（1466）状元罗伦，也为"翰林四谏"之一，论诗除主张性情之正之外，也与章懋一样，不只是把陶渊明看作隐逸诗人，认为冲澹之陶诗与忧愤之屈辞、忠忼之杜诗一样，"皆本乎性情之真，庶乎礼义之正，关乎民彝物则之大，视风雅不知何如，恶可以后世之诗例视之哉？"❺罗伦认为

---

❶ （明）黄仲昭《未轩文集》卷四，文渊阁四库全书本。

❷ 《御定全唐诗》卷一百五十二，文渊阁四库全书本。

❸ （宋）王应麟《困学纪闻》卷十三，四部丛刊本。

❹ （明）章懋《题陶渊明集》，《枫山集》卷三，文渊阁四库全书本。

❺ （明）罗伦《萧冰崖诗集序》，《一峰先生文集》，沈乃文主编《明别集丛刊》第一辑第25册，黄山书社2013年影印本。

陶诗"关乎民彝物则之大"之说，也是从陶诗忠君爱国的角度论述的。

成化间翰林编修程敏政，对其好友翟廷光以"不仕无义"责备陶公的说法表示了不满。他说：

> 夫渊明自以晋朝世辅，耻复屈身刘宋，故始终托诗酒以自晦，而人莫之知也。朱子《纲目》大书："晋征士陶潜卒于南宋之朝"，可谓得渊明本心于千载之上者矣。渊明平日诗最冲淡，至于《咏荆轲》则激烈之气，奋然如不可遏，以秦谕宋也。平日与物无竞，至于檀道济馈粱肉，则峻却之，以道济事宋为心赘也。此其心事当何如哉！而以孔子"不仕无义"讥之，大失言矣！朱子《楚辞》深罪扬雄，而右渊明。雄之罪，正坐以孔子自任，而误认"不仕无义"之语，遂失身于莽尔。惜吾友生程、朱之后，而为此言，故不得不一订之。❶

翟廷光曾于宋李龙眠白描渊明图上作跋，并和《归去来辞》，责备渊明"不仕无义"。程敏政读之而大骇，认为渊明身为晋朝世辅，耻事刘宋，故借酒以自晦，陶诗虽平日最平淡，但《咏荆轲》等篇则有激烈之气，是以秦谕宋也。

除了上述在理论上以忠君爱国的角度评价陶诗外，天顺间翰林学士李贤（1408—1467）的和陶诗也改变了陶诗的初始意义，他在和陶诗中多表达忠君爱国之意。李贤为宣德八年（1433）进士，天顺元年（1457）擢为翰林学士，入阁为吏部尚书，成为明代"三杨"之后的台阁体代表诗人。李贤《古穰集》卷二十三、卷二十四有和陶诗122首，几乎将和陶诗全部赓和一遍。李贤和陶诗多次借鲁中叟、鲁连子、诸葛亮等人刻画了一个希望成就一番事业的陶渊明形象。忠君爱国，为国分忧，成了李贤和陶诗中陶渊明的主要形象。如《和饮酒诗》其十八：

---

❶ （明）程敏政《题宋李龙眠白描渊明图后》，《篁墩文集》卷三十六，文渊阁四库全书本。

我口同斯味，易牙乃先得。安得鲁中叟，解我心中惑。人道未能尽，吾责安可塞。不有君子人，何能以为国？有酒且复饮，既醉言亦默。❶

陶渊明《饮酒》其十八：

子云性嗜酒，家贫无由得，时赖好事人，载醪祛所惑。觞来为之尽，是谘无不塞。有时不肯言，岂不在伐国。仁者用其心，何尝失显默。

对比李贤和诗与渊明原诗可以清楚地看出，陶诗借扬雄以自况，表达"仁者用其心，何尝失显默"之思想。❷而李贤和诗则表现自己人道未尽、不可塞责的为国建功之思想，希望能得孔子解除心中疑惑，"不有君子人，何能以为国？"再将陶渊明《和胡西曹示顾贼曹》与李贤和诗作对比：

蕤宾五月中，清朝起南飔。不驶亦不驰，飘飘吹我衣。重云蔽白日，闲雨纷微微。流目视西园，晔晔荣紫葵。于今甚可爱，奈何当复衰。感物愿及时，每恨靡所挥。悠悠待秋稼，寥落将赊迟。逸想不可淹，猖狂独长悲。（陶渊明《和胡西曹示顾贼曹》）

仲夏宿雨收，当晨送轻飔。杖履陟丘陇，凉气袭我衣。清兴悠然生，因之历翠微。茫茫宇宙间，不能忘忧葵。尚念鲁中叟，凤德何其衰。空有奋扬志，未得天戈挥。鱼龙失云水，非由见事迟。达人能悟此，抚志良足悲。（李贤《和胡西曹示顾贼曹》）❸

陶诗主要表达人生盛年难得、盛时难再的感伤主题，写得较为酸楚。李贤

---

❶ （明）李贤《古穰集》卷二十四，文渊阁四库全书本。

❷ 扬雄《解嘲》云："知玄知默，守道之极；爰清元静，游神之廷；惟寂惟寞，守德之宅。"颜延之《陶徵士诔》也曾赞陶渊明之"默"，他说："在众不失其寡，处言愈见其默。"袁行霈先生说陶渊明《饮酒》（其十八）："此篇既赞子云之显又赞其默，然主旨在默也。"（见氏著《陶渊明集笺注》，中华书局2003年版，第278页）

❸ （明）李贤《古穰集》卷二十三。

和诗表达的主题，则是忧国忧民的忠君思想以及壮志未酬的悲凉感慨。李贤其他和诗，如《和始作镇军参军经曲阿》结句"君看卧龙人，未必终草庐"一改陶渊明"聊且凭迁化，终返班生庐"的隐士形象，将渊明比作诸葛亮，认为其未必终隐草庐。《和述酒》一诗中又表示渊明如果能得到鲁仲连的辅助，更能为国建功立业，"安得鲁连子，为我解其纷。"李贤身为台阁忠臣，心念国家社稷。因此，在和陶诗中对陶渊明形象做了较大改动，主要体现出其忠君爱国的一面，这是时代使然。

（三）以颂世鸣盛的功用要求陶诗

诗文颂世鸣盛观念由来已久，也一直都是以儒学主流意识为指导的，自宋代理学形成以来，这一点表现得更为明显。朱元璋建立明王朝，汉族统治已然恢复，在其改元的洪武元年即进行了一系列的复兴民族文化的改革，统治者要急于复见汉官威仪，于是"诏复衣冠如唐制"❶。在思想上，已如前文所述，加强理学对思想领域的统治。当然，在明初也出现了所谓的"永乐盛世""仁宣之治"等政治清明时期，这也是明初台阁大臣们鸣盛的政治经济基础。在这种情况下，台阁馆臣们大多认为鸣盛是其本职工作，如台阁重臣杨荣在为其友人所作诗序中曾说："惟国家戡除暴乱，而开大一统文明之运，人才汇兴，大音复完。自洪武迄今，鸿儒硕彦彬彬济济，相与咏歌太平之盛者，后先相望。"❷王直说："士君子遭文明之世，处清华之地，当闲暇之日，而成会合之娱，宜也。会而形于言，以歌太平，咏圣德。"❸又如金幼孜曾说："予观天下文章，莫难于诗。诗发乎情，止乎礼义，其辞气雍容而意趣深长者，必太平治世之音。"❹王洪为胡俨所作《胡祭酒诗集序》云："圣明混一四海，肇复先王之制，兴礼立学，

---

❶ （明）姚广孝等《明太祖实录》，台湾"中央研究院"历史语言研究所1962年版，第525页。
❷ （明）杨荣《省愆集序》，《文敏集》卷十一，文渊阁四库全书本。
❸ （明）王直《跋文会録后》，《抑庵文集》卷十三，文渊阁四库全书本。
❹ （明）金幼孜《书南雅集后》，《金文靖集》卷十，文渊阁四库全书本。

以风厉学者……文学之士，莫不各奋所长，揄扬盛德，铺张洪休，洋洋乎雅颂之音，盈于朝廷而达于天下。"❶以上所引各台阁馆臣的论述，充分表明了他们颂盛的诗学观念，在这种观念的形成过程中，理学无疑起了极为重要的作用。

在颂盛诗学观念指导下，此时期台阁臣子们的颂盛诗篇在其诗集中处处可见。他们或直抒胸臆，或借助祥瑞之物，或借伴君出游之机，来表达对皇恩浩荡的赞美、对国家的繁荣富强的歌颂。诗以鸣盛之观念深入台阁文人之心，他们经常以之为标准批评陶诗及和陶诗人。有闽南明经之冠称号的林弼❷是一位有理学背景的文人。他为明初童冀和陶诗集所作序文将陶诗的萧散冲淡与温柔敦厚相联系，指出："陶诗作于晋宋间，不杂时态，复然绝出，如殷《盘》周《诰》，质素古雅，益羞涩不可前陈。后世若韦若柳，多用其题，模放步骤，犹未和其韵也。宋苏子瞻氏，始因韵为和篇若干首。金华童君中州善为诗，而独于陶爱其萧散冲淡，有类于古人，所谓温柔敦厚之教者。"大概是因为童冀和陶诗中山林之趣表达较多的缘故，林弼即云："中州蕴深发茂，方将为世笙镛，以鸣治世之盛。顾乃以山林枯槁自居，夫苟得二公之所以乐，则无人不自得于出处。奚择焉？《衡门》《考盘》之咏，尚毋为太早计也。"❸认为童冀言山林之乐为时尚早，还是应该为世笙镛、鸣世之盛，委婉地批评了童冀的和陶诗，表现出林氏浓厚的理学思想。

桂彦良元末隐居之时曾作有和陶诗，明兴，被诏为晋王府右傅。谢肃为其和陶诗所作序文指出：

> 公以布衣入仕于中。论事殿陛则天子嘉之，侍经青宫则储皇敬之，遂以耆德辅翼亲王国于晋，保山河之固，屏外域之窥，奠民居而藩帝室，不能无赖于公，公可谓贵富尊荣矣，是则公与靖节亦何所同而和其诗邪？夫

---

❶（明）王洪《毅斋集》卷五，文渊阁四库全书本。

❷《四库全书总目提要》："盖明初闽南以明经学古擅名文苑者，弼实为之冠也。"王祎《临漳杂诗》说"科名唐进士，道学宋先儒"，（《列朝诗集小传》甲集引）就是论林弼理学背景的。

❸（明）林右《跋童中州和陶诗后》，《林登州集》卷二十三，文渊阁四库全书本。

靖节山泽之逸，冻馁所缠，进不偶时，而退安于命。然以气节问学，弗获表见于天下，故托诗酒以自娱，非真酗于曲蘖、汩于辞章也。公乃切切焉以靖节之诗是和，靖节与公果何所同邪？曰：同其心不同其迹也。何也？在至正末，天下大乱，众方以智术干爵禄，公则遯于林壑以自乐，其天固有契于靖节者，兹所以属和其诗也欤？及皇明受命，圣人出而四海清，士君子应诏而起，布列中外，莫非英选。若公者以孔孟之学，际明良之会，不数年而登台辅，以佐理宗藩。盖道德在躬，既孚于朝廷，文章已出，将行于天下，顾岂蔽于不耀之地而已也。其视和陶集，直公曩时一韵事哉。❶

谢肃认为，桂彦良元末赓和陶诗只是一时韵事，入明，既已出仕朝廷，适逢明良之会，不数年而登台辅，佐理宗藩，当效力于朝廷。

前文提及李贤和陶诗将陶渊明塑造成一个忠君爱国的形象，同样，李贤借和陶诗也表达了颂世鸣盛的思想。其《和饮酒二十首》之二十云：

六经不可尚，谁复得其真。后圣如有作，再使风俗淳。忆昔周邦旧，文王受命新。何意继周者，而乃在强秦。遂使寰宇内，纷然浑泥尘。卯金成事业，为之亦辛勤。仁泽被四海，皇天固无亲。万物已枯槁，生意复津津。吾今处闲散，有此漉酒巾。清风北窗下，自谓羲皇人。❷

李贤和诗一改陶渊明原诗"如何绝世下，六籍无一亲。终日驰车走，不见所问津"的批判现实之意，以汉代的帝王事业喻当今之世，"仁泽被四海，皇天固无亲"之句，颂世鸣盛之意更加显见。

成化间翰林侍读学士吴节（1397—1481）❸五七言古诗多有陶诗风致，时

---

❶　（明）谢肃《和陶诗集序》，《密庵集》卷七。

❷　（明）李贤《古穰集》卷二十四，文渊阁四库全书本。

❸　吴节生卒年，按彭华撰《竹坡先生行状》记载，吴节卒于成化辛丑七月，享年85岁。成化辛丑即成化十七年（1481），上推85年，即生于洪武三十年（1397）。彭华《行状》见《吴竹坡先生文集》附录。

人王俭即称吴节 "五七言古效陶令" ❶。吴节有《和陶征君诗四首》，分和陶渊明《九日闲居》"世短意恒多" 以及《归园田居》之 "野外罕人事""种豆南山下""少无适俗韵"。其和 "野外罕人事" 一诗云：

> 浮士矜远游，丹青饬车鞍。囊无铢两资，常有千里想。予怀期内足，逊志谢来往。诗书日渐渍，稍觉学业长。学业幸已长，交际良已广。不遇盛明时，终身守林莽。❷

吴节和诗中 "不遇盛明时，终身守林莽" 二句，将陶渊明归隐原因归之为没有遇到盛明时节，言外之意，认为自己所处的时代是盛明时节，颂世鸣盛之意较为明显。

要之，明代前期台阁体诗人在理学思想的影响下，以性情之正的标准评价陶诗，认为陶诗也得性情之正，通乎性情，止乎礼义。台阁诗人从忠君爱国的角度阐释陶诗，认为陶诗也关乎民彝物则。台阁诗人生活在明前期较为太平的时期，"永乐盛世""仁宣之治" 等政治清明时期，也确实有颂世鸣盛的基础，因此，他们要求陶诗也能颂世鸣盛。上述台阁诗人对陶诗的接受与阐释的特点，与时代有极大的关系，这是时代赋予他们的要求。

二、陶诗平淡风格对台阁体诗风的影响

明初台阁体诗歌一个较为重要的特点就是其平淡的诗风，无论是台阁诗人的诗学主张还是其诗歌创作，都鲜明地体现了对平淡诗风的追求和实践。台阁体诗歌平淡诗风的成因是多方面的。❸ 明代台阁文人大都是江西人，其乡邦先贤陶渊明的平淡诗风对他们的影响是其中极为重要的原因。

---

❶　（明）王俭《吴竹坡先生文集序》，吴节《吴竹坡先生文集》卷首，四库存目丛书本。
❷　（明）吴节《吴竹坡公诗集》卷六，四库存目丛书本。
❸　王征《论明初台阁体诗歌之平淡风格及成因》，《河北师范大学学报》（哲社版），2016 年第 1 期。

"平淡"是中国古典诗学重要的范畴之一，作为一种风格或者境界，它是指自然朴素、淡远平和、无意于雕琢而蕴藉含蓄的诗学倾向。中国诗史上，陶渊明、王维、孟浩然、韦应物等都以平淡诗风著称。晚唐司空图《诗品》单列"冲淡"一品，给予平淡以美学意义。至宋代，梅尧臣曾说："作诗无古今，唯造平淡难。"❶ 其实，梅诗也并非一直是这样平淡自然，他的诗歌创作和诗学主张皆反映了由雄豪奇峭到平淡含蓄的转化。由此可见，"唯造平淡难"当不为虚言。苏轼诗歌风格的转化也与梅诗相似，也是由前期的豪迈转为后期的平淡。黄庭坚虽然坚持"脱胎换骨、点铁成金"之论，但也不主张诗歌奇峭变怪。张毅先生说黄庭坚虽然在用典、句法、炼字诸方面下了很大的功夫，"但他所追求的仍然是杜甫诗歌创作的那种无意为文而文已至、篇终接浑茫的入神境界。"❷ 笔者认为，这种入神境界当为一种用工精深而无斧凿痕的平淡诗风的表现。江西诗派后学如惠洪、范温等主张"识活法""参活句"，力图摆脱黄庭坚式的用工之深，逐渐走向一种平淡诗风。杨万里"诚斋体"诗歌就是以一种去词去意、平淡自然的面目示人的。元初刘将孙主张自然性情论，他说："人间好语，无非悠然自得于幽闲之表。"❸ 主张平淡自然之诗风比较显明。刘氏同时的赵文、吴全节、刘敏中等也主张平淡的诗风。这种诗学主张在有元一代一直持续，吴澄、虞集师徒等对此皆有较为深入的论述。吴澄说："性发乎情，则言言出乎天真；情止乎礼义，则事事有关于世教。古之为诗者如是，后之能诗者亦或能然，岂徒求其声音采色之似而已哉！"❹ 吴澄认为诗歌语言应出于天真，不求声音采色之美，其意指向平淡。虞集"早岁与弟盘同辟书舍为二室，左室

---

❶ （宋）梅尧臣著，朱东润编年笺注《梅尧臣集编年笺注》卷二十六，上海古籍出版社 2006 年版，第 845 页。

❷ 张毅《宋代文学思想史》，中华书局 2006 年版，第 115 页。

❸ （元）刘将孙《本此诗序》，《养吾斋集》卷九，刘将孙著，李鸣等校点《刘将孙集》，吉林文史出版社 2009 年版，第 88 页。

❹ （元）吴澄《萧养蒙诗序》，《吴文正集》卷十九，文渊阁四库全书本。

书陶渊明诗于壁，题曰陶庵，右室书邵尧夫诗，题曰邵庵，故世称邵庵先生"❶。
可见其对陶渊明平淡诗风的追慕。故其推崇淡泊舒迟，其《杨叔能诗序》说：
"舒迟而淡泊，暗然而成章，是以君子贵之。"❷因此，虞集于前代诗人特推崇陶、
王、韦、柳诸家，亦主平淡。虞集对明初江右诗派的影响较大。江右诗派领袖
刘崧在《自序诗集》中说自己年十九岁时，"会有传临川虞翰林、清江范太史
诗者，诵之五昼夜不废，因慨然曰：'邈矣，余之于诗也。'乃敛蓄性真，湔涤
故习，尽出初稿焚之。益求汉魏而下盛唐以来号为大家者，得数百家，遍览而
熟复之。因以究其意之所在，然后知体制之工与夫永声之妙，莫不隐然天成，
悠然川注，初不在屑屑乎一句一字之间而已也。"❸刘崧得虞集等人平淡诗学影
响，也主张作诗不在意一句一字之间。前文提及刘永之也曾亲炙虞集和揭傒斯。
其《古愚斋记》一文有云："当其坏乱之际，虽学士大夫，犹或不识义理之正，
况世俗之凡民乎？其喜浮而恶质，非古而是今，无足异也。"❹对其时人们喜浮
恶质、非古是今之做法表示了极大的不满。

　　明初台阁体诗歌深受江右诗派的影响。❺细读台阁体诗歌，给人感受比较
深的一个特点就是其平易冲淡的诗风。现以杨士奇的一首应制诗《赐游西苑同
诸学士作》四首中的第三首为例：

---

❶（明）宋濂等撰《元史》卷一百八十一，中华书局 1976 年版，第 4181–4182 页。

❷（元）虞集《道园学古录》卷三十一，文渊阁四库全书本。

❸（清）黄宗羲编《明文海》卷二百五十七，文渊阁四库全书本。

❹（明）刘永之《刘仲修先生诗文集》卷七，续修四库全书本。

❺《四库全书总目提要》说："史亦称崧善为诗，豫章人宗之，为西江派。大抵以清和婉约之音，提导后进。
迨杨士奇等嗣起，复变为台阁博大之体。"（卷 169《槎翁诗集》提要）钱谦益《列朝诗集小传》"刘
司业崧"条也说："国初诗派，西江则刘泰和，闽中则张古田。泰和以雅正为宗，古田以雄丽树帜。
江西之派，中降而归东里。"（甲集，第 89 页）除了这种总体的影响之外，从江西派诗人与台阁诗
人的亲属关系，也可以了解前者对后者的影响。杨士奇母陈元贞为江右名家陈谟侄女，杨少时曾
跟随陈研经学诗，陈有《海桑集》，《四库全书总目》说其"文体简洁，诗格春容，则东里渊源实
出于是"（卷 169《海桑集》提要），指出了杨士奇与陈谟的渊源关系。杨并师从陈氏弟子及赘婿、
江右派晚期代表人物梁兰，梁兰性嗜恬淡，著有《畦乐集》，倡平淡诗风；解缙父开为江右文人；
胡广父子祺亦为江右派人物；台阁"东王"王直为江右文人王沂之孙；梁潜为江右梁兰之子。

　　日照千门万户开，参差楼观出飞台。地灵长看红云绕，天近时迎翠辇来。绝好西山如华岳，何须东海觅蓬莱？微臣几度陪游豫，欲继卷阿愧乏才。❶

　　这是一首颂圣之作，极为平易，没有华丽的辞藻、深奥的典故，运用白描的手法，简单几笔就描绘出当时侍游西苑的情景，给人一种平实雅淡、清明温粹之感。

　　平易冲淡的诗风是明初台阁体诗学的一个重要组成部分，也是杨士奇们平生的一大诗学追求。黄淮《东里文集原序》说杨士奇"肆其余力，旁及应世之文，率皆关乎世教，吐辞赋咏，冲淡和平，汎汎乎大雅之音，其可谓雄杰俊伟者矣"❷。彭时《杨文定公诗集序》也说杨士奇"心和而志乐，气充而才赡。宜其发于言者，温厚疏畅而不雕刻，平易正大而不险怪"❸。他们都对杨士奇的平淡诗风给了正确评价。清人钱谦益也看出了杨士奇诗歌平易的特点，说其"词气安闲，首尾停稳，不尚辞藻，不矜丽句"❹。杨士奇对和平简淡诗风的追求更是不遗余力。他对华靡不实的语言给予强烈的批评，反对语言的汪洋恣肆，如评《战国策》说："后世文章家以其先秦之言，皆爱重之，然有志于圣贤诚意、正心之学者，无取乎此也。"❺他对《洪武正韵》的简淡则给予高度称赞："一洗江左以来千载拘僻之陋，而复诸古盛哉。"❻对自家所藏《录陶诗》"甚爱重之无几"❼。从杨士奇对《战国策》汪洋恣肆语言的批评和对《录陶诗》等作品平淡雅正风格的称扬，我们可以清晰地看出杨士奇的诗学倾向。

　　这种平淡的诗学倾向在其他馆阁大臣的诗学思想中也有较多表现。如解缙

❶　（明）杨士奇《东里集》诗集卷二，文渊阁四库全书本。
❷　（明）杨士奇《东里集》卷首。
❸　（清）黄宗羲编《明文海》卷二百六十，文渊阁四库全书本。
❹　（清）钱谦益《列朝诗集小传》乙集，上海古籍出版社 2008 年版，第 162 页。
❺　（明）杨士奇《东里集》续集卷十七。
❻　（明）杨士奇《东里集》续集卷二十。
❼　（明）杨士奇《东里集》续集卷十七。

《渊静先生行状》一文中说季通："诗以陶、柳为户庭，以杜为经，上溯《三百篇》为指归。"❶ 也是以平淡为准。解缙诗歌虽风格多样，但也较为重视平淡之诗风。黄谏为解缙《文毅集》所作序文称："其言非雕琢其意，卓然有见。"❷ 主要是从解缙的平淡诗风着眼的。杨荣评诗也常以平淡为准的，他为金用诚所作墓表中说其："诗则和平冲淡，无雕琢之病。"❸ 江铁说杨荣"益注意圣贤仁义道德之懿，不屑屑文辞，凡有求者，辄辞，不获已，则随己意以应之，不为雕斫组织以徇俗好，而理致闳远"❹，指出了杨荣诗文不为雕斫以投俗好的特点。夏元吉诗风亦平实雅淡，摒弃华靡。如《怀故园竹》："萧萧窗底多情竹，别后儿孙长若干。寄语家僮好看护，莫嫌日日报平安。"❺ 杨溥为夏元吉所作《忠靖集原序》说其："诗文平实雅淡，不事华靡。"❻ 洵为的评。王直则着重提倡自然之诗风，其《古朴子铭》云："维古之人，循其自然，不斫不雕，而淳德以全。维后之士，趋于巧伪，愈肆愈偷，而流俗以弊。"❼《和乐堂记》又云："和者道之所以行，谓之和，盖循其自然而无乖戾之谓也。"❽ 王英《涂先生遗诗序》推许《诗经》"言约而明肆"，而"后世不然，亡风雅之音，失性情之正，肆靡丽之辞，忧思之至则噍杀，愤怨喜乐之至则放逸，淫辟于风，何助焉"❾？从他批评《诗经》之后诗歌尚靡丽之辞来看也应是主张平淡诗风。朱彝尊称王英诗歌"密切谨严，句无浮响"❿，应为知言。胡俨自言得作文法于熊钊，熊钊学于虞集，诗歌亦近江西诗派，倡平淡简易诗风。熊钊为胡俨《颐

---

❶ （明）解缙《文毅集》卷十一，文渊阁四库全书本。

❷ （明）解缙《文毅集》卷首。

❸ （明）杨荣《奉议大夫卫府左长史金君用诚墓表》，《文敏集》卷二十，文渊阁四库全书本。

❹ （明）杨荣《文敏集》附录《杨公行实》。

❺ （明）夏元吉《忠靖集》卷六，文渊阁四库全书本。

❻ （明）夏元吉《忠靖集》卷首。

❼ （明）王直《抑庵文集》卷八。

❽ （明）王直《抑庵文集》后集卷一。

❾ 吴文治主编《明诗话全编》（第一册），江苏古籍出版社1997年版，第552-553页。

❿ （清）朱彝尊《静志居诗话》卷六，人民文学出版社1990年版，第159页。

庵文选》所作序文说其诗文："尤严于叙事之简当，书法之公正，厌牵联而蹇滞也。"❶ 胡广也说胡俨文章"沉实不肆，温厚雅赡，有疏宕之气，凿凿乎欲追古立言之为"❷。胡俨本人有论诗绝句《阅古作寄简子启八首》，其中五首笔涉平淡诗风，特录如下：

> 不施雕琢贵天然，绮丽犹惭泰始前。到得西风尘土净，芙蓉秋水净涓涓。（其二）
>
> 声律精严格调难，更兼词气有波澜。性情吟咏随时见，雕琢何须刻肺肝。（其三）
>
> 险怪雕锼固验人，何如平淡见天真。若教渣滓消融尽，自是冰壶不染尘。（其四）
>
> 人爱新奇学晚唐，弊贪犹谓作于凉。若驱纤巧还纯古，苏李当年独擅场。（其七）
>
> 句恋清奇体益卑，辞工靡丽气还萎。要知玉振金声处，广乐钧天万舞时。（其八）❸

第二首指出诗歌贵于天然；第三首说只要诗歌表达真性情，不必雕琢费肺肝；第四首指出险怪雕锼不如平淡见天真来得自然；第七首批评人们学晚唐的新奇，主张要驱纤巧、还纯古；第八首指出恋清奇、工靡丽会造成体卑气萎。从整体来看，胡俨还是表达了对平淡诗风的追求。胡俨晚年辞官家居二十年，自处淡泊，因好古喜淡，作《拟饮酒效陶渊明十首》《赋贫士效陶渊明二首》，其格调直追陶风。兹录《拟饮酒效陶渊明十首》（其一）如下：

> 偶尔得名酒，日夕斟酌之。顾影忽复醉，回飙吹我衣。颓然即枕席，

---

❶ （明）胡俨《颐庵文选》卷首，文渊阁四库全书本。

❷ （明）胡俨《颐庵文选》卷首。

❸ （明）胡俨《颐庵文选》卷下。

觉来还命辞。归云返大壑，栖鸟恋故枝。人生贵知止，汩汩将奚为。以心为形役，寓形复几时？ ❶

该诗中和平淡，多陶诗意象，风格亦颇近之。

明初台阁体诗人大多是江西人，如朱棣所选的内阁七人中，有五人是江西人，杨士奇为江西泰和人，解缙与胡广为江西吉水人，金幼孜为江西新淦人，胡俨也为江西新淦人，客居南昌，他们都是洪武或建文时期文臣。朱棣于永乐二年（1404）录取第一批 472 名进士，第二年（1405）就从中选取 28 人入阁读书，以备朝廷之用。这 28 人中也大多为江西人：曾棨为江西永丰人，王直为江西泰和人，王英为江西金溪人，周述、周孟简兄弟为江西吉水人，杨士奇从侄杨相为江西泰和人，刘子钦为江西吉水人，彭汝器为江西安福人，余鼎为江西星子县人，熊直为江西吉水人，余学夔为江西泰和人，罗汝敬为江西吉水人，卢翰为江西星子县人，汤流为江西泰和人，李时勉为江西吉安人。我们不能说他们每个人都受到了陶渊明的影响，但是，作为汉魏六朝八百年间唯一一位堪称伟大的诗人，陶渊明对其乡邦后学肯定有着不小的影响。翻检台阁诗人的集子，我们会发现渊明高洁的人品、平淡的诗风一直是他们所仰慕和追求的，陶诗意象也经常出现在他们的诗歌中。

陶渊明诗歌风格虽然多样，但其田园诗的平淡真醇无疑是其诗风主流。台阁体诗人对陶诗平淡风格多予以称扬，并付诸实际创作。杨士奇在为梁兰《畦乐诗集》所作的序文中说："古今以诗名者多矣，然《三百篇》后得风人之旨者，独推陶靖节，由其冲和雅淡，得性情之正，若无意于诗，而千古能诗者卒莫过焉。" ❷ 杨士奇此处指出了陶诗平淡的风格。杨士奇也经常以陶诗之平淡风格为准评价他人诗歌，他在《梁先生墓志铭》里就直接说梁兰："为文简而婉，诗驰骋魏晋，而冲淡自然，有陶靖节之趣。" ❸ 四库馆臣《畦乐诗集》提要因袭

---

❶ （明）胡俨《颐庵文选》卷下。

❷ （明）梁兰《畦乐诗集》卷首，文渊阁四库全书本。

❸ （明）杨士奇《东里集》续集，卷三十九。

东里说法，亦不再做别种评论，可见其眼光之独到。杨士奇《故工部营缮司主事刘君墓志铭》说刘季篪："闲暇手不释卷，治经长于《春秋》，喜吟咏冲淡优柔，有陶靖节、韦刺史之趣。"❶除了这种对他人的评论以陶诗平淡诗风为准的之外，杨士奇本人的诗歌创作也常出现陶诗意象，并从整体上表现出陶诗的平淡之风。如《九日陈士良宅玩菊次韵王洁斋菊有醉杨妃紫霞杯二种》三首其二："腻白轻红数十枝，半酣秋色倚东篱。谁知彭泽归来处，更似昭阳宴罢时。"❷甚至其题画诗也有平淡可喜之作，《题富春柴桑二图》云："琐琐厌形役，飘飘赋归休。开轩面南山，黄花亦映秋。酒熟自可漉，白社吾何求。"❸

有些台阁诗人虽不属江西籍，亦有深受渊明影响者。杨荣（1372—1440），建安（今福建建瓯）人，其《四皓、子陵、渊明、谢安四赞》组诗之三提及陶渊明，给予高度评价："解印彭泽，浩然赋归，三径未荒，松菊依依，漉酒有巾，熙然如春，逸节高风，羲皇上人。"❹此赞也主要看中了陶渊明恬淡的生活方式，称之为羲皇上人。杨荣历仕五朝，虽累迁至工部尚书、谨身殿大学士，但其无意富贵，平居喜静。江铁说他："尝于所居东偏构屋若干楹，环植花木，扁曰静轩。退朝之暇，衣冠正坐，焚香煮茗，与所知谈论经史，每至夜分。又于朝门之东南，筑室十余楹，树以槐柳，退食则燕息其中。"❺俨然一副隐士模样。其诗歌亦常显平淡之风。如《云林书屋为曾蒙训题》："青山何崔嵬，白云在林端。石涧滴清响，松风生夏寒。幽居一何静，尘俗淡不干。简编恣舒卷，怡然心所安。正襟味道腴，意适遂忘餐。名教有乐地，岂徒此盘桓。勖哉崇德业，令誉垂不刊。"❻陶诗意象亦常出现于其诗歌中。如《墨菊》："闻道柴桑景最幽，晚凉

❶（明）杨士奇著，刘伯涵、朱海点校，《东里文集》卷二十，中华书局1998年版，第297页。
❷（明）杨士奇《东里集》续集，卷六十。
❸（明）杨士奇《东里集》诗集，卷一。
❹（明）杨荣《文敏集》卷十六。
❺（明）杨荣《文敏集》附录《杨公行实》。
❻（明）杨荣《文敏集》卷三。

清兴到林丘。墨池一夜西风起，染出东篱一片秋。"❶ 由此可见，杨荣虽身居庙堂之高，心却系山林之远，但"承恩方显擢，何许赋归休。"❷ 虽是劝人，亦为心语，因欲致雍熙，却违心之所往。不过，即便如此，杨荣还是表现出了其诗歌的平淡风格。

成化间翰林侍读学士吴节五七言古也多学陶诗，具有平淡风格，如其《归田园居》：

> 旧庐在西山，远仕资隣守。南还寻故业，门径荒已久。诛茅覆檐栋，设席俟宾友。庋阁无书存，环墙有松茂。平畴稼未成，绕涧泉初透。蛙黾鸣终宵，林禽想新画。用拙惟道存，宜休托天佑。萧萧疏公橐，濯濯陶潜柳。所幸完初终，洁全已无负。❸

总之，陶渊明对台阁体诗人影响是多方面的，陶渊明的人品气节、平淡诗风、诗歌意象等方面都为台阁诗人所推崇和接受。明初台阁体诗歌平淡风格的形成，陶渊明的影响应该是一个重要的原因。

第二节　陈献章风韵诗学与陶诗批评

明代前期，台阁体诗学盛行，要求诗歌体现颂世鸣盛与性情之正的观念。这样，台阁体诗歌就被封闭在儒家伦理道德的狭窄圈子里，而不能很好地表现作者的真实情感。不过，台阁诗风的平易确实也受到了陶诗的影响。此时的陈献章却能跳出台阁体诗学的影响，主张诗歌要表达诗人真性情，讲究诗歌风韵，为明代前期陶诗批评指明了正确的方向。

---

❶ （明）杨荣《文敏集》卷七。

❷ （明）杨荣《鉴湖一曲为史院判题》，《文敏集》卷三。

❸ （明）吴节《吴竹坡先生诗集》卷六，四库全书存目丛书本。

一、陈献章学宗自然与风韵诗学

陈献章（1428—1500），字公甫，广东新会白沙里人，世称白沙先生。正统十二年（1447）举人，明年会试不第，景泰二年（1451）会试又不第，至江西从吴与弼讲学，居半载，归家，闭门读书，日夜不辍，筑阳春台，静坐其中，数年不出户。成化十八年（1482），广东左布政使彭韶、右都御史朱英荐至京，令就吏部试，辞疾不赴，上疏乞归，授翰林院检讨而归。弘治十三年（1500）卒，万历十三年（1585），从谥孔庙，谥文恭。

陈献章在中国哲学史上占有重要的地位，他上承陆九渊，下启王守仁，作为从程朱理学向心学过渡的关键人物，历来为人所重视。兰溪姜麟谓之"活孟子"❶。万历间从谥孔庙，清人俞长城《题陈白沙文稿》称其"倡学东南，为世儒宗"❷，都给予其极高的地位。陈献章心学思想对其诗文创作影响甚著。黄淳说："先生之学，心学也。先生心学之所流注者，在诗文。"❸《广东新语》卷一二引庞弼唐语云："白沙先生诗，心精之蕴，于是乎泄。"并进而说："粤人以诗为诗，自曲江始。以道为诗，自白沙始。"❹ 因此，不少学者称其诗为性气诗。这种看法是片面的。陈献章"潇洒有度，顾盼生姿"的诗歌为数不少。其门生张诩《白沙先生行状》称其师："其为诗也，则功专而入神品，有古人所不到者。"❺虽有溢美，但亦有据。因为白沙诗学主情论较为突出，能入神品诗歌者，大多缘情而为之。白沙心学以自然为宗，以静坐为径，以自得为终，强调"学者以自然为宗，不可不着意理会"❻，"为学须从静中坐养出个端倪来，方有商量处。"❼因此，陈献章审美理想趋向为自然率真。陈献章学宗自然的为

---

❶ （清）张廷玉等《明史》卷二百八十三《陈献章传》，第 7262 页。
❷ （明）陈献章《陈献章集》附录，中华书局 1983 年版，第 919 页。
❸ （明）陈献章《陈献章集》附录《重刻白沙子序》，第 903 页。
❹ （清）屈大均《广东新语》卷一二《白沙诗》，中华书局 1985 年版，第 388 页。
❺ （明）陈献章《陈献章集》附录，第 873 页。
❻ （明）陈献章《与湛民泽》，《陈献章集》卷二，第 192 页。
❼ （明）陈献章《与贺克恭黄门》，《陈献章集》卷二，第 133 页。

学理路，反映到诗歌理论中，便是其风韵诗学的提出

陈献章论诗重视真性情，主张自然而作，强调风韵。他说："大抵论诗当论性情，论性情先论风韵，无风韵则无诗矣。……情性好，风韵自好，性情不真，亦难强说。"❶"率吾情盎然出之，无适不可。"❷人之真性情发而为诗，风韵自具，无适不可。这种不假造作之诗方能渐趋自然之妙。白沙于此有绝妙比喻，他说："天命流行，真机活泼。水到渠成，鸢飞鱼跃。"❸白沙认为，自然之诗，不单在于性情之真，还在于行文安排之自然。他说："古文字好者，都不见安排之迹，一似信口说出，自然妙也。其间体制非一，然本于自然不安排者便觉好。"❹白沙此论，与朱熹评陶诗"正在不待安排，胸中自然流出"❺之语如出一辙。这种"不见安排之迹"的诗歌，大都表现出平淡简易之美，与陶诗风格一致。白沙好友庄昶也曾多次指出白沙诗歌"不待安排"之特点，他说："飞云一卷递中来，上有封题是石斋。喜把炷香焚展读，了无一字出安排。"❻白沙论诗亦主平淡，他说："作诗尚平淡，当与风雅期。如饮玄酒者，器用瓦为卮。"❼平淡是一种繁华尽去、渐趋老境之诗风，具体表现为语言平易、技法单纯、不着人力痕迹。白沙于此也有较为详细的论述，他说："大抵诗贵平易、洞达自然，含蓄不露，不以用意装缀，藏形伏影，如世间一种商度隐语，使人不可模索为工。"❽白沙把平易、洞达、自然、含蓄作为平淡诗风之标准，反对那种"矜奇炫能，迷失本真，乃至句锻月炼以求知于世"❾之诗歌。

从陈献章诗文中能够看出他对陶诗的无限推崇。他说："晋魏以前无近体，

❶（明）陈献章《与汪提举》，《陈献章集》卷二，第203页。
❷（明）陈献章《认真子诗集序》，《陈献章集》卷一，第5页。
❸（明）陈献章《示湛雨》，《陈献章集》卷八，第278页。
❹（明）陈献章《与张廷实主事》，《陈献章集》卷二，第163页。
❺北京大学、北京师范大学中文系编《古典文学研究资料汇编·陶渊明卷》（上卷），第76页。
❻（明）庄昶《读白沙先生诗集》，《定山集》卷四，文渊阁四库全书本。
❼（明）陈献章《对酒用九日韵》，《陈献章集》卷五，第537页。
❽（明）陈献章《批答张廷实诗笺》，《陈献章集》卷四，第74页。
❾（明）陈献章《认真子诗集序》，《陈献章集》卷一，第5页。

独怜陶谢不托泥。"❶ 又说："五言夙昔慕陶韦，句外留心晚尚痴。"❷ 陈献章有多首和陶、效陶诗歌，诗歌中多用陶事、陶典，杨慎指出："白沙之诗，五言冲淡，有陶靖节遗意，然赏者少。"❸ 清人朱彝尊也说白沙诗歌"虽宗击壤，源出柴桑"❹，皆直接指明白沙诗与渊明诗的渊源关系。

二、陈献章的隐逸情怀

陶渊明为千古隐逸之宗，陈献章也具有浓厚的隐逸心态，且深自践之。我们从白沙生平可以看出他与现实社会尤其是与政治的疏离。陈献章两次会试不第，归隐之心遂起。闭门读书，筑阳春台，静坐其中，数年不出户。成化十八年（1482），经彭韶、朱英荐至京。这次举荐，白沙亦是不得已才到京的。门生张诩所作《行状》对此记之甚详："壬寅，广东左布政使彭韶上疏，略曰：'国以仁贤为宝，臣才德不及献章万万，犹叨厚禄，顾于献章醇儒，乃未见收用，诚恐国家坐失为贤之宝。'疏闻，宪宗皇帝可其奏，部书下，有司以礼劝驾。先生以母老并久病辞。时巡抚右都御史朱英惧先生终不起也，具题荐末云：'臣已趣某就道矣。'且告之故曰：'先生万一迟迟其行，则予为诳君矣。'先生不得已遂起。"❺ 由此可见，朱英由于担心陈献章不应召，先向宪宗皇帝说白沙已就道，而再告诉献章如迟行，则为诳君。白沙不得已，才应召而行。因此，陈献章此行也是违心之举。此次授翰林院检讨而归家，后屡荐不起。此种心态及行为实为隐士所为。

再者，从陈献章治学方式来看，其所作所为也实属隐士行为。前文已指出，陈献章治学方式为静坐，他建立了以静坐而反求内心、养护内心的修养论。自

---

❶ （明）陈献章《晚酌示卢藏用诸友》（其五），《陈献章集》卷五，第 449 页。

❷ （明）陈献章《读韦苏州诗》，《陈献章集》卷五，第 671 页。

❸ （明）杨慎《升庵诗话》卷七，丁福保辑《历代诗话续编》本，中华书局 2006 年版，第 779 页。

❹ （清）朱彝尊《静志居诗话》卷七，人民文学出版社 1990 年版，第 182 页。

❺ （明）张诩《行状》，《陈献章集》附录，第 870 页。

己治学是这样，教人亦是如此。他在写给门生林缉熙的信中说："夫养善端于静坐，而求义理于书册，则书册有时而可废，善端不可不涵养也，其理一耳。……诗、文章、末习、著述等路头，一齐塞断，一齐扫去，毋令半点芥蒂于我胸中，夫然后善端可养，静可能也。"❶《与林君》中说："学劳攘则无由见道，故观书博识，不如静坐。"❷白沙心学讲究一心具万理、万物，所以，他认为只要静坐养心，便可无所不知、无所不得了。静坐为古代隐士常用修养之方式。荀子曾说："古之所谓处士者，德盛者也，能静者也，修正者也，知命者也，著是者也"（《荀子·非十二子》）。白沙静坐之治学方式和古之处士的修养方式一般无二。另外，陈献章私淑岭南诗派后期代表人物黎贞，深受黎贞的道学思想及隐逸行为的影响。既然如此，那么为何古往今来众多学者都不大承认陈献章为隐士呢？董铁柱对此解释道："作为明代理学的开拓者之一，白沙若是被贴上隐士的标签，那么理学的积极性就有可能被削弱。"❸其说甚是。

陈献章在《与朱都宪》中，提出"心"为"天理之时中"的观点。他说："夫天下之理，至于中而止矣。中无定体，随时处宜，极吾心之安焉耳。若昔之李密是也。密被征时，密之心盖自揆安于事刘，止则为中而行非中也。今若概以圣贤出处之常责密以必仕恐，恐非密之心，密之心，天理之时中也。"❹传统儒家讲求待时而动与用行舍藏的处世原则，白沙观点与之有较大差异，这也为其隐逸行为提供了理论支持。张诩《白沙先生墓表》描述白沙曰："暨归杜门，独扫一室，日静坐其中，虽家人罕见其面，如是者数年，未之有得也。于是迅扫夙习，或浩歌长林，或孤啸绝岛，或弄艇投竿于溪涯海曲，忘形骸，捐耳目，去心志，久之然后有得焉。"❺不论是前文所述及的静坐，还是此处浩歌孤啸、投竿垂钓诸种行为，都是白沙隐逸心态之外现。

❶　（明）陈献章《与林缉熙书》,《陈献章集·陈献章诗文续补遗》, 第 975 页。

❷　（清）黄宗羲《明儒学案》卷五《白沙学案上》, 中华书局 2008 年版, 第 85 页。

❸　董铁柱《论陈献章及其门人的隐士传统》,《中南大学学报》（社会科学版）2014 年第 2 期, 第 78 页。

❹　（明）陈献章《陈献章集》卷二, 第 125 页。

❺　（明）陈献章《陈献章集》附录, 第 883 页。

由此可见，陈献章隐逸情怀颇为浓重。再则，陈献章一生大多数时间都隐居家乡白沙里，对农村美丽自然风光的欣赏与对朴实农村生活的体验，也为其对陶诗的接受提供了现实生活基础。

三、陈献章的陶诗宗尚

陈献章对陶渊明极为推崇，其隐逸情怀又颇为浓厚，一生大多数时间隐居家乡的现实生活基础等方面都促成了白沙诗歌宗陶之倾向。这种宗尚倾向表现在以下几个方面。

（一）白沙诗歌中安贫乐道的思想倾向一如陶诗

安贫乐道一直是儒家思想的一个重要方面。孔子对此曾予以多次表述："富与贵，是人之所欲也，不以其道得之，不处也；贫与贱，是人之所恶也，不以其道得之，不去也。"（《论语·里仁》）"饭疏食，饮水，曲肱而枕之，乐亦在其中矣。不义而富且贵，于我如浮云。"（《论语·里仁》）"富而可求也，虽执鞭之士，吾亦为之。如不可求，从吾所好。"（《论语·述而》）"邦有道，贫且贱焉，耻也；邦无道，富且贵焉，耻也。"（《论语·泰伯》）。对其弟子颜回"穷不失己"之志，孔子更是大加赞赏："贤哉，回也！一箪食，一瓢饮，在陋巷，人不堪其忧，回也不改其乐。贤哉，回也。"（《论语·雍也》）儒家这种将道德操守放在物质利益之上的原则，逐渐成为后世得道之士的处世准则。陶渊明早年深受儒家思想的影响，可以说，儒家思想是其思想之底色。他曾多次在诗文中对安贫乐道原则的坚守：

> 安贫守贱者，自古有黔娄。……从来将千载，未复见斯俦。朝与仁义生，夕死复何求。（《咏贫士七首》其四）
>
> 先师有遗训，忧道不忧贫。瞻望邈难逮，转欲志长勤。（《癸卯岁始春怀古田舍二首》其二）
>
> 不赖固穷节，百世当谁传。（《饮酒二十首》其二）

可以说，早期的儒家思想支撑了陶渊明的安贫乐道，也成为其归隐后固守田园生活的精神支柱之一。归隐后，陶渊明的儒家思想有所淡化，但其对政治、社会等各方面的关注，也较多地留下儒家的痕迹。鲁迅先生说渊明在晋末和孔融之于汉末、嵇康之于魏末的情况略同，"但他没有什么慷慨激昂的表示，于是便博得'田园诗人'的名称。但《陶集》有《述酒》一篇，是说当时政治的。这样看来，可见他于世事也并没有遗忘和冷淡，不过他的态度比嵇康、阮籍自然得多，不至于招人注意罢了。"❶这样看来，儒家思想特别是其中的安贫乐道之操守是贯穿陶渊明一生的。

陈献章一生也始终坚守安贫乐道的道德操守，其诗文中经常出现表白自己要追步先贤的人生理想。"邈哉舜与颜，梦寐或见之"❷，表达了对虞舜与颜回的向往之情。"饭疏食饮水，曲肱谢游遨"❸，表达了意欲效仿孔子的想法。基于此，他对陶渊明一生的境遇与对"固穷节"的坚守，也深深地表达了崇敬之情。"高人谢名利，良马罢羁鞅。"❹"所思在何许，千古不同时。"❺陈献章诗歌创作中随处可见其安贫乐道思想：

> 人生异出处，贫贱奈尔何？（《牌山樵唱》）
>
> 丈夫重出处，富贵如浮烟（《赠林汝和通判》）
>
> 俭德苟不惭，厚禄安可荣？（《九日闲居》）
>
> 君贵我贫俱是分，敢将丘壑傲王侯。（《示儿》）
>
> 君子固有忧，不在贱与贫。（《和陶诗十二首·怀古田舍》）

陈献章在安贫乐道问题上比陶渊明走得更远，他期望以此来纠正时弊。黄宗羲《明儒学案》卷七引夏尚朴《浴沂亭记》一文，其中有陈献章与其好友章

❶　鲁迅《魏晋风度及文章与药及酒之关系》，《而已集》，人民文学出版社1973年版，第84页。

❷　（明）陈献章《自策示诸生》，《陈献章集》，第712页。

❸　（明）陈献章《漫题》，《陈献章集》，第735页。

❹　（明）陈献章《归田园三首》其二，《陈献章集》卷四，第292页。

❺　（明）陈献章《移居二首》其二，《陈献章集》卷四，第293页。

懋的一段对话，颇能看出白沙以安贫乐道救世之意。白沙云："我无以教人，但令学者看'与点'一章。"章懋对云："以此教人善矣，但朱子谓专理会'与点'意思，恐入于禅。"白沙云："彼一时也，此一时也。朱子时，人多流于异学，故以此救之。今人溺于利禄之学深矣，必知此意，然后有进步处耳。"章懋闻其言恍若有悟。❶由此可见，陈献章鄙薄功名利禄，而且还有意以安贫乐道之思想纠正世风，其超脱世俗的个性可见一斑。

（二）白沙诗歌颇得陶诗"自然"之境

陶渊明生当晋宋之际，其时诗歌"俪采百字之偶，争价一句之奇"❷，尽显时代风气。而陶公却能从此风气中拔出，其诗皆能以"自然"面目示人，颇得后人好评。朱熹曾说："渊明诗所以为高，正在不待安排，胸中自然流出。"❸晚明许学夷云："晋宋间诗，以俳偶雕刻为工，靖节则真率自然，倾倒所有，当时人初不知尚也。""靖节诗直写己怀，自然成文。"❹陶诗的自然风格是其自然思想的显现，因为陶公思想的核心即是崇尚自然，自然成为其指导生活和创作的根本准则。陶公自然思想的形成，除了主要受老庄哲学思想的影响之外，也较多地接受了魏晋玄学的影响，当然也有对儒家思想的改造和汲取。

对于自然化迁的委顺，是渊明自然思想的主要表现之一，陶诗中多次予以表述。"纵浪大化中，不喜亦不惧。应尽便须尽，无复独多虑"（《形影神·神释》），"聊且凭化迁，终返班生庐"（《始作镇军参军经曲阿》），"形迹凭化往，灵府长独闲"（《戊申岁六月中遇火》），"聊乘化以归尽，乐夫天命复奚疑"（《归去来兮辞》）。可以说，纵浪大化、遨游宇宙是渊明一贯的思想。前文提及，白沙之学"以自然为宗"，其对"自然"的理解虽多从理学的角度切入，但其常

---

❶ （明）黄宗羲《明儒学案》卷四《崇仁学案》，第75页。

❷ （梁）刘勰著，陆侃如、牟世金译注《文心雕龙译注》，齐鲁书社1995年版，第144页。

❸ 《古典文学研究资料汇编·陶渊明卷》（上卷），第76页。

❹ （明）许学夷《诗源辨体》卷六，人民文学出版社1987年版，第101页。

年的隐居生活使其将理学的"自然"延伸至生活中，当其陶然于自然山水、美丽田园时，诗人本身与自然融为一体的精神状态便油然而生。"一痕春水一条烟，化化生生各自然"❶，多么透彻的领悟！陈献章钦慕渊明，也常与渊明一样，将自身置于大化之中。"逍遥复逍遥，白云如我闲。乘化以归尽，斯道古来然"❷，白云如我，我亦如白云，乘化归尽，与陶诗语同。这种"物我两忘，浑然天地气象"的诗歌在白沙集中比较多见：

> 身与白云同去住，客从何处问行藏。（《游白云》）
> 天地安排蒉笠，江湖放浪渔船。或者天随是我，斜风细雨前川。（《次韵景云苍梧往复》其三）
> 江门卧烟艇，酒醒蓑衣薄。明月照古松，清风洒孤鹤。（《送刘方伯东山先生》）
> 明日冷香桥上望，海鸥相对便忘机。（《白洋潭鱼》其一）

白沙心学反对一切外物对人类自身的束缚，倡言"出处语默，咸率乎自然"，追求自由、自得之精神，所以，其诗多有忘情于自然、与大化同一的自得之作。

陈献章论诗主平淡自然，更为可贵之处在于他在诗歌创作中始终以其诗论为指导。因此，整体看来，白沙诗歌表现出一种任真率性、自然平淡之诗风。录其几首山水田园诗如下：

> 短短蒌蒿浅浅湾，夕阳倒影对南山。大船鼓枻唱歌去，小艇得鱼吹笛还。（《赠钓伴》）
> 客子正歌山鬼句，篙师欲进顶湖船。遥看落日苍梧外，独立横槎古寨边。（《望顶湖山》）

---

❶　（明）陈献章《观物》，《陈献章集》卷六，第683页。
❷　（明）陈献章《和陶十二首·归田园三首》其一，《陈献章集》卷四，第292页。

　　高人谢名利，良马罢羁鞅。归耕吾岂羞，贪得而妄想。今年秋又熟，欢呼负禾往。商量大作社，连村集少长。但忧村酒少，不充侬量广。醉即拍手歌，东西卧林莽。（《和陶十二首·归田园三首》其二）

　　这些诗歌，平淡自然，超逸绝尘，是作者对自然的领悟，更是其对自得之人格境界的生动而形象的表现。

（三）白沙诗歌多用陶诗意象

　　陈献章长期隐居，使得他有大量的时间流连于山水田园之间，或浩歌长林，或孤啸绝岛，或弄艇投竿于溪涯海曲，或负耒躬耕于山间园田。他对山水景物的描写以及对躬耕田园生活的描绘中，较多地运用了陶诗中常用的意象，表现了对陶诗的全面接受。

　　陈献章诗歌中经常出现渊明字号，表现了他对渊明人格精神的钦慕。检《陈献章集》所收诗歌中，"渊明"出现了10次，"陶潜"和"元亮"各出现了7次，"五柳"出现了2次，"靖节"出现了1次。如：

　　　　霜前淡淡花，瓢内深深酒。今日陶渊明，庐山作重九。（《九日》）
　　　　菊花正开时，严霜满中野。从来少人知，谁是陶潜者？（《寒菊》）
　　　　秋色上篱尖，天高霜气严。对花无阿堵，笑我似陶潜。（《菊节后五日丁明府彦诚携酒来饮白沙社赋补会》）
　　　　知章投老鉴湖滨，还戴华阳羽士巾。元亮也归三径去，至今人笑是痴人。（《对菊》）
　　　　日长睡榻千峰里，春近柴门五柳边。（《张生以诗来调次其韵答之》）
　　　　未肯低头陶靖节，挂怀身外五男儿。（《读林和靖诗集序》）

　　白沙诗中除了多次出现渊明字号外，亦较多地运用陶诗中的意象，尤其是"菊""酒"。

陶诗中"菊"意象颇多，陶渊明也因赋予其笔下之"菊"多重文化内涵而被视为"菊"之化身，甚至被奉为菊花之神。杨万里《赏菊》诗云："菊生不是遇渊明，自是渊明遇菊生。岁晚霜寒心独苦，渊明元是菊花精。"❶可以说，从渊明开始，菊成了一种具有特定文化和情感内涵的审美意象，具有独特的审美文化意蕴，成为隐士的象征。周敦颐《爱莲说》就指出："晋陶渊明独爱菊……予谓菊，花之隐逸者也。"❷陶渊明借菊之清贞绝俗之特性抒发其超越世俗之真情，后人对此看得非常透彻。方孝孺就曾指出："渊明之属意于菊，其意不在菊也，寓菊以舒其情耳。"❸陈献章《菊逸说》一文直言"陶元亮似菊"，并说"菊，花之美而隐者也"❹。白沙诗中，"菊"出现次数高达五六十次，远远超过陶公诗文中"菊"意象的运用。如：

> 黄菊有佳辰，良朋乐呼唤。争持渊明杯，来接子桑饭。(《九日诸友会饮白沙得雁字》)
>
> 严霜百卉枯，三径挺秋菊。绿叶明紫英，微风递寒馥。(《紫菊吟寄林时嘉》)
>
> 渊明无钱不沽酒，九日菊花空在手。我今酒熟花正开，可惜重阳不再来。(《对菊》)

陶公言"三径就荒，松菊犹存"(《归去来兮辞》)，赋予菊坚贞高洁之品德。陈献章亦有"黄菊开时霜满林，山风吹冷薜萝襟"❺之句，描绘了菊于严霜满林时节犹然盛开的坚贞形象，同时也抒发了诗人坚韧孤傲之情。陶公言"采菊东篱下，悠然见南山"(《饮酒》其五)，以采菊之悠然表达出作者自我精神与外在自然的冥合，从而使自己及诗歌都进入超绝旷达的高远境界。陈献章有诗

---

❶（宋）杨万里《诚斋集》卷三十七，文渊阁四库全书本。

❷（宋）周敦颐《周元公集》卷二，文渊阁四库全书本。

❸（明）方孝孺《菊趣轩记》，《逊志斋集》卷十六，文渊阁四库全书本。

❹（明）陈献章《陈献章集》卷一，第59页。

❺（明）陈献章《次韵吾县博见寄》，《陈献章集》，第490页。

云:"岁晏菊始吐,鲜鲜在东篱。不污桃李尘,永续征君诗"❶,说自己永续陶诗,亦是接受了陶菊的深刻内涵。

白沙诗中"菊"香满溢,"酒"意也颇浓。陶诗言"酒"者较多,萧统《陶渊明集序》说:"有疑陶渊明诗篇篇有酒。"又说:"吾观其意不在酒,亦寄酒为迹焉。"❷白沙宗陶表现在多个方面,学陶饮酒,亦寄迹于酒。"病里春秋六十更,酒杯无日不渊明"(《次韵顾通判夜泊江门见示》)。"往往诗囊随李贺,深深酒笺寄渊明"(《与世卿闲谈兼呈李宪副》)。陶公常"挥兹一觞,陶然自乐"(《时运》),深知"酒中有深味"(《饮酒》其十四)。白沙也高唱"一觞复一曲,不觉夕阳残"(《春日写怀》其二),认为"有钱不买重阳醉,篱下黄花也笑人"(《对菊》其七),也是深得酒中深味的。"酒"成为白沙抒写真情真性的得力媒介,也是其体悟生命自得的必然途径,"今古一杯真率酒,乾坤几个自由身"(《题应宪副真率卷》)。

白沙钦慕渊明人格风采,喜其"菊",好其"酒",诗中常将二意象并列:

世人有眼不识真,爱菊还他晋时人。一瓢酩酊庐山下,万乘之君不得臣。(《答惠菊》)

霜前淡淡花,瓢内深深酒。今日陶渊明,庐山作重九。(《九日》)

菊花正开时,严霜满中野。从来少人知,谁是陶潜者。碧玉岁将穷,端居酒堪把。南山对面时,不取亦不舍。(《寒菊》)

我思陶长官,庐山一杯酒。世远道弥光,岁岁此重九。(《题民泽九日诗后》)

白沙诗写渊明爱菊好酒,实际上也是自我形象的塑造。写世人有眼不识渊明这位"真"人,也有对自己多次会试落第的不满。白沙追求自由、自得,也追求任真,他诗中的"菊""酒"是其崇高人格理想的外现。

---

❶ (明)陈献章《和罗服周对菊见寄》,《陈献章集》,第310页。

❷ (清)严可均辑《全梁文》卷二十一,商务印书馆1999年版,第221页。

四、陈献章的《和陶十二首》

陈献章对陶诗的接受集中表现在其《和陶诗十二首》中。这组诗在体裁、内容、风格诸方面都与陶诗相近，深得陶诗风味。后人和陶，大多受到批评。今观白沙和陶诗，虽在整体成就上难以与陶诗相埒，但也是白沙旷达胸襟与真率性情的真实表达，不能与那些借和陶强说愁者相提并论。

前文已述，陈献章对山水景物与田园生活表现出极大的兴趣，不愿被虚伪凶险的官场所羁绊。其和陶诗多处表达了他对山水田园的向往和对世俗名位的鄙夷。如《和陶十二首·归田园三首》其一：

> 我始惭名羁，长揖归故山。故山樵采深，焉知世上年。是名鸟抢揄，非曰龙潜渊。东篱采霜菊，两渚收菰田。游目高原外，披怀深树间。禽鸟鸣我后，鹿豕游我前。泠泠玉台风，漠漠圣池烟。闲持一觞酒，欢饮忘华颠。逍遥复逍遥，白云如我闲。乘化以归尽，斯道古来然。

白沙此诗一开头就讲明自己是因为要摆脱官场名位的羁绊而归隐田园，有如渊明"性本爱丘山，复得返自然"之宣言。归隐之后的生活是作者所向往的，白沙对其做了较为细致的描写。东篱采菊，水边收菰，游目骋怀于高原深树间，看禽鸟鹿豕嬉游于前，望白云如我般闲散于天边。白沙认为，这绝美的自然风景远远超过官场的尔虞我诈。结尾化用渊明"聊乘化以归尽，乐夫天命复奚疑"之句，表达了要委身于大化的自由自得之精神。

陶渊明在诗歌中多次表达了与邻里关系的融洽，白沙和陶诗于此也多有描述。其《移居》其一云：

> 万金论买邻，千金论买宅。岂不念子孙，而以营朝夕。长揖都会里，来趋白沙役。壤地何必广，吾其寄一席。邻曲弥乐今，园林尚怀昔。吾志在择善，无然复离析。

白沙此诗写于自己从都会里迁居白沙里之时。诗中既有对移居前的怀念，也有对新居邻曲的喜爱，并且表示此次移居为择善而处，当不再移居。陈献章《和庚戌岁九月中于西田获早稻》一诗具体描写了与邻里之间的和睦关系："伐鼓收西畲，黄云被江干。聊用代糟糠，作粥欢宾颜。邻叟携儿来，嬉戏松下关。齐声鼓腹讴，永谢攒眉欢。"❶作者收禾以代糟糠，作粥娱宾睦邻，邻叟趋至，儿童亦来。于是鼓腹而歌讴，永谢世间攒眉之事。作者于农家的欢乐中忘记了世间攒眉之叹息，这种真挚的邻里之情与淳朴的田园生活的描写与陶诗别无二致。

白沙和陶诗还表现了对朋友的深情厚谊，如《和郭主簿寄庄定山》：

> 青松出乔木，遥望十里阴。少年不结友，岁暮怀同襟。同襟问为谁，定山携一琴。悠然一鼓之，不辨古与今。在昔经江东，多士予所钦。论交一觞酒，惟我与子斟。岂意千载下，复此闻韶音。我病不出户，何时还盍簪。茫茫宇宙内，与子契其深。

庄定山即庄昶，初为翰林检讨，后因谏上元张灯获罪，落职为行人。陈献章与庄昶初结交于成化二年，后情谊日笃，但久相别离，故二人常作诗以寄，表达彼此的思念。该诗以比兴手法起笔，将定山比为青松。诗中回忆二人结交以及定山鼓琴之情景。但时至今日，"我病不出户"，何时能复会？所以，感慨茫茫天地间，只有与子为深契矣！诗歌虽平淡自然，但诗人对朋友的浓情厚谊如山泉般汩汩流出，令人感慨不已。

白沙弟子湛若水评白沙和陶诗云："和陶十二章止此，读之可想见先生之高风，足以廉顽立懦，为百世师。"❷湛氏此评读来颇为熟悉，"廉顽立懦"之语盖出自萧统评渊明语，萧统《陶渊明集序》曾说："尝谓有能读渊明之文者，驰竞之情遣，鄙吝之意祛，贪夫可以廉，懦夫可以立，岂止仁义可蹈，抑乃爵

---

❶ （明）陈献章《陈献章集》卷四，第295页。
❷ （明）陈献章《陈献章集》附录一《白沙子古诗教解卷之上》，第744页。

禄可辞！"❶湛若水此评可谓上通千年，直接指出白沙和陶诗具有与陶诗同样的教化作用。

　　陈献章宗陶、和陶，表现出对陶渊明追求任真适性存在方式的认同、对陶渊明自然精神境界的钦羡，也表现出对陶诗平淡自然审美范式的自觉追求。今读白沙诗歌，我们能够感觉到其山水诗及和陶诗颇为接近陶诗风格，那是因为白沙内心也具真情，其诗是其真性情的外现，是其追求自然、自得精神过程中的诗性表达。白沙对渊明无比崇敬，对陶诗也多有学习。他曾说："欲学古人诗，先理会古人性情是如何。有此性情，方有此声口。"❷今观白沙诗歌"声口"，我们可以推断他应常常体会陶公性情。白沙也经常以自己的学陶体会告诫弟子，他曾对张诩说："晦翁自云：'初学陶诗，平仄皆依韵。闭门两个月，方得逼真。'自古未有不专心致志而得者。更望完养心气，臻极和平，勿为豪放所夺。造诣深后自然如良金美玉，略无瑕颣可指摘。"❸白沙深得学陶路径，陶诗自是真情发抒，故当完养心气，具备和平心境者方可学陶。白沙学陶除了具备此种澹泊心境外，其悠游山水、躬耕田园的生活经历与感受亦为其学陶奠定了生活基础，故其和陶诗才觉逼肖陶诗。不过，白沙和陶毕竟是其心境的外现，因此，白沙和诗与陶诗略有不同。前文提及，白沙哲学追求逍遥自适，故其和诗亦在欣赏自然山水田园风光的基础上，表达出旷达逍遥的情怀，这与渊明因在其静穆思想主导下而表现出的物我相融、意在言外的艺术效果有些许不同。

---

❶　（清）严可均辑《全梁文》卷二十一，商务印书馆 1999 年版，第 221 页。

❷　（明）陈献章《批答张廷实诗笺》，《陈献章集》卷一，第 74 页。

❸　（明）陈献章《与张廷实主事》，《陈献章集》卷二，第 170 页

第三节 茶陵派于"格调"外论陶诗

以李东阳为首的茶陵派，是明代诗歌自成化以来走出低谷走向高潮的先驱复古诗派。❶ 王世贞曰："长沙之于何、李也，其陈涉之启汉高乎。"❷ 李维桢云："本朝文章言宋元之陋，茶陵李文正起而后返古，论者比于秦民汤武。"❸ 胡应麟也说："成化以还，诗道旁落，唐人风致，几于尽隳。独李文正才具宏通，格律严整，高步一时，兴起李、何，其功甚伟。"❹ 上述诸氏都指出了茶陵派对后世特别是对前七子的启发作用。关于茶陵派成员的构成问题，历来众说纷纭。司马周《茶陵派研究》把茶陵派成员分为三类：一是茶陵派宗主；二是茶陵诸执友；三是西涯众门生。勾稽出包括李东阳在内的茶陵派成员凡136人，其中茶陵诸执友95人，西涯众门生40人。❺ 范围似乎过于宽泛。笔者综合清代陈田、钱谦益及四库馆臣诸家观点，认为茶陵派的主要成员大概有李东阳、张泰、谢铎、陆鈇、邵宝、石珤、吴宽、储巏、钱福、顾清、陆深、何孟春、鲁铎、王鏊、程敏政等人。他们的政治理想与社会现实之间的矛盾，使他们徘徊于庙堂与山林之间，表现出越来越依恋山林田园的隐逸心态。这种心态趋向使得陶渊明成为他们诗歌中的日常书写，表现出对陶诗的喜爱之情。近年来，茶陵派研究颇受重视，不断深入，❻ 但茶陵派的陶诗接受与批评鲜有论及，本节拟对此论题进行较为深入的探究。

---

❶ 茶陵派是否可称为"派"，学界尚有争论。何宗美《茶陵派非"派"试论——"茶陵派"命名由来及相关问题的考辨》(《文学遗产》2012年第6期)一文认为，今所谓茶陵派并不是明代文学史上实际存在的茶陵派的原生态，"茶陵派"之称是明末程嘉燧和钱谦益先后提出，后被《四库全书总目》和陈田《明诗纪事》等借鉴和宣扬，成为后来文学史普遍接受的"常识"，结果原本占主导的"无与宗派"说即茶陵派非"派"的观点长期淹没无闻。我们仍沿用传统说法，视之为诗派。

❷ (明)王世贞《艺苑卮言》卷六，丁福保辑《历代诗话续编》本，中华书局2006年版，第1044页。

❸ (明)李维桢《罗先辈制义题辞》，《大泌山房集》卷一百三十二，四库全书存目丛书本。

❹ (明)胡应麟《诗薮·续编》卷一，周维德集校《全明诗话》本，齐鲁书社2005年版，第2735页。

❺ 司马周《茶陵派研究》，南京师范大学博士论文，2003年，第23-25页。

❻ 具体情况可参见司马周主编《茶陵派学术档案》一书，武汉大学出版社2015年版。

一、茶陵派陶诗批评的社会与诗学背景

明代文学复古运动，绵延时间长，涉及的文学流派多。大多数学者认为，明代文学复古运动的出现，是对明中叶以后日趋尖锐的种种社会矛盾的反映，以及对明初以来思想文化高压政策和萎靡不振之诗风文风的反动。廖可斌先生认为，明代文学复古运动还有更为深刻的社会原因，他说："它实际上是整个中国古典审美理想和古典诗歌审美特征发展变迁的必然结果。""他们是在对中国古典诗歌的审美特征及其发展变迁轨迹作了全面深刻的反思之后，才提出复古主张的。"❶ 这种认识，把明代文学复古运动产生的原因，推进到文学内部发展的更深层次，极有见地。

作为明代文学复古运动之先声的茶陵派，率先从台阁体中脱颖而出，对其时诗坛影响甚大。清人沈德潜说："永乐以后诗，茶陵起而振之，如老鹤一鸣，喧啾俱废。"❷ 茶陵派重新认识中国古典诗歌的审美特征，提出影响深远的"格调"说，提倡诗歌创作要表达真情实意，主张诗歌创作应去雕饰而归自然，批评诗歌的理化与俗化。李东阳说：

> 诗有别材，非关书也；诗有别趣，非关理也。然非读书之多明理之至者，则不能作。论诗者无以易此矣。彼小夫贱隶妇人女子，真情实意，暗合而偶中，固不待于教。而所谓骚人墨客学士大夫者，疲神思、弊精力，穷壮至老而不能得其妙，正坐是哉。❸

李东阳继承严羽诗之别才、别趣非关书、关理之诗论，认为即使是不待教之小夫贱隶妇人女子，亦能表达其真情实意，而那些疲神思、弊精力，穷壮至老的骚人墨客学士大夫，却不能得其妙者，实因其不能表达真情实意。由此看

---

❶ 廖可斌《明代文学复古运动研究》，商务印书馆 2008 年版，第 5 页。

❷ （清）沈德潜、周准《明诗别裁集》卷三，上海古籍出版社 1979 年版，第 75 页。

❸ （明）李东阳《麓堂诗话》，丁福保辑《历代诗话续编》本，中华书局 2006 年版，第 1378 页。

来，茶陵派虽也有较强的政教文学观，但是其文学思想的核心则转向了重抒情、重自然一路上来了。李东阳说："唐人不言诗法，诗法多出宋，而宋人于诗无所得。所谓法者，不过一字一句，对偶雕琢之工，而天真兴致，则未可与道。"❶李氏认为宋人多言诗法，导致他们于诗无所得，也就是失去了天真兴致。即使对不言诗法的唐代诗人，只要存在过于雕琢的现象，他也会给予严厉的批评。如他批评李贺说："李长吉诗，字字句句欲传世，顾过于刿鉥，无天真自然之趣。通篇读之，有山节藻棁而无梁栋，知其非大道也。"❷李氏认为李贺过于刿鉥雕琢的诗歌失去了天真自然之趣。茶陵派其他成员也持重自然的诗论。与李东阳相交颇厚的张泰，以诗歌的形式表达了其重自然、尚简易的诗学倾向。其《感兴》二首其一有云：

> 真宰匪雕琢，群形贲然存。仲尼躬删述，代彼天不言。光明齐日月，简易准乾坤。后来文章士，蹊径日以繁。畴能抱遗经，沿流讨真源。沛然书独悟，弗俾道弥昏。❸

张泰认为宇宙与天地间万物都是不经雕琢的自然存在，追求自然与简易。他对后来文士繁缛的创作方法进行了批评，主张创作还是要"讨真源""书独悟"。王鏊《东原诗集序》说："陆鲁望、魏野、林逋尤喜为诗，其于世之兴衰、理乱、毁誉、得失、荣辱、进退一切抹杀，而独习志于烟云、泉石之间，其词冲澹幽深。"❹对陆龟蒙、魏野、林逋冲澹幽深的诗风给予高度评价。他在《云水诗集序》中又说："时亦不能忘情作为歌诗。盖无意于言，不能不言，而自成其言。"❺赞赏了云水道人诗歌为情之所感而不得不言的特点。

在这样重抒情、尚自然、求简易的诗学大环境下，茶陵派对具有自然之真

---

❶ （明）李东阳《麓堂诗话》，丁福保辑《历代诗话续编》本，第 1371 页。

❷ （明）李东阳《麓堂诗话》，丁福保辑《历代诗话续编》本，第 1381 页。

❸ （明）张泰《沧洲诗集》卷二，四库全书存目丛书本。

❹ （明）王鏊《震泽集》卷十，文渊阁四库全书本。

❺ （明）王鏊《震泽集》卷十四。

趣的陶诗给予高评是理所当然的。

此外，茶陵派盛行的成化至正德时期逐渐混乱的社会政治背景，也促使他们的诗歌创作逐渐向山林田园转变。成化皇帝内向懦弱，其统治前期，尚能在李贤、彭时、商辂等老臣的辅助下励精图治，其后，随着这批老臣的逐渐去世，其统治便逐渐走下坡路。弘治朝政治还算清明，至正德朝，又出现了以太监刘瑾为代表的"八虎"，他们权倾朝野，朝政日非，馆阁大臣地位日益趋下，台阁文学的审美对象也逐渐失去了存在的政治基础而逐渐衰微。明宪宗和孝宗都崇尚佛老思想，明武宗荒淫无度，对儒家思想不屑一顾。因此，自明初一直盛行的理学式微，使得台阁文学渐渐失去了存在的思想基础。四库馆臣在《倪文僖集》提要中说："'三杨'台阁之体，至弘、正之间而极弊，冗阘肤廓，几于万喙一音。"❶ 在《襄毅文集》提要中也说："明自正统以后，正德以前，金华、青田流风渐远，而茶陵、震泽犹未奋兴。数十年间，惟相沿台阁之体，渐就庸肤。"❷ 台阁体诗歌，在正统、成化以后，渐染啴缓之流弊。李东阳作为其时文坛领袖，非常清楚此时文学的发展态势，他虽然无法改变直至根除台阁文学的流弊，但是凭借其深厚的文学基础，努力扭转台阁体末流的颓势。

李东阳首先所做的，就是将山林诗与台阁诗并提。他在《倪文僖公集序》中说："馆阁之文，铺典章，裨道化，其体盖典则正大，明而不晦，达而不滞，而惟适于用。山林之文，尚志节，远声利，其体则清耸奇峻，涤陈薙定，以成一家之论。二者固皆天下所不可无。"❸ 李东阳认为，馆阁文学与山林文学的区别主要在于，前者是"裨道化"，强调社会功用；后者是"尚志节，远声利"，强调个人情志的发抒。因此，李东阳又说："至于朝廷典则之诗，谓之台阁气；隐逸恬澹之诗，谓之山林气，此二气者，必有其一，却不可少。"❹ "作山林诗易，

---

❶ （清）纪昀等《四库全书总目》卷一百七十，第 2295 页。

❷ （清）纪昀等《四库全书总目》卷一百七十，第 2295 页。

❸ （明）李东阳《怀麓堂集》卷二十九，文渊阁四库全书本。

❹ （明）李东阳《麓堂诗话》，丁福保辑《历代诗话续编》本，第 1384 页。

作台阁诗难。山林诗或失之野，台阁诗或失之俗。野可犯，俗不可犯也。盖惟李杜能兼二者之妙，若贾浪仙之山林则野矣；白乐天之台阁则近乎俗矣。况其下者乎？"❶ 李氏先是将台阁诗和山林诗并而提之，进而将山林诗抬高到台阁诗之上，实际上表现了对山林诗的重视。此种观点，可视为成、弘时期文人，对此前洪、永时期高压政策下造成的士人畏谨心态的反拨，也反映出了李东阳在经邦济世的理想与政治险恶的现实矛盾中表现出来的对台阁政治的离心力。不独李氏如此，茶陵派成员亦多有此离心力。如吴宽在《樵乐存稿序》中说："市廛之尘埃，孰比乎烟霞之胜，闾巷之人迹，不若乎泉石之佳。发乎兴致，荡乎胸怀，景美而意自奇，迹爽而趣自妙，不期乎诗而诗随之。"❷ 其《石田稿序》又云："故尝窃以为穷而工者，不若隐而工者之为工也。盖隐者忘情于朝市之上，甘心于山林之下，日以耕钓为生，琴书为务，陶然以醉，翛然以游，不知冠冕为何制，钟鼎为何物，且有浮云富贵之意，又何穷云！"❸ 顾清也说："城阙非长往，山林是凤期。""地远陶潜社，人怀庾亮楼。"❹ 在此种诗学观念的导引下，茶陵派成员均表现出了对京城山水以及自家别业田园风景的喜爱，常常从中寻找内心的闲适与清逸。因此，他们表现出对陶渊明田园诗歌的喜爱也就理所当然了。

二、茶陵派陶诗批评艺术标准的重新确立

自魏晋特别是南朝以来，山水审美已经成为诗人们重点关注的对象。刘勰所谓："宋初文咏，体有因革，庄、老告退，而山水方滋。"❺ 正说明了这一点。但是，对明代初期台阁文人来说，他们还是极为看重台阁诗而轻视山林诗的。

---

❶ （明）李东阳《麓堂诗话》，丁福保辑《历代诗话续编》本，第 1387 页。

❷ （明）吴宽《家藏集》卷四十二，文渊阁四库全书本。

❸ （明）吴宽《家藏集》卷四十三。

❹ （明）顾清《涯翁示独酌二诗》，《东江家藏集》卷十一，文渊阁四库全书本。

❺ （梁）刘勰著，陆侃如、牟世金译注《文心雕龙译注》，齐鲁书社 1995 年版，第 144 页。

这在其时的大多台阁重臣的诗学观念里都有所表达。宋濂在《汪右丞诗集序》一文中曾说：

> 昔人之论文者曰：有山林之文，有台阁之文。山林之文，其气枯以槁；台阁之文，其气丽以雄。岂非天之降才尔殊也，亦以所居之地不同，故其发于言辞之或异耳。❶

王祎也曾论述"达而在上者"与"居山林间者"诗歌之区别："士之达而在上者，莫不咏歌帝载，肆为瑰奇盛丽之词，以鸣国家之盛；其居山林间者，亦皆讴吟王化，有忧深思远之风，不徒留连光景而已。夫其达而在上则人所共知，而山林之间人有弗及。"❷ 明显是扬台阁而抑山林的。

因为台阁体诗歌要讲求其文学功能，要"考见王政之得失，治道之盛衰"，所以要"浑涵博厚""清粹典则"。宋、王、杨诸氏推崇台阁诗而贬抑山林诗，与其所处的社会政治环境和思潮有很大关系。明初，朱元璋废置实行了1000余年的丞相制度，将相权并入君权，大兴党案，许多文人被杀，就连宋濂也因其孙一案被牵连自杀。永乐间，朱棣继承乃父高压政策，更于永乐十八年（1420）设置东厂，专门逮系拷掠诸臣，政治氛围亦为严酷。此外，明前期的社会思潮是以朱学为主的理学盛行的时期。《明史·儒林传序》曰："原夫明初诸儒，皆朱子门人之支流余裔，师承有自，矩矱秩然。"❸ 在这样严苛的政治氛围和社会思潮中，能有几人有心思和条件关注山林之美呢？因此，馆阁重臣对陶渊明及其诗歌的评价还是以理学为准的。

从理学（儒学）视角来评价陶渊明，最早可以追溯到为《陶渊明集》作序的萧统。他在《陶渊明集序》中称其："贞志不休，安道苦节，不以躬耕为耻，

---

❶ （明）宋濂《文宪集》卷六，文渊阁四库全书本。

❷ （明）王祎《张仲简诗序》，《王忠文集》卷五，文渊阁四库全书本。

❸ （清）张廷玉等《明史》卷二百八十二，第7222页。

不以无财为病，自非大贤笃志，与道污隆，孰能如此者乎？"❶萧氏眼中的陶渊明形象俨然一位儒士。南宋著名理学家陆九渊也曾疾呼"李白、杜甫、陶渊明皆有志于吾道"❷，将陶公思想理学化。其后的真德秀针对朱熹"渊明所说者庄老"❸之观念，极力批评之，明确提出"渊明之学正自经术中来"❹的观点。后世沿此理路论陶者大有人在。

明初理学盛行，台阁体诗人大都继承了以"性情之正"为标准来评价陶诗的传统。"性情之正"大概指诗歌的感情平和、节制、合理，要受制于道德。只有守持性情之正的诗歌才能达到典丽婉约、冲和雅淡之风格。前文已述，台阁体诗人们皆认为陶渊明诗歌具性情之正的特点，他们大都以"性情之正"的理学标准来认识、评价陶诗，陶渊明在他们眼中俨然一位正统的理学家，这样就在很大程度上抹杀了陶诗的真正面貌，使得陶诗好像只能以理学的角度去理解和批评了。

茶陵派诗人对台阁体派以理学标准评陶多有纠正与反拨。李东阳虽被后人看作台阁体第二代盟主，但他大力淡化其台阁身份，尤其在诗歌评论方面，一改第一代台阁盟主杨士奇等人的做法，对诗歌的审美特征有较为深入的把握。他指出："诗贵意，意贵远不贵近，贵淡不贵浓。浓而近者易识，淡而远者难知。"❺"唐诗李杜之外，孟浩然王摩诘足称大家。王诗丰缛而不华靡，孟却专心古淡，而悠远深厚，自无寒俭枯瘠之病。由此言之，则孟为尤胜。"❻明确提出诗歌"淡""厚"等美学特征，并把追求平淡深厚诗风的王孟提升为大家地位，为其时之殊调。在这种诗学背景下，李东阳对陶渊明的批评，就摆脱了理学家"性情之正"的评价标准，能够从纯艺术的角度对陶诗进行批评。李东阳提

---

❶ （清）严可均辑《全梁文》卷二十一，商务印书馆1999年版，第221页。

❷ （宋）陆九渊《象山全集》卷三十四《语录上》，《四部丛刊》本。

❸ （宋）黎靖德《朱子语类》卷一百三十六，文渊阁四库全书本。

❹ （宋）真德秀《跋黄瀛甫拟陶诗》，《西山文集》卷三十六，文渊阁四库全书本。

❺ （明）李东阳《麓堂诗话》，丁福保辑《历代诗话续编》本，第1369页。

❻ （明）李东阳《麓堂诗话》，丁福保辑《历代诗话续编》本，第1372页。

出"格调"说，评价诗人以是否合乎格调为主。我们知道，陶诗从不讲究句格声调，但李东阳却能跳出格调说的藩篱，尽识陶诗妙处。他说：

> 陶诗质厚近古，愈读而愈见其妙。韦应物稍失之平易，柳子厚则过于精刻。世称陶韦，又称韦柳，特概言之。惟谓学陶者，须自韦柳而入，乃为正耳。❶

以朴质、深厚的艺术标准评价陶诗，虽不是什么新鲜论调，但在以"三杨"为代表的台阁体诗人那里却极为罕见。可以说，是李东阳把对陶诗的评价标准，从"性情之正"拉回到朴质深厚之理路上来的，使得陶诗批评逐渐脱离理学思想阴影的笼罩，重新走上诗学正路。吴宽也视陶诗为高格，他评陈起东诗说："知其学不少变而语亦不杂。自是而柳而韦而谢而陶，若升阶耳。"❷说陈起东诗歌学习对象自柳至陶，"若升阶耳"，实际上是视陶诗为最高格。前文提及陈献章较早以"风韵"论诗，他说："大抵论诗当论性情，论性情先论风韵，无风韵则无诗矣。"❸对此，李东阳是较为赞成的，他曾评价"陈白沙诗，极有声韵"，并说"余诗亦有风致"。我们知道，陈献章诗歌大体可以分为两类，一类是性气诗，一类是山林诗。李东阳所谓的陈白沙极有声韵之诗，当为后者。前文已述白沙山林之诗颇受陶诗影响，李东阳对白沙此类诗歌的赞赏大概也是看中了这一点。

明确地对台阁体诗人以性情之正为标准评价陶诗进行反驳者，是与李东阳交厚的桑悦。他在《唐诗分类精选后序》一文中说："……降至魏晋，乱日多而治日少，则能诗如曹子建、阮嗣宗、张茂先、陶渊明辈，将何所饮以发和平之音耶？大抵《三百篇》以后，取其诗之上薄《风》《雅》，当味其意之浅深何

---

❶（明）李东阳《麓堂诗话》，丁福保辑《历代诗话续编》本，第1379页。

❷（明）吴宽《题陈起东诗稿后》，《家藏集》卷五十。

❸（明）陈献章《与汪提举》，《陈献章集》卷二，中华书局1983年版，第203页。

如，不可专论其辞之平不平也。"❶ 台阁体诗学中的"性情之正"，提倡诗歌要考见王政得失、治道盛衰；要止乎礼义、辅于世教；要有意趣，具藻饰。桑悦认为这样的诗歌大都产生于治世。明初出现了所谓的"永乐盛世""仁宣之治"等政治清明时期，这也是明初台阁大臣们"性情之正"诗学产生的政治经济基础。但是，桑悦指出，魏晋时期乱日多而治日少，如能诗者曹植、阮籍、张华与陶渊明等人，没有发和平之音的社会基础，何以让他们的诗歌达到"性情之正"的标准呢？所以，桑悦认为评价陶诗还是"当味其意之浅深何如"，如同李东阳一样，摆脱台阁诗人陶诗评价的标准，开始重视陶诗的审美艺术特质，也给陶诗批评指明了一条正确的道路。

三、茶陵派诗歌创作中的宗陶现象

茶陵派诗学主张前文已提及，其基本目的就是要摆脱台阁体陷于缓弱之流弊，恢复中国古典诗歌的审美特性。为此，李东阳等人继承了严羽"第一义"之说的观点，主张超越明初台阁体以及宋元诗歌，溯源直上，推崇汉唐诗歌。李东阳说："汉唐及宋，代与格殊。逮乎元季，则愈杂矣。今之为诗者，能轶宋窥唐，已为极致。两汉之体，已不复讲。"❷ 但是，对于六朝诗，李东阳并不是完全否定，而认为"就其佳者，亦各有兴致"❸。作为六朝时期极佳的陶诗，李氏当是极为肯定的。前文提及，李东阳虽然讲究格调，但对从不讲究句格声调陶诗，却能跳出格调说的藩篱，尽识陶诗妙处，予以高评，与对六朝诗歌之佳者的认可是一致的。同时，茶陵派总体上追求淡远诗境，陶渊明平淡自然的诗风也颇受茶陵派推崇。他们大量运用陶韵、陶典以及陶诗意象，追求淡远诗风，皆表现出明显的宗陶倾向。

---

❶ （清）黄宗羲编《明文海》卷二百一十二，文渊阁四库全书本。

❷ （明）李东阳《镜川先生诗集序》，《怀麓堂集》卷二十八。

❸ （明）李东阳《麓堂诗话》，丁福保辑《历代诗话续编》本，第1383页。

　　李东阳虽"历官馆阁，四十年不出国门"❶，但因目睹其时国家内忧外患，自身又无力改变，因此，其内心总是徘徊于馆阁与山林之间，而且自述其有"山林癖"。他写于其任职翰林时的《次韵送李天瑞二首》（其二）一诗就说"亦知廊庙心仍在，奈有山林癖未除"❷，表现出了对隐逸的向往，他有诗云："君恩若放山林去，始是云霄得意时。"❸对于此种心态，时人颇为了解。门生靳贵曾说东阳"居庙堂未尝不以山林为念"❹。这种向往虽然只是精神层面上的，但也足以看出，他因此对"古今隐逸诗人之宗"的陶公的喜爱与尊崇，诗歌创作往往表现出超尘脱俗而趋向闲雅淡远之美。他诗歌中常出现陶诗意象，如陶诗中"樊笼"意象就曾出现过 8 次：

　　　　吾生苦多难，忧患为樊笼。（《与李中舍应祯同饮时赐邸，归迷前韵》）
　　　　尘心谢樊笼，野性逐耕牧。（《王晋卿以仇池石易韩干马，事颇相类，窃步其韵一篇题于轴而并归之》）
　　　　安栖谢樊笼，遗哺及雏鷇。（《画鸡》）
　　　　谁信神仙有官府，始知轩冕是樊笼。（《上元日与文敬诸友游神乐观蒙典簿宅归马上作》）
　　　　已觉地偏非世界，却怜身病是樊笼。（《与王世赏重游朝天宫是日病卧待诸公不至》）
　　　　纵有樊笼何足累，更无缯缴底须惊。（《再叠鹤林书巢韵二首》其二）
　　　　俯仰樊笼间，吾身尚羁束。（《送青溪先生之南京吏部四首》其四）
　　　　俯仰乾坤双望眼，不知身世是樊笼。（《房山山房相墓道中纪事八首》其二）

---

❶ （清）钱谦益《列朝诗集小传》丙集《李少师东阳》，上海古籍出版社 2008 年版，第 245 页。
❷ （明）李东阳《怀麓堂集》卷十八。
❸ （明）李东阳《春兴》，《怀麓堂集》卷五十五。
❹ （明）靳贵《怀麓堂集后序》，《怀麓堂集》附录。

"樊笼"意象俨然成了李东阳表达其被官场羁绊拘束的象征。但他与陶渊明不同的是，渊明虽"久在樊笼里"，尚能"复得返自然"，但李东阳没有做到，个中原委颇为复杂，兹不赘述。因此，他只有在诗歌中强烈表达其想冲出樊笼的感慨，"习隐渐成癖，谁当恋世缨"❶大概是其真实心声。除了这样大量的用陶典，李东阳也喜欢用陶韵。检其诗集，其表明用陶韵的诗歌大概有三首:《体斋止酒用陶韵因迭韵问之》《家君以诗戒夜归因用陶韵自止》《答杨太常止酒用陶韵》。

杨一清序李东阳《怀麓堂集》时曾指出东阳诗文"深厚浑雅"，有"思味隽永，尽脱凡近，而古意独存"之特色，此种评价大抵不错。如《习隐》二十首其二云：

> 野色澹萧条，城居类林壑。闭户扫荒径，秋叶纷欲落。园亭杂花晚，红碧相间错。采芳意未迟，及此霜露薄。陶韦去世远，古调方寂寞。抚景非少年，悠然念今昨。❷

李东阳弟子邵宝诗歌也颇有渊明风致。其《观松雪书渊明饮酒诗》一诗说："墨花春洒水晶宫，漫写陶诗岂醉中。莫道柴桑非我地，笔端真有晋人风。"❸由此可见，邵宝平日对陶诗的喜爱，说自己"笔端真有晋人风"，实际上就是学习陶诗风格。时人王鏊也指出其"古歌诗盖有晋魏之风焉"❹。邵宝性格率真，尝曰："吾愿为真士大夫，不愿为假道学。"❺成化十六年（1480）受知于李东阳。其诗也颇受乃师影响，追求淡远诗风。邵宝《容春堂集》卷一有《和陶韵》四首，题下云："何司空燕泉作委心亭于部署，摘陶诗中语和韵四首见寄，

---

❶（明）李东阳《习隐二十首》其一，《怀麓堂集》卷五十二。

❷（明）李东阳《怀麓堂集》卷五十二。

❸（明）邵宝《容春堂集》前集卷八，文渊阁四库全书本。

❹（明）王鏊《容春堂原序》，邵宝《容春堂集》卷首，文渊阁四库全书本。

❺（清）张廷玉等《明史》卷二百八十二，第 7246 页。

用韵复之。"❶ 何司空即何孟春，其于部署摘陶诗中语为韵，为其时一和陶盛事，邵宝亦与之，他的《和陶韵》四首分别是《真想》（摘经曲阿语）、《遥情》（摘游斜川语）、《宿好》（摘行涂口语）、《余情》（摘归园田居语）。兹录一首《遥情》如下：

> 无才有积病，我负二宜休。五十为亲养，恳乞江东游。入爱萱草荣，出欣泉水流。野服听沧浪，近有忘机鸥。前时堂中人，今为山下丘。一拜扶两仆，敢望夔龙俦。岂不念上德，万一涓埃酬。长揖谒廷陛，此事今有不？近步亦藜杖，遥情抱幽忧。柴桑有遗矩，吾当此中求。❷

四库馆臣说邵宝"诗则清和澹泊，尤能抒写性灵"❸。邵宝为杨一清所作《渊明图为邃庵先生题》一诗，也能反映其清和澹泊诗风：

> 吾闻先生本是山中人，谁遣作吏随风尘。督邮迎送亦常事，浩然归兴凌秋旻。孤怀每感孔明汉，一咏漫及荆轲秦。北窗午梦入寥廓，南山秋色争嶙峋。昨非今是公自道，门前五柳年年春。柴桑彭泽才尺只，五老峰高隔彭蠡。片帆朝挂暮及门，万古乾坤一江水。昔闻奇幻谷城石，又闻清激严陵滩，是谁为易谁为难。菊松三径地虽小，鸿鹄千里天何宽。三南夫子今傅相，心期远在羲皇上。君不见丁卯桥边山水深，江南春暮劳归心。风云天上济时了，我亦访公携我琴。❹

该诗对陶渊明的一生作了较为真实的概括，诗风高古，澹泊自然。纵观邵宝咏陶诗歌，对渊明的"酒""东篱""菊花"等意象着笔较多。如写"东篱"意象：

---

❶（明）邵宝《容春堂集》续集卷一，文渊阁四库全书本。

❷（明）邵宝《容春堂集》后集卷一。文渊阁四库全书本《容春堂集》只收有《真想》、《遥情》二首，哈佛大学燕京图书馆藏《容春堂集》四首全收。

❸（清）纪昀等《四库全书总目》卷一百七十一《容春堂集》提要，第2306页。

❹（明）邵宝《容春堂集》前集卷二。

> 一辞谢世事，采菊忘东篱。(《都昌谒陶桓公祠》)
>
> 靖节醉东篱，为识花心故。(《晚秋》)
>
> 东篱千古意，今在野桥东。(《菊花庄一首寄吴宪使》)
>
> 西风吹绽东篱菊，须向花前一浩歌。(《秋夜与东泉澜庵坐月》)

"渊明故是避世人，菊花醉插头上巾"❶，邵宝认为渊明避世隐逸，以酒为伴，实为其时之高人。"渊明酒以逃，陆羽乃茶癖。千载两高人，同心不同迹。"❷

吴宽诗学理论及对陶诗的评价，前文已稍作介绍。宽为吴中文人，继承了吴中的隐逸传统。《明史·吴宽传》记载："时词臣望重者，宽为最，谢迁次之。迁既入阁，尝为刘健言，欲引宽共政，健固不从。他日又曰：'吴公科第、年齿、闻望皆先于迁，迁实自愧，岂有私于吴公耶。'及迁引退，举宽自代，亦不果用。中外皆为之惜，而宽甚安之，曰：'吾初望不及此也。'"❸此种澹泊名利之心态，发而为诗，亦显萧散冲澹之趣，多受陶诗影响。如《马远古松高士图》：

> 寄傲天地间，不为俗士知。九衢纷车马，有足难并驰。偶来长松下，时复一解颐。手持白鹤羽，万事付一麾。吾心在太古，身即太古时。所以陶渊明，羲皇不吾欺。须臾白云起，青山变容姿。即此见世故，长歌返茅茨。❹

李东阳评吴宽诗曰："深厚醲郁，脱去凡近，而古意独存"❺，王鏊也说其

---

❶（明）邵宝《寄题东林寺壁》，《容春堂集》前集卷二。

❷（明）邵宝《赠吴山人》，《容春堂集》后集卷九。

❸（清）张廷玉等《明史》卷一百八十四，第 4884 页。

❹（明）吴宽《家藏集》卷五，文渊阁四库全书本。

❺（明）李东阳《家藏集原序》，吴宽《家藏集》卷首。

诗："寄兴闲远，不为浮艳之语，用事精切，不见斧凿之痕。"❶当是深知吴宽诗之精髓者。徐源说吴宽诗"鄙远尘俗，追踪古人"❷。在吴宽所追踪的"古人"中，当然以唐人为主，特别是韦柳二氏。吴宽《跋子昂临羲之十七帖》说："书家有羲献，犹诗家之有韦柳也。朱子云作诗不从韦柳门中来，终无以发萧散冲澹之趣。"❸又说："我亦爱韦郎，赋诗工五字。"❹从此处我们可以看出吴宽颇为推崇韦柳二氏，当是看重他们的萧散冲澹之诗趣。从韦柳再上溯的话，就是陶渊明。关于这一点，元人倪瓒曾指出："《诗》亡而为《骚》，至汉为五言，吟咏得性情之正者，其惟渊明乎？韦柳冲淡萧散，皆得陶之旨趣，下此则王摩诘矣。"❺所以，吴宽诗集中多用陶韵、书陶典，表现出了对陶诗的极大兴趣，也因此形成了他雅淡闲远之诗风。其诗用陶韵者如：

> 《次李宾之用陶韵止诗》
> 《和傅曰川以病止酒次陶韵》
> 《和杨应宁次陶韵止酒》

陶诗中之菊、酒、东篱等意象，也常出现在吴宽诗中。兹引一诗为例：

> 佳节喜载临，藉有杯中绿。如何篱落间，独少数枝菊。遥遥小南城，异品应满目。野人不好事，移送何不速。无酒人但醒，无菊人尤俗。我与陶渊明，事事相反复。俗病惟自知，客醉解留宿。渊明只欲眠，往往客遭逐。黄花有时衰，一赏已自足。岁晏色青青，墙阴自修竹。❻

---

❶　（明）王鏊《家藏集原序》，吴宽《家藏集》卷首。
❷　（明）徐源《家藏集后序》，吴宽《家藏集》卷后。
❸　（明）吴宽《家藏集》卷五十。
❹　（明）吴宽《雨后》，《家藏集》卷十八。
❺　（元）倪瓒《谢仲野诗序》，《清閟阁全集》卷十，文渊阁四库全书本。
❻　（明）吴宽《重九无菊》，《家藏集》卷十七。

　　陈田评吴宽诗曰："匏翁诗……冲情逸致，雅致精裁。是时西涯而外，当首屈一指。"❶ 指出吴宽诗的雅淡、逸致之风格，此种风格的形成可能有多方面的原因。但是，吴宽对韦柳以至对陶诗的喜爱，对其诗风的形成当起了重要作用。

　　茶陵派崇陶现象极为普遍，特别是李东阳的弟子们，大都如其师一样，表现出了对陶诗的喜爱。除了上述邵宝、吴宽之外，其他如储巏、鲁铎等人诗歌亦多习陶风。

　　储巏诗歌冲澹沉蔚，兼晋唐之风。四库馆臣说："其诗规仿陶、韦，文亦恬雅"。❷ 兹举其《涉园》一诗：

　　　　涉园日已晚，春去聊追攀。微风喜我至，习习鸣抒间。方池淡无波，中有凫藻闲。虽非沂水曲，聊此清尘颜。浩歌弥自慰，携幼独当还。❸

　　从该诗来看，储巏诗风确如四库馆臣所评，简古多思，诗境淡远。储巏还常以陶诗为标准对其时文人和陶诗词进行评价，如《与李茂卿》一文说："近于马思进处得公诸诗，皆豪岩（当作"宕"）奇伟，无令人软美气习，读之快哉快哉！《和陶》词亦佳，但萧散冲澹之趣，便不得如陶尔。然公人品高，将来造诣，亦当到古人也。"❹ 说李茂卿《和陶》词没有软美气习，但萧散冲澹之趣还没有达到陶渊明的水平。

　　鲁铎一生清贫自守，不慕名利。《明史》本传载其以干鱼为乃师李东阳祝寿一事，当不为虚言。鲁铎一生乡居时间较长，抒写其闲居情怀的诗歌比较多。其五言诗法陶渊明，澹泊自然。如其《新秋野睡》：

---

❶ （清）陈田《明诗纪事》丙签卷三，续修四库全书本。

❷ （清）纪昀等《四库全书总目》卷一百七十五《柴墟斋集》提要，第2404页。

❸ （明）储巏《柴墟文集》卷一，四库全书存目丛书本。

❹ （明）储巏《柴墟文集》卷十四。

过雨郊居净，逢秋暑气降。负空疑绕树，远岫欲临窗。田获鸡豚散，池清鸳鹭双。遗安足幽事，窃比鹿门庞。❶

鲁铎《杂感二十首》是其代表作，其中既有闲适澹泊田园生活的描写，也有如陶渊明《咏荆轲》之"金刚怒目式"的作品，表现了其对陶渊明多种诗风的学习。如其九：

荆卿报燕仇，壮气谁与匹，高义诚足嘉，一身非所恤。商声起哀筑，易水惨且泌。所事在秦庭，自谓百不失。安知寰宇上，白虹贯朝日。天意乃若此，人事焉可必。惜哉百夫良，徒以昭往帙。❷

由此可见，茶陵派成员宗陶现象普遍。他们用陶韵、陶典，陶诗中的诸多常用意象也较多地出现于他们的诗歌中。他们对陶诗风格的学习也较为全面，陶渊明天然真淳与豪放诗风对他们皆有较大影响。

四、何孟春《陶靖节集注》的陶诗批评

何孟春（1474—1536），字子元，号燕泉，郴州人。弘治六年（1493）进士，授兵部主事。正德初，出补河南参政，累官右副都御史，巡抚云南，讨平十八寨反叛。世宗即位，迁吏部右侍郎，代署部事。大礼议起，在云南上疏力谏，被左迁南京右侍郎。《明伦大典》成，世宗追论前议礼诸臣，何孟春与夏良胜被削籍。嘉靖十五年（1536）卒于家，年六十三。世称燕泉先生。何孟春著作丰富，《四库全书总目》著录其《何文简疏议》十卷、《孔子家语注》八卷、《何燕泉诗》十四卷、《余冬序录》十五卷、《余东诗话》三卷等。

何孟春为李东阳弟子，得传东阳诗法衣钵。清人陈田曰："子元及西涯之

---

❶ （明）鲁铎《鲁文恪公文集》卷一，四库全书存目丛书本。

❷ （明）鲁铎《鲁文恪公文集》卷一。

门，观所著《余东叙录》，于西涯诗话绪论，娓娓不倦，并梦中亦续西涯诗稿，可谓服膺不忘矣。惟才力稍弱，句调平易，而学殖既深，亦自远于俗调。"❶ 指出了何孟春对李东阳诗学的继承与服膺，只是何氏才力弱，诗作句调平易而已。四库馆臣也有同样的观点，他们说："孟春少游李东阳之门，学问该博，而诗文颇拙，卒不能自成一家。"❷

何孟春诗文虽然较弱，但其诗论却能继承乃师而有所新论，其《余东序录》《余东诗话》皆显示其诗论成绩。于陶诗批评方面，他也继承李东阳的观点并能有所突破。何氏有感于陶诗旧注只有汤汉、李公焕、詹梦麟等人，且不甚完善，遂重新整理校注。何注《陶靖节集》共十卷，其中前四卷为诗，第五卷为赋辞，第六卷收《五柳先生传》《孟府君传》《五孝传》《画赞》等，第七卷收述、记、疏、祭文等，八、九两卷收《四八目》，第十卷附录收颜延之《陶征士诔》、萧统《陶渊明传》及《陶渊明集序》、阳休之《陶潜集序录》、宋庠《私记》、僧思悦《书后》及诸家论陶等。自萧统编录《陶渊明集》以来，《五孝传》《四八目》等就已怀疑不是陶氏所作，何孟春却予以收录，不知何据。

何孟春在《陶靖节集跋》中曾说："陶公自三代而下为第一风流人物，其诗文自两汉以还为第一等作家。惟其胸次高，故其言语妙，而后世慕彼风流，未尝不钦厥制作。"❸何孟春将陶渊明视为三代之下第一风流人物和两汉以来第一等作家，推崇之至，无以复加。"言语妙"之论，亦从陶诗艺术角度着眼。何氏对陶诗艺术的探讨似乎比乃师李东阳更为深入细致，甚至探讨了陶诗的用韵。蔡宽夫曾说陶渊明、韩愈能摆脱齐梁用韵拘忌，能取其傍韵用，所以笔力自足以胜之。何孟春对此批评道："秦、汉以前韵，有平仄皆通用者，古韵应尔，岂为字书未备？陶渊明，韩退之集多用古韵，渊明撰《卜田舍》与退之《元和

---

❶ （清）陈田《明诗纪事》丁签卷六，续修四库全书本。

❷ （清）纪昀等《四库全书总目》卷五十五《何文简疏议》提要，第772页。

❸ （明）何孟春注《陶靖节集》，缩微胶片，全国图书馆文献缩微复制中心，2004年。本节再引何注陶诗皆出此本，不再注。

圣德》《此日足可惜》之类，与古俱是一韵，何旁之有？"❶

何孟春注陶，多能指出陶诗字句出处，《陶靖节集注》一书对此多有发明。如该书卷一《归园田居》六首之一"羁鸟恋旧林，池鱼思故渊"二句下注曰：

> 古诗"胡马嘶北风，越鸟巢南枝"、张景阳《杂诗》"流波恋旧浦，行云思故山"、陆士衡诗"孤兽思故薮，羁鸟悲旧林"，皆言不忘本也。

又于"鸡鸣桑树颠"句下注曰："古辞：'鸡鸣高树颠，狗吠深宫中'渊明全用此语。陆士衡诗：'虎啸深谷底，鸡鸣高树颠。'同已上四句。"何孟春此种细读，能够指出陶诗诗句的来历，也能够指出陶诗对后世的影响。如《九日闲居》"世短意常多"句下注曰：

> 曹子建诗："山川阻且远，别会日长齐。"王融诗："天长命自短，世促道悠悠。"句意皆如此。（卷一）

除了对陶诗具体语句来源的考证，何孟春有时也指出陶诗诗意的来源。如《拟古》之九注曰：

> 靖节此诗全用鬼谷先生意。《逸民传》：鬼谷遗苏秦、张仪书曰："二君岂不见河边之树乎？仆御折其枝，此木岂与天地有仇？所居然也。子不见嵩、岱之松柏乎？上枝干於青云，下根通於三泉，千秋万岁不逢斧斤之患，此木岂与天地有骨肉？盖所居然也。"（卷四）

何孟春注陶也多有对前人注陶的批评。如《饮酒》之三注曰：

> 魏武帝《短歌行》："对酒当歌，人生几何？譬如朝露，去日苦多。慨当以慷，忧思难忘。何以解忧，惟有杜康。"此饮酒语也，故此诗意如此。刘履曰：大道久丧，人欲日滋，不肯适性保真，而徒恋世荣，一生能几，

---

❶ （明）何孟春《余冬诗话》,吴文治主编《明诗话全编》（第2册）,凤凰出版社1997年版,第1996页。

乃不遽悟，何所成其名乎？非靖节本意。（卷三）

何孟春认为渊明《饮酒》之三只是言饮酒意，对刘履在《选诗补注》中对渊明此诗的过度解读进行了批评，认为其解读非渊明本意。

何孟春注陶也有对陶渊明接受史上较为关注问题的考证。如陶诗题甲子问题，历来备受关注，何氏也有较为详细的考辨。他在引述《复斋漫录》、僧思悦、《吴正传诗话》、李善著《文选》等有关诗题甲子的论证后，加按语说：

> 《艇斋诗话》：思悦者，虎丘寺僧，治平中曾编《渊明集》，吴盖未考于此。艇斋记曾季狸语，亦以思悦此序信而有证。按《碧源杂记》云：元兴五年桓玄篡位，晋氏不绝如线，得刘裕而始评，改元义熙，自此天下大权尽归于裕。渊明赋《归去来兮》，实义熙元年也。至十四年刘公为相国，恭帝即位，改元元熙。至二十年庚申禅宋。观恭帝之言曰"桓氏之时，晋氏已无天下，重为列公所延将二十载，今日之事本所甘心。"详味此语，刘氏自庚子得政至庚申革命，凡二十年。渊明自庚子以后题甲子者，盖逆知其末流必至于此，忠之至，义之尽也。思悦殆不足以知之。（卷三）

从此段考证来看，何氏认为，渊明自庚子以后诗歌皆题甲子者，是推知其时末流必至于此，以此认定陶诗忠之至，义之尽，并批评思悦不能知此。然后，何氏引《困学纪闻》中箕子不忘商事，言陶公于义熙后但书甲子，亦箕子之志，再一次论述渊明忠晋之心。

最后，何孟春在注陶过程中也有切中肯綮的评论。如注《停云》诗评论曰："庭柯之鸟尚怀好音而亲友不然，此所以念之而为之抱恨也。……情之至，义之至也。"（卷一）指出渊明《停云》诗情义之至。《咏贫士七首》之一诗注评论道："古诗'不惜歌者苦，但伤知音稀'，而渊明一切任之，其真乐夫天命而不疑者欤！"陶公此诗开篇即说："万族各有托，孤云独无依"，以孤云自比，表现其绝高身份，从而显示出其真色相也。何孟春以古诗与陶诗对比，突出陶公乐天知命之心态。袁行霈先生题解《咏贫士七首》，认为："七诗之主旨乃在欲求知音而苦无知音耳。"❶ 何氏评此诗则突出了陶公求知音过程中一切任之的态度。

综上所述，茶陵派面对明中叶内忧外患所造成的社会混乱以及理学思潮逐渐式微的局面，在一定程度上表现出对政治的疏离，他们有的退出政治舞台，归隐田园；有的虽继续淹留馆阁，却越来越倾向于归隐。作为"古今隐逸诗人之宗"的陶渊明自然成了他们所喜爱并模仿的对象。他们的诗歌创作中出现了大量的陶诗意象，多数成员的诗风也颇具陶诗风致。茶陵派批评诗的俗化与理化，讲求诗歌真情，使他们把诗歌从明初理学思想的统治下解救出来，恢复了古典诗歌的审美特征。他们否定了明初台阁体从理学角度批评陶诗的做法，对陶诗的审美特征有了深入的把握，使得陶诗批评逐渐脱离理学思想阴影的笼罩，重新走向诗学正路。何孟春《陶渊明集注》对陶诗深入的细读也对后来注陶者有不少启发意义。

---

❶ 袁行霈《陶渊明集笺注》卷四，中华书局 2003 年版，第 364—365 页。

第三章　明代中期陶诗接受与批评

本章主要探讨明代中期的陶诗接受与批评。茶陵派之后的弘治后期，以李梦阳、何景明为代表的前七子掀起了声势浩大的文学复古运动。前七子复古，主要从模仿古人体制切入。王廷相曾指出："诗贵辩体，效《风》《雅》类《风》《雅》，效《离骚》《十九首》类《离骚》《十九首》，效诸子类诸子，无爽也，始可与言诗已矣。"❶强调诗歌取法标准关乎体裁之高下。他们从体制为路径进入复古，主要还是想从高格古调中学习自然之音，强调诗歌创作要表达真实情志。李梦阳《诗集自序》曾引王叔武语云："夫诗者，天地自然之音也。今途咢而巷讴，劳呻而康吟，一唱而群和者，其真也，斯之谓风也。孔子曰：'礼失而求之野。'今真诗乃在民间。而文人学子，顾往往为韵言，谓之诗。"❷李梦阳对此论述持赞赏态度。所谓"自然之音"，盖指直抒胸臆而又不受格律声韵束缚与限制的诗歌。前七子强调诗歌表现真情，把真情作为诗歌创作之根源。由此出发，他们对自然朴实的陶诗亦持一种欣赏的态度。但是七子派过于强调格调，对古代诗文字模句拟。提倡文必先秦两汉，诗必汉魏盛唐。何景明"诗弱于陶"的观念就是在这种背景下提出的。

---

❶　（明）王廷相《刘梅国诗集序》，《王氏家藏集》卷二十二，四库全书存目丛书本。

❷　（清）黄宗羲《明文海》卷二百六十二，文渊阁四库全书本。

明中期的吴中才子们本来就不大愿意进入封建政权，他们悠游自适，对陶渊明的生活方式及诗歌表现出了极大的兴趣，其诗风也具陶诗风致。嘉靖前期，李东阳门生杨慎为其师"别张壁垒"❶，反对前七子派诗宗盛唐，倡行六朝、初唐诗风，进而形成风行一时的六朝派❷，他们对陶诗的冲澹风格给予高评。此时期后七子派对前七子派的陶诗接受与批评也进行了纠正。王世贞等人虽然为重树气格浑厚的诗学高标，而不遗余力地批评学六朝诗者，但不可否认的是，既重汉魏、不废六朝成为后七子诗学新倾向。李攀龙虽然仍继承前七子派古诗宗汉魏的诗论，但其对六朝诗也颇为重视。在这种诗学背景下，他们将陶诗提高到"与两汉文字同观"❸的高度。特别是王世贞，从早年对陶诗的贬抑、只重渊明诗材的诗学主张，转向对陶诗整体风格高度评价的道路上来，开始重视陶诗臻于化工的艺术境界。

差不多与前、后七子派同时的唐宋派成员王慎中、唐顺之、茅坤与归有光等人，不满七子派的格调说，重视自我、强调抒情，提倡"本色"论。唐顺之自称："其为诗也，率意信口，不调不格，大率以寒山、击壤为宗，而欲摹效之，而又不能摹效之然也。"❹他以唐代寒山与宋代邵雍为诗歌师法对象，其实是看重了他们不讲究格调，并以此来对抗七子派的格调说。要求诗歌随性而发，抒写内心真情。他曾对莫子良说："好文字与好诗，亦正在胸中流出。"❺王慎中也

❶（清）钱谦益《列朝诗集小传》丙集"杨修撰慎条"，第354页。
❷ 明代学者多次提到"六朝派"。如胡应麟《诗薮·续编》卷二："同时为杜者，王允宁、孙仲可；为六朝者，黄勉之、张愈光。"谢肇淛在《王百谷传》一文中历数明代诗学演变也曾指出"江左诸君，远学六朝，模拟鲍谢，靡靡之音不复凌竞"为诗学一变（《小草斋文集》卷十一，四库全书存目丛书本）。王世贞论天下以文名家者时指出："高者探先秦，撅西京，挟建安，俯大历；次乃沿六季华靡之好，以恒钉组绣相豪倾；其下始托于理，务于简俭以逃拙。"（《袁鲁望集序》，《弇州四部稿·续稿》卷四十）雷磊《明代六朝派的演进》（《文学评论》2006年第2期）一文对"六朝派"有详尽的论述，可参看。
❸（明）谢榛《四溟诗话》卷二引李仲清语曰："陈伯玉诗高出六朝，惟渊明乃其伉俪者，当与两汉文字同观。"人民文学出版社1961年版，第61页。
❹（明）唐顺之《答皇甫百泉郎中》，《荆川先生文集》卷六，四部丛刊初编本。
❺（明）唐顺之《与莫子良主事》，《荆川先生文集》卷七。

有相似的言论，他在给袁衮的信中说："今之为诗者何止千百人，且各以自矜，然实不得谓之作。所谓作者，盖出于我而无所缘于人者也。"❶亦是认为诗歌创作是发之于自然，在于表现诗人自我之真情真性。在此基础上，他们批评七子派之格调论。唐顺之《封知府朱公墓志铭》一文引曾与徐祯卿论诗的朱公的话说："诗贵成家，格卑弱固不可，若规规摹拟前人逼真，亦词家大忌也。且夫古之为诗者，以寓性情也，得之于体裁而失之于性情，亦安用诗？"❷批评七子派"得之于体裁而失之于性情"。归有光批评后七子派云："今世乃惟追章琢句，模拟剽窃，淫哇浮艳之为工，而不知其所为。"❸"盖今世之所谓文者难言矣。未始为古人之学，而苟得一二妄庸人为之巨子，争附和之，以诋排前人……文章至于宋、元诸名家，其力足以追数千载之上，而与之颉颃；而世直以蚍蜉撼之，可悲也。无乃一二妄庸人为之巨子以倡道之欤！"❹唐宋派重视诗歌抒发真情，反对七子派模拟做派，既而提出"本色"论。唐顺之在给洪方洲的信中说："近来觉得诗文一事，只是直抒胸臆，如谚语所谓'开口见喉咙'者。使后人读之，如见其真面目，瑜瑕俱不容掩，所谓本色。此为上承文字。"❺关于"本色"之高低，他在与茅坤的信中以陶渊明与沈约的诗歌作了对比说明：

> 今有两人，其一人心地超然，所谓具千古只眼人也，即使未尝操纸笔呻吟，学为文章，但直据胸臆，信手写出，如写家书，虽或疏卤，然绝无烟火酸馅习气，便是宇宙间一样绝好文字；其一人犹然尘中人也，虽其专专学为文章，其于所谓绳墨布置，则尽是矣，然翻来覆去，不过是这几句婆子舌头语，索其所谓真精神与千古不可磨灭之见，绝无有也，则文虽工而不免为下格。此文章本色也。即如以诗为喻，陶彭泽未尝较声律，雕句

❶（明）王慎中《与袁永之》，《遵岩先生文集》卷三十六，北京图书馆珍本古籍丛刊，第1031页。

❷（明）唐顺之《荆川先生文集》卷十五。

❸（明）归有光《沈次谷先生诗序》，《震川先生文集》卷二，上海古籍出版社2007年版，第30页。

❹（明）归有光《项思尧文集序》，《震川先生文集》卷二，第21页。

❺（明）唐顺之《与洪方洲书》，《荆川先生文集》卷七。

文，但信手写出，便是宇宙间第一等好诗。何则？其本色高也。自有诗以来，其较声律，雕句文，用心最苦而立说最严者，无如沈约。苦却一生精力，使人读其诗，只见其捆缚龌龊，满卷累牍，竟不曾道出一两句好话。何则？其本色卑也。本色卑，文不能工也，而况非其本色者哉？❶

以陶诗作为其本色高之论的例子，唐顺之可谓独具慧眼。唐宋派所谓"本色"，当有真性情涵义，陶诗中作者之真性情属于自然流露，景与情会，景与意合，皆显示出陶诗之本色。归有光对陶诗的评价与唐顺之非常相似，他说：

> 靖节之诗，类非晋、宋雕绘者之所为。而悠然之意，每见于言外，不独一时之所适。而中无留滞，见天壤间物，何往而不自得？❷

悠然之意固然是陶诗真性情之流露，陶诗中安命乐天思想之发抒亦是能表现其真性情。归有光《陶庵记》一文云：

> 观陶子之集，则其平淡冲和，潇洒脱落，悠然势分之外，非独不因于穷，而直以穷为娱。百世之下，讽咏其词，融融然尘查俗垢与之俱化。信乎古之善处穷者也！推陶子之道，可以近于孔氏之门。而世之论者，徒以元熙易代之间，谓为大节，而不究其安命乐天之实。夫穷苦迫于外，饥寒惨于肤，而情性不挠。则于晋、宋间，真如蚍蜉聚散耳。❸

归有光认为，陶渊明于诗中以穷为娱，即是其真情之发抒，而世人徒以陶公于元熙易代之际之"大节"论之，则没有把握住陶诗之精髓。归有光喜欢陶渊明及其诗歌，扁其室曰"陶庵"。

唐宋派长于文论、散文创作，而诗论、诗歌创作较弱，但其在文论中则以

---

❶ （明）唐顺之《答茅鹿门知县二》，《荆川先生文集》卷七。
❷ （明）归有光《悠然亭记》，《震川先生文集》卷十五，第386页。
❸ （明）归有光《震川先生文集》卷十七，第426页。

陶诗为例论述其本色论，则表现出他们对陶诗的深刻理解与喜爱。唐宋派成员的文学创作中对陶诗的接受较弱，下文不单列一节论述，故于此论述之。

第一节　前七子"古诗宗汉魏"与陶诗"偏格"论

　　茶陵派对陶诗批评标准的重新确立，使得陶诗评价不再受理学思想的影响，这是李东阳们的贡献。茶陵派之后，以李梦阳、何景明为代表的前七子，掀起了声势浩大的文学复古运动。在这次复古运动中，他们又把陶诗批评拉回到理学评价道路上去了。

　　前七子成员普遍具有高昂的社会使命感与强烈的政治关注意识，这使得他们的诗学思想多重视道德、重视诗歌的淑世精神，强调诗歌的美刺与宣志功能，认为诗歌应该发抒诗人之性情。何景明说："夫诗本性情之发者也，其切而易见者，莫如夫妇之间。是以《三百篇》首乎《雎鸠》，六义首乎《风》。而汉魏作者，义关君臣朋友，辞必托诸夫妇，以宣郁而达情焉，其旨远矣。"❶强调诗歌的讽喻力量。这种思想，在前七子复古诗学的演进中确也发生了变化，比如李、何都曾批评过宋诗重理轻文的弊病。但是，他们对陶诗的批评却以此为出发点，是从理学的角度而非艺术的角度批评陶诗。李梦阳说："宋人主理，作理语，于是薄风云月露，一切铲去不为，又作诗话教人，人不复知诗矣。诗何尝无理？若专作理语,何不作文而诗为邪？今人有作性气诗，辄自贤于'穿花蛱蝶''点水蜻蜓'等句，此何异痴人前说梦也？"❷李梦阳认为诗歌可以适度地表现"理"，而不能"专作理语"，对缺乏形象的性气诗进行了批评。那么，曾经受过玄学影响的陶诗也富含哲理，表达了诗人对宇宙和人生的深刻领悟，虽与宋儒理学诗有较大差别，但因了陶渊明此类诗歌，李梦阳视陶为理学家，

---

❶　（明）何景明《明月篇序》，《大复集》卷十四，文渊阁四库全书本。
❷　（明）李梦阳《缶音序》，《空同集》卷五十二。

与宋儒并提。他说："赵宋之儒，周子、大程子别是一气象，胸中一尘不染，所谓光霁风月也。前此陶渊明亦此气象，陶虽不言道而道不离之，何也？以日用即道也。他人非无讲明述作之功，然涉有意矣。"❶李氏看似在抬高渊明，实际上关注的却是陶诗中的"道"，认为"陶虽不言道而道不离之"。他在《刻陶渊明集序》说：

> 刻其集，必去其注与评焉。夫青黄者，木灾也，太羹之味，岂群口所嚌哉。夫陶子，知其人者鲜矣，矧惟诗？朱子曰："《咏荆轲》诗，渊明露出本相。"知渊明者，朱子耳。……渊明高才豪逸人也，而复善知几，厥遭靡时，潜龙勿用。然予读其诗，有俯仰悲慨、玩世肆志之心焉，呜呼惜哉！❷

李梦阳认为，理解渊明的只有宋代大儒朱熹，看重的则是陶诗的政治情怀与淑世精神，这是理学家惯用的陶诗批评方法。不过，李梦阳称陶诗为"太羹之味"，却指出了陶诗的自然浑朴，从诗风方面来说还是对陶诗进行了肯定。

前七子派的复古思想较为复杂，但其主要内容无外乎两点：一是溯源求本的观点，即"直截源头"之意，提倡复古；二是提倡以情为本的格调说，即李梦阳所谓"格古、调逸、气舒、句浑、音圆、思冲、情以发之。七者备而后诗倡也"❸。前七子的文学复古，一般被人简单概括为"文必秦汉，诗必盛唐"。本书因是讨论陶诗批评的变化，故只论有关诗歌的"诗必盛唐"说，"文必秦汉"说则不展开。

将前七子复古诗学概括为"诗必盛唐"之说法是不准确的，从前七子诸成员的论述中，我们似乎找不到这样一种说法。李梦阳说："三代以下，汉魏最古"，"元、白、韩、孟、皮、陆之徒"不足学。❹何景明在《海叟诗序》中自称

---

❶（明）李梦阳《论学下篇第六》，《空同集》卷六十六。
❷（明）李梦阳《空同集》卷五十。
❸（明）李梦阳《潜虬山人记》，《空同集》卷四十七。
❹（明）李梦阳《与徐氏论文书》，《空同集》卷六十二。

"学歌行近体,有取于(李杜)二家,旁及唐初盛唐诸人,而古作必从汉魏求之"❶。徐祯卿说:"魏诗,门户也;汉诗,堂奥也。"❷王廷相说:"余尝谓诗至三谢,当为诗变之极,可佳亦可恨耳,惟留意五言古者始知之。"❸"律句,唐体也。天宝、大历以还,等而下之,晚唐不足言。"❹康海在为王九思《渼陂集》所作序文中称:"于是,后之君子,言文与诗者,先秦汉魏盛唐,彬彬然盈乎域中矣。"❺王九思与康海主张相同。前七子后学胡缵宗也说:"诗自《三百篇》而后,汉尚矣;魏亦何可及也?曹氏父子兄弟,固汉之支也,而魏之源开矣,质朴浑厚、春容隽永,风格音调,自为阳春白雪。晋以下难为诗也。"❻从这些论述来看,前七子派的诗学取法对象不是所谓的"诗必盛唐",而是远比这宽广,即古诗宗汉魏,近体宗盛唐,旁及初唐。

由此可见,李、何等前七子在诗学宗尚方面没有较大的轩轾,他们之间的论争主要在学古之方法的不同。李梦阳强调:"若以我之情,述今之事,尺寸古法,罔袭其辞,犹班圆倕之圆,倕方班之方,而倕之木,非班之木也。"❼李氏所谓古法,是有一定规矩之古法。关于这一点,他在《再与何氏书》里曾明确指出:"古人之作,其法虽多端,大抵前疏者后必密,半阔者半必细,一实者必一虚,叠景者意必二。此予之所谓法,圆规而方矩者也。"❽李梦阳把古人诗文之法完全程序化,并主张诗歌创作完全师古人之法,这是何景明所极力反对的。何氏主张学古而不泥于古,主张"舍筏登岸",主张"拟议以成其变化"。何景明"诗弱于陶"的观点就是在这种诗学语境中提出的。他在《与李空同论诗书》中说:

---

❶ (明)何景明《大复集》卷三十四,文渊阁四库全书本。

❷ (明)徐祯卿《与李献吉论文书》,《迪功集》卷六,文渊阁四库全书本。

❸ (明)王廷相《答黄省曾秀才》,《王氏家藏集》卷二十七。

❹ (明)王廷相《寄孟望之》,《王氏家藏集》卷二十七。

❺ (明)康海《渼陂先生集序》,《对山集》卷二十八,社会科学文献出版社 2016 年版,第 372 页。

❻ (明)胡缵宗《陈思王诗集序》,《鸟鼠山人小集》卷十一,四库全书存目丛书本.

❼ (明)李梦阳《驳何氏论文书》,《空同集》卷六十二。

❽ (明)李梦阳《空同集》卷六十二。

故曹、刘、阮、陆，下及李、杜，异曲同工，各擅其时，并称能言。何也？辞有高下，皆能拟议以成其变化也。若必例其同曲，夫然后取，则既主曹、刘、阮、陆矣，李、杜即不得更登诗坛，何以为千载独步也？仆尝谓诗文有不可易之法者，辞断而意属，联类而比物也。上考古圣立言，中征秦、汉绪论，下采魏、晋声诗，莫之有易也。夫文靡于隋，韩力振之，然古文之法亡于韩；诗弱于陶，谢力振之，然古诗之法，亦亡于谢。比空同尝称陆、谢，仆参详其作：陆诗语俳，体不俳也；谢则体语俱俳矣，未可以其语似，遂得并例也。故法同则语不必同矣。❶

"诗弱于陶"的观点，为历来学者所争议。总体看来，清人批评之音颇多，如毛先舒、钱谦益、杭世骏、章学诚等人，都曾对此进行了激烈的批评。廖可斌却给何氏此论充分理解，他在考证了"诗弱于陶"之"弱"并非毛、章、钱等人所引之"溺"后，说："弱可理解为法度散易，气韵婉惬，并不意味着完全否定。"❷所论可备一说。邓富华《"诗弱于陶"与明代前七子的陶诗批评》一文，对何氏之论进行了深入的探究，认为何氏此论提出的原因有以下几点：第一，是前七子派"对于古诗格调正宗的崇拜与对诗歌变体的相对忽视"；第二，是前七子认为陶诗平淡风格与他们所追求的逸健、雄厚的诗风相去甚远；第三，是陶诗本无匠心与他们严格追求作诗法度矛盾所致。❸笔者认为，除此之外，前七子派复古诗学中的重道倾向，也导致了他们对陶诗的轻视。前七子派文学复古思想的重要基础就是文以载道。何景明曾把师分为道德师、经师、诗文师与举业师，并视道德师为最上。他说："唐宋以来，有诗文师，辨体裁，绳格律，审音响，启辞发藻，较论工鄙，咀嚼齿牙，媚悦耳目者也。然而壮夫犹羞称之。故道德师为上。次有经师。次有诗文师。次有举业师。师而至于举业，其卑而

---

❶ （明）何景明《大复集》卷三十二。

❷ 廖可斌《明代文学复古运动研究》，商务印书馆 2008 年版，第 128 页。

❸ 邓富华文见《文学评论丛刊》第 15 卷第 2 期。

可羞者，未有过焉者也。"❶由此可见，他接受了传统的重道轻文的思想。边贡也说："传曰：文以载道。又曰：文者贯道之器，则是君子之取于文者，固将以求道也。"❷康海也说："缕乎休哉！可以言盛矣，未可以言道也。道者，履之所及，士之所志也。于人以言而不及乎道，芬章绘什，奚补焉！抉奇穷瑰，奚传焉！侈溢泛浩、宏博伟大，奚关焉！……言而弗及于道，犹无言也。"❸王廷相谈道在文章中的重要性，他说："文章，衍道之具也。要之，乃圣贤所可久之业。文而蔑所关系，徒言也，故有道者耻也。"❹在这样的诗学思想影响下，他们一般都对不大言道的陶诗或略而不谈，或抑而下之，没有给陶诗应当的诗史地位。康海曰："古今诗人，余不知其几何许也。曹植而下，一杜甫、李白尔。三子者，经济之略停蓄于内，滂沛洋溢，郁不得售，故文辞之际，惟触而应，声色臭味，愈用愈奇，法度宛然，而志意不蚀。"❺康海认为曹植而下可重视的诗人就是李、杜，跳过了陶渊明。王廷相也说："古人之作，莫不有体。《风》《雅》《颂》逊也；变而为《离骚》，为十九首，为邺中七子，为阮嗣宗，为三谢，质尽而文极矣。"❻同样也没有提及陶诗，这与前代陶谢并提、甚至陶超出谢的说法截然不同。

　　前七子派虽然从诗歌理论方面不看重陶诗，但他们对陶渊明人格却非常景仰，他们的诗歌创作也经常运用陶诗意象。如李梦阳《咏庭中菊》：

　　　　亦随群草出，能后百花荣。气为凌秋健，香缘饮露清。细开疑避世，独立每含情。可道蓬蒿地，东篱万代名。❼

---

❶（明）何景明《师问》，《大复集》卷三十三。

❷（明）边贡《书博文堂册后》，《华泉集》卷十四，文渊阁四库全书本。

❸（明）康海《送潇川子序》，《对山集》卷三十六，第 436 页。

❹（明）王廷相《杜研冈集序》《内台集》卷六。

❺（明）康海《韩汝庆集序》，《对山集》卷二十八，第 365 页。

❻（明）王廷相《刘梅国诗集序》，《王氏家藏集》卷二十二，四库全书存目丛书本。

❼（明）李梦阳《空同集》卷二十八。

咏唱庭中之菊，看重其气、其香，疑其避世，赏其独立，可传东篱万代名。何景明景仰渊明，称之有奇气，常以之为标准称扬他人。其《归来篇》云："君不见，陶公饮酒负奇气。平生下笔五千字，不肯上书干明主，安能束带见小吏？归来不愿千顷田，但须囊中有酒钱。男儿委身事权贵，摧眉折腰诚可怜。朱君雄豪气如虎，风期直与陶公伍。……" ❶何景明虽言"诗弱于陶"，但其现存1500余首诗歌中，多有质朴自然如陶诗者，如《平坝城南村三首》：

> 朝出城南村，策马入荆杞。村中八九家，烟火自成里。儿童候晨光，稍稍荆扉启。四邻务收获，时复披草语。昵昵何所云，但言好禾黍。（其一）
>
> 秋阴结林霏，细雨洒茅室。牧放止近郊，牛羊不相失。广园散花林，平畴蔼风日。长幼不出门，咸知恋俦匹。喧喧车马中，徒为慕高秩。悬舆当何时，可使志愿毕。（其二）
>
> 沉沉古陂水，日暮寒更绿。隔陂见居人，萝蔓缠草屋。摘禾留客饭，采薪发秋木。童稚持竹竿，雨中放鸡鹜。区区化外国，犹得睹淳朴。（其三）❷

这组诗对农村风光的描写极为细致，特别是第一首后四句写农民忙于收获，只言禾黍的场景，颇似陶公"时复墟曲中，披草共来往。相见无杂言，但道桑麻长"（《归园田居》其二）之描写。何景明辞官，归隐家乡，作《田园杂诗二首》，其一曰：

> 习宦非我长，官久计转拙。遭斥还田庐，获与初念协。树艺良有期，农事固堪悦。飘飘绿原风，晶晶明川月。披襟恣吾适，既夏不知热。回思行役日，寒暑靡得辍。疏懒古虽鄙，任性亦可适。膏畴翘丰蔚，积潦复凄冽。白日皎在兹，停云静如结。为谢二三子，努力慰衰劣。❸

---

❶（明）何景明《大复集》卷十二。

❷（明）何景明《大复集》卷七。

❸（明）何景明《大复集》卷八。

何景明虽未言"久在樊笼里，复得返自然"，但其言非长于为宦，遭斥归田，遂其初念之意，正得渊明归隐之意。何景明短暂的一生，为人耿直，鄙弃荣利，《明史》称其有国士之风，作有许多讽刺当时政治的诗歌，如《盘江行》《玄明宫行》《点兵行》《中秋》，对以刘瑾为首的权贵阶层的荒淫奢侈以及兵备荒废的情况，进行了严厉的讽刺。因此，何景明说自己"习宦非我长"确是实情，归隐田园，任性自适，言"获与初念协"，亦为心语。

徐祯卿虽名列七子，但其性格气质受南方地域文化影响而颇显秀逸，诗歌具有清婉拔俗的特点。清初王士禛曾编选徐祯卿与高叔嗣诗歌为《二家诗选》，《四库全书总目·二家诗选提要》评二人曰："其人品本高，其诗上规陶、谢，下摹韦、柳，清微婉约，寄托遥深，于七子为别调。"❶指出了徐祯卿诗歌学陶的一面。

总之，前七子派认为陶诗属于偏格、变体，"古诗宗汉魏"与诗文载道的复古理论，使他们不可能把陶诗看得那么重要。在前七子派看来，陆机、谢灵运等人的诗祖袭曹植，也比陶诗具有学习的意义。李梦阳《刻陆谢诗序》一文称与徐子至都昌登石壁山，览谢灵运精舍遗址，俯仰四顾，慨然兴怀，并称谢灵运之诗为六朝之冠。李氏此文指出："然其始本于陆平原，陆、谢二子则又并祖曹子建。故钟嵘曰：曹、刘殆文章之圣，陆、谢为体贰之才。夫五言者，不祖汉，则祖魏，固也，乃其下者，即当效陆、谢矣。"❷李梦阳高评谢诗，亦是看重谢诗祖袭曹植，而后者正是魏诗之杰出代表。所以，效陆、谢亦是诗宗汉魏的学诗路径，只是"乃其下者"一路。李梦阳理论如此，其诗歌创作也多学陆、谢。其友人张含曾说："其古诗缘情绮靡，有颜、谢、徐、庾之韵，雅流之一振也。"❸曾致书李梦阳称之为师的吴人黄省曾，也说李梦阳"古诗汉

---

❶（清）纪昀等《四库全书总目》卷一百九十，中华书局 1997 年版，第 2662 页。

❷（明）李梦阳《空同集》卷五十。

❸（明）张含《李何精选诗序》，见赵藩、陈荣昌等辑《张愈光诗文选》卷七，云南丛书本。

魏,而览眺诸篇逼类康乐"❶。清人朱彝尊曾明确指出:"献吉五古,源本陈王、谢客,初不以杜为师。"❷由此可见,李梦阳对谢灵运从理论与创作实践两方面的推崇与学习,实际上还是其"古体宗汉魏"诗学的具体表现。前七子派对陶诗的贬抑,特别是何景明"诗弱于陶"之论,特不为后人所称赏。清人陈僩曾说:"至评陶诗为'弱',尤属谬妄。此七子所以为七子也。彼但知为《明月篇》耳,又安知陶、谢。"❸前七子派虽从理论上贬抑陶诗,但他们的创作中也有平淡质朴如陶诗者。由此可见,陶诗的影响之深。

第二节　适心自任:吴中派文人的陶诗接受

明代中期弘治、正德间活跃于苏州的吴中文人群体,文学史一般称为吴中派。学界对明中期吴中派的研究向来着重于其书画创作,其实,他们的诗文创作成就不亚于书画创作。时人吴宽曾说沈周"诗余发为图绘"❹。其后,吴中派代表人物祝允明、文徵明、唐寅等人与沈周情况相近,也是诗文、书画俱佳。由于时代的变迁,以沈周、文徵明、祝允明、唐寅等人为代表的明中期吴中派文人,虽继承了吴中的隐逸传统,但也表现出了与此前隐逸不同的特点。特别是科举制度给吴中士子带来了巨大的压力,文徵明、祝允明等都多次参加科举考试,久试不第,他们内心深处遂萌生对隐逸的偏爱。他们的隐逸多选择熟悉的城市,逃避于他们喜爱的书画艺术世界之中。

---

❶ (明)黄省曾《寄北郡宪副李公梦阳书》,《五岳山人集》卷三十,四库全书存目从书本。黄省曾也非常欣赏谢诗,评之为"千年以来未有其匹也"(《晋康乐公谢灵运诗集序》,《五岳山人集》卷二十五)。

❷ (清)朱彝尊《静志居诗话》卷十,人民文学出版社1990年版,第260页。

❸ (清)陈僩《竹林答问》,郭绍虞编选,富寿荪校点《清诗话续编》本,上海古籍出版社2016年版,第2126页。

❹ (明)吴宽《石田稿序》,《家藏集》卷四十三,文渊阁四库全书本。

吴中隐逸传统由来已久。吴中都穆《南濠诗话》曾载元末杨维桢（字廉夫）拒绝张士诚征召一事：

> 张士诚据吴中，东南名士多往依之。不可致者，惟杨廉夫一人，士诚无以为计。一日，闻其来吴，使人要于路，廉夫不得已，乃一至宾贤馆中。时元主方以龙衣御酒赐士诚，士诚闻廉夫至，甚说，即命饮以御酒。酒半，廉夫作诗云："江南岁岁烽烟起，海上年年御酒来。如此烽烟如此酒，老夫怀抱几时开？"士诚得诗，知廉夫不可屈，不强留也。❶

杨维桢隐逸之思颇重，不但对张士诚之召毫无兴趣，入明后，洪武二年朱元璋召他修礼乐书，他亦不甚挂怀，言："岂有老妇将就木，而再理嫁者邪！"❷并作《老客妇谣》，有云："少年嫁夫甚分明，夫死犹存旧箕帚。南山阿妹北山姨，劝我再嫁我力辞。"❸意在说明自己身为元臣，不再出仕新朝。关于吴中隐逸传统及特点，祝允明《金孟愚先生家传》赞语作了较为详细的论述：

> 赞曰：遁之时义，以遗世自善为是者，必与斯人寡群，亦势尔也。然而有不尽绝世，念孔氏，亦与之耳。吴最多隐君子，若杜公者，函中蹈靖，何其凤德之盛与！其一于狷独者，邢氏与故沈诚希明。有名隐而专与世事者，赵同鲁与哲，顾亮亦然，而金孟愚乃略同之。亦各从其志也。今杜、赵之后，乃涉荣涂，邢、顾、沈皆无闻。金之子成性，守素慕文，不令家声委地，辑述先事甚勤，又乞余特传之，亦孝矣哉。❹

赞语中提到的杜琼、邢量、沈诚、赵同鲁与顾亮等人，皆为吴中著名隐士。

---

❶ （明）都穆《南濠诗话》，丁福保辑《历代诗话续编》本，第1355页。

❷ （清）张廷玉等《明史》卷二百八十五，中华书局1974年版，第7309页。

❸ （清）顾嗣立《元诗选·初集》卷五十六，文渊阁四库全书本。

❹ （明）祝允明著，孙宝点校《怀星堂集》卷十六，西泠印社出版社2012年版，第372-373页。此段文字，该点校本舛乱异常，笔者引文，标点有所改动。

祝氏此处也指出了明中期隐者的新特点，那就是"不尽绝世，念孔氏"之所谓"儒隐"。这些隐士与先前隐士较大的不同点在于，先前隐士大多隐匿于山林田园，不问家事世事，而杜琼等则多居于市井之间，与东汉郭林宗相似，"贞不绝俗，隐不违亲"。吴宽《杜东原先生墓表》评价杜琼说："先生，今世之隐君子也。学不在于为文而已，行修家庭，而伦理蔼然以厚；教不止于授徒而已，化及乡间，而风旨超然。以高色清，而夷凡贤愚不齐之人，皆可与语。"❶杜琼于乡间，学不只在于为文，教不也止于授徒，而且行修家庭、教化乡里，堪为此时期"儒隐"之代表。除了"儒隐"，还有一种隐士也与前代隐士不同，那就是"市隐"。文徵明《顾春潜先生传》所描写的顾春潜，即为一位"市隐"者："或谓昔之隐者，必林栖野处，灭迹城市。而春潜既仕有官，且尝宣力于时，而随缘里井，未始异于人人，而以为潜，得微有戾乎？虽然，此其迹也。苟以其迹，则渊明固常为建始参军，为彭泽令矣。而千载之下，不废为处士，其志有在也。"❷顾春潜曾出仕为官，回归乡里也未始异于人，有人怀疑他是否为隐士，文徵明即以陶渊明为例，指出有隐志即可称为隐士，不能只看其行迹。

此时期吴中派文人与明初吴中派有联系也有区别，他们继承了吴中的隐逸传统又有着鲜明的时代印记。他们用诗歌抒写着其隐逸生活情趣，对陶诗多有接受。

一、采菊见南山　赋诗临清流——沈周

沈周（1427—1509），字启南，号石田。长洲人，终生不仕，入《明史·隐逸传》。沈周深受家族隐逸传统影响。其祖父沈澄"永乐间举人材，不就。所居曰西庄，日置酒款宾，人拟之顾仲瑛"。其伯父沈贞吉、父沈恒吉"并抗隐。

---

❶（明）吴宽《家藏集》卷七十二，文渊阁四库全书本。
❷（明）文徵明著，周道振辑校《文徵明集》卷二十七，上海古籍出版社 2014 年版，第 634 页。

构有竹居，兄弟读书其中，工诗善画，臧获亦解文墨"❶。可见，沈氏家族有深厚的隐逸传统。因此，当郡守欲荐沈周贤良时，其决意隐遁，有不与世俗相合的原因，也有家族影响的因素。沈周被列入《明史·隐逸传》，但其隐逸方式及心态与传统隐士有着较大的不同。张鈇《石田诗选跋》云："石田先生逸民也。古之逸民，如《易》所谓'不事王侯，高尚其志'，而先生则不然，身在田野，乃心罔不在庙堂；虽曰遁世无闷，而忧时悯俗之志，未尝去诸方寸也。"❷沈周《市隐》一诗认为，隐逸不只是遁居终南山，住此城中亦为甘。"浩荡□门心自静"，颇有陶渊明"心远地自偏"之意。《市隐》诗云：

> 莫言嘉遁独终南，即此城中住亦甘。浩荡□门心自静，滑稽玩世估仍堪。壶公阆世无人识，周令移文好自惭。酷爱林泉图上见，生嫌官府酒边谈。经车过马常无数，扫地焚香日载三。市脯不都供座客，户佣还喜走丁男。檐头沐发风初到，楼角摊书月半含。蜗壁雨深留篆看，燕巢春暖忌僮探。时来卜肆听论《易》，偶见邻家问养蚕。为报山公休荐达，只今双鬓已毵毵。❸

作为隐士，沈周的诗歌创作，较多地表现出对陶渊明的推崇及对陶诗意象的运用，或者有意用陶韵，有的诗歌从整体诗风上向陶诗学习，表现出平淡自然的风格。其《闲居》诗云：

> 残书满屋迹堪埋，俯仰宁求与世谐。贫贱自安愚者分，毁誉何挠老年怀。小篇铅椠时时课，粝饭斋羹日日斋。外慕素空尘梦绝，庭前似厌有高槐。❹

诗人残书满屋，贫贱自安，不计名利，陶醉于自己的艺术世界。与陶渊明一样，追求一种随缘自适的生活境界。沈周有诗云："心与陶翁有相得，时歌

---

❶（清）张廷玉等《明史》卷二百九十八，第 7630 页。
❷（明）沈周《石田诗选》附录，文渊阁四库全书本。
❸（明）沈周《石田诗选》卷七。
❹（明）沈周《闲居》，《石田诗选》卷六。

吾亦爱吾庐。"❶心与陶公相得,生活也如归隐后的陶公一般闲适。隐士的生活,读书是极为重要的一部分。沈周读书涉猎广泛,文徵明说沈周:"自群经而下,若诸史、子、集,若释老,若稗官小说,莫不贯总淹浃,其所得悉以资于诗。"❷在沈周广泛的阅读范围中,陶集无疑备受重视。《石田诗选》卷八录有其《读陶诗二首》,诗曰:

> 采菊见南山,赋诗临清流。偶耳与物会,微言适相酬。浩荡思惟表,其心共天游。江不阻水逝,天不碍云浮。后人涉雕琢,七窍混沌愁。掩卷三太息,至山莫容丘。

> 元气本无声,宣和偶宫徵。飒飒合自然,其音无沾滞。流之天地间,六代激绮靡。遡观删余什,雅岂不在是。后来庶有知,韦柳实兴起。更后遽无人,斯文止于此。❸

沈周说陶诗境界高超,韵律自然,与后人故意雕斫之诗迥异,认为后世只有韦应物、柳宗元等人能得陶诗精髓,给陶诗以极高之评价。文徵明说沈周:"其诗初学唐人,雅意白傅,既而师眉山为长句,已又为放翁近律,所拟莫不合作"❹。文氏认为沈诗学习了白居易、苏轼、陆游等人。祝允明则认为沈周诗宗法对象有着较大的变化,早年学唐,后又宗宋,晚年仍归之于唐。❺张鍙则认为沈周诗学老杜。诸氏所论,各主一说。我们认为以沈周之随性,早年或许宗法某代某人之诗,待自身风格形成之后,则不再模仿前人。四库馆臣评沈周诗说:"挥洒淋漓,自写天趣,盖不以字句取工,徒以栖心丘壑,名利两忘,风月往还,烟云供养。其胸次本无尘累,故所作亦不雕不琢,自然拔俗,寄兴于

❶ (明)沈周《闲居》,《石田诗选》卷三。
❷ (明)文徵明《文徵明集》卷二十五,第583页。
❸ (明)沈周《石田诗选》卷八。
❹ (明)文徵明《文徵明集》卷二十五,第583页。
❺ (明)祝允明《刻沈石田诗序》,《怀星堂集》卷二十四,第530-531页。

町畦之外，可以意会而不可加之以绳削。其于诗也，亦可谓'教外别传'矣。"❶
自写天趣、不雕不琢、自然拔俗之诗很难说不受陶诗影响。沈周说"心与陶翁
有相得"，我们认为其诗也应与陶翁有相得。

二、衔觞辄忘世　何似栗里陶——文徵明

　　文徵明（1470—1559），初名璧，字徵明，后更字徵仲，号衡山、停云，
长洲人。十试科场，皆失意而归。嘉靖初为翰林待诏，不久致仕，归乡而居，
以翰墨自娱，不复与世事。居乡三十余年，年九十而卒。

　　文徵明早年与其他士子一样，醉心于科举，难以摆脱科举强大的诱惑力，
这是时代使然。久试不售，内心所受煎熬非亲身经历者所能想象。嘉靖二年
（1523），年过五旬的文徵明被征入京，授翰林院待诏。多年来所形成的闲散不
羁的心态，使得他与朝中同僚颇不相合。何良俊《四友斋丛说》载："衡山先
生在翰林日，大为姚明山、杨方城所窘。时昌言于众曰：我衙门中不是画院，
乃容画匠处此耶。"❷文徵明作《感怀》以叹之："五十年来麋鹿踪，若为老去入
樊笼！五湖春梦扁舟雨，万里秋风两鬓蓬。远志出山成小草，神鱼失水困沙虫。
白头漫赴公车召，不满东方一笑中。"❸于是，坚决辞官回乡。关于文徵明辞官
之原因与经过，其子文嘉《先君行略》有详尽的记载："先是罗峰张公为温州
所拔士，公亦与交。及张将柄用，遂渐远之。公于早朝未尝一日不往，偶跌伤
左臂，始注门籍月余。时议礼不合者，言多讦直；于是上怒，悉杖之于朝，往
往有至死者。公幸以病不与，乃叹曰：'吾束发为文，期有所树立，竟不得一第。
今亦何能强颜久居此耶？况无所事事，而日食太官，吾心真不安也。'遂谢归。
方上疏时，或言：'公居官已三年，若一考满，当得恩泽，或可进阶。'公笑而

---

❶ （清）纪昀等《四库全书总目提要》卷一百七十《石田诗选》提要，第 2299 页。
❷ （明）何良俊《四友斋丛说》卷十五，中华书局 1959 年版，第 125 页。
❸ （明）文徵明《文徵明集》卷十一，第 311 页。

不答，竟不考满而归，时丙戌冬也。"❶时为冬日，河冻舟胶，不可立行，于是与黄泰泉公同守冻潞河，待明年春天冰解乃归。由此可见，文徵明入朝之失望与归心之急切。"到家，筑室于舍东，名玉磬山房。树两桐于庭，日徘徊啸咏其中，人望之若神仙焉。于是四方求请者纷至，公亦随以应之，未尝厌倦。惟诸王府以币交者，绝不与通；及豪贵人所请，多不能副其望。曰：'吾老归林下，聊自适耳，岂能供人耳目玩哉！'"❷王世贞《文先生传》记载略同。❸《明史·文苑传》也说其归乡后，"四方乞诗文书画者，接踵于道，而富贵人不易得片楮，尤不肯与王府及中人，曰：'此法所禁也。'"❹归乡之后的文徵明寻找到了自由，也找回了自信。其不与诸王豪贵结交的傲岸姿态，也给世人留下深刻的印象。

归乡之后的文徵明，表现出了对陶渊明的喜爱，他自号"停云"，居所有"停云馆"。陶渊明有《停云》诗，其序曰："停云，思亲友也。"文徵明《初归检理停云馆有感》，写于辞官归乡后不久，诗云：

> 京尘两月暗征衫，此日停云一解颜。道路何如故乡好，琴书能待主人还。已过壮岁悲华发，敢负明时问碧山。百事不营惟美睡，黄花时节雨班班。❺

归乡后居于停云馆，有琴书可娱，无京尘暗衫，百事不问，悠然自得，在停云馆里才得解颜。那种摆脱樊笼，重返自然的喜悦之情，堪比陶渊明在《归去来兮辞》里的发抒。文徵明作于停云馆的诗歌还有《人日停云馆小集》《停云馆燕坐有怀昌国》二首，皆描写归隐之情趣。文徵明推崇陶公其人，亦好其诗。其集中明确标明有次渊明韵之诗有三首：

---

❶（明）文徵明《文徵明集·附录二》，第 1725 页。

❷（明）文徵明《文徵明集·附录二》，第 1725 页。

❸（明）王世贞《弇州四部稿》卷八十三，文渊阁四库全书本。

❹（清）张廷玉等《明史》卷二百八十七，第 7362 页。

❺（明）文徵明《文徵明集》卷十，第 266 页。

端居念物化，草屋秋风生。白云从东来，因之感浮名。素发已充领，世欲移聪明。穷无致用资，安事蜚英声。尘埃失故步，老大怀弱龄。菁华不复妍，白日已西倾。抚时不能忘，徙倚当前荣。寒花媚幽独，怅然伤我情。怆兹霜露早，宁知岁功成。(《九日闲居用渊明韵》) ❶

时叙不容淹，忽忽寒暑交。矧余蒲柳姿，望秋已先凋。山林乐闲旷，势途利崇高。人性各有适，奚但壤与霄？爰以一日欢，酬此卒岁劳！古来明哲士，取材不遗焦。衔觞辄忘世，何似栗里陶？得酒且复乐，安能待来朝。(《九日游双塔院次渊明已酉九日韵》) ❷

季秋气未肃，鸣禽尚交交。澄空霜华薄，木叶不尽雕。抚舆陟前冈，不觉身已高。回视平湖东，逸峰耸晴霄。但欣双目明，宁辞一身劳？物理会有穷，何以心烦焦？世情共扰扰，吾乐方陶陶。达人悟迁化，千载犹一朝。(《十日游治平寺再迭前韵》) ❸

作者对生命的感悟，对浮名的厌弃，对陶陶之乐追求的旷达心情，在这些诗歌中一览无余，真实地表达了他归隐后的心态。文徵明有些诗歌虽不标明效陶或者和陶，但无论是诗歌语言还是意境，直至诗歌所表达的对生命的感悟，都与陶诗有惊人的相似。如：

明经三十载，潦倒雪盈簪。疾病乘虚入，摧颓觉老侵。安心方外药，适趣个中琴。淡泊穷生计，高人独赏音。(《病中四首》其三) ❹

晚得酒中趣，三杯时畅然。难忘是花下，何物胜樽前。世事有千变，人生无百年。还应骑马客，输我北窗眠。(《对酒》) ❺

❶ （明）文徵明《文徵明集》卷三，第35页。
❷ （明）文徵明《文徵明集》卷三，第49页。
❸ （明）文徵明《文徵明集》卷三，第49–50页。
❹ （明）文徵明《文徵明集》卷六，第110页。
❺ （明）文徵明《文徵明集》卷六，第113页。

其诗酒之隐逸生活、孤傲之心态、安贫乐道之个性在诗中一再抒写。"席门环堵心如水，莫笑渊明不讳贫"（《答吴次明》），文徵明归隐乡间，虽无渊明归隐后生活的困窘，但其内心是相通的。"淡泊穷生计，高人独赏音"，作者是把自己和渊明同看作高人了吧。高人的隐逸生活总是相似的，陶渊明云"穷巷隔深辙，颇回故人车"（《读山海经》其一），文徵明亦云"陌巷还车马"，其《岁暮闲居》云：

> 陌巷还车马，高斋漫简编。尘埃销短日，雨雪入残年。揽照空双鬓，探囊有一钱。西风洒修竹，吾意已萧然。❶

作于晚年的《静隐》：

> 扫地焚香习燕清，萧然一室谢将迎。坐移白日窗间影，睡起春禽竹外声。心远不妨人境寂，道深殊觉世缘轻。却怜不及濂溪子，能任窗前草自生。❷

《桃源图》：

> 桑麻鸡犬自成村，天遣渔郎得问津。世上神仙知不远，桃花只待有缘人。❸

《九日娄门胜感寺》：

> 晚禾垂穗野田平，九日登临宿雨晴。出郭由来少尘事，逢僧聊得话浮生。秋霜落木黄花节，破帽西风白发情。却喜东林能破戒，提瓶沽酒醉渊明。❹

---

❶（明）文徵明《文徵明集》卷六，第107页。
❷（明）文徵明《文徵明集》卷十，第993—994页。
❸（明）文徵明《文徵明集》卷十四，第404页。
❹（明）文徵明《文徵明集》卷十二，第340页。

文徵明以萧然之心态描写高斋陋巷、桑麻鸡犬、落木黄花，这些都是陶诗常用意象。"心远不妨人境寂"，确有渊明"心远地自偏"之境。

据朱彝尊《静志居诗话》记载，文徵明曾告何良俊说："我少年学诗，从陆放翁入，故格调卑弱。不若诸君，皆唐音也。"❶ 王世贞《文先生传》说："先生好为诗，傅情而发，娟秀妍雅，出入柳柳州、白香山、苏端明诸公。"❷ 认为文徵明诗学柳宗元、白居易、苏轼等人。清人陈田则否定王氏说法，认为文徵明诗"和平蕴藉，于风雅为近，奚必以模宋范唐，自矜优孟衣冠耶"❸。陈田认为，文徵明诗和平蕴藉，颇具风雅之姿，不必说其模仿宋唐。我们认为，文徵明七律诗受陆游影响较大，而五言诗则古雅有致，其中陶诗的影响不可小觑。

作为书画大家的文徵明，其对陶诗的接受不只是表现在诗歌创作方面。他的书画作品中也有较多的陶渊明抒写。本书第六章详述。

三、提壶挂舟旁　还戴漉酒巾——祝允明

祝允明（1460—1526），字希哲，号枝山，长洲人。弘治五年（1492）举于乡，后久试不第。正德五年（1510），55 岁才得授广东兴宁知县，以名稍迁应天通判，谢病归。嘉靖六年（1526）卒。

祝允明少有壮志，但久试不售，逐渐以平和的心态接受现实，隐居家乡。他内观自省，重视自我。他曾说："放意溟涬，则埃壒不容。帖息涬溟，则肝肾弗克。茫茫下土，谁则同心？汤汤巨波，独也遄逝。"❹ 他认为，如果放任天性，不以礼法为意，就不会被世俗所容；如果顺从世俗，则又"肝肾弗克"，不能忍受。所以，他在《答张天赋秀才书》中说："仆诚不善仕，其故大帅不

---

❶ （清）朱彝尊《静志居诗话》卷十一，人民文学出版社 1990 年版，第 304 页。

❷ （明）王世贞《弇州四部稿》卷八十三，文渊阁四库全书本。

❸ （清）陈田《明诗纪事》丁签卷十一，续修四库全书本。

❹ （明）祝允明《丁未年生日序》，《怀星堂集》卷二十一，第 455 页。

能克己，不能徇人，不能作伪，不能忍心。"❶《明史》本传称其"恶礼法士，亦不问生产"❷。正始时期嵇康《与山巨源绝交书》一文，拒绝好友山涛的引荐，有"七不堪"之论，言说自己不能忍受官场生活。祝允明对此非常赞赏，他说："嗟夫！忍情徇世，颠失道职也者，其无死乎哉？杀而弗辱者，嵇生甘哉之愿也。"❸不过，祝允明在55岁时还是接受了兴宁县令的任命，"吾年五十五，始受一县寄。……只应尽素衷，玄鉴不可悖。一区石湖水，渔舟早相伺。"❹兴宁任上，祝允明尽职尽责，以名迁应天通判，不久辞归。由此可见，祝允明是一个追求自然、放任天性的自由旷达之士，王夫之直呼其为"狂汉"❺。

《四库全书总目·怀星堂集》提要云："顾璘《国宝新编》称允明学务师古，吐词命意迥绝俗界。效齐梁"月露"之体，高者凌徐、庾，下亦不失皮、陆。其推挹诚为过当。然允明诗取材颇富，造语颇妍，下撷晚唐，上薄六代，往往得其一体。"❻四库馆臣认为，顾璘对祝允明诗歌推挹过当，但同时也承认，允明诗歌取材丰富，对晚唐、六朝诗歌多有所宗，能成其一体。陶诗作为六朝诗中的杰出代表，对祝允明诗歌创作影响也较为突出。祝允明对陶诗的诗史地位给予极高评价。其《祝子罪知录》论及汉魏六朝五言诗史时说："诗达经外，猗与士乎，作之也者，其亦能言之圣哉。况又一制之间，还能变化，各臻妙地，亦故殊科。是故其为五言也，汉家肯构，接武之，是西京一格也，东都少辨，犹当弟昆，亦一格也，曹一格也（谓魏），马、刘一格也（晋宋），二萧一格也（齐梁），陈、杨少靡，当萧附庸（陈隋）。陶信自挺，要冠其代（渊明迥然尘表，然不可谓二汉一门，所以云尔）。"❼祝允明认为，陶渊明迥然尘表，其五言诗歌

---

❶ （明）祝允明《怀星堂集》卷十二，第291页。

❷ （清）张廷玉等《明史》卷二百八十六，第7352页。

❸ （明）祝允明《嵇叔夜七不堪论》，《怀星堂集》卷十，第265页。

❹ （明）祝允明《五十服官政效白公》，《怀星堂集》卷四，第74页。

❺ （明）王夫之《明诗评选》卷四，河北大学出版社2008年版，第158页。

❻ （清）纪昀等《四库全书总目》卷一百七十一，第2308页。

❼ （明）祝允明《祝子罪知录》卷九，四库全书存目丛书本。

为汉魏六朝五言之冠冕，与两汉五言迥异。给予陶诗高度评价，也为晚明许学夷等人的陶诗批评提供了一个新角度。

在诗歌创作实践中，祝允明表现出对陶诗的极大喜爱。40 岁时曾作《和陶渊明饮酒》20 首，诗前有小序曰："仆本拙讷，缪干时名。两年之间，三谒京国。游趣既倦，风埃黯然。舟中有二苏《和陶诗》，夜灯独酌，读其《饮酒》二十篇，不胜怅慨，聊复倚和。"❶ 祝允明少有壮志❷，科举成功而入仕为官成为他实现壮志的唯一途径，使他无法逃脱科举的诱惑力，"士生三代后，干名本其情。"❸ 但久试不售，心态焦灼，身心俱疲。其《和陶渊明饮酒二十首》正是作于其倦游之时。在这组诗中，他思归故乡的慨叹、超然豁达的胸怀以及追求任真的志向都表露无遗，兹录几首如下：

> 回首望乡井，窅在东南隅。倦鸟不出林，胡为涉川涂？冬半多北风，疲马不奈驱。昔行气长健，兹来感有余。园田苟可治，岂不怀安居？（其十）❹

> 知我不暂舍，举眼天日白。默然便归化，亦复何足惜？（其十五）❺
> 提壶挂舟傍，还戴漉酒巾。何必访巢许？今古皆斯人。（其二十）❻

诗中对乡井家室充满深深的怀念，对转蓬似的羁旅也有着深深的怨念。"三岁凡五出"，还不如巢中的禽鸟，不受霜霰风雨的吹打。虽然如此，祝允明在该组诗中也表达了他旷达的胸怀。"天运实为尔，通塞任所之""默然便归化，

---

❶ （明）祝允明《怀星堂集》卷三，第 62 页。

❷ 祝允明《咏床头剑》："三尺青萍百炼锋，流年三十未开封。藜床且作书生枕，只恐中宵跃卧龙。"（《怀星堂集》卷六，第 132 页）祝氏以床头剑自况，流年三十未开封，只是暂藏锋芒。陆粲《祝先生墓志铭》也说其"少有意用世。"（《怀星堂集》附录，第 646 页）

❸ （明）祝允明《和陶渊明饮酒二十首》其三，《怀星堂集》卷三，第 62 页。

❹ （明）祝允明《怀星堂集》卷三，第 63 页。

❺ （明）祝允明《怀星堂集》卷三，第 64 页。

❻ （明）祝允明《怀星堂集》卷三，第 65 页。

亦复何足惜""何必访巢许？今古皆斯人"等诗句，都可以看出他豁达的气度。"提壶挂舟傍，还戴漉酒巾"，不正是陶渊明式的生活吗？

祝允明受庄子思想影响较为明显。在生活中，他常以庄子式的生活方式消解世间的纷扰，他曾写道："秋日与客午食罢，客去，席地而卧。既交关未息，喜怒亘怀，寐去易境，情随见迁。寤而更追昔事，以为真喜怒，亦能知其妄矣。时仰视庭下，木阴过半，日加申矣。内外寂谧，悦怿无限，谓境加美加恶，咸不是适焉。世何负于人哉？廓然感荷，第未及坐忘耳。"❶ 这一点在《和陶渊明饮酒诗》中也多有表述：

> 大道本一致，无问寂与喧。每有希夷时，不见耳目偏。逝水喜东流，浮云忘故山。美人隔秋风，涉江耻空还。旦莫或遇之，庄周有遗言。（其五）❷

> 客来相话言，言多非与是。问我谁适从？我不识誉毁。幸客来相过，惟能默饮尔。随意翻瓦盆，不解弹绿绮。（其六）❸

这两首诗都表达了庄子万物一齐、超越是非的思想。陶渊明《饮酒》20 首相连，章法深于布置，颇显淋漓变幻之姿。祝允明和诗虽不及陶诗，但也能多方面、多层次地表达自己的生活态度与豁达气度。与陶诗不同的是，祝诗少了陶诗的平淡朴厚而多了些许豪放之气。

祝允明崇敬千年之前的陶渊明，其诗歌中多次出现渊明字号。如：

> 荷锄欣种渊明田，坦腹还如懒孝先。登山自蜡平生屐，载酒时过远近船。（其二）❹

---

❶ （明）祝允明《偶然书》，《怀星堂集》卷二十一，第 457 页。
❷ （明）祝允明《怀星堂集》卷三，第 62-63 页。
❸ （明）祝允明《怀星堂集》卷三，第 63 页。
❹ （明）祝允明《次韵表弟蒋煜及门生翁敏见赠，喜予归田之作四首》其二，《怀星堂集》卷六，第 62-63 页。

水鉴求才事自公，徒令寂寂笑英雄。山斋一枕渊明梦，开眼犹惭七里封。（其一）❶

水南雄市万尘趋，水北还容陋巷居。三尺素桐陶靖节，百篇华赋马相如。❷

达者端居东海边，重楼高榻卧风烟。想应草木扶疏下，和得渊明孟夏篇。❸

祝诗中多处表达对渊明生活方式的羡慕，种渊明田，做渊明梦，和渊明诗，弹渊明琴。他们相隔千年，却显得如此亲近，祝允明也可谓渊明的隔代知音。渊明爱菊，祝允明千余首诗歌中也多次描写菊花，如《菊圃》：

高情别自有风期，爱是霜余露后姿。靖节以来知者寡，天随而下舍君谁？夸奇直欲盈千品，寄兴何妨只一枝。闲处若能为续谱，也堪书尾附吾诗。❹

菊之高情，亦为己之高情，但这份高情少为人知，陶公以来知者甚少，祝允明引陶公为知己，是在强调自己能够欣赏这份高情吧。诗人借菊自喻，表达了自己与世俗不同的高风亮节。

祝允明写与朋友的诗也常以陶公比之，这些发自肺腑的诗歌真实地表现出他与朋友的真情。其《怀知诗》是写与知心朋友的一组诗，序文称："卧病泊然，缅怀平生知爱，遂各为一诗。少长隐显，远近存没，皆非所计，只以心腑之真。"❺ 如作与顾荣夫的一首：

---

❶ （明）祝允明《和王太学见赠四首》，《怀星堂集》卷六，第 151 页。
❷ （明）祝允明《赠俞隐居》，《怀星堂集》卷七，第 162 页。
❸ （明）祝允明《口占寄陆三》，《怀星堂集》卷七，第 188 页。
❹ （明）祝允明《怀星堂集》卷八，第 202 页。
❺ （明）祝允明《怀星堂集》卷四，第 86 页。

鸡山燕市每依依，此日都抛入洛衣。家近郁林公旧隐，门如彭泽令初归。空怜旧社惟君密，却笑无车访我稀。最爱沧浪池水好，几时同坐一方矶。❶

顾荣夫归隐，祝允明说其与陶潜初归一般。其他答赠朋友的诗也多以陶公风情形容朋友，如：

千古高风一日还，摩挲尘眼对清颜。且烦元亮为彭泽，终使羊公重岘山。渤海未容蠡瓣测，女萝犹许兔丝攀。劳君乞与山阴谱，借取仁言此谕顽。❷

青眼摩挲醉袂分，那堪客里别夫君。风情好似陶彭泽，官职常如郑广文。❸

祝允明作为明中期吴中成就较高的诗人，从诗歌理论方面推崇陶诗，"陶信自挺，要冠其代"，认为陶渊明迥然尘表，不可谓两汉一门，给予陶诗以极高的诗史地位。在创作实践中，祝允明也处处表现出对陶诗的喜爱来，欣赏陶渊明的生活方式，喜欢在诗歌中运用陶诗意象、陶公字号。只是由于时代的原因，与陶诗的整体风格有些差异，少了陶诗的平淡朴厚，多了些豪迈豁达之气。

四、小结

总之，明中期吴中诗人，继承吴中的隐逸传统，但又流连于世俗生活，大部分人表现出对自然与世俗生活的向往。他们处于仕隐矛盾之中，又在某种层面上表现出对隐逸生活的喜爱，诗歌中多处表现出对隐逸生活的向往，以之取代在仕宦生涯中无法达到的快乐，这样对边缘性生存状态的肯定，成了他们人

---

❶　（明）祝允明《怀星堂集》卷四，第 87 页。
❷　（明）祝允明《次韵答河源郑侯见赠》，《怀星堂集》卷七，第 192 页。
❸　（明）祝允明《送张掌教致仕归临江》，《怀星堂集》卷七，第 193 页。

生快乐的重要来源。在诗学理论上，他们着重抒发自我之性灵，个性主义凸显。祝允明曾批评其时文人诡谈性理、绝意古学的行为，表达文学解放的思想。他说："今为士，高则诡谈性理，妄标道学，以为拔类；卑则绝意古学，执夸举业，谓之本等就使自成语录，富及百卷。精能程文，试夺千魁，竟亦何用？呜呼！以是谓学，诚所不解。吾犯众而非之，然而非有知己有所为焉。"❶ 由此看来，祝氏讲求文学应表达真实情性，而非高谈性理、绝意古学。在此基础上，祝允明诗学在一定程度上表现出复古主义倾向，他论及五言诗时说："五言独为汉魏为高，爰及六代，亦可择尤而从，随宜所就，唐则姑欲置之。"❷ 对汉魏以及六代五言诗的肯定，盖是其"陶信自挺，要冠其代"评价的诗学基础。另外，吴中文人大多有才情，也讲究才情。在这种心态之下，他们表现出对陶渊明以及诗歌的无比喜爱，认为陶氏的生活方式是自适的，是与仕宦生涯隔离的。他们在诗歌理论以及创作实践中都表现出了对陶诗的重视与推崇。

第三节　嘉靖前期六朝派的陶诗接受与批评

一、概述

兴起于弘、正之间的前七子派复古诗学，至正德末年，渐渐显现出弊端而失去往日盛况，甚至该诗派领袖李梦阳也在晚年对自己所倡导的诗学理念有所悔悟，他在《诗集自序》中说：

> 李子曰：曹县盖有王叔武云，其言曰：夫诗者天地自然之音也。今途咢而巷讴，劳神而康吟，一唱而群和者，其真也，斯之谓风也。……予之诗非真也，王子所谓文人学子韵言耳，出之情寡而工之词多者也。每自欲

---

❶ （明）祝允明《答张天赋秀才书》，《怀星堂集》卷十二，第 293 页。
❷ （明）祝允明《祝子罪知录》卷九，四库全书存目丛书本。

改之，以求其真，然今老矣，曾子曰：时有所弗及学之谓哉。❶

李梦阳以王叔武论诗标准来衡量己诗，认为自己所作诗歌非真也，意欲改之而年岁已老。何景明也曾提出"舍筏登岸"，自成一家的主张。❷他们虽有所醒悟，但已然不能改变七子派诗学的没落走向。

嘉靖初，以杨慎、薛蕙、高叔嗣等人为首的六朝派继之而起，以宗尚六朝的诗学倾向来反对七子派。陈田《明诗纪事》曰："暨前后七子出，趋尘蹑景，万喙一声。……至升庵、子业诸公，藻艳撷乎齐梁，简质得自魏晋，冲淡趋于陶韦，沉雅参之杜韩，灭灶再炊，异军特起。"❸陈氏指出，七子派诗学过于狭窄，以致于趋尘蹑景，万喙一声。随着社会时代背景的变化，这种诗学倾向越来越不适应其时士子们的创作要求。于是，杨慎等人有感于前七子诗学的狭窄而导致诗歌创作风格的单一化，提倡诗学六朝、初唐。❹对其时士林多宗杜陵之矫健高古，蹈袭其字，剪裁其句，以致于拆洗杜诗，活剥子美之口的诗坛宗尚，进行了反思与批评，认为"诗法一变，而一弊生也"。针对这种情况，杨慎在为朱曰藩所作的《山带阁诗序》一文中对诗学盛唐观念进行了批评，也对六朝诗进行了维护。他说：

> 呜呼，诗之说多矣，古不暇枚数，近日士林多宗杜陵之矫健高古，不为无因，而蹈袭其字，剪裁其句，与题既不相似，与人亦不相值，曰："吾学杜也"，可乎？……余方欲划其弊，以俟知音，独见射陵子之诗，犁然

---

❶ （明）李梦阳《诗集自序》，《空同集》卷五十，文渊阁四库全书本。

❷ （明）顾璘《国宝新编》，四库全书存目丛书本。

❸ （清）陈田辑《明诗纪事》戊签序，续修四库全书本。

❹ 钱谦益认为杨慎提倡六朝、初唐诗学宗尚，是因为要为李东阳"别张壁垒"。他说："用修垂髫赋《黄叶》诗，为茶陵文正公所知，登第又出门下，诗文衣钵，实出指授。及北地哆言复古，力排茶陵，海内为之风靡。用修乃沉酣六朝，揽采晚唐，创为渊博靡丽之词，其意欲压倒李、何，为茶陵别张壁垒，不与角胜口舌间也。"（《列朝诗集小传》丙集"杨修撰慎条"，第354页）李东阳与李梦阳等七子派中人政治立场、诗文观念等方面都有较大的差异，杨慎作为东阳门生，反对前七子诗文主张，亦合乎情理，故钱氏有"别张壁垒"之说。

当于心，盖取材《文选》、乐府，而宪章六朝、初唐，不事蹈袭，不烦绳削，可以鸣世，可以兴后矣。曾以诧于泉山张子。张子曰："太白以建安绮丽不足珍，昌黎以六朝众作拟蝉噪，子何尊六朝之甚也。"余应之曰："文人抑扬太过，每每如此。太白之诗仅可及鲍、谢，去建安尚远。昌黎之视六朝，则秦越也。如刘越石之高古、陶渊明之冲澹，可以六朝例之哉！为此言者，昌黎误宋人，宋人又误今人也。今之学诗者，避宋如避瘟，而伐柯取则，犹承宋人余窍之论，毋乃过乎？" ❶

李白曾有诗云"自从建安来，绮丽不足珍"（《古风五十九首》其一），韩愈也曾说"齐梁及陈隋，众作等蝉噪"（《荐士》）。杨慎认为他们对六朝诗歌贬抑太过，称李白诗歌只可及鲍照、谢灵运，还达不到建安诗歌的慷慨与高古；而韩愈之语贻误宋人，宋人又贻误今人，实乃太过。杨慎以六朝时的刘琨、陶渊明为例，认为六朝诗不只是蝉噪之作，对刘琨的高古、陶渊明的冲澹给予极高的评价。在杨慎眼里，陶诗为六朝诗之特出者。

李梦阳对六朝派诗学六朝的现象向来持批评态度，他说："说者谓文气与世运相盛衰。六朝偏安，故其文藻以弱，又谓六书之法，至晋遂亡。而李、杜二子往往推重鲍、谢，用其全句甚多……今百年化成，人士咸于六朝之文是习是尚，其在南都为尤盛。予所知者，顾华玉、升之、元瑞皆是也。南都本六朝地，习而尚之固宜。庭实，齐人也，亦不免，何也？大抵六朝之调凄宛，故其弊靡；其字俊逸，故其弊媚。" ❷ 李梦阳对顾璘、朱应登、刘麟、边贡等人诗学六朝的现象进行了批评，认为六朝诗"调凄宛，故其弊靡；其字俊逸，故其弊媚"。但是，六朝诗也有其优点，明中期文人特别是吴中文人对六朝诗表现出较大的兴趣。在以杨慎为代表的六朝派之前，祝允明等人曾为六朝诗站队。如祝允明诗歌多学六朝，主张诗文应"缘情而绮靡"，而且不能一味地钻入学

---

❶ （明）杨慎《山带阁诗序》，朱曰藩《山带阁集》卷首，四库全书存目丛书本。

❷ （明）李梦阳《章园饯会诗引》，《空同集》卷五十六，文渊阁四库全书本。

某人某体的牢笼。"时雅而雅，时奇而奇，时繁而繁，时简而简，凡诸状体，皆随意以赋形。"❶祝允明认为诗歌创作就应该如此，不能受过多限制，"随意赋形"是最佳的创作状态。因此，他对那些在艺术上视前人之法为论定之法的做法，表示了极大的不满，并对之进行了严厉的批评。他说："目未接萧之《选》，姚之《粹》，闻评古作，便赞秦汉之高古，斥六代之绮靡。……又如言学，则指程朱为道统；语诗，则奉杜甫为宗师；谈书，则曰苏、黄；评画就云马、夏。凡厥数端，有如天定神授，毕生毕世，不可转移，宛若在胎而生知，离母而故解者。可胜笑哉，可胜叹哉！"❷祝允明对盲目赞秦汉之高古、斥六朝之绮靡者进行了讽刺，又从学、诗、书、画等方面，对时人盲目宗古的做法表示了不满，认为他们的做法可笑可叹。祝允明可视为六朝派的先导。

嘉靖前期，六朝派诗学六朝、初唐，有尚藻丽的一面，也有古澹自然的一面。清人王士禛论明诗，即有"古澹一派"，他说："明诗本有古澹一派，如徐昌国、高苏门、杨梦山、华鸿山辈。自王、李专言格调，清音中绝。"❸王士禛所列古澹一派诗人有徐祯卿、高叔嗣、杨巍与华察，高与华皆为六朝派代表人物。沈德潜认为，以冲淡为宗的诗人还有薛蕙与四皇甫。他说："五言非用修所长，过于秾丽，转落凡近也。同时有薛君采（蕙），稍后有高子业（叔嗣），并以冲淡为宗，五言古风，独饶高韵。后华子潜（察）希韦柳之风，四皇甫（冲、涾、汸、濂）仰三谢之体，虽未穿溟涬，而氛垢已离，正嘉之际称尔雅云。"❹除上述人物之外，此时期六朝派成员还有王宠、黄省曾与袁袠等人，他们对六朝诗歌尤其对陶诗都曾表现出极大的兴趣，并且在诗歌创作实践中进行模习，诗风也有平淡倾向。如薛蕙曾作有《杂体诗二十首》，其中《陶征君田居》为拟陶之作：

---

❶　（明）祝允明《祝子罪知录》卷八，四库全书存目丛书本。

❷　（明）祝允明《祝子罪知录》卷八，四库全书存目丛书本。

❸　（清）王士禛《带经堂诗话》卷一，人民文学出版社1963年版，第48页。

❹　（清）沈德潜《说诗晬语》卷下，人民文学出版社1979年版，第239-240页。

眷此南村居，自昔纡真想。一朝就仁里，惬我心所仰。故人尽比邻，时时共来往。浊醪既同持，清文亦俱赏。日入未能去，挈杖出林莽。荒径行当辟，新苗渐已长。多谢沮溺翁，千载良吾党。❶

薛蕙为正德九年（1514）进士，授刑部主事，寻因病返乡。十一年（1516）回京，改吏部主事，十五年（1520）再次回乡，嘉靖三年（1524），因撰《为人后解》等下狱，寻释。后因亳州知州案所牵连，罢职归乡。由此可见，薛蕙仕途偃蹇，而其人又洁身自好，不慕荣利，又喜好老庄，注《老子》见志。薛蕙此诗拟陶渊明田园诗，描写归隐田园之乐，可以与邻人同持浊醪，俱赏清文，抒发归隐之思。其《睡起》一诗，也同样表达了对田园的热爱与对久居宦途的愧疚，诗云：

午梦初醒卯酒消，不知风雪已终朝。客来小阁聊盘礴，鸟散空园转寂寥。老境时时怀故旧，宦途事事愧渔樵。古人坚卧非无意，未必渊明为折腰。❷

徐献忠《移耕冈上》三首也能看出明显学陶，如其一：

移居古冈曲，迤逦依重阜。疏林带丛薄，平衍发时秀。川梁挂西陆，春水萦前牖。托迹辞众喧，凤欢契时遘。躬耕有远慕，静寄无遗垢。道心逐时长，野性从天授。平生伯王略，为谢中朝偶。孤踪慰衰寂，徙倚欣芳候。❸

徐献忠（1483—1559），字伯臣，号长谷，华亭人。钱谦益《列朝诗集小传》说其于嘉靖乙酉（1525）举于乡，再试不第，授奉化知县。徐献忠在任上

---

❶ （明）薛蕙《考功集》卷二，文渊阁四库全书本。
❷ （明）薛蕙《考功集》卷七。
❸ （明）徐献忠《长谷集》卷二，四库全书存目丛书本。

能够约己惠民，殊有民誉，后罢官归隐。关于徐献忠罢官原因，钱谦益说："故
人为宁波守，用手板相临，伯臣笑曰：'若以我不能为陶彭泽耶？'即日弃官
归。"❶ 如果此说属实，即可看出徐氏罢官有陶渊明"不为五斗米折腰"之高节。
《移居冈上》对山水田园生活的描写，平淡自然，表现出作者"道心"日长的
归隐情趣。

皇甫涍《晴郊春眺言怀》一诗亦颇有陶诗风味。诗云：

> 轻舟下卫水，归来松菊丛。自谓得萧散，庶几贤达风。一身脱都尉，
> 千里随冥鸿。虽谢案牍烦，犹苦霜露蒙。徒淹漳浦卧，羞对包山空。欻惊
> 我日迈，重嗟吾道穷。出门眺平原，海上朝霞红。春色度江来，乱入吴
> 娃宫。风光复如此，安能久樊笼。叠树黄鸟外，一舟沧溪东。桃花且留笑，
> 待取清尊同。❷

《明史·文苑传》言皇甫涍："沉静寡与，自负高俊，稍不当意，终日相对
无一言。居官砥廉隅，然颇操切，多忤物，故数被谗谤云。"❸ 此诗渲染陶渊明
"羁鸟恋旧林，池鱼思故渊"句意，"一身脱都尉，千里随冥鸿"二句可以看出
作者脱却官场的轻松心情。出门看平原，海上观朝霞，一派春色，目不暇接，
如此风光，安能久处樊笼？表现了作者对自由的向往与归隐田园的心愿。这样
以古淡风格表现自己归隐情趣的诗歌在其《皇甫少玄集》中不为少见。又如：

❶ （清）钱谦益《列朝诗集小传》丁集上，上海古籍出版社 2008 年版，第 405 页。关于徐献忠罢
官原因，王世贞在为徐献忠所作墓志铭中有另一种说法，"甫二岁，入计，道彭城，有监司者以一
笼笈授君致之京，君佯为不悟，抵京，以一笼笈报。亡何，君坐殿罢矣。"（《文林郎知奉化县事贞
宪徐先生墓志铭》，《弇州山人四部稿》卷八十九）说徐是因替彭城一长官私谒长吏犯禁，被人所
弹劾罢官。徐献忠本人也有此说法，他在写给徐阶的信中说："甲辰上计入都，以法不敢私谒，不
意为人所倾废。"（《奉徐少湖阁老》，《长谷集》卷十）结合王世贞和徐献忠本人的说法，此说较为
可信。

❷ （明）皇甫涍《皇甫少玄集》卷八，文渊阁四库全书本。

❸ （清）张廷玉等《明史》卷二百八十七《文苑传》，第 7373 页。

归来沧海畔，非复恋人群。独树晚成适，疏花寒共芬。南山平入牖，西涧静流云。且对一杯酒，谁能迷世纷。（《林居晚兴》）

晓来涤场后，寒岭对闲门。过客有机事，山家多话言。清风动琴策，斜日暖邱樊。晚得会真趣，逢人耻作烦。（《田居晚兴》）

闲卧东窗云，遂得成然趣。枕上桃花源，花开不知数。啼鸟自无心，何事客惊寤。翩翩峰畔霞，叠叠溪前树。俄顷梦还成，去尽春山路。（《东斋枕上》）

沈德潜《明诗别裁集》论皇甫四兄弟诗风云："吴中诗品，自高季迪、徐昌谷后，应推皇甫兄弟。以造诣古淡，无一点秾纤之习。"❶观皇甫涍此类诗歌，可知沈氏所论允恰。

嘉靖六朝派成员除薛蕙、徐献忠等有少量诗歌宗尚陶诗外，顾璘、陈沂、高叔嗣与黄省曾等人学陶倾向较为明显，下面分而论之。

二、顾璘、陈沂

顾璘（1476—1545），字华玉，号东桥，祖籍吴县，徙居上元（今南京）。弘治九年（1496）进士，累官至南京刑部尚书。顾璘早年颇负才名，与同里陈沂、王韦并称金陵三俊，后又与朱应登合称金陵四家。《明史·文苑传》称顾、朱"羽翼李梦阳"，但是，他们都不为七子派所囿，且对其还多有批评之辞。顾璘批评七子派"务华失实"❷"华不已则实日伤，雕不已则本日削"❸。钱谦益称顾诗"格不必尽古，而以风调胜"，钱氏对顾璘此种评价与对李、何评价迥异。顾璘晚年作有《与陈鹤论诗书》，为其诗论总结，显示其汉唐与六朝并重的诗学祈向。

---

❶ （清）沈德潜、周准编《明诗别裁集》卷七，上海古籍出版社 1979 年版，第 169 页。
❷ （明）顾璘《赠吕泾野先生序》，《顾华玉集·息园存稿文》卷一，文渊阁四库全书本。
❸ （明）顾璘《重刻刘芦泉集序》，《顾华玉集·凭几集续编》卷二。

有学者称顾璘为七子派 ❶，似有不确。

顾璘既倡诗学六朝，对六朝之特出者陶渊明极为仰慕，恨不能与之同时。其《逸士赋》序文称："晋上清节，吾于《隐逸传》得五柳先生一人耳。观其诗，原之性情，畅之天真，而冲淡之味、萧散之姿、孤高之节，有如寒泉出石、青兰伴谷、独鹤翔云、疏桐倚月，每叹饱清风于百世而恨不得相与论志于一时也。"赋文对陶公隐逸生活也作了较为细致的描写："开三径以成趣兮，来五柳之清风，依稀乎吾陶翁之不泪兮，卧北窗之羲农。" ❷顾璘正德五年（1510）出任开封知府，遭人陷害，于正德八年（1513）谪迁全州知州，嘉靖改元，屡次辞去所授官职，隐居南京故里十余年，建松坞草堂与息园，悠游于山水田园之间，"解龟返田园，荒凉旧茅宇。嬴躯倦城邑，衰志慕林薮。" ❸"空山卜筑敢辞烦，城郭逢迎太近喧。老病移家唯药物，野人乘兴自丘樊"。 ❹度过了一段美好的隐逸生活。其《山中集》录有 107 首闲适诗，大多作于此时。朱彝尊《明诗综》卷三十七称顾璘还有《归田集》，今不传。顾璘归隐后所作田园诗有尚陶、韦、王、孟一脉之倾向。如《初至山中》：

> 杨子疲执戟，庞公息岩阿。所志既匪同，仕隐乃殊科。寒余究坟素，弱冠挂贤罗。一往四十年，功鲜忧患多。 ❺

作者意以东汉隐士杨伦与庞德公为榜样，远离一往四十年而功少忧患多的官场，栖息岩阿，做一名隐士。此时期所作《东郊田园》四首明显拟陶渊明田园诗，其一云：

> 陶公归桑里，谢客营石门。于世既无竞，努力事田园。春还理荒秽，

---

❶ 雷磊《明代六朝派的演进》，《文学评论》2006 年第 2 期。
❷ （明）顾璘《顾华玉集·山中集》卷五。
❸ （明）顾璘《新理松坞草堂》，《顾华玉集·山中集》卷一。
❹ （明）顾璘《松坞草堂新成杂兴十二首》其一，《顾华玉集·山中集》卷一。
❺ （明）顾璘《顾华玉集·山中集》卷一。

良苗应时繁。岂不念岁丰，天道难预论。列槿藩草屋，艺蔬备晨飧。郊居渐成趣，益厌城市喧。菽水苟无阙，万事奚足言。❶

作者于诗中描写了田园郊居的高雅志趣，表现了对喧嚣城市的厌恶，语言简澹质朴，清新脱俗，为其五古诗中之高妙者。《植竹》一诗更显隐逸之高雅情趣："山人抱冲襟，幽居植修竹。灵籁间风雨，疏阴静炎燠。至性苟相成，浮生澹无欲。聊持一樽酒，长歌片云绿。"❷

顾璘为宾菊先生所作《宾菊堂记》一文，对陶渊明的隐逸生活表现出无比羡慕之情。他说："自晋以还，卓哉靖节。开荒径，谢彭泽，日与田翁野老忘机而侣，相饮而陶，抚景而赋诗，感物而寄傲，将不知俯仰之高深，升沉之明晦，鬼神之诎信，形色之散聚。况区区富贵贫贱、亨屯顺逆，能少挂其膺臆哉？"并希望宾菊先生居于宾菊堂能得陶翁之乐："今先生之居此堂也，陶翁之乐，克备有之。"❸ "菊"为陶诗鲜明意象，也早已成为陶公人格象征。顾璘诗中也多有"菊"意象，他写给王韦的《对菊十首和鲁南》❹：

幽丛多傍砌，净植故当轩。叶抱孤根起，花分五色繁。石湖方勒谱，粟里漫开园。请看东篱下，成蹊岂待言。（其二）

孤标霜莫祟，弱植露多恩。为问重阳月，谁言芍药尊。品奇千里致，根老隔年存。千古知心地，萧萧五柳门。（其六）

又如《咏菊寄潘团山侍御》："寂寞东篱下，幽花浥露黄。自缘寒节至，不是爱秋霜。"❺《九日登柳山》："佳节登临感岁华，苍梧云影向秋赊。高空独鹤翻风去，返照澄江抱郭斜。南国音书催白雁，东篱归兴倚黄花。衰迟自爱茱

---

❶ （明）顾璘《顾华玉集·息园存稿诗》卷三。
❷ （明）顾璘《顾华玉集·息园存稿诗》卷四。
❸ （明）顾璘《顾华玉集·山中集》卷七。
❹ （明）顾璘《顾华玉集·山中集》卷四。
❺ （明）顾璘《顾华玉集·息园存稿诗》卷十四。

萸酒，瘴疠谁悲薏苡车。"❶ 上述各诗中，菊香满溢，千姿百态，或依东篱下，或处五柳门，表现出诗人对菊花高洁品性的喜爱。

顾璘诗学追求自然，承继风雅传统，虽出入六朝，但反对雕琢。其《寄后渠》一文有云："诗则《风》《雅》之后，唯汉《十九首》及建安得其传，两晋若阮、陆、左、郭、靖节诸公犹有存者，可怪宋谢氏一出，倡为刻画，凿死混沌。"❷ 作者认为诗歌继《诗经》之后，风雅传统从《十九首》一直到陶渊明都没有间断，直到谢灵运出，追求富丽精工之诗风，才被切断。其对风雅传统的重视可见一斑。顾璘五古语言质朴，诗风澹远，得《诗》之风雅传统，颇得后人高评，谭元春评其五古《碧溪》曰"澹逸近人"❸。

陈沂（1469—1538），字鲁南，号小坡。其先鄞人，徙家南京，正德丁丑（1517）进士，官至太仆寺卿。陈沂一生为官正直，在"大礼议"事件中，始终保持着与桂萼等人的距离，后举河南、福建布政司，皆不迁，遂改山西行太仆卿，再上疏请老归，筑遂初斋于家园，杜门著书，绝意世事。陈沂为顾璘好友，早年并称金陵三俊。其诗风一生凡三变，顾璘对此作过较为详细的论述，他说："先生吾南都文人也，……少好苏氏之学，笔势澜溢，人谓其类东坡，亦自号曰'小坡'；中岁再变其格，诗宗盛唐，文出入史汉，归于简古；晚益好著述，浸淫理奥，不以绮丽竞能，厥趣远哉。"❹ 由此可见，陈沂中后期受顾璘影响，诗宗盛唐，并能出入六朝，以简古为要，不再以绮丽竞能。陈沂论诗与其时主流派观点相近，也坚持"格以代降"论，他说："古诗自《赓歌》为雅、颂、国风，流为《离骚》，降为汉之五言，别为乐府，至唐为近体，为填词，宋词为盛。金、元为曲。世日降，气日衰，声日淫，意日卑浅矣。"❺ 但论及陶诗，却能给予其独立于五言古诗正变之外的地位，他说："渊明在义熙时，追古近道，驾轶黄

❶（明）顾璘《顾华玉集·浮湘稿》卷二。
❷（明）顾璘《顾华玉集·凭几集续编》卷二。
❸（明）钟惺、谭元春《明诗归》卷四，四库全书存目丛书本。
❹（明）顾璘《明故山西行太仆寺卿石亭陈先生墓志铭》，《顾华玉集·凭几集续编》卷二。
❺（明）陈沂《拘虚诗谈》，吴文治主编《全明诗话》（第二册），江苏古籍出版社1997年版，第1943页。

初之上，又不可以世代论也。"❶ 陈沂跳出"格以代降"的传统看法，对陶渊明在晋宋之际表现出追古近道、不受彼时诗风所影响的特点倾心赞许，认为陶诗能驾轶黄初之上，上接汉诗。以"不可以世代论"的眼光评判陶诗，也表现出了陈沂对李、何等人严格辨体诗论的突破与新创。

古人论诗，善摘句以论之，这样能使后人更加明了他们对具体诗人风格的体悟，在此基础上再对他们所论诗人作出高下评判，这是他们常用的品诗方式，也是明代辨体诗学的主要任务。陈沂亦常用此法。他曾评陶、谢曰："渊明诗云'采菊东篱下，悠然见南山。此中有真意，欲辨已忘言。'又曰'日入群动息，此道寓于情。'非灵运之流也。"❷ 陈沂认为，陶诗中人与自然和谐交融之境界已臻极致，诗风亦浑朴超逸，非常人所能蹈其轨辙，谢灵运山水诗摘章绘句，无法与陶诗相埒。此为明显的尊陶抑谢论。出于对陶诗的推崇以及陶诗所能达到的艺术高度，陈沂在论学诗时，认为古诗应以曹植、渊明为法，这样才能辞古而意纵，确立了陶渊明古诗宗法的地位。他说："诗格贵正，调贵高，意贵微远，词贵婉而平实，气贵昌，脉络贵联属，风致贵疏散。古诗以子建、渊明为法，则辞古而意纵。"❸ 主张古诗以曹植、渊明为法，曹植诗歌一直是前七子派古诗宗汉魏的标杆，陈沂将陶诗与之并提，明显提高了陶诗的诗史地位。

三、高叔嗣、黄省曾等

高叔嗣（1501—1537），字子业，号苏门山人，河南祥符人，有《苏门集》。高氏诗学宗尚较为宽泛，王世贞论明诗，列刘基、高启一直到晚明徐渭等人为不傍门庭、各擅胜场而沉酣自得者，高叔嗣赫然在列。陈束说高诗："有

---

❶ （明）陈沂《拘虚诗谈》，吴文治主编《全明诗话》（第二册），第 1944 页。
❷ （明）陈沂《拘虚诗谈》，吴文治主编《全明诗话》（第二册），第 1944 页。
❸ （明）陈沂《答陈昌积解元诗文书》，黄宗羲《明文海》卷一百六十，文渊阁四库全书本。

应物之冲澹，兼曲江之沉雅，体孟、王之清适，具岑、高之悲壮。词质而腴，兴近而远，洋洋乎，斯可谓之诗也。"❶陈束"词质而腴、兴近而远"之评语指出了高诗的简适澹远，与苏轼评陶诗"质而实绮，癯而实腴"（《与苏辙书》）之语意同。陈束早年诗歌追求藻丽，与唐顺之学初唐四杰及六朝陆、谢，"雕章绮合，藻思罗开"❷，"晚而稍厌缛靡，心折于苏门"❸。可见，陈束诗也逐渐走向澹远一路，其心折高氏，"词质而腴"之评价当为其心声。清人王士禛删录徐祯卿、高叔嗣二人诗，编成《二家诗选》，于高叔嗣专取其五言诗，亦是看中其五言诗的高古。《四库全书总目·二家诗选提要》曰："其人品本高，其诗上规陶、谢，下摹韦、柳，清微婉约，寄托遥深，于七子为别调。"❹指出徐、高二氏五言诗歌有宗陶、韦一路者。陈田也指出高叔嗣诗有魏晋标致，他说："子业襟抱既超，故吐属蕴藉，有魏、晋标致，次亦不失为孟襄阳、韦苏州。"❺

　　高叔嗣对陶渊明景仰有加，《御定佩文斋书画谱》曾辑录高叔嗣前往山西任职前题于元赵孟頫《白描渊明像》上的跋文一则，文曰："渊明旷世逸才，出处卷舒，匹之者鲜矣。然耻向官折腰，达人每恨其褊，岂先生托此以发归来之兴耶？抚故园而不归，殉微官以自失，先生固亦齿冷也。"❻高叔嗣对陶公出处卷舒之高节予以称扬，这也使得他对陶诗也极为喜爱。前文王士禛所提及的古澹派代表人物杨巍有《醉卧读高苏门诗》一诗，该诗指出高叔嗣诗学陶渊明之事实。诗云："闲居长是醉，高枕任吾欹。懒慢心方得，蹉跎老岂知。北窗风到处，深树鸟鸣时。世事一无好，犹耽陶谢诗。"❼高叔嗣诗学对象较为广泛，

---

❶　（明）陈束《苏门集原序》，高叔嗣《苏门集》卷首，文渊阁四库全书本。

❷　（明）皇甫汸《陈约之集序》，《皇甫司勋集》卷三十六，文渊阁四库全书本。

❸　（清）钱谦益《列朝诗集小传》丁集上"陈副使束"条引唐元荐语，第 373 页。

❹　（清）纪昀等《四库全书总目》卷一百九十，中华书局 1997 年版，第 2662 页。

❺　（清）陈田《明诗纪事》戊签卷二，续修四库全书本。

❻　（清）孙岳颁等撰《御定佩文斋书画谱》卷八十五，文渊阁四库全书本。

❼　（明）杨巍《存家诗稿》卷三，文渊阁四库全书本。

上至建安、下至开元的著名诗人都是其宗尚对象。❶ 陶诗作为六朝诗歌之特出者，深得高叔嗣所爱。其五古诗歌多有陶诗风韵：

> 到来日已暮，归去恋柴门。空自山当舍，其如酒满尊。心知柳叶长，愁见桃花繁。立马一回首，令人思故园。(《归自萧氏园作》)

> 但惜平生节，逾久浸沉埋。既妨来者途，谁明去矣怀。鸟迷思故林，水落存旧涯。惟当寻素业，归卧守荆柴。(《再调考功作二首》其二)

> 山林高士驾，鸡黍野人心。不避家贫馔，难忘岁暮寻。寒城云际拥，晴树雪中深。谁念平生意，幽栖独至今。(《谷司仆田黄门诸公见过》)

> 田庐元自接，谈笑竟相从。是日当农暇，秋风动客容。开尊临积水，解带挂长松。欲去城东陌，留连听暮钟。(《初秋谷司仆杏山别业》)

高叔嗣为人耿直，在朝中论事颇与时忤，嘉靖七年（1528）初谢病归乡 ❷，一直到嘉靖九年（1530）末再次赴京，在家乡居整整三年。乡居期间，高叔嗣于开封西郭建读书园，过着读书躬耕的田园生活。其《读书园稿自序》云："开封当郡县孔道，应接称烦，余于是徙之城东田中，依旧庐，稍葺治以居。家贫，遂力农事，月才三四至城而已。"❸ 归隐田园，亲力农事，与陶公离开官场之樊

---

❶ （明）高叔嗣《赠西原二首》其二曾说自己"平生好篇章，抗迹匹古人。上望建安风，退泝开元津。"（《苏门集》卷一）

❷ 高叔嗣此次谢病归乡的原因，过庭训《明分省人物考》卷八十七《高子业》说高叔嗣："名动海内，多所忌者。会外戚蒋氏乞封，叔嗣执不可，忤时宰意，遂谢病归。筑读书园为终隐计。"可备一说。实际上，高叔嗣在朝中颇为耿直，不会曲迎权贵，不愿党附张璁、桂萼等人。在嘉靖三年（1524）大议礼过程中，高氏本人虽未受牵连，但与其交好者如马理、李舜臣、初杲等皆牵连其中。次年，年仅25岁的高叔嗣即连上三疏，乞恩归养，见其《乞养疾疏》。由此可见，高叔嗣之归养，实际上亦受大议礼事件的影响。

❸ （明）高叔嗣《苏门集》卷二。

笼心态一般无二。高氏《栗上党集序》记载了其隐居家乡的具体情景："岁己丑,余解司封郎中,屏居梁墟,尽谢亲友,道甫担簦相造,鸡黍终日,笑言甚得,乃出兹篇,三复嗟叹,故赠予诗云:高风今重世,大隐不居山,遂忘年焉。"❶文中道甫是指栗应宏,有《山居集》八卷,高叔嗣为之序。栗应宏与高叔嗣鸡黍定交,谈笑终日,并视高为"大隐";过庭训说高叔嗣此次谢病归乡,"筑读书园为终隐计"❷。一"大隐",一"终隐",皆看出了高叔嗣之不愿再踏入官场之心态。然事与愿违,嘉靖九年(1530)受诏入京。高叔嗣对乡居田园生活留恋不舍,《书壁》一诗云:"方知岁月易,归来已三年……安知被严命,尚为尺组牵。不行冒时禁,欲去且留连。"❸《元玉送至河上夜饮作》:"乡园犹在眼,卧此已三年。"❹《延津县立春》:"征路日才几,客心时一烦。春风花鸟处,回首忆田园。"❺一再言说对田园生活的热爱。

高叔嗣气质孱弱,诗歌颇显感伤色彩,但即便如此,也难掩其蕴藉之风致,陈束"词质而腴,兴近而远"之评价当不为虚言。胡应麟以"清"论诗,认为"诗最可贵者清",进而指出陶诗具有"清而远"之特点,胡氏认为高叔嗣诗歌也得陶诗之"清"的影响,说"高子业清而婉"❻。上引高诗中,他对山林高士、鸡黍野人的田园之乐的描写,确实能够看出其诗清而婉之特点。王世贞在列举出高叔嗣"林深得日薄,地静觉蝉多""寒星出户少,秋露坠衣繁"等诗句后,也指出高诗"清婉深至"❼之特点,认为其诗为五言上乘。

黄省曾(1490—1540),字勉之,号五岳山人,吴县人。嘉靖十年(1531)乡试中举,名列榜首,后累试不第,遂弃之。黄省曾早年学诗于李梦阳,后为

❶ (明)高叔嗣《苏门集》卷五。
❷ (明)过庭训撰《明分省人物考》,广陵古籍出版社2015年版。
❸ (明)高叔嗣《苏门集》卷四。
❹ (明)高叔嗣《苏门集》卷四。
❺ (明)高叔嗣《苏门集》卷一。
❻ (明)胡应麟《诗薮·外编》卷四,周维德集校《全明诗话》本,第2617页。
❼ (明)王世贞《艺苑卮言》卷七,丁福保辑《历代诗话续编》本,第1056页。

六朝派代表人物。王夫之说其："诗刻意六朝诸家，缀集华丽之语，联以艰深
之法。"❶ 但王氏之论有所偏颇，黄省曾论诗也有宗尚自然、以真为贵的一面。
他说：

> 诗者神解也，天动也，性玄也，本于情流，弗由人造。……古人构唱，
> 直写厥衷，如春蕙秋蓉，生色堪把，意态各畅，无事雕模。若末世风颓，
> 横添私刻，矜虫斗鹤，递相述师。如图缋翦锦，饰画虽妍，割强先露，故
> 实虽富，根荄愈衰，千葩万蕊，不如一荣之真也。……但世人莫省自然，
> 咸遵剿窃，正德以来，古途虽践，而此理未逮；艺英虽遍，而正轨未开；
> 秀句虽多，而真机罕悟。❷

因此，他虽服膺李梦阳，但对前七子派以格调相标榜而造成的徒拟声口之
流弊，表示出极大的不满，认为他们过于计较格律而忽略了情思。黄省曾诗学
越过盛唐，上溯汉魏六朝，编选《诗言龙凤集》，共收诗人 63 位，得诗 474 首，
除陈子昂外，全为汉魏六朝诗人。《诗言龙凤集》小序"陶潜"条称陶诗为风
雅之调，给予高评。他说："渊明高标绝趣，其胸腑如海月皎空，浮云映岳，
光粹无染，故发之诗撰洁而无疵，贞而不厉，达而不荡，哀而不怨，质而不俚，
曲而不烦。古今奋翰之匠极其称扬，不足至有，以为楚骚之亚者，亦为知音矣。
以予评之，自是风雅之调。"❸ 因此，他在《寄北郡宪副李公梦阳书》一文中，
曾对何景明"诗弱于陶"的观点提出了自己的看法。他说："今有号称海内名流，
而乃为论曰：文靡于隋，其法亡于退之；诗溺于陶，其法亡于灵运。嗟夫！嗟夫！
是何言哉？隋不足论。至于退之、陶、谢，亦可稍宽宥矣。"❹ 黄省曾认为何景
明"诗弱于陶"的观点太过严厉，主张宽宥陶、谢诗歌。

---

❶（清）王夫之《明诗评》卷四，周维德集校《全明诗话》本，第 2031—2032 页。
❷（明）黄省曾《诗言龙凤集序》，《五岳山人集》卷二十五，四库全书存目丛书本。
❸（明）黄省曾《五岳山人集》卷二十七。
❹（明）黄省曾《五岳山人集》卷三十。

　　黄省曾诗论如此，诗歌创作实践亦是如此。其《五岳山人集》中有多首五古模拟陶诗，如《读陶渊明诗述怀七首》《效陶渊明读山海经二十四首》，其他如《春日田园言怀三首》等也多有陶诗风致。特别是《读陶渊明诗述怀七首》，该组诗写诗人与渊明旦夕神契，视为知音，称扬陶公不折腰于官场、甘于穷困生活的精神。如其一：

　　　　弱龄诵其诗，如咏《国风》歌。缘情去雕饰，峥嵘障颓波。每展襟情悦，宛尔挹藤萝。神契犹旦夕，千载何足多。今兹溯言旨，道在颜闵科。欲念知音人，抒藻写岩阿。❶

　　诗人弱龄诵读陶诗，如咏《国风》，符合其"自是风雅之调"的陶诗评价；说陶诗缘情去雕饰，峥嵘障颓波，也符合其宗尚自然的诗学倾向。皇甫汸说黄省曾诗"屏渊明之喧嗑"❷，大概是指黄诗屏去了陶诗中金刚怒目式的部分吧。因此，黄诗显得更加清静悠远。如《春日田园言怀三首》其一：

　　　　田庐动春色，墟里连鸡声。启户见旭日，衔杯解朝酲。桃花倚窗开，戴胜桑间鸣。素烟泛新柳，青山列虚楹。兰蕙难久芳，皓月不常盈。百年若流电，胡为而屏营。❸

　　黄省曾子黄姬水受其影响，也多喜陶诗。姬水刻《六朝诗汇》，序文称"陶靖节冲襟古调，永为雅宗"❹。与乃父评陶同一声口。

　　王宠（1494—1533），字履仁、履吉，号雅宜山人，吴县人。王宠交游较广，与吴中文徵明、唐寅、顾璘等有较为密切的交往。王宠对六朝诗特别是陶、谢诗歌曾给予过较高的评价。王宠门人朱浚明在《雅宜山人集序》一文中曾说：

---

❶（明）黄省曾《五岳山人集》卷八。
❷（明）皇甫汸《五岳黄山人集序》，《皇甫司勋集》卷三十六，文渊阁四库全书本。
❸（明）黄省曾《五岳山人集》卷八。
❹（明）黄姬水《刻六朝诗汇序》，《黄淳父先生全集》卷十七，四库全书存目丛书本。

"余师雅宜先生讲业楞伽山中，浚明从游甚久，师志好山水，故游乐多在石湖，浚明无旬日离侍侧，师亦过为奖爱。每闻论文，必曰：'文不法孟氏，诗不法陶、谢，未也。'噫，可以观师之所趋也。"❶袁袠《雅宜山人集序》一文，对王宠的诗学历程作了较为明细的阐述，他说："山人诗初宗李白，既乃宗杜，故其才力雄阔，辞篇丽赡，去轻靡而就沉着，尚铺缀而略陶镕，及《白雀集》诸篇，则又兴寄冲作，思调清逸，遂窥陶、谢之堂，几入王、孟之室矣。"❷袁袠所言极是。如其《忆故园作》：

> 山空鸟声乐，日晏病客眠。暂憩白雀院，辍耕石湖田。遥想蚕事作，桑者日闲闲。绿竹粉犹腻，红樱烂欲然。游儵咏绿水，戴胜鸣高天。飞絮乘风飏，新荷贴水圆。故园风日好，叹息此芳年。❸

诗写石湖田间山水之美，有陶诗之自然，亦有王、孟之清新，表现了作者对故园风日的喜爱。王宠继承了吴中隐逸传统，绝意仕途，归隐山林，诗酒、书画伴其一生，其高蹈出尘之心态与陶渊明保持了高度的一致。其《病起对镜作》一诗云："学书无成学剑晚，歧路侧足心周章。百年冰炭满怀抱，万里鸿鹄方翱翔。明朝散发武陵去，夹岸桃花烟水长。"❹颇有陶渊明《桃花源诗并序》意境。

华察（1497—1574），字子潜，无锡人，嘉靖丙戌（1526）进士，选庶吉士，改户部主事，历兵部郎中，再改翰林修撰，迁侍读学士，掌南院。有《岩居稿》。从朱彝尊《明诗综》引其时众多士人对华察诗的评价来看，华察诗歌有靖节遗风。黄才伯云："鸿山诗，追踪陶、杜，卓然大雅。"王道思云："子潜诗洒然自立于尘埃情累之表，意象之超越，音韵之凄清，不受垢氛而独契溟

---

❶　（明）王宠《雅宜山人集》卷首，四库全书存目丛书本。
❷　（明）王宠《雅宜山人集》卷首。
❸　（明）王宠《雅宜山人集》卷二。
❹　（明）王宠《雅宜山人集》卷三。

滓。"宗子相云："学士诗，雅淡有靖节风。"蒋仲舒云："学士刊洗浮靡，独秀本色，诚陶、韦之妙境也。"李本宁云："学士五言有陶、韦之致。"❶ 清人沈德潜也指出华察五言诗："冲淡有陶、韦风，然垢氛已离，未穿溟滓。"❷ 诸氏皆指出了华察诗歌宗陶倾向。兹举几首华诗如下：

> 晚来慕恬旷，适意在罢官。取凉乔林下，昼日恒不冠。白云满前峰，曳杖行独看。有时遇邻叟，烹茶共邀欢。山田固云薄，岁入亦自宽。达人贵知足，吾生永相安。(《夏日山中述怀》)

> 日出天气清，山中怅幽独。登高一眺望，风物凄以肃。流水映郊扉，炊烟散林屋。秋原一何旷，薄阴翳丛竹。时闻鸟雀喧，因念禾黍熟。悠悠沮溺心，千载犹在目。(《秋日观稼楼晓望》)

> 野旷秋气高，丹枫映茅屋。农家各欣欣，门外山田熟。相邀具鸡黍，悠然入深竹。风物日萧疏，但见篱畔菊。赏心惬所期，胜事良已足。落景照湖光，孤亭暝岩麓。(《秋晚过英姞园居》)❸

这些诗歌，突出了景色的清旷，以抒写作者心慕恬旷的幽独之思。语言质朴自然，有陶诗风致，与六朝派尚丽的诗风有较大不同。王夫之评华察诗曰："学士阀阅贵胄，少都清显，回翔秘苑，虽适仕径，羁辖尘驾，犹迷素质。既已薄赞，焚鱼返迹惠山之野。典籍肆其菁华，泉石纵其噏枕。刊洗浮靡，独秀本色。如秋水涸，天根露，木叶脱，明蟾出，诚陶、韦之妙境，盖诗宗之玄解也。"❹ 从上面几首诗歌来看，华察诗确如王氏所评。华察子华叔阳五古诗也多洗尽浮

---

❶　（清）朱彝尊辑《明诗综》卷四十五，文渊阁四库全书本。

❷　（清）沈德潜、周准编《明诗别裁集》卷七，上海古籍出版社 1979 年版，第 164 页。

❸　以上诸诗皆见朱彝尊《明诗综》卷四十五。

❹　（清）王夫之《明诗评》卷一，周维德集校《全明诗话》本，第 2007 页。

靡，与乃父诗风相近，叔阳《华礼部集》录有其《读陶诗用〈读山海经〉韵》，❶
明显赓和陶渊明《读山海经》。

四、小结

综上所述，嘉靖六朝派反感于前七子派诗学汉魏盛唐而逐渐形成的流弊现
象，鲜明地提出诗学六朝的主张。他们虽沉酣六朝诗歌，论诗崇尚藻丽，但也
不否定古澹自然之诗风。六朝派主张诗歌发乎真情，是他们诗论的共性。杨慎
曰："情缘物而动，物感情而迁，是发诸性情，而协于律吕；非先协律吕，而
后发性情也。"❷发乎真情真性而又平淡自然的陶诗，为他们所喜爱。六朝派论
诗有尚古澹自然的一面，而且以真为贵，他们这些诗学倾向，盖皆受陶诗影响。
在诗歌创作方面，他们也多能用陶事、陶意以及渊明字号，表现其高尚志节及
隐逸之趣。

第四节　后七子派的陶诗接受与批评

明代后七子派是兴起于嘉靖中后期的一个诗歌流派，他们活动的主要时期，
可从梁有誉、徐中行、宗臣、吴国伦四人中进士的嘉靖二十九年（1550）算起，
至宗臣去世、王世贞家难扶榇归里的嘉靖三十九（1560）年止。这十年间，政
治生态极为恶劣。世宗嘉靖皇帝迷信道教，专事修醮；大臣大多热衷结党营私，
排斥异己。严嵩为首辅，迎合世宗，败坏朝廷，政治更加黑暗。后七子成员皆
正道直行，不慕权贵，颇受打压。他们在此时严苛的政治环境中形成较为浓重
的隐逸心态。因此，他们的诗歌创作多有陶诗意象与韵味。后七子诗学相对于
前七子来说有了较大发展，具体来说，就是古体宗汉、魏，近体宗盛唐。在古

---

❶（明）华叔阳《华礼部集》卷一，四库全书存目丛书本。
❷（明）杨慎《李前渠诗引》，《升庵集》卷三，文渊阁四库全书本。

体宗尚方面，后七子派由汉、魏又向六朝推进，并且提出"师匠宜高，捃拾宜博" ❶的诗学主张。作为汉魏六朝代表诗人的陶渊明自然成为他们宗尚的对象，对陶诗的批评也成为他们诗学思想的主要表现路径。

一、李攀龙、王世贞隐逸心态与陶诗接受

后七子派成员除谢榛为山人外，大都为严嵩当国时期入仕的青年官员，他们意气风发，正道直行，不慕荣利，基本上都参加了反对严嵩及其党羽的斗争。因此，廖可斌指出："后七子复古运动不仅是一场文学运动，而且具有浓厚的政治色彩。" ❷孙学堂既而指出，从严嵩当国时期后七子的精神和心理状态来看，"后七子的文学复古是逃避现实的产物。" ❸这种逃避心态使得他们大都仕途偃蹇。因此，他们时常表现出对归隐的向往，有时也付诸实践。他们的诗歌常以陶渊明为抒写对象，抒写对田园生活的向往和对官场腐败的憎恶。

李攀龙（1514—1570），字于鳞，号沧溟，明历城（今山东济南）人。他一生狂傲不已，无论是其隐居乡间还是身在官场，都表现出极为自负而狂傲之心态。"吾而不狂，谁当狂者" ❹之语堪为其一生的写照。隆庆元年（1567），李攀龙起为浙江观察副使，王世懋赠诗有："总谓蛾眉重见幸，岂令龙性便堪驯？" ❺之句，写出了攀龙龙性难驯的个性。以此心态，混迹官场，则不能折腰事人。王世贞《艺苑卮言》曾叙及其罢官之事：

> 于鳞为按察副使，视陕西学，而乡人殷者来巡抚。殷以刻氂名，尤傲而无礼，尝下檄于鳞代撰奠章及送行序，于鳞不乐，移病乞归，殷固留之。

❶ （明）王世贞《艺苑卮言》卷三，丁福保辑《历代诗话续编》本，中华书局1983年版，第960页。
❷ 廖可斌《明代文学复古运动研究》，商务印书馆2008年版，第207页。
❸ 孙学堂《论严嵩当国时期后七子的精神状态》，《南开学报》（哲社版），2016年第5期。
❹ （明）王世贞《李于鳞先生传》，《沧溟先生集》附录，上海古籍出版社，2014年版，第848-849页。
❺ （明）王世懋《于鳞以荐起观察浙中，赋一律为赠》，《王奉常集·诗部》卷八，四库全书存目丛书本。

入谢，乃请曰："台下但以一介来命，不则尺蹏见属，无不应者。似不必檄也。"殷愕然起谢过，有所属撰，以名刺往。而久之复移檄。于鳞恚曰："彼岂以我重去官耶！"即上疏乞休，不待报竟归。❶

由此可观李攀龙狂傲之心态，此种心态也使其不能与世俗相合。据王世贞《李于鳞先生传》记载，攀龙曾拒绝当权者严嵩之子严世蕃的非分要求。此时李攀龙任职刑部郎中，得罪严氏父子即意味着自己的前途无望。虽然如此，但其依然"违俗"：不交权贵，不慕荣利，"还知傲吏能违俗，未拟浮名好驻颜。"❷于是，李攀龙寻求外任。嘉靖三十二年（1553）春出任顺德知府，直言："鸿鹄一以举，四海何悠悠。局促人间世，岂若远行游？"❸可见，寻求外任使他得到了暂时的解脱。在官场中，李攀龙除了这种狂傲心态之外，其忧惧心态也与日俱增。在陕西任上，他曾在写给好友殷士儋的信中说："人苦不知足，某在巨鹿下，初岂谓有今命？欲一迁官，不为苟去足矣。栖栖至此，日抱岩墙之惧，与一二孺子妾缉芦而处，不如幕燕。一行校阅，鄙倍盈牍，精神自疲，披咏渐废，犹尚怜伯时邪！"❹狂傲之人亦有忧惧之态，再加之案牍劳形，精神自疲，歌咏渐废，傲世之心也渐渐转向避世一途。陕西任上的李攀龙已经视功名为浮云，他渴望的是"南山归自好"的悠闲生活，此时所作《秋日》四首其二云："此物还堪惜，何官不可休。驱驰如昨日，药饵更清秋。名已千人废，家徒四壁愁。南山归自好，沮溺本同流。"❺归隐之心已发，又遇上殷学以檄索文，李攀龙愤而辞官，作《拂衣行答元美》一诗表达自己罢官后的欢快心情：

五原驱车兴殊浅，三秦卧病秋云高。束带那能见长吏，谈经何以随儿曹。上书一日报明主，愿乞骸骨归蓬蒿。……于今偃息南山陲，闭户不令

---

❶ （明）王世贞《艺苑卮言》卷七，丁福保辑《历代诗话续编》本，第 1064 页。
❷ （明）李攀龙《除夕》，《沧溟先生集》卷七，上海古籍出版社，2014 年版，第 227 页。
❸ （明）李攀龙《杂兴》（其八），《沧溟先生集》卷三，第 83 页。
❹ （明）李攀龙《与正夫书》，《沧溟先生集》卷二十七，第 737 页。
❺ （明）李攀龙《沧溟先生集》卷六，第 190 页。

二仲知。负海少年大跋扈，遣使问我抽簪期。百尔不分一狂客。余发种种何能为？玄经半卷常自诵，浊酒千钟醉不疑。五子江湖正漂泊，黄鹄摩天慕者谁？❶

嘉靖三十七年（1558），李攀龙归隐家乡历下，乡居十年，身心颇为安宁，多有田园诗歌创作。既为避世，被称为隐逸之宗的陶渊明则成为其时常书写的对象，或以渊明自比，或咏唱陶诗意象。以渊明自比者如：

五柳先生漉酒巾，门无车马断红尘。劳将楚簟遥相问，高卧中原更几人？（《谢俞仲蔚寄簟》）

浊酒自沽还自把，先生寄傲南窗下。门前五柳渐看长，使君时时来系马。（《许使君见过林亭二首》其二）

五柳青青醉里春，那能长作折腰人？情知纵酒非生事，昨日罢官今日贫。（《秋日东村偶题二首》其二）

五柳还须种，微君不姓陶。（《答元美喜于鳞被召见寄二首》其二）

咏唱"东篱""五柳""三径"等陶诗意象者如：

多病恰堪成卧隐，浊醪真足抵穷愁。先生懒作东篱会，可但交情老自休。（《九日登楼》）

夹户春风五柳斜，绕篱秋色醉黄花。南山只在茅茨外，人道柴桑处士家。（《谢中丞枉驾见过兼惠营草堂资四首》其一）

处处登高白发新，年年陶令罢官贫。萧条岂少东篱菊？不见当时劝酒人。（《九日同殿卿登南山》其三）

南山秋色照东篱，又是陶家载酒期。彭泽罢来无俗客，何妨不许白衣知。（《酬许右史九日小山见赠四首》其一）

---

❶ （明）李攀龙《沧溟先生集》卷五，第143页。

主人三径草堂斜，稚子开门劝吃茶。自有白云看好客，不妨红叶满贫家。(《访刘山人不值二首》其一)

不过，即便如此，李攀龙因其强烈的用世之心，其心境远不如陶公恬淡自适，当然也就达不到陶公对人生意义的洞彻领悟与澄明而豁达的心境。可见，他只是接受了陶渊明的傲世心态而没能真正成为隐士。

王世贞(1526—1590)，字元美，号凤洲，又号弇州山人，太仓(今属江苏)人。他与李攀龙一样，一生耿介正直，中进士后正遇上馆选，有人劝其去投靠时为内阁大学士的夏言，但他"耻从柄臣道地"，结果"竟不谒馆"❶。王世贞忠于职守，秉公办事，拒绝权臣严嵩的拉拢，又在杨继盛案中忤怒严嵩父子，这也为之后其父王忬被杀埋下了祸根。王忬于嘉靖二十九年(1550)后迁兵部左侍郎，兼右都御史，总督蓟辽、保定军务，因抵御鞑靼入侵失利，被受严嵩唆使的巡按御史方辂上章弹劾下狱，竟于嘉靖三十九年(1560)被杀。王世贞与弟世懋扶亡父灵柩于此年十一月回到家乡，居家守丧，建离薋园，与吴中文士结交甚多，谈文论道，颇为自由。王世贞不愿为官场所束缚，向往自由生活的心态其实早有表现。嘉靖三十一年(1552)七月，王世贞以刑部员外郎的身份出使按决庐州、扬州、凤阳、淮安四郡之狱，中途返回吴中故里，曾写信给徐中行说："酬接还往，都无意味，曩谓京尘眯漫污人，乡里小儿作恶更剧。宇宙之内何可着眼，欲寻一片地如五陵桃源者，吾三数人镇日相对，便足千古。此语殊莫使外闻之！"❷隆庆二年(1568)四月，王世贞得邸报起补河南按察司副使，整饬大名等处兵备。长达七八年之久的乡居生活，再加上遭遇家难的巨大打击，使得王世贞对仕宦生涯颇为抵触，他曾两次上疏告请致仕，皆不允。于本年七月即启程赴任，此时作有《迫檄首路，拟再陈情，感怀有作》，诗有云：

---

❶ (明)陈继儒《王元美先生墓志铭》，《陈眉公先生全集》卷三十三，明崇祯刻本。
❷ (明)王世贞《徐子与》，《弇州四部稿》卷一一八，文渊阁四库全书本。

……余本解宦人，岩薮焉能固。况兹回光瞩，差用洗沈慄。……巨痛时磔心，深忧恒栖噤。露款一申言，皇览不反顾。陨涕别亲慈，含辛首前路。嗣章倘见俞，改服还韦布。❶

作者心情沉重，诗中有自慰语，有悲痛语，更有"改服还韦布"的隐居不仕之想法。隆庆三年（1569）九月，王世贞在浙江布政使左参政任上，曾往浙西地区登游严子陵钓台，作《登钓台赋》，有云："云台烁飙，原陵芜烟，富贵身尽，声华代迁，孰与先生宇宙长鲜。"❷认为功名富贵乃过眼云烟，终随世迁，唯有如严子陵般的耿介风范长存世间。于此可见，王世贞隐逸之心颇重。隆庆四年（1570），王世贞奔母丧归家，又闻遭弹劾，作有《闻南中流言有感》一诗，有"忠为世途成湿束，江湖天远纵吾如"❸之感叹。居丧期间，始修弇山园，为自己栖身散心之所。万历元年（1573），王世贞母丧服除，起补湖广按察使，旋改广西右布政使，此时"官自雪鸿泥，人如大海萍"（《赠李方伯师孟》）、"早晚从休沐，将因托挂冠"（《闻粤西除命有作，时以楚臬迫将入计》）等诗句，表现出王世贞对宦海沉浮的厌倦与挂冠而去的归隐之思。王世贞晚年仕途坎坷，多次遭弹劾，与张居正关系也颇为紧张，"一切世味皆灰冷"（《吴明卿》），厌倦官场，不再"以天下事措怀"（《赵汝师》）。又信道教，得昙阳子澹然之旨❹，归隐之心更加浓重。初，王世贞在青州任上写给殷无美的信中，就表达了其归隐之思。他说：

愿得二顷陂，四围列植梧竹垂杨芙蓉之属，陂中养鱼数千头。中构一岛，筑高阁三间，其下，左室贮书籍及金石古文，右室尽贮美酒，傍一小室，

---

❶ （明）王世贞《弇州四部稿》卷十。
❷ （明）王世贞《弇州四部稿》卷一。
❸ （明）王世贞《弇州四部稿》卷四十一。
❹ 昙阳子（1558—1580），俗名王焘贞，王锡爵次女，太仓（今属江苏）人。王世贞晚年与之交往颇深。昙阳子曾语之曰："吾道无他奇，澹然而已。"（《弇州四部稿·续稿》卷七十八《昙阳大师传》）

具茶灶瀹釜，兼畜少鲑脯瓜菜。阁上一榻、两几，读书小倦，即呼酒数行，醉辄假息。岛傍维两蜻蜓艇，客有问奇善觞咏者，以一艇载之来，一艇网鱼佐酒，不问朝夕，饮倦则相对隐几，兴尽便复载去。若俗客见挠者，虽叫呼竟日，了不酬应。以此终身足矣。❶

王世贞对田园生活的描绘，表现了文人士大夫的隐逸情怀，也有其对出仕为官的悔意。王世贞曾在写给陈继儒的信中说："仆违心而出，去东山一步地，便成千里悔。何可言？"❷晚年的王世贞更是对归隐念念不忘。万历十八年（1590），他在写给王锡爵的信中说："自三月朔得尊兄手教，知归计有绪，食饮骤进，疮痍亦痊。又二十日，而信复杳然，方愁坐一室，寻复得兄教，则归已成矣，眉头稍伸。……佛经有云：顺逆皆方便，何物两侍御，亦能佐我归思。要之，亦善知识也。在槛之猿，继笼之鸟，恨不能实时奋飞，次晨即发之。"❸王世贞将自己比作在槛之猿，继笼之鸟，有渊明"羁鸟"之意，足见其对官场的厌恶。王世贞《九友斋十歌》序文将古法书、古石刻、古法籍、古名画等称之为九友，云："九友得之有早晚，亦有从余而游与留而不能从者，其不能从者既日思御，而从者亦倦而思归矣。"《九友斋十歌》其一"桃花笑折东风枝，有歌且拟归去兮"、其二"以兹毋若归去来，虎头为汝开丘壑"、其十"人间治否岂系汝，胡不归来长局蹐"❹等诗句，皆言思归主题，暗和陶渊明《归去来兮辞》之旨意。其《题所书九友斋歌后》曰："余方持节郧中，而以念此九友，故作十歌志归。"❺更是明确指出了该组诗歌之"志归"之情。受陶渊明影响，王世贞诗歌中多有陶诗意象，如《菊花》：

---

❶（明）王世贞《殷无美》，《弇州四部稿·续稿》卷二百四。

❷（明）王世贞《弇州四部稿·续稿》卷一八三。

❸（明）王世贞《与元驭阁老》，《弇州四部稿·续稿》卷一七九。

❹（明）王世贞《弇州四部稿》卷二十二。

❺（明）王世贞《弇州四部稿·续稿》卷一百六十。

三径虽荒尔尚存，故将秋色点衡门。千林落木谁堪殿，九日浮荑迥独尊。甘谷可延胡傅考，沉波谁返屈生魂。何如且向东篱下，潦倒支颐付酒罇。❶

又如《陆叔平邀过山庄看菊》：

夫君种菊自年年，买得支公胜地偏。甘谷移来鸣玉水，给园分作布金田。雅闻彭泽翻为具，能使江州忘遗钱。今夜东篱月色好，野夫从醉不回船。❷

王世贞用世之志颇高，曾言"片语能令万象归，雄心直向千秋吐"❸。但他生逢严嵩当权之时，其父王忬也被严嵩构陷致死，沉重地打击了他高昂的用世激情，此后诗歌创作也渐趋超然平淡。其有诗云"肯将憔悴傍灵均，自有风流胜彭泽。白衣赠君酒一壶，亭亭秋色凌霜孤。他时再入承明地，莫问玄都花有无。"❹将陶公与屈原相比，反用刘禹锡"种桃道士归何处？前度刘郎今又来"（《再游玄都观》）诗意，表明要学渊明归隐去了。上引两诗中运用"三径""东篱""彭泽"等陶诗意象及渊明字号，即是表达其归隐之思。

二、后七子其他成员的隐逸心态与陶诗接受

谢榛（1495—1575），字茂秦，号四溟山人，脱屣老人，临清（今属山东）人。作为一代山人，谢榛终身未仕，唯诗是乐，论诗不专效某家某体，不拘于字法、句法、篇法，讲究遍采诸家，但其反对藻饰绮靡之诗风，推重"气格高古，绝

---

❶ （明）王世贞《弇州四部稿》卷四十三。

❷ （明）王世贞《弇州四部稿》卷四十一。

❸ （明）王世贞《谢生歌七夕送脱屣老人谢榛》，《弇州四部稿》卷十六。

❹ （明）王世贞《郡丞刘公子仁，以直道由谏垣外补，量移吴郡，署后高斋，黄菊翼之，颜曰晚香亭，诸生莫叔明要余作歌》，《弇州四部稿》卷十九。

无雕饰语"❶之诗歌。他对陶诗的推重也主要以"自然妙者"为标准。因此,谢榛对陶渊明极为推崇,他在《陶渊明图为杨考功虚卿题》对陶渊明的一生作了较为细致的概括:

> 异代知心不识面,年书甲子甘贫贱。孤云横天高莫攀,白石在水清自见。征君殁后柴桑空,千古犹存《五柳传》。彤庭九锡加寄奴,典午山河王气变。南国从教麟凤归,中原不息龙蛇战。彭泽县前江水流,当年心事同悠悠。解印那堪白日晚,还家不负黄花秋。吏人送酒方适意,惠远更教莲社醉。中怀久矣齐死生,一卧茫然失天地。醒来兴感岁欲残,金陵怅望空龙蟠。独赋荆卿聊寄意,风吹落木江声寒。❷

谢榛诗中称与渊明虽异代而知心,赞赏渊明解印彭泽,不负黄花的出处大节,把陶公置于其时的政治环境中,认为陶氏的抽身而退是正确的选择。谢榛既引陶公为异代知音,其诗歌创作也多用陶诗意象,如:

> 陶潜昔日居柴桑,诸儿嬉戏时相将。(《岁杪行上德平镇康安庆三王》)
> 水村时下马,沙岸夜呼船。正有东篱菊,相扶醉里眠。(《同宋子纯杜约夫晚渡漳河访李淑东》)
> 东篱何寂寞,不似去年秋。菊带凄凉色,人经离乱愁。(《对菊》)
> 培养邻三径,移来殿万芳。余花自风景,幽意合柴桑。(《过西池书斋赏菊》)
> 元亮老看荒径菊,仲宣今倚故乡楼。吾生浪迹何时定,独对沧波愧白鸥。(《暮秋夜登楼望西河有感》)

宗臣(1525—1560),字子相,号方城山人,兴化(今属江苏省)人,官至福建提学副使。宗臣一生正直为官,但权奸当道,使其内心极度苦闷,思欲

---

❶ (明)李攀龙编,陈子龙增删《明诗选》引谢榛评李梦阳《河上秋兴二首》语,明崇祯刻本。

❷ (明)谢榛《四溟集》卷二,文渊阁四库全书本。

归之。即便刚升擢吏部考功时，其心态也极为平静。欧大任《宗子相传》说他：
"门无杂宾，心淡如水，不乐华要，恒有思玄之志。"嘉靖三十四年（1555年），
杨继盛被杀后，宗臣"率诸同舍郎之亢朗扶义者为文以祭之"，导致"嵩不
悦"❶。后，吏部尚书李默因会推辽东巡抚被严嵩诬告而免职，宗臣对官场之黑
暗有了更为清醒的认识，其《报刘一丈书》对官场趋炎附势的丑态揭露得淋漓
尽致。此时宗臣归隐之志油然而生。《秋夜省直》《岁暮》等诗便作于此时，前
者有"鹿鸣思野草，宿鸟怀故枝。人生贵适志，羁栖亦何为"❷之句，鹿鸣、宿
鸟二句颇有渊明"羁鸟恋旧林，池鱼思故渊"之意。后者云：

> 岁事聿已暮，百卉何摧残。驱车临长河，悲飙激飞湍。欲济无方舟，
> 行路一何难。陶潜耻折腰，贡禹弹其冠。出处各有性，焉能违所安。不见
> 飧霞子，飘飘青云端。❸

岁暮之际，百卉皆残，悲风激湍，欲济无舟，行路艰难。于是，宗臣感
慨既然没有知心朋友可佐，也只有如陶潜一般归隐而去了。嘉靖三十一年
（1552）秋，宗臣因病回乡休养，他在写给王世贞的信中，一再强调自己逃离
官场的愉悦心情，"行将逃草泽中，略理艺术""逃遁蓬庐，采药种芝，渐与
世隔"❹云云。日与朋友俯仰山中，吟啸百花洲，过着朝游濯缨、夕游濯足的
舒心生活。这个时期，宗臣作有《还至别业五首》，明显模拟陶渊明《归园田
居》，其一云：

> 游子倦行役，岁暮返旧疆。旧疆郁垒垒，观者嗟道旁。入门见所亲，
> 涕下各沾裳。束发去家园，骨肉参以商。山川阻悠邈，一别永相望。何晤

---

❶ （明）欧大任《宗子相传》，宗臣《宗子相集》附录，台北伟文图书出版社有限公司1976年版，第
  1121–1123页。
❷ （明）宗臣《宗子相集》卷四，文渊阁四库全书本。
❸ （明）宗臣《宗子相集》卷四，文渊阁四库全书本。
❹ （明）宗臣《再报元美》，《宗子相集》卷十四，文渊阁四库全书本。

今兹夕,还复登高堂。兄弟敕中厨,堂上罗酒浆。酒中阿母言,见汝重彷徨。汝今幸来归,汝父在何方。闻之益陨涕,四座莫不伤。❶

此时期所作《秋夜》等诗语言质朴浑厚,多乡间意象,也颇有渊明田园诗风致:

　　秋风起高阁,明月照芳池。俯视清波流,仰见群星垂。翩翩池上鸟,羽翼何参差。揽衣起四顾,白露被华滋。冉冉青桂丛,采采梅花枝。凤凰久寂寞,紫箫空自吹。❷

宗臣于此次乡居三年之后,即嘉靖三十四年(1555)春回京,其《报陆长庚》中表达了对此次隐居的怀念,也表达了对官场案牍劳形的反感,文中有云:"一抵燕,便作案牍中人,群吏环趋,如对魍魉,百苦攻人,肌骨欲痛,此状不能缕报,恐百花樵客闻而笑之。"❸此处描述与隐居乡间所作之诗文相比,更加显示出宗臣对隐逸的向往。因此,其诗中多次运用陶诗意象表达其隐逸之思。如:

　　彭泽千秋樵径在,匡庐昨夜客星高。(《寄赠姜使君二首》其二)
　　去国柴桑陶令醉,还家薏苡汉臣悲。(《寄马明府》)
　　落花流水去不返,武陵桃源何处寻。(《湖上行》)
　　渔舟忽停棹,仿佛是桃源。(《湖上晨起》)

宗臣曾说:"仆常言,人世只有二道,上焉者乘青云、弄紫霞;而次则宏词丽句,照耀今古,名并日月。"❹可见,在其心目中,隐逸之逍遥,要远比驰骋官场之立功与宏词丽句之立言重要得多。所以,其诗中多有隐逸心态之表达,

❶ (明)宗臣《宗子相集》卷四,文渊阁四库全书本。
❷ (明)宗臣《宗子相集》卷四,文渊阁四库全书本。
❸ (明)宗臣《宗子相集》卷十四,文渊阁四库全书本。
❹ (明)宗臣《报梁公实》,《宗子相集》卷十四,文渊阁四库全书本。

表现出向隐逸之宗陶渊明学习之倾向。

　　梁有誉（1519—1554），字公实，号兰汀。他为人淡泊，不慕荣利。嘉靖二十九年（1550）中进士，次年授刑部山西司主事，严氏父子有意拉拢之，他不愿同流合污，"旅食三年，萧然一室，敛避权贵，无所造谒。袁州当国，建安为冢宰，闻其才子，计致门下，逊谢不往。居比部岁余，即上疏谢病归，奉母太孺人，婆娑家园。"❶ 离京之时，作《喜归述怀，留别李于鳞、徐子与、宗子相、王元美四子一百韵》，结尾抒写归隐田园的志趣："事业浮生外，衣冠薄俗前。苏门应避地，杞国谩忧天。吴客思莼鲙，骚人咏蕙荃。物情增惨淡，吾道合迍邅。"❷ 归岭南后所作《燕京侠客吟》有"不肯敛衽事七贵，不学低眉谒五侯"之句，颇显其狂简个性。梁有誉一生追慕道家，养成恬淡自适的性格，他《游仙》一诗即是其道家思想的表现，该诗结尾"寄谢樊笼士，哪知遗世情"❸ 二句，表达自己不愿为名利所羁遗世之情。他的《出郭小园》《题隐居图》等诗皆表达了他对隐居生活的向往与热爱。兹录前一首如下：

　　　　澹澹波光漠漠天，汀蒲沙柳共依然。驱驰未卜宜瓜地，贫病犹营种秫田。杜宇声残花似雪，鹁鸠啼急雨如烟。朋游共弃嵇生懒，谁棹江湖载酒船。❹

　　徐中行（1517—1576），字子与，号龙湾，自称天目山人，湖州长兴人。嘉靖二十九年（1550）中进士，初为刑部主事，在其外舅顾应祥的引导下与李攀龙、王世贞等交往甚密，同样处于严嵩的对立面。在杨继盛案中，徐中行也表现出了不畏权势的一面，多次去狱中探望杨氏。在严嵩当国时期，徐中行虽政绩显著，但仕途偃蹇，隐逸心态也较为浓重，羡慕陶渊明的隐逸生活。"旧

---

❶ （明）梁有誉《兰汀存稿》附录欧大任《梁比部传》，续修四库全书本。
❷ （明）梁有誉《兰汀存稿》卷三。
❸ （明）梁有誉《兰汀存稿》卷一。
❹ （明）梁有誉《兰汀存稿》卷四。

社五湖秋正好，未归空复羡陶潜。"❶认为自己身处官场，辜负了人生大好时光，不能如陶渊明一样隐居田园。"一官已负陶潜兴，九辨谁怜宋玉才。"❷当徐中行真正罢归时，作有《闲居》等诗，记录自己的隐居生活：

> 于时羞白发，招隐惬青山。久负冥鸿意，非缘倦鸟还。挂冠全傲骨，戏彩慰慈颜。讵似侯嬴辈，栖栖老抱关。❸

诗写自己挂冠归隐的惬意生活，不愿再如年老抱关的侯嬴一样奔竞于仕途而丧失傲骨，只愿隐居家乡，奉养慈母。"久负冥鸿意，非缘倦鸟还"有陶渊明"羁鸟恋旧林，池鱼思故渊"之意。不过，徐中行的隐逸只是其仕途困顿时调节内心的一种方式，远没有陶渊明真率。严嵩倒台，徐阶当政后，徐中行还是比较踏实地践行其作为一个儒生的抱负，为民做了不少好事，累官至江西布政使。

吴国伦（1524—1593），字明卿，号川楼子、南岳山人，兴国（今属江西）人。他性格豪放、嫉恶如仇，与后七子其他人一样，不喜依附权贵，仕途偃蹇，屡遭贬谪。吴国伦初仕为兵部给事中，在杨继盛被杀后，与王世贞一起经纪杨氏丧事，颇忤严嵩，谪官七年后，自罢归里。严嵩事败，复起，官终河南左参政。在河南任上，虽剔弊甚力，百废俱兴，却仍考核不合格，遂愤而罢归。吴国伦在嘉、万间为官二十余年里，两次自罢归田，颇能显示其"傲吏"❹本色。归田后的吴国伦，修筑北园，实现了其"身如不系舟"❺的自由生活。在北园中，"与

---

❶（明）徐中行《长芦署中独酌，奉怀王元美兄弟、俞仲蔚及吴门旧游》，《徐中行集》，浙江古籍出版社 2012 年版，第 127 页。

❷（明）徐中行《九日登芦台，怀于鳞、元美兄弟、明卿诸君子二首》其一，《徐中行集》，第 128 页。

❸（明）徐中行《徐中行集》，第 73 页。

❹ 吴国伦同年好友魏裳有诗赞吴，云："十年江湖能傲吏，中原岳牧半词臣……落日灌园君有意，年来白眼倦看人。"（魏裳《过李于鳞怀明卿》，《云山堂集》卷一，四库全书存目丛书本）

❺ 吴国伦《渡黄河有感寄李参议师孟》："长年亦解嘲羁旅，那得身如不系舟。"《甔甀洞稿》卷三十二，续修四库全书本。

木石禽鱼相亲狎，客至，旋以菜羹竹脯佐酒为欢，闲乘余兴，弄舟沧浪，负缶别圃，泉流洗耳，烟光娱目，虽偷安盛世，微有所托，以保吾真，庶几无殆辱哉。"❶吴国伦以"不善宦"而免归之人，享受着归田后的宁静生活，保持真性，创作了较多的田园诗，如《园居》《北园酌茂长醉赋》《北园观小僮摘樱桃作》《夏日吴孝甫见访北园，一醉逃去，寄此嘲之》等。兹录《园居》一首如下：

> 歧路迷所适，言反幽贞庐。悠然谢尘埃，地远志亦疏。腰镰刈芜草，灌畦得嘉蔬。持之市美酒，与客临清渠。班坐无伦次，杯行从疾徐。酣至发高倡，微风荡襟裾。聊以解形役，安知与世疏。❷

作者将仕途称为"歧路"，归田之后，谢去尘埃，悠然于田园生活，解去心为形役之痛苦。此种闲适与陶渊明"结庐在人境，而无车马喧。问君何能尔，心远地自偏"之心态极为相似。晚年的吴国伦不仅崇尚陶渊明闲适的田园生活，也习得了陶氏的"达生"意识。吴国伦晚年曾为一生圹，在旁边祠庙柱上自题圹对云："陶元亮属自祭之文，知生知死；刘伯伦荷随行之锸，且醉且醒。"❸表达出自己愿意追随陶渊明、刘伶等人"知生知死""且醉且醒"的随性生活。

总之，后七子派成员皆刚直坦率，不慕名利，拒交权贵，对其时腐败黑暗的社会现实有较为清醒的认识。因此，他们的仕宦生涯颇受打压，他们紧张焦虑的心态最终被越来越强烈的归隐意识所替代，诗文创作深受陶诗影响。不过，后七子派成员多有强烈的用世之心，他们的心境远没有陶公那般的澄明而豁达，他们的隐逸生活也远不如陶公来得恬淡自适，也就达不到陶公对人生意义的洞彻领悟。当然，我们也不能对他们过于苛责，他们自比陶公或者咏唱陶诗意象，能使他们在奸臣当道的政治生活中轻松活泛些许。

---

❶ （明）吴国伦《北园记》，《甔甀洞稿》卷四十六。
❷ （明）吴国伦《甔甀洞稿》卷六。
❸ （明）朱国祯《涌幢小品》卷六《圹对》，中华书局1959年版，第131页。

三、后七子诗学思想与陶诗批评

前七子派古体宗汉魏、近体宗盛唐的诗学观念造成了"剽拟之习",在创作实践中走向了末路。后七子派诗学在对前七子派继承的基础上有较大推进。就对陶诗的评价角度来看,后七子派完全改变了前七子派"诗弱于陶"的观点。谢榛引李仲清语云:"陈伯玉诗高出六朝,惟陶渊明乃其伉俪者,当与两汉文字同观。"❶将陶诗提高到"与两汉文字同观"的高度。吴国伦虽然也强调五言古诗"鹄在汉魏",但也承认"六朝惟嵇、阮、陶、谢近古"❷,这与前七子派论诗直接跳过陶渊明不论的情况,确有不同。王世贞等人虽然为重树气格浑厚的诗学高标而不遗余力地批评学六朝诗者,❸但不可否认的是,既重汉魏、不废六朝成为后七子诗学新倾向。

在这种新的诗学走向中,李攀龙、王世贞等人都表现出了较强的尚自然、重性情的诗学思想。李攀龙在《与谢九式书》一文中曾说:"文有所必不可至,语有所必不可强,与其奇也宁拙,渐近自然。"❹李攀龙《古今诗删》选唐前五言古诗,盖受"渐近自然"思想影响,对陶诗格外重视。该诗选共选诗351首,选汉魏诗歌凡88首,晋代诗歌94首,宋诗88首,梁诗51首,陈诗12首,隋诗19首。从选诗数量来看,汉、魏的数量与宋诗相等,少于晋诗。从此可以看出李攀龙对六朝诗的重视,也表现了其"汉魏以逮六朝皆不可废"❺的诗论原则。在晋代的94首诗中,有陶诗24首,占四分之一强,居五古选诗的第二位。可见,李氏对陶诗较为重视,大概是其尚自然诗学观使然。

王世贞论诗也尚自然、重性情。他写给余德甫的信中提及后者的诗歌有三

---

❶ (明)谢榛《四溟诗话》卷一,人民文学出版社1961年版,第61页。

❷ (明)吴国伦《与子得论诗》,《甔甀洞稿·续稿》文部卷一四,续修四库全书本。

❸ 罗宗强先生指出,后七子诗风发展面临的三个问题,其中之一就是诗学六朝的"尚辞者",另外两个,一是李梦阳们追随者模拟之弊,二是王慎中、唐顺之们的"存理者"。见氏著《明代文学思想史》第十一章《文学复古思潮的再起》,中华书局2013年版,第496页。

❹ (明)李攀龙《与谢九式书》,《沧溟先生集》卷二十六,第705页。

❺ (明)李攀龙《报刘子威》,《沧溟先生集》卷二十六,第710页。

变，先是喜欢李攀龙诗，极力摹写之，"归田以后，于它念无所复之，益搜刬心腑，冥通于性灵，神诣独往之句，为于麟所嘉赏，然于麟遂不得而有先生。其又稍晚，运斤弄丸之势，往往与自然合。"❶ 余德甫在归田后的诗能冥通性灵，为李攀龙所激赏，稍后之诗，往往合于自然，王世贞给予称扬。在《章给事诗集序》一文中，王世贞表达了他以诗得人的诗论，他说：

> 自昔人谓言为心之声，而诗又其精者。予窃以诗而得其人，若靖节之言，澹雅而超诣；青莲之言，豪逸而自喜；……后之人好剽写余似，以苟猎一时之好，思舛而格杂，无取于性情之真，得其言而不得其人，与得其集而不得其时者，相比比也。❷

以诗得其人，称陶诗澹雅超逸，陶公之人也如此。批评后人善于剽拟，思舛格杂，不能发夫性情之真，故不能以诗得人。进一步申说其重性情之论。

在这种诗论影响下，王世贞对六朝诗尤其对陶诗的态度，与前七子相比发生了较大的变化。王世贞早年对陶诗的批评较多地接受了前七子派的观点，特别是对何景明"诗弱于陶"的论调给予支持，他说："及读何仲默氏之书，曰诗盛于陶谢而亦亡于陶谢，则窃怪其语之过，盖又进之而上为三曹，又进之而上为苏、李、枚、蔡，然后知何氏之语不为过也。"❸ 在此种诗论影响下，王世贞评陶还是以偏格论之。他说："'问君何为尔？心远地自偏。''此还有真意，欲辨已忘言。'清悠淡永，有自然之味。然坐此不得入汉魏果中，是未妆严佛阶级语。"❹ 一方面，赞扬陶诗的清悠淡永、有自然之味，另一方面，却认为陶诗缺乏汉魏诗歌慷慨遒健之风格，达不到汉魏风骨感情之深度与力度。就是因为陶诗的淡永自然，才不能入汉魏果中。这一点与前七子派追求雄健、深厚诗

---

❶ （明）王世贞《余德甫先生诗集序》，《弇州四部稿·续稿》卷五十二。

❷ （明）王世贞《弇州四部稿》卷六十九。

❸ （明）王世贞《梅季豹居诸集序》，《弇州四部稿·续稿》卷五十五。

❹ （明）王世贞《艺苑卮言》卷三，丁福保辑《历代诗话续编》本，中华书局 1983 年版，第 994 页。

风的诗学思想一致。

虽然如此，但王世贞还是给予陶诗较高的评价，他说："陶潜之诗何其冲然澹宕也"❶，"若靖节之言，淡雅而超逸"❷。随着王世贞诗学思想的解放与发展，他对陶诗的评价也越来越高。他说："世人《选》体，往往谈西京建安，便薄陶谢，此似晓不晓者。毋论彼时诸公，即齐梁纤调，李杜变风，亦自可采，贞元而后，方足覆瓿。大抵诗以专诣为境，以饶美为材，师匠宜高，捃拾宜博。"❸ 这里表明，王世贞逐渐对前七子派轻视陶谢诗歌的做法表示不满，❹认为他们是"似晓不晓者"。王氏认为，诗歌宗尚当"师匠宜高，捃拾宜博"，陶诗也在其学习的范畴，但可惜的是，王世贞此处似乎只在谈论诗材，还未真正把陶诗推为正宗地位。

王世贞晚年对陶诗的态度却发生了较大的变化，从早年对陶诗的贬抑、只重渊明诗材的诗学主张，转向对陶诗整体风格高度评价的道路上来，开始重视陶诗臻于化工的艺术境界。他说：

> 渊明托旨冲澹，其造语有极工者，乃大入思来，琢之使无痕迹耳。后人苦一切深沉，取其形似，谓为自然，谬以千里。❺
>
> 诗自东京《十九首》以还，建安三曹浑浑有气，潘陆因之，渐成雕靡，至潜而始自然出之，大巧若拙，至秾若澹，令人击节，有淳古想。❻

王世贞赞赏陶诗"造语有极工者""琢之使无痕迹"的特点，并认为后人只取其形似便认为所谓自然者，肯定会与陶诗"谬以千里"。对陶诗"大巧若拙，至秾若澹"的特点，给予击节之叹赏。王世贞论诗有重法倾向，曰："篇法之

---

❶ （明）王世贞《弇州四部稿·续稿》卷五十五。

❷ （明）王世贞《章给事诗集序》，《弇州四部稿》卷六十九。

❸ （明）王世贞《艺苑卮言》卷一，《历代诗话续编》本，第 960 页。

❹ 其实，前七子派并不轻视谢诗，李梦阳《刻陆谢诗序》曾高评谢诗。

❺ （明）王世贞《艺苑卮言》卷三，《历代诗话续编》本，第 994 页。

❻ （明）王世贞《陶氏五隐传》，《弇州四部稿·续稿》卷七十七。

妙，有不见句法者；句法之妙，有不见字法者。此是法极无迹，人能之至，境与天会，未易求也。"❶ 其论陶诗造语极工而琢使无痕，即是其重法倾向之表现。但王世贞能够指出陶诗因 "大人思来"，作诗功力高而显无痕，见解确乎高于前人。造语极工亦可臻于自然，二者之间并不对立，这是王世贞对前七子陶诗批评的一处较大修正。另一处较大的修正，表现在对格调认识的转化上。前文叙及王世贞早年受前七子派的影响，视陶诗为偏格。王世贞后期在为其中表邹彦吉所作《邹黄州鸴鹑集序》中，回顾了自己四十年来的学诗经历，批评那些 "矩矱往昔" 与效法李梦阳、李攀龙遗则而 "捧心" "抵掌" 者，否定了格以代降的格调论。他说："夫古之善治诗者莫若钟嵘、严仪，谓某诗某格某代，某人诗出某人法。乃今而悟其不尽然。"❷ 以此为指导原则，王世贞将完全不符合其时代主流诗风的陶诗纳入自己的取法标准。他论章景南之诗说："有所取，至于篇则无问句；有所取，至于句则无问韵。意出于有而入于无，景在浓淡之表，而格在离合之际。其所以合于陶与韦者，虽君之苦心，君亦自不得而知也。"❸ 由此可见，他是将陶韦之诗视为诗法之标准的。陶诗虽属六朝，但其尚存古意，与其时绮靡诗风不同。因此，在此基础上，王世贞构建了自己较为复杂的复古体系，"于古诗则知有枚乘、苏、李、曹公父子，旁及陶、谢。"❹

　　谢榛论诗也宗尚自然，重声律之学，兼顾文采。他说："作诗虽贵古淡，而富丽不可无。譬如松篁之于桃李，布帛之于锦绣也。"❺ 认为："凡作近体，诵要好，听要好，观要好，讲要好。诵之行云流水，听之金声玉振，观之明霞散绮，讲之独茧抽丝。此诗家四关。使一关未过，则非佳句矣。"❻ 不独近体如此，他认为古诗也要讲究声律，对其时作古诗者务去声律的做法，给予严厉的批评。

❶　（明）王世贞《艺苑卮言》卷一，《历代诗话续编》本，第 961 页。

❷　（明）王世贞《弇州四部稿·续稿》卷五十一。

❸　（明）王世贞《章给事诗集序》，《弇州四部稿》卷六十九。

❹　（明）王世贞《与张助甫》，《弇州四部稿》卷一百二十一。

❺　（明）谢榛《四溟诗话》卷一，第 7 页。

❻　（明）谢榛《四溟诗话》卷一，第 6 页。

他说："今学之者，务去声律，以为高古。殊不知文随世变，且有六朝、唐、宋影子，有意于古，而终非古也。"❶他论陶即以此为标准。他说："自然妙者为上，精工者次之，此着力不着力之分，学之者不必专一而逼真也。专于陶者失之浅易，专于谢者失之饾饤。孰能处于陶谢之间，易其貌，换其骨，而神存千古。子美云：'安得思如陶谢手？'此老犹以为难，况其他者乎？"❷谢榛视陶诗为"自然妙者"，给予高度评价。中唐皇甫湜持陶诗"不文"论，认为陶诗切以事情而没有文采，谢榛予以批评，他说："湜非知渊明者。渊明最有性情，使加藻饰，无异鲍谢，何以发真趣于偶尔，寄至味于澹然？陈后山亦有是评，盖本于湜。"❸谢榛认为皇甫湜、陈师道等人并不了解陶公，渊明最有性情，如果加以藻饰，其诗亦当与鲍谢无异。陈师道本皇甫湜之说，就是将陶诗与鲍诗作对比的，认为"鲍照之诗华而不弱，陶渊明之诗，切于事情，但不文耳。"❹谢榛否定皇甫湜、陈师道陶诗"不文"之论，与前文王世贞论陶诗之"造语有极工"而"琢之使无痕"似出一辙。谢榛进而认为，作古诗而得《诗经》《十九首》无意声律而属对工切者，六朝惟渊明一人而已。他说："《诗》曰：'觏闵既多，受侮不少。'初无意于对也。《十九首》云：'胡马依北风，越鸟巢南枝。'属对虽切，亦自古老。六朝惟渊明得之，若'芳草何茫茫，白杨亦萧萧'是也。"❺陶诗语虽工而无痕，能得古诗无意属对而自显工切之法。谢榛认为，与渊明节行相似的韩偓之诗就达不到陶诗的境界。他说："陶潜不仕宋，所著诗文，但书甲子；韩偓不仕梁，所著诗文，亦书甲子。偓节行似潜而诗绮靡，盖所养不及尔。"❻这样就把陶诗艺术提高到无以复加的地步，认为陶诗语虽工而不着痕迹，不似韩偓诗之绮靡。谢榛认为，这些都是渊明之性情所致。

---

❶（明）谢榛《四溟诗话》卷一，第3页。

❷（明）谢榛《四溟诗话》卷四，第127-128页。

❸（明）谢榛《四溟诗话》卷二，第41页。

❹《古典文学研究资料汇编·陶渊明卷》，第42页。

❺（明）谢榛《四溟诗话》卷一，第6页。

❻（明）谢榛《四溟诗话》卷一，第8页。

　　谢榛除了从总体风格上论陶诗之外，还具体探讨陶诗的用字。谢榛强调作诗要"走笔成诗""琢句入神"，❶重视诗歌字句的运用。对于陶渊明的《止酒》诗运用二十个"止"字，他这样评价："梁元帝《春日》诗，用二十三'春'字，鲍泉奉和，亦用二十九'新'字，不及渊明《止酒》诗，用二十'止'字，略无虚设，字字有味。"❷认为渊明于一首诗中用二十"止"字，并非虚设，而是字字有味，与萧绎、鲍泉等人用字高超许多。孙一元曾作有《收菊花贮枕》一诗，云："呼童收落英，晨起晞清露。满囊剩贮秋，寒香散庭户。夜来梦东篱，枕上得佳句。"谢榛评论说："好个题目，唐人未之有也。"他认为此诗前五句清雅，但末句缺乏深意，如果改为"陶潜宛相遇"，则会变得"清而纯矣"。❸如果从总体上来看，谢榛所作修改确实高于孙氏本诗。

　　要之，后七子派诗论虽然继承前七子派，但在对待陶诗的态度上，能够摆脱前七子派的影响，推崇陶诗平淡自然之风格，同时，也承认陶诗语言具有大巧若拙、似工实朴之特色。李攀龙《古今诗删》重选陶诗，王世贞以"自然妙者"评之，谢榛把陶诗和两汉文字同观，都表现了他们对陶诗的推重。后七子派把陶诗纳入宗法的对象，提高陶诗的历史地位，将之置于与两汉文字同观的地位。这样，也就为后世如许学夷等人陶诗"自为一源"论提供了借鉴。

---

❶　（明）谢榛《四溟诗话》卷三，第 77 页。
❷　（明）谢榛《四溟诗话》卷二，第 32 页。
❸　（明）谢榛《四溟诗话》卷四，第 126 页。

第四章　晚明陶诗接受与批评

　　学界一般把万历至明代灭亡这段时间称为晚明，虽然明确，但也武断。晚明时期，明朝走向衰亡，但造成明朝衰亡的原因，要从万历上溯至嘉靖甚至正德时期。❶ 晚清沈家本就曾指出："明祚之亡，基于嘉靖，成于万历，天启不过扬其焰耳。"❷ 这是从明朝这个政权灭亡的角度来说的，如果从对士人心态的影响来看，沈氏之论也较有道理。嘉靖时期，世宗皇帝荒淫独裁给其时士人人格造成了极大的扭曲。嘉靖时期的大礼议事件造成了两个恶果，一是皇帝更加独裁，二是士人品节大坏。"乃自大礼议起，凡偶失圣意者，谴谪之，鞭笞之，流窜之，必一网尽焉而后已。由是小人窥伺，巧发奇中，以投主好，以弋功名。陛下既用先入为主，顺之无不合，逆之无不怒。由是大臣顾望，小臣畏惧，上下乖戾，寖成睽孤，而泰交之风息矣。"❸ 这是嘉靖四年（1525）的情况，此后

---

❶　嘉靖四年（1525）二月，四川副使余珊上疏，指出正德朝政治败坏情况多达十种：逆瑾专权，假子乱政，不知纪纲为何物；士大夫寡廉鲜耻，趋附权门；国柄下移，王灵不振，是以有安化、南昌之变；自逆瑾以来，以苟且易将帅，故边防尽坏；自逆瑾以来，尽天下之脂膏，输入权贵之室，是以有刘、赵、蓝、鄢之乱；衣冠蒙祸，家国几空；奸邪迭进，忠谏不闻；忠贤排斥，天下几危；大臣日疏，小人日亲，致政事乖乱；天鸣地震，物怪人妖，曾无虚岁。（张廷玉等《明史》卷二百八《余珊传》，第 5496–5498 页）

❷　（清）沈家本《历代刑法考·刑法分考十四》，中华书局 1985 年版，第 375 页。

❸　（清）张廷玉等《明史》卷二百八《余珊传》，第 5498 页。

情况越发不可收拾。嘉靖十三年（1534），南京兵部主事刘世龙上疏曰："今天下刻薄相尚，变诈相高，谄媚相师，阿比相倚。仕者日坏于上，学者日坏于下，彼倡此和，靡然成风。"因此，他要求世宗"杜谄谀以正风俗"❶。然此非易事。可以说，这种情况终嘉靖一朝没有任何改变，隆、万时期更是变本加厉。隆庆皇帝过度沉溺于个人享乐而委权于内阁，内阁内部的争权夺利也使得士人分化严重，政治腐败，世风日下。

隆庆六年（1572）五月，隆庆皇帝驾崩，由年仅十岁的太子朱翊钧继位，开启了有明一代延续时间最长的万历朝。万历皇帝初期，一切听从首辅张居正，张在位十年，推行改革，国家运行较为稳健。他去世后，万历帝对张居正本人及其改革措施全部进行清算。万历帝骄奢淫逸、昏庸无能而又大权紧握。万历十四年（1586）开始的"争国本"事件延续了十五年之久，也就是从这一年下半年开始，万历皇帝开始怠政，此后更是二十余年不理朝政。导致政府官曹空虚，士人上进心被严重损毁。万历帝深居宫中，奢侈靡费，为了维持这种生活，他派遣大批太监到各地行使税使和矿监职责，为他筹集银两。这些太监联合各地的恶棍流氓和投机分子，大肆搜刮民财，人民不堪忍受，遂起而抗之。万历三十四年（1606），云南矿监杨荣被当地骚乱者所杀。但此事并没有使万历皇帝停止其政策，税使矿监终万历朝都在持续。万历四十六年（1618），又增加全国田赋。天启年间，又增加关税和盐税。赋税繁重，民不聊生。至崇祯立朝，崇祯皇帝虽意欲有所作为，但为时已晚，随着晚明民变以及后金的不断入侵，明王朝终于随着崇祯帝自挂煤山而大厦倾颓。

从上面的叙述我们可以看出，学界所谓的晚明时期（万历至明亡）的政治败坏，实由嘉靖甚至正德时期就已经开始，至万历时期更加严重。万历帝因争国本事件而长期怠政，给其时士人带来极大的消极作用，再加上天启年间魏忠贤擅权，朝廷上下乌烟瘴气。此后，虽有崇祯帝扳倒魏忠贤，意欲重新振起明代雄风，但大厦将倾，非人力所能为。政治险恶、官场腐败，本来

---

❶　（清）张廷玉等《明史》卷二百七《刘世龙传》，第 5473 页。

就会销蚀士子文人进取之心，而万历帝怠政所造成的官员长期得不到升迁的现实，又更加使士子们心灰意冷，他们通过科举猎取功名的欲望已远不如正嘉之前。另外，在朝为官者多有弃官归隐者，即使不是真正归隐山林，也多"吏隐"者。张德建对此有过论述，他说："明代中叶以来，隐逸文化开始在失意士人中兴起，并弥散开来，至晚明，从官员名士到山人都表现出对隐逸的普遍歆羡。" ❶

在诗论方面，晚明时期，公安派倡导"性灵说"，在此基础上，他们视陶渊明为狂人、达人，以澹、真、趣论陶诗。公安派成员后期诗学转向平淡，也深受陶诗影响。陆时雍克服公安派的浅露与竟陵派的幽深，在继承前人的基础上提出以神韵为主的诗学理论并以之评陶，在当时产生了较大影响。前、后七子派对陶诗的贬抑，到晚明时期也得到较大程度的纠正。面对七子派及胡应麟等人在"古体宗汉魏"的诗学影响下所形成的"诗弱于陶"以及陶诗属"偏门"的传统观念，许学夷提出陶诗"自为一源"的论调，实属难能可贵。这也反映出明代复古诗学演进过程中对陶诗批评的自我调节与逐渐体认。

明清鼎革之际，明遗民对同样处于易代之际的陶渊明表现出了极大的兴趣。他们在行为上以陶公耻事二姓的高节互相激励，在诗歌创作方面，较多地运用陶诗意象、陶公字号等陶渊明文化符号，甚至创作了大量的和陶诗，表现了他们真实的民族情感和道德操守。有鉴于晚明文人以及明遗民学陶、和陶者众多，本书拟选取张岱作为代表论之。

第一节　公安派陶诗接受与批评

万历中期，随着后七子派盟主王世贞的去世，长达一个世纪的文学复古运动逐渐消歇。在七子派退出历史舞台之前，他们内部的诗学思想也发生了较大

---

❶　张德建《明代山人文学研究》，湖南人民出版社 2005 年版，第 200 页。

的变化，对复古文学思想中的种种弊端做了较大的修正，王世贞晚年文学思想的变化即是一个明证。七子派后学屠隆、胡应麟、李维桢等人继王世贞后尘，对复古文学思想也有较多修正的论调。王世贞之后，汪道昆、李文忠等人都曾欲主盟七子派，试图重振文学复古运动，但也不能力挽狂澜。文学复古运动之后，继之而起的公安派成为其时文坛一颗耀眼的明星，成员主要有袁宏道、袁中道、袁宗道、江盈科、黄辉以及陶望龄等人，他们对复古文学思想进行了尖锐的批评并逐渐提出自己的诗学主张——"性灵说"。在其文学思想的主导下，公安派成员对陶渊明其人其诗都给予高度评价，诗歌创作也多受陶诗影响。

一、公安派的陶渊明评价

晚明是中国思想发展上一个较为解放的时期，随着阳明心学的逐渐流行，加之社会政治的腐败，士人逐渐表现出率真任性的生活态度来。特别是以王艮为主的王学左派，提出了"百姓日用是道"的观点，颇得后人推崇。李贽曾说：

> 穿衣吃饭，即是人伦物理；除却穿衣吃饭，无伦物矣。世间种种皆衣与饭类耳，故举衣与饭而世间种种自然在其中，非衣饭之外更有所谓种种绝与百姓不相同者也。❶

李贽强调人伦物理，重视欲望表达，他承认自己爱财爱官。他说："夫私者，人之心也。人必有私而后其心乃见，若无私，则无心矣。"❷人之私心是合理的，而且，他进一步把私心视为人性之真，"夫以率性之真，推而广之，与天下为公，乃谓之道。"❸由此出发，李贽更是提出著名的"童心说"，"夫童心者，绝假纯真，最初一念之本心也。若失却童心，便失却真心；失却真心，便失

---

❶ （明）李贽《答邓石阳》，《焚书》卷一，中华书局 1961 年版，第 4 页。

❷ （明）李贽《德业儒臣后论》，《藏书》卷三十二，中华书局 1959 年版，第 544 页。

❸ （明）李贽《答耿中丞》，《焚书》卷一，第 16 页。

却真人。"❶在王学左派以及李贽思想的影响下,晚明大多数士人都追求思想解放,强调人生自适。李贽本人就曾说:"士贵为己,务自适。"❷还表示这种自适不会在乎别人的眼光的,"我以自私自利之心,为自私自利之学,直取自己快当,不顾他人非刺。"❸公安派代表人物袁宏道受李贽影响较大,在生活中追求适世快乐,他在写给龚惟长的信中说:

> 然真乐有五,不可不知。目极世间之色,耳极世间之声,身极世间之鲜,口极世间之谈,一快活也。堂前列鼎,宾客满席,男女交舄,烛气薰天,珠翠委地,金钱不足,继以田土,二快活也。箧中藏万卷书,书皆珍异。宅畔置一馆,馆中约真正同心友十余人,人中立一识见极高,如司马迁、罗贯中、关汉卿者为主,分曹部署,各成一书,远文唐、宋酸儒之陋,近完一代未竟之篇,三快活也。千金买一舟,舟中各置鼓吹一部,妓妾数人,游闲数人,浮家泛宅,不知老之将至,四快活也。然人生受用至此,不及十年,家资田地荡尽矣。然后一身狼狈,朝不谋夕,托钵歌妓之院,分餐孤老之盘,往来乡亲,恬不知耻,五快活也。士有此一者,生可无愧,死可不朽矣。❹

上述五乐,可谓概括了其时士人的真实心态。袁中道《咏怀诗》(其一)也表达了与乃兄一致的人生观,"人生贵适意,胡乃自局促。欢娱自欢娱,声色穷情欲。"❺《咏怀诗》(其二)可以说是袁宏道与龚惟长信中所述五乐的诗意表达:

> 陇山有佳木,采之以为船。隆隆若浮屋,轩窗开两偏。粉壁团扇洁,

---

❶ (明)李贽《童心说》,《焚书》卷三,第97页。

❷ (明)李贽《焚书增补》卷一,中华书局1975年版,第258页。

❸ (明)李贽《焚书增补》卷一,第258页。

❹ (明)袁宏道《龚惟长先生》,《袁宏道集笺校》卷四,上海古籍出版社1981年版,第205—206页。

❺ (明)袁中道《咏怀》(其一),《珂雪斋集》卷二,上海古籍出版社1989年版,第63—64页。

绣柱水龙蟠。中设棐木几，书史列其间。茶铛与酒白，一一皆精妍。歌童四五人，鼓吹一部全。囊中何所有，丝串十万钱。已饶清美酒，更辨四时鲜。携我同心友，发自沙市边。遇山蹑芳屐，逢花开绮筵。广陵玩琼华，中泠吸清泉。洞庭七十二，处处尽追攀。兴尽方移去，否则复留连。无日不欢宴，如此卒余年。❶

公安派论人也多以真假角度为标准。袁宏道曾说："余观古今士君子，如相如窃卓，方朔俳优，中郎醉龙，阮籍母丧酒肉不绝口，若此类者，皆世之所谓放达之人也。又如御前数马，省中阒树，不冠入厕，自以为罪，若此类者，皆世之所谓慎密人也。两种若冰炭不相入，吾辈宜何居？袁子曰：两者不相肖也，亦不相笑也，各任其性耳。性之所安，殆不可强，率性而行，是谓真人。今若强放达者而为慎密，强慎密者而为放达，续凫项，断鹤颈，不亦大可叹哉！"❷在世人看来，放达与慎密两类人如冰炭不相合，袁宏道则认为，两者虽不相同，但只要表现出真人真性，即为"真人"，强调了人性之真。他又说："大抵物真则贵，真则我面不能同君面，而况古人之面貌乎？"❸因此，在谈论陶渊明时，他则能抓住陶氏之真情真性。他在与汤显祖的信中写道：

> 人生几日耳，长林丰草，何所不适，而自苦若是！每看陶潜，非不欲官者，非不丑贫者；但欲官之心，不胜其好适之心；丑贫之心，不胜其厌劳之心；故竟"归去来兮"，宁乞食而不悔耳。❹

世人论陶，其不为五斗米折腰之高行，向来被认为陶之高节，认为是陶公不与当权者同流合污的证据。袁宏道则从人之真性出发，认为陶渊明"非不欲官者，非不丑贫者"，强调陶内心欲官、丑贫之真性，陶之所以赋归去来，只

---

❶（明）袁中道《咏怀》（其二），《珂雪斋集》卷二，第64页。
❷（明）袁宏道《识张幼于箴铭后》，《袁宏道集笺校》卷四，第193页。
❸（明）袁宏道《丘长孺》，《袁宏道集笺校》卷六，第284页。
❹（明）袁宏道《汤义仍》，《袁宏道集笺校》卷五，第215页。

是其好适之心、厌劳之心战胜了欲官之心、丑贫之心。袁宏道于此强调陶氏欲官之心、丑贫之心，或许有辱其形象，但也展示出陶渊明之真情真性，他首先是把陶渊明作为一个个体的人看待的。袁氏此论当不为其新发明，前文已引苏轼论陶氏之"真"的言论，说渊明欲仕则仕，欲隐则隐，饥则扣食，饱则延客，所以世人"贵其真也"。李贽也说："陶渊明亦爱富贵，亦苦贫穷。苦贫穷，故以乞食为耻，而曰：'叩门拙言辞'；爱富贵，故求为彭泽令，然无奈其不肯折腰何，是以八十日便赋归去也。"❶袁宏道在此基础上，详细指出陶渊明的"四心"，更加深入陶渊明内心，探讨其绝假纯真的真性情。袁宗道也曾有类似的观点，他在《读渊明传》中说：

> 口于味，四肢于安逸，性也。……渊明夷犹柳下，高卧窗前，身则逸矣，瓶无储粟，三旬九食，其如口何哉？今考其终始，一为州祭酒，再参建威军，三令彭泽，与世人奔走禄仕，以屡馋吻者等耳。观其自荐之辞曰："聊欲弦歌，为三径资。"及得公田，亟命种秫，以求一醉。由此观之，渊明岂以藜藿为清，恶肉食而逃之哉？疏粗之骨，不堪拜起；慵惰之性，不惯簿书。虽欲不归而贫，贫而饿，不可得也。……渊明解印而归，尚可执杖耘丘，持钵乞食，不至有性命之忧。而长为县令，则韩退之所谓"抑而行之，必发狂疾"，未有不丧身失命者也。然则渊明者，但可谓之审缓急，识重轻，见事透彻，去就瞥脱者耳。❷

袁宗道认为，陶渊明无论为州祭酒、建威参军，还是出为彭泽令，与世人奔走禄仕以求利禄无异，他并非清高到以藜藿为清而厌恶肉食。但是，陶渊明解印而归，正可看出他"审缓急，识重轻，见事透彻，去就瞥脱"之高逸之处。对陶渊明的这种评价，也可见出晚明适世快乐生活理想对袁宗道的影响。

---

❶（明）李贽《豫曰·感慨平生》，《焚书》卷四，第 182 页。

❷（明）袁宗道《读渊明传》，《白苏斋类集》卷二十，上海古籍出版社 1989 年版，第 292–293 页。

由此出发，公安派摆脱历来对渊明隐逸诗人的强调，将之视为狂人、达人。袁宏道将陶渊明与李白相提并论，称为狂人，这是前人所未发之论调。李白之狂，世所知之，渊明之狂，理由何在？他说："以生观之，若晋之陶潜，唐之李白，其识趣皆可大用，而世特无能用之者。世以若人为骚坛曲社之狂，初无意于用世也，故卒不用，而孰知无意于用者，乃其所以大用也。渊明之气似异而实高，似和而实不恭，是故耻于见督邮，而不耻于为丐，其狂可见也。"❶ 袁宏道以庄子无用之用乃为大用的哲学观点来观照陶公为人，认为其耻于见督邮而不耻于为丐，是其狂之表现。渊明能于生死之际，"坦焉若倦鸟之投枝"，表现出了其不寻常的胆识。所以，又将陶公之沉密比之为王安石，只是陶公生当晋宋之际，其亢其狂皆以"潜"表现之，"陶之沉密，甚似安石，而惜乎当晋、宋之际也，亢而潜者也。"❷ 陶公好酒，世所共知，寄酒为迹，也是老生常谈。袁中道也说："夫以阮籍、陶潜之达，而于生死之际，无以自解，不得已寄之于酒。"❸

总之，公安派评价陶公其人，能够从其生活的时代、陶公的心态出发，结合晚明社会思潮背景，以真、适、狂、达论之，有与前人相同的一面，也有迥异于前人的一面，表现出公安派对陶公评价的全面性和新颖性。

二、公安派诗学与陶诗批评

公安派之前，诗坛上盛行的是以前后七子为代表的文学复古思潮，他们以格调论诗，强调格以代降。公安派论诗宗尚性灵说，强调诗歌乃为真情流露之产物，对复古诗论多有批评。袁宏道在《叙小修诗》一文中就尖锐地抨击了七子派文必秦汉、诗必盛唐的复古论调。他说：

---

❶ （明）袁宏道《疏策论·第五问》，《袁宏道集笺校》卷五十三，第 1519–1520 页。

❷ （明）袁宏道《疏策论·第五问》，《袁宏道集笺校》卷五十三，第 1520 页。

❸ （明）袁中道《四牡歌序》，《珂雪斋集》卷九，第 453 页。

盖诗文至近代而卑极矣，文则必欲准于秦、汉，诗则必欲准于盛唐，剿袭模拟，影响步趋，见人有一语不相肖者，则共指以为野狐外道。曾不知文准秦、汉矣，秦、汉人曷尝字字学《六经》欤？诗准盛唐矣，盛唐人曷尝字字学汉、魏欤？唯夫代有升降，而法不相沿，各极其变，各穷其趣，所以可贵，原不可以优劣论也。❶

袁宏道强调时代虽有升降，但诗法不能相传，一个时代应该有一个时代的诗歌宗尚，"各极其变，各穷其趣"才是诗歌发展的趋势。关于这一点，袁中道曾说袁宏道："能为心师，不师于心；能转古人，不为古转。"❷袁中道本人自幼便不喜七子之诗，也是因为七子派师古太过机械僵硬，他说："仆束发即知学诗，即不喜为近代七子诗。"❸袁宗道也提出师古是可以的，但不是七子派那样字字模拟，他说："古人贵达，学达即所谓学古。学其意，不必泥其以文之。"❹江盈科也务矫七子之弊，与袁宏道"每会必以诗文相励，务矫今代蹈袭之风"❺。

反对复古的同时，公安派也提出自己的诗学主张，那就是著名的"性灵说"。性灵说强调诗本性情，强调诗歌的真情、真趣。袁宏道《叙小修诗》称袁中道诗曰："大都独抒性灵，不拘格套，非从自己胸臆流出，不肯下笔。有时情与境会，顷刻千言，如水东注，令人夺魄。"❻独抒性灵即诗本性情，是从自己胸臆流出。袁中道论诗也多提性情，他论于少府诗曰："公之诗本于性情，骨色

---

❶（明）袁宏道《袁宏道集笺校》卷四，第 188 页。

❷（明）袁中道《吏部验封司郎中中郎先生行状》，《珂雪斋集》卷十八，第 756 页。

❸（明）袁中道《蔡不瑕诗序》，《珂雪斋集》卷十，第 458 页。

❹（明）袁宗道《文论上》，《白苏斋类集》卷二十，第 284 页。

❺（明）袁宏道《雪涛阁集序》，《袁宏道集笺校》卷十八，第 710 页。朱彝尊曾说："进之与袁中郎同官吴下，其诗颇近公安派，持论亦以七子为非，特变而不成方者。"（《静志居诗话》卷十六，第 479 页）

❻（明）袁宏道《袁宏道集笺校》卷四，第 187 页。

相合,盖有陶靖节之遗风焉,信乎其为诗人也。"❶江盈科论诗也倡导性情之论,他说:"诗本性情。若系真诗,则一读其诗,而其人性情,入眼便见。"❷诗歌创作本于性情,自出胸臆,才能为真诗。江盈科说:

> 善论诗者,问其诗之真不真,不问其诗之唐不唐,盛不盛。盖能为真诗,则不求唐,不求盛,而盛唐自不能外。苟非真诗,纵摘取盛唐诗句,嵌砌点缀,亦只是诗人中一个窃盗搁摸汉子。❸

公安派诗学在论求真的同时也倡导"趣"。趣作为一种审美范畴,自严羽倡导"诗有别趣"以来,为历代文人所重视。明初高启指出:"诗之要,有曰格、曰意、曰趣而已。"并且指出三者各自的作用,"格以辨其体,意以达其情,趣以臻其妙。"❹到公安派袁宏道则直接指出"夫诗以趣为主"❺,将诗趣置于诗格、诗意之上,"语近趣遥"之诗更是佳构。至于何为"趣",袁宏道有详尽的解释,他说:

> 世人所难得者唯趣。趣如山上之色,水中之味,花中之光,女中之态,虽善说者不能一语,唯会心者知之。……夫趣得之自然者深,得之学问者浅。……山林之人,无拘无缚,得自在度日,故虽不求趣而趣近之。……入理愈深,然其去趣愈远矣。❻

这段文字是为陈正甫《会心集》所作的序,主要有以下几个意思:第一,袁宏道认为诗趣较为难得,只有会心者才能得之;第二,诗趣从自然得之显深,以学问得之则显浅;第三,山林之人,无拘无束的生活使得他们虽不求诗趣而

---

❶ (明)袁中道《于少府诗序》,《珂雪斋集》卷十,第471页。
❷ (明)江盈科《雪涛诗评·诗品》,《江盈科集》,岳麓书社1997年版,第806页。
❸ (明)江盈科《雪涛诗评·求真》,《江盈科集》,第799页。
❹ (明)高启《独庵集序》,《凫藻集》卷二,《高青丘集》,上海古籍出版社1985年版,第885页。
❺ (明)袁宏道《西京稿序》,《袁宏道集笺校》卷五十一,第1485页。
❻ (明)袁宏道《叙陈正甫会心集》,《袁宏道集笺校》卷十,第463-464页。

诗趣自来；第四，诗趣与诗理相矛盾，诗歌入理愈深，诗趣愈远，这与宋人所提倡的诗之理趣有较大的不同。由此可见，袁宏道所谓诗趣，是指客观物象通过会心之人的感悟写出的自然之作。这种观点受李贽影响较大，他把"趣"建立在"真"的基础上，"真"又指向真情之意。所以，在袁宏道看来，陶渊明就是一位这样的会心之"真人"，所以陶诗才会有"趣"。他说："仆尝谓六朝无诗，陶公有诗趣，谢公有诗料，余子碌碌，无足观者。"❶ 从陶诗具体的篇章看来，无论是其田园诗还是咏怀诗，无不是陶公真情之流露，在表达真实感情的同时，陶诗确实表现出了较重的趣味来。然而这种趣味与一般士大夫的风雅之趣也有较大的区别，不是那种"辨说书画，涉猎古董"以及"烧香煮茶""脱迹尘纷"所标榜的文人之趣，而是袁中道所称的"恬澹之趣"❷。这种"趣"是必然建立在"真"的基础之上的。江盈科论诗也一如袁宏道，强调"真"与"趣"的融合，他说："夫为诗者，若系真诗，虽不尽佳，亦必有趣。若出于假，非必不佳，即佳亦自无趣。"❸ 强调"趣"出于"真"，而"真"则本之于人之性情之真。江盈科在《陆符卿诗集引》一文中，便认为陶诗达到了"真"与"趣"的融合而表现出冲澹潇洒的特点来，他以之为标准评价陆符卿其人其诗，直称陆氏"是今之陶靖节也"。其本真性情"发而为诗，亦自冲澹潇洒，与靖节先生千载同符。"之所以认为陆氏与陶渊明千载同符，还是着眼于诗歌之真趣，江氏认为诸多效陶者，多得陶之调，犹如优孟学叔敖，只得衣冠笑貌相似，而陆符卿则不然，他说："先生之似靖节，殊不在调，直以趣似。以趣似者，如湘灵之于帝妃，洛神之于甄后，形骸不具，而神情则固浑然无二矣。"❹ 江盈科

❶ （明）袁宏道《与李龙湖》，《袁宏道集笺校》卷二十一，第 750 页。袁宏道"六朝无诗"的观点颇受其师焦竑的影响，焦氏《陶靖节先生集序》："余观汉魏，以逮六朝，作者猥起，能道其中之所欲言者，阮步兵、左太冲、张景阳、陶靖节四人而已。"（《澹园集》卷十六，中华书局 1999 年版，第 169 页）

❷ （明）袁中道《程晋侯诗序》，《珂雪斋集》卷十，第 471 页。

❸ （明）江盈科《雪涛诗评·贵真》，《江盈科集》，第 807 页。

❹ （明）江盈科《陆符卿诗集引》，《雪涛阁集》卷八，《江盈科集》第 418 页。

认为陆氏诗歌之似靖节者，不在其调而在其趣，陆诗与陶诗之神情浑然无二之着眼点还是在于"趣"。

公安派主要成员的诗学主张到后期大都逐渐转向平淡一途。袁宏道文学之路可分为三个阶段，总角时工时艺，稍长，诗文"语言奇诡，兴致高逸"❶；万历十九年至二十一年间，宏道数次拜访李贽，受其启发，开始倡导性灵说；万历二十六年起用为顺天府教授，与宗道、中道于崇国寺结葡萄社，其佛学思想有较大变化，由禅宗转入净土宗，从重悟转为主修，这在诗歌创作上也随之进入了主静主澹之诗学路径。袁中道《告中郎兄文》曰："自己酉冬、庚戌春秋半载，时时聚首。论学，则常云须以敬持，以澹守。论用世，则常云须耐烦生事厌事等病。论诗文，则常云我近日始稍进，觉往时大披露，少蕴藉。"❷袁中道后期诗学主张与乃兄一样，推崇冲澹诗风。他四十一岁作《心律》，对青年时期的生活及诗学思想作了较为深刻的反省，文学创作也走向含蓄蕴藉的平淡一途了。其《淡成集序》把诗文分为中行、狂狷、乡愿三类，他把"中行"看作诗歌创作的最高境界，"中行"也即含蓄蕴藉，谓"天下之文，莫妙于言有尽而意无穷。"❸袁中道评陶诗也以"淡"为标准，他是从论陶之人品出发进行评论的。他说："靖节处于非仕非隐之间，而卒归于隐。初应辟除，而未尝逃之；既恶折腰，而未始即之。彼其于世外澹也，故其为诗如其为人。"❹江盈科也认为陶诗冲澹潇洒，他说："余观陶靖节诗冲澹潇洒，妙在格律之外。六朝诸名士诗非不工，要于不求工而令工者引以为不及，则靖节一人而已。"❺六朝诗工者如沈约、谢灵运诸名士，皆达不到陶诗之冲澹自然，江氏认为陶诗之所以能够冲澹潇洒，是因其跳出格律之外。

在这种诗学变化中，公安派成员对陶诗冲澹风格皆持肯定态度，袁宏道

---

❶ （明）袁中道《解脱集序》，《珂雪斋集》卷九，第 451 页。

❷ （明）袁中道《珂雪斋集》卷十九，第 796 页。

❸ （明）袁中道《珂雪斋集》卷十，第 485 页。

❹ （明）袁中道《程晋侯诗序》，《珂雪斋集》卷十，第 471 页。

❺ （明）江盈科《陆符卿诗集引》，《雪涛阁集》卷八，《江盈科集》，第 417 页。

表现得最为突出。袁宏道后期诗学进境，从"独抒性灵""尚今尚俗"的偏激一端，逐渐能够辩证地对待师心与师古，于雅俗之间的取舍也比较融通，整体诗风开始走向一种浑融的境界。在这种转变中，陶诗起了较为重要的作用。袁宏道在万历三十二年（1604）年左右隐居于柳浪湖中的浣溪庄，曾前往桃花源实地考察，使他对陶渊明《桃花源诗并记》等诗歌的审美境界有了更为深入的领悟。《桃花流水引》"花源棹返，幽思萦怀，枕上梦中，如有所得。"❶这次桃花源之行，使袁宏道逐渐意识到平淡乃为性灵之至境。因此，他非常推崇陶诗。他说：

> 苏子瞻酷嗜陶令诗，贵其淡而适也。凡物酿之得甘，炙之得苦，惟淡也不可造；不可造，是文之真性灵也。浓者不复薄，甘者不复辛，惟淡也无不可造；无不可造，是文之真变态也。风值水而漪生，日薄山而岚出，虽有顾、吴，不能设色也，淡之至也。元亮以之。❷

袁宏道将平淡质朴视为真性灵、真变态，与其前期只讲"独抒性灵"的诗学态度相比，有了较大的转变，认为平淡之至境，陶渊明得之，从而视陶诗为艺术的最高境界，将之作为一种审美典范。此后，袁宏道诗歌创作走向平淡一路，且显清空之境与悠远之韵，与前期"间伤俚质"之诗风有了很大的不同。袁中道注意到了这一变化，他说袁宏道："盖自花源以后诗，字字鲜活，语语生动，新而老，奇而正，又进一格矣。"❸又说："倩冶秀媚之极，不惟读之有声，览之有色，而且嗅之有香，较前诸作更进一格。盖花源以前诗，间伤俚质，此后神理粉泽，合并而出。"❹由此可见，袁宏道的诗学进径受陶诗影响较大。

---

❶（明）袁宏道《袁宏道集笺校》卷三十一，第 1016 页。

❷（明）袁宏道《叙咼氏家绳集》，《袁宏道集笺校》卷三十五，第 1103 页。

❸（明）袁中道《吏部验封司郎中中郎先生行状》，《珂雪斋集》卷十八，第 759 页。

❹（明）袁中道《书雪照存中郎花源诗草册后》，《珂雪斋集》卷二十一，第 883 页。

在对陶诗之澹、真、趣予以高评之后，公安派对陶诗的诗史地位也给予充分的肯定，江盈科论魏晋六朝诗曰："若晋魏六朝，则趋于软媚。纵有美才秀笔，终是风骨脆弱。惟曹氏父子，不乏横槊跃马之气；陶渊明超然尘外，独辟一家。盖人非六朝之人，故诗亦非六朝之诗。"❶ 江氏认为，在长达 400 年的魏晋六朝时期，诗风趋于软媚、风骨脆弱，所特出者只有曹氏父子与陶渊明。评价或许苛刻，但能指出陶诗独辟一家的诗史地位，已经改变了七子派"诗弱于陶"的认识偏差，为晚明陶诗批评指出了正确的方向。

三、公安派诗歌创作中的陶诗接受

公安派成员不只是从理论批评上称扬陶诗，他们在诗歌创作实践中也处处表现出对陶诗的喜爱与模拟。晚明自适的士人心态，以及政治混乱所带给士人们的隐逸心态，都使得他们倾向于自然闲适的生活状态。

万历二十三（1595）年，袁宏道首为吴令，便觉"吏道缚人"❷，他在与丘长儒的信中写道："弟作令备极丑态，不可名状。大约遇上官则奴，候过客则妓，治钱谷则仓老人，谕百姓则保山婆。一日之间，百暖百寒，乍阴乍阳，人间恶趣，令一身尝尽矣。"将为官之苦状描摹殆尽。该信还写道："家弟秋间欲过吴，虽过吴，亦只好冷坐衙斋，看诗读书，不得如往时，携侯子登虎丘山故事也。"❸ 冷坐衙斋与游览山水相比，真可谓"吏道缚人"。因此，袁宏道诗中常表现出欲归不得之痛苦。其《乞归不得》诗云：

> 不放陶潜去，空陈李密情。有怀惭狗马，无路达神明。竹影交愁字，莺啼作怨声。但凭因果在，陨血誓来生。❹

---

❶ （明）江盈科《雪涛诗评·法古》，《江盈科集》，第 808 页。
❷ （明）袁宏道《寄同社》，《袁宏道集笺校》卷五，第 201 页。
❸ （明）袁宏道《丘长儒》，《袁宏道集笺校》卷五，第 208 页。
❹ （明）袁宏道《袁宏道集笺校》卷三，第 118 页。

　　该诗写乞归不得之烦恼。"不放陶潜去，空陈李密情"二句，写出了袁宏道内心深处的无奈。在吴县令上，袁宏道曾因病请假三月，病愈复起，作《病起》一诗，其中有云："不去终惭鹄，无才合类樗。何如逃世网，髭发事空虚。"❶将官场视为尘网，乞归不得而终惭鸿鹄。袁宏道于万历三十二（1604）年入桃源，作《桃花源和靖节韵》，诗云：

　　　　一笑叩烟岚，白云今几世？桃花不肯流，溪水无情逝。窍开浑沌亡，朴散羲黄废。青山一舍邮，仙家偶来憩。白头老黄冠，茧手事耕艺。呵呼随里胥，鞭笞了官税。岫老鹧鸪斑，溪浅琉璃吠。日供冠裳骆，宁晓芰荷掣。缅想紫芝人，骖云几相诣。洞府帘堂深，云霞空凛厉。天人一昏旦，人间百余岁。宇宙何不有，谩劳作聪慧。迂儒饱世情，俗肠非境界。纷纷辨伪真，等为方内蔽。常闻列子风，可以驾烟外。长驱入仙林，遍觅心所契。❷

　　因为"弥天都是网"（《偶成》），袁宏道才意欲"长驱入仙林，遍觅心所契"。这是困兽犹斗者的悲歌，是现实的挤压使其欲入仙林寻找知音。在现实生活中，袁宏道也多以渊明生活为榜样，好酒赏菊，"兑酒向东篱，颓然索清醉"（《十景园小集》），"忽忆东篱叟，狂歌试举杯"（《冬菊》），这是其自适心态的一种表现吧。

　　相较于袁宏道的仕隐矛盾，袁宗道的归隐意识更为浓重。宗道早年也曾对仕进表现出浓厚的兴趣，20岁举于乡，然次年不第，又因病而失去仕进的欲望，后岁进入官场，但也没有改变其归隐的想法。因此，袁宗道人生态度主要在于追求自适，他说："都门仕宦者，独有二乐事：第一多美酒，第二饶朋辈。"❸他一方面说"青山岂得兼朱绶"❹，另一方面又追求自适之乐，忘却世事，追求

❶（明）袁宏道《袁宏道集笺校》卷三，第122页。
❷（明）袁宏道《袁宏道集笺校》卷三十一，第1015–1016页。
❸（明）袁宗道《对酒》，《白苏斋类集》卷二，第12页。
❹（明）袁宗道《有感》其二，《白苏斋类集》卷三，第30页。

现实的快乐。从具体的创作来看，后一方面又较为突出。其《咏怀》诗说："为白非所望，为陶谅难堪。揣分得所处，将处陶白间。"❶宗道认为，陶渊明的隐逸闲适生活既然做不到，但也尽量追求一己之自适。在同诗中，他对陶渊明的闲适生活做了较为细致的描述，"矫矫陶彭泽，飘飘赋归田。六月北窗下，五柳衡门前。有巾将漉酒，有琴慵上弦。"但宗道因其隐忍的性格始终没有走向陶公般的归隐之路。

"五斗主人"❷江盈科（1553—1605）与宗道一样，也具有强烈的归隐意识，但困于名利之束缚，只能"小隐向官衙"（《春日署中即事》），表现出"我亦宰官聊玩事"（《虎丘僧明觉》）的吏隐心态。但即便这样，官场的案牍劳形以及互相倾轧也使其产生疑问，"何事低回贪五斗，折腰到底不能辞？"（《舟中自嘲》）他意欲如渊明一样，不为五斗米折腰，但始终做不到。对他来说，官场犹如樊笼一般，"官套笼人类缚鸡（《同张幼于诸君游荷花荡》其七），"樊笼何太苦？"（《鹦鹉》）视己为樊笼中鹦鹉。离任之时，"喜出樊笼闲似鹤"（《舟中偶题》），表现出脱离官场之后的喜悦心情。

公安派早期重要成员陶望龄（1562—1609），诗歌宗陶倾向也较为明显。明人黄汝亨说陶望龄："于诗为陶为柳，间为长吉，而品置泉石，啸吟云烟，超如也。"❸细观其《归田》《病士拟陶七章》《题黄珪渊明行乐图》《拟陶二首》等诗，可知黄氏评语不虚。《病士拟陶七章》其五云：

> 靖节昔贫窭，瘵疾忽见婴。衣食已难周，药饵安能营。贫病士所难，况复二者并。超超浊酒尊，泛泛秋篱英。有时抱孤叹，所叹者长醒。道胜既常足，性拙亦常宁。翻忧壮者劳，而谓富者贫。形神发苦言，喜惧要难平。❹

❶（明）袁宗道《白苏斋类集》卷一，第7页。
❷（明）江盈科《与王百谷》，《江盈科集》卷十二，第552页。
❸（明）黄汝亨《歇菴集序》，《寓林集》卷三，续修四库全书本。
❹（明）陶望龄《陶文简公集》卷一，四库禁毁书丛刊本。

该诗对陶渊明贫病交加之下仍能饮浊酒、赏秋菊之安贫乐道的生活态度给予称扬，认为陶渊明道胜常足，性拙常宁，与世无争。语言平淡自然，颇得陶风。

江盈科曾批评过以调似靖节之效陶者，"故夫以调似靖节者，凡效陶之辈皆能之，如优孟学叔敖，衣冠笑貌俨然似也，然不可谓真叔敖也。"❶ 言外之意，以调效陶者不能得陶诗之真趣，只有以趣效陶，才能与陶诗神情浑然无二。袁宏道也曾批评其诗学陶者："率如响搨，其勾画是也，而韵致非，故不类。"而吕遂溪："以身为陶，故信心而言，皆东篱也。"❷ 由此可见，公安派学陶重视诗歌韵致与情趣，而非仅从字句上模拟。

要之，公安派在批判复古派诗学理论的同时，也对其"诗弱于陶"的抑陶倾向作了明显的调整。他们倡导性灵说，强调诗本性情，讲求诗歌之真、趣、淡。因此，公安派评陶，多能指出陶渊明其人其诗之真之趣之淡。公安派成员后期诗学基本走向平淡一途，在这个过程中，陶诗有着较大的影响。公安派对字模句拟、学陶诗之调者进行了批评，强调学陶之趣，重视陶诗韵致。他们在创作实践中践行着他们的诗歌理论。有论者指出："公安派对陶诗的充分肯定，实际上也是在回答拟古风气笼罩之下文学如何继续发展的一个问题，即应当在更为广阔的范围内向古代典范学习。其次，公安派希望通过对文学传统的反思与文学典范的确立来矫正当时诗坛之弊端。"❸ 总之，真率自然的陶诗符合公安派"独抒性灵，不拘格套"的诗学追求，他们称扬陶诗，是符合其诗学要求的。这也扩大了复古派诗学宗法对象的范围，为中国古典诗学做出了应有的贡献。

---

❶ （明）江盈科《陆符卿诗集引》，《雪涛阁集》卷八，《江盈科集》，第 417 页。

❷ （明）袁宏道《叙阖氏家绳集》，《袁宏道集笺校》卷三十五，第 1103 页。

❸ 邓富华《晚明公安派的尊陶及文学史意义》，《太原师范学院学报》（社会科学版），2015 年第 4 期。

第二节 陆时雍《古诗镜》中的陶诗批评

晚明是一个诗论迭兴的时期。随着七子派复古诗论流弊的不断显现，万历中后期，公安派、竟陵派等相继崛起，给以格调论诗的复古派以沉重的打击。特别是公安派，以性灵反格调，"中郎之论出，王、李之云雾一扫，天下之文人才士始知疏瀹心灵，搜剔慧性，以荡涤摹拟涂泽之病，其功伟矣。"❶袁宏道以性灵论诗，一扫后七子派之云雾，对涤除复古派肤廓之弊出力甚多，但也凸显其矫枉过正之肤浅弊端。稍后，竟陵派又起，论诗以性灵说为基础而走向了幽深孤迥，虽一时风行但多遭后人批评，他们过度地追求"幽情单绪"，未免显得险僻而局促。在此种诗学发展背景下，陆时雍标举"真素"，提倡"神韵"，显示出较为新颖的诗学倾向。以其诗论为指导，他对陶诗的评价，与公安派重诗趣与竟陵派求真厚的论陶视角有较大不同。在晚明论陶诸家中，虽不大受人重视，但也不人云亦云，颇有其独到之处。

陆时雍（生卒年不详），字仲昭，桐乡（今属浙江）人，崇祯六年（1633）贡生。其所著《诗境》，选自汉魏以迄晚唐诗歌共90卷，分为二集，《古诗镜》与《唐诗境》，前有总论，是为《诗境总论》。四库馆臣说《诗境》："大旨以神韵为宗，情境为主。……采摭精审，评释详核，凡运会升降，一一皆可考见其源流。在明末诸选之中，固不可不谓之善本矣。"给予较高评价。同时也指出，"书中评语，间涉纤仄，似乎渐染楚风。然总论中所指晋人华言是务、巧言是标，实以隐刺钟、谭。其字句尖新，特文人绮语之习。与竟陵一派实貌同而心异也。"❷四库馆臣认为，陆时雍的评语也秉承文人绮语之习，字句尖新，间涉纤仄，所以与竟陵派《古诗归》"貌同"；但言其隐刺钟、谭，所以与之"心异"。我们知道，竟陵派诗学求灵求厚，其"灵"是对公安派性灵说的发展，而陆时雍论诗主要倾向神韵说。四库馆臣指出二派之"心异"大概是于此而论。关于

---

❶（清）钱谦益《列朝诗集小传》丁集中《袁稽勋弘道》，上海古籍出版社2008年版，第567页。

❷（清）纪昀等《四库全书总目提要》卷一百八十九，中华书局1997年版，第2653-2654页

二派"貌同而心异"之说，黄卓越给出了现代阐释，他说："事实上，性灵说与神韵说之间虽在超越形式论方面有相近之处，但两者自有的最基本界定又使他们之间保持着一定的意义距离。……如果说性灵说的基点是生命论的，那么神韵说的基点则可看做是审美论的，而且是主文本的。"❶性灵说的基点是生命论的，所以，无论是公安派还是竟陵派，都主张对诗人内在心性的开掘与体悟，只不过竟陵派走得更远一些，以至于以"幽情单绪"论诗。陆时雍所主张的神韵说则与之不同，神韵说是以审美论为基点的，所以陆氏评诗着重于对诗歌韵味的体悟。这也就导致陆时雍与钟、谭论陶的不同。

陆时雍与竟陵派论诗有较大的不同，同时也与七子派有较大的差异。陆氏虽也推崇汉魏六朝而贬抑中晚唐诗，重古体轻律体，也有七子派辨体的一面，而且也讲格以代降。❷但其诗论的关键不在于此，而且他对七子派也进行了强烈的批判。他说："世之言诗者，好大好高，好奇好异。此世俗之魔见，非诗道之正传也。"❸批评七子派好辞章之弊，认为他们"欲以汉魏之词，复兴古道，难以冀矣"。因此，在晚明这个特别的时期，陆时雍诗论显示出较为新颖的面目，他以此论陶也表现出与众不同的视角。

陆时雍极为轻视晋诗，却重视傅玄、陶潜的诗歌。他说："诗莫敝于晋，色暗而不韶，韵沉而不发，气塞而不畅，词重而不流，使非前有傅玄，后有陶潜，则晋可不言诗矣。"❹《古诗镜》选陶诗45首，给予陶诗较高的评价。

---

❶ 黄卓越《明中后期文学思想研究》，北京大学出版社2005年版，第236页。

❷ 陆时雍曾说："诗五言而体直，七言而意放，雕镂至于六代而古道荡然。故六义远而事类繁，四韵谐而声气隔，古亡于汉，汉亡于六朝，六朝亡于唐，唐亡不可复振。"《诗境原序》，文渊阁四库全书本。

❸ （明）陆时雍《诗镜总论》，丁福保辑《历代诗话续编》本，中华书局1983年版，第1412页。本章下文凡引此书语句不再标注。

❹ （明）陆时雍《古诗镜》卷八，文渊阁四库全书本。

一、论陶诗之情感

陆时雍论诗标出"真素"一词，他说："绝去形容，独标真素，此诗家最上一乘。"此处"真素"当指诗人所固有的真精神，"形容"则指诗歌之雕饰。他认为诗人之内在情感应当自然表达而非假借雕琢，"精神聚而色泽生，此非雕琢之所能为也。精神道宝，闪闪着地，文之至也。"提倡人之真精神的自然表达，所以也就会反对过度雕琢，也即陆氏所谓之"过求"：

> 每事过求，则当前妙境，忽而不领。古人谓眼前景致，口头言语，便是诗家体料。

> 诗之所以病者，在过求之也。过求则真隐而伪行矣。然亦各有故在，太白之不真也为材使，少陵之不真也为意使，高岑诸人之不真也为习使，元白之不真也为词使，昌黎之不真也为气使，人有外藉以为之使者，则真相隐矣。

陆时雍论诗标举"真素"，反对"过求"，自然地提出尊情斥意之观点。他说："一往而至者，情也；苦搴而出者，意也；若有若无者，情也；必然必不然者，意也。意死而情活，意迹而情神，意近而情远，意伪而情真。情意之分，古今所由判矣。"认为"情"的特点是"一往而至"，而"意"则指诗人"苦搴而出"的主观意志以及对其的雕琢过程。陆氏尊情斥意，实际上是重视情感的自然抒发而反对刻意立意，提出"诗不待意，即景自成。意不待寻，兴情即是"之论调，这即是其所一直强调的一本自然、即兴而至的创作手法。以此论诗，他认为中晚唐绝句之弊端就在于"专寻好意，不理声格"，而陶诗则不然。陆时雍认为陶诗深得自然之妙，这包括作者情感的自然流露，也包括其不刻意为诗的创作方法。这正是陆氏所提倡的"兴到即流，措辅成响，稍涉拟议即非"❶的创作原则。他说：

---

❶ （明）陆时雍《古诗镜》卷三十。

渊明未尝作诗，诗自从中流出，灵襟颢气，陶冶物情远矣。

谢康乐人巧尽后，宛若天工。陶诗似月到柳梢，风来水面，自然之妙，难以力与也。❶

陆氏认为渊明作诗，自然流出，没有经过任何的推敲点缀，是"妙合自然"❷之佳作，属"诗家之第一义"❸。陶诗自然之妙，谢诗虽宛若天工，也难与之相比。

陆时雍反对诗人感情表达时的过于直露。他说："人情物态不可言者最多，必尽言之，则俚矣。"又说："善言情者，吞吐深浅，欲露还藏，便觉此衷无限。"陆氏认为陶诗中的情感表达正符合其提倡的"欲露还藏"的诗学标准，体现出深衷浅露、隐隐欲逗的艺术之美。如他评《归园田居》中"常恐霜霰至"诸句时曰："深衷隐隐欲逗。"❹评《岁暮和张常侍》曰："首末隐衷，耿耿可见，乃不托为枉，不激为愤，而寄之沉冥自适，所为处乱世而不争者矣。"深得陶公诗意。

陆时雍论陶诗之情感，还着重探讨了陶渊明情感的真实性。如评《饮酒》中"倾身营一饱，少许便有余。客养千金躯，临化消其宝"诸句时，说此诗为陶渊明"悟世深言"❺。即使是陶渊明悟道之言，陆时雍也深有体会。如评《读山海经》"众鸟欣有托，吾亦爱吾庐"二句时，便指出"觉物我大小俱得"❻为渊明得道之言。

---

❶ （明）陆时雍《古诗镜》卷十。

❷ （明）陆时雍《古诗镜》卷二十一。

❸ （明）陆时雍《古诗镜》卷二十九评薛道衡《昔昔盐》曰："凡实境自成，真情自涌，此是诗家第一义。若点缀推敲，虽极精工，终非其至，此谓要道不烦。"

❹ （明）陆时雍《古诗镜》卷十。

❺ （明）陆时雍《古诗镜》卷十。

❻ （明）陆时雍《古诗镜》卷十。

二、论陶诗之神韵

陆时雍论诗特别提出"韵"，而且对"韵"之于诗歌的作用给予极高的重视。他说："有韵则生，无韵则死；有韵则雅，无韵则俗；有韵则响，无韵则沉；有韵则远，无韵则局。"陆时雍认为"韵"与"情"一样，是诗道之一重要因素。他解释"诗可以兴"时说："诗之可以兴人者，以其情也，以其言之韵也。……是故情欲其真，而韵欲其长也，二言足以尽诗道矣。"指出"情""韵"二者足以尽诗道也，而且指出二者之关系，"情"愈真而"韵"愈长。陆时雍进一步指出，善言情者，会将诗歌之意象转于虚圆之中，这样就会使诗歌变得韵味悠长且语言圆美。他说："古人善于言情，转意象于虚圆之中，故觉其味之长而言之美也。后人得此则死做矣。"味长而言美即是其所谓诗之"韵"，在诗歌中具体表现应为"意象玲珑""神色毕著"，或者换言之为"意广象圆""机灵感捷"。他说："贪肉者，不贵味而贵臭；闻乐者，不闻响而闻音。凡一掇而有物者，非其至者也。诗之所贵者，色与韵而已矣。"以此论诗，他认为六朝庾肩吾、张正见等人之诗声色臭味俱备，为"诗之佳者"，而"诗之妙者，在声色臭味之俱无，陶渊明是也。"正因为陶诗声色臭味俱无而显其神韵，后人才难以模拟，他说："陶之难摹，难其神也。何之难摹，难其韵也。"

南朝齐梁间诗人江淹有《杂体诗三十首》，其中《陶征君田居》是较早的拟陶诗，其拟作水平较高，形神兼具，与原作几无差别。严羽为此诗折服，他说："拟古惟江文通最长，拟渊明似渊明，拟康乐似康乐……"❶宋人陈善认为，读陶诗，须读江淹拟陶诗，他说："要知渊明诗，须观江文通《杂体诗》中拟渊明作者，方是逼真。"❷但陆时雍则指出："江淹材具不深，凋零自易，其所拟古，亦寿陵余子之学步于邯郸者耳。拟陶彭泽诗，只是田家景色，无此老隐沦风趣，其似近而实远。"陆氏认为，江淹拟作缺少陶诗中的隐沦风趣，即缺少陶诗神韵。

---

❶　（宋）严羽《沧浪诗话·诗评》，何文焕辑《历代诗话》本，中华书局1997年版，第698页。

❷　（宋）陈善《扪虱新话》下集卷四，见《古典文学研究资料汇编·陶渊明卷》（上编），第62页。

因此，与陶诗看似很近实际上很远。由此可见，陆氏神韵标准之高。

陆时雍对陶诗神韵的具体评论在《古诗镜》中多次出现，虽不言韵而韵自显。如他评《癸卯岁始春怀古田舍二首》中"屡空既有人，春兴岂自免"二句时，认为此二句"无心标置，意境自合"。"意境自合"之评语颇为符合其所论神韵之特点，他曾说："诗之为道，成于未言，体裁素备，随意兴成。凡性邃者言超，情深者语奥，神理既妙，形色自生，不必临境之安排也。"❶陶诗无心标置而神理既妙、形色自生，所以为诗之妙者。

具体到陶诗神韵之特点，陆时雍认为其一是清幽。他说："诗被于乐，声之也。声微而韵，悠然长逝者，声之所不得留也。一击而立尽者，瓦缶也。诗之饶韵者，其钲磬乎？……'采菊东篱下，悠然见南山'，其韵幽。"评《辛丑岁七月赴假还江陵夜行涂口作》中"叩枻新秋月，临流别友生"二句曰："景色如次，清湛无滓。"❷其二则为悠然。他说："读陶诗，如所云'清风徐来，水波不兴'，想此老悠然之致。"他在论陶渊明《饮酒》诗时也说："诗须观其自得。陶渊明《饮酒诗》……此为悠然乐而自得。"❸陆氏所谓悠然有悠远、悠长之意，有关于声韵，也有关于声调，可以使诗歌具有意味悠长，含蓄蕴藉之致。如评《癸卯岁始春怀古田舍二首（其二）》中"瞻望邈难逮，转欲忘常勤"二句曰："愈平愈高，转近转远。"❹陶诗表面平淡的诗风下却蕴含着高远的声调，使人味之无尽。陶诗中也写有许多寻常事，但陆氏认为，即便如此，也因陶渊明之"灵襟"而多显极美之韵。他说："诗有灵襟，斯无俗趣矣；有慧口，斯无俗韵矣。乃知天下无俗事，无俗情，但有俗肠与俗口耳。……'带月荷锄归'，事亦寻常，而渊明道之极美。"由此可见，陆氏认为陶渊明具有化俗为雅、归俗事俗情于神韵之高明手法。

---

❶ （明）陆时雍《古诗镜》卷二。

❷ （明）陆时雍《古诗镜》卷十。

❸ （明）陆时雍《古诗镜》卷十。

❹ （明）陆时雍《古诗镜》卷十。

三、论陶诗之语言

陆时雍论诗歌语言，一方面讲究文采，另一方面注重语言的内涵，能够表达诗人之衷情。如果没有内涵，只讲华艳，不讲蕴藉，那么就如晋诗一样，唯务华言、巧言而不能存其衷情。他说：

> 晋多能言之士，而诗不佳，诗非可言之物也。晋人惟华言是务，巧言是标，其衷之所存能几也？其一二能诗者，正不在清言之列，知诗之为道微矣。
>
> 诗丽于宋，艳于齐。物有天艳，精神色泽，溢自气表。王融好为艳句，然多语不成章，则涂泽劳而神色隐矣。如《卫》之《硕人》，《骚》之《招魂》，艳极矣，而亦真极矣。柳碧桃红，梅清竹素，各有固然。浮薄之艳，枯槁之素，君子所弗取也。

陆氏认为，物有天艳，入诗之时，该艳则艳，但一定要艳而含真，如《硕人》《招魂》艳极而亦真极。而晋诗、王融绝句等则不能做到艳与真的完美结合，遭到陆氏批评。谢朓艳而有韵之诗却受其推崇，他说："诗至于齐，情性既隐，声色大开。谢玄晖艳而韵，如洞庭美人，芙蓉衣而翠羽旗，绝非世间物色。"陆氏评谢朓《巫山高》曰："语翠可摘" ❶，正是看中了谢朓清绮绝伦、秀色天成之佳处，认为此种诗歌非人力所构。

陆时雍论诗歌语言，反对只讲质朴，追求质朴中有韵、有趣之语言。他认为古乐府多俚言，但其极有韵味与趣味。他以宋器与商周彝鼎作对比说：

> 古之为尚，非徒朴也，实以其精。今人观宋器，便知不逮古人甚远。商彝周鼎，洵可珍也。不求其精，而惟其朴。以疏顽为古拙，以浅俚为玄澹，精彩不存，面目亦失之远矣。

---

❶ （明）陆时雍《古诗镜》卷十六。

陆时雍认为商周彝鼎非只为其朴，而实含其精，宋器过度追求朴质而失其精，因此，与商彝周鼎差之甚远。陆时雍在评价陶诗语言时，巧妙地将上述原则结合在一起，指出"素而绚，卑而未始不高者，渊明也"。认为陶诗语言质朴中有文采，不过分朴质，亦不过分华巧，再加上其中蕴含着作者真实而丰富的情感，因此能达到极高水平。陆时雍评《癸卯岁始春怀古田舍二首》"长吟掩柴门，聊为陇亩民"二句曰："忘情语，实似未忘情语。"❶ 表面上是忘情语，实际上又似未忘情语，余韵悠长，耐人寻味。只要诗歌语言有着丰富的内蕴，即使简会之语也得陆氏称扬。他评《饮酒》"衰荣无定在，彼此更共之"就指出其"造语简淡"❷。评《归园田居》"暧暧远人村"四句曰："极村朴，是田家野老景色。"❸ 除此之外，陆氏还注意到陶诗语言高远澄澈之特色。他评《己酉岁九月九日》"清气澄余滓，杳然天界高"二句曰："澄澈如九秋天宇"❹，评《饮酒·积善云有报》曰："语语清澈圆映"❺。要之，陆时雍论陶诗语言把握住了其"素而绚"之特色，深入发掘陶诗语言之内蕴，同时也称赏其简会清澈之语言风格。

总之，陆时雍论陶以神韵为主，无论陶诗情感、内蕴，还是其诗歌语言，都称扬其一咏三叹、余韵悠长之特色。认为陶诗"不屑屑于物象之间"❻，讲究心与物冥，无心标置而意境自合。如此论陶，与公安派求陶诗之诗趣、竟陵派重视对陶的生命体验的论陶角度有较大的不同，在晚明这个诗论迭兴的时期，陆时雍论陶保有一己之特色，实属难能可贵。

---

❶ （明）陆时雍《古诗镜》卷十。
❷ （明）陆时雍《古诗镜》卷十。
❸ （明）陆时雍《古诗镜》卷十。
❹ （明）陆时雍《古诗镜》卷十。
❺ （明）陆时雍《古诗镜》卷十。
❻ （明）陆时雍《古诗镜》卷二十二。

第三节　胡应麟"格以代降"诗论中的
陶诗"偏门"论

在晚明诸家论陶中，胡应麟对陶诗的贬抑较重，他秉持"格以代降"与"本色"诗论，称陶诗为"偏门"，视陶为"名家"而非"大家"。

胡应麟（1551—1602），字元瑞，号少室山人，又号石羊生，浙江兰溪（今属金华）人。万历四年（1576）举于乡，久试不第，于家乡兰溪山中筑二酉山房，藏书甚丰，以著述为业，有《少室山房类稿》及诗论专著《诗薮》。

胡应麟与后七子派代表王世贞兄弟交往过密，深受王氏激赏。胡应麟与李维桢、屠隆、魏允中、赵用贤并称"末五子"。王世贞作有《末五子篇》，咏胡氏曰："胡郎天挺豪，弱龄富篇咏。突窥济南室，摆脱信阳境。高岭秀繁条，何所不辉映。顺风扬妙音，畴能不倾听。沉思穷正变，广心饶比兴。牛耳终自归，蛾眉竟谁并。已睹千仞翔，徒劳众口竞。"❶ 王世贞认为，胡应麟接受后七子派的诗论，但能摆脱何景明的影响。王世贞尝作《胡元瑞传》，云："吾长于元瑞二纪余，姑为传以慰之，且谓元瑞，子后当竟传我。"❷ 表现出对胡应麟的期许。胡氏也尝对王世贞的看重表示感激，他说："既因缘次，公绍介坛坫，青云之附，窃幸庶几，诚不自意执事过相期拔，暴之万众，授以千秋。"❸ 可见，胡应麟受王世贞影响深远，向来被认为七子派在晚明的代表人物。钱谦益说《诗薮》："大抵奉元美《卮言》为律令，而敷衍其说，《卮言》所入则主之，所出则奴之。其大指谓千古之诗，莫盛于有明李、何、李、王四家，四家之中，捞笼千古，总萃百家，则又莫盛于弇州。"❹ 指出了胡氏受王世贞的影响。胡应麟《诗薮》多处论及陶诗，总体上看来，抑陶倾向较为明显，视陶为"偏门"。这主要受其"格以代降"与"本色"诗论影响。

---

❶ （明）王世贞《弇州四部稿·续稿》卷三，文渊阁四库全书本。

❷ （明）王世贞《弇州四部稿·续稿》卷六十八。

❸ （明）胡应麟《报长公》，《少室山房集》卷一百十一，文渊阁四库全书本。

❹ （清）钱谦益《列朝诗集小传》丁集上，上海古籍出版社 2008 年版，第 447 页。

一、"格以代降"影响下的陶诗论

胡应麟论诗颇得后七子派精髓,强调"体以代变""格以代降" ❶。《诗薮》开篇即说:"四言变而《离骚》,《离骚》变而五言, 五言变而七言, 七言变而律诗,律诗变而绝句, 诗之体以代变也。《三百篇》降而《骚》,《骚》降而汉, 汉降而魏, 魏降而六朝, 六朝降而三唐, 诗之格以代降也。" ❷ "体以代变""格以代降"成为其诗论宗旨。胡氏格调论之严格, 甚至否定严羽汉、魏并称的说法, 他说:

> 汉人诗不可句摘者, 章法浑成, 句意联属, 通篇高妙, 无一芜蔓, 不着浮靡故耳。子桓兄弟努力前规, 章法句意, 顿自悬殊, 平调颇多, 丽语错出。王、刘以降, 敷衍成篇。仲宣之淳, 公干之峭, 似有可称, 然所得汉人气象音节耳。精言妙解, 求之邈如。严氏往往汉、魏并称, 非笃论也。(《内编》卷二)

胡应麟认为, 汉诗通篇高妙, 不可句摘, 而曹丕兄弟与汉诗则顿自悬殊, 至于王粲、刘桢等人更是只得汉人气象音节, 至于精言妙解, 则难以求之。以此宗旨为导向, 胡氏论诗多以古为尚。他具体论述道:

> 汉、魏、晋、宋、齐、梁、陈、隋, 八代之阶级森如也。枚、李、曹、刘、阮、陆、陶、谢、鲍、江、何、沈、徐、庾、薛、卢, 诸公之品第秩

---

❶ "格以代降"之诗论在明代特为流行, 从明初的宋濂到后七子的王世贞等人都曾有过明确表述。如宋濂在《答董秀才论诗书》中说:"诗之格力崇卑, 固若随世而变迁。"(《文宪集》卷28)谢榛与友人评钱、刘七言近体诗, 认为钱、刘之诗"声口虽好, 而格调渐下, 此文随世变故尔"。(《四溟诗话》卷4)何良俊在《复王沂川书》中也有"诗之体格以时而降"的说法。(《明文海》卷153)王世贞也说:"自西京以还, 至于今千余载, 体日益广而格则日以卑, 前者毋以尽其变, 而后者毋以返其始。"(《刘侍御集序》,《弇州四部稿·续稿》卷40)。

❷ (明)胡应麟《诗薮·内编》卷一, 周维德集校《全明诗话》本, 齐鲁书社2005年版, 第2484页。本节所引《诗薮》文字皆出此本, 后文只随文注明卷数。

如也。其文日变而盛，而古意日衰也；其格日变而新，而前规日远也。(《外编》卷二)

楚一变而为《骚》，汉再变而为《选》，唐三变而为律，体格日卑。(《内编》卷一)

今人律则称唐，古则称汉，然唐之律远不若汉之古。(《内编》卷二)

在具体论述五言古诗时，胡应麟也是遵循尚古倾向："五言盛于汉，畅于魏，衰于晋、宋，亡于齐、梁。"(《内编》卷二)那么，处于晋宋间的陶诗也在五言衰落的环节内。他说："至嗣宗介魏、晋间，元亮介晋、宋间，品格位置，可谓天然。无容更议也。"(《外编》卷二)晋、宋之交是古今诗道之分界点，这是前七子之论调。胡氏继承七子派的观点，也说：

晋、宋之交，古今诗道升降之大限乎！魏承汉后，虽浸尚华靡，而淳朴余风，隐约尚在。步兵优柔冲远，足嗣西京，而浑噩顿殊。记室豪宕飞扬，欲追子建，而和平概乏。士衡、安仁一变，而俳偶愈工，淳朴愈散，汉道尽矣。(《外编》卷二)

晋、宋之交，古诗雄浑古朴的特点一变而为优柔和平，难追汉魏古诗气格。胡氏又把陶诗置之其间，可见，陶诗的平淡诗风也被其否定，进而直言陶诗为"偏门"：

晋以下，若茂先《励志》，广微《补亡》，季伦《吟叹》等曲，尚有前代典型。康乐绝少四言，元亮《停云》《荣木》，类其所为五言。要之，叔夜太浓，渊明太淡，律之大雅，俱偏门耳。(《内编》卷一)

胡应麟认为，居于"偏门"地位的陶诗，得阮籍之平澹，而与浑朴温厚的汉诗相去太远。他说："元亮得步兵之澹，而以趣为宗，故时与灵运合也，而与汉离也。"(《外编》卷二)胡氏认为，得阮籍淡远诗风影响的陶诗追求诗趣，是谢灵运诗歌一路，与有汉一代古诗的高古醇厚气象相去甚远。胡应麟就是这样将陶诗排斥于古诗宗法对象之外，他对陶诗的贬抑比之七子派有过之而无不及。因此，胡应麟就理所当然地置陶诗于晋、宋之间了。

居于晋、宋之际的陶诗，古意渐衰，被胡应麟视为唐古之滥觞。他说："仲默称曹、刘、阮、陆，而不取陶、谢。陶、阮之变而淡也，唐古之滥觞也；谢、陆之增而华也，唐律之先兆也。"（《内编》卷二）胡应麟认为，陶诗变淡，再无汉魏古诗的雄浑气格，已属汉魏古诗之变体。这也是七子派的定论。而陶诗为唐古之滥觞则是胡氏的进一步强化，是对陶诗的进一步贬抑，因为七子派历来视唐古为下品。李攀龙《选唐诗序》直言："唐无五言古诗，而有其古诗。陈子昂以其古诗为古诗，弗取也"。❶ 李氏认为，力倡汉魏风骨的陈子昂之古诗都为"弗取"之列，遑论他人？胡应麟赞扬于鳞"唐无五言古诗"之论调"可谓具眼"（《内编》卷二），服膺李氏诗论，于此可见一斑。胡应麟具体论述陶诗为唐古之滥觞时，认为张九龄、孟浩然、王维、常建、王昌龄、储光羲、柳宗元、韦应物等人五言古来源于陶诗。胡氏肯定李攀龙"唐无五言古诗"，实际上也就不大看重张九龄等人的五古，那么，他们的源头——陶诗被胡氏视为"偏门"也就理所当然了。

二、"本色"诗论中的陶诗批评

胡应麟斥陶诗于古诗宗法对象之外，将之置于晋、宋之交的诗学体系中，除了受"格以代降"诗论的影响，也受其诗歌"本色"论的影响。胡氏"本色"诗论是在明代复古诗学辨体论的影响下提出的。他说："文章自有体裁。凡为某体，务须寻其本色，庶几当行。"（《内编》卷一）胡氏所谓"本色"，陈国球理解为诗歌的共同规范，他说："所谓'商周本色''东西京本色''唐人本色'，指这些时代的诗歌的外呈现象，有一种共同的特征，这些特征并不限于某一方

---

❶ （明）李攀龙著，包敬弟标校《沧溟先生集》卷二十六，上海古籍出版社 2014 年版，第 473 页。

面；反之，在很多方面都显示出其中有着共同的规范。"❶王明辉认为胡氏"本色"具体有三种含义：体制特征，时代风格，作家风格。❷其实，除体制特征外，诗歌的时代风格与作家风格也是指某一时代、某一作家所形成的较为稳定的审美范型，也就是说时代、作家风格之"本色"含义可以和体制特征合为一种含义。胡应麟的"本色"诗论，其实还有一种较为重要的内涵，那就是作诗要取法乎第一义的格调。上文论述其宗古诗论，也是其"本色"论的一种表现。他还说："苏、李录别，枚、蔡言情，嗣宗感怀，太冲咏史，灵运纪胜，虽代有后先，体有高下，要皆古今绝唱。为其题者，不用其格，便非本色。"（《内编》卷二）"不用其格，便非本色"，涵义非常明显，苏、李、枚、蔡、阮、左、谢等人诗歌皆具其本色，后人学之，当用其格，才具本色。

胡应麟为四言、五言、乐府等体裁的诗歌都设定了可供后人学习的"本色"榜样。他说："四言典则雅淳，自是三代风范。"（《内编》卷一）以此为准则，胡氏认为，曹植的《责躬》《应诏》等诗是合乎本色的，晋代张华《励志》、束皙《补亡》、石崇《吟叹》等诗，"尚有前代典型"。但陶渊明《停云》《荣木》等诗就不再具有四言诗之本色，因为胡氏认为，陶之四言与五言一样过于平淡，归之为"偏门"。五言诗，胡氏当然以汉诗浑朴温厚为第一要义，他说："三代以前，五言非不创见，而体制未纯；六朝以后，五言非不迭兴，而格调弥下。故两汉诸篇出而古今废也。"（《外编》卷一）以此为准则，胡氏认为，汉之后的曹植、阮籍、左思以及杜甫之五古尚存其质，而"与汉离"之陶诗则不再具有五古之本色。胡氏将五言分为两类，"古诗轨辙殊多，大要不过二格：以和平、浑厚、悲怆、婉丽为宗者，即前所列诸家；有以高闲、旷逸、清远、玄妙为宗者，六朝则陶，唐则王、孟、储、韦、柳。"（《内编》卷二）和平、浑厚一派能得五古之本色，故为"正"，而以陶渊明为开端的高闲清远一派，则远离了五古本色，故属"偏"。这是胡应麟的结论："曹、刘、阮、陆之为古诗也，其源远，

---

❶　陈国球《胡应麟诗论研究》，香港华风书局1986年版，第40页。

❷　王明辉《胡应麟诗学研究》，学苑出版社2006年版，第62—63页。

其流长，其调高，其格正。陶、孟、韦、柳之为古诗也，其源浅、其流狭，其调弱，其格偏。"（《内编》卷二）

胡应麟在论及陶渊明的《归去来兮辞》时，也是以《楚辞》之哀怨为第一要义作标准的。他说：

> 柴桑《归去来辞》，说者谓虽本楚声，而无其哀怨切蹙之病。不知不类《楚辞》，正坐阿堵中。如《停云》《采菊》诸篇，非不夷犹恬旷，然第陶一家语，律以建安，面目顿自悬殊，况《三百篇》《十九首》耶？（《内编》卷一）

胡氏认为陶氏《归去来辞》虽本楚声，为骚体，但无骚体之哀怨切蹙之特征，非骚体之本色；《停云》《采菊》诸篇，虽恬旷有加，但即便以建安古诗律之，面目即悬殊，更何况律之以《三百篇》《十九首》呢？由此可见，胡氏认为陶诗无有本色，其体不正。进而强化了七子派"诗弱于陶"的观念，也是自宋代严羽以来诗法乎上，入门须正学诗路径的延续。❶

三、胡应麟的陶诗定位

胡应麟作为七子派的后继者，在陶诗批评方面继承了七子派"诗弱于陶"的观点，并且进一步强化之。上文分别从胡应麟以"格以代降"与"本色"诗论评论陶诗作了较为深入的论述，认为陶诗源浅、流狭、调弱、格偏，属于五言古之偏门一路。所以，从总体上来看，胡应麟较为轻视陶诗。因此，在具体给诗人定位时，陶渊明只能流为名家，而非苏轼等人一直所持之大家地位。

胡应麟较为重视"大家""名家"之目的确立，这也是其以格调论诗的表现之一。他说：

---

❶ 严羽："学诗者以识为主，入门须正，立志须高。"（宋）严羽著，郭绍虞校释《沧浪诗话·诗辨》，人民文学出版社 1961 年版，第 1 页。

"大家""名家"之目，前古无之。然谢灵运谓东阿才擅八斗，元微之谓少陵诗集大成，斯义已昉。故记室《诗评》，推陈王圣域，廷礼《品汇》，标老杜大家。夫书画末技，钟、王、顾、陆，咸负此称。诗文大业，顾无其人？使子建与应、刘并列，拾遗与王、孟齐肩，可乎？则二者之辨，实谈艺所当知也。（《外编》卷四）

这里有两层意思，第一，大家、名家之称，起源于谢灵运称曹植才高八斗与元稹称杜甫诗为集大成之说，钟嵘与高棅又力倡之。第二，胡应麟对曹植与应旸、刘桢并列，杜甫与王维、孟浩然齐肩的传统说法表示不满，认为曹、杜当为大家。那么，他的具体标准又是什么呢？他认为：

偏精独诣，名家也；具范兼镕，大家也。然又当视其才具短长，格调高下，规模宏隘，阃域浅深。有众体皆工，而不免为名家者，右丞、嘉州是也；有律绝微减，而不失为大家者，少陵、太白是也。（《外编》卷四）

胡应麟认为，偏工一体者只能为名家，只有各体兼工者才能为大家，但也因诗人之才具短长，格调高下，规模宏隘，阃域浅深而有例外。如众体皆工的王维与岑参则流为名家，而律绝微减的杜甫与李白则仍归大家。可见成为大家实难。由此可见，格高调正、众体兼工仍是其评判大家的标准，"备诸体于建安者，陈王也；集大成于开元者，工部也。"（《内编》卷二）对于陶渊明所处的六朝时期，胡应麟认为曹植为大家，而陶等人则为名家。他说：

六代则公干之峭，嗣宗之远，元亮之冲，太冲之逸，士衡之称，灵运之清，明远之俊，玄晖之丽，皆其至也；兼之者陈思也。（《外编》卷四）
清新、秀逸、冲远、和平、流丽、精工、庄严、奇峭，名家所擅，大家之所兼也。浩瀚、汪洋、错综、变幻、浑雄、豪宕、阔廓、沉深，大家所长，名家之所短也。（《外编》卷四）

从上面两则诗论可以看出，胡应麟认为刘桢、阮籍、陶渊明、左思、陆机、谢灵运、鲍照、谢朓等人只能专擅一种诗风，而曹植则能兼擅，大家与名家之别非常明显。对此，胡氏一再论之：

> 《十九首》后，得其调者，古今曹子建而已；《三百篇》后，得其意者，古今杜子美而已。元亮之高，太白之逸，自是词坛绝步，但入此二流不得。（《外编》卷四）

要之，胡应麟论诗以格高调正与当行本色为标准，视陶诗为"偏门"，列陶公为名家，陶诗大家地位被剥夺。不可否认的是，在学诗路径上，胡应麟继承了王世贞的观点。前文已提及，王世贞晚年逐渐不满于前七子派轻视陶诗的做法，认为他们是"似晓不晓者"。王氏认为，诗歌宗尚当"师匠宜高，捃拾宜博"，陶诗也成为其诗法的对象，并且给予陶诗极高的评价。胡应麟继承王世贞的观点，论五古师法对象时，也提到要旁及陶、韦。他说：

> 五言古，先熟读《国风》《离骚》，源流洞彻。乃尽取两汉杂诗，陈王全集，及子桓、公干、仲宣佳者，枕籍讽咏，功深日远，神动机流，一旦吮毫，天真自露。骨格既定，然后沿洄阮、左，以穷其趣；颉颃陆、谢，以采其华；旁及陶、韦，以澹其思；博考李、杜，以极其变。超乘而上，可以掩迹千秋；循辙而趋，无忝名家一代。（《内编》卷二）

胡氏在此论述了五言古的诗学路径，洞彻《诗经》《离骚》之源流，尽取两汉杂诗、曹植全集，以及曹丕、刘桢、王粲等建安七子之佳者，待骨格既定，再佐以阮籍、左思、陆机、谢灵运，旁及陶、韦，博考李、杜，这样才能成就一代名家。于此可见，陶诗依然是"旁及"的对象，地位较低，只是作为以澹其思之诗材。因此，胡应麟依然没有真正走出七子派既认为"诗弱于陶"又要诗法之的陶诗批评困境。

第四节 "自为一源":
许学夷《诗源辩体》中的陶诗论

在明代复古诗学进程中，真正走出陶诗批评困境的是晚明的许学夷。面对七子派及胡应麟等人在"古体宗汉魏"的诗学宗尚影响下所形成的"诗弱于陶"以及陶诗属"偏门"的传统观念，许学夷提出陶诗"自为一源"的论调，实属难能可贵，这也反映出明代复古诗学演进过程中对陶诗批评的自我调节与逐渐体认。

明代复古文学演进过程中对辨体诗学极为重视。辨体诗学固然有它存在的理由，然而，不可否认的是，它本身也存在着与创作之间不可调和的矛盾。一个诗歌流派之形成与发展，当然会提出自己的诗歌宗尚，效仿什么，否定什么，而且愈坚决愈显出该诗派的特别之处。但是，愈是效仿愈难以求新，必会将诗歌创作局限于宗尚某体某派的狭小格局里。七子派"古体宗汉魏"，那么汉魏古体即为正宗，其余都是变体，皆予以否定，陶诗就是这样被他们废黜为变体的。许学夷承认七子派辨体诗学的重要性，但是，与七子派不同的是，他对汉魏正体之外的变体亦持肯定态度，表现了其不为格调所束缚的可贵一面。其《诗源辩体》开篇就说：

> 诗自《三百篇》以迄于唐，其源流可寻而正变可考也。学者审其源流，识其正变，始可与言诗矣……统而论之，以《三百篇》为源，汉、魏、六朝、唐人为流，至元和而其派各出。析而论之：古诗以汉、魏为正，太康、元嘉、永明为变，至梁、陈而古诗尽亡。❶

许学夷认为学诗者当审源流，识正变，方可与之言诗。古诗以《三百篇》为源，以汉、魏为正，六朝为变。对元嘉之后古体尽亡的诗歌发展趋势也给予

---

❶（明）许学夷著，杜维沫校点《诗源辩体》卷一，人民文学出版社1987年版，第1页。本节所引《诗源辩体》文字皆出此本，下文随文只标注卷数，不再详注。

正确的认识，认为"此理势之自然，无足为怪"（卷七）。因此，他批评王世贞与胡应麟守正而不知变的格调论，他说："元美、元瑞论诗，于正者虽有所得，于变者则不能知。"（《后集纂要》卷一）

在这样的诗学理论指导下，许学夷较为看重陶诗的历史地位，将陶渊明提高到与七子派所大为推崇的曹植同样的地位上来，并对陆机、谢灵运等七子派所推崇的诗人表现出较为轻视的态度。他说："梁《昭明文选》自战国以至齐、梁，凡骚、赋、诗、文，靡不采录，唐、宋以来，世相宗尚，而诗则多于汉人乐府失之。又子建、渊明，选录者少，而士衡、灵运，选录最多，终是六朝人意见。"（卷三十六）许学夷认为萧统《文选》选诗有较大失误，汉乐府、曹植与渊明诗所选过少，而陆机、谢灵运诗所选太多。严羽曾称五古应"以汉魏晋盛唐为师"，将晋五言古诗提到汉、魏一样的高度，作为后人学习的楷模。许学夷则认为五言自陆机至灵运，"体尽俳偶，语尽雕刻""其语益工，故其拙处亦多"（卷七），而《文选》多选陆、谢诗，许学夷认为是萧统失误，"终是六朝人意见。"尊陶之态度非常明显，这种态度主要表现在以下三个方面。

一、推崇陶诗之自然风格

许学夷论诗推崇自然，反对俳偶，指出汉魏古诗"其妙处皆无迹可求"的特点正是自然之表现，而"五言至灵运，雕刻极矣，遂生转想，反乎自然"。批评灵运诗"自然者十之一，而雕刻者十之九"（卷七）。而七子派等对谢诗的模仿宗尚也在许氏批评之列，"今人笃好灵运，于其俳偶雕刻处，字字模仿，不遗余力，至其妙合自然者，则未有一语也，安知所谓'初发芙蓉'哉！"（卷七）相对于谢诗的雕琢，许学夷极为推崇陶诗的自然风格。这种自然风格首先表现在"语皆自然"上。陶诗的自然风格为历代文人所重视，许学夷对前人之于陶诗平淡风格的评价，有批判也有继承。他说："靖节诗，初读之觉甚平易，及其下笔，不得一语仿佛，乃是其才高趣远使然，初非琢磨所至也。王元美云：

'渊明托旨冲淡，造语有极工者，乃大人思来，琢之使无痕迹耳。'此唐人淘洗造诣之功，非所以论汉、魏晋人，尤非所以论靖节也。朱子云：'渊明诗，平淡出于自然。'斯得之矣。"（卷六）许氏认为，陶诗之平淡风格是其才高趣远所造成的，否定了王世贞以唐人淘洗造诣之标准来评价陶诗平淡风格，认为朱熹之论能得渊明诗歌真谛。对于不能以自然风格视陶者，许氏也多予以批评。颜延之评陶云"学非称师，文取旨达"，许氏说其不知靖节妙境："晋宋间诗以俳偶雕刻为工，靖节则真率自然，倾倒所有，当时人初不知尚也。颜延之作《靖节诔》云：'学非称师，文取旨达。'延之意或少之，不知正是靖节妙境。"（卷六）对于虽能以自然评陶者，如果不能正确认识其自然之妙者，许学夷同样会予以驳正。王世贞诗学宗尚汉、魏，虽认为陶诗有自然之味，但还是达不到汉、魏古诗之神境，他说："'问君何能尔，心远地自偏。''此还有真意，欲辨已忘言。'清悠淡永，有自然之味。然做此不入汉、魏果中，诗未庄严佛语阶级语。"❶王世贞认为陶诗造语极工，只是由于雕琢才使其无痕，虽有自然之味，但还是不能与汉、魏古诗相提并论。为此，许学夷指出，陶诗是句法天成而无琢痕的。他为了让人们更加容易明白，便以《孟子》一书相比，他说："靖节诗，句法天成而语意透彻，有似《孟子》一书。谓《孟子》全无意于文，不可；谓《孟子》为文琢之使无痕迹，又岂足以知圣贤哉！以此论靖节，尤易晓也。"（卷六）批评了王世贞陶诗为琢之而使无痕的自然论，认为王氏之论为"淘洗造诣之功，非所以论汉、魏、晋人，尤非所以论靖节也"。这种论述在《诗源辨体》中还有多处：

> 若靖节，则所好实在诗文，而其意但欲写胸中之妙耳，不欲效颜谢刻意求工也。故谓靖节造语极工、琢之使无痕迹既非；谓靖节全无意于为诗，亦非也。（卷六）

---

❶　（明）王世贞《艺苑卮言》卷三，第994页。

> 靖节诗，语皆自然，初未可以句摘，即如东坡所谓"暧暧远人村，依依墟里烟。狗吠深巷中，鸡鸣桑树颠。""平畴交远风，良苗亦怀新。""采菊东篱下，悠然见南山"等句，亦不过爱其意趣超远耳。非若灵运诸公，用意琢磨，可称佳句也。（卷六）

许学夷认为陶诗的自然特点还表现在其诗意的无意倾倒方面。关于这一点，许学夷也有多处论述：

> 靖节诗真率自然，倾倒所有，晋宋以还，初不知尚。（卷六）
> 靖节诗直写己怀，自然成文。（卷六）
> 靖节诗皆是写其所欲言，故集中并无重复之语。（卷六）
> 靖节诗不为冗语，惟意尽便了，故集中长篇甚少，此韦柳所不及也。
（卷六）

陶诗之所以自然，就是因其直写己怀，倾倒所有而自然成文，不为雕刻之工，与谢灵运诸公不同。但陶集中也有如《王抚军座送客》之类句法工练者，许学夷则认为此诗"与靖节不类，疑晋宋诸家所为"（卷六）。总之，作者一再论述陶诗之自然，笔者认为，这是他在为自己提出陶诗"自为一源"的观点张本。

二、陶诗"自为一源"论

在许学夷之前，陶诗"自为一源"论已多有论述。祝允明在《祝子罪知录》中论及汉魏六朝五言诗史时说："诗达经外，猗与士乎，作之也者，其亦能言之圣哉。况又一制之间，还能变化，各臻妙地，亦故殊科。是故其为五言也，汉家肯构，接武之，是西京一格也，东都少辨，犹当弟昆，亦一格也，曹一格也（谓魏），马、刘一格也（晋宋），二萧一格也（齐梁），陈、杨少靡，当萧附庸（陈隋）。陶信自挺，要冠其代（渊明迥然尘表，然不可谓二汉一门，所以云尔）。"❶ 祝允明认为，陶渊明迥然尘表，其五言诗歌为汉魏六朝五言之冠冕，与两汉五言迥异，"不可谓二汉一门"。祝氏稍后，"金陵三俊"之一的陈沂也曾论及陶诗独立于五言古诗正变之外的地位。他说："渊明在义熙时，追古近道，驾轶黄初之上，又不可以世代论也。"❷ 公安派重要成员江盈科也曾说："陶渊明超然尘外，独辟一家。盖人非六朝之人，故诗亦非六朝之诗。"❸ 胡应麟也有相似的论述，不过他是从崇正黜变的角度看待陶诗的，他说："陈王古诗独擅，然诸体各有师承。惟陶之五言，开千古平淡之宗，杜之乐府，扫六代沿洄之习。真谓自启堂奥，别创门户。然终不能以彼易此者，陶之意调虽新，源流匪远；杜之篇目虽变，风格靡超。故知三正迭兴，未若一中相授也。"❹ 胡氏虽然承认陶之五言开千古平淡之宗，能自启堂奥，别创门户，但胡氏论诗崇尚调高格正，他认为陶诗调虽新，但源流匪远，属于"古意日衰"之诗歌发展链条上的一环，与曹植诗不可同日而语。许学夷反对胡氏崇正黜变的观点，他也承认陶诗与汉魏古诗的不同，但是，这种差异不应以优劣论之。他说："若夫言诗，得其中者必遗其偏，明于正者多昧其变，能于《三百篇》、汉、魏、六朝、初、盛、中、晚唐各得其正、变而论之者，鲜矣。况能于渊明、元结、韦、柳、元和诸公各极其至而论之耶？"（卷三十五）许学夷论陶，承认其变，也承认此变与汉魏有差异，但二者各有特点。五言古诗，自汉魏至六朝为一源，陶诗自为一源，这样就将陶诗提高到与汉魏古诗一样的高度。他说：

> 五言自汉魏至六朝，皆自一源流出，而其体渐降。惟陶靖节不宗古体，不习新语，而真率自然，则自为一源也。然已兆唐体矣。（下流至元次山、韦应物、柳子厚、白乐天五言古。）（卷六）

❶ （明）祝允明《祝子罪知录》卷九，四库全书存目丛书本。
❷ （明）陈沂《拘虚诗谈》，《全明诗话》本，第674页。
❸ （明）江盈科《雪涛诗评·法古》，《江盈科集》，第808页。
❹ （明）胡应麟《诗薮·内编》卷二，《全明诗话》本，第2509页。

许氏指出陶诗"不宗古体",自然就跳出汉魏五言的窠臼;而又"不习新语",也就不站队六朝诗,所以能"自为一源"。从许氏论陶诗的独创性评语也可以看出他此种诗论之倾向。他说:

> 陶靖节四言,章法虽本《风》《雅》,而语自己出,初不欲范古求工耳。……靖节无一语盗袭,而性情溢出也。(卷六)
>
> 要知靖节为诗,但欲写胸中之妙,何尝依仿前人哉。(卷六)
>
> 靖节诗,句法天成而语意透彻。(卷六)
>
> 靖节《拟古》九首,略借引喻,而实写己怀,绝无摹拟之迹,非其识见超越、才力有余,不克至此。(卷六)
>
> 靖节拟古,何尝有所拟哉?(卷六)

许学夷认为,不论四言还是五言,陶诗都无所盗袭而句法天成。可见,陶诗的独创性是其"自为一源"的重要原因。

陶诗既然"自为一源",那么,也就可以与汉魏古诗相提并论了。从许学夷对汉魏古诗与陶诗的批评用语中,我们可以看出,他已将陶诗提高到汉魏古诗的地位上来了。如论气格,说汉魏五言:"委婉悠圆,其气格自在,不必言耳。"(卷三)说陶诗:"声韵浑成,气格兼胜。"(卷六)论诗歌自然,说汉魏五言:"浑然天成,初未可以句摘""声响色泽,无迹可求"。(卷三)说陶诗:"出于自然者,无迹可求也。""语皆自然,初未可以句摘。"(卷六)论意境,说汉魏五言:"神与境会,即情兴之所至。"(卷三)说陶诗:"皆遇境成趣,趣境两忘。"(卷六)如此等等。当然,许学夷也指出了陶诗与汉魏五言古诗的不同,他说:"汉魏近古,兴寄深,故其体委婉;靖节去古渐远,直是直写己怀,固当以气为主耳。"(卷六)许氏指出,汉魏古诗兴寄遥深,故而委婉,而陶诗直写己怀,所以以气为主,看出了二者之间的本质区别。而这种区别,许氏并没有以优劣论之。

三、许学夷论陶诗之"流"

许学夷既已论定陶诗"自为一源",接着指出其对后世之影响,也就是陶诗之"流"。他说:"靖节诗真率自然,倾倒所有,晋宋以还,初不知尚;虽靖节亦不过写其所欲言,意非有意胜人耳。至唐王摩诘、元次山、韦应物、柳子厚、白乐天、宋苏子瞻诸公,并宗尚之,后人始多得其旨趣矣。"(卷六)许氏认为,唐代王维等人以及苏轼的五言古诗都宗尚渊明,能得其旨趣。胡应麟也曾论述陶诗对唐五古的影响,他说:"陶、阮之变而淡也,唐古之滥觞也。"❶但是,唐五言古历来为七子派所轻视,李攀龙就曾说过:"唐无五言古诗,而有其古诗。"❷胡应麟认为李氏此论"可谓具眼",也就是认同唐无五言古诗。那么,他又说陶诗为唐古之开端,抑陶之意不言自明。许学夷与胡氏之论不同,他高评唐之五言古,说其"气象宏远",也承认其"萧散冲淡",(卷二十三)认为唐代诸子以及宋之苏轼皆能得陶之旨趣。此为陶诗对唐五古影响之总论,许氏进一步作了具体的分析:

> 靖节诗有三种。如"少无适俗韵""昔欲居南村""春秋多佳日""先师有遗训""衰荣无定在""道丧向千载""故人赏我趣""孟夏草木长""蔼蔼堂前林""蕤宾五月中""穷居寡人用""运生会归尽"等篇,皆快心自得而有奇趣,乃次山、白、苏所自出也。如"寝迹衡门下""草庐寄穷巷""靡靡秋已夕""山泽久见招""结庐在人境""秋菊有佳色""万族各有托""凄厉岁云暮"等篇,皆萧散冲淡而有远韵,乃韦柳之所自出也。如"行行循归路""自古叹行役""游好非长久""愚生三季后""弱龄寄事外""闲居三十载"等篇,则声韵浑成,气格兼胜,实与子美无异矣。(卷六)

许氏划分陶诗为快心自得而有奇趣、萧散冲淡而有远韵、声韵浑成而气格

---

❶ (明)胡应麟《诗薮·内编》卷二,《全明诗话》本,第2505页。

❷ (明)李攀龙《选唐诗序》,《沧溟先生集》卷二十六,上海古籍出版社2014年版,第473页。

兼胜三种。他以陶诗中的具体篇章为例，分别指出对唐代诗人的影响，实在是
发前人所未发。许学夷进而认为，作为唐五古源头的陶诗，从品位上来讲到底
还是高于唐代特别是元和诸家的。许学夷曾说元和诸公以议论为诗，也曾说过
陶诗之议论，于是就有人提出疑问，靖节与元和诸公"宁有异耶"？许氏回
答曰："靖节诗乃是见理之言，盖出于自然，而非以智力得之，非若元和诸公
骋聪明、构奇巧，而皆以文为诗也。"（卷六）陶诗与元和诸公诗中皆有议论，
许氏指出了他们的不同，一是出于自然，一是以文为诗，高下明显自出。

　　此外，许学夷《诗源辨体》虽对谢灵运诗多有嘉誉，说其佳句"妙合自
然""通篇圆畅"，但也指出"其语益工，故其拙处益多"的缺陷（卷七）。作
为"新语"的六朝诗，许氏多有批评，"体尽俳偶，语尽雕刻，而古体遂亡矣。"
（卷七）灵运为六朝诗之代表，当然也在批评之列。而陶诗"不习新语"，表现
出与六朝诗的不同："晋宋间诗以俳偶雕刻为工，靖节则真率自然，倾倒所有，
当时人初不知尚也。"（卷六）在与谢诗的对比中，我们也能清晰地看出陶诗
"不习新语"的特点。作为被前七子予以高评并在创作实践中摹习的谢诗，许
学夷认为其远不如陶诗。他说："康乐诗，上承汉、魏、太康，其脉似正，而
文体破碎，殆非可法。靖节诗，真率自然，自为一源，虽若小偏，而文体完
纯，实有可取。"（卷六）许氏对陶、谢诗文之体完纯与破碎之评价，可以看出
其所论陶诗不与六朝诗相同的观点。此为陶、谢诗文体的对比，至于陶、谢诗
境的对比，许学夷也做出自己的评判："晋宋间谢灵运辈，纵情丘壑，动逾旬
朔，人相尚以为高，乃其心则未尝无累者。（灵运尝求入远公社，远公察其心
杂，拒之）惟陶靖节超然物表，遇境成趣，不必泉石是娱、烟霞是托耳。"（卷
六）随后，许氏举出陶渊明"暧暧远人村，依依墟里烟"等诗句后，指出陶诗
"皆遇境成趣，趣境两忘"，与谢诗意境大为不同。许学夷进而指出，陶诗非但
与谢诗不同，即使与陶公所生活的东晋时期的诗亦有迥异之处。他说："晋人
贵玄虚、尚黄老，故其言皆放诞无实。陶靖节见趣虽亦老子，而其诗无玄虚放
诞之语。中如'纵浪大化中，不喜亦不惧。应尽便须尽，无复独多虑'……等

句，皆达人超世、见理安分之言，非玄虚放诞者比也。"（卷六）总之，在陶谢诗的比较方面，许氏高评陶诗而对谢诗多有贬抑。他总结道："靖节与灵运诗，本不当并称。东坡云'陶谢之超然'，但谓其意趣超远耳。子美诗云：'为人性僻耽佳句，语不惊人死不休。焉得思如陶谢手，令渠述作与同游。'岂以靖节亦为'为人性僻耽佳句'者乎？"（卷六）

总之，在明代复古诗学演进中不断被贬抑的陶诗，在晚明许学夷这里方真正获得其应有的地位。许学夷批评地接受了前人陶诗"自为一源"的有关说法，比较明确地进行了论述，并继而指出，陶诗"已兆唐体"，开启唐代韦应物、柳宗元、元稹、白居易等人五言古自然淡远的一派。此种诗论实际上已给予陶诗诗宗之地位。这种地位的取得也并非空口无凭，许氏从陶诗自然风格以及对后世的深远影响等方面，做了极为细致的论述，形成了自己论陶的独特方式，并以之反观前人论陶之不足，其中对何景明"诗溺于陶"的观点与王世贞早年抑陶的批评，极为严苛，指出他们评陶观点之"三病"："渊明诗真率自然而气韵浑成，而谓'诗溺于陶'，一病也；五言自太康变至元嘉，乃理之必至，势之必然，而谓'谢有意振之'，二病也；灵运之名实被一时，渊明之名后世始知宗尚，当时谢岂有意振之耶？三病也。"（卷七）批评有理有据。

第五节　晚明陶诗评点研究

评点是中国古代文学批评的一种传统方式。随着评点阅读方式的成熟，明代出现了较多小说、戏曲的评点之作。同时，诗文评点也得到了长足的发展。晚明时期，陶诗评点逐渐增多。如钟惺与谭元春的《古诗归》、陈龙正的《陶诗衍》、黄文焕的《陶诗析义》以及张自烈的《笺注陶渊明集》等，均显示出此时期陶诗评点的成就。上述著作，改变了以往对陶诗字句、内蕴、风格以及陶诗中所表现出的作者思想的笼统叙述而趋向细致化。比如《古诗归》对陶诗语言真率旷达的揭示，对陶渊明"温慎忧勤"性格的展示；陈龙正对陶诗风格多样性的揭示，对陶诗字句运用的评点以及陶诗所表达的作者情感的阐发，皆较为细致而深入；张自烈在对陶诗具体的评点中更是不囿于前人成见，对前人评陶中的不足之处多有批评，对陶诗的主旨及渊明心态做了较为深入细致的体悟；黄文焕更是深入陶诗内部，从练句练章、忧时念乱、理学标宗三个义例出发，对陶诗做了深刻而又新颖的解读。总之，从总体上来看，晚明陶诗评点取得了较大的成绩。

一、对陶诗章句的评点

晚明陶诗评点特别注重陶诗用字、用句以及练章等方面。这一方面，黄文焕陶诗评点表现得最为突出，他在《陶诗析义》自序中指出："古今尊陶，统归平淡；以平淡概陶，陶不得见也。析之以练句练章，字字奇奥，分合隐现，险峭多端，斯陶之手眼出矣。"❶由此可见，黄氏主张对陶诗具体字句、章法进行细致的评点，以见出陶诗平淡之外的意味。

黄文焕对陶诗的用字分析之细致，历来为人所称道。如在分析《游斜川》一诗时，评"弱湍驰文鲂"句曰："'弱湍'字奇。湍壮则鱼避，至于渐缓而势弱，鱼斯敢于驰矣。"评"迥泽散游目"句曰："'散'字奇。意纷于四顾，睛不得专聚也。"评"顾瞻无匹俦"句曰："既曰'散游目'，又曰'顾瞻无匹俦'，眼中意中，去取选汰，不遗不苟。"特别是对"中觞纵遥情"一句的分析极其细致，可谓勘透渊明心境。他说："纵遥曰中觞，酒趣深远，初觞之情矜持，未能纵也。席至半而为中觞之候，酒渐以多，情渐以纵矣。一切近俗之怀，杳然丧矣。近者丧，则遥者出矣。"（卷二）从这种细致的分析中，我们能够体会到渊明作诗选字的用心之处。

---

❶ （明）黄文焕《陶诗析义》卷首，四库全书存目丛书本。本节黄文焕陶诗评语皆出此本，后文随文标注卷数，不再详注。

黄文焕在分析陶诗用字奇奥时不只是用"奇"字表述。如评《与殷晋安别》"山川千里外，言笑难为因"曰"'因'字深"，评"脱有经过便，念来存故人"曰："不念则成过门不入，念从中来，则必相存。'来'字冷"。（卷二）用"深""冷"等字来评说陶诗用字，也能说明陶诗用字奇奥。

黄文焕认为，陶诗奇奥处还表现在善于描写情状。如评《杂诗》其二"终晓不能静"句曰："触绪牢骚。'不静'字善状。"（卷四）评《癸卯岁十二月中作与从弟敬远》"凄凄岁暮风，翳翳经日雪。倾耳无希声，在目皓已洁"句曰："'翳翳'微雪之况也，声之'希'者，并无可闻，善写微雪之状。"（卷三）评《归园田居》其一"暧暧暧人村，依依墟里烟"曰："远村隔而遥视微茫，故曰'暧暧'；里居密而烟起相傍，故曰'依依'，善分状。"（卷二）评《影答形》"未尝异悲悦"曰："形笑影亦笑，形哭影亦哭，'悲悦'二字善状。"（卷二）从对具体事物情状的描写来看，陶诗用字确实奇奥，"奇"表现在用字准确，"奥"则表现在用字善于写状而意义深远。除了展现陶诗用字以写状之外，黄文焕还注意到陶诗修辞之奇特效果。如评《和刘柴桑》"弱女虽非男，慰情良胜无"曰："杯酒岂真足解饥劬哉？聊自慰耳。承上句，忽创此奇喻。"（卷二）以弱女非男聊以自慰，比喻杯酒非能解饥劬，真是奇喻。所有这些，黄氏在《陶诗析义》中还有多处揭示，表现了其析陶之细化的特点。

黄文焕《陶诗析义》对陶诗"练章"之技巧也有较为深刻的揭示，这是陶诗奇奥的艺术手法在章法结构上的具体表现。如评《癸卯岁十二月中作与从弟敬远》曰：

> 无一可悦，俯首自叹；时见遗烈，昂首自命。非所攀，又俯首自逊；苟不由，又昂首自尊。章法如层波叠浪。（卷三）

按照诗人的感情变化，从章法的角度指出其层波叠浪之特点，把陶渊明欲有为而不可得，退而隐居又有所不甘之心态变化表露无遗。这是往哲时贤所没有注意到的。黄文焕之后，清人孙人龙习得黄氏评论方法，对此诗也作批评曰：

"有不欲见闻意。既俯首自叹，复昂首自命，语意层折。"❶孙氏此评与黄氏之评如出一辙。

从练章的角度对陶诗中作者感情变化的揭示，在《陶诗析义》一书中还有多处，如其评《荣木》曰：

> 四章互相翻洗。初首憔悴怅念，若寄之人生，与夕丧之晨华同脆，无可自仗，说得气索。次首拈出贞脆由人，有善有道，可仗俱在，不须念怅，说得气起。三首安此日富，有道不能依，有善不能敦，怛焉内疚，倍于怅矣，又说得气索。卒章痛自猛厉，脂车策骥，赎罪无闻，何疚之有？又说得气起。（卷一）

陶渊明在《荣木》一诗中表达自己念念不忘的功名之心，这是世所公认的，但其中的感情变化向来无人揭示。黄文焕从四章诗歌的前后勾连中，分析出诗人的感情变化：气索→气起→气索→气起，展示了陶渊明内心深处的矛盾心情变化。此前，宋代汤汉评此诗曰："老而好学，辞气壮烈如此，可谓有勇矣。"❷只是看到了诗歌结尾的"气起"，没有观照整首诗歌，稍显简略。谭元春评此诗曰："简质之中，多少感慨在内"❸，陈祚明评之曰："言简情殷"❹，都是泛泛而论，皆不如黄文焕分析透彻。

陈龙正《陶诗衍》对陶诗字句的评点也颇为出色。如评《时运》其一"翼彼新苗"之"翼"字曰："'翼'字写出性情。"❺评《癸卯岁始春怀古田舍》"鸟弄欢新节，泠风送余善"二句曰："清妙之俱，诗人无偶。"如此等等，皆注意到陶诗字句的深刻涵义。陈龙正对陶诗的评点中，对陶诗所包含的作者之情感

---

❶ （清）孙人龙纂辑《陶公诗评注初学读本》卷二，《古典文学研究资料汇编·陶渊明卷》（下），中华书局 1961 年版，第 133 页。

❷ （宋）汤汉注《陶靖节先生诗》卷一，丛书集成初编本。

❸ （明）钟惺、谭元春《诗归》卷九，湖北人民出版社 1985 年版，第 169 页。

❹ （清）陈祚明《采菽堂古诗选》卷十三，续修四库全书本。

❺ （明）陈龙正《陶诗衍》上卷，明崇祯刻本。本节陈龙正陶诗评语皆出此本，后文不再注。

也有深刻的体悟。如《时运》序下评："数字点缀，如见其怀抱，无复今古。"评《咏贫士》曰："士伸于知己，亦倔强亦安命。"评《还旧居》"步步寻往迹，有处特依依"二句曰："感旧之意，有悲有喜。"评《丙辰岁八月中于下潠田舍获》"悲风爱静夜，林鸟喜晨凡"二句曰："夜静则风愈鸣，是可爱也，鸟喜晨兴，与人情同。"以上诸评，皆指出陶诗中所蕴含的诗人之情感。

钟惺、谭元春对陶诗具体章句的评点多受他们本身旷达心态的影响。晚明思想解放，文士们大都提倡重情，要求个性解放，钟惺、谭元春亦是如此。钟惺"居丧作诗文，游山水，不尽拘乎礼俗，哀乐奇到，非俗儒所能测也。"❶后于京察中竟被定为"弃名教而不顾"❷的罪名。谭元春也直言自己爱官、爱财、爱色、爱交游玩好。❸所有这一切表明了钟、谭二氏的旷达心态。

钟、谭二氏以自己的旷达去观照陶诗，对陶诗字句的评点多用"旷士""旷达""旷远"等词。如钟评《时运》"欣慨交心"曰："游览诗，人只说得'欣'字，说不得'慨'字，合此二字，始为真旷真远，浅人不知。"评《时运》"我爱其静"曰："千古高人旷士，少此一'静'字不得。渊明自传神。"❹评《劝农六首》其三曰："即从作息勤厉中，写景观物，讨出一段快乐。高人性情，细民职业，不作二义看，惟真旷远人知之。"❺钟评《饮酒》"心远地自偏"句曰："'心远'二字千古名士高人之根"❻，也是从陶渊明之旷达着眼的。谭评《责子》"天运苟如此，且进杯中物"曰："极败兴语，说得高旷。"❼如此频繁地对陶渊明及其诗歌作旷达之阐释，在陶诗阐释史上实属罕见。

张自烈也善于对陶诗字句作具体的阐释。如评《和刘柴桑》"弱女虽非男，

❶（明）谭元春《谭元春集》卷二十五《退谷先生墓志铭》，上海古籍出版社1998年版，第683页。

❷（清）顾炎武著，秦克诚点校《日知录集释》，岳麓书社1994年版，第668页。

❸（明）谭元春《谭元春集》卷二十八《答金正希》，上海古籍出版社1998年版，第783页。

❹（明）钟惺、谭元春《诗归·古诗归》卷九，第168—169页。

❺（明）钟惺、谭元春《诗归·古诗归》卷九，第170页。

❻（明）钟惺、谭元春《诗归·古诗归》卷九，第181页。

❼（明）钟惺、谭元春《诗归·古诗归》卷九，第182页。

慰情良胜无"曰：

> "弱女"二句，即诗人食鱼不必河鲂之意。老氏亦云："知足常乐。"❶

"弱女"二句，前文黄文焕曾解之曰："杯酒岂真足解饥劬哉？聊自慰耳。承上句，忽创此奇喻。"（卷二）认为陶渊明杯酒不能解饥劬。清人丘嘉穗曰："弱女非男，喻酒之薄也。"❷张自烈却得出知足常乐之意，与他人解陶迥异，亦可备一说。张自烈评陶诗，有时就陶诗中的一句即可悟出陶诗旨意。如评《饮酒》其六"雷同共誉毁"一句曰："括尽末世情态。是非皆不可知，如何如何！"评《饮酒》其七"杯尽壶自倾"一句曰："悟出达人顺命委运之妙，深心人自得之。"评《饮酒》其十六"游好在六经"句曰："见渊明隐处有获，非烟霞痼疾而已。遥想孟公，所谓同调之慨，知我希矣。"（卷三）

张自烈对陶诗的用字也给予高评。如评《影答形》"立善有遗爱，胡为不自竭"中的"立善"二字曰："'立善'二字得圣贤实际，宜静思之，不然则吾生泡幻耳。"（卷二）评《癸卯岁始春怀古田舍》"鸟弄欢新节"二句曰："'欢'字、'送'字，巧丽天然。"（卷三）评《止酒》中"止"的用法曰：

> 错落二十个"止"字，有奇致。然渊明会心在"止"字，如人私有所嗜，言之津津不置口也。"平生不止酒"一句尤奇，无往不止，所不止者独酒耳。不止之止，寓意更恬，此当于言外得之。（卷三）

总之，晚明陶诗评点诸家真正深入陶诗内部，重视对陶诗文本的细读，这也改变了中国古典诗学一直重感悟的论诗传统，他们以条分缕析、劈肌分理的评析方式，对陶诗具体字句与章法做了深入细致的解读，取得了较大的成绩。

---

❶ （明）张自烈《笺注陶渊明集》卷三，明崇祯刻本。本节张氏评语皆出此本，后文随文标注卷数。
❷ （清）丘嘉穗《东山草堂陶诗笺》卷二，《古典文学研究资料汇编·陶渊明卷》（下），第88页。

二、对陶诗风格的评点

关于陶诗风格的评价是一个渐进而又逐步丰富的过程。最早关注陶渊明诗文的颜延之称陶渊明"弱不好弄，长实素心，学非称师，文取指达"❶。指出了陶渊明的性格与其诗文的内在联系，文如其人，人既素心，文亦朴素自然，辞达而已。稍后的钟嵘，指出陶渊明文章"文体省净，殆无长语。笃意真古，辞兴婉惬"❷ 的风格，但也承认其诗文有不同于田家语的"风华清靡"的特点。苏轼对陶诗"质而实绮，癯而实腴"（《与苏辙书》）的评价最为人熟悉，指出了陶诗平淡质朴中的形式中有深刻的蕴涵。张戒继而指出"陶渊明诗，专以味胜"❸ 的特点。朱熹论陶诗风格兼取平淡与豪放两端，他一方面说："渊明诗平淡，出于自然。""渊明诗所以为高，正在不待安排，胸中自然流出。"另一方面又说："陶渊明诗，人皆说平淡。据某看他自豪放，但豪放得来不觉耳。其露出本相者，是《咏荆轲》一篇。平淡底人，如何说得这样言语出来。"❹ 在朱熹看来，陶诗具有豪放之美，但其豪放的显现又是不自觉的。这是因为陶渊明是一位带性负气的隐士，欲有为而不能，所以于诗中显示出其内心深处所本有的豪放之气，表现在诗歌中即为豪放之美。此后论陶者对陶诗风格的评价虽表述不同，但大体不出平淡与豪放两端。晚明诸家对陶诗风格的评点，既有对以往陶诗风格评价的继承，也有一定的创新。

陈龙正在《陶诗衍》中对陶诗风格的多样性给予高评。首先是对陶诗平淡风格的评定，他在《读山海经》第一首评"微雨从东来，好风与之俱"二句时云："极平淡，何人道得？"评《和郭主簿》曰："景物奇卓，诗句便奇卓，平平写出，不烦刻画。"陈龙正认为，陶诗的平淡与不烦刻画与陶渊明自身人格修养有关，陶诗的平淡风格是诗人乐天安命精神在诗歌中体现，陈龙正评

❶ （南朝宋）颜延之《陶徵士诔》，严可均辑《全宋文》，商务印书馆 1999 年版，第 373-374 页。

❷ （南朝梁）钟嵘《诗品》，（清）何文焕辑《历代诗话》本，中华书局 2004 年版，第 13 页。

❸ （宋）张戒《岁寒堂诗话》，丁福保辑《历代诗话续编》本，中华书局 2006 年版，第 450 页。

❹ （宋）黎靖德编《朱子语类》，《古典文学研究资料汇编·陶渊明卷》（上），第 74-76 页。

《饮酒》之十五曰："有抱者多求达，岂知惟委穷达乃不负素抱。"将陶诗风格与渊明精神境界通而观之。陈龙正认为陶诗平淡质朴的风格，后人虽学之但较难达到陶诗的高度。他在评《归园田居》时曰："储、王极力拟之，然终似微隔，厚处朴处不能到也。"

除了评点陶诗平淡风格外，陈龙正还对陶诗的豪放本色予以揭示。他评《咏荆轲》曰："此岂隐者耶？全露出英豪本色。"这与之前朱熹对本诗的评价相同。又如评《庚戌岁九月中于西田获早稻》曰："农夫情事，豪杰语气，惟陶诗往往兼之，他人说农家便椎鲁吐豪气，又失农夫本色。"陈龙正认为，陶公能将农夫情事用豪杰语气道出，他人则失之。陈龙正认为，陶诗的豪放风格的形成与晋宋易代之际的世运有紧密的关系。他评《拟古》（其四）曰："晋室倾颓，题虽拟古，有俯仰无穷之痛。"这种豪放风格有时还表现为抑扬爽朗的行文中，评《辛丑岁七月赴假还江陵夜行途口》曰："梁昭明所称抑扬爽朗，颂此诗可概见。"指出了此诗抑扬爽朗的特点。除了平淡、豪放风格外，陈龙正还注意到陶诗绵婉的风格，此为其首创。他在《拟古》其一篇末评曰："此篇情词，独近绵婉。"陶渊明《拟古》其一云：

> 荣荣窗下兰，密密堂前柳。初与君别时，不谓行当久。出门万里客，中道逢嘉友。未言心相醉，不在接杯酒。兰枯柳亦衰，遂令此言负。多谢诸少年，相知不忠厚。意气倾人命，离隔复何有。

历来解此诗者多认为其有寄托。如元刘履曰："'君'谓晋君……靖节见几而作，由建威参军即求为彭泽令，未几赋归。及晋、宋易代之后，终身不仕，岂在朝诸亲旧或有讽劝之者，故作此诗以寄意欤？"❶清陈沆称此诗为"有晋征士之《哀郢》也。"❷陈龙正认为此诗只是一篇情词，无甚寄托，给以绵婉之评价。可备一说。

---

❶ 《古典文学研究资料汇编·陶渊明卷》（下），第 222 页。
❷ 《古典文学研究资料汇编·陶渊明卷》（下），第 224 页。

钟、谭二氏诗学师古与师心并重，讲究"灵"与"厚"的融合，重情亦重理，情、理互渗。关于竟陵派"厚"的涵义，邬国平先生认为包括三点：体现温柔敦厚、主文谲谏的儒家诗教；能把真挚深厚的感情和丰富充实的内容浑然融为一体，使诗歌具有无穷的兴味和较强的内聚力；具有言简意赅、语短义丰的艺术特色。❶第一点主要是针对竟陵派诗学的儒家诗教而言，下节再论，后两点则主要针对竟陵派诗歌风格论而言的，本节论述。

以"厚"为标准，钟惺认为苏轼对陶诗"外枯中腴"的评价还是没有体会到陶诗的本质——"厚"。他在《古诗归》卷九开篇总评陶诗曰：

> 坡公谓陶诗外枯中腴，似未读储光羲、王昌龄古诗耳。储、王古诗极深厚处，方能仿佛陶诗。知此，则"枯""腴"二字俱说不着矣。古人论诗文曰朴茂，曰清深，曰雄浑，曰积厚流光，不朴不茂，不深不清，不浑不雄，不厚不光。了此可读陶诗。❷

钟惺以"厚"评陶，主要着眼于陶诗的艺术风格。我们知道，陶诗之美在很大程度上表现为人格化的审美，看似平淡无奇、以散缓之语气道来的诗句中往往包藏着幽厚的内在，这是陶渊明高超的作诗能力所致。钟、谭在评价陶诗过程中，能颇具眼力地指出陶诗简淡质朴中的幽厚之气。如钟惺评《归园田居》曰："幽厚之气，有似乐府。"❸陶渊明《归园田居》描写了令人难忘的田园风光，这是有目共睹的。远村炊烟，狗吠深巷，鸡鸣树颠，种豆南山，草盛豆稀，这些田园美景是真实存在的，但诗中也还借此表达了作者"复得返自然"的解脱，还有"晨兴理荒秽，戴月荷锄归"的辛劳等内在意蕴。钟惺"有似乐府"的评价，当是看透了此诗幽厚意蕴之所在。如此之评价，在《古诗归》卷九中处处皆是。如钟评《与殷晋安别》曰："陶公于物有简处，无傲处，只是一厚

---

❶　邬国平《竟陵派与明代文学批评》，上海古籍出版社 2004 年版，第 100 页。

❷　（明）钟惺、谭元春《诗归·古诗归》卷九，第 168 页。

❸　（明）钟惺、谭元春《诗归·古诗归》卷九，第 176 页。

字。古今傲人终浅。"❶ 钟评《癸卯岁始春怀古田舍》曰:"幽生于朴,清出于老,高本于厚,逸原于细。"❷ 谭评《时运》曰:"温甚,厚甚。"❸ 钟评《拟古二首》曰:"二诗皆叹交道衰薄,朋友不足倚赖。然寓意立言,感慨深厚。"❹ 如此等等,不一而足。上述钟、谭所谓"厚"主要从陶诗语言之浑厚,风格之幽厚,情感之深厚论述之。从钟、谭对陶诗影响下的储光羲、王昌龄等人诗歌的评价,亦可反观他们对陶诗之"厚"的深刻领悟。钟惺总评王昌龄诗曰:"人知王孟出于陶,不知细读储光羲及王昌龄诗,深厚处益见陶诗渊源脉络。善学陶者宁从二公人,莫从王孟入。"❺ 韦应物诗也多受陶诗影响,钟惺评韦应物的诗也多言"厚"。如评《观田家》"方惭不耕者,禄食出闾里"说"'惭'字入得厚。"❻评《答畅校书当》曰:"亦以其气韵淳古处似陶,不在效其清响。"对诗中"且忻百谷成,仰叹造化工"二句只着一"厚"字评之。❼

前文所引黄文焕《陶诗析义》序言中对古今以平淡论陶表示不满,也表现出黄氏对陶诗风格评价力求出新的观点。他采以练句练章的具体分析法论陶,认为陶诗字字奇奥,章法分合隐现,前后照应而又险峭多端,只有这样,才能得陶诗艺术之真谛。钟优民先生说:"所谓'练句练章'即为诗篇驱词遣字和章法结构的剖析,以见其造句之工、谋篇之巧。"❽ 具体来讲,"奇奥"之"奇"盖指陶诗用字用词之奇特,"奥"则为奇字奇词所表达出的深远涵义。黄文焕在对陶诗具体析义时,有时单指出诗中所用奇字,有时则连奇字所表达的深刻涵义也一并指出。此其一。其二,黄氏所谓奇奥,还兼指陶诗章法之勾连,他认为,陶诗在具体行文中善于使各章之间勾连起来,形成一个完整的体系,这

---

❶ (明)钟惺、谭元春《诗归·古诗归》卷九,第 173 页。

❷ (明)钟惺、谭元春《诗归·古诗归》卷九,第 178 页。

❸ (明)钟惺、谭元春《诗归·古诗归》卷九,第 168 页。

❹ (明)钟惺、谭元春《诗归·古诗归》卷九,第 183 页。

❺ (明)钟惺、谭元春《诗归·唐诗归》卷十一,第 206 页。

❻ (明)钟惺、谭元春《诗归·唐诗归》卷二十六,第 525 页。

❼ (明)钟惺、谭元春《诗归·唐诗归》卷二十六,第 524 页。

❽ 钟优民《陶学发展史》,吉林教育出版社 2000 年版,第 191–192 页。

样便会使诗歌章法结构不再显得那么平淡，而表现出诗歌深远的意境来。对陶诗风格从章法结构上进行探究，发前人所未发，是黄氏论陶的一大创见。

三、对陶渊明儒家气象的评点

陶渊明思想较为复杂，其中儒、道两家思想较重，往哲时贤对渊明儒、道思想孰多孰少问题争论不休，本文不纠结于此。笔者认为，儒、道两家思想已完全融合在渊明一人身上。苏轼对此曾有较为准确的概括，他在《书渊明饮酒诗后》一文中说："《饮酒》诗云：'客养千金方，临化消其宝'。宝不过躯，躯化则宝亡矣。人言靖节不知道，吾不信也。"❶ 苏轼所谓"道"，盖指中国古代士人所提倡的对生死、祸福、穷达等问题的通达认识，就是儒、道思想并提的。至南宋真德秀、明初台阁诸子、安磐等人始充分认识到陶诗的儒学宗旨。如安磐说："陶渊明诗，冲澹深粹，出于自然，人皆知之；至其有志圣贤之学，人或不能知也。……予谓：汉魏以来，知遵孔子而有志于圣贤之学者，渊明也。故表而出之。"❷ 安磐等人所论是有根据的。陶渊明生活的时代，虽然玄学思想弥漫于世，但儒家经学思想还是保持着一贯的发展态势。《晋书·儒林传》在论述江州儒学情况时，曰："范宣字宣子，陈留人也。年十岁，能诵《诗》《书》。……少尚隐遁，加以好学，手不释卷，以夜继日，遂博综众书，尤善《三礼》。……家于豫章，太守殷羡见宣茅茨不完，欲为改宅，宣固辞之。……宣虽闲居屡空，常以读诵为业。谯国戴逵等皆闻风宗仰，自远而至，讽诵之声，有若齐鲁。太元中，顺阳范宁为豫章太守，宁亦儒博通综，在郡立乡校，教授恒数百人。由是江州人士并好经学，化二范之风也。"❸ 二范化育，江州人士并好经学。陶渊明与之同时代，必定受江州经学繁荣的影响。陶渊明早年又生活在一个贵族

❶ （宋）苏轼《苏轼全集》，上海古籍出版社 2000 年版，第 2125 页。

❷ （明）安磐《颐山诗话》，周维德集校《全明诗话》本，齐鲁书社 2005 年版，第 816–817 页。

❸ （唐）房玄龄等撰《晋书》卷九十一，中华书局 1976 年版，第 2360 页。

家庭中，《诗》《书》等六经的儒家教育必不可少。陶渊明后来说自己"少年罕人事，游好在六经"（《饮酒》其十六）、"总角闻道，白首无成"（《荣木》），是有事实根据的。

明代晚期，社会政治败坏，国家走向衰亡。此时期正直士人皆能保持民族气节，本章所论晚明陶诗评点诸家亦是如此。黄文焕曾与黄道周、叶廷秀一起讲学。黄道周正言直行，弹劾朝中重臣杨嗣昌、陈新甲等，遭权臣陷害，加之其直言敢谏，奏对失旨而触怒崇祯帝，被以"党邪乱政" ❶ 罪下狱，黄文焕因牵连亦下狱。黄文焕在狱中著《陶诗析义》四卷，盖借陶诗与楚辞以抒己之忧愤，表现了其正直的士人品格。黄文焕在狱中近一年，被释后乞身归里，寓居金陵，卜筑钟山之畔。入清，洪承畴曾举荐之，不应，表现出一个文人应有的民族气节。他本身就是一个儒者，自幼好学笃行，后入《永泰县志》之《儒林传》，其所著述也多儒家经典注释。陈龙正为明崇祯七年（1634）进士，清顺治二年（1645）六月，清军攻陷南京后，他绝食而死，亦表现出高尚的民族气节。张自烈为明清之际著名学者，具有敦忠孝、黜声利、不合于世的鲜明个性。崇祯六年（1633）加入复社，与复社成员交往甚密，后成为复社七子之一。明亡，隐居庐山，累征不就。因此，晚明陶诗评点诸家皆能注意对陶渊明儒家气象的评点与阐释。

黄文焕《陶诗析义》自序曰："若夫理学标宗，圣贤自任，重华、孔子，耿耿不忘，六籍无亲，悠悠生叹，汉魏诸诗，谁及此解？斯则靖节之品位，竟当俎豆于孔庑之间，弥朽而弥高者也。"（卷首）黄氏指出，陶渊明能够在玄风甚炽的东晋时代，圣贤自任，以重华、孔子为人格之榜样，保持一个儒者的形象。在《陶诗析义》的具体阐释中，黄文焕较为深刻地揭示出陶渊明的儒者情怀，对陶诗的儒家宗旨，进行了广泛的释读与揭示，无论广度还是深度都超越了之前任何一家。如评《饮酒》其二十"汲汲鲁中叟，弥缝使其淳"曰："'弥缝'二字，道尽孔子苦心。决裂多端，补绽费手。"评"区区诸老翁，为

---

❶ （清）张廷玉等《明史》卷二百五十五，中华书局1974年版，第6599页。

事诚殷勤"二句曰："'区区'二字有斟酌，是故不敢与孔子并，然用力亦劳矣。"黄文焕认为，陶渊明俨然以孔子自我标榜，并引弟子沃仪仲之言曰："'举世少复真'，开口愤世，到末却又自恨多谬误，我亦未能复真也。以圣贤自勖自愧，此近里着己之言，宋儒谓汉、魏以降无此人，信然。"（卷三）黄氏在析义《咏贫士》时，曾指出陶渊明以孔子、舜为贫士两大榜样，他说："贫士多列古人，初首叹今世之无知音，后六首追古人之有同调。志趣所宗，以受厄陈蔡之孔氏，耕稼陶渔之重华，立贫士两大榜样，此是何等地步。"（卷四）孔子、重华岂非只为古之贫士榜样，亦是陶渊明的榜样，他一再于诗中称扬之，"豫章抗高门，重华固灵坟"（《述酒》）、"重华去我久，贫士世相寻"（《咏贫士》其三）"舜既躬耕，禹亦稼穑"（《劝农》）、"先师有遗训，忧道不忧贫。瞻望邈难逮，转欲志长勤"（《癸卯岁始春怀古田舍二首》其二）。

在陶渊明的哲理诗中，黄文焕也能发现陶诗的儒家气象，如评《神释》曰：

> 文心已穷，无可出奇，轻视生死，亦是道家口中恒套，却于"不惧"上拈出"不喜"，"宜委"上拈出"甚念"，居然儒者俟命真谛，意味无尽。（卷一）

黄文焕评《命子》"淡焉虚止"云："虚处可以着脚，则无往而不得所止矣。淡者，蹈虚之津梁也。情一浓而随波逐浪，岂复有驻足之时哉？理学名言。"（卷一）只一诗句，便能体会"淡焉虚止"为理学名言，可谓理解之深刻。

黄文焕从陶渊明的躬耕生活中，体会其保全节义身名之思想。评《癸卯岁始春怀古田舍二首》（其一）"即理愧通识，所保讵乃浅"二句曰："往田舍乃着此阔论作结。躬耕之内，节义身名，皆可以自全，纵不能为颜子，不失为丈人。"（卷三）躬耕可以保全节义身名，纵然不能为颜渊一样，也与古之隐逸之丈人相似，肯定了陶渊明躬耕生活的价值所在。

陈龙正的陶诗评点也着重于对陶渊明儒家气象的揭示。熊开元《陈几亭先生全书序》说陈龙正："学术一准于考亭、正叔。"❶指出其学术以程朱理学为宗。陈氏又得东林党首高攀龙真学，因此，其诗学思想以崇道经世为主。他在《学陶有法》中说：

> 闻渊明之风者，浊夫洁，躁夫闲，闲洁是善学陶也。若学其饮酒，于陶何与？又渊明有二事：送钱二万，尽与酒家；以巾漉酒，还自着之。因大节质行，并成高致，不碍其为陶也，岂以此成陶？而不善观古人者，每每称之，使渊明生无大节，死不蝉蜕，此二事直世俗不善治生、不守德隅者耳。今有人焉，不孝不弟，不信不敬，独于泉石鱼鸟间，时见悠然之态。使果出肺腑，其与春风咏归，固自霄壤也，宁云高致幽韵，足参上流赏列耶。❷

陈龙正指出，陶渊明之风对世人的道德教化作用，认为渊明之风可以使浊夫洁，躁夫闲，学陶不应只学其饮酒。批评当时人虽"不孝不弟，不信不敬"，却有悠然之态的虚伪。这主要是从传统儒家思想认识陶渊明对后人的教化作用。陈龙正生当明末，对其时社会政治的危机以及由此带来的世风日下的不良习气皆有较多的批评。"每见士大夫卑孔孟、薄六经，未见僧家非佛祖、笑菩萨，是士大夫之智反不如僧也。"❸"士子闭户者有之，居官不奔趋、不酣乐，林下不求田问舍、不骄侈逸游，十不得一矣。"❹此类批评与其在《学陶有法》中对那些只见泉石鱼鸟、悠然作态者的批评是一致的。陈龙正论诗强调主道说，他在《高子遗书序例》中有明确的表达，他说："言志陶情，莫先于诗，《三百》而下，诗人不知道，有道之士不工诗，亦精孟子以从，余业分岐，治学者忘身心，而学道者遗世务也。"❺其《借竹楼诗序》又说："学不以贯诗，不足以言学；

---

❶ （明）陈龙正《几亭全书》卷首，四库禁毁书丛刊本
❷ （明）陈龙正《几亭外书》卷二，续修四库全书本。
❸ （明）陈龙正《士不如僧》，《几亭外书》卷二。
❹ （明）陈龙正《无事可为之害》，《几亭外书》卷二。
❺ （明）陈龙正《几亭全书》卷五十三。

诗不以贯政，不足以古诗。况诵诗则达政，政固诗中事也。"❶ 陈龙正上述论述强调了诗歌抒情言志的功能，他认为诗歌要以道德、学问为根基，强调诗歌与政事的紧密关系。因此，陈龙正评点陶诗，认为陶诗"不可以声色求，不必以意味索"，主要还是着重于陶渊明的儒家思想。他在《陶诗衍序例》中说：

> 陶诗不可以声色求也，不必以意味索也。其有声也为亮节，如风鹤云鸿，不以炼响得也。其色为素采，如积雪之有光，不以点染紫碧或也。其意味，则至情或流焉，近事或感焉，卓创而自然，夷质而难诣，悬镜花于千载之上，望水月于千载之下，知是，始足与观陶也已矣。❷

认为陶诗不必以声色、意味求索，其有声也即是亮节，其意味也即为至情。认为陶诗是渊明之道德修养以及其至情自胸中自然流出，卓创自然，夷质难诣。

前文指出，钟、谭评陶以"厚"为标准，邬国平先生指出"厚"的第一个特点就是体现了温柔敦厚、主文谲谏的儒家诗教。由此可见，钟、谭评陶之"厚"亦指陶渊明人格之淳厚，指出渊明受儒家思想影响所形成的敦厚的道德境界。谭元春评《荣木》"匪道曷依？匪善奚敦"二句曰："真是六经胸中。"❸ 实是看出陶渊明受儒家影响之深。谭元春评《与殷晋安》"游好非久长，一遇尽殷勤"二句云："读此知渊明接物，非一概疏简。"❹ 指出渊明待人接物的谨慎特点来。钟惺对此有较为详细的议论，他说："人知陶公高逸，读《荣木》《劝农》《命子》诸四言，竟是一小心翼翼，温慎忧勤之人。东晋放达，少此一段原委，公实补之。"❺ 钟氏认为，在东晋这个士人普遍放达的朝代，陶渊明能够表现得小心翼翼，温慎忧勤，突破了人人所知陶公高逸的一面。谭元春评《乞食》"衔

---

❶ （明）陈龙正《几亭全书》卷五十六。
❷ （明）陈龙正《陶诗衍》上卷。
❸ （明）钟惺、谭元春《诗归·古诗归》卷九，第169页。
❹ （明）钟惺、谭元春《诗归·古诗归》卷九，第173页。
❺ （明）钟惺、谭元春《诗归·古诗归》卷九，第170页。

戡知何谢？冥报以相贻"曰："是厚道，不是卑鄙。" ❶ 也是从陶渊明的儒家思想方面进行考虑的。钟、谭二氏深入陶渊明之内在儒家心性，着重于对陶诗情感深度的开掘。此论陶方法也得后人所看重，赵士喆在《石室谈诗》中就曾说："陶诗不多，吾不难其选，而难其评。其不满子瞻外枯中腴之言，而直以'厚'之一字尽之，可谓卓识。"这也是赵士喆一直认为钟惺"所评往往出人意表" ❷ 的一个表现吧。

四、结语

除此之外，晚明陶诗评点诸家还善于通过陶诗评点批评其时败坏的社会风气，如前文所引陈龙正《学陶有法》中对时人"不孝不弟，不信不敬"而故作悠然之态的批判。又如张自烈评渊明《乞食》诗说：

> 今世并无有如渊明之乞食者，稍有聪明力量，便劫积赀财，如南面百城，何等雄豪！渊明乞食，正放倒一生，为后世达人说法，意味劫掠多财，不如守贫乞食也。今人闻此事，必大笑渊明作痴儿矣。（卷二）

关于陶渊明《乞食》诗，历来评论较多，大都只是就诗论诗，较少以之论当世之事。张自烈认为当世再无如渊明乞食者，稍有聪明力量者，便大肆劫积赀财，渊明乞食事被他们视为笑柄。又如评陶渊明《饮酒》其十八云"子云性嗜酒，家贫无由得。时赖好事人，载醪祛所惑"，说："如此好事人不多得，今人则计较田舍耳。人或不解，良可悲也。"（卷三）指出当时热爱读书者少，计较田舍者多。

综上所述，明代之前的陶诗批评，多属批评者随意性的直观印象概括，而明人却能对陶诗的字句、内蕴、风格、表现手法以及陶渊明的思想等各方面，

---

❶ （明）钟惺、谭元春《诗归·古诗归》卷九，第176页。
❷ （明）赵士喆《石室谈诗》，周维德集校《全明诗话》本，第5152页。

作较为深入的探究，这在晚明时期陶诗评点中表现极为突出。钟惺与谭元春的《古诗归》、陈龙正的《陶诗衍》、黄文焕的《陶诗析义》以及张自烈的《笺注陶渊明集》等，均显示出此时期陶诗批评的成就。他们改变了以往陶诗批评的笼统性而趋向细致化，对陶诗章句、风格以及陶诗中渊明的儒家气象作了较为准确而细化的评点，表现出明代陶诗接受与批评史上的新趋向。

第六节　明清之际文人陶诗接受——以张岱为中心

明清易代之际，天崩地解。由于是异族入侵秉政，汉族士人们所处的社会政治环境更为恶劣。明末清初大儒顾炎武曾深有体会地说："避世之难，未有甚于今日。"❶黄宗羲将明遗民所处之清初与陶渊明所处刘宋作对比，指出了明遗民所处环境的艰难，他说："靖节所处之时，葛巾篮舆，无钳市之恐，较之今日，似为差易。"❷在这样艰难的环境下，大多数明遗民依然保持着不仕新朝的民族气节，他们野服归隐，自疏于世，以历史上的遗民为榜样，如商周之际的伯夷、叔齐兄弟，晋宋之际的陶渊明，宋元之际的郑思肖、谢翱等人常出现在他们的诗文中，成为他们固定的书写对象。在上述遗民中，陶渊明因了其诗歌的影响以及耻事二姓的高节，颇受明遗民的喜爱与赞赏。明遗民中自比陶潜者甚多，大儒黄宗羲即"戈戈自附于晋之处士"❸。黄氏不独自比，亦以之比人，其即比郑平子为渊明，"渊明元嘉，晋亡已九年，朱子犹书晋处士，是典午一星之火，寄之渊明之一身也。……江湖憔悴，星火之寄，殆将无人，非先生而谁乎？"❹对于此种情况，钱谦益曾有"陶渊明一夕满人间"❺之讥讽，但这正说明了当时

---

❶ （清）顾炎武《答李紫澜书》，《顾亭林诗文集》，中华书局1983年版，第64页。

❷ （清）黄宗羲《余若水周唯一两先生墓志铭》，《黄宗羲全集》第十册，浙江古籍出版社2005年版，第277页。

❸ （清）黄宗羲《兵部左侍郎苍水张公墓志铭》，《黄宗羲全集》第十册，第286页。

❹ （清）黄宗羲《宪副郑平子先生七十寿序》，《黄宗羲全集》第十册，第670页。

❺ （清）钱谦益《陶庐记》，《牧斋有学集》卷二十六，四部丛刊初编本。

明遗民对陶渊明及其诗歌的接受与喜爱。

　　明清之际文人们对陶诗的喜爱主要表现在和陶诗人多、和陶诗数量大等方面。赓和陶诗从明初以来，一直是明代士人陶诗接受的主要方式。明清鼎革之际，大批汉族文人大都痛心明王朝的覆灭，他们隐居山野，和陶成为他们表达亡国之痛的一种方式，也是他们在明清易代之际保持或标榜如陶公般高尚节义的特殊方式。❶

　　关于明遗民和陶诗人数量，李剑锋《明遗民对陶渊明的接受》一文，据《明代千遗民诗咏》《明遗民诗》《明诗纪事》《清诗纪事初编》及《明遗民录汇辑》等书统计，认为和陶作者有黄淳耀、顾梦游、王翚、戴重、邢昉、张煌言、姜垓、周灿、钱澄之、王夫之、释大错（钱邦芑）、顾有孝、潘柽章、李世熊、傅山、归昌世、颜栖筼、吴肃公、杜于皇、高承埏，谢镗等二十几家。❷张清河《明清之际江南陶诗接受与诗风流变》一文指出，除了李剑锋所提到的和陶诸家外，明遗民中和陶者还有蔡安仲、周金然、朱之左、冯泌、顾易、魏学渭、释弘济、庄祖谊、费逝、张鸣凯、谢晋、廖岂偶、李文焕、徐安世、卞焕文、曹廷杰、吕天遗、谢德宏、吴重晖等人，并进而推测："'和陶'遗民不下五十人，约占史籍所载一千遗民诗人总数的二十分之一。"❸张文所言二十分之一的说法不确，史籍所载明遗民不止千人。张其淦撰《明代千遗民诗咏》凡例称："诗咏共得明遗民一千九百余人，只称明代千遗民者，举其成数也。"❹如此说来，明遗民中有和陶诗者大概占其总数的四十分之一，这也是不小的比率。

---

❶　当然，也不排除有的名士借和陶以抒发无病呻吟之低叹，这已流入和陶之末流了，毫无真情可言。顾炎武对此有过尖锐的批评，他说："末世人情弥巧，文而不惭，固有朝赋《采薇》之篇，而夕有捧檄之喜者。……栗里之征士，淡然若忘于世，而感愤之怀有时不能自止，而微见其情者，真也。其汲汲于自表暴而为言者，伪也。"（见顾炎武著，黄汝成集释，栾保群、吕宗力校点《日知录校释》卷十九《文辞欺人》条，岳麓书社1994年版，第1095页）

❷　李剑锋《明遗民对陶渊明的接受》，《山东大学学报》（哲社版），2010年第1期。

❸　张清河《明清之际江南陶诗接受与诗风流变》，《河南师范大学学报》（哲社版），2013年第2期。

❹　（清）张其淦撰、祁正注《明代千遗民诗咏》，《清代传记丛刊》第66册，台湾明文书局1985年版，第11页。

大多数明遗民保持了高尚的民族节操，他们在明清鼎革之际及入清后，多有不仕、隐居、为僧、赴死者。检卓尔堪《遗民诗》及钱仲联主编《清诗纪事》（明遗民卷）可知，入清不仕者居多，如伍瑞隆、姚康、顾梦麟、张镜心、王潢、王时敏、萧云从、黄翼圣、王范、傅鼎铨、陈宏绪、王猷定、谢泰宗、赵士春、顾梦游、陶汝鼐、冯班等。隐居不出者亦较多，如李确、杨廷枢、顾咸正、杨补、李清、金俊明、许楚、李盘、徐开任等。蒋臣、陈洪绶、熊开元、姚思孝、薛寀等入清则削发为僧。吴钟峦自舟山师溃后，自焚死；岭南邝露于清兵下广州时，抱琴赴水死；华允诚明亡后，以不肯薙发死。上述和陶作者中，大多为爱国志士，他们和陶在很大程度上继承了陶渊明忠于晋室的节义。兹举几例如下：

高承埏（1603—1648），字寓公，浙江秀水（今浙江嘉兴）人。崇祯十三年（1640年）进士，知迁安，后知宝坻、泾县，因抗清有功，擢工部主事。高氏具有强烈的民族气节，钱谦益说其"遭乙酉之变，痛愤不欲生，念太夫人春秋高，终鲜兄弟，未能即自引决"。史可法殉国，高氏即欲自决。明亡归隐，拒不仕清，撰有《崇祯忠节录》32卷，表现其守节之志。另有《稽古堂集》等。其《病中述志》即言："和陶书甲子，吊屈赋庚寅。唯将前进士，惨澹表孤坟。"❶

黄淳耀（1605—1645），字蕴生，嘉定（今属上海）人。为诸生时，"名士争务声利，独淡漠自甘，不事征逐。"崇祯十六年（1643）进士，"归益研经籍，缊袍粝食，萧然一室。京师陷，福王立南都，诸进士悉授官，淳耀独不赴选。及南都亡，嘉定亦破。忾然太息，偕弟渊耀入僧舍，将自尽。僧曰：'公未服官，可无死。'淳耀曰：'城亡与亡，岂以出处二心。'……遂与渊耀相对缢死，年四十有一。"❷ 表现了其刚正的爱国操守。黄淳耀《陶庵全集》卷十录有其和陶诗103首，大都表达其固穷守节、坚守节操之高洁品格。如《和咏三良》：

---

❶ （清）钱谦益《高寓公稽古堂诗集序》，《牧斋有学集》卷十六，四部丛刊初编本。

❷ （清）张廷玉等《明史》卷二百五十八《黄淳耀传》，第7258页。

忠臣死社稷，忽若鸿毛遗。不闻弃发肤，下荐蝼蚁微。堂堂百夫特，杀身奉恩私。清血沾便房，游魂依缧帷。小节亦何有，君德良已亏。不见蹇叔徒，黄发各有归。苍然墓木拱，死岂忘塞违。遗风既已黩，容悦更相希。诈泣与佞哀，生作牛山悲。吾诚爱吾鼎，不愿衣人衣。❶

钱秉镫（1612—1693），字幼光，后更名澄之，字饮光，安徽桐城人。明末清初，为复兴南明，在福王、唐王、桂王间辗转奔走，后见事无可为，遂归隐田间，有《田间集》。此集中多有效陶之作，如《仿陶渊明归鸟四章》《仿陶渊明饮酒诗十二首》《田间杂诗》等。兹举其一首《田园杂诗》：

仲春遘时雨，既雨旋亦晴。百草吐生意，众鸟喧新声。纷纷群动出，各各有其营。孰是形骸具，而怀安居情。秉耒赴田皋，叱牛出柴荆。未耕非素习，用力多不精。老农悯我拙，解轭为我耕。教以驾驭法，使我牛肯行。置酒谢老农，愿言俟秋成。❷

钱秉镫的这些诗歌既描写了农村田园生活，又突出表现了自身的民族气节。清人朱彝尊说："昔贤评陶元亮诗云：'心存忠义，地处贤逸，情真景真、事真意真。'《田间》一集，庶几其近之。"❸沈德潜等《明诗别裁集》所选钱氏诗歌，亦专注于其效陶诗，选有《效渊明饮酒诗》一首，《田园杂诗》六首，评之曰："幼光自抒情性，无意工诗，五言似陶公，亦在神理，不在字句。"❹陈田也指出"《田间》五古拟柴桑"❺之特点。

在明清鼎革之际和陶诸家中，张岱的和陶诗显得特为突出，我们意欲通过对其进行较为细致的分析，以窥探明遗民和陶诗的大概情况。

---

❶（明）黄淳耀《陶庵全集》卷十，文渊阁四库全书本。

❷（明）钱秉镫《田间诗集》卷八，四库禁毁书丛刊本。

❸（清）朱彝尊《静志居诗话》卷二十二《钱秉镫》，人民文学出版社1990年版，第671页。

❹（清）沈德潜、周准编《明诗别裁集》卷十一，上海古籍出版社1979年版，第298页。

❺（清）陈田《明诗纪事》辛签卷十，续修四库全书本。

张岱（1597—1680）❶，字宗子，又字石公，号陶庵、晚号蝶庵，山阴人。入清不仕，山居著书以终。著有《琅嬛文集》《陶庵梦忆》《西湖梦寻》《夜航船》等著作。

张岱出身山阴望族，高祖张天复、曾祖张元忭、祖父张汝霖皆为进士。青年时期的张岱与好友祁彪佳、陈洪绶等人过着灯红酒绿的繁华生活。张岱《自为墓志铭》云："少为纨绔子弟，极爱繁华，好精舍，好美婢，好娈童，好鲜衣，好美食，好骏马，好华灯，好烟火，好梨园，好鼓吹，好古董，好花鸟，兼以茶淫橘虐，书蠹诗魔。"但明末天翻地覆的社会巨变，改变了这位纨绔子弟的生活轨迹，使其不能再沉醉于繁华大梦，"劳碌半生，皆成梦幻，年至五十，国破家亡，避迹山居。"❷清兵攻占杭州，其好友祁彪佳自沉殉国，张岱亦效之而去，作《和祁世培绝命辞》云："臣志欲补天，到手石自碎。麦秀在故宫，见之裂五内。岂无松柏心，岁寒奄忽至。烈女与忠臣，事一不事二。掩袭知不久，而有破竹势。余曾细细想，一死诚不易。太上不辱身，其次不降志。十五年后死，迟早应不异。愿为田子春，臣节亦罔替。但得留发肤，家国总勿计。牵犊入徐无，别自有天地。"❸但张岱因其《石匮书》未完而终未能随祁彪佳而去。❹面对国破家亡、家产殆尽的苦况，张岱毅然选择归隐，从事躬耕生活，担粪、养鱼、养蚕等无所不试。

由于时代与社会思潮的原因，晚明文人和陶宗陶成风，以陶庵为号者亦不在少数，归子慕、周亮工、黄淳耀等皆号陶庵，张岱亦号陶庵。在晚明和陶的诸家中，张岱和陶较为突出。清人沈复粲钞本《琅嬛文集》据《张子诗秕》收

---

❶　张岱卒年据胡益民《张岱研究》下编第八章的有关考证，安徽教育出版社 2002 年版。

❷　（明）张岱著，夏咸淳辑校《张岱诗文集·文集》卷五，上海古籍出版社 2014 年版，第 373 页。

❸　（明）张岱《张岱诗文集·诗集》卷二，第 51 页。

❹　张岱《梦忆序》云："陶庵国破家亡，无所归止，披发入山，骎骎为野人。故旧见之，如毒药猛兽，愕窒不敢与接。作自挽诗，每欲引决，因《石匮书》未成，尚视息人世。"（《张岱文集》卷一，第 195 页）《和挽歌辞》三首其一亦云："我死备千辛，世界全不觉。千秋万岁后，岂遂无荣辱？但恨《石匮书》，此身修不足。"（《张岱诗集》卷二，第 31 页）

录了张岱于明亡后所作和陶诗 12 首，即《和贫士》7 首、《和述酒》《和有会而作》以及《和挽歌辞》3 首。今人夏咸淳辑校《张岱诗文集》除收录上述 12 首外，还从上海图书馆藏手稿本《张岱评东坡和陶集》中辑录张岱和陶诗凡 44 首。而复旦大学张海新在其博士论文《张岱及其诗文研究》❶ 中指出，上图藏该清抄本《和陶集》有张岱和陶诗 43 首，该论文附录四《〈和陶集〉中的 43 首张岱诗作》，漏收《和酬丁柴桑》1 首。李剑锋《张岱和陶诗辑佚与研究》❷ 一文又指出上海图书馆藏清抄本张岱评苏东坡《和陶集》一册，其中尚有张岱和陶诗 16 题 28 首。张岱在其和诗之前有一小序，明言其和陶为"借题追和"，意即追和苏轼和陶诗。该序云：

> 子瞻喜彭泽诗，必欲和尽乃已，不知《荣木》等篇，何以尚遗什分之二。会余山居无事，借题追和，已尽其数。子瞻云，古人无追和古人者，追和古人自子瞻始。乃今五百年后，又有追和古人者，为之拾遗补缺，子瞻见之，得不掀髯一笑。❸

序文指出，张岱山居无事，追和苏轼未和之陶诗，是在"拾遗补缺"。张岱对自己的和陶诗应较为满意，想象苏轼见之应"掀髯一笑"。上海图书馆藏张岱和陶诗 16 题 44 首依次为：《和荣木》4 首、《和赠长沙公》4 首、《和酬丁柴桑》2 首、《和命子》10 首、《和归鸟》4 首、《和周家墓柏下》1 首、《和悲从弟仲德》1 首《和五月中都还规林阻风》2 首《和七月还江陵夜行途中》1 首、《和与从弟敬远》1 首、《和六月遇火》1 首、《和述酒》1 首、《和责子》1 首、《和有会而作》1 首、《和腊日》1 首、《和读史述九章》9 首。加之《琅嬛文集》中的 12 首和陶诗，张岱现共有和陶诗 56 首。❹

---

❶　张海新《张岱及其诗文研究》，复旦大学博士论文，2011 年。
❷　李剑锋《张岱和陶诗辑佚与研究》，《文献》2011 年第 1 期。
❸　（明）张岱《张岱诗文集·诗集补遗》，第 152 页。
❹　《沈复粲钞本琅嬛文集》与上图藏和陶诗中皆有《和述酒》与《和有会而作》，但二本所收二诗内容不同。

张岱宗陶因其所处时代背景以及其自身身世的前后变化，可以分为前后两个时期。前期的张岱生活优渥，轻裘肥马，其对陶渊明的理解及接受主要表现在对陶渊明风雅的仰慕以及对其淡泊、超俗田园生活的向往。张岱《述史十四章》吟咏陶渊明云：

> 有晋高士，柴桑陶潜。荷锄带月，植杖听泉。瓶则缺粟，琴亦无弦。诏客且去，我醉欲眠。❶

对陶渊明之风雅表现出极为仰慕的心情。上海图书馆藏清抄本《和读史述九章》（其六）同样表现了对陶渊明的仰慕之情，诗云：

> 有晋征士，柴桑陶潜。庭栽五柳，环堵萧然。醉不在酒，琴亦无弦。北窗高卧，无怀葛天。❷

两首诗歌结构相同，表达的感情也极为相似。通过对陶渊明日常生活的描述，表现了对陶氏高逸生活与君子固穷性格的仰慕之情。张岱前期生活优裕，也向往淡泊超脱的生活。张岱《和荣木》诗前小序称自己："卜筑郊圻，偶事耕凿，三十不遇，不得不言田舍也。"三十而不遇，不能登"天子堂"，故云"不得不言田舍也"，可见，张岱在早年就表现出对陶渊明弃官归隐的向往。《和荣木》诗云：

> 嗟我蓬庐，澹焉守兹。晨曦在门，夕霞俟之。
> 草荣木衰，自志其时。弹琴晤歌，中心晏而。
>
> 世途奔走，吾抉其根。欣美不作，感慨何存。
> 老妻作食，稚子候门。诗书宿好，宿好是敦。

---

❶ （明）张岱《张岱诗文集·诗集》卷一，第8页。
❷ （明）张岱《张岱诗文集·诗集补遗》，第163页。

> 嗟余畸人，安此侧陋。书惟好古，交不忘旧。
> 瓶粟常空，缃帙日富。稻孙木奴，素餐不疚。
>
> 祖父贻谋，余敢云坠。世路坎坷，岂不足畏。
> 志在千里，伏枥老骥。争粟田间，鸡兔同至。❶

作者言世路坎坷，人到中年仍科举不顺，便思想澹然，守蓬庐、迎晨曦、待夕霞、好古书、念旧友，有老妻、稚子作伴，虽瓶粟常空，但素餐不疚，其效陶公归隐之意非常明显。此诗为张岱早年和陶之佳作，从诗意到诗风都颇得陶诗真髓。

上海图书馆藏清抄本中有张岱《和有会而作》一诗，诗前有小序云："炉峰山趾，筑室数盈，汲寒溪水，爨九里松，童子作食，澹然自饱。闲摊书卷，倦枕石头，静阒之极，觉松涛溪濑聒耳可憎，夕掩荆门，古壑孤藤，佛灯一盏，万念俱堕，不知身之在何境也。近在尘途，梦寐寻往，和柴桑韵，追记之。"序文描写于炉峰之下筑室数间，饮山间泉水，爨九里松木，食饱摊书，倦而枕石。作者于此环境下，所有世俗之事全然放下，故追和柴桑诗韵。诗云：

> 山中无俗事，粗粝可充饥。涧下青荠嫩，坡前笋蕨肥。不藉松为饭，无劳薜作衣。兰亭去感慨，彭泽无伤悲。不求今日是，不知昔日非。孤藤悬夜壑，四大空如遗。一念既不住，万念复何归。自到移情处，成连安足师。❷

该诗写山居无事，粗粝亦可充饥，山涧之下荠菜青嫩，坡前笋蕨肥美。"不求今日是，不知昔日非"，不减陶渊明"觉今是而昨非"之超脱，表达了张岱以渊明为师之心情。陶公居田园，宗子居山间，一如也。此类和陶诗还有《和五月都还规林阻风》二首，诗云：

---

❶ （明）张岱《张岱诗文集·诗集补遗》，第152—153页。
❷ （明）张岱《张岱诗文集·诗集补遗》，第162页。

何来巨灵斧，开此洪荒居。劫火烧残砾，黔雷破草于。巉岈惊过鸟，屹屈遁㹟隅。岩空惟受月，水洼不通途。鼓㧓米颠石，挥珠觅社湖。高岗多古木，倒薜更森疏。虹口张牙锐，哲龙蜕骨余。奇在天人杂，玄功谢不如。

入径皆田舍，度桥始见之。四山原意外，一水更难期。吐奇阳美口，楼阁蜃吞时。适值山崖缺，亭基又在兹。石借藤萝系，花随流水辞。武陵当日路，到此更何疑。❶

该诗副题为"秋日游曹山风雨夜宿"，张岱秋游曹山，遇风雨夜宿此地。陶渊明有《庚子岁五月中从都还阻风于规林》二首，诗写归省途中遇风雨所阻，抒写对母亲与家人的思念，足以催唤世间游子，亦有"静念园林好，人间良可辞"之归隐意。张岱和诗，首先写曹山美丽夜景，再借《桃花源记》抒写归隐之意，曹山也有"武陵当日路"，所以"到此更何疑"？此二诗语言虽没有陶诗质朴，却也较为清丽风雅。

张岱后期遭遇国破家亡的人生悲剧，生活陷入艰难境地，其《自为墓志铭》云："年至五十，国破家亡，避迹山居。所存者，破床碎几，折鼎病琴，与残书数帙，缺砚一方而已。布衣蔬食，常至断炊。"❷《甲午儿辈赴省试不归走笔招之》《仲儿分爨》等诗，对其后期贫困生活作了极为细致的描写。前诗有云："自经丧乱余，家亡徒赤手……昔有附郭田，今不存半亩。败屋两三楹，阶前一株柳。……寒暑一敝衣，捉襟露其肘。"❸虽然如此，但其依然保持着固有的人格操守，忠于亡明。"然瓶粟屡罄，不能举火。始知首阳二老，直头饿死，不食周粟，还是后人妆点语也。"❹伯夷、叔齐不食周粟的守节之义固然是张岱的精神支持，陶渊明不仕二姓的坚定操守也成为其人生后期的心灵安慰。因此，张岱毅然选择归隐，从事躬耕生活，担粪、养鱼、养蚕成为这位昔日荣华公子的日常

---

❶ （明）张岱《张岱诗文集·诗集补遗》，第158页。
❷ （明）张岱《张岱诗文集·文集》卷五，第373页。
❸ （明）张岱《张岱诗文集·诗集》卷二，第39页。
❹ （明）张岱《梦忆序》，《张岱诗文集·文集》卷一，第195页。

生活。在这样的生活中，张岱始终坚持君子固穷的原则，从陶渊明身上汲取精神支持与诗歌养料。苏轼有《和咏荆轲》，张岱评之曰："二疏取其知退，三良取其狗主，荆轲取其报仇，元亮于此深情一往。"❶ 由此看来，张岱后期的和陶诗内容主要表达了其艰苦的归隐生活、固穷守节的坚忍人格以及不仕二姓的民族气节。

清顺治二年（1645），清兵攻占杭州，张岱好友祁彪佳作绝命诗自沉而亡，张岱作《和祁世培绝命辞》，亦欲效祁，但因《石匮书》未完而作罢，后避兵难于嵊县西白山。国破家亡，避难山中，其意绪之悲凉，已完全没有了早期隐居山中的那种悠闲。《和贫士》前小序云："丙戌八月九日，避兵西白山中，风雨凄然，午炊不继，乃和靖节贫士诗七首，寄剡中诸弟子。"《和贫士》其一云：

> 秋成皆有望，秋萤独无依。空中自明灭，草际留微晖。霏霏山雨湿，翼重不能飞。山隈故盘礴，倚徙复何归。清飚当晚至，岂不寒与饥？悄然思故苑，禾黍忽生悲。❷

渊明有《咏贫士》七首，表现其固穷守节之高操，而张岱和诗则多含"思故苑"的民族气节，以及面对国破家亡而"忽生悲"的沉痛心情。秋成有望，秋萤无依，霏霏山雨，翼重不飞。自己何尝不是一只翼重不能飞的秋萤呢？初唐骆宾王《在狱咏蝉》一诗有"露重飞难进，风多响易沉"之句，以蝉自喻，这是他个人的悲剧，与宗子的黍离之悲相比，高下自见。

渊明《咏贫士》以古之贫士为榜样，时无知音，故举古人以自慰，张岱和诗亦然：

> 愧非仲舒子，目不敢窥园。村醪远不继，日午厨无烟（其二）
> 岂无长安米，苟得非所钦。丹崖与白石，彼或谅吾心（其三）

---

❶ （晋）陶潜著，苏轼和，张岱评《和陶集》，上海图书馆藏清抄本。

❷ （明）张岱《张岱诗文集·诗集》卷二，第27页。

> 不食嗟来食，古昔有黔娄。……云是伯夷树，不复辨商周（其四）
>
> 屼屼徐无山，郁然在中州。君仇未能报，老我田子畴。（其七）

同时，张岱是把渊明也作为古之贫士来咏叹的。张岱咏叹渊明，有称扬也有批评。《和咏贫士》七首其五云："蝉不栖松柏，正气不可干。五斗辱陶令，三月解其官。"渊明后期生活艰难，常朝不保夕，作《乞食》诗，虽实情实境地再现乞食之情景，但张岱以为不可，"瓶粟耻不继，乞食亦厚颜" ❶。其六云："陶公坐高秋，绕室生蓬蒿。苟不忘利禄，赋诗焉得工？身不仕二姓，何如楚两龚？" ❷ 张岱以为陶渊明虽忘怀利禄，但在不仕二姓方面，仍然不如汉代龚胜与龚舍。这种对比也表现了张岱对故国的眷恋与身不仕清的忠义。

张岱后期为生活所迫，从事躬耕生活，担粪、养鱼、养蚕等农活皆在其诗歌中有所表现。一个昔日的贵游公子落到如此地步，其悲惨境遇可想而知，但张岱有时也保持着乐观的生活态度，善于在辛苦的劳作中体会田园生活之美。《和有会而作》诗云：

> 乱来家愈乏，老至更长饥。菽麦实所羡，孰敢慕甘肥？未晚舂瓶粟，将寒补衲衣。婢仆褰裳去，妻孥长作悲。彼但悲岐路，讵知世事非！近稍力耕凿，田间有秉遗。喜此偶延仁，每携明月归。但愿岁时熟，丈人是吾师。❸

家乏长饥，菽麦已是所羡，何敢再求肥甘？在这样的境况下，作者特别满足，田间的遗穗都能让其欢喜不已。作者只愿年岁丰收，做一名隐士亦非不可。虽然如此，但此诗已无张岱中年时期所作同题诗的那种超脱闲雅了。

---

❶ （明）张岱《张岱诗文集·诗集》卷二，第 28 页。

❷ （明）张岱《张岱诗文集·诗集》卷二，第 29 页。班固《汉书·两龚传》："两龚皆楚人也，胜字君宾，舍字君倩。二人相友，并著名节，故世谓之楚两龚。"（《汉书》卷七十二，中华书局 1962 年版，第 3080 页）

❸ （明）张岱《张岱诗文集·诗集》卷二，第 30—31 页。

在张岱的和陶诗中，还有一组同题和诗，那就是《和述酒》。张岱前期所作《和述酒》诗前有序称："陶述酒，余述茶，各言所知也，但柴桑意在酒，而余未免沉湎于茶，兹愧渊明矣。"❶由此可见，张岱此诗只是述其爱好，并无深意。但后期《和述酒》却沉郁得让人窒息。诗云：

> 空山堆落叶，夜壑声不闻。攀条过绝巘，人过荆溪分。行到悬崖下，伫立看飞云。生前一杯酒，未必到荒坟。中夜常堕泪，伏枕听司晨。愤惋从中出，意气不得驯。天宇尽寥阔，谁能容吾身？余生有几日，著书敢不勤？胸抱万古悲，凄凉失所群。易水声变徵，断琴奏南熏。竹简书日月，石鼓发奇文。王通抱空策，默塞老河汾。灌圃南山下，愿言解世纷。所之不合宜，自与鱼鸟亲。若说陶弘景，拟我非其伦。❷

空山落叶、夜壑静阒、绝巘、悬崖等意象的排列，易水变徵之声、断琴南熏之奏，无不凸显了作者在亡国之际的那种绝望之感。由绝望而悲愤，以致夜中堕泪，彻夜不眠，天宇辽阔但无处安身，作者之情可谓沉痛悲哀之至。这种悲哀在其《和挽歌辞》三首中也表现得十分突出，兹录其三：

> 西山月淡淡，剡水风萧萧。白衣冠送者，弃我于荒郊。山林甚杳冥，北邙在嶕峣。翳然茂松柏，孝子自攀条。身既死泉下，千岁如一朝。目睹岁月除，中心竟若何？平生不得志，魂亦不归家。凄凄蒿里曲，何如易水歌？魂气欲何之？应来庙坞阿。（庙坞，为先父母葬地。）❸

张岱后期和陶诗因多了国破家亡的黍离之悲，而显得更加悲痛沉郁，《和挽歌辞》三首尤其如此。张岱好友王白岳评此诗云："今人动言学陶，徒为拾其余唾。宗子惟自为宗子，故其和陶诸作便逼真陶公。如颜鲁公书与王右军，

---

❶ （明）张岱《张岱诗文集·诗集补遗》，第160页。
❷ （明）张岱《张岱诗文集·诗集》卷二，第30页。
❸ （明）张岱《张岱诗文集·诗集》卷二，第32页。

初不相似，却自然力答气应也。"❶晚明宗陶已成一种风气，特别是明清鼎革之际或入清之后的明遗民，身处易代之际，有与陶公同样的人生经历，感同身受，故其感情十分真挚，张岱和陶亦是如此，王白岳说其和陶诸作逼真陶公，盖是看中了这一点。从此一点来看，说张岱和陶诗为明遗民中的佼佼者，大概名副其实吧。

---

❶（明）张岱《张子诗秕》，全国图书馆文献缩微中心，2001。

第五章　明代书画对陶诗的接受

　　随着陶诗的广泛传播，陶渊明在中国诗史的地位不断提高。后世文人对陶诗的接受，除了在诗歌创作中运用渊明符号以及创作大量的和（拟）陶诗以外，书法与绘画中对陶诗的书写与描绘也越来越引人注目。就书法来说，李剑锋认为："陶渊明作品成为重要的书写对象是从北宋的苏轼开始的。"他据孔凡礼点校的《苏轼文集》统计，苏轼书及陶渊明诗文的书法作品有 23 种之多。❶ 苏轼之后，黄庭坚、朱熹、文天祥以及元代书画大家赵孟頫等人，都曾多次书写陶渊明作品。绘画对陶渊明的接受要比书法早一些。台北"故宫博物院"藏有传为南朝宋陆探微的《归去来辞图》，是据陶渊明《归去来兮辞》的摹写，袁行霈先生认为陆氏作此画的可能性很小。之后唐代郑虔绘有《陶潜像》。就绘画对陶诗的接受，最早大概是唐代李思训之子李昭道所绘《桃源图》了。❷ 随着时代的推进，中国画"渊明逸致"题材渐次丰满。❸

　　明代书法与绘画都较为发达。书法方面，有明一代，从帝王将相到普通士子都表现出了对书法的喜爱之情。明代书法，帖学盛行，书体以行楷居多。明

---

❶ 李剑锋《陶渊明与中国书法》，《中国文学研究》2014 年第 1 期。

❷ 袁行霈《陶渊明影像》，中华书局 2009 年版，第 3—4 页。

❸ 付阳华《中国画"渊明逸致"题材的渐次丰满》，《文艺研究》2006 年第 9 期。

代前期以"三杨"为代表的台阁书风影响所及，使其时书法失去了生气与意趣。正德年间，以祝允明、文徵明及王宠为代表的"吴中三大家"的出现，情况才开始好转。他们适心自任，在创作中追求性情的展现。疏淡萧散、恬静有趣成为此时主要书法风格。晚明，受独抒性灵美学思潮的影响，书法创作方面个性化表现更加明显，出现了如徐渭、董其昌、倪元璐等书法大家。绘画方面，明代前期继承与发展了南宋院体画风，主要以宫廷画家为主，擅长山水花鸟。正德以后，以沈周、文徵明为代表的吴门派逐渐壮大，继承宋元文人画的创作传统。万历中期以后，出现了徐渭的大写意画法、陈洪绶等人开创的变形人物画法等新的绘画技法，以张宏为代表的文人山水画也充满了生活气息，富有灵性。在这种艺术背景下，平淡自然、萧散有趣的陶诗多为明代书画家所喜爱。他们或书写陶诗，或绘制陶诗意境，明代陶诗接受与批评的回潮也同样表现在书画方面。

第一节　明代书法中的陶诗书写

相比于前代书家，明代书法家更加喜爱陶诗。明代之前书写陶诗较著名者有宋代苏轼、元代赵孟頫等人，多集中书写渊明《饮酒》诗。明代书陶书法家众多，他们书写陶诗范围也比前代有所扩大，又多书写自身或他人创作的和陶诗。

朱家溍《历代著录法书目》录明初著名书法家宋克（1327—1387）书《陶诗》八种。故宫博物院藏有宋克《四体书陶诗并竹窠图》，书写陶诗 44 首，普林斯顿大学博物馆亦藏有同名书法作品（见图 1）。关于二家所藏真伪，肖燕翼先生《宋克书陶诗并画竹石小景两本辨伪》❶一文考证二家所藏皆为伪作。林

---

❶　肖文见《故宫博物院院刊》，1985 年第 1 期。

霄《宋克〈四体书陶诗〉双胞案新辩》❶从运笔速度与节奏等方面予以辩驳,认为故宫博物院藏本为母本,普林斯顿大学博物馆藏本为临写。故宫藏本有宋克两次题记:"九月望日夜宋克书""庚戌九月十九夜书陶靖节真书、章草数纸时已三鼓矣宋克识",有天顺七年钱溥、万历十四年冯大受、光绪十五年费念慈题跋。宋克所书44首陶诗,有楷、行、草、篆四种书体,笔法精妙流畅,尽显书者情怀。

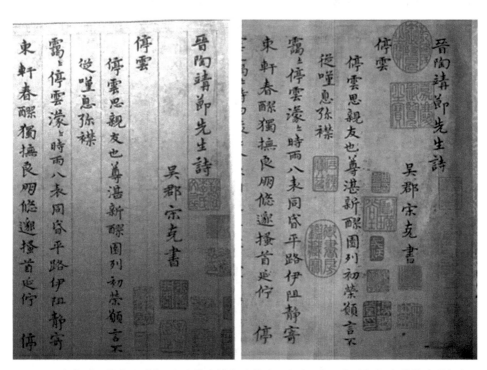

图1　宋克《四体书陶诗》,左为故宫博物院藏(局部),右为普林斯顿大学藏(局部)

　　洪武年间解州判官陈璧曾随宋克学习书法,亦善真、草、篆、隶四体书,运笔流畅快健。故宫博物院藏有陈璧草书于王仲玉《靖节先生像轴》上部的

❶ 林文见 http://mt.sohu.com/20170314/n483301442.shtml。

《陶渊明诗》。台北"故宫博物院"也藏有陈璧赠给孟桓的《陶渊明五言诗》，书写圆劲有力，但结体与连带略差。

　　明初较著名的陶诗书法作品还有姚广孝书写的童冀的和陶诗《楷书中州先生〈后和陶诗〉卷》，共 99 首。（见图 2）《续书史会要》说姚氏"书法古雅，全以筋胜"❶，由该书卷可知此评不虚。由姚广孝《中州先生和陶诗卷跋》可知，童冀还有《前和陶诗》，为苏伯衡所书写，也为明初陶诗书法作品的代表。

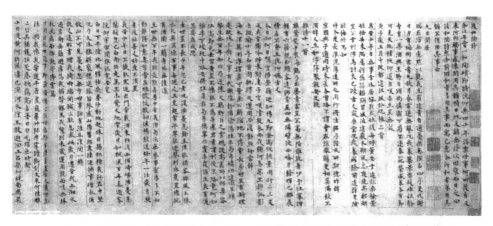

图 2　姚广孝《楷书中州先生〈后和陶诗〉卷》局部（藏故宫博物院）

　　明代中叶，以祝允明、文徵明、王宠为代表的"吴门书派"，对陶诗以及自作和陶诗的书写较为普遍。祝允明书法取法虞世南、赵孟頫、王羲之与怀素等人，真、草、隶、行皆可称一流。《名山藏·高道记》称其书法"出入魏晋，晚益奇纵，为国朝第一。"❷祝允明 40 岁时曾作有《和陶渊明饮酒诗二十首》，后曾多次书写。（见图 3）台北"故宫博物院"藏其书写于 62 岁时的《和陶饮酒诗》册，行楷或草书，每页 17.3 × 10.3 厘米。行楷结构匀称，点画圆润。册中有一段章草，用笔稳健利落，结体疏密有致，为祝氏书法作品之上乘。祝允

---

❶　（明）朱谋垔《续书史会要》，文渊阁四库全书本。

❷　（明）何乔远《名山藏》，江苏广陵古籍出版社 1993 年影印版，第 5747 页。

明喜爱陶渊明其人其诗，曾仿陶《九日闲居》，作有《闲居秋日》并以草书写就，诗云："逃暑因能暂闭关，未须多把古贤攀。并抛杯勺方为懒，少事篇章恐碍闲。风堕一庭邻寺叶，云开半面隔城山。浮生只说潜居易，隐比求名事更艰。"草书，纵 29.7 厘米，横 99.8 厘米，藏于美国普林斯顿大学艺术馆。（见图 4）除了书写和陶诗外，祝允明也曾以行草书写陶渊明《归园田居》与《饮酒诗》。祝允明也曾多次书写《闲情赋》与《归去来辞》，表现出其浓郁的书陶情结。

图 3　祝允明《和陶〈饮酒〉诗册》局部〔台北"故宫博物院"藏〕

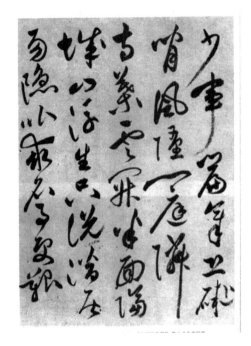

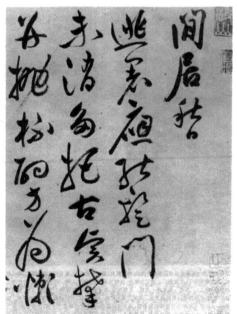

图 4　祝允明《闲居秋日》（美国普林斯顿大学艺术馆藏）

陶渊明《饮酒诗》为明代书家所喜爱，常有人书写。前文介绍文徵明喜爱陶诗，自号"停云"，居所有其父文林所筑"停云馆"。他将家藏的自晋朝以来的书法作品结集成册，亦命名为《停云馆贴》，共 12 卷，表现出他对陶渊明其人其诗的喜爱之情。现存文徵明书法作品《杂咏》卷中有《习隐》一诗："扫地焚香习燕清，萧然一室谢将迎。坐移白日花间影，睡起春禽竹外声。心远不妨人境寂，道深殊觉世缘轻。却怜不及濂溪子，能任窗前草自生。"作者以草书书之，温润秀劲、稳重谨严而又意态生动，颇具晋唐风致。作者自题："久雨新霁，情思爽然，焚香煮茶，亦人间快事也。"其心态与《习隐》诗中"心远""道深"二句别无二致，与陶渊明"问君何能尔，心远地自偏"意蕴相通。嘉靖十二年（1533），64 岁的文徵明以隶书书写陶渊明《停云》《时运》《荣木》《劝农》《命子》《归鸟》等 6 首诗。嘉靖三十年（1551），文徵明 82 岁时书有《归去来兮辞》，嘉靖三十三年（1554）文徵明 85 岁高龄书写《饮酒二十首》，以行草体书之，书者虽已年近古稀，但其书体更为苍劲，丝毫不见疲态。文徵明对陶渊明人格的仰慕，前文已述，也正因为这个原因，他不断地书写陶渊明诗文以及自创涉陶诗文，尽显书家对陶诗的喜爱。

"吴门书派"中，除祝、文二氏外，王宠的书法在当时及后世亦颇为人所瞩目。《明史·文苑传》称王宠："行楷得晋法，书无所不观。"❶ 何良俊《四友斋丛说》云："衡山（文徵明）之后，书法当以王雅宜为第一。盖其书本于大令，兼之人品高旷，故神韵超逸，迥出诸人之上。"❷ 前文述及王宠对陶渊明其人其诗的仰慕与喜爱，多有诗歌表达。在书法方面，王宠亦多书写陶渊明诗文。前文所引其《病起对镜作》一诗，王宠即以草书书之，现藏台北"故宫博物院"，名曰《起对镜作》，"病"字似已剜掉。清人吴寿昌盛赞王宠云："雅宜山人品最高，夙尚丘壑怀清操。陶谢诗格力摹古，钟王墨妙勤挥毫。尔时吴中盛风雅，从容

---

❶ （清）张廷玉等《明史》卷二百八十七，第 7363 页。

❷ （明）何良俊《四友斋丛说》卷二十七，中华书局 1959 年版，第 252 页。

坛坫来英髦。"❶指出王宠诗风受陶渊明、谢灵运影响，书风受钟繇、王羲之的影响。

　　除书写陶诗及自身所创作的和陶诗篇外，明中期也出现了在渊明图画上书写跋文等书写形式。《御定佩文斋书画谱》曾辑录高叔嗣前往山西任职前题于元赵孟頫《白描渊明像》上的跋文一则，文曰："渊明旷世逸才，出处卷舒，匹之者鲜矣。然耻向官折腰，达人每恨其褊，岂先生托此以发归来之兴耶？抚故园而不归，殉微官以自失，先生固亦齿冷也。"❷这当是明代书陶的别样形式。

　　晚明书写陶诗著称者当属徐渭、董其昌与张瑞图。徐渭（1521—1593），山阴人，字文长，号青藤老人。徐渭对自己书法极其自负，在书法、文章、诗歌、绘画四者中，称自己书法第一。袁宏道认为徐渭书法当在明中期文徵明、王宠之上，称其为"字林之侠客"❸。《中国法书全集（14）·明 3》收录其有关陶诗书写的书法有行草《陶诗二十首卷》与行书苏轼《和陶归园田居六首》。❹徐渭书法不拘形式，自然流出，与陶诗精神有相似之处。

　　董其昌（1555—1636），字玄宰，号思白、香光居士，松江华亭（今上海）人。董其昌早年书学颜真卿，后遍学唐、宋、元诸家，终成一代名家，与邢侗、张瑞图、米万钟号称"晚明四大书家"。董其昌书法颇受陶诗影响，讲究平淡自然，他曾说："诗文书画少而工，老而淡，淡胜工，不工亦何能淡？东坡云：'笔势峥嵘，文采绚烂，渐老渐熟，乃造平淡。实非平淡，绚烂之极也。'"❺董其昌认为，诗文、书画当以平淡为追求，认为淡胜工，不工亦不能淡，颇为契合苏轼借陶诗论平淡之旨。董其昌说："作书与诗文同一关捩，大抵传于不传，在淡与不

---

❶　（清）吴寿昌《虚白斋存稿·冰衔集下》，《四库未收书辑刊》本。

❷　（清）孙岳颁等撰《御定佩文斋书画谱》卷八十五《历代名人画跋五·元赵孟頫白描渊明像》，文渊阁四库全书本。

❸　（明）袁宏道《徐文长传》，见《徐渭集》附录，中华书局 1983 年版，第 1343 页。

❹　中国古代书画鉴定组《中国法书全集》，文物出版社 2009 年版。

❺　（明）董其昌《容台集·别集》卷四，西泠印社出版社 2012 年版，第 706 页。

淡耳。"❶ 由此可见，董其昌对书法与诗文平淡风格的认同。李剑锋认为："董其昌的书学主张与陶渊明诗文任真率意、平淡自然、神超形越的美学特点是一致的。"❷ 并且指出，董其昌开借陶揭示书法美学特点的先河，如董其昌赞《云江图》"如武陵渔夫，怅然桃源"，观《江山雪霁图》经岁，如入桃源，不观则如出桃源。董其昌书陶作品有行书《归园田居》其二、其四两幅，魏耕原先生评此行书曰："用笔颇为讲究，精神集中，颇可一观。"❸ 董其昌 34 岁时又有《书陶潜诗册》。董其昌书法融诸大家长处于一身，多用正峰，少有滞拙。章法疏朗匀称，用墨讲究。董其昌有时也在绘画作品上书写陶诗，其《采菊望山图》，左半幅就书写陶渊明《饮酒》其五，书画相映，颇为可观。

张瑞图（1570—1641）与董其昌并称"南张北董"，其书法奇逸峻峭，笔势生动，在晚明书法家中别具一格。他字无画，号二水，别号芥子居士、果亭山人、白毫庵居士等，福建晋江人。张瑞图自幼聪颖，潜心读书，万历三十五年（1607）中进士第三名探花，授翰林院编修，开始长达二十余年的仕宦生涯，官至礼部尚书、内阁大学士。张瑞图虽依附于严嵩，沦为晚明奸臣，但其对陶诗表现出较大的兴趣，其《白毫庵内篇》卷一《和陶篇》有和陶诗 68 首。除了和陶之外，张瑞图还多次书写陶诗。现藏于吉林省博物院的《陶诗书册》就以小楷、章草与行书书写陶渊明十一首五言诗：《移居》二首（见图 5）、《癸卯始春怀古田舍》二首、《庚戌岁九月于西田获早稻》一首、《丙辰岁八月中于下潠田舍获》一首、《饮酒诗》三首、《杂诗》一首、《读山海经》一首。款署"己巳春仲为太瀛樊公祖祠宗书于白毫精舍，果亭山人瑞图"。"己巳"为崇祯二年（1629），此前一年，张瑞图因遭弹劾乞归还家，该年仍因为魏忠贤生祠书碑一事获罪，后赎罪为民。削职为民后的张瑞图隐居晋江青阳下行故里，生活恬淡，优游田园林壑。其《陶诗书册》即是在此种宁静环境与超脱心态下

---

❶ （明）董其昌《容台集·别集》卷一，西泠印社出版社 2012 年版，第 592 页。

❷ 李剑锋《陶渊明与中国书法》，《中国文学研究》2014 年第 1 期。

❸ 魏耕原《陶渊明论》，北京大学出版社 2011 年版，第 363 页。

完成的，故显示出淡然萧散之书风。崇祯十一年（1638年），69岁的张瑞图为其北上任职的外孙杨玄锡送行，作有《和陶渊明〈拟古〉诗送康侯杨外孙北上七篇》，并书写其为诗册（见图6）。该诗册为行楷，多侧锋用笔，大小错杂，古朴萧散，自然平实，为张瑞图书法之精品，现藏故宫博物院。除书写和陶诗外，张瑞图对陶渊明《归去来兮辞》深有情衷，多次书写。天启六年（1626），书有《行书〈归去来辞〉二种》，他还书有小楷《陶渊明〈桃花源记〉》。张瑞图书法突破柔媚时尚，走向"奇逸"一路，其中的"逸"或许与其受陶诗影响的缘故吧。

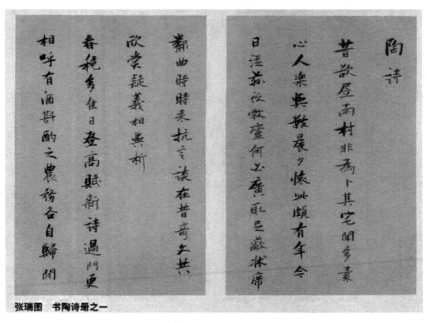

图 5　张瑞图《陶诗书册》之《移居》二首（吉林省博物院藏）

　　总之，陶渊明的人格精神成为明代书家人格追求之典范，陶诗冲澹自然的艺术境界也为明代书法家所接受，他们在书法艺术中运用或萧散或自然之笔法，书写着对陶诗的热爱，展现了明代书法家飘逸澹雅的艺术追求。

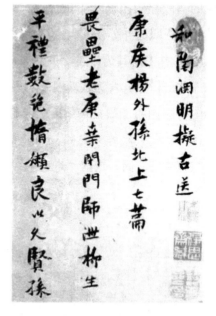
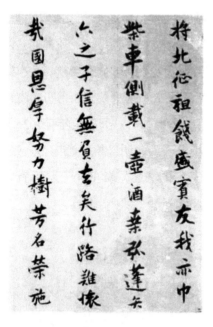

图6　张瑞图《和陶渊明〈拟古〉诗送康侯杨外孙北上七篇》局部（故宫博物院藏）

第二节　明代绘画对陶诗的接受

陶渊明作为中国文化的一个特殊符号，一直以来备受人们重视，中国的画家们也不例外。有关陶渊明的绘画成为中国绘画史上一朵奇葩，几乎没有哪一个文人能与之相比。袁行霈先生在《陶渊明影像·弁言》中总结现存关于陶渊明的绘画时，将之分为三大类，他说："第一类取材于他的作品，如《归去来兮辞》《桃花源记》《归园田居》等，其中有些是组画，用一系列图画表现一个连续的故事情节；第二类取材于他的遗闻轶事，如采菊、漉酒、虎溪三笑等；第三类是陶渊明的肖像画，有的有背景，有的没有背景。"❶此种分类基本涵盖了有关陶渊明的绘画。本书主要讨论明代绘画对陶诗的接受，也就涉及上述第

---

❶　袁行霈《陶渊明影像》，中华书局2009年版，第1页。

一类和第三类。

　　明代有关陶诗绘画中，涉及陶诗意象的主要就是"采菊""东篱""躬耕""桃源"等。明中期吴中画派多有涉及陶诗意象的作品。唐寅有《东篱赏菊图》《陶潜赏菊图》（上海博物馆藏）、《菊花图》（天津市艺术博物馆藏）及《采菊图》（台北"故宫博物院"藏）等多幅。沈周有《耕读图》（上海博物馆藏）及《墨菊》（台北"故宫博物院"藏）等。文徵明有《竹菊图》（上海文物商店藏）《三友图》（故宫博物院藏）等。清卞永誉《式古堂书画汇考》还著录有《文衡山菊图并题》，文徵明题诗云："渊明老去不忧贫，醉撷金茎满意春。却笑微花何幸会，至今珍重为斯人。"❶晚明陈洪绶有《渊明载菊图》（徐悲鸿纪念馆藏）、《陶渊明对菊图》（普林斯顿大学美术馆藏）等多幅。

　　由此可见，明代有关陶诗题材的绘画蔚为大观。而且，与前代相比，明代陶渊明题材的绘画"更明显地带上画家个人的色彩"❷。从前面的论述中，我们可以得知，虽然《明史·隐逸传》中所收明代隐士寥寥无几，但是各个时期的文士、官员等都有着较为强烈的隐逸心态。他们除了在诗歌创作中表现出对陶诗的喜爱，也多将陶诗意象、意境付诸绘画。

　　在有关陶诗绘画的作品中，陶渊明《饮酒》（其五）中"采菊东篱下，悠然见南山"之意境多次被画家所描绘。唐寅《采菊图》（见图7）。图中陶渊明头戴葛巾，身披长袍，后跟一童子，手捧插满菊花的花瓶，盖是采菊归来情景。画中有唐寅题款：

　　　　东篱寄趣，悠悠自然。菊有黄华，仰见南山。好友我遗，清酒如泉。一举如醉，物我忘言。夫斯民也，无怀葛天。晋昌唐寅。

　　题款与绘画合而为一，全面诠释了陶渊明"采菊东篱下，悠然见南山"的意境。天津市艺术博物馆藏唐寅《菊花图》题款与《采菊图》相似，曰：

---

❶　（清）卞永誉《式古堂书画汇考》卷五十八，文渊阁四库全书本。

❷　袁行霈《陶渊明影像》，第45页。

图 7　唐寅《采菊图》(台北 "故宫博物院" 藏)

彭泽先生懒折腰，葛巾归去意萧萧。东篱多少南山影，把取菊花入酒瓢。

沈周《墨菊》图有题款曰：

写得东篱秋一株，含香晚色淡如无。赠君当要领赏此，归去对之开酒壶。

陈淳《花卉册》中绘有菊花，题款曰：

清霜下篱落，佳色散花枝。载咏南山篇，幽怀不自持。

以上这些绘画以及题款，都对"采菊东篱下，悠然见南山"诗意诗境进行了全面的阐释，表现出明人对陶渊明高洁情操的景仰。

陶渊明《桃花源诗并记》所营造的桃源意境也多为明代画家所瞩目，特别是明代中晚期江南文人表现出了对桃源意境描绘的高涨热情。❶ 据罗洁《陶渊明图像研究》附表1《陶渊明图像现存作品》❷ 可知，明代绘制桃源意境图画的有王彪《桃源仙境图》（故宫博物院藏）、张路《桃源问津图》（故宫博物院藏）、陆治《桃花源图》（上海博物馆藏）与《桃源图》（辽宁省博物馆藏）、丁云鹏《桃源图》（上海博物馆藏）、周臣《桃花源图》（苏州博物馆藏）与《桃源图》（美国克利夫兰艺术博物馆藏）、李士达《桃花源图》（南京博物馆藏）、仇英《桃源仙境图》（天津市艺术博物馆藏）与《桃源图卷》（芝加哥艺术学院等地藏）、赵左《桃花源图》（天津市艺术博物馆藏）、蓝瑛《桃源春霭图》（青岛市博物馆藏）、杨忠《桃花源图》（重庆市博物馆藏）、宋旭《桃花源图》（重庆市博物馆藏）、盛茂烨《桃花源图》（湖北省博物馆藏）、文元献《桃花源图》（故宫博物院藏）、沈士充《桃源图》（故宫博物院藏）、袁尚统《桃源洞天图》（故宫博物院藏）、刘度《桃花源图》（美国克利夫兰艺术博物馆藏）、文嘉《桃源图》（旧金山亚洲艺术博物馆藏）等。

---

❶　赵琰哲《明代中晚期江南地区〈桃源图〉题材绘画解读》,《艺术设计研究》2011 年第 4 期。
❷　罗洁《陶渊明图像研究》,上海大学博士论文, 2011 年。

罗洁所录上述各有关桃源意象的图像，似乎缺少了文徵明的《桃源别境图》卷，清卞永誉《式古堂书画汇考》有著录："文衡山《桃源别境图》并题卷，纸本，三截，长一丈四寸，高八寸。着色。重山迭水，酒肆渔村，繁桃细柳，古松修竹，备尽诗意。闲堂展对，不啻身入武陵源也。"❶ 此图卷现藏台北鸿禧美术馆，长 700 厘米，高 28.5 厘米。袁行霈先生《陶渊明影像》一书将此图分为四大段，并对每一段都做了详细的介绍，可参看。❷ 文徵明有多幅《桃源图》。明郁逢庆《书画题跋记》就记载文徵明自题诗于《桃源图》，诗云："偶然避世住深山，不道移家遂不还。却怪渔郎太多事，又传图画到人间。"除了文徵明自题诗外，还有其友人蔡羽、王守王宠兄弟、弟子陆治等人的题诗：

> 万树桃花春雨香，武陵何处问渔郎。湖山表里如图画，洞口烟霞天一方。（陆治）
>
> 咫画桃源路更深，神仙从此隔溪云。笑他秦帝空求术，谁信尘凡已自分。（蔡羽）
>
> 路入桃源深更深，溪中流水洞中云。岩居别有尧天在，只许渔郎占席分。（王守）
>
> 桃花何事隔人群，一半青山一半云。世上成蹊都浪说，仙凡回首路头分。（王宠）❸

上述诸人与文徵明极为相似的一点就是科场蹭蹬，仕途失意，他们多选择隐居乡间，题诗《桃源图》实际上是在抒发内心的抑郁与无奈，但同时也表现了诸人对现实生活的疏离。

明代画家对桃源意境的喜爱，他们借对桃源的绘制，或表达文人理想中的隐逸之乐，或表达对现实生活的疏离。仇英的《桃园仙境图》（见图 8）引人瞩

---

❶ （清）卞永誉《式古堂书画汇考》卷五十八，文渊阁四库全书本。

❷ 袁行霈《陶渊明影像》，第 94 页。

❸ （明）郁逢庆《书画题跋记》卷十二，文渊阁四库全书本。

目。此图为绢本设色，纵 175 厘米，横 66.7 厘米。图中上半部分描绘了层峦起伏，高远幽深，山腰间飘浮着白云，庙宇隐映其间。下半部分是小桥流水、苍松翠柏与山坡上的桃林相映成趣，构成一幅人间仙境图像。图中三位高士临流盘坐，高士衣服着以白色，与高山白云、苍松翠柏相互映衬，显出一派隐士风范。此图内容旨在表现高士的隐逸情趣，与《桃花源记》内容有较大不同。而藏于美国圣路易斯艺术博物馆的仇英另一幅《桃源图》则重点表现了《桃花源记》所描述的景象，农人往来于俨然屋舍、良田美池之间，一派宁静和平气氛。

　　晚明陶诗绘事也较多，徐渭、董其昌、陈洪绶等大家皆有有关陶诗的绘画作品。陈洪绶《陶渊明图卷》（见图 9），用白描手法描绘了 11 幅有关陶渊明故事的绘画：《采菊》《寄力》《种秫》《归去》《无酒》《解印》《贳酒》《赞扇》《却馈》《行乞》《漉酒》，长卷，纵 303 厘米，横 308 厘米。其中与陶诗相关的有《采菊》《行乞》《种秫》等，相对应的陶诗为《饮酒》（其五）、《乞食》与《和郭主簿》。陈

图 8　仇英《桃源仙境图》
（天津市艺术博物馆藏）

洪绶另有《赏菊》《白衣送酒》等有关陶渊明的绘画。魏耕原先生说陈洪绶：
"画的陶脸长而丰满，躯干粗壮，个性突出，突破前人成规。线条明净沉着，
勾勒精炼，不着背景，偶有器具，前后有连接性。" ❶ 评价允恰。董其昌为明
末书画大家，前文提及其《采菊望山图》（见图10），手卷，设色绢本。上有
董氏所书行草《饮酒》其五，书画合一，颇显作者恬淡情趣。袁行霈先生《陶
渊明影像》一书对此图分析颇为详细，可参看。❷

图9　陈洪绶《陶渊明图卷》（部分）（美国火奴鲁鲁艺术学院藏）

---

❶　魏耕原《陶渊明论》，北京大学出版社 2011 年版，第 361 页。

❷　袁行霈《陶渊明影像》，第 56-58 页。

图 10　董其昌《采菊望山图》(2003 年嘉德拍卖《中国古代书画》拍卖目录)

　　总之，绘画作为陶诗接受的一种特殊方式，在明代也能反映出其时文士对陶渊明及其诗歌的接受情况。明人绘画多对陶诗中的菊花、桃源、东篱等意象进行描绘。袁行霈先生说："明代关于陶渊明的绘画发生了显著的变化，简要地说就是更明显地带上画家个人的色彩，往往以画家当时的生活状况作为陶渊明的生活背景，艺术表现更趋于细腻而且更多样化。"❶指出了明代陶渊明绘事的特点。画家个人的色彩在明代中后期更加凸显，如一系列的桃花源图像，皆显示出明中叶之后画家们的市民文艺色彩。

---

❶　袁行霈《陶渊明影像》，第 45 页。

结　语

陶诗数量不多，只有 120 余首，但陶诗回归自然、摆脱异化的心灵展示以及质朴淳厚、直率有趣的语言表达，满足了不同时代、不同阶层人们的阅读需求。因此，自从它出现以来，就被越来越多的文人学士所接受。明代更是走出元代陶诗接受的低谷，将陶诗接受与批评推向了又一个高潮。从明代文人心态的展示与诗学思想发展的角度切入，可以更好地厘清明代陶诗接受与批评的发展过程，以及接受过程中的突出表现与不足之处。

明代陶诗接受颇受时代风气影响。元末明初，由于战乱及洪武苛政，其时文人对陶诗回归自然的一面表现出较大的热情。无论是山林隐士还是朝中臣子，大都表现出较明显的归隐意识，他们的诗歌创作多受陶诗的影响。明代前中期，随着政局的逐渐稳定以及经济的逐步稳健，明代保持了较长时期的升平时代。此时期，台阁体文人以及前、后七子着重于对陶诗艺术的批评。台阁体平淡诗风的形成颇受陶诗影响，前七子"诗弱于陶"的诗论以及后七子派的修正，都与其所秉持的诗学思想有较大关系。晚明时期，社会又陷入混乱，同时，随着"性灵说"的出现及影响，文人诗歌创作对陶诗的接受比明中期要繁荣许多。晚明诗学思想进入总结时期，在陶诗批评方面，对陶诗思想与艺术两个维度的探讨，都要比前代更加深入细致。处于明清鼎革之际的明遗民，对陶诗的政治性表达，表现出较高的关注度。他们借助和陶诗表达着不仕二姓的高节以及国破家亡的痛苦。

明代陶诗接受中较为突出的一个表现，就是创作了大量的和陶诗。之所以如此，袁行霈先生指出："这与明代士大夫的追求和标榜有关，他们推崇人格的清高，注重生活的情趣，这在书法绘画、园林家具、茶道花道等方面都有所表现。和陶与这种人生的追求与艺术的趣味是相一致的。" ❶明代文人和陶，一般不外乎以下两端：一是希望保持自然真率的性情，二是强烈表达耻事二姓的节操。因此，我们认为，明代和陶诗较多的原因还与明人坚贞的人格操守与适性的生活追求有关。不过，需要指出的是，明代和陶诗数量虽多，但艺术水平令人满意者较少。较大一部分文人，没有陶渊明式的生活方式及经历，却也努力和陶。明初谢肃就曾批评过桂彦良："公可谓富贵尊荣矣，是则公与靖节亦何所同而和其诗耶？" ❷嘉靖间邵圭洁也曾批评和陶者与陶公性情志操不相类，所作和陶诗多 "牵合补缀" 的情况。❸更有甚者，如入《明史·阉党列传》的张瑞图也有多首和陶诗。张瑞图为万历三十五年（1607）进士，依附奸臣魏忠贤，"忠贤生祠碑文，多其手书。" ❹如此和陶，与陶诗精神相差就远不止千里了。不过，这也反映出陶诗接受在明代的普遍性。

明代陶诗批评趋向于细致化。明代之前的陶诗批评，多属批评者随意性的直观印象概括，而明人却能对陶诗的字句、内蕴以及表现手法等各个方面予以深入细致地剖析。在这方面做出突出成绩的有钟惺、谭元春、许学夷、黄文焕等人。钟、谭对陶诗语言真率旷达的揭示，对陶渊明 "温慎忧勤" 性格的展示，皆为创新之论。许学夷对陶诗善于议论的 "见理之言" 的概括也相当深入而令人信服。黄文焕更是深入陶诗字句之间，有感而发，而不作泛泛之论。所有

❶ 袁行霈《论和陶诗及其文化意蕴》，《陶渊明研究》，北京大学出版社 2009 年版，第 178 页。
❷ （明）谢肃《密庵集》卷七，文渊阁四库全书本。
❸ （明）邵圭洁《白崖先生和陶集序》，《北虞先生遗文》卷三，四库全书存目丛书本。
❹ （清）张廷玉等《明史》卷三百六，第 7846-7847 页。

这些，皆表现出明代陶诗批评所取得的成就。

明代陶诗批评多能不师旧说而有所创新。明人对前代陶诗批评中的某些论调敢于提出质疑，并能自成一说。如都穆对宋人陈师道"陶诗不文"的观点就曾作过否定性批评，认为陈氏之言非也，并结合具体诗句进行了深入分析。❶其后，许学夷更是明确指出："谓靖节造语极工、琢之使无痕迹既非；谓靖节全无意于为诗，亦非也。"❷许学夷对《文选》选录陶诗过少的情况也有过批评。闵文振《兰庄诗话》认可钟嵘品评陶潜诗的表述，称其为"知言"，但对钟氏置陶于中品则颇不以为然，"其上品十一人，如王粲、阮籍辈，顾右于潜耶？论者称嵘洞悉玄理，曲臻雅致，标扬极界，以示法程，自唐而上莫及也。吾独惑于处陶焉。"❸如此等等，皆表现出明人评陶创新的一面。

明代陶诗接受与批评过程中，陶渊明及其诗歌地位的升降问题与明代诗学思想的发展密切相关。明初，正统儒家思想盛行，文学思想方面则以颂美为主，宋濂、王祎等人主要以儒家思想为主，指出陶诗"和而节，质而文"的特点，肯定其"风雅之亚"的诗学地位。❹其后，台阁体诗人从理学角度评价陶诗，与宋濂表述相差不大。茶陵派以风韵诗学论陶，较能接近陶诗真谛，陶诗的诗史地位进一步提高。何孟春曰："陶公自三代而下为第一风流人物，其诗文自两汉以还为第一等作家。"❺前七子古诗宗汉魏，视陶诗为"偏格"。后七子总体上还是继承前七子派陶诗"偏格"论，但对陶诗整体风格则给予了高度评价，开始重视陶诗臻于化工的艺术境界。七子派后学胡应麟受其"本色"诗论影响，斥陶诗于古诗宗法对象之外，将之置于晋、宋之交的诗学体系中，视之为"偏门"。晚明公安派在性情诗学的影响下，对陶诗的诗史地位给予充分的肯定。江盈科认为"陶渊明超然尘外，独辟一家。盖人非六朝之人，故诗亦非六朝之

---

❶（明）都穆《南濠诗话》，丁福保辑《历代诗话续编》本，第 1342 页。

❷（明）许学夷著、杜维沫校点《诗源辨体》卷六，人民文学出版社 1987 年版，第 100 页。

❸（明）闵文振《兰庄诗话》，周维德集校《全明诗话》本，第 625 页。

❹（明）宋濂《题张泐和陶诗》，《文宪集》卷十二，文渊阁四库全书本。

❺（明）何孟春注《陶靖节集》，缩微胶片，全国图书馆文献缩微复制中心，2004 年。

诗。"❶ 直到许学夷提出陶诗"自为一源"的观点，才真正给予陶诗以其应有的诗学地位。

　　明代书画作为陶诗接受的一种特殊方式，也显示出蓬勃发展的态势。明代书画家众多，他们对陶渊明人格的景仰，也使得他们喜欢书写陶诗、绘制陶诗意象。特别是明代中后期，随着市民文化的兴起，书画创作个性突出，陶诗精神与书画艺术融为一体，展现出明代书画对陶诗接受的多样性与丰富性。

　　总之，明人对陶诗字句篇章、思想意蕴、艺术表现等方面都进行了较为细致深入的探讨；在诗歌创作方面，大量运用陶典、陶事以及陶公字号，表现了对陶诗的喜爱；对陶诗的诗史地位的认识，虽有过偏差与贬抑，但终能给予正确的认识。本书利用接受美学理论，结合文学思想研究方法，对上述内容进行了较为深入的研究，将陶诗接受与批评置于明代文学特别是诗学发展的历时的、动态的背景中，力图揭示陶诗在明代的接受、阐释与批评的具体情形，为陶诗接受与批评研究这一课题做出些许贡献。当然，明代陶诗接受与批评是一个较大的课题，还有好多工作没有展开，期待之后继续努力。

---

❶　（明）江盈科《雪涛诗评·法古》，江盈科著，黄仁生辑校《江盈科集》，岳麓书社 1997 年版，第 808 页。

主要征引文献

陶渊明著，王瑶编注《陶渊明集》，人民文学出版社 1956 年版

陶渊明著，逯钦立校注《陶渊明集》，中华书局 1979 年版

陶渊明著，袁行霈笺注《陶渊明集笺注》，中华书局 2003 年版

陶渊明著，龚斌校笺《陶渊明集校笺》，上海古籍出版社 2018 年版

刘崧《槎翁诗集》，文渊阁四库全书本

陈谟《海桑集》，文渊阁四库全书本

王祎《王忠文集》，文渊阁四库全书本

刘永之《刘仲修先生诗文集》，续修四库全书本

梁兰《畦乐诗集》，文渊阁四库全书本

梁潜《泊庵集》，文渊阁四库全书本

王沂《伊滨集》，文渊阁四库全书本

王恽《秋涧集》，文渊阁四库全书本

梁寅《石门集》，文渊阁四库全书本

林鸿《鸣盛集》，文渊阁四库全书本

张以宁《翠屏集》，文渊阁四库全书本

林弼《林登州集》，文渊阁四库全书本

蓝仁《蓝山集》，文渊阁四库全书本

蓝智《蓝涧集》，文渊阁四库全书本

王恭《白云樵唱集》，文渊阁四库全书本

王偁《虚舟集》，文渊阁四库全书本

孙蕡《西庵集》，文渊阁四库全书本

佚名《广州四先生诗》，文渊阁四库全书本

中山大学中国古文献研究所编《全粤诗》，岭南美术出版社 2008 年版

宋濂著，罗月霞主编《宋濂全集》，浙江古籍出版社 1999 年版

刘基著，林家骊点校《刘伯温集》，浙江古籍出版社 2011 年版

方孝孺《逊志斋集》，文渊阁四库全书本

童冀《尚絅斋集》，文渊阁四库全书本

戴良著，李军、施贤明校点《戴良集》，吉林文史出版社 2009 年版

解缙《文毅集》，文渊阁四库全书本

高启著，金檀辑注，徐澄宇、沈北宗校点《高青丘集》，上海古籍出版社 2013 年版

杨基著，杨世明、杨隽校点《眉庵集》，巴蜀书社 2005 年版

张羽《静居集》，《四部丛刊》本

王行《半轩集》，文渊阁四库书本

徐贲《北郭集》，文渊阁四库全书本

高棅《木天清气集》，四库存目丛书本

杨士奇《东里集》，文渊阁四库全书本

杨士奇著，刘伯涵、朱海点校《东里文集》，中华书局 1998 版

杨荣《文敏集》，文渊阁四库全书本

杨溥《杨文定公诗集》，续修四库全书本

金幼孜《金文靖集》，文渊阁四库全书本

王直《抑庵文集》，文渊阁四库全书本

胡翰《胡仲子集》，文渊阁四库全书本

夏元吉《忠靖集》，文渊阁四库全书本

胡俨《颐庵文选》，文渊阁四库全书本

谢肃《密庵集》，文渊阁四库全书本

李贤《古穰集》，文渊阁四库全书本

李东阳《怀麓堂集》，文渊阁四库全书本

陈献章著，孙通海点校《陈献章集》，中华书局 1983 年版

王鏊《震泽集》，文渊阁四库全书本

吴宽《家藏集》，文渊阁四库全书本

储巏《柴墟文集》，四库全书存目丛书本

鲁铎《鲁文恪公文集》，四库全书存目丛书本

邵宝《容春堂集》，文渊阁四库全书本

李梦阳《空同集》，文渊阁四库全书本

何景明《大复集》，文渊阁四库全书本

边贡《华泉集》，文渊阁四库全书本

康海《对山集》，文渊阁四库全书本

王延相《王氏家藏集》四库全书存目丛书本

王九思《渼陂集》，续修四库全书本

徐祯卿《迪功集》，文渊阁四库全书本

王世贞《弇州山人四部稿》《弇州续稿》，文渊阁四库全书本

李攀龙著，包敬弟标校《沧溟先生集》，上海古籍出版社 1992 年版

谢榛《四溟集》，文渊阁四库全书本

胡应麟《少室山房集》，文渊阁四库全书本

吴国伦《甔甀洞稿》，续修四库全书本

沈周《石田诗选》，文渊阁四库全书本

沈周《石田稿》，续修四库全书本

文徵明著，周道振辑校《文徵明集》，上海古籍出版社 2014 年版

祝允明《怀星堂集》，文渊阁四库全书本

祝允明《祝子罪知录》，四库全书存目丛书本

薛蕙《考功集》，文渊阁四库全书本

顾璘《顾华玉集》，文渊阁四库全书本

高叔嗣《苏门集》，文渊阁四库全书本

皇甫汸《皇甫司勋集》，文渊阁四库全书本

王宠《雅宜山人集》，四库全书存目丛书本

黄省曾《五岳山人集》，四库全书存目丛书本

高攀龙《高子遗书》，文渊阁四库全书本

袁宏道著，钱伯城笺校《袁宏道集笺注》，上海古籍出版社 2012 年版

袁宗道著，钱伯城标点《白苏斋类集》，上海古籍出版社 2010 年版

袁中道著，钱伯城点校《珂雪斋集》，上海古籍出版社 2011 年版

江盈科著，黄仁生辑校《江盈科集》，岳麓书社 2008 年版

陶望龄《陶文简公集》，四库禁毁书丛刊本

钟惺著，李先耕、崔重庆标校《隐秀轩集》，上海古籍出版社 1992 年版

谭元春著，陈杏珍标校《谭元春集》，上海古籍出版社 2012 年版

钟惺、谭元春《诗归》，湖北人民出版社 1985 年版

黄文焕《陶诗析义》，四库全书存目丛书本

周履靖《五柳赓歌》，中华书局 1985 年版

唐时升《三易集》，四库禁毁书丛刊本

张岱著，夏咸淳辑校《张岱诗文集》，上海古籍出版社 2014 年版

黄淳耀《陶庵全集》，文渊阁四库全书本

袁表、马荧编《闽中十子诗》，文渊阁四库全书本

钱伯城等主编《全明文》（第 1、2 册），上海古籍出版社 1994 年版

全明诗编纂委员会编《全明诗》（第 1、2 册），上海古籍出版社 1990 年版

张廷玉等《明史》，中华书局 1974 年版

陈田《明诗纪事》，续修四库全书本

朱彝尊《明诗综》，中华书局 2007 年版

黄宗羲编《明文海》，中华书局 1987 年版

沈佳《明儒言行录》，文渊阁四库全书本

黄宗羲《明儒学案》，中华书局 1985 年版

叶盛《水东日记》，中华书局 1980 年版

王夫之《明诗评选》，河北大学出版社 2008 年版

钱谦益《列朝诗集小传》，中华书局 2007 年版

沈德潜、周准《明诗别裁集》，上海古籍出版社 1979 年版

纪昀等纂《四库全书总目提要》，中华书局 1997 年版

何文焕辑《历代诗话》，中华书局 1983 年版

丁福保辑《历代诗话续编》，中华书局 2006 年版

吴文治主编《明诗话全编》，凤凰出版社 1997 年版

周维德集校《全明诗话》，齐鲁书社 2005 年版

许学夷《诗源辨体》，人民文学出版社 1987 年版

谢榛《四溟诗话》人民文学出版社 1961 年版

沈德潜《说诗晬语》，人民文学出版社 1979 年版

朱彝尊《静志居诗话》，人民文学出版社 1990 年版

周宁、金元浦译《接受美学与接受理论》，辽宁人民出版社 1987 年版

朱立元《接受美学导论》，安徽教育出版社 2004 年版

萧望卿《陶渊明批评》，北京出版社 2014 年版

北京大学、北京师范大学中文系编《陶渊明资料汇编》，中华书局 1962 年版

钟优民编《陶渊明资料新编》，吉林教育出版社 2000 年版

钟优民《陶学发展史》，吉林教育出版社 2000 年版

李锦全《陶潜评传》，南京大学出版社 2011 年版

袁行霈《陶渊明研究》（增订本），北京大学出版社 2009 年版

袁行霈《陶渊明影像》，中华书局 2009 年版

魏耕原《陶渊明论》，北京大学出版社 2011 年版

许逸民校辑《陶渊明年谱》，中华书局 1986 年版

戴建业《澄明之境：陶渊明新论》，上海古籍出版社 2012 年版

李剑锋《元前陶渊明接受史》，齐鲁书社 2000 年版

刘中文《唐代陶渊明接受研究》，中国社会科学出版社 2006 年版

钱锺书《谈艺录》，生活·读书·新知三联书店 2008 年第 2 版

罗宗强《明代文学思想史》，中华书局 2013 年版

陈国球《胡应麟诗论研究》，香港华风书局，1986 年

王明辉《胡应麟诗学研究》，学苑出版社 2006 年版

李圣华《晚明诗歌研究》，人民文学出版社 2002 年版

李圣华《初明诗歌研究》，中华书局 2012 年版

陈书录《明代诗文创作与理论批评的演变》，凤凰出版社 2013 年版

廖可斌《明代文学复古运动研究》，商务印书馆 2008 年版

黄卓越《明永乐至嘉靖初诗文观研究》，北京师范大学出版社 2001 年版

顾易生等《中国文学批评通史·明代卷》，上海古籍出版社 1996 年版

左东岭主编《中国诗歌通史·明代卷》，人民文学出版社 2012 年版

陈斌《明代中古诗歌接受与批评研究》，上海三联书店，2009 年版

附录一　明代陶集刊刻盛况

　　明代特别是明中期后，随着印刷业的发展，书籍刻印逐渐盛行。陶渊明作为明代文人学士所钟爱的文人，其诗文集的搜集与整理也受到重视。梁萧统是陶渊明作品收集整理的第一人，其所编八卷《陶渊明集》虽已亡佚，但却为后世文人的陶集整理树立了榜样。宋、元时期陶集收集整理达到了一个高潮，❶明代陶集的刊刻也出现了一个高潮。依据今人对陶集版本流变考索可知，明代文人对陶集的整理、刊刻以及评价均超过前代。杜信孚《明代版刻综录》著录明刊陶集 29 种❷：

　　陶渊明集四卷，明崇祯八年王锡衮刊

　　陶渊明集十卷，明嘉靖二十七年王廷幹刊

　　陶渊明全集四卷，明万历白鹿斋刊

　　陶渊明集十卷，明万历新都吴汝纪刊

　　陶渊明集八卷，明嘉靖八年濮阳周显宗刊

　　陶渊明集八卷，明崇祯张自烈刊

---

❶ 袁行霈《宋元以来陶集校注本之考察》，见氏著《陶渊明研究》，北京大学出版社 2009 年版。
❷ 杜信孚《明代版刻综录》，江苏广陵古籍刻印社，1983 年版。

陶渊明集六卷，附东坡和陶诗一卷，明万历敦化堂刊

陶渊明集十卷，附录一卷，明嘉靖弹琴室刊

陶渊明集八卷，明嘉靖二十九年朱厚熄怀易堂刊

陶靖节集十卷，明嘉靖二十七年傅凤翔九江郡斋刊

陶靖节集二卷，明天启何湛之刊

陶靖节集十卷，总论一卷，明万历四年周敬松刊

陶靖节集六卷，明崇祯十三年叶益荪春昼堂刊

陶靖节集十卷，明嘉靖四十一年建宁城衢泉黄店刊

陶靖节集八卷，附录一卷，明万历吴兴凌濛初朱墨套印

陶靖节集十卷，明天启七年马升之刊

陶靖节集十卷，明崇祯六年密娱斋王嗣奭刊

陶靖节集十卷，正德十六年何孟春刊

陶靖节集十卷，明万历杨鹤刊

陶靖节集八卷，苏东坡和陶诗二卷，年谱一卷，明万历四十七年杨时伟刊

陶靖节集十卷，明万历四十六年毛氏绿君亭刊

陶靖节集十卷，明万历七年蔡汝贤刊

陶靖节集十卷，总论一卷，明嘉靖二十五年蒋孝刊

陶渊明文集十卷，明崇祯毛氏汲古阁刊

陶渊明文集十卷，靖节先生年谱二卷，嘉靖二十四年剑泉山人刊

陶渊明文集十卷，靖节先生年谱二卷，明嘉靖二十四年龚雷刊

陶靖节集注十卷，明何孟春集注，明嘉靖二年范永銮刊

陶靖节集注十卷，明何孟春注，明万历冯梦祯緜眇阁刊

陶靖节先生集八卷，明万历二十八年焦竑刊

郭绍虞《陶集考辨》著录明刊陶集 37 种：❶

陶亨刊本，陶渊明八卷，据李梦阳《刻陶渊明集序》

宁夏刊本，据杨一清《陶韦合集序》

林位刊本，据莫友芝《邵亭知见传本书目》

嘉靖崔刊本，据崔铣《洹词》卷十《刊陶诗后序》

嘉靖蒋刊本，陶靖节集十卷，明蒋孝刊

嘉靖傅刊本，陶靖节集十卷，明傅凤翔刊

嘉靖怀易堂刊本，陶渊明集八卷

嘉靖剑泉山人刊本，陶渊明文集十卷

嘉靖周刊本，陶渊明集八卷，明周显宗刊

万历周刊本，陶靖节集十卷，明周敬松刊

明万历蔡刻本，陶靖节集十卷，明蔡汝贤刊

明万历程刻本，陶靖节集十卷，明休阳程氏刊

明万历杨刊本，陶靖节先生集十卷，明杨鹤刊

汲古阁刊本，陶靖节集十卷，附录二卷，明汲古阁毛氏刊校

崇祯密娱斋刊本，陶靖节十卷，刊者未详

崇祯春昼堂刊本，陶靖节集六卷，明林宠书，叶益荪刊

弹琴室刊本，陶靖节集十卷，刊者未详

陶庵刊本，疑是黄淳耀刊，据胡介祉《谷园本跋》

毛氏屈、陶合刊本，明毛晋编

戴氏屈、陶合刊本，陶靖节二卷，明戴尔望等评刊

《汉魏二十一家集》本，陶靖节集十卷，明汪士贤刊

《汉魏七十二家集》本，陶彭泽集五卷，明张燮刊

《汉魏百三家集》本，陶彭泽集一卷，明张溥刊

---

❶ 郭绍虞《陶集考辨》，见氏著《照隅室古典文学论集》，上海古籍出版社 1983 年版，第 289–309 页。

诸、陶合刊本，陶靖节集八卷，附东坡和陶诗二卷，吴仁杰年谱一卷，明杨时伟刊

阮、陶合刊本，陶靖节集八卷，明潘璁刊

李氏陶、韦合刊本，明李瀚刊

何氏陶、韦合刊本，陶渊明诗集三卷，明何湛之刊

凌氏陶、韦合刊本，陶渊明集四卷，明凌濛初刊

陶、李合刻本，陶渊明集四卷，明王锡衮刊

陶、邵、陈合集本，据王嗣奭《管天笔记外编》卷上

《诗苑源流》本，陶靖节集十卷，据朱记荣《行素堂目睹书目》

何孟春注本，陶靖节集十卷，明何孟春注

黄文焕析义本，陶诗析义四卷，明黄文焕撰

欧阳春注本，陶渊明集六卷，明欧阳春撰

文震亨注本，陶诗注，明文震亨撰

张自烈评本，批评陶渊明集六卷，明张自烈撰

陈龙正评本，陶诗衍，明陈龙正辑。（按：郭氏云此本未见，该本现藏天津图书馆）

郭绍虞《陶集考异》将合刊本、陶诗选本也著录进来。刘跃进先生指出，郭氏所收虽称详备，但还可补充一些。他补充的未见于《陶集考异》的明刊陶集有：李卓吾批本二卷、万历三十一年吴汝纪仿宋刊本八卷、凌氏朱墨本八卷、崇祯本四卷、张祐弘治十二年编校本、张存诚嘉靖二十七刻十卷本、崇德堂刻八卷本、明公炤子刻八卷本等8种。❶

---

❶ 刘跃进《中古文学文献学》，江苏古籍出版社1997年版，第171页。

与杜、郭二氏相比，中国古籍善本书目编辑委员会编《中国古籍善本书目》著录明刊陶集更多，多达 45 种（若计重刊，则为 76 种）❶：

陶渊明集十卷，附录二卷，明嘉靖二十四年龚雷刻本

陶渊明集十卷，附录二卷，明嘉靖二十四年龚雷刻剑泉山人印本

陶渊明集十卷，附录二卷，明刻本

陶渊明集十卷，附录二卷，明末刻本

陶渊明集十卷，明建宁城衢泉黄店刻本

陶渊明集八卷，明嘉靖二十九年朱载堉怀易堂刻本

陶渊明集八卷，附录一卷，明周显宗刻本

陶靖节先生集八卷，附录一卷，明万历三十一年吴汝纪刻本

陶靖节集八卷，明崇德堂刻本

陶靖节集六卷，明崇祯十三年叶益荪春昼堂刻本

陶靖节全集五卷，明万历二十九年何思虞刻本

陶渊明全集四卷，明白鹿斋刻陶李合刻本

陶靖节集二卷，明何湛之刻陶韦合刻本

陶靖节集二卷，明万历四十六年李胤华刻本

笺注陶渊明集十卷，总论一卷，明刻本

笺注陶渊明集十卷，明刻本

笺注陶渊明集十卷，附录一卷，明弹琴室刻本

陶靖节集十卷，总论一卷，年谱一卷，明嘉靖二十五年蒋孝刻本

陶靖节集十卷，总论一卷，明嘉靖二十五年蒋孝刻本

陶靖节集十卷，总论一卷，明嘉靖二十七年九江郡斋张存诚刻本

陶靖节集十卷，总论一卷，明万历四年周敬松刻本

---

❶ 中国古籍善本书目编辑委员会编《中国古籍善本书目·集部》（上）目录，上海古籍出版社 1996 年版，第 23-31 页。

陶靖节集十卷，明万历四年周敬松刻本

陶靖节集十卷，总论一卷，明万历七年蔡汝贤刻本

陶靖节集十卷，总论一卷，明万历十五年休阳程氏刻本

陶靖节集十卷，总论一卷，明万历刻本

陶靖节集十卷，总论一卷，明天启七年马升之刻本

陶靖节集十卷，总论一卷，明刻本

陶靖节集十卷，总论一卷，附录一卷，明刻本

陶靖节集十卷，明刻本

陶靖节集十卷，附录一卷，明刻稽古斋印本

陶靖节集十卷，附录一卷，明万历四十二年刻本

陶靖节集八卷，苏东坡和陶诗二卷，附录一卷，明万历四十七年杨时伟刻合刻忠武靖节二编本

陶靖节集八卷，总论一卷，明凌濛初刻朱墨套印本

陶靖节集八卷，附录一卷，总论一卷，明凌南荣刻朱墨套印本

陶渊明集八卷（明张自烈评），总论一卷，和陶一卷（宋苏轼撰），律陶一卷（明王思任辑），律陶纂一卷（明黄槐开辑），明崇祯刻本

陶渊明集八卷（明张自烈评），总论一卷，和陶一卷（宋苏轼撰），律陶一卷（明王思任辑），律陶纂一卷（明黄槐开辑），明末乐愚堂刻本

陶渊明集八卷（明张自烈评），总论一卷，和陶一卷（宋苏轼撰），律陶一卷（明王思任辑），敦好斋律陶纂一卷（明黄槐开辑），明末敦化堂刻本

陶渊明集八卷（明张自烈评），总论一卷，和陶一卷（宋苏轼撰），律陶一卷（明王思任辑），敦好斋律陶纂一卷（明黄槐开辑），明末玉函堂刻本

陶渊明集八卷（明张自烈评），总论一卷，和陶一卷（宋苏轼撰），律陶一卷（明王思任辑），敦好斋律陶纂一卷（明黄槐开辑），明末步月楼刻本

陶靖节集十卷，明何孟春注，明正德刻本

陶靖节集十卷，明何孟春注，明嘉靖二年范永銮刻本

陶靖节集十卷，明何孟春注，明嘉靖六年罗辂刻本

陶靖节集十卷，明何孟春注，明緜眇阁刻本

陶元亮诗四卷，明黄文焕析义，明末刻本

陶诗衍二卷，明陈龙正辑，明崇祯十六年陈揆刻本。

据邓富华考证，明代陶集注本还有黄光昇《陶诗注解》。❶《（民国）永春县志》卷十七：“《陶诗注解》，明·黄光昇撰。”从以上诸氏著录的明代陶集刊刻盛况，也可以看出明代陶诗接受与批评的盛况。

---

❶ 邓富华《元明清时期陶集注本考略》，《太原大学学报》，2014 年第 12 期。

附录二　明代汉魏六朝总集与古诗选本选陶诗概况

　　明代汉魏六朝总集与古诗选本的编选者们极为重视陶诗。此时期汉魏六朝总集整理较多，几乎都全录陶诗。汪士贤辑《汉魏六朝二十一名家集》（明万历十一年刻本）收《陶靖节集》十卷，集前有萧统《陶渊明集序》与《陶渊明传》，另有《总论》，录有苏轼、黄庭坚、胡仔、陈师道、朱熹等名家论陶语。该书《陶靖节集》卷一录陶四言诗，卷二至卷四录陶五言诗。万历间举人张燮（1574—1620）辑《七十二家集》，收《陶彭泽集》五卷，并作《重纂陶彭泽集序》，对陶渊明不为贫悴所苦的超然境界予以赞赏。该书《陶彭泽集》卷一录陶渊明辞赋与四言诗，卷二至卷三录陶五言诗，卷四录疏、记、传赞，卷五录传、述、祭文等，附录收萧统等人有关陶渊明的传、祠记、诔文等。崇祯间进士张溥（1602—1641）《汉魏六朝百三家集》卷六十二收《陶渊明集》，全录陶渊明作品。张溥《陶渊明集题词》专对陶渊明入宋不仕之大义予以赞赏。

　　除上述汉魏六朝总集外，明代古诗总集与选本也比较多，它们对陶诗的选注与前代相比，一是选陶诗的数量增加，二是对陶诗的注解更加深入。下面对其选陶情况逐一述说。

一、《选诗补注》

萧统所编《文选》只选陶诗 8 首，相对于 120 余篇的陶诗总数来说，确实偏少，针对这种情况，元末明初的刘履《选诗补注》一书选注陶诗 43 首，大大增加了陶诗数量。所选 43 首陶诗如下：

停云（4）、荣木（4）、九日闲居（1）、归园田居（3）、移居（2）、《和刘柴桑》（1）、《和郭主簿》（1）、《赠羊长史》（1）、《岁暮和张常侍》（1）、《始作镇军参军经曲阿》（1）、《癸卯岁始春怀古田舍》（1）、《庚戌岁九月中于西田获早稻》（1）、《饮酒》（10）、《拟古》（5）、《杂诗》（2）、《咏贫士》（1）、《咏荆轲》（1）、《读山海经》（1）、《桃花源诗》（1）、《挽歌诗》（1）

四库馆臣评《选诗补注》云："取《文选》各诗删补训释，大抵本之五臣旧注、曾原演义，而各断以己意。……其去取大旨，本于真德秀《文章正宗》。其铨释体例，则悉以朱子《诗集传》为主。"❶ 由此可见，《选诗补注》较为注重以理学诠释陶诗，因为《文章正宗》就是"大意主于论理而不论文"❷ 的。如《饮酒》"羲农去我久"篇，刘履评曰："西山真氏谓"：'渊明之学，自经术中来。'今观此诗所述，盖亦可见。况能刚制于酒，虽快饮至醉，犹自警饬而出语有度如此，其贤于人远矣哉。"❸ 刘履以理学要义选陶注陶，对明初台阁体影响较大。台阁体代表人物杨士奇对刘履《选诗补注》评价就颇高，他说："近代选古为刘履，选唐为杨士弘，几无遗憾，则其识有过人者矣。"❹

---

❶ （清）纪昀等《四库全书总目》卷一百八十八，中华书局 1997 年版，第 2637 页。
❷ （清）纪昀等《四库全书总目》卷一百八十七，第 2619 页。
❸ （元）刘履《风雅翼·选诗补注》，文渊阁四库全书本。
❹ （明）杨士奇《沧海遗珠序》，《东里续集》卷十四，文渊阁四库全书本。

二、《古今诗删》

《古今诗删》为李攀龙所编选，共选诗351首，其中汉魏诗歌凡88首，晋代诗歌94首，宋诗88首，梁诗51首，陈诗12首，隋诗19首。从此可以看出李攀龙对六朝诗的重视，也表现了其"汉魏以逮六朝皆不可废"❶的诗论原则。在晋代的94首诗中，有陶诗24首，占四分之一强，居五古选诗的第二位。这24首陶诗为：

> 《和刘柴桑》（1）、《归园田居》（5）、《辛丑岁七月赴假还江陵夜行涂口作》（1）、《饮酒》（2）、《杂诗》（2）、《读山海经》（13）

后七子派诗学就对陶诗的评价这个角度来看，完全改变了前七子派"诗弱于陶"的观点。谢榛曾引李仲清语云："陈伯玉诗高出六朝，惟陶渊明乃其伉俪者，当与两汉文字同观。"❷将陶诗提高到"与两汉文字同观"的高度。吴国伦虽然也强调五言古诗"鹄在汉魏"，但也承认"六朝惟嵇、阮、陶、谢近古"，❸在这种新的诗学走向中，李攀龙等后七子派成员皆表现出了较强的尚自然、重性情的诗学思想。李攀龙在《与谢九式书》一文中曾说："文有所必不可至，语有所必不可强，与其奇也宁拙，渐近自然。"❹李攀龙《古今诗删》选唐前五言古诗，盖受"渐近自然"思想影响，对陶渊明、谢朓的诗歌格外重视。

三、《古诗纪》

《古诗纪》为嘉靖间进士冯惟讷（1512—1572）所编。该书"集古诗诸《三百篇》之逸而不载，以至孔子没而逮秦者凡使十卷，汉十卷，魏九卷，吴一卷，

---

❶　（明）李攀龙《报刘子威》，《沧溟先生集》卷二十六，第710页。

❷　（明）谢榛《四溟诗话》卷一，人民文学出版社，1961年版，第61页。

❸　（明）吴国伦《与子得论诗》，《甔甀洞稿·续稿》文部卷一四，续修四库全书本。

❹　（明）李攀龙《与谢九式书》，《沧溟先生集》卷二十六，第705页。

晋二十卷，自是而南，宋十一卷，齐八卷，梁三十四卷，陈八卷，北则魏一卷，齐二卷，周八卷，复合而为隋十卷，又外集四卷，则仙真神鬼之什焉。人各序其略，与诗之所由作矣。已又采昔人之所统论及品藻、杂解、辨证，而复志其遗凡十二卷。合之而名之曰《诗纪》，共得百五十一卷。"❶ 冯惟讷历时 14 年编成，为明代第一部大型中古诗歌总集，极具影响力。四库馆臣称其："采珠之沧海，伐木之邓林也。厥后，臧懋循《古诗所》、张之象《古诗类苑》、梅鼎祚《八代诗乘》相继而出，总以是书为蓝本。"❷《古诗纪》第四十四、四十五两卷将陶诗悉数收入。

四、《古诗类苑》

《古诗类苑》是张之象（1496—1577）以冯惟讷《古诗纪》为稿本所编。之象字月麓，一字玄超，别号王屋，人称王屋先生。《古诗类苑》共 130 卷，刊刻于万历三十年（1602），该书按诗歌题材分为 44 部，787 类，收录自上古至隋朝诗歌 9500 余首，是中国最早按诗歌题材编次的古诗总集。张之象另编有《唐诗类苑》，该书《凡例》云："诗无类书，诗之有类书也，自兹始也。盖玄超先生苦心历二十余年而就，以汉魏六朝汇为一集，以初唐至晚唐汇为一集，总名之曰《诗纪类林》，兹刻惟唐诗，因题曰《唐诗类苑》，而以汉魏至六朝者，俟雠校完，乃授剞劂。"❸ 由此可知，《古诗类苑》较《唐诗类苑》晚出，二者合称《诗纪类林》。《古诗类苑》虽在天、岁、地、人等部之下，将陶诗悉数收入，❹但却将陶诗分裂开来，确如四库馆臣所批评的那样，"割裂分隶，门目冗琐。"❺《古诗类苑》除收录陶诗外，在人部之下还收入陶渊明《五孝传》《扇上画赞》

---

❶ （明）王世贞《诗纪序》，《弇州山人续稿》卷四十七，文渊阁四库全书本。

❷ （清）纪昀等《四库全书总目》卷一百八十九，中华书局 1997 年版，第 2644 页。

❸ （明）张之象编《唐诗类苑》，四库全书存目丛书本。

❹ 惟《杂诗》十二首，收入十一首，第十二首"嫋嫋松标云"未收，注云：东坡《和陶》无此篇。

❺ （清）纪昀等《四库全书总目》卷一百九十二，中华书局 1997 年版，第 2696 页。

《尚长禽庆赞》《归去来兮辞》《西征大将军长史孟府君传并赞》等文章。全书以古诗为名，却多收文章，显得有些不伦不类。

五、《古诗归》

以钟惺、谭元春为代表的竟陵派，在晚明较为活跃，他们所编选的《古诗归》也非常盛行。钱谦益说："《古今诗归》盛行于世，承学之士，家置一编，奉之如尼父之删定。"❶《古诗归》选陶诗52首，其"家置一编"的盛况，对明代陶诗的传播起了较大作用。所选52首陶诗为：

《时运》（4）、荣木（4）、《劝农》（6）、《命子》（4）、《归鸟》（4）、《和刘柴桑》（1）、《与殷晋安别》（1）、《乙巳岁三月为建威参军使都经钱溪》（1）、《桃花源诗并记》（1）、《归园田居》（2）、《乞食》（1）、《连雨独饮》（1）、《移居》（2）、《癸卯岁始春怀古田舍》（2）、《庚戌岁九月中于西田获早稻》（1）、《丙辰岁八月中于下潠舍获》（1）、《饮酒》（6）、《责子》（1）、《有会而作》（1）、《拟古》（2）、《杂诗》（2）、《咏贫士》（1）、《读山海经》（2）、《拟挽歌辞》（1）

钟、谭以"真""厚""旷"论陶，对陶诗作了深入考察与解读，较为新颖。同时，他们也改变了复古派以格调论陶的弊端，也比公安派仅从诗趣论陶的浅率来得深刻。钟、谭评陶虽有其缺陷，但在晚明评陶诸家中有其固有特点，在陶学批评史上应占有一席地位。

---

❶（清）钱谦益《列朝诗集小传》丁集中，第570页。

六、《古诗解》

《古诗解》为唐汝谔（1551—1636）所编，二十四卷，共选诗近 870 首。卷十四录陶渊明四言诗 24 首，卷十九录陶渊明五言诗 30 首，共 54 首，具体如下：

> 《停云》(4)、《时运》(4)、《荣木》(4)、《劝农》(4)、《命子》(4)、《归鸟》(4)、《九日闲居》(1)、《归园田居》(2)、《乞食》(1)、《移居》(2)、《和刘柴桑》(1)、《与殷晋安别》(1)、《始作镇军参军经曲阿》(1)、《癸卯岁始春怀古田舍》(2)、《庚戌岁九月中于西田获早稻》(1)、《饮酒》(8)、《拟古》(4)、《杂诗》(1)、《咏贫士》(1)、《咏荆轲》(1)、《读山海经》(1)、《桃花源诗》(1)、《挽歌辞》(1)

《古诗解·凡例》云："是编所选，大都主体裁古雅、辞意悠长，而原本性情，有关风化，但不失古人温柔敦厚之旨，即亟为收录。"❶ 由此可知，唐汝谔之尚雅正之审美倾向。但对所选诗歌："训诂字义，颇为简略，所发明作意，亦皆敷衍。"❷ 如评《九日闲居》曰："此渊明以节序感怀而歌以自遣。"评《归园田居》（少无适俗韵）曰："此渊明退归后所作。言性本不谐于俗而役役世网……"皆泛泛而论。由此可见，四库馆臣所言不虚。

七、《古诗镜》

陆时雍著有《诗境》，选自汉魏以迄晚唐诗歌共 90 卷，分为二集，《古诗镜》与《唐诗境》，前有总论，是为《诗境总论》。陆氏极为轻视晋诗，却重视傅玄、陶潜的诗歌。他说："诗莫敝于晋，色暗而不韶，韵沉而不发，气塞而不畅，

---

❶ （明）唐汝谔《古诗解》，四库全书存目丛书本

❷ （清）纪昀等《四库全书总目提要》卷一百九十三，中华书局 1997 年版，第 2712 页。

词重而不流，使非前有傅玄，后有陶潜，则晋可不言诗矣。"❶ 傅玄诗今天看来没有陆氏所评那么高妙，但他对陶渊明的评价却甚为允恰。《古诗镜》选陶诗45首，具体如下：

> 《九日闲居并序》（1）、《归园田居》（3）、《移居》（2）、《癸卯岁始春怀古田舍》（2）、《己酉岁九月九日》（1）、《庚戌岁九月中于西田获早稻》（1）、《饮酒》（13）、《岁暮和张常侍》（1）、《游斜川》（1）、《五月旦作和戴主簿》（1）、《和刘柴桑》（1）、《酬刘柴桑》（1）、《和郭主簿》（2）、《赠羊长史》（1）、《癸卯岁十二月中作与从弟敬远》（1）、《于王抚军座送客》（1）、《始作镇军参军经曲阿作》（1）、《辛丑岁七月赴假还江陵夜行涂口作》（1）、《乙巳岁三月为建威参军使都经钱溪》（1）、《桃花源诗》（1）、《拟古》（3）、《杂诗》（2）、《咏贫士》（1）、《读山海经》（1）、《拟挽歌辞》（1）

陆时雍主张神韵说，论诗以审美论为基点，着重于对诗歌韵味的体悟。陆时雍认为陶诗深得自然之妙，这包括作者情感的自然流露，也包括其不刻意为诗的创作方法。认为陶诗声色臭味俱无而显其神韵，后人难以模拟。陆时雍论陶以神韵为主，无论论陶诗情感、内蕴，还是其诗歌语言，都称扬其一咏三叹、余韵悠长之特色。认为陶诗"不屑屑于物象之间"❷，讲究心与物冥，无心标置而意境自合。如此论陶，与公安派求陶诗之诗趣、竟陵派重视对陶的生命体验的论陶角度有较大的不同，在晚明这个诗论迭兴的时期，陆时雍论陶保有一己之特色，实属难能可贵。

八、《诗冶》

《诗冶》为万历间黄廷鹄评注，全书选自上古迄六朝诗凡二十六卷，其中

---

❶　（明）陆时雍《古诗镜》卷八，文渊阁四库全书本。
❷　（明）陆时雍《古诗镜》卷二十二。

诗人诗十八卷,文人诗八卷,现存明末黄泰苣刻本。黄廷鹄在该书《凡例》中说:"凡以天韵胜、以情胜、以醖味胜者,诗人诗也。凡以豪胜、以议论胜、以故实胜者,文人诗也。"《诗冶》卷十一专录陶渊明诗歌共28首,具体如下:

> 《和刘柴桑》(1)、《与殷晋安别》(1)、《咏荆轲》(1)、《桃花源诗》(1)、《形影神》(3)、《归园田居》(3)、《连雨独饮》(1)、《移居》(1)、《始春怀古田舍》(1)、《辛丑岁七月赴假还江陵夜行涂口作》(1)、《庚戌岁九月中于西田获早稻》(1)、《饮酒》(5)、《拟古》(1)、《杂诗》(1)、《咏贫士》(1)、《读山海经》(3)、《拟挽歌》(2)

黄廷鹄陶诗评语多引王世贞与钟惺、谭元春《古诗归》之评语。《诗冶·凡例》称:"余辑兹编久矣,已得钟氏、谭氏《诗归》,可谓自出手眼者。"有时也自加评论。如评《读山海经》(精卫衔微木)云:"王应麟《困学纪闻》云靖节读《山海经》,犹屈子之赋《远游》也。精卫四语,悲痛意深。"

九、《诗所》

《诗所》为万历间进士臧懋循(1550—1620)所编,他另有《唐诗所》,故《诗所》常被称为《古诗所》。该书:"首列乐府,次汇古诗,析其疑滞,订其伪舛,补其漏佚,删其重复,都为五十六卷,题为《诗所》。"从体例等方面来看,《古诗所》明显因袭冯惟讷《古诗纪》之体例,但又难逮之。《四库全书总目提要·诗所提要》云:"懋循是编,实据惟讷之书为稿本。惟讷书以诗隶人,源流本末,开卷灿然。懋循无所见长,遂取其书而割裂之,分二十有三门。"❶在辑录陶诗时,《古诗所》将《陶渊明集》秩序打乱。该书第十五卷全录四言陶诗,似无不可。然从第十六卷至四十六卷分录五言陶诗,每卷篇数不一。第五十三卷"阙文",又录"欢言酌春酒,日暮天无云"二句诗,名之曰《田家诗》;

---

❶ (清)纪昀等《四库全书总目》卷一百九十三,中华书局1997年版,第2700页。

又录"但识琴中趣，何劳弦上音"，名之曰《琴诗》。此类分法招致时人不满，许学夷即曾对《古诗所》"不以代分，而以类相从"表示迷惑。❶《古诗所》目录中所显示陶诗题目也经作者随意篡改，让一般读者不知所云。如第十八卷的《送客》，实为《于王抚军座送客》，第三十卷的《夏日和》，实为《和胡西曹示顾贼曹》，等等。

十、《石仓历代诗选》

《石仓历代诗选》为万历乙未（1595）进士曹学佺（1574—1647）所编。该书所选历代之诗，上起古初，下迄于明，古诗共有十三卷，其中晋诗二卷，卷四选录陶渊明诗共 81 首，具体如下：

> 《停云》（4）、《时运》（4）、《荣木》（4）、《酬丁柴桑》（2）、《答庞参军》（6）、《归鸟》（4）、《游斜川》（1）、《答庞参军》（1）、《五月旦作和戴主簿》（1）、《和刘柴桑》（1）、《酬刘柴桑》（1）、《和郭主簿》（1）、《赠羊长史》（1）、《癸卯岁十二月中作与从弟敬远》（1）、《与殷晋安别》（1）、《于王抚军座送客》（1）、《始作镇军参军经曲阿》（1）、《辛丑岁七月赴假还江陵夜行涂口作》（1）、《乙巳岁三月为建威参军使都经钱溪》（1）、《咏二疏》（1）、《桃花源诗》（1）、《九日闲居》（1）、《归园田居》（5）、《诸人共游周家墓柏下》（1）、《移居》（2）、《癸卯岁始春怀古田舍》（2）、《己酉岁九月九日》（1）、《庚戌岁九月中于西田获早稻》（1）、《饮酒》（11）、《拟古》（5）、《杂诗》（4）、《咏贫士》（4）、《读山海经》（1）、《悲从弟敬德》（1）、《拟挽歌辞》（3）

曹学佺诗文甚富，有《石仓集》，故《四库全书总目提要·石仓历代诗选提要》说："学佺本自工诗，故所去取，亦大都不乖风雅之旨，固犹胜贪多务得、

---

❶　（明）许学夷《诗源辨体》卷三十六，人民文学出版社 1987 年版，第 369 页。

细大不捐者。"❶由其所选陶诗来看，四库馆臣所言不虚。

王瑶先生认为明代为陶集的评选时期，❷盖不虚也。这些古诗选本均选有较多陶诗，与上述明代陶集单行本、明代汉魏六朝总集一起，共同促进了明代陶诗的传播与研究。同时，也从一个方面印证了明代陶诗接受与批评的繁荣。

---

❶ （清）纪昀等《四库全书总目》卷一百八十九，中华书局 1997 年版，第 2648 页。

❷ 王瑶《陶渊明集·前言》，人民文学出版社 1957 年版，第 14 页。

后　记

本书是在我的博士论文的基础上修订而成的。以明代陶诗接受与批评研究作为博士论文题目，是因为在阅读明初各诗派成员别集时，发现他们的诗歌创作受陶诗影响甚著，遂欲一探究竟。在业师刘畅教授的鼓励下，我决定以整个明代时期的陶诗接受与批评作为研究对象，结合明代诗学思想的发展探讨明代陶诗接受与批评的概况。非常感谢读博期间刘畅先生的指导与鼓励。先生治学严谨、待人宽厚，让我明白了许多为人为学的道理。

在南开大学三年，感谢文学院各位老师的培养。感谢陈洪教授、宁稼雨教授、肖占鹏教授、湛如教授、刘崇德教授、朱万曙教授、张国星教授、罗书华教授等在开题及答辩时给予的指导意见。天津师范大学教授夏康达先生一直关注我的学业与成长，在此深表感谢。感谢天津师范大学文学院孟昭毅教授、赵利民教授、赵建忠教授对我的关心与鼓励。我在此还要感谢我的硕士生导师王琳先生。王先生是汉魏六朝文学研究专家，颇具魏晋风度，是他引领我走上了学术道路，并教导我戒骄戒躁、勤勉奋进。

感谢中国陶渊明学会名誉会长、华东师范大学教授龚斌先生不吝赐序。与龚先生相识于九江陶学研究会上，在此之前的论文写作中就与先生神交已久，先生的《陶渊明集校笺》是案头必备参考书。龚先生古道热肠，提携后学不遗余力，在此表示真挚谢忱！

感谢天津师范大学津沽学院领导与同事一直以来尤其在我读博期间给予的支持与帮助。

感谢知识产权出版社徐家春先生与责任编辑卢媛媛女士，他们为我的书稿付出的辛苦及其精益求精的精神，令我深为感动。

求学道路不易，感谢家人、朋友们对我的支持，你们的物质帮助与精神鼓励都是我不断前进的动力。奈何我天性愚钝，进步缓慢，但愿这本小书能给你们带去一丝慰藉吧！

《明代陶诗接受与批评研究》是一个较大的论题，由于自己学力有限，加上校稿期间的这几个月，正值新冠肺炎疫情肆虐，各图书馆闭馆，资料查找甚为费力，书稿肯定有不少纰漏，也还有一些问题没有展开，期待之后继续努力吧。陶公有诗云："脂我名车，策我名骥。千里虽遥，孰敢不至。"这是我此时此刻的真实想法。

王　征

庚子冬于津门寓所